메리 제인의 모험

ADVENTURES OF MARY JANE

Text copyright © 2024 by Hope Jahren
Map art copyright © 2024 by Virginia Norey
All rights reserved.

Korean Translation Copyright © 2025 by Gimm-Young Publishers, Inc.
Korean edition is published by arrangement with William Morris Endeavor Entertainment, LLC. through Imprima Korea Agency.

이 책의 한국어판 저작권은 Imprima Korea Agency를 통한 William Morris Endeavor Entertainment, LLC.와의 독점 계약으로 김영사에 있습니다.
저작권법에 의해 한국 내에서 보호를 받는 저작물이므로 무단전재와 무단복제를 금합니다.

메리 제인의 모험

1판 1쇄 인쇄 2025. 9. 29.
1판 1쇄 발행 2025. 10. 13.

지은이 호프 자런
옮긴이 허진

발행인 박강휘
편집 이종연 | 디자인 이경희 | 마케팅 고은미 | 홍보 박은경
발행처 김영사
등록 1979년 5월 17일(제406-2003-036호)
주소 경기도 파주시 문발로 197(문발동) 우편번호 10881
전화 마케팅부 031)955-3100, 편집부 031)955-3200 | 팩스 031)955-3111

값은 뒤표지에 있습니다.
ISBN 979-11-7332-349-2 03840

홈페이지 www.gimmyoung.com   블로그 blog.naver.com/gybook
인스타그램 instagram.com/gimmyoung   이메일 bestbook@gimmyoung.com

좋은 독자가 좋은 책을 만듭니다.
김영사는 독자 여러분의 의견에 항상 귀 기울이고 있습니다.

메리 제인의 모험

호프 자런

ADVENTURES OF MARY JANE

HOPE JAHREN

허진 옮김

김영사

차례

서문 / 8
지도 / 12
가계도 / 13
들어가며 / 15

1장 / 17
화재 – 다시 시작하기 – 그다음으로 좋은 모든 것

2장 / 26
아무튼, 내가 누구냐면

3장 / 29
옛 악당과 새 악당 – 감자 신부님의 방문 – 내가 나 자신이 아니었던 때

4장 / 40
하던 일로 돌아가서 – 레드강을 따라 내려가며 – 가족 소풍

5장 / 48
기쁜 재회 – 이블린 이모의 편지 – 저녁 기도 – 노란 원피스, 초록 원피스, 분홍 원피스 – 스넬링 요새의 밤 – 첫 번째 이별

6장 / 71
미네소타벨호를 타고 – 전혀 다른 곳 – 계획 변경

7장 / 85
내가 본 사람 중에서 제일 신기하게 생긴 여자 – 두 번째 표를 사다 – 거래를 하다

8장 / 97
걸리니언호를 타고 – 로버트 풀턴 – 키를 잡다 – 비밀 이야기

9장 / 113
미시시피강에서 — 다가오는 문제 — 항구에 들어가다 — 내가 무척
쓸모 있었던 때 — 질문과 대답 — 행운을 빌어, 안녕

10장 / 136
친구와 친척 — 텅 빈 식료품실, 가득 찬 바구니 — 조지 이모부를
만나다 — 아이다의 딸 — 그럭저럭 해내다

11장 / 153
두 여왕과 토끼 한 마리 — 나의 가족 — 믿지 않는 자들 —
건강이 좋아지다 — 나의 나

12장 / 175
곁을 지키다 — 벌집의 여왕 — 운명의 전환

13장 / 188
월요일, 화요일 — 수요일, 목요일, 금요일 — 돌밭

14장 / 195
철야 간병 — 명심해야 할 말 — 지켜보다

15장 / 202
귀향 — 재는 재로, 먼지는 먼지로 — 전부 정리하다

16장 / 214
쌀쌀맞은 대화 — 재판 — 유산 — 또다시 이별

17장 / 228
친숙한 얼굴 — 진솔한 고백 — 우리의 자리를 찾아서 —
새로운 친구 — 착하고 똑똑하고 강하고 유능한 소년 — 귀 기울이기

18장 / 249
허풍쟁이 이야기꾼 — 강둑에서의 수업 — 너의 너 — 멤피스에서
보낸 하루 — 온갖 좋은 선물 — 이동 — 갑판에서 배운 교훈

19장 / 271
이별과 만남 — 잠시 우회하다 — '윌크스의 부드러운 제혁소' —
피터 윌크스의 재산 — 급매 이야기 — 차가운 코, 따뜻한 마음

20장 / 287
나만의 방 — 요크셔 방식 — 침대로 — 고향의 맛

21장 / 298
나의 연기 — 생각을 바꾸다 — 시내에서 — 친절한 제안이
거절당하다 — 오후의 살육

22장 / 310
떠돌이 장사꾼 — 신기한 발명품 — 찌뿌둥한 몸

23장 / 322
세상이 산산조각 나다 — 안전을 구하는 소녀들 — 다급한 전언 —
가만히 숨어서 — 답장

24장 / 340
뜻밖의 청혼 — 나의 유일무이한 기회 — 길에서 — 두려움 없이 —
새로운 계획 — 왕진 — 엉망진창

25장 / 353
나의 첫 번째 딜레마 — 치료제 — 나의 두 번째 딜레마

26장 / 359
다음 날 — 나의 대답 — 알아서 하다 — 마녀의 마법 — 나아지다

27장 / 373
인생 최고의 계획 — 두 번째 귀향 — 소개 — 자슬 구녁 —
친구냐 적이냐 — 철야

28장 / 394
미츠바 — 장례식 — 일찍 일어나는 새

29장 / 405
떠나기 전의 여러 생각 — 깜짝 손님 — 강이 부른다

30장 / 420
빨리 흘러가다 — 선한 두 남자 — 떠나다 — 평온하게 잠들다

31장 / 426
순조로운 항해 — 정당한 보상 — 더 나은 계획 — 갈라지는 길

32장 / 440
변변찮은 소년 — 안개 속으로 — 두 여행자

33장 / 447
이밴절린 — 맥두걸 동굴 — 진짜 — 쉬운 밧줄 타기

마지막 장 / 460
어둠 속에서 가꾼 꿈

본문에 관하여 / 461
참고문헌 / 471
감사의 글 / 472
옮긴이의 글 / 476
추천의 글 / 480

서문

내 책장에는 '위로의 책'이라고 부르는 책들이 몇 권 꽂혀 있다. 밖에 나가기엔 날이 너무 덥거나 추울 때, 글을 쓰기엔 너무 늦었거나 이를 때, 혹은 나 스스로 너무 우쭐하거나 스스로가 너무 안쓰러워서 도무지 누구에게도 좋은 상대가 되어줄 수 없을 때, 나는 그중 한 권을 꺼내 두 번째, 아니면 열 번째쯤 다시 읽는다.《허클베리 핀의 모험》도 그런 책 중 하나다.

30여 년 전, 나는 같은 질문을 되풀이하며 모두를 귀찮게 하던 학생이었다. "이 책에 나오는 여자들은 왜 아무 말도 하지 않죠?" "이 책에 나오는 여자들은 왜 아무 행동도 하지 않죠?" "이 책에는 왜 여자가 한 명도 안 나와요?" 이런 질문을 끊임없이 던졌다.《노인과 바다》,《빌리 버드》,《파리대왕》 같은 책들도 이런 다층적인 비판에서 자유로울 수 없었다. 하지만 나는 한 번도 만족스러운 대답을 듣지 못했다. "그 얘긴 그만하고, 이제 다른 친구가 말할 차례야"라는 말만 돌아올 뿐이었다.

세월이 한참 지난 뒤, 누군가 내게 진 리스의 소설《광막한 사르가소 바다》를 건네주었다. 그 사람이 누구였는지 기억나면 얼마나 좋을까. 기억나는 것은 단 하나, 시대를 초월한 고전《제인 에어》에서 로체스터의 '과격한' 전 부인으로 얄팍하게 그려졌던 버사의 이야기가 단숨에 내 마음을 빼앗았다는 것이다.《광막한 사르가소 바다》를 통해 나는 버사의 본명이 앙투아네트였고, 손필드 홀의 다락

방은 그녀가 전 세계를 누비고 난 끝에 다다른 마지막 종착지에 불과했다는 걸 처음 알았다. 샬럿 브론테는 왜 그 이야기를 우리에게 들려줄 생각을 못 했을까. 다행히 진 리스가 해주었다.

'우리가 바로잡으면 돼!' 버사의 진짜 이야기를 처음 읽은 순간, 머릿속에 가장 먼저 떠올랐던 말이다. 지금은 그때보다 훨씬 더 확실히 그렇게 믿는다. 고전이 끝내 들려주지 않은 이야기들을 우리 스스로 찾아낼 수 있다. 이제는 세상에 없기에 스스로 말해줄 수 없는 위대한 작가들을 대신해, 그 곁가지 인물들의 이야기를 우리가 써 내려가면 된다.

2014년 어느 비 오는 날, 나는 가장 좋아하는 위로의 책을 흡족하게 다시 읽고 있었다. 그런데 그날따라 마크 트웨인의 어설픔에 점점 짜증이 났다. 메리 제인이라는 인물은 예전부터 뭔가 석연치 않았다. 쉽게 속아 넘어가는 모습("6천 달러를 다 드릴게요… 영수증은 필요 없어요")과 26장에서 능숙하게 펼쳐 보이는 '좋은 경찰 대 나쁜 경찰'식 연기 사이에 간극이 너무 컸다. 게다가 메리 제인의 순종적인 태도("뭘 하면 되는지 말해줘. 뭐든 시키는 대로 할게")와 헉같이 대담한 소년이 그런 그녀에게 푹 빠진다는 설정("그녀를 아주 많이, 아마 백만 번도 넘게 떠올렸을 것이다")도 도무지 어울리지 않았다. '이 여자애, 뭔가 숨기고 있는 게 분명해.' 내 마음 한구석에서 그런 속삭임이 계속 울려 퍼지고 있었다.

따져 물을 선생님 하나 없는 나에게 예전의 그 말이 다시 들려왔다. '내가 바로잡으면 돼!' 그때부터 공원과 요새, 박물관과 도서관, 강 위를 오가는 유람선과 카누를 따라 진짜 '빨강 머리 아이'를 찾아 나서는, 10년에 걸친 긴 여정이 시작되었다.

자, 이렇게 해서 메리 제인의 진짜 이야기가 세상에 나왔다. 새뮤얼 클레먼스에게는 사과할 생각이 없다. 어쩌면 그도 이 이야기를 은근히 마음에 들어 했을지도 모르니까.

당신은 뭐라 말할지 모르겠지만 내 생각에 그녀는 내가 지금껏 본 어떤 여자보다 용감했다. 정말 용기로 가득한 사람이었다. 아첨으로 들릴 수도 있겠지만 절대로 아첨이 아니다. 그리고 마음씨도 곱지만 미모로 따지자면 그녀를 따라올 사람은 없다. 그 문을 나서는 모습을 마지막으로, 난 다시는 그녀를 보지 못했다. 하지만 생각은 수도 없이 했다. 정말 많이, 아주 많이, 아마 백만 번도 넘게 떠올렸을 것이다.

— 마크 트웨인의 《허클베리 핀의 모험》에서
헉 핀이 메리 제인을 두고 한 말

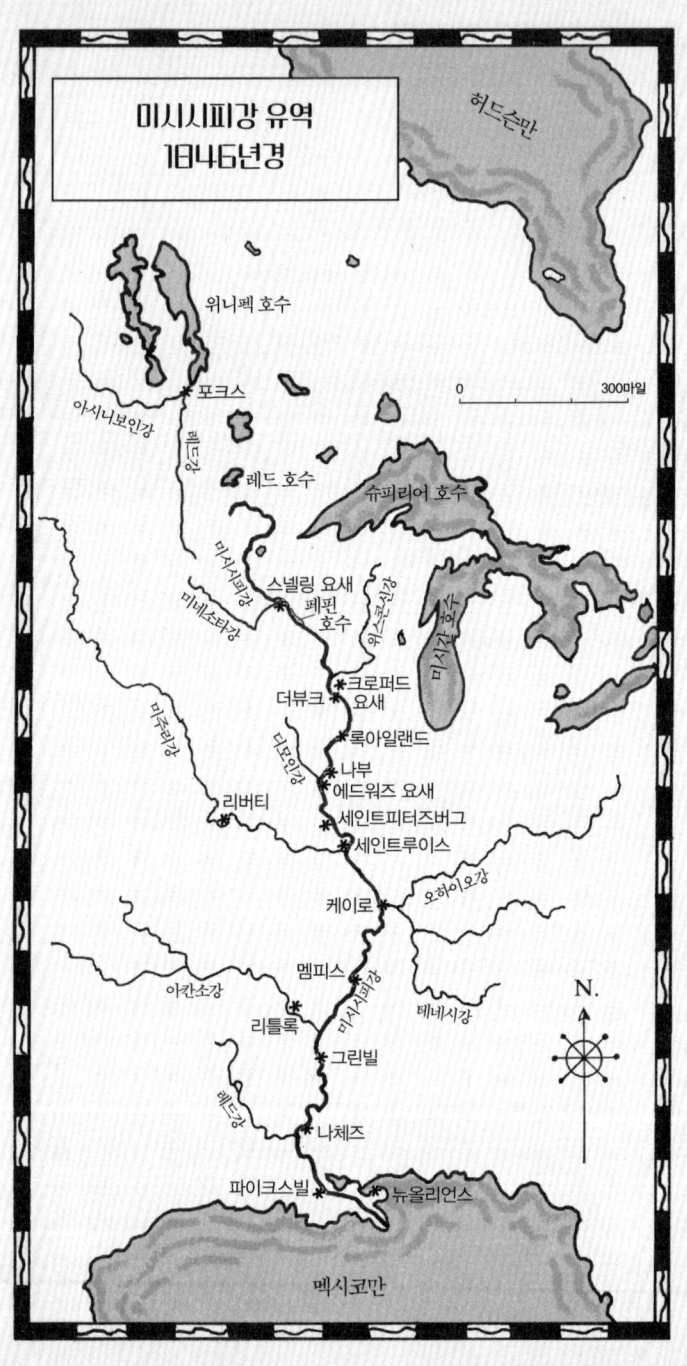

토르발센가와 윌크스가 가계도

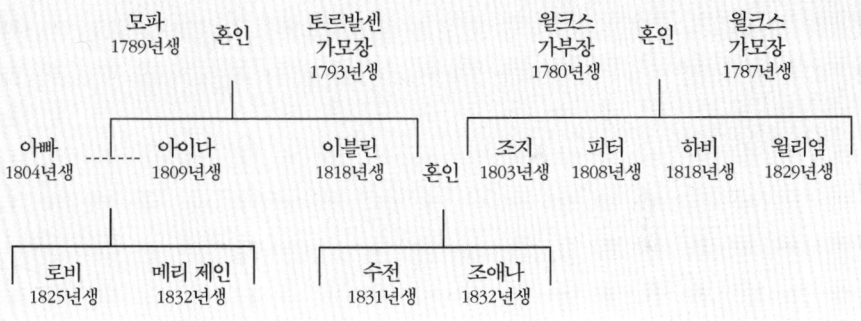

일러두기
- 본문의 각주는 모두 옮긴이의 것이다.
- 원문에서 대문자로 강조한 문구는 굵은 글씨체로, 이탤릭체로 표시한 강조 문구, 일부 외국어 표현과 외국 인명 등은 고딕체로 구분해서 옮겼다.
- 본문의 숫자나 연도, 책 제목 등에서 오류로 보이는 부분은 작가의 의도가 반영된 것으로, 고치지 않고 그대로 두었다.

들어가며

《허클베리 핀의 모험》이라는 책을 읽지 않았다면 아마 날 모를 것이다. 뭐, 괜찮다. 그 책은 마크 트웨인이라는 사람이 썼고, 자기가 아는 한에서 나에 대해 진실을 적었다. 그 사람을 옹호하자면, 애초에 내가 어떤 사람인지 잘 몰랐고, 어쨌든 쓴 내용은 대체로 맞았다. 결국 그 366쪽짜리 책에서 내가 차지한 건 겨우 28쪽. 그래도 괜찮다. 화날 일은 아니다. 그런 일은 흔하니까. 누구나 책에 담기는 것보다 훨씬 더 많은 이야기를 품고 있는 법이니까.

그러니까 이제 내 쪽 이야기를 들려줄 차례다.

1장

화재

불길은 눈에 보이기 전에 먼저 냄새로 다가왔다.

벽난로 냄새는 아니었다. 모닥불 냄새도 아니었다. 머스킷 총에서 총알이 발사된 뒤 나는 냄새를 아는가? 인두에 그슬린 머리카락 냄새는? 셔츠 위에 다리미를 올려놓고 깜빡했을 때 나는 탄내는? 모닥불 가까이에 둔 축축한 안장에서 올라오는 퀴퀴한 냄새는? 숯불 위로 메이플 시럽이 끓어 넘쳤을 때 풍기는 그 달고도 그을린 향은? 그 불길의 냄새는 이 중 무엇과도 같지 않았다. 아니, 그 모든 냄새가 한데 뒤섞인 것 같았다.

그건 뭔가가 타는 냄새가 아니었다. 모든 게 타버리는 냄새였다.

세상이 끝나는 냄새였다.

불길 가까이 다가갔을 때, 나는 윤곽만으로 엄마를 알아봤다. 작고 검은 실루엣 하나. 그 뒤로 마치 지옥문이 열린 듯한 풍경이 펼쳐졌다.

더 가까이 가서 보니 엄마가 우리를 등지고 서 있었다. 그 열기를 어떻게 견뎠는지 모르겠다. 뜨거운 바람 때문에 눈을 가늘게 떠야 했는데, 엄마는 나보다 거의 3미터나 불에 가까웠다.

그러고 보면 엄마는 정말 대단하다. 그냥 억센 정도가 아니다. 제일 부드러운 부분조차 강철과 질긴 가죽으로 만들어져 있다. 게다가 머리도 똑똑하다. 엄마는 내 표정만 봐도 내가 무슨 생각을 하는지 정확히 안다. 나도 엄마의 표정을 읽을 수 있다. 우리 사이가 아주 좋진 않지만.

내가 다가가자 엄마가 고개를 돌려 나를 보았고, 나도 타오르는 불꽃을 배경으로 엄마를 보았다.

엄마의 표정은 이렇게 말하고 있었다. 다신 안 돼.

다시 시작하기

우리는 땅을 팠다. 더는 못 팔 때까지 판 다음, 조금 더 팠다.

헨젤이 도우려고 했지만 땅이 너무 얼어서 발만 아플 뿐이었고, 결국 모파*가 헨젤에게 비키라고 했다. 헨젤은 자기를 끼워주지 않는 게 마음에 안 들었는지 가끔 짖으며 불만을 드러냈다.

쾅! 펑!

뒤에서 어마어마한 소리가 들렸다. 하늘이 환해지더니 파편이 비 오듯 쏟아졌다. 적어도 1.5킬로미터는 떨어진 곳에서 날아왔기에 그렇게 당황하지는 않았다. 불길이 화약고까지 번진 것뿐이었다.

*　노르웨이어로 '외할아버지'라는 뜻이다.

모파가 잠시 멈추고 삽에 몸을 기댔다. "야,* 그럼 올해는 스넬링 요새에 조금 일찍 내려가자."

엄마는 이제 내가 땅을 팔 차례라고 표정으로 말했다. 나는 머리에 펑펑 쏟아지는 눈을 느끼며 땅을 팠다. 축축하고 크게 덩어리진 눈이었고, 그래서 다행이었다. 붉은 눈을 건너뛰지 못하고, 진눈깨비는 더욱 건너뛰지 못하니까. 오늘 밤 우리는 불지옥에서 겨우 90미터쯤 떨어진 헛간에서 자겠지만 저 멀리 맥키넥섬에 있는 것과 다름없이 안전할 것이다.

흙 속에서 금속 상자가 모습을 드러내자 나는 손을 멈췄다. 다이아몬드가 가득 든 상자는 아니지만 그래도 우리에게는 보물이다. 1년에 네 번, 모파는 땅이 별로 단단하게 얼지 않는 시냇가에 3개월 치 장부를 파묻는다. 습격이나 도난, 화재가 발생해도 회사에 보고할 수 있도록 말이다.

엄마는 밀랍 바른 가죽으로 담요와 약을 싸서 장부 상자 밑에 넣어놓았다. 우리는 이것들과 등에 메고 있는 옷가지로 위니펙 호수에서 얼음 녹는 소리가 들릴 때까지 버틸 것이다. 얼음이 녹는다는 건 레드강이 흐르기 시작했으니 강을 통해 남쪽으로 갈 수 있다는 뜻이다.

스넬링 요새는 800킬로미터 정도 떨어져 있다. 우리는 내가 학교에 잠깐이라도 다닐 수 있도록 매년 스넬링 요새에 가서 여름을 보내기 때문에 길을 안다. 보통은 5월에 가지만 올해는 3월에 가게 되었다.

---

* 노르웨이어로 '그래'라는 뜻이다.

"마지막으로 전소됐던 1833년이랑 똑같군."

"그때 넌 아기였어, 메리 제인." 엄마가 덧붙였다. "아마 기억 안 날 거야." 엄마는 마치 내가 그때 좀 더 정신을 차렸어야 했다는 듯이 말했다.

"본래 교역소란 이전 교역소의 잿더미에 세워지는 법이야." 모파가 한숨을 쉬었는데, 1821년부터 회사에서 수석 사무원*으로 일했기 때문에 당연히 잘 안다.

실망하는 것과 놀라는 건 다르다. 모파는 실망은 했지만, 놀라지는 않았다. 사실 북서부 준주엔 화약이 워낙 많이 쌓여 있어서, 기름 램프와 양초, 담배 파이프, 럼주에 흠뻑 절어 담배에 불을 붙이는 사람들까지 생각하면 교역소에 불이 안 나는 게 더 이상한 일이다.

펑!

뒤쪽에서 화약통이 대포처럼 발사되는 소리가 또 들렸다. 우리는 그날 밤, 어쩌면 그다음 날 밤에도 잠을 못 잘 것 같았다.

내가 구멍을 덮는 동안 엄마와 모파는 우리가 구덩이에서 꺼낸 물건을 등에 짊어졌다. 두 사람이 돌아서서 헛간을 향해 걸어갔고, 나도 삽을 끌면서 따라갔다.

두 사람과 나란히 걸어갈 수도 있었지만 그러지 않았다. 그 대신 뒤에서 따라갔다.

나는 세상에 태어난 이후 줄곧 엄마와 모파를 따라다녔으니 그건 제2의 본능이었다. 두 사람은 봄에 남쪽으로 내려갔다가 가을이 되면 북쪽으로 올라왔고, 나는 지금까지 해마다 두 사람을 따라다

---

* 교역소에서 물품 수량, 거래 내역, 재고, 장부 정리 등을 담당하는 중간 관리직을 의미한다.

녔다.

음, 당연한 일이다. 어릴 때는 원래 그러는 거니까. 하지만 이제 열네 살이 되니 달라졌다. 가끔 따라가고 싶지 않을 때가 있다. 하지만 어디로 가고 싶은지는 나도 모르겠다.

그다음으로 좋은 모든 것

우리는 그날 밤, 그리고 길을 떠날 때까지 매일 밤 헛간에서 잤다. 깃털 이불은 없었지만 그다음으로 좋은 울 담요가 있었다. 플란넬 파자마는 없었지만 그다음으로 좋은 내복이 있었다. 평화롭고 고요한 밤은 없었지만 그 대신 온 사방에서 벌어지는 축제 같은 소란스러움이 있었다. 어쩌면 그게 더 나았는지도 모르겠다.

모피를 나르는 보야저*에게 교역소 화재는 세 가지를 뜻했다. 그 셋 다 좋은 거였다. 실내에서 자기, 남은 럼 다 마셔버리기, 남쪽으로 일찍 떠나기. 참, 담배도 있었지. 교역소가 홀라당 타버리면 재고 같은 건 추적 불가능이다. 술도 마찬가지고. 실내에서 자는 이유? 누가 살아서 빠져나왔는지 세기 더 쉬우라고.

저어라, 저어라, 또 하루를,
부지런히 노를 놀려 끌고 가자!

---

* 북미에서 강이나 호수를 오가며 모피와 불자를 운반하던 사공 겸 상인을 가리킨다.

고래잡이 노래가 시작되자 우리는 보야저들이 밤새 안 잘 테고 우리도 마찬가지라는 걸 알았다. 나는 노래를 듣고 싶었지만 엄마는 내가 평생 처음으로 정말 즐거운 시간을 보낼까 봐 끼지 못하게 했다.

그 대신 나는 연기가 밴 버펄로 가죽에 앉아서 뱃속을 얼어붙게 만드는 눈 녹인 물을 마셨다. 우리에게는 찻물을 끓이는 구리 주전자가 없는 대신 그다음으로 좋은 백랍 주전자*가 있었지만, 엄마는 백랍 주전자로 끓인 물에는 납이 들어 있어 나를 멍청하게 만든다며 그 물을 못 마시게 했다.

"난 이미 글렀으니까." 모파가 차를 꿀꺽꿀꺽 마시며 말했다.

10월에 돌아오면 새로운 교역소가 지어져 있을 테고, 금속은 불에 타지 않으니 예전에 쓰던 주전자를 돌려받을 것이다. 쇠로 만든 주전자니까 내가 멍청해진다 해도 그 주전자 탓은 아니겠지.

"야, 눈이 녹자마자 회사가 직원들을 잔뜩 보내서 잔해를 치우고 교역소를 짓기 시작할 거다." 모파가 기운을 냈다.

"관리자도 보내서 재를 샅샅이 뒤져 치아를 찾아내고 보상을 시작하겠죠." 엄마가 우울하게 말했다.

어쨌든, 엄마 말이 맞았다. 보야저의 삶은 고되고 오래가지도 않는다. 그리고 그들이 어디서 왔든 그만한 사람은 또 있다.

모파가 양쪽 허벅지를 탁 치고 일어섰다. "마리엔,** 둘이서 산책이나 하자. 오늘 밤은 보름달이 떴으니 써먹어야지."

---

* 납과 주석의 합금으로 만든다.
** 메리 제인의 노르웨이식 이름이다.

헨젤이 같이 가고 싶다며 문 앞으로 달려가 짖었다. 헨젤과 나와 모파는 숲을 한 바퀴 돌려고 소나무 숲으로 갔다. 내가 걸음마를 시작한 이후 늘 산책했던 길이고, 걸어 다니기 전에는 모파가 나를 안고 다녔는데 그때가 살짝 기억나는 것 같기도 하다.

눈에 반사되는 달빛이 무척 밝아서 우리는 눈을 찡그렸다. 달빛을 받은 자작나무가 크고 하얗게 표백된 뼈처럼, 모파가 어렸을 때 예믈랑*에서 발견했던 죽은 고래의 갈비뼈처럼 빛났다. 모파는 그때 너무 배가 고파서 썩은 고래기름을 먹었는데… 다음 해에는 더욱 굶주려서 신발까지 삶아 먹었다고 한다.

"1, 2, 3, 4, 5…." 나는 모파의 예믈랑 억양을 흉내 내며 나무를 셌다. "시스, 세트, 위트, 네프, 디스!"** 그러다가 보야저를 상대할 때 쓰는 숫자로 바꾸었다.

모파가 아무 숫자나 부르며 셈 문제를 냈다.

"35 더하기 76 더하기 41 빼기 62 더하기 11 빼기 20 빼기 16 더하기 53 빼기 21 더하기 66 더하기 25 빼기 37 빼기 50 더하기 72 더하기 28은…."

"201!" 내가 대답했다.

모파는 이제 돈 계산으로 문제를 바꿨다. "1달러 더하기 1쿼터 더하기 6니켈 더하기 3다임 빼기 15센트 더하기 반 달러 빼기 1다임 더하기 2니켈 빼기 1달러 빼기 5센트는…"***

"1달러 28센트!" 내가 거의 자동적으로 말했다.

---

*   노르웨이어로 '고국'이라는 뜻이다.
** 프랑스어로 6, 7, 8, 9, 10이라는 뜻이다.
*** 쿼터는 25센트, 니켈은 5센트, 다임은 10센트를 뜻한다.

나는 숫자에 좀 강한 편인데, 모파에게 물려받은 재주다. 모파는 글자는 못 읽지만 계산만큼은 기가 막히게 잘한다. 그래서 추운 바깥에서 덫사냥꾼으로 일하며 발가락을 하나둘씩 동상으로 잃는 대신 따뜻한 실내에서 사무원으로 일하게 된 것이다.

헨젤이 눈 사이로 우리가 지나갈 길을 만들어놓고 저 앞에서 기다렸다. 여명 속에 서 있는 헨젤은 꼭 암사슴 같았다. 색깔도 똑같았다.

"마리엔, 헨젤을 데려왔던 해를 기억하니?" 모파가 물었다.

"1837년. 9년 전이에요. 나는 다섯 살이었죠." 내가 대답했다. "세계 최고의 강아지였어요!"

"야, 야… 헨젤이 우리한테 온 뒤로 너희 둘은 늘 헨젤과 그레텔 같았지."

헨젤은 나한테는 관심 없지만 누구보다 모파를 사랑한다. 모파가 "얘도 사랑해"라고 시켰기 때문에 헨젤은 그냥 그렇게 한다. 좀 복잡하게 들리긴 해도 개 입장에선 완벽하게 말이 된다.

"회사 사장이 나한테 편지를 보내서 '25년 동안 사무원으로서 충실하게 일해주었으니 포상으로' 원하는 건 뭐든 주겠다고 했었지."

"그래서 헨젤을 달라고 했죠!"

"야, 당연하지! 난 그레이트 대니시 하운드가 늘 갖고 싶었거든. 크기는 말만 하지만 점잖고 사랑스러운 개 말이야. 몇 년 걸렸지만, 야, 회사에서 강아지를 구해줬지."

헨젤이 우리에게 다시 달려왔다. 내가 헨젤의 귀를 똑바로 내려주자 헨젤이 고맙다는 뜻으로 내 손에 뽀뽀했다.

"약속해주렴, 마리엔. 기회가 생기면 언제든지 개랑 친해지겠다고. 나쁠 거 하나도 없어." 모파가 말했고, 나는 그러겠다고 약속했다.

우리는 한 바퀴를 다 돌았다. 헛간 문을 열 때 내가 큰 소리로 노래했다.

다시 집으로, 다시 집으로, 척척척….

스넬링 요새에서 토요일 밤에 군인들이 부르는 노래였는데, 내가 이 노래를 하면 모파가 웃음을 터뜨린다. 나는 일부러 엄마한테 안 들리는 데서만 부른다.

엄마가 작게 모닥불을 피웠고 모파는 그 옆에 기분 좋게 앉았다. 나는 앉지 않았다. 그날 밤은 푸딩도 없을 텐데 앉아 있어봐야 뭐 한담. 설탕에 절인 과일이 다 타버렸다고 생각하니, 또 스넬링 요새에 도착하기 전까지는 맛있는 걸 못 먹겠구나 생각하니 울음이 터질 것 같았다. 더욱 나쁜 것은 그나마 가지고 있는 식량도 가는 내내 점점 줄어든다는 사실이었다.

보야저들은 아직 그런 생각이 안 드는지 요란하게 떠들었다. 엄마는 짜증 나는 표정이었지만 나는 이미 말했듯이 소음은 신경 쓰지 않는다. 그러다가 온 세상 노랫소리에도 파묻히지 않을 정도로 크게 코 고는 소리가 들렸다. 나는 그 소리의 주인공을 바로 알아차렸다.

주변을 두리번거리자 건초 더미 뒤에서 피터 폰드 아저씨가 술병을 손에 든 채 곯아떨어져 있었다. 술에 취해 악취를 풍겼고 얼굴은 늘 그렇듯 비트보다 빨갰다.

다른 사람들은 아니었을지 몰라도 나는 정말 반가웠다.

2장

아무튼, 내가 누구냐면

피터 폰드 아저씨는 정말 대단한 사람이다! 그의 이야기도 뒤에 하겠지만, 아직은 아니다. 이제 당신도 내가 누구인지 궁금해졌을지 모르니까. 짧게 끝내겠다.

나라는 사람에 대해서 중요한 사실은 엄마의 딸이자 모파의 손녀라는 점이지만, 아마 그 정도는 이미 짐작했겠지. 엄밀히 말해서 나는 아빠의 딸도 되지만 한 번도 만난 적이 없다. 아빠는 엄마가 나를 임신해서 몸이 점점 무거워질 때 원주민 강제 이주를 도우러 떠났고, 그 뒤로 소식이 끊겼다.

아빠는 1831년에 아칸소 준주에서 사망했지만 엄마는 1832년에야 그 사실을 알게 됐다. 아빠의 상관한테 편지를 보냈다가 사망 보상금이 법적 아내에게 지급될 거라는 답장을 받았는데, 법적 아내는 엄마가 아니었다. 알고 보니 아빠는 엄마와 결혼하기 2년 전에 셸비 요새에서 소크족 여자와 결혼했었단다. 그렇게 해서 엄마는 사생아 두 명을 떠안은 채 남겨졌고, 그중 하나가 나였다.

나머지 한 명이 누구인지 궁금할 테니 말해주겠다. 머리 모양이 너무 흉측해서 모자를 찾으려고 집을 나간 우리 오빠다. 오빠는 목사님에게 뉴욕 야구팀의 1번 타자가 될 운명이라고 말하고 다음 날 사라졌다. 그게 6년 전 일인데, 우리는 그때 이후 오빠의 소식을 전혀 듣지 못했다. 오빠의 이름은 로비였다. 아니, 로비다.

내 이름은 메리 제인이다. 목 잘린 두 여왕에게서 이름을 따왔고, 1832년에 태어났으니 이제 열네 살이다.

또 뭐가 있지?

나는 키가 크고 말랐지만 지나치게 마르지는 않았고, 헨젤을 번쩍 들어 올릴 만큼 힘이 센데 따지자면 헨젤이 가볍지는 않다. 여름이면 햇볕에 타도 화상을 입지는 않는데, 엄마 말에 따르면 아빠는 스코틀랜드인의 피가 섞여서 햇볕에 화상을 입었단다. 나는 겨울의 창백한 피부가 여름에도 크게 달라지지 않는다. 머리카락은 빨간색이라고 하지만 사실은 고동색, 즉 오번인데, 프랑스어로 '갈색에 가까운'이라는 뜻이다. 억센 주황색 머리카락을 가졌던—가진—오빠와는 다르다. 적어도 내 생각에는 그렇다. 점점 오빠 모습이 잘 기억나지 않는다.

우리는 절대 부자가 아니지만, 우리보다 못사는 사람들도 있으니 고맙게 여기려고 노력한다. 나 혼자 쓰는 좋은 물건—이가 두 개밖에 안 나간 상아 빗도 있다—이 몇 개 있지만 전부 스넬링 요새에 있다. 거기가 더 깨끗하고 화재도 별로 없으니까.

내 물건 중 가장 좋은 건 찰스 디킨스가 쓴 빨간 벨벳 표지의 《영국사 산책》이다. 아직 안 읽었다면 꼭 읽어보라. 율리우스 카이사르부터 시작해서 바로 지금 왕좌에 앉아 있는 빅토리아 여왕까지 무려 1896년에 걸친 이야기를 다루는 책이다.

사실, 왕의 이야기는 줄거리가 다 똑같다. 권력을 잡고, 권력을 휘두르고, 권력을 잃는다. 하지만 여왕과 왕비의 이야기는 전혀 다르고 흥미롭다. 남편을 독살한 에드버가 왕비나 두 왕과 결혼했던 엘프리다 왕비처럼 말이다. 또 교회를 무너뜨린 앤 여왕과 교회를 구한 메리 여왕도 있다. 그 책에 나오는 여왕과 왕비는 모두 신나는 삶을 살았다. 일찍 죽거나 나쁜 결말을 맞이하기도 했지만 놀라운 모험이었다.

나는《영국사 산책》을 줄줄 읊을 수도 있다. 그 정도로 많이 읽었다. 그 책의 나쁜 점은 딱 하나다. 바로 어떤 사건이 일어난 해가 언제였는지 항상 말해주지는 않는다는 것이다. 연도를 알려줘야 한다. 왜냐면 어떤 사건이 언제 일어났는지 알면 무슨 사건이 먼저이고 무슨 사건이 나중인지 알 수 있고, 그러면 앞뒤를 맞춰보면서 어떻게, 심지어는 왜 그런 일이 일어났는지 알 수 있으니까.

"숫자를 알면 무언가를 알게 되지." 모파는 이렇게 말한다.

그래서 나는 책에 날짜를 적어넣었다. 그러자 디킨스 씨의 책이 훨씬 나아졌다. 누군가가 준 책에서 빠진 부분을 발견하면, 자리에 앉아서 직접 고치면 된다. 정말이다.

3장

옛 악당과 새 악당

건초더미 뒤에서 곯아떨어진 남자의 이야기를 다시 하자면, 그의 이름은 피터 폰드다.

그리운 피터 폰드. 음, 그 아저씨 인생은 정말 이야기할 만하다. 당장 깨워서 무용담을 백 번째로 들을 수도 있었지만 나는 그러지 않았다. 대신에 "거스티!" 하고 소리치며 마구간으로 달려갔다.

커다란 갈색 말이 내가 그랬던 것처럼 눈 녹은 물을 마시고 있었다. 눈을 들더니 양동이에서 머리를 빼고 히힝 울었다. 나는 귀를 긁어주고 길쭉한 주둥이를 두드려주었다. 거스티가 눈을 감고 나를 밀어댔다. 우리 둘 다 서로를 만나서 기뻤다.

피터 폰드 아저씨가 우리 쪽으로 다가왔다. 결국 나 때문에 깼나 보다. 아저씨가 활짝 웃자 다섯 개 남은 이가 전부 다 보였다.

람, 람, 람 동,
르 투르 뒤 몽드, 르 투르 뒤 몽드.

람, 람, 람 동!"

아저씨는 한쪽 발을 굴러 박자를 맞추면서 들보가 흔들릴 정도로 크게 노래했고, 나는 그 모습을 보고 웃지 않을 수 없었다. 거스티는 이런 콘서트에 익숙해서 놀라지 않았다. 내 어깨에 커다란 머리를 가만히 올렸고, 나는 거스티의 갈기에 얼굴을 묻었다. 거스티에게서 젖은 양모와 낡은 가죽 냄새가 났다. 원래 따뜻한 말한테서는 그런 냄새가 난다.

"마드무아젤 마리 잔! 내가 머논가헬리 둑에서 패배한 다음 프랑스 군대에서 탈영한 이야기를 해줬던가?"

"위."** 내가 대답했다.

"그러면 얀크토니족이랑 지낼 때 29일 동안 새끼 버펄로 두 마리를 사이에 두고 텐트에서 잔 이야기는?"

"위."

"그 얘긴 안 했겠지, 내가…."

"위! 위! 위!" 아저씨는 나를 웃게 만들었다. 나는 피터 폰드 아저씨에 관한 이야기를 늘 들었는데, 대부분은 아저씨한테 직접 들었지만 다른 사람들한테서도 들었다.

그중 모파에게 들은 바에 따르면 아저씨에게는 아가사라는 이름의 크리족 아내와 자식 두세 명이 있는데 위니펙 호숫가에 산다. 우리 엄마는 피터 폰드 아저씨가 항상 술을 퍼마시고 자주 취해서

---

* 프랑스어로 "노를 저어라, 저어라, 저어라. 세계를 여행하자, 세계를 여행하자. 노를 저어라, 저어라, 저어라"라는 뜻이다.

** 프랑스어로 '네'라는 뜻이다.

도저히 참을 수 없다고 말한다.

피터 폰드 아저씨는 나에게 늘 친절하고 명랑하다. 그래서 나는 아저씨가 좋다. 아저씨가 풍기는 냄새도 지금은 신경 쓰지 않는다. 멀리서 맡으면 괜찮다. 나는 어떤 사람을 좋아할 때 직접 보지 않은 부분이 어떻든 상관없이 내가 직접 본 부분을 가지고 판단하는 게 좋다고 진심으로 믿는다.

"자, 마리 잔, 천을 집어 들고 거스티의 엉덩이 관절을 문질러줘라. 뻣뻣하게 굳었어, 아주."

나는 한 손을 거스티의 등에 올리고 한 손에 천을 들었다. 천에 3주 된 버터 냄새를 풍기는 것이 듬뿍 발려 있었다. 나는 거스티의 궁둥이뼈에 천을 대고 커다란 원을 그리며 문질렀다.

"아, 엄청 좋아하는구나!" 피터 폰드 아저씨가 우리 둘을 보고 미소 지으며 말했다. "그르렁거리는 소리 좀 들어봐!"

거스티는, 적어도 내 눈엔 그냥 멋지다. 그런데 피터 폰드 아저씨는 한 번 보면 절대 잊히지 않는다. 키는 나보다 머리 하나쯤 작고—150센티미터가 될까 말까 했다—몸매는 꼭 피라미드를 거꾸로 세워놓은 것 같다. 어깨는 크고 거대한데 아래로 갈수록 점점 가늘어져서 다리는 정말 바싹 마르고 힘줄이 튀어나와 있었다.

얼굴은 새빨갛다. 스코틀랜드 사람처럼 볼이 붉다는 뜻이 아니라 진짜로 얼굴 전체에 진홍색을 덕지덕지 칠한 것처럼 새빨갛다. 피터 폰드 아저씨는 매일 작은 주석 깡통을 꺼내 점토를 얼굴에 바른다. 꼭, 지옥에서 막 말을 타고 올라온 진짜 악마 같다.

치아 얘기는 아까 이미 했다.

"거스티 영감도 험한 월동 생활을 버티기엔 이제 너무 늙었지."

아저씨가 말의 입가에 귀를 가져다댔다. "뭐라고, 거스티? 꼬마 아가씨의 조랑말이 되면 더 좋겠다고?" 아저씨가 나를 향해 고개를 돌리고 물었다. "네 대답은 뭐지, 마드무아젤?"

피터 폰드 아저씨는 1년에 한 번 정도 나에게 거스티를 주겠다고 말하지만 늘 흐지부지되고 만다. 엄마는 그런 남자의 약속을 믿지 말라고 하고 나도 그러려고 애썼지만, 마음속으로는 언젠가 그 말이 사실이 되기를 아직도 바라고 있다.

"그렇게 속아 넘어가는 거야." 엄마는 말한다.

피터 폰드 아저씨는 흔해 빠진 보야저가 아니다. 아저씨는 가을에 북부로 올라가서 봄까지 그곳에서 지낸다. 준주를 혼자 돌아다니면서 어떻게 살아남는지 모르지만 쉽지는 않을 것이다. 그건 확실하다.

아저씨는 늘 얼음이 녹기 전에 우리에게 돌아온다. 엄마는 늑대한테 물린 상처를 치료해주고 동상에 걸려 치료가 불가능한 부분을 잘라낸다. 나는 며칠이나 몇 주 동안, 아니면 피터 폰드 아저씨가 거스티를 데리고 사라지는 다음 가을까지 거스티를 통통하게 살찌운다.

"피터 폰드 아저씨, 내일 거스티 타고 나가도 돼요?"

"위, 위, 마드무아젤!" 아저씨는 늘 그렇듯 허락해준다. "위! 위! 위!" 아저씨가 내 겨드랑이에 손을 넣고 번쩍 들어서 거스티의 등에 태웠다가 공중으로 한 번 더 번쩍 들어 올린 다음 털썩 내려놓는다. 이건 내가 아주 어렸을 때부터 하던 우리 둘만의 놀이다. 어렸을 때 나는 지나가는 아저씨가 보일 때마다 '들어줘!… 들어줘!'라고 했다. 이제 열네 살이지만 아직도 재미있다.

뒤쪽 문 근처에서 요란한 소리가 났다. 나는 거스티를 쓰다듬으며 금방 오겠다고 말하고 천을 아저씨에게 준 다음 무슨 소동인지 보러 달려갔다.

누더기를 걸친 보야저 두 명이 눈보라를 헤치며 들어왔는데, 그들이 끌고 온 썰매에 무척 아픈 남자가 누워 있었다.

"여기 이 사람은 저 멀리 동쪽에서 여기까지 왔습니다." 보야저 한 사람이 엄마에게 설명하고 있었다.

"수세인트마리까지는 괜찮다가 거기서 고열이 나기 시작했는데, 그래도 윌리엄 요새로 가는 배를 탔어요." 다른 남자가 덧붙였다.

두 사람이 썰매를 기울이자 거기 실려 있던 것이 땅에 쿵 떨어졌는데, 꼭 까만 예복으로 싼 감자 더미 같았다. 썰매에 실려 온 화물은 무척 쇠약했지만 한 손을 들고 손가락 하나를 흔들었다.

"신부님… 나를 신부님이라고 부르세요."

감자 신부님의 방문

환자는 상태가 심각했다. 땀은 줄줄 흐르고, 낯빛은 노란 건지 초록인 건지 모르겠지만 뭐든 간에 확실히 정상은 아니었다.

그래도 아직 말은 할 수 있었다.

"나는 예수회 소속 니콜라 마리 조제프 프레미오 신부입니다."

"예수회라." 엄마가 이렇게 말하고 한숨을 쉬었다. 주사위를 굴렸는데 1만 두 개 나온 표정이었다.

예수회는 가톨릭 계열인데, 엄마는 가톨릭을 썩 좋아하지 않는다. 엄밀히 말해서 성직자는 다 안 좋아한다. 엄마 말에 따르면 어떤 성직자든 다른 성직자보다 더 나쁘단다.

감자 신부님이 나를 봤다. "귀여운 아가, 세례는 받았니?"

"네." 엄마가 둔탁한 목소리로 대답했다.

신부님이 나를 위아래로 훑어보았다.

"에잇, 정말인가요?" 신부님이 엄마에게 다시 물었다.

"정말이죠." 엄마가 대답했다. "내가 직접 세례를 줬으니까."

감자 신부님이 그 말에 픽 웃었다. "그래요? 그럼, 당신은 당신 어머니한테 세례라도 받았겠군요?"

"아니요." 엄마는 또박또박 말했다. "난, 이교도예요."

두 사람 다 열이 받아 말싸움을 계속하려던 참이었다. 그런데 마치 하늘에서 벼락이라도 맞은 듯, 신부님이 갑자기 배를 움켜잡고 쓰러졌다. 팔다리를 쭉 뻗은 채 십자가에 못 박힌 그리스도처럼 바닥에 뻗었는데, 다만 그분은 땅바닥에 누워 있었고, 몸체가 감자 같았다.

"가서 손수레 가져와." 엄마가 말했다. "그 사람한테 닿지 않게 조심하고. 무슨 병을 옮았는지 몰라도 그걸 여기까지 달고 온 거야."

무슨 뜻인지 나는 바로 알았다. 엄마가 신부님을 치료하겠다는 거였다. 포크스로 절뚝거리며 들어오는 사람이라면 엄마는 누구든 치료했다. 할 수 있는 만큼, 그 사람이 허락하는 만큼. 오지브웨식 치료법을 전부 아는 건 아니었지만 엄마는 아픈 사람을 조금이라도 나아지게 만들 줄 알았다. 적어도 더 나빠지게 하진 않았다. 그건 이른바 문명국 의사들도 늘 할 수 있는 일은 아니다.

우리 다섯 명이 전부 달려들어서야 신부님을 들어 올릴 수 있었고, 그 사이에 그의 코 안쪽이 터졌다. 엄마는 피가 폐로 넘어가지 않고 바닥으로 쏟아지도록 신부님의 고개를 옆으로 돌렸다. 우리는 신부님을 옮겨서 지푸라기 침상에 내려놓았고 두 보야저는 부리나케 떠나버렸다.

감자 신부님은 이틀 내내 잠만 잤다. 그러다 잠깐 깨어서는 오트밀 죽을 조금 먹었고, 희망을 품는 눈치였다. 그런데 밤이 되자 다시 상태가 나빠졌다. 엄마는 전염될까 봐 신부님을 헛간 제일 안쪽 구석으로 옮기고 거기서 간호하겠다고 했다. 내가 돕겠다고 하자 엄마는 안 된다고도 하지 않았고 그러라고도 하지 않았다. 아무 말도 하지 않았다.

나는 일주일에 한 번 정도 엄마를 기쁘게 하려고 애를 쓰지만 아무 소용 없다. 엄마에게 사랑받는 걸 포기하라고 말하는 사람도 있었고 나도 그러려고 해봤지만, 마음속으로는 언젠가 사랑받기를 아직도 바라고 있다.

그렇게 해서 나는 또다시 엄마를 향한 마음을 놓지 못한다.

환자는 밤새도록 기침했고, 개정향풀을 주었지만 도움이 되지 않았다. 배가 딱딱하고 불룩하게 튀어나와서 통증이 무척 심해 보였다. 신부님은 점차 우리한테 욕을 하면서 악마도 놀라서 도망칠 저주를 퍼부었다. 엄마는 열이 너무 높아서 제정신이 아니거나 드디어 제정신을 찾은 거라고 했다. 어쨌든 엄마는 아침이고 낮이고 밤이고 신부님 옆을 지키면서 곤두선 신경을 달래주고 최대한 자주 쑥을 먹였다.

어느 날 저녁, 신부님의 커다란 배가 꿀렁거리기 시작하더니, 이런 이야기를 해서 미안하지만, 엉덩이로 분수처럼 뿜어냈다. 그때쯤 엄마와 나는 이만저만 피곤한 상태가 아니었지만 그래도 해내야 했고, 그래서 어쨌든 버텼다.

내 일은 요강을 언덕 밑으로 가지고 가서 비우는 것이었는데, 헛간으로 돌아오면 팔꿈치까지 박박 문질러 씻었다. 내가 팔을 씻는 동안 엄마는 전날 끓여둔 메이플 시럽을 물에 타서, 신부님이 요강에 엉덩이를 걸친 채로 억지로 삼키게 만들었다. 아름다운 광경은 아니었지만 엄마는 밑으로 나오는 만큼 위로 집어넣어야 한다고, 아니면 내장이 말라서 죽는다고 했다.

그렇게 지낸 날이 사흘이었는지, 스무 날이었는지 나도 모르겠다. 마지막엔 거의 몽유병자처럼 움직였다. 정신을 차려보니 갓 만든 메이플 물을 오물 구덩이에 붓고 있었고, 그때 엄마가 신부님께 뭘 먹이려 했는지는 차라리 알고 싶지 않다.

"죽음이 다가왔어." 어느 날 저녁, 엄마가 한숨을 쉬며 내게 말했다. "이제 할 수 있는 게 없구나." 내가 고개를 끄덕였다. 엄마는 보면 알기 때문이다.

"우리가 기도해주기를 바라실까요?" 내가 엄마에게 물었다.

"모파한테 가서, 아뉴스 데이*를 기억하는 보야저를 찾아달라고 전해라. 그리고 넌 가서 자. 나는 이 사람 곁에서, 끝까지 지켜볼 거다. 누구든 그 정도는 도움을 받아야 하니까."

아침에 일어나 보니 감자 신부님 상태가 훨씬 좋아져 있었다. 그리고 정오도 되기 전에 침대에 일어나 앉아 칠면조 육수를 마시고 있었다. 얼굴은 좀 핼쑥했지만 말할 힘은 충분해 보였고, 곧바로

---

* 라틴어로 '하나님의 어린 양'이라는 뜻이다.

말문이 트인 걸 보니 그건 분명했다.

"나는 치유받았노라! 주께 찬양을 올리나이다! 다시 나를 택하신 주께 영광을!" 신부님이 외치는 소리가 헛간 밖에서도 들릴 정도였다.

"얼마 동안 저러고 계셨어요?" 내가 작은 목소리로 엄마에게 물었다.

"눈 뜬 직후부터." 엄마가 지친 표정으로 말했다.

신부님은 양손을 번쩍 들어 흔들며 외쳤다. "모든 감사를 주님께! 오 주여, 감사하나이다!"

나는 엄마에게 말했다. "엄마한테도 고맙다고 했으면 좋았을 텐데요. 엄마도 꽤 큰 몫을 하셨잖아요."

엄마는 말 대신 눈빛으로 대답했다.

"엄마가 정성껏 간호해 주셨는데, 저 사람은 고맙다는 말 한마디 없네요." 내 눈에는 친절을 낭비한 일이었다. 하지만 엄마 생각은 좀 달랐다.

"간병은 고맙다는 말을 들으려고 하는 게 아니야, 메리 제인. 해야 할 일이니까 하는 거지. 감정은 감정이고, 간병은 간병이야. 이 둘을 구분 못하면 간병을 제대로 못해."

신부님을 포크스로 데려왔던 보야저 두 명이 급히 들어왔다. 그동안 두 사람이 어디 있었는지 전혀 알 수 없었다.

"갈 준비가 됐군!" 한 사람이 동료에게 활기차게 말했다. 두 사람은 신부님이 목적지에 도착해야 돈을 받으니 서둘러 나서려고 안달이었다.

감자 신부님은 그 말에 한껏 기뻐했다. "주께서 나를 치유하신 것은, 이교도들로 하여금, 자기들도 사람임을 알게 하시려는 것이라!" 눈빛을 번들거리며 그렇게 말했다.

나는 옆에 서 있던 모파에게 물었다. "저게 무슨 말이에요?"

"오지브웨족 얘기지." 모파가 대꾸했다.

감자 신부님은 이제 열도 없고 머리가 맑았는데도 헛소리를 했다. "주께서 그들의 악한 길을 영원히 지워버리시리라! 주께서…."

귀가 울려서 더는 들을 수가 없었다. 왜 그 순간 그렇게 기진맥진했을까. 왜 그렇게 혼란스럽고 압도당하는 기분이었을까. 나는 식탁에서 일어서다가 비틀거렸다.

엄마가 나를 붙잡아 이마에 손을 얹고 눈꺼풀을 아래로 당겨 안을 들여다봤다. "가서 침대에 누워." 엄마가 말했다. "그 사람이 뭘 옮겼는진 몰라도, 너도 걸렸어."

내가 나 자신이 아니었던 때

그 뒤 며칠에 관해서는 이야기할 게 별로 없다. 기억나지 않는 꿈처럼 전부 흐릿하다.

대체로 기억나는 것은 배의 통증인데, 자꾸 머리까지 치솟았다가 다시 내려갔다. 끙끙거리는 것 외에는 달리 아무것도 할 수 없는 통증이었다. 한번은 사람들이 나를 침대에서 끌어내려 했던 기억이 나는데, 고작 몇 걸음 걷는 게 전부였다.

엄마는 오트밀이랑 약, 메이플 물을 들고 하루에도 몇 번씩 방을 드나들었다. 매일 밤 "아침이면 좀 나아질 거야"라고 말했지만 그 표정은 그 말이 믿음보다는 바람에 가깝다는 걸 말해주고 있었다.

엄마는 내가 신부님에게서 옮았다고 생각하지만 내 병세는 신부님 병세의 발끝에도 못 미쳤다. 결국 엄마는 쑥국화 차 한 잔으로 내 열을 내렸다.

"왜 감자 신부님한테는 이걸 한 번도 안 줬어요?" 훨씬 나아진 내가 침대에서 일어나 앉아서 물었다.

"많지 않거든." 엄마가 대답했다.

지금도 그때처럼 열이 오를 때가 있다. 메아리처럼 같은 소리가 계속 들리지만 처음만큼 크지는 않다. 할 일을 못 할 정도의 열은 아니라서 별로 상관없다.

하지만 정말 이상하긴 하다.

4장

하던 일로 돌아가서

열이 내린 날 아침에 나는 다시 일하러 갔다. 교역소에는 항상 해야 할 일이 있고, 다 타버린 교역소도 예외는 아니다.

모파와 보야저 몇 명은 창고에서 아직 상태가 좋은 생가죽을 꺼내 바람을 쐬주었다. 주방, 작업장, 생활 공간은 연기 냄새를 빼고 박박 문질러 닦았는데, 그 일은 엄마가 맡았다.

내가 앞쪽에 진열해놓은 판매용 물건이 반짝반짝 빛나도록 검댕을 다 문질러 닦았을 때 모파가 들어와서 주변을 둘러보고 말했다.

"바늘 전부 다, 유리구슬 전부 다, 여기 있는 것들 전부 다 민들레 씨앗처럼 사방으로 퍼져갈 거다. 먹든, 쓰든, 망가져서 고친 다음 이리저리 팔든, 여기서 멀리 떠나가서 다른 사무원과 덫사냥꾼들 사이를 오가다가 세상을 한 바퀴 돌고 나서야 우리한테 돌아올 거야."

우리, 그러니까 모파와 나는 프론트데스크 뒤에서 많은 시간을 보냈다. 바로 거기서 모파는 덫사냥꾼이 가져오는 물건의 가격을 정했고, 다른 물건으로 대금을 지급했다. 나는 산수를 배운 뒤부터 모파를 도왔는데, 내 입으로 이런 말을 하긴 좀 그렇지만 나는 산수를 잘한다. 다른 사람들도 다들 그렇게 말한다.

모파와 나는 언제나 정직하게 거래해왔다. 상대가 키가 2미터가 넘는 수족 전사든, 팔 하나 없는 사냥꾼이든, 누구에게나 같은 조건을 제시했다. 비버를 못 잡은 사람에게서는 밍크 두 마리나 담비 세 마리, 심지어 토끼 여덟 마리라도, 잡은 만큼을 기꺼이 사들였다. 단, 다람쥐는 예외였다. 도토리나 심지, 별다른 쓸모가 없었다.

사람들 중에는 '개리 요새에서 가장 중요한 사람이 모파'라고 말하기도 한다. 하지만 우리는 그렇게 말하지 않는다. 애초에 이곳을 개리 요새라고 부르지도 않기 때문이다. 지브롤터 요새, 더글러스 요새, 그보다 전에 회사가 뭐라고 불렀든 우리는 그렇게 부르지 않는다.

이곳은 아시니보인강과 레드강이 만나는 지점으로, 두 물줄기는 여기서 하나로 합쳐져 북쪽 허드슨만을 향해 흘러간다. 그래서 오지브웨족은 이곳을 '분기점'이라는 뜻으로 포크스라 불렀다. 엄마도, 모파도, 나도 그렇게 부른다.

나는 포크스에서 태어나 일곱 살까지 이곳에서 자랐다. 그 무렵부터 우리는 여름이면 스넬링 요새로 내려가 지내곤 했다. 나는 학교에 다녔고 엄마는 세탁 일을 했으며 모파는 관리소에서 일했다. 로비 오빠는 그 사이를 제멋대로 뛰어다녔다. 올해는 앞서 말했듯 예년보다 이르게 떠나게 되었다.

그다음 날 저녁, 나는 불가에 서서 사슴 가죽 안쪽을 긁고 있었다. 결이 부드러워지기 시작할 즈음 멀리서 천둥 같은 소리가 울리더니 곧 이어 가까운 곳에서 번개가 내리쳤다.

"우르릉… 꽝!"

위니펙 호수의 얼음이 갈라지는 소리였다.

나도, 모파도, 엄마도 손을 멈추고 서로를 바라보았다.

"내일 할 일이 많겠어." 모파가 나를 향해 윙크하며 말했다.

나는 가죽을 건조대에서 풀어 단단히 말았다. 내일 아침, 짐을 싣고 스넬링 요새로 떠날 때 함께 가져갈, 만 가지 넘는 물건들 중 하나였다.

그날 밤, 나는 포크스에서 잠자리에 들었다. 그게 이곳에서 보내는 마지막 밤이 될 줄 그때는 알지 못했다.

레드강을 따라 내려가며

삐이이이익! 삐이이이익!

다음 날 아침, 나는 보야저들의 휘파람 소리에 잠이 깼다. 보야저들은 벌써 몇 시간 전부터 일어나서 배를 고치며 물건을 실을 준비를 하고 있었다. 휘파람은 누가 무엇을 어디에 넣어야 하는지 알려주는 보야저들의 언어였다. 나는 눈을 감고 귀를 기울이며 이불 안의 온기를 최대한 즐겼다.

엄마가 들어와서 냄비며 프라이팬을 덜그럭거리기 시작했다. 조리도구를 덜그럭거리는 건 이제 그만 일어나라고 말하는 엄마의 언어였다. 나는 침대에서 억지로 일어나서 씻고 캘리코 원피스를 입었다. 엄마가 만들어준 옷인데, 불에 타지 않은 옷은 그것밖에 없었다.

강으로 내려가니 헨젤이 빨리 출발하고 싶어 안달하며 얕은 물에서 철벅거렸다. 헨젤과 모파는 스물 몇 명의 보야저와 함께 불에 타지 않은 모피를 카누에 싣고 간다. 엄마와 나는 늘 그랬듯이 소달구지를 타고 간다. 달구지는 노를 젓지 않아도 된다는 점에서 낫지만, 내가 항상 쓸모 있게 굴기 바라는 엄마 때문에 더 힘들다.

엄마는 단 며칠이라도 모파와 떨어지는 걸 싫어한다. 엄마가 예믈랑 말로 모파에게 수선을 피우는데, 나는 말은 못해도 알아는 듣는다.

"하르 두 녹 클레어, 파렌 민?"* 엄마가 모파에게 묻는다.

"야, 야, 데 하르 야이…."** 모파가 엄마에게 말한다.

"시케르 푀 데테? 데 하르 이케 녹 맛 틸 오 홀러 다이…."*** 엄마가 모파를 몰아붙인다.

"요, 요, 엔타 미, 두 모 이케 베퀴므레 다이 포 마이, 야이 하르 리벳 슬리케 랑 포르 두 바르 푀트, 다테렌 민."**** 모파가 엄마를 달랜다.

엄마는 모파를 아버지라기보다 아들처럼 대한다. 모파가 아주 연약한 존재라도 되는 것처럼 안달하고, 모파는 그런 엄마를 받아준다. 엄마는 반대로 나한테는 빨리 강인해지기를 바란다.

---

* 　노르웨이어로 '옷은 충분히 챙겼어요, 아버지?'라는 뜻이다.
** 　노르웨이어로 '그래 그래, 충분히 있다'는 뜻이다.
*** 　노르웨이어로 '확실해요? 식량이 별로 없을 거예요'라는 뜻이다.
**** 　노르웨이어로 '그래 그래, 딸아. 내 걱정은 마라. 나는 네가 태어나기 전부터 살아왔어'라는 뜻이나.

우리는 잠시 이별을 고한 다음 달구지에 올라타 저 앞에서 채찍질 소리가 들리기를 기다린다. 대평원을 가로지를 나무 달구지 스무 대가 우리 일행이다.

"자, 네가 꿰맬 몫이다, 메리 제인." 엄마가 양말 한 뭉텅이를 주면서 말했다. 짜깁기 바늘에 실도 벌써 꿰어놓았다.

우리는 그날 약 55킬로미터를 이동해서 다음 날 느지막이 펨비나 요새에 도착했고, 요크 팩토리에서 가져온 담요와 전선과 머스킷 총을 주고 염소 떼도 조용히 시킬 만큼 충분한 페미컨을 얻었다. 스넬링 요새에 도착할 때까지는 페미컨을 먹어야 한다.

페미컨을 먹어본 적이 없다면, 먹지 말기를 권한다. 페미컨은 말린 버펄로 고기를 잘게 부순 다음 썩혀서 그게 필요할 만큼 운 나쁜 사람에게 파는 것이다. 페미컨은 최악이다. 진짜다. 음식 투정을 전혀 안 하는 모파는 페미컨이 대체로 신발보다는 낫다고 말한다.

다음 날, 우리는 대평원으로 상당히 깊숙이 들어갔다. 대평원은 넓고 평평하고 탁 트이고 나름대로 아름답다. 풀로 이루어진 바다 같다.

그다음 날 엄마는 내가 수선한 양말을 살펴보더니 "다시 할 필요는 없겠다"라고 말했다. 세상에. 엄마는 그날따라 정말 기분이 좋았다. 나 때문이라고 생각할 뻔했는데, 그때 그 편지가 떠올랐다.

새해 첫날마다 스넬링 요새에 정기 우편이 배달된다. 이블린 이모는 늘 크리스마스 편지를 써서 11월에 보낸다. 올해에는 이블린 이모의 편지를 일찍 읽게 될 거고, 그래서 엄마 기분이 좋았던 거다.

대평원이 영영 끝나지 않을 것 같다 싶을 때쯤 기다리던 늪지의 축축한 진흙 냄새가 풍겨온다. 그런 다음 길이 물러지면서 달구지가 멈추고, 사람들이 바큇살 사이에 낀 오물을 긁어낼 때면 문득 정말 정말로 소변을 보고 싶어진다.

사람들이 좀처럼 입에 올리지 않는 이야기가 있다. 나무도 덤불도 없는 벌판 한가운데에서 사람들은 어떻게 용변을 해결할까? 남자의 경우야 대충 짐작이 가지만, 여자는? 사실 이럴 때를 대비한 암묵적인 규칙이 존재하며, 모두가 그 규칙을 따른다. 그게 어떤 것인지 이제부터 차근차근 이야기해주겠다.

혼자서 동쪽을 향해 걷기 시작한다. 무엇인가를 가지러 가는 사람처럼, 그것이 정확히 어디 있는지 아는 사람처럼 뚜렷하고 빠른 걸음으로 나아간다. 충분히 멀리 왔다 싶으면 멈춰 서서 치마를 걷어 올리고 쭈그리고 앉아 조용히 용변을 본다.

그런 다음에는 다시 일어나서 지평선을 한참 동안 바라본다. 뒤쪽에서 소변보는 사람들을 위해서. 소한테 이랴이랴 하는 소리가 들리면 그때 뒤돌아서 돌아간다. 이렇게 하라고 누가 가르쳐준 기억은 없다. 길을 다니다 보면 저절로 알게 된다.

내가 그날 소변을 본 자리에서는 저 멀리 레드 호수가 보였다. 겨울을 막 벗어났을 때 봄 햇살에 반짝이는 북부의 호수만큼 사랑스러운 건 없다. 나는 주변을 잠시 둘러보았다. 그러자 저 앞 부들 사이에서 뭔가 보이는 것 같아서 뭔지 확인하려고 습지를 철벅철벅 걸어갔다.

호수 기슭에 다가가자 높이 솟은 땅에 모여 앉은 가족이 보였다.

가족 소풍

앉아 있는 사람들은 전부 여자였다. 할머니, 엄마, 자매, 친척 아주머니, 사촌까지. 아직 어린 아기도 많았는데, 그 나이에는 모두 엄마가 필요하니까 아마 남자애도 여자애도 있었을 것이다. 햇살 속에서 아주 편안해 보였다. 어느 아주머니가 여자아이들에게 갈대 엮는 법 같은 것을 가르쳤고, 한 할머니가 이야기를 들려주고 있었다. 모닥불에 매달린 냄비에서 좋은 냄새를 풍기는 무언가가 부글부글 끓었다. 전체적으로 봤을 때 오후를 보내는 좋은 방법 같았다.

내 바로 옆에서 키 큰 갈대가 부스럭거리더니 크고 날카로운 칼을 든 여자애가 걸어 나왔다. 그 애는 나를 보고 깜짝 놀랐지만, 칼을 든 사람은 내가 아니라 그 아이였다. 소녀가 나를 아래위로 훑어보더니 칼을 벨트에 꽂고 잘라낸 사초 다발을 바닥에 내려놓았다.

옷을 보니 오지브웨족이었고 나이는 나랑 비슷해 보였다. 나만큼 키가 크고 힘이 세 보였다. 나보다 셀 것 같기도 했다. 사슴 가죽 두 장을 맞대 중간에 머리가 나올 부분만 빼고 어깨 부분을 꿰매어 만든 옷을 입고 있었다. 머리카락은 하나로 땋은 다음 머리에 빙 둘러서 묶었다. 나라면 그런 머리를 하지 않겠지만 그 애한테는 잘 어울렸다.

우리는 마주 보며 서 있었고, 결국 그 애가 먼저 지루해졌던 것 같다. 나는 소녀가 자기 엄마, 자매, 친척 아주머니, 사촌에게 돌아가는 모습을 바라보면서 여자애가 저렇게 많은 가족에게 둘러싸일 수 있다는 사실에 질투가 났다. 그 애의 표정도 그랬다. 어떻게 설명해야 할지 잘 모르겠지만 그 애는 자기가 누구인지, 어디에 속하는지 아는 표정이었다. 반면에 나는 그런 걸 전혀 몰랐다.

달구지 줄이 짤랑거리는 소리가 들렸다. 돌아갈 시간이었다.

덜컹덜컹 대평원을 지나는 동안 나는 사람들이 인디언에 대해 했던 말을, 내가 지금까지 들어온 말을 생각했다. 마술을 부리고 버펄로와 대화할 수 있다고. 인디언은 땅을 알고 땅도 인디언을 아니까 어디로 이주해도 괜찮을 거라고. 아니면, 인디언은 이교도라고, 예의 바르게 식사하는 법이나 옷을 제대로 갖춰 입는 법을 모르는 야만인이라고. 예수님을 들어본 적도 없는 삶은 제대로 된 삶이 아니므로 인디언을 학교에 보내거나 거주 구역에 수용해야 한다고.

그 갈대밭에서 나는 딱히 마술을 부리거나 야만적으로 보이는 사람을 하나도 보지 못했다. 뭔가 할 일을 하면서 즐거운 시간을 보내는 사람들밖에 없었다. 그러자 내가 지금까지 들어온 어른들의 이야기 중에서 사실이 아닌 게 얼마나 많을까 궁금해졌다.

우리는 16일 만에 대평원을 가로질렀다. 그리 특별할 건 없었다. 스넬링 요새에 도착하니 어디에도 눈이 보이지 않았다. 달구지가 멈춘 날, 늦은 오후의 햇볕이 강하게 내리쬐면서 내일은 더 따뜻해질 거라고 약속했다.

내가 땅에 두 발을 내리기도 전에 무슨 소리가 들렸는지 아는가?

"메리! 제인!"

음, 바로 레이스 장갑을 끼고 실크 파라솔을 들고서 우리를 직접 마중 나온 프랜시스 램지 선생님이었다.

5장

기쁜 재회

"프랜시스 램지 선생님!" 나도 같이 소리쳤다.

"자, 자, 너도 잘 알겠지만, 난 이제 프랜시스 심슨 부인이야." 선생님이 나를 보고 혀를 차며 말했다.

프랜시스 선생님—앞으로도 내 마음속으로는 항상 그렇게 부를 생각이다—은 여전히 아름다웠다. 가장자리에 연보라색 천을 덧댄 양산, 품이 잘 살아 있는 고운 장갑 한 켤레, 그리고 그 원피스! 실크로 만든 원피스로, 크림색 바탕 위에 빨간 선과 파란 선이 격자무늬를 이루고 있었다. 선생님이 손수 지은 옷이었다. 그녀는 타고난 재봉 천재로, 신문에 실린 유행하는 옷에 대한 설명만 읽고도 옷을 뚝딱 만들어낸다. 방법은 모르겠지만, 구해 오는 원단마다 하나같이 최고급이다. 실크 천도, 장식 단추도 전부 근사하다. 더 놀라운 건, 그런 재료를 아낌없이 나눈다는 점이다. 바느질을 연습하라고 남은 천을 우리 여자아이들에게 선뜻 건네주곤 한다. 그게 얼마나 대단한 일인지, 상상이 되는가?

"우리 꼬마 소녀가 이제 숙녀가 됐네요!" 선생님이 엄마에게 말했다. "키가 무척 많이 컸구나! 정말 자랑스러워!" 내가 먹고 자는 것 외에 키 크려고 특별한 노력이라도 한 것처럼 선생님이 덧붙였다.

나는 프랜시스 선생님에게 하고 싶은 질문이 수천 개는 있었다. 결혼하니까 좋아요? 장교 숙소에 정말로 보스턴에서 온 그랜드피아노가 있어요? 무엇보다도 나는 선생님의 도움을 받아서 본을 뜨고 꿰매어 만든 내 원피스들을 아직 가지고 있는지 묻고 싶었다.

"아, 세상에." 프랜시스 선생님이 내 뒤의 무언가를 보고 말했다.

뒤를 돌아보니 엄마가 채소밭에서 기절한 군인을 내려다보고 있었다. 엄마가 한 발로 군인을 굴린 다음 몸을 숙여 숨을 쉬는지 확인했다. 아마 숨을 쉬고 있었나 보다. 엄마는 술에 찌든 군인을 그냥 놔두고 그 앞에 굴러다니던 빈 병만 발로 걷어찼다.

프랜시스 선생님이 위스키 냄새에 코를 찡그리며 다시 나를 봤다. "메리 제인, 네가 와서 정말 기뻐. 저녁 기도 끝나고 잠깐 들를게." 선생님이 내 손을 잠시 꼭 쥔 다음 떠났다.

프랜시스 선생님은 그대로였고, 그래서 나는 기뻤다. 선생님은 여전히 평범하면서도 화려했는데, 그게 참 멋진 것 같다. 물론 그새 학교 선생님에서 누군가의 부인으로 승격했지만, 어차피 조만간 일어날 일이었다.

사람들이 달구지에서 짐을 내리는 동안 나는 엄마를 도와 이미 씨가 맺히고 말라버린 작년 텃밭을 정리했다. 마른 오이 덩굴이 뒤엉켰고 땅은 돼지라도 키운 것처럼 온통 발굽 자국투성이였다. 엄마가 원한이라도 있는 것처럼 잡초를 잡아당기기 시작했다.

바로 그때 누가 엄마에게 달려왔다.

"저 고양이*예요!" 내가 아래쪽을 가리키며 소리쳤다.

"음, 안녕. 요즘은 몇 번째 삶을 살고 있니?" 엄마가 인사했다. "표정을 보니 여덟 번 하고도 반 번쯤 산 것 같구나."

커다란 주황색 고양이가 뭉툭해진 반쪽짜리 꼬리를 꼿꼿이 세우고 엄마 발목 주변을 8자로 뱅뱅 돌면서 몸을 문질렀다.

저 고양이는 스넬링 요새에서 먹이를 찾아다니는 수많은 길고양이 중 하나였다. 재작년에 숙소에 몰래 들어온 고양이를 발견했다. 내가 쓰다듬으면 고양이가 가르릉거렸고, 그러면 엄마가 들어와서 소리치곤 했다. "저 고양이 당장 내보내!"

엄마는 고양이가 식탁에 올라가서 버터를 먹은 다음 침대 밑에 들어가서 토한다고, 그 꼴은 절대 볼 수 없단다. 그래서 엄마는 저 고양이를 계속 쫓아냈고, 저 고양이는 계속 몰래 들어왔다. 그래서 우리는 버터를 절대로 꺼내놓지 못했다.

저 고양이는 무리 중에 제일 크고 빠른 데다가 군인들이 뭔가 걷어차고 싶은 기분일 때 어떻게 도망쳐서 숨어야 하는지 다른 고양이들보다 잘 안다. 그렇지만 저 고양이도 운이 다했는지, 어느 일요일 아침 배에 신발 자국이 난 채로 남은 꼬리를 질질 끌며 비틀비틀 들어와 생을 마감할 조용한 곳을 찾았다.

엄마가 저 고양이를 얼마나 극진히 보살폈는지 믿지 못할 것이다. 감자 신부님을 보살필 때보다 훨씬 더 극진했는데, 엄마가 신부님을 어떻게 보살폈는지는 이미 알지 않는가. 엄마는 요오드로 고양이를 씻긴 다음 헝겊으로 감싸고 얼굴에 오리 기름을 발라주었

---

* '저 고양이'는 고양이의 이름이다.

고, 한 시간마다 물을 먹였다. 보통 고양이는 사람 손 타는 것을 별로 좋아하지 않는데, 저 고양이는 불평 한마디 없이 가만히 누워서 애정이 가득한 눈으로 엄마를 올려다보았다.

저 고양이가 다 낫자 우리는 자기 무리로 돌아갈 줄 알았다. 하지만 우물로, 세탁소로, 텃밭으로 엄마를 졸졸 쫓아다니는 게 아닌가. 두 번 다시 부엌에 들어오려 하지 않았지만, 매일 아침 집 문 앞에 있었다. 저 고양이가 밤새 뭘 하는지 모르지만 우리 집 근처에는 쥐가 코빼기도 보이지 않았다. 정말이다.

사람들이 달구지에서 짐을 내린 다음 엄마랑 내가 우리 짐을 찾는 내내 저 고양이는 행복하게 야옹거렸다. 막사로 들어가 보니 우리 숙소는 떠날 때 모습 그대로였다. 프랜시스 선생님에게 받은 빈 향수병이 내 침대 옆 탁자에 놓여 있었다. 그 옆에 흐릿한 아빠의 초상화가 있었는데, 로비 오빠랑 똑같이 생겼는데 제복 차림인 것만 달랐다. 나는 잠시 멈춰서 초상화를 보며 기억해내려고 애썼다.

하지만 엄마는 멈추지 않았다. 부엌 식탁에 놓인 봉투를 향해서 곧장 다가갔다.

이블린 이모의 편지

"내려가서 카누가 들어왔는지 봐." 엄마가 'S. M.'이라고 새겨진 은제 편지칼을 찾기 위해 짐을 뒤적이며 말했다. 참, 우리는 S. M.이 누구인지, 또는 누구였는지 전혀 모른다. 모파가 오래전에 물물교환으로 손에 넣은 편지칼이다. 엄마는 1년에 딱 한 번, 이블린 이모의 편지를 열어볼 때만 그걸 꺼낸다.

강가로 내려가니 모파가 모피를 분류하고 있었다. 모파와 보야 저들도 그날 아침에 막 도착했다. 물론 헨젤도 있었다. 우리는 다시 만나 반가워서 다 같이 끌어안았다. 나는 모파와 함께 엄마에게 돌아갔고, 우리 세 사람은 이모가 에드워즈 요새에서 어떻게 지내는지 읽을 준비를 마치고 부엌 식탁에 앉았다. 에드워즈 요새는 이블린 이모가 조지 이모부와 두 딸과 함께 사는 곳이다.

엄마가 얇디얇은 종이 두 장을 조심스럽게 펴자 구불구불한 글씨가 여백을 채우고 가장자리까지 꽉 차 있었다. 엄마가 물을 한 모금 마신 다음 여동생이 언니에게 보내는 편지에 어울리는 목소리로 읽었다.

> 1월. 새해 첫날. 화창하고 맑지만 추워. 마당을 조금 걸었어. 일주일 동안 밖에 안 나갔어. 26일. 조지가 언니의 아주 다정한 편지를 가져왔어. 언니가 작년에 보낸 편지 이후로 처음 받는 편지야. 31일 일요일. 교회에 갔어. 쇼트 목사님은 늦게 오는 신도들에게 엄격하셔. 귀여운 조애나는 목사님이 자기 이야기를 한 줄 알고 마음 아파했어.

편지는 일기이자 추억이었다. 늘 그렇듯 명랑하고 애정이 넘쳤다.

> 3월. 밤새 천둥과 번개가 쳤어. 다들 이렇게 이른 봄, 이렇게 맑은 봄은 처음 본대. 12일 일요일. 새끼 양이 죽어서 수전이 울었지만 조애나가 달래주었고, 그 모습을 보니 엄마로서 마음이 아주 벅차올랐어. 두 아이는 정말 다르지만 자매답게 서

로 사랑해. 우리가 그런 것처럼 말이야. 사랑하는 언니, 언니는 굳센 마음으로 나를 인도해주었고 멀리 있지만 지금도 날 인도해줘.

이블린 이모의 편지에는 사람들의 마음이 잔뜩 나온다. 엄마는 마음이라는 단어를 읽을 때마다 자기라면 그렇게 쓰지 않았을 거라는 뜻으로 한쪽 눈썹을 치켜올린다.

4월 3일 금요일. 어제랑 오늘은 어떤 아버지와 아들이 우리 집에서 돼지우리를 만들고 텃밭 일을 했는데, 코크 카운티 출신이지만 몬트리올에서 5년 살았대. 토르발드 토르발센에 대해서 들어봤냐고 물었더니 못 들어봤다고 했지만, 모파의 이름을 말하니 마음이 행복해지고 멀리 있는 언니랑 모파에게 더 가까워진 기분이 들었어.

모파가 손수건에 코를 풀고 눈을 문질렀다. 아마 이 세상에서 모파가 두 딸 아이다와 이블린보다 사랑하는 사람은 없을 것이다.

토요일 [5월 23일]. 딸기와 크림으로 아주 맛있는 아침 식사를 했어. 오늘은 내 생일이야. 언니가 나를 생각하는 걸 난 마음으로 느껴. 조애나는 그림을 정말 잘 그리고 수전은 교회 피아노로 〈꿈길에서〉를 치는 법을 배웠어.

6월 18일 목요일. 벌새를 봤어! 돼지 두 마리를 도축하고 파이를 좀 만들었어. 아이들은 목사 사모님이 얼마 전에 낳은 아기를 어르고 달래는 걸 정말 좋아해. 둘이 아기를 볼 때마다 내 마음이 노래를 불러. 정말 귀여웠던 아기 메리 제인이 떠올라….

엄마가 여기서 멈추고 편지를 훑어봤다. 이블린 이모는 내가 두 살이었을 때 이후로 나를 못 봤지만, 편지에서 늘 내 얘기를 한다. 어쨌든 엄마는 그런 부분을 절대로 전부 다 읽어주지 않는다. 그랬다가는 자만하게 된다고, 우리 누구도 그런 건 필요 없단다.

> 7월 일요일. 날씨가 아주 좋아. 딱따구리를 몇 마리 봐서 마음이 정말 행복했어.

> 20일 월요일. 조지가 도롯가의 나무 키를 쟀더니 약 43미터였어. 그걸로 아주 좋은 목재를 만들 거야.

엄마가 한 장을 다 읽었다. 그런 다음 뒷장으로 뒤집더니 순간 눈빛이 흔들렸다.

> 11월 23일. 힘든 시기를 보내고 있지만, 불평하지 않고 마음속으로 용기를 내려고 노력해.

엄마의 얼굴에 그늘이 졌다.
이어서 '안녕, 잘 지내'라는 인사가 적혀 있고 그 뒤에 이렇게 적혀 있었다.

> 아이다, 이건 부탁은 정말 하고 싶지 않지만 몇 주 정도 도움이 필요해.

자, 당신이 예물랑 출신 사람들에 대해서 알아야 할 것이 있는데, 이 사람들은 무슨 일이든 1퍼센트만 이야기하고 나머지는 이야기하지 않는다. 이야기를 듣는 사람이 나머지 99퍼센트를 추측할 수 있으니, 대체로는 그 방법이 잘 통한다. 나는 엄마 얼굴과 모파의 얼굴을 번갈아 보다가 두 사람이 추측하는 것이 좋은 일이 아님을 깨달았다.

엄마가 편지를 뒤집고 또 뒤집었다. 1분인지 3분인지가 지난 다음 엄마가 한숨을 쉬더니 나를 똑바로 보며 말했다. "네가 가야겠다."

스넬링 요새엔 눈 한 송이 내리지 않았지만, 나는 온몸이 얼음처럼 얼어버렸다.

머리로는 내가 갈 수 없는 이유를 만들어내기 시작했다. 첫째, 나는 편지만 읽어봤지, 이블린 이모를 알지도 못했다. 둘째, 나는 평생 단 하룻밤도 엄마랑 떨어져 지내본 적이 없고, 모파와는 더욱 없다. 셋째, 나는 스넬링 요새 밑으로 내려가본 적이 없는데, 에드워즈 요새는 남쪽으로 약 640킬로미터나 내려가야 한다.

무엇보다도 나는 고작 열네 살이었다. 아니 지금도 열네 살이다.

엄마가 편지를 접어서 봉투에 다시 넣는 모습을 보면서 나는 반박해도 소용없음을 깨달았다. 엄마는 이미 결정됐으니—그러면 이미 이뤄진 것이나 마찬가지였다—못 가는 이유 같은 건 단념하는 게 좋을 거라는 표정을 짓고 있었다. 그래도 나는 묻지 않을 수 없었다.

"하지만 엄마, 거기 내가 필요한 게 확실해요?"

"아니." 엄마가 대답했다. "필요한 건 나야. 하지만 넌 내 딸이니까, 그다음으로 좋은 선택이지."

저녁 기도

댕! 댕! 댕!

교회 종이 저녁 기도 시간을 알렸는데, 너무 가까이에서 너무 크게 울리는 바람에 내 머릿속에서 이블린 이모가 순식간에 사라졌다. 우리가 교회에 도착해서 자리를 잡을 무렵에는 모든 게 너무 익숙해서 내가 정말 떠나는 건지, 전날 밤 꿈을 꾼 건지 알 수 없었다.

엄마는 항상 맨 앞줄에 앉아야 해서 나도 늘 거기 앉아야 한다. 모파는 교회에 아예 오지 않는데, 어떻게 안 혼나고 넘어가는지 모르겠다. 내가 기억하기로는 로비 오빠도 교회에 절대 안 다녔다.

마틴 목사님이 들어오자, 엄마는 아니었겠지만 나는 반가웠다. 마틴 목사님은 루터파인데, 성찬식에 진짜 포도주를 쓰는 교파라서 엄마는 못마땅하게 생각한다. 목사님은 여자애들과는 고무공 놀이를 하고, 남자애들과는 나무토막 야구를 하고, 모두와 구슬치기를 한다. 그래서 아이들은 목사님을 좋아한다. 게임이 매끄럽게 진행되려면 목사님한테 몇 점 내 주긴 해야 하지만.

엄마는 목사님에 대해 늘 이렇게 말한다. "저 사람은 어딘가 좀 모자란 데가 있어." 하지만 우리에겐 상관없는 일이다. 줄넘기 줄만 계속 돌려준다면 그걸로 충분하니까.

목사님에게 부인이 있어서 우리는 '목사 사모님'이라고 부르는데, 그분도 똑같이 재미있다. 두 사람은 참 신기하다. 결혼한 사이인데도 제일 친한 친구처럼 지낸다.

사모님이 목사님한테 무슨 음식을 해주는지 모르겠지만 마틴 목사님은 내가 마지막으로 봤을 때보다 옆으로 더 넓어졌는데, 그

전에도 체구가 작다고 할 수는 없었다. 아무튼, 마틴 목사님이 벌레를 잡으러 가는 울새처럼 계단을 올라 설교단 뒤에 몸을 밀어넣고 성경책을 탁 내려놓은 다음 저녁 기도를 준비했다.

우리는 모두가 외우는 찬송가를 불렀다.

모든 사랑보다 크신 주님의 거룩한 사랑,
하늘의 기쁨이 땅에 내려오사,
우리 마음에 친히 임하시고,
신실한 자비로 우리에게 관을 씌우소서!

왕관을 쓴다는 말이 나와서 내가 좋아하는 노래인데, 자연스럽게 여왕과 왕비가 떠오른다. 그날 밤은 1200년 10월의 여덟째 날에 겨우 열두 살의 나이로 대관식을 치렀던 이사벨라 여왕이 생각났다. 우리는 찬송가를 부른 다음 설교를 들으려고 자리에 앉았다. 엄마가 연필을 꺼내 메모할 준비를 했다. 마틴 목사님은 흥분해서 성경을 마음대로 해석하는데, 엄마는 그런 걸 못 참는다.

목사님은 내달리는 경주마처럼 말을 쏟아내기 시작했다. 예수님이 사람들을 찾아가셨을 때 다들 목 잘린 닭처럼 우왕좌왕 뛰어다녔다고 질책했다. 보통 구세주가 오시면 용서를 받거나 치유를 받으려고 줄을 서는 법인데 말이다.

그러다가 이야기가 옆길로 새서 목사님은 당시 사람들이 어떤 게임을 했을지 설명하면서 아마 예수님 팀이 거의 항상 이겼을 거라고 말했다. 엄마를 슬쩍 보니 어찌나 열심히 적는지, 종이에 불이 붙을 것 같다. 나는 우리 뒷줄에 앉은 목사 사모님을 보며 그녀가 고삐를 잡아당기기를 기다렸다. 사모님이 으흠! 하고 목을 가다듬자, 설교는 마무리됐다기보다 뚝 끊겼다.

우리는 폐회 찬송을 부른 다음 사람들이 모여 있는 쪽으로 갔다. 마틴 목사님과 인사를 해야만 집으로 돌아갈 수 있다. 목사님은 크고 가죽처럼 거친 손으로 악수한 다음 모든 신자를 똑같이 반기려고 신경 쓰면서 다음 사람에게 다가간다.

우리 엄마 뒤에는 절대 줄을 서면 안 된다. 엄마는 목사님이 틀린 부분을 일일이 고쳐줘야 해서 시간이 조금 걸릴 수도 있는데, 특히 복음이 관련되면 더욱더 그렇다. 그날 밤에는 엄마가 두 장밖에 안 적어서 금방 나올 수 있었다.

밖으로 나가니 남서쪽 하늘에서 미의 여신 베누스, 금성이 밝게 모습을 드러냈다. 유피테르, 그러니까 목성은 바로 옆에서 그만의 밝은 빛을 냈다. 곧 처녀자리가 모습을 드러내 밤하늘을 장악할 것이다.

엄마는 절대 위를 올려다보지 않는다. 그래서 이 중 아무것도 못 봤다. 엄마는 집에 도착할 때까지 한마디도 하지 않았는데, 마틴 목사님 때문에 짜증이 난 것 같았다. 엄마가 손잡이를 돌려 문을 밀고 안으로 들어가면서 한숨을 쉬고 말했다.

"내가 몇 년째 틀린 것을 가르쳐주는데, 목사님은 한 번도 고맙다는 인사를 안 하네."

노란 원피스, 초록 원피스, 분홍 원피스

한 시간 뒤, 프랜시스 선생님이 약속대로 집으로 찾아왔는데 대령님도 같이 데려왔다. 그는 내가 이제껏 본 사람 중 제일 뻣뻣한 남자로, 제복 차림에다가 띠까지 걸쳐 매고 있었다. 대령님은 미소를 짓지도, 고개를 끄덕이지도, 인사를 하지도 않고 경계 근무라도 서는 것처럼 정면만 봤다.

스튜를 두 그릇 가져왔는데, 진득한 그레이비소스에 커다란 고깃덩이가 들어 있었다. 몇 주 동안 차가운 페미컨만 먹다가 뜨거운 음식을 먹으니 정말 좋았다.

"이런 것까지 가져오시고, 고마워요." 엄마가 말했다.

"아, 별거 아니에요." 프랜시스 선생님이 고개를 저으며 말했다. "그냥 대령님이 드시고 남은 거예요. 요즘 저는 늘 요리만 해요! 아침에도 낮에도 밤에도 배고픈 남편을 먹여야 하거든요!" 선생님은 대령님이 먹을 감자 삶는 일이 진정한 천직임을 드디어 깨달은 사람처럼 왁스워크스 대령님을 올려다봤다.

프랜시스 선생님이 바구니에서 꾸러미를 하나 꺼냈다. "하나 더! 정확히는 세 개 더지만!"

나는 보자마자 뭔지 알았다. "내 원피스!"

원피스 세 벌이 다 있었다. 얇은 종이에 감싸여 리본으로 묶여 있었다. 나는 세세한 부분까지 전부 기억했다. 다른 사람도 아니고 내가 직접 디자인한 옷이었다. 주름 장식이 달린 밝은 노란색 원피스, 목깃이 높은 황록색 원피스, 그리고 내가 제일 좋아하는, 금사가 들어간 실크로 만들어서 각도에 따라 색이 달라 보이는 로즈골

드 원피스.

성인용 치수였지만, 다시 보니 내 몸이 자라는 속도를 생각할 때 머지않아 맞을지도 모르겠다는 생각이 들었다. 옷을 차려입을 일은 딱히 없었기에 크게 중요하진 않지만, 그 원피스들은 정말 마음에 들었다. 솔직히 말하면,《영국사 산책》보다 더 좋았다.

"장밋빛 원피스는 치맛단에 슬립스티치를 넣어서 마무리했어." 프랜시스 선생님이 나에게 말했다. "우리가 상상한 대로 예쁘게 완성된 것 같아."

"진짜 그러네요!" 내가 원피스를 들어보고 가슴에 끌어안으며 말했다. "정말 감사드려요!"

선생님이 미소를 짓더니 얼굴을 붉혔다. "안에 내가 쓴 편지도 있어… 네가, 음, 미덕에 대해서 생각할 때 도움이 될까 해서… 그러니까 내 말은, 네가 슬슬 그… 가정과 가족을 생각할 때 말이야. 편지를 가지고 다니렴. 혹시 괜찮은 청년을 만나면…."

'내가 떠나는 걸 어떻게 아셨지?' 세상에, 군 요새에서는 소문이 정말 빠르다.

프랜시스 선생님이 엄마를 흘깃 보고 나에게 말했다. "하지만 아마 곧 돌아오겠지. 그러면 올해에는 네가 여학생들한테《톰 아저씨의 오두막》을 읽어줄래? 어때?"

'어떠냐고요?《톰 아저씨의 오두막》은 내가 세상에서 두 번째로 좋아하는 책이에요' 나는 속으로 생각했지만 "오, 네, 프랜시스 선생님. 정말 영광이에요…"라고 말했다.

《톰 아저씨의 오두막》은 정말 감동적이다. 몇몇 부분에서는 도무지 울지 않을 수가 없다. 프랜시스 선생님이 매년 학생들에게 읽어주는데, 그러면 여학생들은 하나도 빠짐없이 노예제 폐지론자가 된다.

"음, 그럼, 지금은 그만 헤어져야겠구나. 잘 지내렴." 프랜시스 선생님이 나에게 입을 맞추고 대령님이 크고 거창하게 경례한 다음 두 사람은 돌아갔다.

"프랜시스 선생님은 정말 멋지지 않아요?" 나중에 내가 엄마에게 말했다.

엄마가 대답했다. "너도 알지? 프랜시스 선생님처럼 외모에 그렇게까지 신경 쓰는 건 죄야. 그리고 노예제 폐지론자라는 게 책 한 권 읽는다고 되는 일도 아니고."

엄마는 프랜시스 선생님을 괜찮게 생각하지만 엄마가 좋아하는 것과 그럭저럭 인정하는 것은 전혀 다르다.

"하지만 프랜시스 선생님은 친절하고, 마음도 넓고, 그리고…" 나는 우리 여학생들이 선생님에 대해서 늘 하는 말을 되풀이했다.

엄마가 내 말을 잘랐다. "생긴 게 예쁘면 착한 일을 할 때 더 착해 보이고 다른 건 전부 간과하게 되지."

엄마다운 말이었다. 뭐가 옳고 그른지 똑 부러지게 아시는 분인데, 정작 뭐든 틀렸다며 못마땅해하신다. 그래도 내가 프랜시스 선생님과 자수를 놓을 수 있었던 건 엄마가 여름마다 세탁소에서 일하며 나를 뒷바라지해주신 덕분이다. 그래서 그냥 대꾸하지 않았다. 어차피 결론은 정해져 있으니까.

"에드워즈 요새에 가기 전에 네가 알아야 할 게 몇 가지 있어." 엄마 말에 나는 그 자리에 멈춰 섰다. 순간 갑자기 전부 다, 그러니까 이블린 이모의 편지와 내가 가야 한다는 사실이 떠올랐다.

엄마가 말을 이었다. "네 사촌이 두 명 있어. 하나는 똑똑하고 하나는 다정하지. 너보다 한 살 많은 수전은 다정하고, 조애나는 자기 언니 몫을 합친 것만큼 똑똑한데 나이는 너랑 비슷해.

이블린의 남편, 조지는 착한 남자야." 나는 엄마가 착한 남자에 대해서 하는 말을 들어본 적이 있는데, 엄마가 정말 하고 싶은 말은 네 아빠랑 달라인 것 같다.

"그리고 내 생각에 네 이모는 교회를 지나칠 만큼 따르는 것 같아. 그러고 보면 이블린은 일찍부터 감리교에 빠졌지."

엄마는 다른 사람이 읽어주는 성경을 듣는 게 아니라 직접 읽어야 한다고 굳게 믿는다. 어떤 목사님을 좋아할 수는 있지만, 아무리 권유를 받아도 절대 특정 교회에 들어가지 않는다. 엄마는 하나님을 안다고 말하는 사람은 곧 자신이 하나님이다라고 말하게 된다고, 그러니 그런 사람과 거리를 두라고 한다.

그다음에 엄마가 한 말에 나는 정말 깜짝 놀랐다. "좀 자는 게 좋을 거다, 메리 제인. 에드워즈 요새로 가는 증기선은 내일 아침 일찍 출발하니까."

나는 화들짝 놀랐을 뿐만 아니라 땅이 흔들리는 것 같았다. 내가 떠난다는 건 알았다. 하지만… 하지만… 내일이라고?

열린 문 너머로 남쪽을 바라보았다. 내일 내가 떠날 방향이었지만, 커다란 돌담이 시야를 막고 있었다. 미래가 보이지도 않았고 상상도 되지 않았다.

내가 문을 닫자 저 고양이가 일어나더니 평소처럼 문간에서 밤을 지내려고 자리를 잡는 게 아니라 어디론가 가버렸다.

"엄마! 저 고양이가 가버렸어요."

엄마는 시선도 주지 않고 하던 일만 했다. 나는 밖으로 나가 고양이를 몇 발짝 따라갔다.

"엄마! 저 고양이가 군수품 창고에 들어갔어요." 집을 돌아보며 외쳤다.

"내 알 바 아니야." 엄마가 외쳤다.

"하지만 엄마… 고양이가 화약통에 누웠는데…."

엄마가 문밖으로 고개를 내밀었다. "메리 제인, 고양이가 예수님한테 그렇게 빨리 가고 싶다면, 내가 뭐라고 그 길을 막겠니?" 엄마가 앞치마를 풀어서 반으로 접었다.

"들어와라, 메리 제인. 잘 시간이야."

스넬링 요새의 밤

잠이 오지 않았다. 그래서 가만히 누워 내일을 생각했다. 창문으로 새벽 첫 빛이 들어오자마자 나는 침대에서 빠져나왔다.

밖으로 나가니 모든 게 멈춰버린 듯 조용했고, 실제로는 깨어 있지만 꿈꾸는 듯 느껴지는, 이 세상 것 같지 않은 빛에 감싸여 있었다. 그 속에서 장교 주택촌이 보였다. 저기 어딘가에서 프랜시스 선생님이 자고 있겠지. 엄마가 자주 가는 병원도 보였다. 엄마는 병원에서 군인이 치료받을 때 손잡아주는 일을 누구보다 잘했다.

학교도 보였다. 그곳에서 《젊은 여성의 도덕적 품행》이라는 소책자를 읽었었다. 어렸을 때부터 이미 알던 셈을 외우고 또 외우느라 머리가 이상해질 정도로 지루하게 앉아 있던 곳이기도 하다. 또

애니를 비롯한 친구들과 아주 즐겁게 지냈던 학교 마당도 보였다. 확실히 포크스에는 같이 놀 여자애들이 없었다.

새벽이 밝아왔고, 그래서 기운이 조금 났다. 늘 그렇다. 밤이면 세상이 닫히고 그날 하루의 기회가 사라지지만, 아침이면 무슨 일이든 벌어질 새로운 가능성이 열리는 느낌이다.

주변이 잘 보이는 반달 모양 포대 위에 올라갔다. 뒤에 펼쳐진 대평원의 물을 모아 남쪽으로 흘러가는 미시시피강이 보였다. 다코타족은 이곳을 미네소타라고 부르는데, 울림이 멋진 것 같다. 물과 관련된 말인데, 이름을 잘 붙였다. 여기 사는 우리에게 미네소타는 땅이 아니라 강과 호수와 습지다.

절벽 옆으로 걸어 내려오면서 높다랗게 솟은 백악질 바위와 낮은 사암, 그리고 중간 높이의 혈암을 지났다. 올해는 강 수위가 어떤지 보려고 내려가는 길이었다.

미시시피강의 수위가 낮은 해에는 파이크섬까지 사실상 걸어갈 수 있고, 수위가 높은 해에는 강둑에 선 나무 겨드랑이까지 물이 차오른다. 올해는 수위가 너무 높아서 증기선들이 벌써 북쪽으로 스넬링 요새까지 운항 중이었다.

땅에서 뭔가가 움직여서 자세히 보니 가터뱀이었다. 뱀 중에서 제일 친근한 뱀으로, 초록빛이 도는 까만색이고 양쪽에 노란 줄무늬가 길게 나 있다. 가터뱀은 어딘가로 가는 중이었지만 길을 멈추고 나를 향해 혀를 내밀었다. 그런 다음 방향을 바꿔 앞으로 돌진하자 몸의 나머지 부분도 따라갔다. 가터뱀은 목을 내밀기만 하면 어디든 갈 수 있다는 듯이 군다.

태양이 세상을 빼꼼 엿볼 때 다시 절벽으로 올라갔다. 누군가 이쪽으로 걸어왔는데, 가까워지고 보니 모파였다.

"저기 보렴, 마리엔? 해가 아직 다 안 떴구나. 멀리 떠나기 전에 마지막으로 늙은 모파랑 좀 걸을까?"

나를 보고 반가워하는 헨젤 탓인지 모파가 훨씬 더 슬퍼 보였다. 내가 이블린 이모네에 갔다가 상황이 정리되자마자 돌아온다는 걸 모르는 걸까. 길어야 몇 주, 어쩌면 그보다 빠를 테고 아마 한 달도 안 걸릴 거라고 나는 굳게 믿었다.

해가 수평선 위로 올라오는 동안 우리는 같이 걸었고, 예배당을 지날 때 모파가 물었다.

"우리 리텐 마리엔*, 내가 언제 태어났지?" 모파의 목소리는 부드럽고 낮았다.

"1789년이요." 내가 대답했다.

"네 모모**는 언제 태어났지?"

"1793년이요."

"네 엄마는 언제 태어났지?"

"1809년이요."

"네 아빠는 언제 태어났지?"

"1804년이요."

"네 오빠 로버트는 언제 태어났지?"

"1825년이요."

"너는 언제 태어났지?"

---

*   노르웨이어로 '귀여운 메리 제인'이라는 뜻이다.
** 노르웨이어로 '외할머니'라는 뜻이다.

"1832년이요."

"맞아, 엔타 미.* 우리의 이야기는 말만이 아니라 숫자에도 있단다. 절대 잊지 마라."

모파의 눈가가 축축했다. 어쩌면 눈물일지도 모른다. 모파가 말을 이었다.

"넌 수를 잘 다루니까 살면서 도움이 될 거다. 난 알아. 그게 내가 가진 유일한 재능이었고, 너에게 줄 수 있는 제일 좋은 거니까. 하지만 그게 네 인생의 사람들을 기억하는 데도 도움이 되길 바란다, 마리엔. 나는 그렇거든."

모파가 너무나 다정하게 나를 보았고, 우리는 손을 잡고 집으로 걸어갔다. 용감해진 기분이 들었다. 멀리 가서도 다 잘할 수 있을 것만 같았다. 하지만 무섭기도 했다. 영원히 사라질 것만 같아서.

좋기도 했고, 동시에 나쁘기도 했다. 나는 좋으면서 나쁜 것도 있음을 알게 되었다.

첫 번째 이별

모퉁이를 돌자 엄마가 문간에 서서 머그잔에 담긴 커피를 마시고 있었다. 우리를 보고 안으로 다시 들어가더니 나에게 줄 커피를 머그잔에 담아 들고나왔다. 나는 커피를 마셔본 적이 없었다. 엄마가 성장에 방해된다고 해서.

---

* 노르웨이어로 '우리 아이'라는 뜻이다.

엄마는 둘둘 만 보자기도 들고 있었다. "바늘 세 개, 실패에 감은 비단실 하나, 날카로운 석영, 무명천, 알코올이 든 작은 약병, 찻숟가락, 야생 완두 잎이 든 주석 주전자, 양지꽃 뿌리, 호스민트, 남은 쑥국화 차가 들어 있어.

이 정도면 이를 뽑고, 화상을 치료하고, 습포를 만들어 붙이고, 경련을 가라앉히고, 지혈하고, 상처도 꿰맬 수 있을 거다. 달리 뭘 줄 수 있는지 모르겠구나…." 엄마가 방을 뒤지듯 주변을 둘러보더니 말했다.

"이제 들어와서 말해보렴. 짐은 뭘 챙겼니?"

내가 들어가서 보여주며 말했다. "실크 원피스 세 벌이랑 찰스 디킨스 책이죠, 물론." 내가 《영국사 산책》을 집어 들고 책등을 손가락으로 쓸었다.

그렇게 커피 마시는 시간이 끝나버렸다. 엄마는 내가 아직도 매일 아침 양말과 신발을 신으라고 말해줘야 하는 어린애라는 듯한 표정을 지었고, 나는 그게 마음에 들지 않았다.

"성경은 안 가지고 가니, 메리 제인?"

"왜요?" 내가 순진하게 물었다. "이블린 이모한테 없어요?"

엄마가 입을 꾹 다물고 등을 돌리더니 가버렸다.

모파가 한 발짝 다가와 25달러를 주었는데, 전부 1달러짜리여서 한 다발이었다. 나는 돈을 주머니에 넣고 핀으로 여몄다.

모파가 등에 지고 다니던 둘둘 만 모피를 주면서 말했다.

"비버 열네 마리로 만든 모피다. 올해 나온 최고급 모피로만 만들었지. 지금 여기서는 8달러 45센트이지만 10달러 밑으로는 팔지 마라.

자, 이게 비상금이야, 암." 모파가 모피를 가리키며 말했다. "문제가 생기지 않으면 좋겠지만, 혹시나 문제가 생기면 이걸 이용하렴."

모파는 이야기가 끝났다는 뜻으로 고개를 끄덕였고, 나는 알아들었다는 뜻으로 고개를 끄덕였다.

엄마가 부엌에서 나왔다. "마지막으로 하나 더, 메리 제인. 이거 가져가렴."

엄마가 포도주색 액체에 심홍색 동그란 것이 가득 담긴 유리병을 내밀었다. 내가 정말 좋아하는 새콤한 체리 절임이었다. 8월에 담그면 11월이 되기도 전에 내가 다 먹어 치운다.

"날 위해서 남겨둔 거예요?"

"그래, 다행이지 뭐니. 그때 난 올해 무슨 일이 생길지 전혀 몰랐는데. 가지고 있다가 적당한 때 먹어."

나는 약 꾸러미를 가방에 넣은 다음 체리 병을 원피스로 감싸고 다시 모피로 감싼 뒤 밧줄로 묶었다. 그리고 밧줄 매듭 부분에 책을 끼워 넣었다.

집을 떠나는 건 참 이상한 일이다. 누구든 거창한 말이나 행동을 해야 할 것 같지만, 할 말이 뭐가 있을까? 떠나는 것 말고 무슨 행동을 할 수 있지? 기억이 잘 안 나지만 어쨌든 우리는 부두로 내려갔다. 분명 배에 타려고 기다리는 사람들이 있었을 텐데, 하나도 기억나지 않는다.

엄마가 이제 작별 인사할 시간이라고 말했던 것만 기억난다.

나는 모파를 안고 귓가에 "사랑해요"라고 말했는데, 가끔 했지만 자주 하지 않던 행동이었다.

"나도, 마리엔. 나도 그래." 모파가 내 머리를 쓰다듬었다. 그런 다음 뒤로 물러서더니 머릿속에 초상화를 그리려는 것처럼 위아래로 훑어보았다. 그러고 나서 휘파람으로 헨젤을 부른 다음 돌아서서 갔다. 백 걸음을 간 다음 돌아서서 손을 흔들었고, 나도 같이 손을 흔들었다.

나는 모파가 걸어가는 모습을 지켜보았다.

모파가 하루를 어떻게 보내는지 나는 잘 안다. 해가 진 뒤에도 창고에서 봄철의 바쁜 시기를 준비할 것이다. 나는 모파가 저녁으로 뭘 먹는지, 어떤 접시를 쓰는지 알았다. 하지만 그때 마지막으로 돌아서서 모파를 봤을 때 왠지 모파를 정말이지 처음 보는 것만 같았다.

언제 저렇게 늙으셨을까? 발걸음이 무겁고 등은 구부정했는데, 매일 같이 산책하면서도 알아차리지 못했다. 모파뿐만이 아니었다. 자세히 보니 헨젤도 나이 들어 보였다. 저렇게나 마르고 다리를 절뚝이는 걸 왜 몰랐을까?

나는 매표원을 찾았다. 아니, 매표원이 나를 찾았다.

"어디까지 가지?"

"에드워즈 요새요."

"요금은 가지고 왔지?"

"네. 얼마죠?" 나는 무역상이 모파에게 가격을 물을 때처럼 분명하고 거리낌 없이 물었다.

"계산을 해야 하는데…. 돈이 얼마나 있지?"

"25달러요."

"그래, 그거야. 에드워즈 요새까지 25달러."

그가 내 돈을 가져갔고, 바로 그때 종이 울리더니 누군가가 외쳤다.

"표를 가진 승객분들! 배에 타세요!"

엄마가 양손으로 내 얼굴을 잡고 뚫어져라 보았다. 그런 다음 차분한 미소를 짓더니 돌아서서 걸어갔다. 엄마는 돌아보지 않았다. 사랑해라고 말하지 않았다.

하지만 어쩌면 엄마의 사랑은 말로 표현할 수 있는 게 아닐지도 모른다.

어쩌면 엄마의 사랑은 신뢰하지도 않는 사람한테 나를 맡기지 않고 직접 세례를 주는 것인지도 모른다. 내가 죽을 만큼 아플 때 다시 회복시켜주는 것인지도 모른다. 백랍 주전자에 끓인 물을 못 마시게 하고 마지막 남은 쑥국화 차를 주는 것인지도 모른다.

갑판에 서서 강 하류를 바라보면서 짐을 가슴에 꼭 끌어안았다. 겹겹의 부드러운 모피 아래, 실크로 감싸인, 내가 제일 좋아하는 새콤한 체리 절임이 담긴 유리병이 만져졌다. 나는 내가 어디로 가는지 정확히 몰랐다. 하지만 내가 누구의 딸인지 알려주는 묵직하고 부피가 크고 깨지기 쉬운 것이 함께라는 건 알았다.

6장

미네소타벨호를 타고

주변을 둘러보니, '앉아야 한다'는 생각밖에 들지 않았다.

카누를 탈 때의 첫 번째 규칙, 두 번째 규칙, 그리고 마지막 규칙도 늘 같다. 절대 일어서지 말 것. 카누에서 일어서면 배가 크게 흔들리고, 자칫하면 뒤집히기 십상이다. 하지만 미네소타벨호에선 아무도 자리에 앉지 않았다. 다들 목초지의 게으른 말처럼 배 위를 어슬렁거리기만 했다.

사실 나는 카누가 아닌 다른 배를 타고 강에 나온 적이 없었다. 커다란 외륜 두 개와 쿨럭거리는 엔진을 달고 부두로 들어오는 미네소타벨호를 여름마다 보긴 했다. 돈 많은 사람들이 떼로 쏟아져 나와 세인트앤서니 폭포를 보러 갔다. 내가 커다란 배에 관해서 아는 건 그게 전부다.

배가 부두를 떠날 때, 귀가 먹먹해질 만큼 커다란 호각 소리가 울려 퍼졌다. 곧 우리는 속보로 달리는 말보다도 빠르게 물살을 가르며 나아갔다. 그렇게 자유롭고 빠르게 실려가던 그 첫 느낌을 나는 평생 잊지 못할 것이다.

승무원들이 나와서 갑판 곳곳에 하얗고 평평한 의자를 내놓았는데, 고상한 사람들은 절대 땅바닥에 앉아서는 안 되기 때문이다.

그때 내가 뭘 봤을 것 같은가?

마틴 목사님이 돌아다니며 의자를 들었다가 쾅 내려놓았는데, 아마 자기 몸을 지탱할 만큼 튼튼한 의자를 찾고 있었던 것 같다.

"안녕! 메리 제인!" 목사님이 빠르게 다가왔다. "너도 탔구나? 아, 재밌게 됐군! 강가에서 돌멩이를 몇 개 주워 왔으니까, 같이 던지기 내기하자…." 그러더니 뒤쪽을 향해 소리쳤다. "저기요, 목사 사모님! 꼬마 메리 제인이 우리랑 같이 배를 타고 가게 됐어요!"

"꼬마는 아니죠." 사모님이 말을 고쳐주었다. "세상에, 키가 정말 많이 컸구나!"

"그래요, 그래!" 마틴 목사님도 동의했다. "메리 제인, 키가 30센티미터는 컸겠다!"

"네! 그래서 이제 발이 세 개예요!"* 내가 대답했고, 다 같이 웃었다.

마틴 목사님이 하늘을 향해 커다란 손을 들어 올렸다. "널 만드신 주님을 찬양하자! 암, 찬양해야지!" 목사님이 사방치기를 하듯이 상상 속의 칸을 폴짝폴짝 뛰었다.

사모님이 목사님을 진정시키려고 애썼다. "자, 자. 부흥 집회를 위해서 에너지를 아껴요."

"우리 정말 재미있는 시간을 보낼 것 같지 않니?" 목사님이 환호했다. "코치 휩 밴드가 연주할 거야! 아, 〈프레리 퀸〉을 연주하면

---

* 약 30센티미터에 해당하는 단위(a foot)의 또 다른 뜻(발)을 이용한 말장난이다.

좋겠는데…."

"으흠…. 우리는 선한 일을 하려는 거야, 메리 제인. 길 잃은 영혼을 구하러 가는 거란다…." 사모님이 목사님을 쳐다보며 나에게 말했다.

"아, 그래." 목사님이 동의했다. "아주 재미있을 거야. 텐트에서 자고, 하숙집에서 식사하고…."

"그리고 죄인이 그리스도에게로 인도받도록 기도드리고…." 사모님이 끼어들었다.

"내가 말 편자도 가져왔지!" 목사님이 덧붙였다.

뭔지 모르겠지만, 이블린 이모네에서 일어나고 있는 일보다 확실히 더 재미있을 것 같아서 나는 잠시 질투가 났다.

나는 오전 내내 난간에 기대 흘러가는 강물을 바라보았다. 소용돌이치는 강은 아무 소리도 내지 않았다. 쏜살같이 흐르며 철벅거리는 북부의 폭포나 시냇물과는 달랐다. 아니, 강물은 천천히 움직이며 배 양옆에 부딪힐 뿐이었다. 바닥의 자갈이 보였고 커다란 물고기가 느릿느릿 지나가면 가끔 가려졌다.

나는 몇 시간이나 거기 서 있었지만 볼거리는 끝이 없었다. 익숙한 뾰족뾰족 솔잎이 아니라 크고 평평한 잎을 가진 강둑의 둥글둥글한 나무들. 머리 위에서 크고 넓은 원을 그리며 높게 나는 흰머리수리들. 때 이른 열매가 넘치도록 달린 수백만 그루의 뽕나무 덤불과 뽕나무 열매를 추수감사절 만찬처럼 즐기는, 그 두 배는 되어 보이는 새들.

거기 서서 그런 것들을 바라보는 일이 왠지 낯설게 느껴졌다. 무엇 때문인지 딱 집어 말할 순 없었지만 분명 기분이 이상했다.

나는 몇 시간이고 그 자리에 그대로 서서 바라봤고, 그러고도 또 계속해서 바라보았다.

그때 문득 깨달았다. 무언가를 하지 않으며 보낸 아침은 그날이 처음이었다.

나는 쓸모 있는 나이가 된 이후로 늘 씻고, 끓이고, 체로 거르고, 반죽하고, 빵을 굽고, 잡초를 뽑고, 물을 주고, 우유를 짜고, 나르고, 돌보고, 수선했다. 그러는 동안 엄마도 일하고 모파도 일했다. 먹고 싶으면 일을 해야 한다는 게 두 사람의 생각이었다. 종일 먼 곳을 응시한다고 저녁 식사가 저절로 생기지는 않으니까.

배에 타서 손이 아니라 눈을 쓰는 건 정말 대단한 일이었다. 보야저들이 강에 나가 있을 때가 무엇보다도 좋다고 말하는 걸 들은 적이 있는데, 그게 무슨 말인지 이제야 이해가 되었다.

미네소타벨호는 처음부터 끝까지 그야말로 사치스러웠다. 컷글라스 샹들리에가 반짝이는 식당에서 바다거북 수프와 구운 메추라기를 내놓고, 식기 하나하나를 코스 사이마다 바꿔준다는 이야기를 들은 적이 있었는데, 그게 다 사실이었다. 그리고 그 이상이었다.

나는 마틴 목사님과 사모님과 함께 점심시간에 식탁 앞에 앉아서 무언가의 혀 요리를 즐겼다. 다음으로 딸기랑 접시에 담긴 흰설탕이 나왔는데, 설탕은 원하는 만큼 얼마든지 먹을 수 있었다. 생일도 아닌데 꼭 생일 같았다.

두 사람은 피노클 게임을 하러 가고 나는 갑판 위 탁 트인 곳에 혼자 남았다. 그렇게 하길 잘했다고 생각했다. 해가 기울 무렵, 제비 떼가 하늘로 날아올랐다. 제비들은 나를 향해 곤두박질치기도 하고 서로를 쫓으며 공중에서 장난을 쳤다. 그때였다.

푸득, 푸드득… 툭! 쉬잇…

배 엔진에서 숨 막히는 듯한 소리와 함께 거친 떨림이 들려왔다. 외륜 하나가 점점 속도를 늦추더니 이내 멈췄고, 곧 다른 쪽 외륜도 따라 멎었다. 우리는 물 위를 떠돌고 있었다.

정적이 흐르고 나서야 비로소 소리가 들려왔다.

먼저, 부엉이 소리… 후우… 후우…

그다음엔 박쥐가 날개를 스치며 날아가는 소리…

파드득… 파드득… 파드득…

그리고 개울가에서 들려오는 개구리들의 울음…

개르륵… 개르륵…

그 밖에도 황혼이 시작되었음을 알리는 온갖 소리가 밤공기 속에 번져갔다.

물 위에 가만히 떠 있으니 마음 깊은 곳 어딘가가 풀려나듯, 내일도, 모레도, 잠시 잊혔다. 나는 등을 젖히고 기대 앉은 채, 강물이 데려다주는 대로 몸을 맡겼다. 마치 늦은 밤, 똑똑한 말에게 몸을 맡기듯 말이다.

전혀 다른 곳

"어이! 좌현!"

두 남자가 갑판을 가로질러 고장 난 외륜을 향해서 걸어갔다. 한 사람이 강으로 뛰어들더니 바퀴통에서 끈적한 것을 잡아당겼다. 또 한 사람은 외륜을 차례로 점검하고 갈라진 외륜을 찾아서 교체하기 시작했다.

증기선을 타고 여행하면 말에게 풀이나 물을 먹이려고 멈출 필요가 없어서 시간을 아낄 수 있지만 수리 때문에 가끔 멈춰야 하므로 아낀 만큼의 시간이 드는 것이었다.

배가 다시 출발해 강굽이를 돌자 끝이 보이지 않고 탁 트인 물이 펼쳐졌다. 정말이지, 모파가 이야기해준 바다 같았다.

"저게… 바다인가?"

내가 실제로 소리 내어 말했던 모양이다. 옆에 있던 사람이 이렇게 대답했으니까. "저건 폐핀 호수란다."

고개를 돌리니 깔끔한 흰색 제복 차림의 선장님이 보였다. "길이 32킬로미터, 너비 32킬로미터로 미시시피에서 제일 큰 호수지." 선장님이 말했다. "강어귀의 폰차트레인 호수만 빼면 말이야. 한참 동안 잘 봐두렴. 곧 전혀 다른 곳으로 갈 테니까."

우리는 접시만 한 수련 잎 사이를 지나갔다. 잎마다 거북이가 한 마리씩 올라타 있었는데 하나같이 백일몽에 빠진 얼굴이었다. 소금쟁이가 물 위를 미끄러지듯 건너다가 가끔 멈추더니 무언가를 잊었는데 그게 무엇인지 도무지 떠오르지 않는 것처럼 꼼짝도 하지 않았다. 자기 집인 호수 위에서 느긋하게 노니는 동물만큼 자유롭고 편안한 건 세상에 없을 것이다.

그날 밤 내 잠자리는 깃털 침대였고, 세수할 때 쓴 하얀 수건은 어찌나 고왔는지 면사포로 써도 될 정도였다. 25달러만 있으면 정말이지 못할 게 없는 세상이다.

다음 날 아침에 갑판으로 나갔더니 마틴 목사님과 사모님이 벌써 난간 앞에 나와 있었다.

"안녕, 메리 제인!" 사모님이 명랑하게 말했다.

"안녕하세요!" 내가 대답했다.

"주님이 만드신 날이야." 마틴 목사님이 선포하듯 말했다. "마음껏 즐기고 감사하자!"

"저기 봐, 프레리 뒤 시엔이야!" 사모님이 기뻐하며 말했다. "성 가브리엘 성당이다! 정말 사랑스러운 교회야. 가톨릭교회이긴 하지만."

"아, 캐시, 우리는 모두 주님의 자녀야…."

'캐시라고? 캐서린의 애칭인가?' 나는 사모님의 본명을 들어본 적이 없었다.

'캐서린'은 아마도 세상에서 가장 왕비다운 이름일 것이다. 《영국사 산책》을 펼치면 캐서린이라는 이름이 나오지 않는 쪽을 찾기가 어려울 지경이다. 헨리 8세에게만 해도 캐서린 왕비가 세 명이나 있었으니까. 하지만 나는 그 이름이 어디서 왔는지 사모님에게 굳이 이야기하지 않았다. 상대가 여자아이였다면 말했겠지만, 숙녀에게까지 말할 필요는 없었다. 어른들은 왕비와 성에 관한 이야기로는 좀처럼 감동하지 않는다. 자라는 동안 그런 능력을 어딘가에서 잃고 만다.

사모님이 동쪽을 가리켰다. "이제 여기서 잘 가라고, 행운을 빈다고 인사해야겠구나, 메리 제인. 크로퍼드 요새가 바로 저기야. 보이니? 아, 커다란 깃발이 펄럭이는 것 좀 봐!"

"아아, 성조기군." 마틴 목사님이 기뻐했다. "크로퍼드 요새에서는 선한 미국인들이랑 지내게 될 테니 안심해."

"아니에요. 저는 에드워즈 요새에서 내려요." 내가 두 사람의 말을 정정해주었다.

"에드워즈 요새라고? 크로퍼드 요새에 가는 줄 알았는데!" 사모님이 말했다. 깜짝 놀란 눈치였다.

마틴 목사님이 물었다. "비슷하게 들리네. 크로퍼드, 에드워즈…. 메리 제인, 확실하니?"

"에드워즈 요새예요, 마틴 목사님. 확실해요."

"음, 그렇다면 정말 걱정이네…." 사모님이 말했다.

"왜요? 에드워즈 요새에 문제라도 있어요?" 내가 두 사람에게 물었다.

"우리는 선한 일을 하는 사람들이니까, 이런 말은 하고 싶지 않지만…." 사모님이 조심스럽게 말하는데 마틴 목사님이 끼어들었다.

"음, 거긴 모르몬교도가 있어. 그게 문제지! 모르몬교도한테 완전히 점령당했다고. 게다가 에드워즈 요새는 나부랑 아주 가깝지. 모르몬교도가 득실거리는 괴물 뱃속 말이야!"

"모르몬교도가 뭐예요?" 내가 물었다.

"모르몬은 비非아메리카인이야, 메리 제인." 마틴 목사님이 대답했다.

사모님이 말을 이었다. "모르몬교도는 그걸 수없이 증명했어. 전부 똘똘 뭉쳐서 투표하거든!"

"그리고 모르몬 지도자인 조지프 스미스는 말이다. 음, 사람들은 그가 화를 자초했다고 하지." 마틴 목사님이 덧붙였다.

사모님이 허리를 세우고 턱을 들었다. "미주리에서 모르몬교도를 보낼 때 제일 좋은 사람들을 보내는 건 아니야. 너랑 나 같은 사람을 보내지 않는단다, 메리 제인."

"그놈들은 짐승이야!" 마틴 목사님이 소리쳤다.

나는 충격을 받아서 목사님을 바라봤다. 우리는 모두 주님의 자녀인 지 5분도 안 지났는데.

사모님이 내 표정을 보고 어깨를 으쓱했다. "좋은 사람도 몇 명 있겠지."

두 사람의 입에서 그렇게 증오에 가득 찬 말이 나오다니, 나는 깜짝 놀랐다. 특히 마틴 목사님은 다정한 아내를 가진 쾌활한 사람이라고, 게다가 목사님이라고만 생각했으니까! 나는 두 사람이 무서울 지경이었는데, 그때 마틴 목사님이 내 표정을 봤다. 목사님은 당연히 내가 모르몬교도 때문에 겁먹은 줄 알았다.

"자, 자. 메리 제인, 겁먹을 거 없어!" 목사님이 내 등을 툭 쳤다. "누구랑 무엇을 조심해야 하는지만 알면 돼. 나머지는 예수님께서 알아서 해주실 거야."

두 사람이 모르몬교도를 두고 했던 말은 내가 군인에게서 들은 인디언 이야기나 모파가 수족 고객에게서 들은 치페와족 이야기와 별로 다르지 않았다. 교회를 이끄는 남자와 그 남자를 이끄는 여자에게는 더 큰 기대를 했는데 말이다. 맞서야 했는지도 모르지만, 그때는 그냥 좋게 넘어가는 게 더 쉬웠다.

"네가 카드를 섞을래? 내가 나눌게."

마틴 목사님이 카드를 한 벌 꺼내더니 도둑잡기, 하트 게임, 휘스트 게임까지 하자고 했다. 목사님은 셋 다 못해서 내가 쉽게 이길 수 있었지만 나는 하지 않겠다고 말했다. 목사님이 선장님한테 줄넘기할 줄이 없냐고 물었지만, 나는 이번에도 하지 않겠다고 했다. 그냥, 예전만큼 재미있을 것 같지 않았다.

다음 날 아침, 배가 더뷰크항에 닿자 두 사람은 가장 먼저 하선을 기다리며 줄 앞에 서 있었다. 야외 부흥회를 손꼽아 기다리는 눈치였다. 부두 쪽이 이미 떠들썩한 걸 보니 집회는 벌써 시작된 모양이었다.

우리는 작별 인사를 했고, 나는 '잘 지내렴'이나 적어도 '행운을 빈다'는 인사말을 기대했지만 사모님은 그러는 대신 마틴 목사님을 쿡쿡 찌르며 말했다. "해요, 지금⋯."

목사님이 나를 보며 물었다. "메리 제인, 너는 진정으로 구원받았니?"

"아니요." 내가 감정 없는 목소리로 대답했다.

신부님과 목사님과 전도사님과 그 사모님들은 상대방이 세례를 받았는지, 고해성사를 했는지, 구원받았는지, 기름 부음을 받았는지에 왜 그렇게 관심이 많을까? 그게 중요하다는 듯이 물어본다. 집을 떠나는 게 무섭지 않은지, 오빠가 보고 싶지 않은지, 아빠가 돌아가셨는데 어떤 기분인지는 묻지 않는다.

나는 마틴 목사님과 사모님이 성경을 흔들며 건널판자를 경쾌하게 내려가, 들뜬 군중 속에 섞여드는 모습을 바라보았다. 두 사람은 흥에 겨워 보였고, 일부러 더 요란을 떠는 듯했다. 그리고 어느 순간 자취를 감췄다. 숲으로 들어가 노래하고 춤추며, 천국이 자기들을 기다리고 있다는 말을 주고받으러 간 것이다. 그러는 동안 내 내 속으로는 다른 이들은 모조리 지옥에 떨어지기를 바라겠지.

계획 변경

승객들 중에서 내가 아는 단 누 사람이 배를 떠나는 모습을 지켜보면서도 나는 두 사람이 조금도 보고 싶지 않을 걸 알았다.

선장님이 나를 보고 말했다.

"빨리 부모님을 쫓아가렴…. 어서! 이제 거의 안 보이는데."

"선장님, 저분들은 제 부모님이 아니에요. 저는 혼자서 에드워즈 요새에 가는 길이에요."

"그렇다면, 그래도 내리는 게 좋겠구나. 미네소타벨호는 여기서 뱃머리를 돌려서 세인트폴을 향해 강을 다시 올라가거든." 선장님의 말에 나는 입이 떡 벌어졌다.

"그게 무슨… 저는 이제 어떻게 하죠?" 내가 침을 튀기며 말했다.

"전혀 걱정할 거 없다. 표에 써 있으니까. 보자…."

내가 산 표를 선장님에게 보여주었다. 노란 종이에 '미네소타벨'이라는 도장이 찍혀 있고 그 위에는 "새롭고 견고하고 호화로운 증기선" 그 밑에는 "R. E. 힐 선장"이라고 적혀 있었다.

"R. E. 힐 선장? 이런, 그런 사람은 없는데!" 선장님이 말했다.

표 가운데 "이 표를 가진 사람은 _____까지 일등석을 탈 수 있습니다"라고 적혀 있고 빈칸에는 당신의 최종 목적지라고 적혀 있었다.

"누구한테서 샀지?" 선장님이 물었다.

"스넬링 요새 부두 근처의 매표원한테서요." 내가 대답했다.

"가장자리가 찢어진 가죽 모자를 쓰고 있었니?" 내가 고개를 끄덕이자 정말 슬프게도 선장님은 무척 화가 났다. "그 건달 놈이! 시카고행 가짜 표를 팔다가 우리한테 잡혔는데… 푯값은 얼마 줬니?" 선장님이 묻길래 내가 대답했다.

"25달러라고! 속여 먹을 사람이 없어서 이런…. 부끄러운 줄도 모르고!" 선장님은 잠시 생각에 잠겼다. "미네소타벨 회사가 손해를 보고 13달러를 돌려주마. 원래 요금은 12달러니까."

정말 친절한 말이었지만, 그래도 나는 무척 절망스러웠다.

"에드워즈 요새까지는 어떻게 가죠?" 내가 물었다.

"여기서 에드워즈 요새로 가는 배가 많아…." 그러다가 선장님이 좋은 방법을 떠올렸다. "이렇게 하면 되겠다. 걸리니언호를 기다리렴. 예쁘지는 않지만 선한 사람들이 있지. 그래, 걸리니언호를 타면 괜찮을 거다."

선장님은 나를 회계원한테 데려가 13달러를 돌려준 다음 어디에서 기다리면 되는지 알려주었다. "참을성을 가지고 기다리렴. 결국에는 올 거다. 이번에는 꼭 선장한테 표를 사고."

나는 선장님에게 고맙다고 인사하고서 짐을 들고 내렸다.

그런 다음 오전 내내 배를 기다리면서 절대 잊지 못할 것들을 봤다.

나이 많은 벌목꾼이 지팡이를 짚고서 내 옆으로 터벅터벅 걸어왔다. 흰 수염을 보니 모파의 수염이 생각났지만 빨간색과 까만색 체크무늬 셔츠는 낯설었다. 벌목꾼이 나에게 고개를 끄덕여 인사했고, 우리는 같이 서서 맑은 공기를 즐겼다.

그런데 정말 웃긴 새들이 보였다. 아주 커다란 새였는데, 배가 두 개씩 달려 있었다. 하나는 진짜 배였고 하나는 턱에 달린 배였다.

새를 가리키며 벌목꾼에게 물었다. "저건 무슨 새일까요?"

"아, 펠리컨이군! 펠리컨 처음 보니?" 벌목꾼의 말에 나는 본 적 없다고 고개를 저었다. "물고기를 아주 잘 잡아. 4.5킬로그램짜리 물고기도 건져내지. 봐라! 저기 간다!"

새 한 마리가 돌멩이처럼 뚝 떨어졌다. 펠리컨은 강물 위로 낮게 날면서 커다란 부리를 벌려서 얕은 곳의 물고기를 널찍한 목주머니로 떠냈다.

우리 눈앞에서 점점 더 많은 뗏목이 지나갔는데, 전부 죽은 소나무를 산더미처럼 싣고 있었다. 나무는 너비가 1.5미터, 길이는 최소 9미터쯤 돼 보였다. 통나무 더미 위에 기다란 쇠 갈고리를 든 남자가 한 명씩 서 있었다.

"나도 한때 저 일을 했었지." 늙은 벌목꾼이 그들 중 하나를 가리키며 말했다.

벌목꾼은 자신에게… 어쩌면 강물을 향해 중얼거렸지만… 나도 마음만 먹으면 들을 수 있었다.

"아, 그리운 소나무 숲… 씨앗이 태초에 싹텄던 그 나무들. 구름에 닿을 만큼 높다란 나무들. 하나씩 하나씩 우리가 베어냈지… 수백 그루… 수천 그루… 그런 다음 배에 실어 강을 따라 운송했어.

셀 수 없을 만큼 많은 나무가 쓰러지는 걸 봤고, 셀 수 없을 만큼 많은 사람이 나무를 베다 쓰러지는 것도 봤지. 방금까지 마지막 톱질을 하다가 다음 순간에는 목숨을 걸고 달리지. 방향을 잘못 잡으면 하늘에 운을 맡길 수밖에. 천천히 쓰러뜨리면 된다고? 하! 앞서 쓰러뜨린 나무에 안전 밧줄을 매기도 전에 다음 나무에 톱질을 시켜. 산 사람보다 죽은 나무가 비싸거든.

나무가 쓰러지면 진짜 일은 그때부터 시작이야. 톱으로 가지를 잘라야 해. 집게로 고정하고 사슬을 감지. 강을 향해 말을 달리게 하고. 통나무를 밀어 넣고 거기에 뛰어올라서 굴리면서 달려. 떨어지면 안 돼. 그랬다간 깔려 죽거든. 나무껍질에 묻은 피를 너무 많이 봤어. 인생을 두 번 살아도 못 볼 만큼 말이야.

내가 운이 좋은 건지 어쩐 건지 모르겠다. 내가 아는 건 이 일을 20년 하고도 두 팔과 손가락 열 개, 튼튼한 다리 하나가 남아 있다는 거고, 내가 받은 수당은 그게 전부라는 거야."

우리는 잠시 말없이 서 있었고, 잠시 후 벌목꾼이 조용히 말했다.

"언젠가 숲이 모조리 사라져서 나무를 벨 수도 없을 거야."

"정말 그렇게 생각하세요?" 내가 물었다.

"그럼, 난 그렇게 생각해." 그가 대답했다. "우리는 메인의 소나무를 벴고, 그다음엔 펜실베이니아의 플라타너스, 미시간 호숫가의 가문비나무를, 이제는 위스콘신의 늙은 참나무를 베고 있지. 나는 벌목 회사들이 도끼 천 개, 사람 팔 천 쌍으로 무엇을 해낼 수 있는지 똑똑히 봤어. 그리고 더 이상 내리칠 나무가 남지 않을 때까지, 그 도끼를 멈추지 않으리라는 것도 알아."

세상이 그렇게까지 변할 수 있다니, 도무지 상상이 가지 않는다. 세상은 너무 크고 너무 오래됐고, 이미 지금 이 모습이니까. 끝없이 펼쳐진 소나무 숲도, 인디언 천막 마을도, 들판을 가로지르는 들소 떼도 없는 미네소타라니, 아무리 애써도 상상조차 되지 않는다. 도대체 또 어떤 모습이 될 수 있단 말인가.

우리는, 그러니까 그 늙은 벌목꾼과 나는 잠시 더 함께 서 있었다. 그가 손을 내밀었고 우리는 악수를 나눴다. 그리고 그는 떠났다. 나는 그의 이름도 듣지 못했다. 그날 이후로 그를 다시 본 적 없고 아마 앞으로도 없을 것이다. 우리는 친구가 될 수도 있었겠지만 결국은 각자 어딘가로 가는 길에 잠시 그쳤을 뿐이다.

집을 떠나기 전에는 세상이 이렇게 낯선 사람들로 가득하다는 걸 몰랐다. 정말이다. 어딜 가든 낯선 사람을 만나게 된다.

7장

내가 본 사람 중에서 제일 신기하게 생긴 여자

 늦은 오후였다. 나는 목이 마르고 배도 고팠고 게다가 소변도 마려웠지만 감히 부두를 떠날 수는 없었다. 그저 이를 악물고, 다리를 꼬고 서서 지나가는 배마다 측면을 살피며 '걸리니언'이라는 이름을 찾았다.
 작은 위스콘신호가 자기 증기에 질식할 것처럼 털털거리며 강을 거슬러 올라갔다. 스멜터호는 뱃머리에 달린 대포를 쏘며 선창을 돌아들었고, 엉클토비호는 놀랍게도 텅 비어 있었다. 워리어2호는 빠른 속도로 강을 따라 내려갔는데, 누굴 들이받으러 가는 건지, 뭘 해치우러 가는 건지 알 수 없는 기세였다.
 그날 아침, 걸리니언호만 빼고 전부 지나가는 것 같았다. 그중에는 거룻배 세 척을 줄줄이 끌고 가는 작고 녹슨 끌배도 있었는데, 거룻배는 각각 지구보다 더 무거운 것이 틀림없는 잔해를 싣고서 반쯤 가라앉아 있었다. 정말이지, 미시시피강에는 별의별 것들이 다 떠다닌다.

나는 선창에 서서 초조하게 시간을 보내며 걸리니언호는 또 얼마나 녹슨 고물 배일까, 생각하고 있었다. 마침내 걸리니언호가 항구에 나타났을 때 솔직히 기분이 더 나아졌다고 할 수는 없었다.

걸리니언호는 미네소타벨호와 전혀 달랐다. 기다란 굴뚝 두 개도, 커다란 외륜 두 개도, 단원이 열 명이나 되는 브라스 밴드도, 공작새 동상도 없었고, 미네소타벨호에 있던 근사한 것들은 하나도 없었다. 아니, 걸리니언호는 굴뚝 대신 연통이 솟은, 물에 떠다니는 판잣집 같았다.

걸리니언호에는 또 내가 본 사람 중에서 제일 신기하게 생긴 여자가 있었다.

다 자란 곰만큼이나 덩치가 큰 여자는 배가 선창에 들어올 때 뱃머리에 서서 강가의 농부 같은 남자를 향해 양팔을 흔들었다. 농부 같은 남자가 여자를 보고 물속으로 첨벙첨벙 걸어 들어와 커다란 바구니를 두 개 건넸다. 그런 다음 모자를 기울여 인사하더니 돌아서서 갔다.

걸리니언호가 부두에 들어오자 나는 배에 뭐가 더 있는지 가까이에서 볼 수 있었다. 갑판 의자 대신 건초가 다섯 포 있었고 난간에 젖은 빨래가 널려 있었다. 자유롭게 뛰어다니는 염소와 요란하게 주사위 놀이를 하는 군인들이 보였다. 울타리 안에서 사슬에 묶인 돼지가 새끼 열 마리에게 젖을 먹였고, 어떤 남자가 앞치마도 없이 생선 한 무더기를 손질하고 있었다.

내가 본 사람 중에서 제일 신기하게 생긴 여자가 허리에 손을 얹고 가슴을 내밀고서 경쾌하게 소리쳤다.

"여러분, 안녕! 표를 가진 사람은 누구고, 표가 필요한 사람은 누구지?"

두 번째 표를 사다

"어이! 밀지 마!"

지저분하고 요란한 소년들이 서로 밀치면서 줄 앞쪽으로 달려가서 표를 자랑스럽게 내밀고는 갑판 위로 올라갔다. 드디어 내 차례가 되자 내가 본 사람 중에서 제일 신기하게 생긴 여자가 물었다. "어디로 가시나, 꼬마 아가씨?"

"에드워즈 요새에 가요. 음, 부인?"

"우리 배에 온 걸 환영한다! 여기 내 옆에 서서 가족을 기다리렴. 가족들이 오면 표를 한꺼번에 줄게."

내가 혼자라고 말하기도 전에 표를 사려는 남자애들이 떼로 몰려왔다. 나는 그 애들보다 키가 커서 새처럼 높은 곳에서 전부 지켜볼 수 있었다. 내 눈에 보이는 광경이 마음에 들지는 않았다. 단 하나도.

"이봐요! 젊은 신사분들! 어디로 가시나?" 그녀가 남자애들에게 물었다.

"저요? 저는 세인트루이*요!"

"음, 그렇다면 14달러 15센트는 있어야 탈 수 있어."

"여기요. 14달러하고 다임 두 개니까, 저한테 쿼터 하나 주셔야

---

* 세인트루이스를 뜻한다. 미시시피강 유역 사람들이 흔히 이렇게 발음하곤 했다.

해요."

그는 비웃듯이 이렇게 말했고, 여자가 요란하게 지갑을 뒤졌다.

"아! 그러면… 음… 여기 있다… 다음!" 소년이 카나리아를 잡은 고양이처럼 씩 웃으며 배에 뛰어올랐다.

"자, 다음은 어디로 가시나?" 그녀가 다음 사람에게 물었다.

"어어… 그냥 강을 따라 조금 내려가요. 록아일랜드에서 내릴 거예요."

"그렇군! 그러면 얼마 안 되네. 그러니까… 음… 4달러 65센트."

"여기요. 5달러랑 다임 세 개, 니켈 하나요. 저한테 1달러 주시면 돼요."

"음… 그렇군. 좋아, 여기 있어요." 그는 배에 뛰어올라 아까 그 남자애한테 달려가서 1달러를 보여주었고, 둘이 같이 낄낄거렸다.

계속 그런 식이었고, 남자애들이 전부 요금을 내고 잔돈을 받아 갔을 때 내 계산에 따르면 걸리니언호는 총 12달러 45센트를 손해 봤다.

'정말, 비열하고 못된 녀석들이잖아!'

그렇다고 진짜 아이들이라고 하기도 애매했다. 아직 어른이 되기 전이지만 이제 아이는 아닌, 로비 오빠가 집을 뛰쳐나갔던 바로 그 나이쯤이었다. 그 뒤로 우리는 오빠를 두 번 다시 보지 못했다.

그 남자애들도 도망치는 아이들 같아 보였다. 대부분 입고 있는 옷 중에서 한두 점은 군복이었다. 이 아이는 찢어진 조끼를 입고, 저 아이는 구겨진 장교 모자를 쓰고, 그런 식이었다. 남자애들이 전부 지나간 다음 여자가 나를 보며 말했다. "아, 거기 있구나…. 일행은 어디 있니? 서두르는 게 좋을 거야. 이제 곧 출항이거든!"

나는 어떻게 설명해야 할지 몰랐다. "저 혼자예요, 부인."

"너 혼자라고? 혼자서 이 힘겨운 세상에 나왔다고? 혼자서 에드워즈 요새까지 간다고?"

"네, 부인. 이블린 이모한테 가는 길인데, 이모가 저한테… 어… 엄마한테 도움을 청하셨거든요."

여자가 친절하고 걱정스러운 표정으로 나를 봤다. "가족 문제구나? 음, 너처럼 용감한 아이의 도움을 받을 수 있다니, 네 이모는 정말 잘 됐지 뭐니."

"에드워즈 요새까지는 얼마인가요?" 내가 물었다.

"13달러 25센트야."

기억할지 모르겠지만, 내가 가진 돈보다 비쌌다. 나는 울음을 터뜨릴 뻔했지만, 미네소타벨호 선장님의 말씀이 떠올랐다.

"부인, 저는 이 배의 선장님한테서만 표를 살 거예요." 내가 말했다. 그녀가 혹시 나를 속이려던 건 아닐까 싶어, 괜히 우쭐한 기분까지 들었다.

"뭐야! 바로 내가 선장이란다! 어떠니? 나를 여선장님이라고 불러도 돼. 온 세상이 그렇게 부르거든!"

여선장님은 화가 난 건 아니었지만 확실히 목소리가 컸다. 조금 우스웠다. 나는 선장님이 훨씬 좋아졌고, 돈이 부족하다는 사실이 두 배로 슬퍼졌다.

"여선장님, 저는 13달러밖에 없어요." 내가 주머니를 완전히 뒤집어 보였다.

"너처럼 용감한 여자애는 13달러만 내도 돼!"

'죽는 한이 있어도 25센트를 꼭 갚을 거야.' 왜냐면, 어떻게 보면 나는 여선장님한테서 다임 두 개랑 니켈 하나를 훔친 셈이었으니까. 요금을 다 내기 전까지 나는 못된 남자애들이랑 다를 바가 없었고, 그중 몇 명보다 내가 더 나빴다.

선장님이 13달러를 받은 다음 두 팔을 난간에 걸치더니 몸을 위로 올려 갑판으로 올라갔다. 그런 다음 돌아서서 나한테 손을 내밀었다.

손이 얼마나 크던지! 한 번 더 보지 않을 수가 없었다. '몸에 비해서 정말 너무 크잖아.' 아래를 보니 발도 작지는 않았다.

선장님이 손을 조금 더 뻗었다. "올라타. 그런 다음… 곧 출항하자! 오늘 걸리니언호를 반드시 제시간에 출발시킬 거야. 내일은 어떻게 될지 몰라도!"

거래를 하다

내가 손을 내밀자 선장님이 나를 짐과 함께 갑판으로 끌어 올려주었다.

"자, 저건 대체 뭐니?" 선장님이 커다란 모피 꾸러미를 지고 다니는 건 절대 평범한 일이 아니라는 듯이 물었다.

"비상사태에 대비해서요." 내가 말했다.

"무슨 비상사태? 세상에서 제일 큰 사향쥐인 척해야 할 때를 대비하는 거야?" 선장님이 웃었지만, 나를 놀리려는 게 아니라 붙임성 좋게 말하는 거였다.

"그냥, 올해 포크스에 들어온 최고 품질 비버 모피예요. 모파가 주셨어요. 정말 필요할 때 팔아서 쓰라고요."

"음, 살 사람을 찾는 게 좋겠다. 여기서 남쪽으로 더 내려가면 그 모피를 원하는 사람이 아무도 없을 거야."

"지금은 안 입겠죠." 나도 인정했다. "하지만 겨울이 오면 모피만큼 좋은 게 없어요."

선장님이 고개를 저었다. "장담하는데, 에드워즈 요새에서 정말 잊지 못할 여름을 보내게 될 거다."

선장님은 손을 내밀어 모피를 어루만지지 않을 수 없었다. 모파의 말에 따르면 그건 인간의 본능이다. 모피를 어루만지는 선장님의 눈이 빛났다. "어머, 너희 포마 말이 맞구나. 정말 좋은 물건이야!"

선장님은 곰곰이 생각하다 말했다. "정말 이러지도 못하고 저러지도 못하겠군. 걸리니언호는 지금도 늦었는데…." 그런 다음 양손을 번쩍 들며 말을 이었다. "에라, 모르겠다! 너를 위해 기다려주마. 어차피 선장은 자기 하고 싶은 대로 해도 되니까!"

선장님이 부두를 가리켰다. "저기 저 튀어나온 굴뚝 보이니? 교역소 굴뚝이야. 저 계산대 뒤에 앉은 남자가 썩 마음에 드는 건 아니지만, 너한텐 다른 선택안이 없는 것 같네."

나는 모피를 팔면 선장님에게 빚진 25센트를 갚을 수 있다는 생각이 들었다. 그래서 무릎을 꿇고 꾸러미를 풀어서 모피를 챙기고 나머지는 선장님에게 맡겼다.

"선장님, 제가 나녀오는 농안 이것 좀 맡아수시겠어요?" 나는 실크 원피스 세 벌로 싼 나머지 물건을 전부 선장님에게 주었다.

"물론이지. 하지만 최대한 빨리 가렴…. 그리고 곧장 돌아와. 얼른 가!"

나는 배에서 뛰어내려 그 굴뚝을 향해 달렸다. 잠시 멈춰서 소변을 보긴 했지만, 그 얘기는 별로 하고 싶지 않다.

마침내 도착한 그곳은 그동안 내가 봤던 어떤 교역소와도 달랐다. 오두막집도, 심지어 판잣집도 아니고 마구간에 가까워 보였다. 한쪽 옆에는 양초 만드는 가게가 있고, 반대쪽 옆에는 1달러를 받고 발의 굳은살을 갈아주는 여자가 있었다.

교역소 선반에는 물건이 거의 없었다. 진열품이라고는 금이 간 찻잔 하나, 찌그러진 침받이통 하나가 전부였다. 그 앞에 작고 왜소한 사내가 앉아 신문을 읽고 있었다. 턱수염은 없었지만 콧수염 하나로 그 자리를 충분히 채우고도 남았다.

내가 흠흠 목청을 가다듬자 남자가 고개를 들었다.

"이런, 이런, 이런. 안녕하세요, 아가씨! 정말 그림 같은 미인이시네? 이렇게 아름다운 아가씨한테 드릴 게 분명히 있을 텐데."

그의 미소 때문에 나는 뱃속이 불편해졌지만 억지로 참았다. '저 사람은 그저 친절하게 대하려는 것뿐이야.'

나는 모피를 들고 말했다. "여기 비버 생가죽 열네 장이에요. 매니토바에서 잡았죠. 품질이 아주 뛰어나요. 다 합쳐서 10달러 이하로는 절대 안 팔 거예요."

그가 관심을 보이며 눈을 반짝거렸다. 상인은 좋은 모피를 알아보는 법이다. 그가 콧수염 한쪽 끝을 빙글빙글 돌리며 생각에 잠겼다.

"그럼 10달러를 드리지, 아가씨!"

남자가 바지 속 깊숙한 데서 가죽 파우치를 꺼내서 열었다. 그러고는 입술을 핥으며 지폐를 한 장 꺼냈다가 다시 집어넣고, 또 한 장 꺼냈다가 다시 집어넣고, 계속 그러다가 마침내 원하는 걸 찾았다.

"자요. 멋진 10달러지. 아주 잘 파셨어, 아가씨!"

지폐 한 장이었다. 진짜 가치가 있는 10달러 지폐였다! 게다가 정말 근사했다. 통통한 아기천사들이 크리스마스처럼 하프를 뜯으면서 미소 짓고 있었다. 그리고 지폐 귀퉁이마다 꽃무늬 같은 숫자 '10'이 찍혀 있었다. 그런 건 정말 본 적도 없었다.

나는 콧수염 아저씨한테 고맙다고 말하고 작별 인사를 했다. 그는 시럽처럼 달콤한 미소를 지으며 한쪽 눈을 찡긋했다. 속에서 뭔가가 다시 치밀어오르며 불편해졌지만, 다시 꾹 참았다. 그런 다음 걸리니언호로 서둘러 돌아갔다.

내가 모피를 팔았다고 하자, 선장님이 "잘했어!"라고 말했다. 선장님이 한 팔로 닻을 올렸고, 우리는 강을 따라 하류로 떠내려가기 시작했다.

선장님이 내 원피스를 어깨에 메고 다니기 쉽게 밧줄로 새로 묶어서 돌려주었다. 매듭이 아주 튼튼했다. 늘어나지도 않고 너무 조이지도 않았다.

"아! 중요한 걸 먼저 해결해야죠." 내가 선장님에게 말했다. "이걸 받으시고 저한테 9달러랑 쿼터 세 개를 주시겠어요?" 내가 10달러짜리 지폐를 아주 자랑스럽게 선장님한테 건넸다. 속임수 없이 뱃값을 다 내고, 그러고도 마음이 든든할 정도로 넉넉하게 남는다고 생각하니 기분이 정말 좋았다.

선장님이 내 양어깨에 양손을 얹었다. "요 이쁜 것 좀 봐. 자기보다 다른 사람을 먼저 생각하다니."

내가 10달러 지폐를 건넸을 때 지폐의 무언가가 선장님의 시선을 사로잡았다. 선장님이 지폐를 자세히 보고 뒤집어 보더니 다시 더욱 자세히 봤다.

"누가 이걸 줬니?" 선장님은 기분이 썩 좋지 않은 것 같았다.

"선장님이 가라고 했던 교역소 남자가요." 내가 대답했다.

"악마 같은 놈! 좋은 사람이 아닌 건 알았지만, 이 정도로 못됐을 줄은 생각도 못 했어." 선장님은 화가 나서 길길이 뛰었다. "여기, 제일 밑에 뭐라고 적혀 있는지 보이니?" 선장님이 손가락으로 가리키며 지폐를 내 앞으로 내밀었다.

"뉴올리언스 은행." 내가 읽었다.

"맞아. 뉴올리언스가 어딘지 아니?"

'뉴…올리언스? 이 이름을 어디서 들어봤더라?' 나는 헨리 5세가 1420년에 오를레앙이라는 곳에서 잔 다르크에게 졌다는 사실이 기억났다. 잔 다르크는 1431년에 말뚝에 묶여 화형당했다.

"이거… 프랑스 돈이에요?" 내가 선장님에게 물었다.

"그런 셈이지!" 선장님이 설명했다. "너한테 아무 쓸모도 없다는 점에서는 펜실베이니아 남발 화폐*랑 다를 게 없지."

"하지만 숫자 10이 크게 적혀 있잖아요. 가짜일 리가 없어요!" 선장님이 놓쳤을지도 몰라서 내가 작은 부분을 지적했다.

"아, 진짜는 진짜지." 선장님이 말했다. "다만 적어도 배턴루지로 내려가기 전까지는 1센트의 가치도 없을 뿐이야."

마치 값비싼 도자기 소스 그릇을 떨어뜨린 기분이었다. 결국 선

---

*   펜실베이니아주에서 발행되었던 저액 지폐로 가치가 매우 낮았다.

장님에게 요금을 다 갚지 못하게 됐다. 하지만 그보다 더 쓰라린 건, 내가 얼마나 보잘것없는 처지인지 이제야 실감이 났다는 점이었다. 돈도 없고 모피도 없고 가진 건 아무것도 없었다. 딱 하나, 니켈보다 값어치가 없는 10달러짜리 프랑스 지폐 한 장뿐.

선장님이 내 표정을 읽었나 보다. "불쌍한 것. 혼자 여기까지 와서 그… 누구를 찾아간댔지? 할머니랑 할아버지였나?" 선장님이 물었다.

"이모랑 이모부요."

"아, 너 같은 어린애한테 이 세상은 너무 사악해." 선장님이 슬프게 고개를 저었다.

에드워즈 요새까지 아직 반도 못 갔는데 발밑에서 세상이 변하는 것을 이미 봤다. 나무가 다르고, 새들이 다르고, 심지어 사람들도 내가 북부에서 알던 사람들과 전혀 달랐다. 가는 곳마다 돈도 달라지는 걸까? 모파는 왜 나한테 경고해주지 않았을까?

그때 그 이유를 깨달았다. 모파도 몰랐나 보다! 엄마도 몰랐을지 모른다! 나는 태어나서 처음으로 두 사람이 모르는 무언가를 알게 된 것인지도 모른다.

그러다가 우리 세 사람 중에서 스넬링 요새보다 남쪽으로 내려와본 사람이 나밖에 없다는 생각이 들었다. '난 이제 여기서부터 미지의 영토에 들어가는 거야.' 말을 타고 빨리 달리는 것처럼 신났고, 또 '워워!'라고 해도 말이 못 알아듣는 것처럼 겁이 났다.

그때 선장님이 내게, 그리고 배 위의 모두에게 선언했다. "이 배 걸리니언호에 타 있는 동안 너는 선장의 특별 보호를 받는다! 지금부터 내 임무는, 1837년에 설립된 멤피스 오길 브라더스 앤 컴퍼니에 광석 2백 톤을 전달하는 것 못지않게, 너를 에드워즈 요새까지 무사히 데려다주는 거야!"

그 말을 듣는 순간, 너무 꽉 묶인 신발 끈을 풀었을 때처럼 숨이 한 번에 빠져나왔다. 겁에 질려 있던 마음은 조용히 가라앉았고, 그 빈자리에 들뜬 기대감이 채워졌다.

이블린 이모네에서 정확히 어떤 일이 나를 기다리는지는 여전히 알 수 없었지만, 적어도 세상에서 가장 기묘하게 생긴 이 여자 덕분에 나는 마침내 제대로 된 배에, 제대로 된 사람들과 함께 올라탔다는 확신이 들었다.

8장

걸리니언호를 타고

"당분간 갓 태어난 병아리가 엄마 닭을 쫓아다니는 것처럼 나를 쫓아다녀라." 선장님은 자기 임무에 진심이었다.

"꼭 그렇게 할게요." 나는 그러겠다고 했다. 선장님 덕분에 안전하다 느껴졌고, 용감해졌다고도 느꼈다. 분명 병아리도 엄마 닭한테 그런 느낌이 들 것이다.

"자, 우리 귀여운 치키.* 걸리니언호를 구경시켜주마! 아주 좋은 배야. 선장은 편파적일 수밖에 없지만 말이야. 이 배가 얼마나 튼튼하고 용감하고 성깔 있는지 보고 나면, 이 크고 힘겨운 세상에서 걸리니언호가 왜 최고의 배인지 알게 될 거다!"

"진짜 그럴 거 같아요!" 나는 이미 선장님이 무척 좋았는데, 걸리니언호는 선장님의 필수적인 일부니까 걸리니언호도 좋아하기로 마음먹었다.

---

* 영어로 '병아리'라는 뜻이다.

"따라오렴, 치키. 구석구석 돌아다니면서 뭐가 뭔지 다 보여줄 게. 그런 다음 로버트 풀턴도 만나야지. 로버트 풀턴이 없으면 광석을 절대 잔뜩 싣지 못할 거야. 안 그러니?"

우리는 입대할 소년들 사이를 누비며 갑판을 걸었다. 남자애들은 주사위 게임이나 술이나 외설적인 그림 뭉치를, 또는 세 가지 모두를 둘러싸고 모여 있었다. 선장님이 다가가면 반드시 남자애 하나가 선장님을 가리키면서 몸을 숙이고 무슨 말을 했고, 그러면 다들 웃었다. 어떤 애들은 선장님이 지나갈 때 휘파람을 불거나 쪽 소리를 냈다.

나는 왠지 두려웠다…. 그 애들이 선장님한테, 그리고 나한테 위험한 존재라도 되는 것처럼. 하지만 어떻게 위험한지는 정확히 말할 수가 없었다. 선장님은 알아차리지도 못한 것처럼 행동했다.

"걸리니언호는 길이 43미터, 선미에 외륜이 달린 외륜선이야. 열두 해 전, 피츠버그 조선소에서 건조됐지. 처음 걸리나에 들어온 날을 난 아직도 생생히 기억해. 그 계절의 세 번째 배였고, 나는 단번에 반해버렸지. 그릴리 앤 블레이크가 자금을 댔고, 그때부터 줄곧 내가 이 배의 키를 잡았단다."

선장님은 나에게 선수재, 칸막이벽, 도삭기, 난간, 지지대 그리고 기억나지 않는 많은 것들을 보여주었다. 선장님은 걸리니언호가 다행히도 네모난 선미와 곡선형 선수를 가지고 있다고 설명했다. 선장님이 호그 기둥에 묶인 호그 사슬을 따라 나를 데려갔고, 그러자 외륜 아래 커다란 키가 얼핏 보였다.

그런 다음 선장님이 나를 하부 갑판의 크고 네모난 상자로 데리고 갔다. 상자 꼭대기에 6미터 길이의 굴뚝이 솟아 있었다. 상자에

문이 하나 있었는데, 나는 들어갈 수 있을 것 같았지만 선장님은 들어갈 수 있을지 의문이었다.

선장님은 그것이 모나리자라도 되는 것처럼 가리켰다. "그리고 여기! 여기가 기관실이야."

선장님이 문을 어깨로 두어 번 세게 치더니 화려한 동작으로 밀어서 열었다.

"로버트 풀턴, 여기는 치키야. 치키, 이쪽은 로버트 풀턴이란다!"

로버트 풀턴

로버트 풀턴은 조금 작고 뭉툭하게 생겨서, 한창때는 꽤 잘나갔던 녀석처럼 보였다.

"별로 대단해 보이진 않지." 선장님이 로버트 풀턴의 정수리를 두드리며 말했다. 탕, 탕, 탕! "하지만 뱃속에 불이 붙으면 아무도 못 말린단다!" 그런 다음 선장님이 노래를 불렀다.

밸브를 열어라, 오래된 연기를 내보내자.
석탄이 부족하면 화물을 강물로 던지지.
여선장이 항해사에게 말하네. "부글부글 끓이지 못하면
천국 문 앞에서 베드로 성인을 만나게 될 거야!"

로버트 풀턴은 가운데 해치가 달리고 사방에 바퀴 같은 게 튀어나온, 거다란 무쇠솥 같은 증기 기관이었다. 선장님은 피스톤, 크랭

크축, 연결봉, 4행정 실린더 같은 부속들을 줄줄이 읊어댔다. 나는 어떻게든 따라가려 애썼지만 결국 놓쳐버렸다.

마침내 선장님이 말했다. "슬슬 풀턴을 깨울 시간이다!" 그러고는 내 쪽을 돌아보며 말했다. "너도 돕고 싶니? 모든 증기선에는 증기를 돌볼 대장이 필요하거든."

"아, 네, 선장님." 내가 대답했다. 25센트를 갚을 수 없다면, 적어도 일을 도와서라도 그 빚을 갚을 수 있을지 몰랐다.

"그러면 저 석탄 통을 들고 오렴. 치키, 삽질은 잘하니?"

"눈보라 때문에 쌓인 눈을 치울 정도는 돼요. 눈에 파묻힌 말들을 꺼내는 게 제 일이었죠." 끝도 없이 불평했던 그 일이 갑자기 자랑스럽게 느껴졌다.

선장님이 나를 석탄 더미로 데려갔다. "자, 석탄 통을 채워서 가져와. 열 번은 왔다 갔다 해야 할 거야, 치키. 그러니까 어서 움직여!"

내가 석탄을 다 나르자 선장님이 말했다. "이제 올라가서 역청을 가져오자."

우리는 사다리를 올라 기관실 지붕에 놓인 오두막으로 올라갔다. "여기가 조타실이야. 내가 배를 조종하는 곳이지." 선장님이 나에게 안을 보여주며 말했다. "여기서 잠도 자고 식사도 하고 편하게 쉬기도 해."

조타실은 아주 깔끔했다. 밀대 같은 손잡이가 여러 개 달린 커다란 나무 바퀴 근처 바닥에 잠잘 때 쓰는 매트, 거울, 빗이 있었는데 전부 깔끔했다. 한쪽 구석에 놓인 물 양동이에 바가지가 들어 있고, 그 옆에 커다란 양동이가 있었다. 그 위에는 빨랫줄이 묶여 있었다.

선장님이 양동이를 가리켰다. "저 역청 양동이를 가져와. 내려가서 풀턴한테 불을 붙이자."

양동이를 들었는데, 정말 무거웠다! 양동이 안에 든 찐득하고 검은 것은 당밀보다 걸쭉하고 낡은 고무 냄새가 났다. 나는 양동이를 어깨에 얹고 사다리를 조금 내려가서 뛰어내렸다.

"역시, 젊음이 좋긴 좋구나!" 선장님이 나를 보며 말했다.

"이제 역청을 두껍게 바르렴." 기관실로 돌아가자, 선장님이 지시했다. 내가 석탄에 검고 찐득한 것을 발랐다.

"어머, 이것 좀 봐. 넌 정말 타고났구나." 선장님이 말했다.

선장님은 늘 그랬다. 내가 사소한 일을 할 때마다 선장님은 누구보다도 최고로 잘한다고 말했다. 그런 말을 들을수록 나는 더 강해졌다. 누가 칭찬을 퍼부어주면 온 세상을 짊어질 수 있을 것만 같아진다.

"우리 귀여운 치키, 넌 걸리니언호의 일류 기관사가 될 거야!"

"그건 선장님이 일류 선장님이기 때문이죠!" 내가 선장님에게 말했다.

"어머나, 이런! 걸리니언호에서 나는 매표원도 되고 일등 항해사도 되고 이등 항해사도 되지! 하지만 나를 좋아하는 사람들은 다 날 선장님이라고 불러준단다."

"나를 좋아하는 사람들은 전부 날 병아리라고 불러요."

"음, 처음 뵙겠습니다. 병아리 일류 기관사님?" 선장님이 악수하려고 곰 앞발처럼 커다란 손을 내밀었다.

"준비 완료. 임무 대기 중입니다, 선장님." 내가 최선을 다해 군대식으로 경례하며 대답했다.

우리는 사이좋게 웃음을 터뜨렸다. 정말 즐거웠다.

선장님이 진지해졌다. "네가 들고 있는 그 역청 양동이 말이야. 로버트 풀턴한테 불을 붙이고 난 뒤에는 그 양동이를 절대 불꽃 가까이 두면 안 돼." 선장님이 고개를 저었다. "그러다가 배가 홀랑 타는 거거든. 역청을 증기 기관에 너무 가까이 둬서 말이야.

강물에 떠다니는 수많은 배 중에서 몇 척은 둥실둥실 떠다니는 폭탄이나 다름없어, 치키. 증기 기관이 터지면 아주 끔찍한 광경이 펼쳐지지. 사람들이 날아가고 조각이 물에 둥둥 떠다녀." 선장님은 무척 슬퍼 보였다. "미시시피 증기선도 문제지만 미주리강의 배들은 열 배 더 문제야. 세상에, 살루다호? 금방이라도 비극이 펼쳐질 거야." 선장님이 고개를 저어서 나도 따라 저었다.

"그래서 난 너 같은 전문 기관사한테만 불붙이는 일을 맡긴단다, 치키."

"알겠습니다, 선장님."

"올라가서 역청을 안전한 곳에 돌려놓고 와. 그런 다음 불을 붙이고 로버트 풀턴이 뭘 할 수 있는지 보자." 선장님이 말했고, 나는 가서 시키는 대로 했다.

내가 돌아오자 선장님이 부싯돌로 어떻게 불쏘시개에 불을 붙이는지 보여주었다. 나는 불붙이는 방법을 알았지만 그래도 선장님이 내게 바라는 특별한 방식이 있을지도 모르니 자세히 지켜보았다.

선장님이 작은 불꽃을 역청 발라놓은 석탄에 가져다 대자, 훅! 로버트 풀턴 안으로 커다란 불길이 일었다. 우리는 문을 닫고, 걸쇠를 두 번 단단히 확인했다.

"이제 기다리는 일만 남았어." 선장님이 나에게 말했고, 우리는 일어서서 기다렸다.

곧 로버트 풀턴이 훅 소리를 내기 시작했고 꼭대기에서 증기가 조금 흘러나왔다. 오래 지나지 않아 비죽 튀어나온 쇠막대가 움직였다. 아니, 적어도 끼익 소리를 냈다. 쇠막대가 올라가서 다른 막대를 밀어 내리자, 그 막대가 또 다른 막대를 밀어 올리고, 그런 식이었다. 마지막 막대는 쇠바퀴에 붙어 있었는데, 그 바퀴가 더 작은 바퀴와 맞물려 회전축에 끼워진 외륜을 돌렸다.

"아, 우리 걸리니언호가 처음에는 불평을 좀 하는 편이지. 안 그러니, 치키? 하지만 기름칠을 해주면 곧 노래를 흥얼거릴 거야. 두고 보렴."

줄을 빠르게 움직이게 하자 커다란 바퀴에 달린 노가 물속으로 들어갔다가 다시 올라오면서 배를 힘껏 밀었다. 바퀴가 부드럽게 돌아갔고, 우리는 곧 아주 빠르게 강을 따라 내려가기 시작했다.

"네가 해냈어!" 선장님이 환호했다. 대부분 선장님이 다 했는데 말이다. 다음에는 선장님이 나 혼자 할 수 있게 해주지 않을까, 나는 벌써 기대가 되었다.

"이제 뭐 해요?" 내가 물었다.

"이제 조타실로 올라가서 키를 잡을 거야. 넌 로버트 풀턴한테 석탄이 부족할 때마다 석탄을 먹이면 돼. 해가 지기 시작할 때까지 그것만 하면 돼. 괜찮지?" 선장님이 내게 물었다.

"아주 좋아요!" 내가 말했다.

나는 로버트 풀턴이 배고파지기를 기다리는 동안 갑판에 서서 수평선을 보며 지나가는 밭을 구경했다. 스넬링 요새에서 엄마는 아직 한 달은 지나야 텃밭에 작물을 심을 텐데, 이곳 아이오와 시골에서는 사방에서 초록색 옥수수가 올라오고 있었다. 일리노이로 가니 옥수수 이삭이 맺혔고 비단 같은 술이 벌써 작게 달려 있었다. 내 계산에 따르면 배에서 보내는 사흘은 땅에서 보내는 3주와 맞먹는다.

이런 계산에 몰두하고 있을 때 위에서 선장님이 부르는 소리가 들렸다. "아, 치키이이이이! 여기 올라와서 배를 조종해볼래?"

키를 잡다

걸리니언호를 조종하다니! 나는 너무 신이 나서 날아오르듯 사다리를 타고 조타실로 올라갔다. 안에는 선장님이 양손으로 키를 붙잡고 두 발에 번갈아 체중을 실으며 몸을 앞뒤로 흔들고 있었다. 자유롭게 움직이려고 그랬는지 소매를 겨드랑이까지 걷어 올렸는데 그 창백한 팔이 정말이지 환하게 빛났다. 얼굴이며 손, 목덜미는 새까맣게 그을려 있었다. 그냥 탄 정도가 아니라 태양 아래 오래서서 지낸 사람답게 바싹 그을린 상태였다. 배 갑판에서 날마다 지내면 그렇게 되는 거겠지.

"방향타가 내 바로 밑에 있어. 그리고 여기 내가 잡고 있는 게 방향타를 양옆으로 움직이지. 그러면 배가 강 한가운데로 간단다."

선장님이 나에게 키를 잡아보라고 손짓했다. "자, 이제 몸을 약간 흔들어봐…. 발을 단단히 땅에 붙이고 무릎을 움직여." 선장님이

지시했다. "됐다!" 선장님은 누구나 할 수 있는 일이 아니라는 듯 환호했다.

"자리가 높아서 내다보기 좋아." 선장님은 걸리니언호의 키를 잡을 때 제일 행복한 시간을 보낸다는 듯이 꿈꾸는 목소리로 덧붙였다.

꼬르르르르르르륵. 내 배에서 길고 요란한 소리가 나서 우리 둘을 방해했고, 나는 아침 식사를 한 뒤로 아무것도 못 먹었다는 사실이 생각났다.

"어머, 치키. 뭐 좀 먹어야겠다!"

그러자 나는 또다시 슬퍼졌다. 먹을 것도 없고 먹을 걸 살 돈도 없었기 때문이다. 뭐, 돈이 아예 없는 건 아니지만 어차피 쓸 수 있는 돈은 아니었다. 그러다가 엄마가 준 체리 절임이 생각났다.

"체리 좋아하세요?" 내가 선장님에게 물었다. "설탕에 절인 체리가 한 통 있어요. 아주 좋은 거예요." 나는 나눠 먹을 것이 있어서 기뻤다.

"그게… 네가 가진 전부니?" 선장님이 아주 심각하게 물었다.

"그거랑 약이나 실처럼 유용한 물건이 몇 개 있어요."

"치키, 그러면 그건 정말 필요할 때를 대비해서 간직하는 게 좋겠다. 오늘은 아까 더뷰크에서 농부 젠킨스 부부가 준 빵이랑 치즈, 버터밀크, 달걀을 먹자."

로버트 풀턴을 확인했더니 석탄이 더 필요해 보여서 더 주었다. 그런 다음 우리는, 그러니까 나와 선장님은 식사를 했다. 친구가 된 기분이었다. 달걀 요리는 약간 고무 같았지만 소금을 조금 뿌리니 아주 맛있어졌다. 우리는 양동이에 담긴 물을 마셨는데, 물이 디리워지지 않도록 바가지로 물을 푼 다음 손에 부어서 마셨다.

"지금까지 먹어본 식사 중에 제일 맛있었어요." 식사가 끝나고 내가 선장님에게 말했다.

"내 생각도 그래. 정말 맛있었다, 치키. 젠킨스 농장은 최고야. 내가 더뷰크항에 들어갈 때마다 두 사람이 나를 위해 음식 바구니를 챙겨준단다."

"정말 친절하시네요." 내가 말했다.

"정말 그렇지? 9년 전에 둘째 아들이 입대할 때 내가 암스트롱 요새까지 태워다줬거든. 오직 그 이유만으로 이렇게 해주는 거야. 그 애는 뱃삯이 한 푼도 없었거든." 선장님이 말을 이었다. "삽질도 하고 짐도 나르고 필요한 일은 뭐든 하겠다고 했지. 정말 착하고 정직한 아이였어. 내가 그 아이를 기억하고, 그 아이의 가족이 날 기억하고. 바로 그런 게 이 크고 힘겨운 세상을 살아가는 제일 좋은 방법이란다, 치키."

"그 아들은 정말 좋은 사람 같아요." 나도 선장님과 같은 생각이었다. "이제 장교가 되었나요?"

"아니, 안타깝게도 아니야." 선장님이 슬프게 고개를 저었다. "명령에 따라 플로리다 쪽으로 진군했다가 전사했어. 젠킨스 부부한테 듣기로는 오키초비 호숫가에서 죽었대. 총도 지급받지 못해서 도끼만 들고 진흙탕에 서 있었다더구나."

"끔찍해요!" 나는 비슷하게 죽었을지도 모르는 아빠를 생각했다. 그다음엔 어쩌면 결국 군인이 되었을지도 모르는 로비 오빠를 생각했다.

선장님이 말을 이었다. "걸리니인호에서 보내는 시간이 마지막 행복한 여행인 아이들이 너무 많아. 나는 아이들을 목적지까지 안전하게 데려다주고 돈도 많이 안 받아. 그게 내가 할 수 있는 최소한이지.

친절하게 군다고 돈 드는 거 아니란다, 치키. 이건 꼭 기억해둬야 해. 이 세상에서 남자애로 사는 것도, 어른 남자가 되는 것도 참 어려운 일이거든. 위에 있는 놈들이 전쟁을 벌이고 명령을 내리지만 결국 실제로 사람을 죽이게 되는 건 밑바닥에 있는 남자애들이니까."

"글쎄요, 정직하지 않은 건 언제나 잘못이라고 생각해요." 나는 그렇게 말했고, 그때는 정말로 그렇게 믿었다.

"그럴지도 모르지, 치키… 근데 또 말이야…" 그때 갑자기 내 뒤쪽에서 뭔가가 눈에 들어왔는지, 선장님이 펄쩍 놀라며 말했다. "저건… 저거 맞지? 그치?!" 누구한테 하는 말이라기보단, 그냥 혼잣말 같았다. "그래, 내 생각엔 맞는 것 같아!"

선장님이 앞을 가리켰다. "저기 저거 보이니, 치키? 저기 있어!" 저 멀리 두 개의 점이 보였다.

뭔진 몰라도 걸리니언호가 아주 빠르게 다가가고 있었다. "고마워, 로버트 풀턴!" 선장님이 목청껏 소리쳤다.

알고 보니 거룻배 두 척이었다. 실은 짐은 개미집만큼도 안 되는 푸르스름한 돌무더기였지만, 배는 금방이라도 가라앉을 듯 위태로워 보였다. 거룻배가 끌배 뒤에 줄줄이 묶여 있고, 끌배는 이를 악물고 있는 힘껏 그들을 끌고 있었다.

"치키, 키를 잡고 항로를 직선으로 유지해. 내가 내려가서 묶을 테니까. 그러고 나면 로버트 풀턴의 능력을 제대로 감상할 수 있을 거다!"

 선장님이 눈 깜짝할 사이에 치마를 걷어 올려 묶었다. 그러고서 사다리를 내려가더니 배 옆으로, 물속으로 곧장 뛰어내렸다! 그런 다음 잠수했고, 끌배 앞에 가서야 물 밖으로 나왔다.

 그렇게 선장님을 보고 있는데 정말 대단했다. 커다란 끌배와 달리 끌배의 선장은 무척 왜소해 보였지만, 손을 내밀어 선장님을 배로 끌어 올렸다.

 선장님이 뱃고물로 달려가 뒤에 매달린 거룻배로 뛰어오르더니 끌배와 거룻배를 묶는 밧줄을 풀었다. 거룻배는 오른쪽으로 이동했고, 끌배는 통통거리며 계속 전진했다. 선장님이 다음 거룻배에 다시 뛰어올라 밧줄을 풀어서 빼내자 자유로워진 거룻배가 왼쪽으로 이동했다.

 그때쯤 나는 완전히 겁에 질렸다. 걸리니언호가 거룻배 두 척을 향해 무척 빠르게 다가가고 있는데, 선장님은 아직도 두 배 사이를 오가며 여기저기 밧줄을 묶고 있었기 때문이다. 나는 충돌에 대비해 마음을 다잡으면서 선장님이 산산조각 나지 않기만을 하늘에 빌었다.

 쿠우웅. 걸리니언호가 뒤쪽 거룻배에 부딪히는 것을 느끼는 순간, 선장님이 옆으로 뛰어내렸다. 배와 배 사이에 끼는 것을 아슬아슬하게 피했다. 선장님이 몇 미터 떨어진 지점에서 떠올랐을 때쯤 걸리니언호는 잠잠해졌고, 로버트 풀턴 덕분에 거룻배 두 척을 뒤에서 밀고 있었다.

 선장님이 외치는 소리가 들렸다. "이제 내려와도 돼, 치키. 정말 대단한 일을 했구나!" 신장님이 걸리니언호에 다시 올라 치마에서 물을 한 바가지 짜내고 있었다.

　선장님이 끌배를 향해 큰 소리로 작별 인사를 했다. "정말 고마워요, 커비 선장!"

　"늘 그렇듯 제가 영광이죠, 선장님! 록아일랜드에서 만나요!" 끌배 굴뚝이 쿨럭쿨럭 기침하더니 우리보다 앞서가기 시작했는데, 꼭 저녁을 먹으러 가는 열두 살짜리 개처럼 느릿느릿 비틀거렸다.

　"선장님, 걸리니언호를 에드워즈 요새까지 몰고 가는 데 얼마나 걸릴까요?" 내가 물었다.

　"사흘이나 나흘, 아니면 닷새. 여러 가지 상황에 따라 다르지. 다음 정박지는 록아일랜드인데, 거기서 승객을 태울 거야. 석탄도 싣고."

　"그 전에 저 애들 중 몇 명은 내려야 하지 않아요?"

　"자기가 가고 싶으면 언제든지 뛰어내려서 강가로 헤엄쳐 가도 돼." 선장님이 고개를 끄덕이며 말했다.

　"록아일랜드에서도 표를 파실 거예요?" 내가 선장님에게 물었다. 나름 계획이 있었지만, 아직 선장님에게 말할 준비까지는 안 되었다.

　"응, 아마 표를 많이 팔 거야. 봄이 오면 모험이 우릴 부르니까!"

　나를 부른 건 모험이 아니라 이블린 이모라는 생각이 들었지만, 그 애들처럼 나도 어쨌든 걸리니언호에 탔으니 상관없었다. 게다가 나는 그 남자애들을 전부 합친 것보다 두 배로 좋은 시간을 보내는 기분이었으니까 두 배로 상관없었다. 아이들은 갑판에 앉아 있었지만, 나는 이리저리 뛰어다니며 배를 조종하고, 로버트 풀턴을 돌보고, 선장님처럼 좋은 사람의 병아리 노릇을 하고 있었으니까.

"이제 슬슬 자러 가는 게 좋겠다." 선장님이 허리에 양손을 얹고 말했다. "하지만 우선 로버트 풀턴한테 같이 가 보지 않을래? 제대로 작동시켜 놓으면 밤새 배를 움직여줄 거야. 하지만 너무 뜨거우면 안 돼. 잊지 마."

기관실 안은 무척 따뜻해서 문을 열어둔 채로 내가 왔다 갔다 석탄을 날랐고 선장님은 이음매와 연결부를 확인하고 전체적으로 정비했다.

"오늘 우린 좋은 하루를 보냈어, 치키. 좋은 하루는 감사할 만한 것이지." 선장님이 로버트 풀턴을 가리켰다. "증기선에서 중요한 건 증기 엔진이야. 사람들은 종종 잊지만 말이야." 선장님이 제일 친한 친구의 팔을 두드리듯 로버트 풀턴의 펌프 핸들을 두드렸다.

"고맙다, 로버트 풀턴." 선장님이 말했고, 나는 그 둘을 바라보면서 목이 메었다.

비밀 이야기

우리가 조타실로 올라가자 그곳에서 선장님은 나에게 부싯돌을 주면서 램프에 불을 붙이라고 했다. 내가 단번에 불을 붙이자 선장님은 내가 정말 똑똑하고 유능한 여자애라는 이야기를 또 늘어놓기 시작했다. 선장님은 내가 잘 수 있게 임시 침대를 만들어준 다음 자기 매트를 폈다.

"너 혼자만의 공간이 필요할 때는 저 벽 뒤로 가면 돼. 나도 그렇게 할 거야." 선장님은 정말 벽 뒤로 갔다가 내가 이제껏 본 천

중에 가장 질기고 뻣뻣한 천으로 만든 긴 잠옷으로 갈아입고 왔다. "이건 돛천이란다, 치키. 이 천으로 배의 돛을 만들거든. 아주 튼튼하고 좋은 천이야." 선장님이 말했다.

선장님이 머리를 빗은 다음 우리는 담소를 나누었다. "치키, 넌 아주 용감하고 멋진 아이야. 그렇고말고. 하지만 너 혼자서 이렇게 멀리까지 가는 건 좀 놀라워. 네 포마가 에드워즈 요새의 이모와 이모부한테 널 보내신 거지? 그분들에게 도움이 필요해서. 맞니?"

"네, 선장님. 정확해요."

"넌 몇 살이니? 열셋, 열넷 정도일 거 같은데."

"네, 열네 살이에요."

"그렇구나. 음… 갈 사람이 너밖에 없었나 보구나? 형제자매는 없니? 아마 다른 애들은 다 아직 어리고 네가 첫째인가 보지?"

"아뇨, 동생은 없어요. 오빠가 하나 있는데, 나이 차이가 많이 났어요." 선장님은 흥미롭다는 듯 고개를 끄덕였다.

"이름이 로비였어요. 아니, 로비예요. 내가 여덟 살 때 집을 나갔어요. 이제 빨간 머리만 빼면 거의 아무것도 기억이 안 나요. 엄마는 오빠를 무척 보고 싶어 하지만, 세상에 아들을 딸보다 좋아하지 않는 엄마가 어디 있겠어요?"

별 생각 없이 한 말이었다. 그냥 원래 그러니까. 적어도 내가 가 본 곳에서는 어디든 그랬다.

"그래, 치키. 아, 정말 잘 알지." 선장님이 조용히 말했다. 선장님은 수면 모자를 쓰고 머리카락을 전부 밀어 넣었다. "음, 난 네가 여기 있어서 정말 기뻐." 선장님이 덧붙였다.

"선장님은요? 혹시 남편이 있었나요?"

"있었지." 선장님의 말이 슬프게 들렸다. "예전에는 미주리강에서 항해했어."

"그랬군요…." 내가 조심스럽게 말했다. "혹시 돌아가신 건가요?"

"죽은 건 아니고. 떠났어. 솔직히 이젠 그립지도 않아. 오래전에 떠났거든."

"음." 나는 선장님이 나에게 말할 때와 똑같이 말했다. "난 선장님이 여기 있어서 정말 기뻐요."

우리는 각자 잠자리에 누웠다. 선장님은 방 한쪽, 나는 맞은편에. 그리고 선장님이 등불을 껐다. 나는 그날 밤 아기처럼 푹 잤다. 요람이 아니라 건초 더미가 흔들리고, 석탄이 타오르고, 외륜이 돌아가며 자갈을 밀어내는 아주 커다랗고 멋진 배에서.

9장

미시시피강에서

걸리니언호에서 정말 좋은 시간을 보냈다. 그냥 재미있는 시간이 아니라 진짜로 좋은 시간이었다. 거의 매 순간 일을 하느라 바빴지만, 그 일이 좋았고, 그 덕분에 나 자신도 더 괜찮게 느껴졌다.

저녁을 먹고 나서 선장님이 나에게 매듭 묶는 법을 가르쳐줬다. 나는 금세 눈을 감고도 사각 매듭이랑 이중 옭매듭을 묶을 수 있게 되었고, 그다음에는 히치 매듭에 도전했다. 클로브 히치, 팀버 히치, 피셔맨즈 벤드, 토트라인 히치, 슬리퍼리 히치까지. 요령은 간단하다. 손이 꼬여서 엉망이 되기 전에 스스로 멈추고 다시 정리하는 것.

어느 날 저녁, 선장님이 매듭 네 개가 지어진 줄을 주면서 문제를 냈다. "이건 뭘까, 치키? 이름을 맞출 수 있겠니?"

"음… 첫 번째는 멍키 피스트고 두 번째는 액슬 히치, 그다음은 라운드턴, 마지막은 요세미티 보라인이에요."

"철자가 어떻게 되지?"

"철자요?"

"그래, 철자. 멍키-액슬-라운드-요세미티. 각각 첫 글자가 뭐지?"

"MARY! 아, 제 이름이네요!"

"바로 그거야. 넌 정말 똑똑하지 뭐니, 치키? 이제 여기다가 저그 슬링, 액슬 매듭 하나 더, 누즈 루프를 덧붙이고, 마지막으로 아이 스플라이스를 만드는 거야."

매듭을 다 지은 다음, 밧줄을 따라 새로 만든 매듭을 만져보았다. "저그 액슬 누즈 아이…. 저예요! MARY, JANE!"

"바로 그거야." 선장님이 말했다. "이제 넌 훌륭한 뱃사람이라면 누구나 아는 걸 배웠어. 이제 그 끈을 진짜 뱃사람한테 주면 그 사람은 척 보고 메리 제인이라는 메시지를 읽어낼 거야."

"정말 멋진 재주예요!" 내가 선장님에게 말했다. "비밀 암호 같아요…."

"맞아, 치키… 바로 그거야." 선장님이 램프를 불어 끄면서 그날 수업은 끝났다.

나는 로버트 풀턴을 가족처럼 잘 알게 되었고, 그래서 최고의 상태를 유지할 수 있었다. 걸리니언호가 더 빨리 가게 만들고 싶으면 증기를 만들어야 하는데, 증기를 제일 빨리 만드는 방법은 열을 올리는 게 아니라 물을 줄이는 것이다. 어떻게 하냐면… 음, 나는 증기 기관에 대해서 많이 알지만, 지금 그 얘기를 늘어놓으면 너무 지루해질 테니 하지 않겠다.

나는 아침마다 수위 측정을 하는데, 눈금이 그려진 막대를 바닥에 닿을 때까지, 또는 닿지 않을 때까지 넣는다. 1.8미터가 1패덤인데, 배가 좌초하지 않으려면 1패덤 이상이어야 한다. 막대가 바닥에 닿지 않으면 안 닿아요!라고 외친다. 2패덤까지 내려가면 마크 트웨인!이라고 외치는데, 누군가의 이름 같지만 내가 아는 사람 이름은 아니다.

일하는 틈틈이 강둑을 바라보며 많은 시간을 보냈다. 미시시피강에서는 아무리 오래 있어도 절대 질리지 않는다. 미네소타벨호에 탔을 때는 이 많은 강물이 어디로 갈까 생각했지만, 걸리니언호에서는 이 많은 강물이 어디서 왔을까 생각했다. 나는 저 위 북쪽의 넓고 하얀 눈의 바다를, 그리고 세상이 여름의 초록빛으로 변하기 전에 그것이 어떻게 녹는지를 기억해냈다. 그 모든 눈이 이제 강으로 녹아들어서 나를 에드워즈 요새로 데려가고 있었다.

생각에 잠겨 있는데 선장님이 옆으로 다가왔다. "강물에 떠 있기만 해도 정말 즐겁지? 안 그러니, 치키? 그리고 넌 이제 정말 훌륭한 기관사야! 정말 큰 도움이 되고 있어."

선장님이 나더러 똑똑하고 강한 아이라고 칭찬해주는 데 이제는 제법 익숙해졌고, 그런 말이 싫지 않았다. 아니, 솔직히 말하면 마음 한구석에서는 정말 그럴지도 모른다고 믿기 시작했다.

"치키, 나는 강을 사랑해. 그뿐만 아니라 나는 이 강을 구석구석 알고 있어. 굽이 하나하나, 급류 하나하나를 다 외우고 있지. 사주 같은 얕은 모래톱이나 가라앉은 난파선은 말할 것도 없고. 칠흑 같은 어둠이 벽처럼 가로막아도 내 머릿속엔 그 모든 게 떠올라. 다 보이는 거야."

선장님에게 증기선 운항하는 법을 듣고 있으려니 정말 아름다웠다. 내가 셈을 할 수 있는 것과 엄마가 딱 맞는 약을 찾을 수 있는 것, 또 프랜시스 선생님이 왼손으로 슬립스티치를 할 수 있는 것과 마찬가지였다. 어쩌면 세상 모든 사람이 그런 걸 가지고 있을지도 모른다. 우리는 모두 다르다.

선장님이 말을 이었다. "정말이지, 이 배는 모든 부분이 정말 훌륭해. 옆으로 기울지도, 한쪽으로 쏠리지도 않고, 위아래로 심하게 흔들리지도 않아. 침수되거나 뒤집힌 적도 없어. 솔직히 말하면, 걸리니언호는 늘 강물 한가운데로 쭉 가기 때문에 조종할 일도 거의 없단다."

나는 딱히 놀라지 않았다. 수위를 점검할 때마다 1.8미터 이하인 적이 없었고, 키를 잡아봐서 키를 돌려도 별로 달라지는 게 없다는 걸 알았다. 또 일단 요령을 익히니 로버트 풀턴도 크게 손 갈 일이 없었다.

하지만 나는 착하고 정직하고 특히 쓸모 있는 사람이 될 방법을 생각해두었고, 때가 오면 행동에 옮기고 싶어서 좀이 쑤셨다.

다가오는 문제

그날 저녁에 선장님은 회상에 잠겼고, 나는 편안하게 이야기 들을 준비가 되어 있었다.

"치키, 나는 선장이 되기 전까지 거의 평생 이 배 저 배를 타면서 지냈단다. 음, 내 최초의 기억은 남자애들이랑 돌담에 서서 미시간 호수를 오가는 배들을 바라보았던 거야. 킬보트, 너벅선, 거룻배도 있고 물론 증기선도 있었는데, 나는 배 이름과 선장을 전부 알

왔지.

내 핏줄이 그래. 우리 집안 남자들은 전부 배를 타고 집을 떠나 바다나 민물로 갔어. 고래를 잡으러 가고, 모피를 구하러 가고, 난 이제 광석을 가지러 가지."

"물어보고 싶었는데요. 걸리니언호가 운반하는 저 광석 더미는 뭐예요?"

"납광석이지 뭐겠니, 치키! 피버강에서 캐내서 부수고 녹여서 싣는 거야. 저 자갈을 어디에 쓰는지 아니?"

"아니요, 몰라요."

"기차 바퀴를 만드는 데 쓴단다! 사람들이 더 빠르게 이동하고, 자기 운명을 개척할 수 있도록 말이지. 그러니 여기 걸리니언호는 결국 자기 시대를 끝장낼 바로 그 물건을 나르고 있는 셈이지.

어쩌면 저 자갈이 우리 모두를 없앨지도 몰라, 치키…. 뉴올리언스에서 대포알이 될지도 몰라. 그렇게 된다 해도 난 놀라지 않을 거다." 선장님은 아주 침착했다. "큰 전쟁이 다가오고 있어. 남부와 북부를 나누는 메이슨-딕슨 선을 지나다니는 우리는 느낄 수 있지. 전쟁이 시작되면 그 근처에 절대 얼씬도 하지 마라, 치키."

"전쟁이요?"

"끔찍한 전쟁. 남북이 맞서는. 형제가 서로 맞서게 될 거야."

"뭐 때문에 싸워요?"

"뭐 때문에 싸우냐고? 돈. 재산. 땅. 누가 무얼 소유할 수 있고 누가 누굴 소유할 수 있는지를 두고."

우리는 잠시 말없이 앉아 있었다. 둘 다 조금 슬펐던 것 같다.

"이제 됐다. 골치 아픈 이야기는 오늘은 이 정도면 충분해. 오늘 밤 우리는 걸리니언호에 안전하게 타고 있으니 감사해야지." 선장님이 이렇게 말하고 램프를 불어서 껐다. "잘 자렴, 치키." 선장님이 방 한구석에서 말했다.

"안녕히 주무세요, 선장님." 나도 반대쪽 구석에서 대답했다.

"지금 잘 자두렴." 선장님이 말했다. 나는 잘 잤던 것 같다. 대포와 머스킷 총과 심장에 총알을 맞고 쓰러진 로비 오빠에 대한 꿈을 꾼 것만 빼면.

항구에 들어가다

다음 날 아침은 날씨가 좋아서 포크스에서는 여름이라고 해도 될 정도로 따뜻하고 화창했다. 록아일랜드가 점점 가까워져서 나는 너무 신이 나서 정신이 없었다.

"항구에 들어가면 육지로 올라가서 그동안 가려웠던 곳을 시원하게 실컷 긁고 싶어. 치키, 네가 석탄 배달부한테 물건 좀 받아줄래?" 선장님이 물었다.

"그럴게요." 내가 대답했다. "하지만 누가 석탄 배달부인지 어떻게 알아요?"

"아, 보면 알 거야." 선장님이 말했다.

배가 록아일랜드로 들어가자, 고개를 오른쪽으로 한 번, 왼쪽으로 한 번 돌렸을 뿐인데 마을 전체가 다 보였다. 교역소도 없고, 대장간도 없고, 평범한 것들이 하나도 없었다. 술집이 하나 있고 그 옆에 교회가 있고, 그게 전부였다.

나는 석탄 배달부를 찾아서 부두를 훑어보았다. 선장님의 말이 맞았다. 찾기 어렵지 않았다. 까맣고 반짝이는 석탄을 잔뜩 실은, 세상에서 제일 큰 손수레를 밀고 있었기 때문이기도 했지만, 그것 때문만은 아니었다.

내가 알아본 건 그 사람 얼굴 때문이었다. 정말 볼 만했다. 눈 주변이 한밤중보다 더 새까매서 위쪽 얼굴에 라쿤 가면을 쓴 듯했다.

"아저씨! 여기요!" 내가 머리 위로 양팔을 흔들었다.

석탄 배달부가 나를 알아보고 팔을 마주 흔들더니 한 팔로 무거운 손수레를 밀었다. 또 한 팔에는 거대한 바구니를 들고 있었다.

"안녕!" 석탄 배달부가 대답했고, 나한테 바구니를 건네더니 손잡이를 잡고 걸리니언호로 올라왔다. 정말 민첩했고 온몸이 근육이었다. 그리고 키도 작아서 내 허리를 겨우 넘을 정도였다.

"저는 일등 기관사 메리 제인이에요." 내가 미소를 지으며 인사했다.

"그래 보이는구나." 석탄 배달부도 미소를 지었다.

"그 바구니는 당연히 선장님 거야. 선장님이 좋아하는 것들이 들어 있지…. 훈제 고기랑 두 번 훈제한 치즈, 말린 사과도 넉넉하고… 일등 기관사가 같이 먹어도 멤피스까지 넉넉할 거야. 너처럼 큰 아이라면 그래도 좀 먹겠지, 아마."

"맞아요." 내가 말했다. "로버트 풀턴이 아저씨를 보면 반가워할 거예요."

"아, 그래. 우리는 오래전부터 알고 지냈지."

그가 모자를 벗고 엉망진창인 노란 머리를 흔들어 풀었다. 가까이에서 보니 아저씨가 쓰고 있던 검은 가면이 뭔지 알 수 있었다.

진짜 자기 피부였다. 영영 지워지지 않는 검댕이 묻어서 눈 흰자가 더 하얘 보였다.

"자, 물러서라." 그가 목도리를 풀어 얼굴 아래쪽 반을 가렸다. 그런 다음 손수레를 밀자 석탄 수백 킬로그램이 쏟아지고 수백 킬로그램은 공중으로 훅! 피어올랐다. 해가 뜰 때 이슬이 초원에 내려앉듯 검은 석탄 구름이 우리 두 사람에게 내려앉았다.

아저씨는 이런 식으로 일곱 번인가 여덟 번 더 석탄을 날랐고, 이제 걸리니언호의 갑판은 1188년에 엘레오노르 왕비가 방문했던 블랙마운틴 같았다.

"이제 다 된 것 같구나." 작업을 마친 아저씨가 말했다. "좋은 날씨와 빠른 물살, 튼튼한 증기 기관, 산더미처럼 쌓인 석탄만큼 증기선 선장을 기쁘게 하는 건 없지."

"맞아요." 내가 대답했다. "하지만 아저씨한테는 힘든 일이네요!"

"음, 나는, 선장님… 아니, 그러니까 사람들한테 꼭 필요한 석탄을 제대로 공급하는 일보다 더 중요한 건 없다고 생각해. 어떤 쓰레기로 증기 기관을 돌리는지 알면 너도 깜짝 놀랄 거다. 초 동강, 썩은 판지, 낡은 신발, 없는 게 없지. 걸리니언호 선장님 같은 최고의 선장님들은 깨끗하고 좋은 석탄으로 운항하지, 암."

아저씨는 이렇게 말하면서 내가 아니라 내 뒤의 무언가를 보고 있었다. 내가 고개를 돌리자 선장님이 강둑에서 커다란 참나무에 등을 문지르는 모습이 보였다. 사방으로 나무껍질을 튀기면서 소나무에 등을 문지르는 검은 곰처럼 등을 긁고 있었다.

아저씨가 한숨을 쉬었다. "이제 작별 인사를 하고 가봐야겠구나."

"석탄값을 드려야 하나요? 음, 석탄 배달부 아저씨?"

"아, 아니. 이번 계절 석탄값은 선불로 다 받았어." 아저씨가 잠시 쭈뼛거리며 발끝으로 바닥을 문질렀다. "선장님께… 토머스가 안부를 전하더라고 말해줄래? 그리고… 그리고… 상류로 돌아가는 길에 잠시 들러서 오후 시간을 좀 내달라고 해줄래? 다른 할 일이 없다면 말이야."

"교회에서요? 아니면 술집에서요?" 내가 물었다.

"음, 난 저 술집에 한 번도 가본 적 없어. 나는 그보다 감자와 그레이비소스파거든. 하지만 일요일마다 교회는 가. 토요일에 종일 몸을 문질러 씻고 나서 말이야!" 아저씨가 목도리를 접어서 다시 주머니에 넣었다.

나는 감자와 그레이비소스파가 뭔지 몰랐지만, 록아일랜드에 그것 말고는 진과 위스키파밖에 없는 것 같았고, 감자와 그레이비소스파가 진과 위스키파보다는 나은 것 같았다.

"선장님한테 토머스가 레모네이드 두 잔을 마련해놓겠다고, 선장님이 오시기를 고대하고 있겠다고 전해줘."

"그럴게요, 토머스 씨."

"허, 허! '토머스 씨'라니! '라쿤맨'이라고 부르렴. 다들 그렇게 불러."

"다들은 아닐 것 같은데요." 내가 미소를 지으며 말했다.

"그래, 나를 정말 좋아하는 사람들은 그렇게 부르지 않지…." 아저씨가 약간 부끄러워하는 것 같아서 나는 더 이상 말하지 않았다.

아저씨가 등 긁기를 마무리하는 선장님을 보더니 나를 향해 고개를 돌렸다. "선장님은 이 강을 오가는 모든 사람 중에서 제일 훌륭해. 알고 있니?"

"아, 그럼요, 라쿤맨 아저씨." 내가 말했다. "당연히 알죠."

나는 작별 인사로 아저씨의 검댕투성이 손을 잡고 흔들었다. 그런 다음 선장님한테 방금 있었던 일을 전부 말하려고 갑판을 얼른 가로질렀다.

내가 무척 쓸모 있었던 때

솔직히 말해서 아직 어른이 안 된 아이들이 서로 밀고 밀리면서 선장님한테 몰려가는 광경을 보자, 라쿤맨 아저씨의 초대를 완전히 잊었다. 다들 배에 타려고, 선장님한테 속임수를 쓰려고 안달이었다.

선장님이 제일 앞 사람에게 평소처럼 묻는 소리가 들렸다.

"이봐! 안녕하신가, 젊은이! 어디로 가지?"

"저요? 세인트루이요!"

"그럼, 11달러 45센트는 있어야 탈 수 있어."

"여기 있어요. 12달러요. 쿼터 세 개랑 다임 하나 주시면 돼요." 그가 아주 교활한 표정을 지으며 선장님의 손에 돈을 쥐여주었다.

"아니야!" 내가 앞으로 나섰다. "선장님, 정확히 쿼터 두 개랑 니 켈 하나만 주면 돼요."

남자애가 고개를 돌려 나를 쏘아봤다. "뭐야! 네가 뭔데 끼어들 어? 뭐야, 게다가 여자애잖아!"

"맞아. 그렇단다. 젊은 신사분." 선장님이 말했다. "내 일등 기관 사이기도 하고."

"아아, 정말 멋진 아가씨네요…." 그가 으르렁거렸다.

나는 속으로 무척 겁이 났지만 선장님을 보며 얼마나 착한 분인지 생각했고, 선장님을 위해서 적어도 겉으로는 용기를 내기로 했다. 내가 두 사람 사이에 끼어들어 소년의 얼굴을 똑바로 보았다.

그가 다시 으르렁거렸다. "딱 한 번만 말할 테니까, 잘 들어, 아가씨…. 알지도 못하는 일에 끼어들지 마."

"아, 네가 뭘 하려는 건지 아주 잘 알아. 네 것도 아닌 30센트를 슬쩍하려는 거잖아. 자, 선장님한테 니켈 여섯 개 더 주고 '쿼터 세 개랑 다임 하나'를 받아도 되고 아니면 내가 말한 것처럼 쿼터 두 개랑 니켈 하나를 받아도 돼. 네 선택이야."

"하, 아니거든. 내 선택지는 그보다 많거든…."

그는 물고 싶어 안달이 난 개와 같은 눈빛이었다.

"물론이지." 내가 말했다. "선장님한테 쿼터 하나랑 다임 두 개를 더 드리고 1달러를 받아도 돼. 아니면 5달러를 더 드리고 쿼터 열네 개랑 니켈 서른여덟 개, 페니 열다섯 개를 받아도 되고.

심지어는, 그런 게 있다면 50달러짜리 지폐를 내고 선장님이 주는 쿼터 일흔아홉 개랑 다임 백열세 개, 니켈 백마흔일곱 개, 페니 열다섯 개를 받아서 허드슨만 위쪽으로 가서 비버 가죽 스물한 장, 오소리 가죽 마흔네 장, 다람쥐 모피 사백마흔한 장, 씹는담배 서른일곱 개, 곰 덫 한 개, 화약 두 줌, 달걀 열여섯 개랑 바꿔도 되고!

선택지는 얼마든지 많지만, 결국 넌 선장님한테 11달러 45센트를 내야 해."

나는 얼굴이 벌겋게 달아오른 데다, 거의 눈에 뵈는 게 없을 만큼 화가 치밀었다. 반면 그 남자애는 거의 새하얗게 질려서는 의기소침하게 줄 맨 끝으로 돌아갔다. 그 전에 선장님을 곁눈질로 흘겨 보고 말이다.

"괴물." 그가 작게 중얼거렸다.

다음 소년은 예의 바르게 대답하고 요금을 1센트짜리 하나까지 정확하게 냈다. 다음 소년도, 그다음 소년도 그랬다. 신발이 한 짝밖에 없고 한쪽 눈에 멍이 든 유난히 남루한 아이를 빼면 전부 그렇게 했다. 남루한 소년은 선장님에게 주머니를 뒤집어 보여주었고, 선장님은 나를 곁눈질했다.

나는 그 애가 가진 돈을 얼른 세어보고 실제 요금의 절반도 안 되는 가격을 불렀다. 우리는 소년이 준 토끼 발이랑 새총 그리고 역시 그 애가 내민 무슨 헤어볼 같은 것도 돌려주었다. 그 애는 돈을 내고 배에 오르더니 갑판을 가로질러 달려가서 새끼 돼지들을 쓰다듬었다.

우리가 건널판자를 끌어 올리기 직전에 아까 그 첫 번째 소년이 쭈뼛거리며 다시 왔다. 이번에는 11달러 45센트를 정확히 냈고, 내내 고개를 숙이고 있었다. 선장님이 그 아이에게 고개를 끄덕였고, 심지어는 이렇게 말했다. "우리 배에 탄 걸 환영해요, 젊은 신사."

나는 아직도 화가 안 풀려서 투덜거리려 했지만, 그때 선장님이 말했다. "친절하게 군다고 돈 드는 거 아니란다, 치키. 저 아이가 못되게 군다고 해서 우리도 그래야 하는 건 아니야. 우리가 아는 한 저 애 앞에는 힘든 길이 펼쳐져 있고, 우리가 베푸는 친절이 그 아이에게는 마지막일지도 몰라."

나는 선장님 말이 맞다는 것을 알았고, 나 역시 아직 선장님에게 25센트를 내지 않았다는 생각이 들자 약간 부끄러웠다.

우리는 배를 출발시키고 로버트 풀턴한테 점심을 준 다음 조타실로 올라갔다. 거기서 나는 돈을 세고, 지폐를 분류하고, 잔돈을 뭉치로 묶었다.

내가 물었다. "선장님, 푯값은 어떻게 정해요?"

"아, 그건 대답하기 쉽지. 1837년에 멤피스에 설립된 오길 브라더스 앤 컴퍼니에 다니는 어떤 사람한테 아들이 있는데, 아주 훌륭한 회계사야. 이름은 '오버다이아'라고 해. 개랑 내가 마주 앉아서 1마일, 그러니까 약 1.6킬로미터당 5센트로 정확한 가격을 매겼지. 나는 요금을 똑바로도 거꾸로도 줄줄 말할 수 있을 때까지 일일이 다 외웠어. 아, 오버다이아는 정말 좋은 사람이야. 시카고에서도 잘 지내고 있으면 좋겠는데…."

"그게 언제죠? 요금을 정한 게?" 내가 물었다.

"가만 보자…. 7년 전? 17년 전인가? 좀 됐지만 전부 외우고 있어. 외우기 쉬우라고 오버다이아가 노래도 만들어줬지…. 뭐더라…."

"그 뒤로 요금을 안 올렸어요?"

"응. 오버다이아가 정해준 요금 그대로 받고 있어. 착하고 똑똑하고 유능한 남자거든!"

"제일 가까운 달러 단위로 올리는 건 어때요? 11달러 45센트짜리 표를 12달러로 딱 떨어지게 만드는 거예요. 그러면 좀 더 간단해질 텐데."

"오버다이아가 열심히 애써서 정한 요금을 버리라고? 아, 절대 안 돼! 오버다이아가 나를 위해서 계산해준 요금이야. 전부 다 정할 때까지 일주일 가까이 걸렸어. 아니. 난 지금 그대로 받을 거야. 우리가 다시 만나면 오버다이아가 자랑스러워하겠지."

나는 계속 설득하고 싶었지만 아무 결론이 나지 않으리란 것도 알았다. 선장님은 결정을 내렸고, 나름의 이유도 있었다.

그래도 나는 선장님을 위해서 내 방식대로 바로잡고 싶었다. 그건 그냥 내가 선장님을 정말 아꼈기 때문이다. 그뿐이다. 누군가를 아끼다 보면 그 사람이 손해 보지 않게 하나하나 제대로 챙겨주고 싶어진다. 어떻게든. 그게 다 마음이 가니까 그런 거겠지.

우리는 하루 일을 마쳤고, 나는 그 이야기를 더 이상 꺼내지 않았다.

질문과 대답

말린 고기와 건빵과 바구니에 들어 있던 온갖 맛있는 것들을 둘이 실컷 먹고 난 다음에야 라쿤맨의 초대를 선장님에게 전달해야 한다는 생각이 떠올랐다.

"아! 전할 말이 있는데, 라쿤맨 토머스 씨가 선장님한테 다음에 록아일랜드 항구에 들어오면 레모네이드 한잔 마시자고 정중히 초대했어요."

"그 사람이 그렇게 말했어?" 선장님은 완전히 당황했다. "그렇게 말했다고? 아니면 '음, 가끔 레모네이드를 마시는 건 좋은 일이지. 누구든 한 번은 마셔 봐야 돼'라고 말했니?"

"아니에요, 선장님. 분명히 선장님한테 한 말이었어요. 그분이 선장님을 초대했어요."

선장님은 얼굴이 새빨개졌다. "확실해? 아마 '나 혼자 레모네이드를 마시는 건 꽤 괜찮은 일이지…'라고 말했겠지. 그래, 아마 '난 우리 집 부엌에서 혼자 레모네이드 마시는 걸 좋아해'라고 말했을 거야."

"아니에요! 선장님, 라쿤맨은 선장님이랑 같이 레모네이드를 마시고 싶어 해요. 아마도 록아일랜드의 교회에서요."

"교회라고! 아, 누가 그런 생각을 하겠니? 네가 잘못 들은 게 분명해, 치키."

"정말 제대로 들었어요! 교회라고 분명히 말했어요. 술집을 별로 안 좋아한다고요."

"음, 그러면 그 얘기는 끝났네! 그 교회는 나 같은 사람이 가는 걸 안 좋아해." 선장님이 팔짱을 끼더니 흠흠 하고 크게 헛기침을 했다.

"잔디밭에서 열리는 주일 친목회에서 레모네이드 한잔 마시는 거 말이에요? 거기서는 누구나 환영받아요."

"누구나는 아니야, 치키. 이 몸은 아니지."

"음, 속상하네요." 나는 진심이었다. "선장님이 너무 완고해서 예배를 거부한다는 이유만으로 멋진 오후를 보낼 기회를 놓치다니, 선장님한테 너무 안타까운 일이에요." 내가 말했다.

"아, 치키. 넌 정말로 아직 병아리구나, 응? 알을 깨고 나온 지 얼마 안 돼서 세상이 얼마나 모진지 아직 못 봤어. 언젠가 그런 광경을 봤을 때 네가 거기에 한몫 더하는 일은 없으면 좋겠구나."

그때 내가 선장님에게 단도직입적으로 물었다. "선장님, 선장님은 모르몬교도예요?"

선장님은 양손으로 배를 움켜쥐고 껄껄 웃었다. 웃다가 몸이 반으로 쪼개질 것 같았다.

"아니… 아니… 아, 세상에… 내 말을 그런 뜻으로 생각한 거야?"

"모르몬교도가 나쁘다고 생각하고 받아주지 않으려는 교회 사람들을 본 적이 있어요. 그뿐이에요."

선장님이 고개를 끄덕였다. "교회가 늘 사람들의 좋은 면을 끌어내는 건 아니야, 치키. 그건 사실이지. 다들 그렇게 생각하지 않겠지만, 그게 사실이야."

"모파는 사람들이 교회에 가는 건 주로 누가 안 왔는지 보기 위해서라고 했어요."

선장님이 다시 웃음을 터뜨렸다. "너희 포마는 현명하신 것 같구나…. 우리 부모님은 종교를 여러모로 살펴보고 여러 가지를 시도해보다가 밀러파로 정착하셨지."

"밀러파가 뭐예요?" 내가 선장님에게 물었다.

"아, 우리에 대해서 못 들어봤구나? 아, 세상에…. 밀러파는 윌리엄 밀러를 따르는 사람들이야. 우리 부모님은 '빌리 밀러'라고 불렀지. 밀러는 성경을 연구했어. 눈이 사시가 될 때까지 말이야.

특히 다윗서. 밀러는 개가 뼈다귀를 물듯이 다윗서를 물었어. 몇 년 동안 그걸 파고, 갉아먹고, 입에 물어 흔들고, 파묻고, 다시 팠지. 거기서 다른 사람 누구도 눈치채지 못한 것들을 찾아냈어. 2천 년 동안 머리를 싸매고 그걸 연구한 성인과 죄인 들이 찾아내지 못한 것들을 말이야.

밀러는 우리한테 '예수님이 다시 오실 테니 준비하십시오'라고 말했어. 음, 다들 그렇게 말하지만, 우리의 빌리 밀러는 언제, 어디서, 어떻게 오실지 알았지.

우선, 하늘에 크고 환하게 빛나는 점이 보여. 그런 다음 나팔 소리가 크게 울리고 우리 밀러파는 하늘로 올라갈 거고, 이 힘겨운 세상에 남겨진 나머지 사람들은 행운을 빌어야겠지.

그래, 분명 대단한 일일 거야. 빌리 밀러 말이야. 밀러는 정확한 날짜를 알아. 다니엘서를 이용해서 계산했어. 성경 자체로 계산했다는 말이야. 치키, 세상이 끝나는 날이 언제인지 알고 싶니?"

내가 고개를 끄덕였다.

"1844년 10월 22일이야."

"하지만…."

"바로 그날이야. 그게 바로 내가 영광의 나라로 가는 날이지. 나는 믿어. 알아. 내 이름을 아는 것만큼이나 확실히 알아."

"하지만 선장님…."

"치키, 한 마디도 반박하지 마. 악마가 네 혀에서 춤을 추게 놔두지 마라. 빌리 밀러는 차라리 혀를 자르는 게 낫다고 하지!"

"선장님, 잠깐만요!"

"왜 그러니, 치키?"

"선장님 올해는 1846년이에요."

"누가 그렇다고 말하던?"

"음, 모두가요. 그러니까, 다들 알아요."

"아하! 하지만 우리 밀러파는 아니야. 우리가 더 잘 알지, 암."

"뭘요?"

"음, 세상이 1844년 10월 22일에 끝나지 않았다면, 그게 뜻할 수 있는 유일한 의미는, 1844년이 아니었다는 것밖에 없어!"

"빌리 밀러가 잘못 알았다는 거예요?"

"아니! 절대 아니야! 당연히 나머지 세상 사람들이 잘못 알았던 거지!"

"저랑 장난치시는 거였군요…."

"장난이라고? 전혀 아니야, 치키. 우리는 흰 가운을 입고 하늘과 조금 더 가까운 곳에 미리 가 있으려고 나무에 올라갔단다. 물론 좀 충격이긴 했지. 그날이 왔다가 지나갔는데 아무 일도 일어나지 않았으니까. 하지만 숫자는 틀렸어도 그 생각 자체는 옳았어. 알겠지? 빌리 밀러는 1844년 10월 22일이 그해의 1844년 10월 22일에 오지 않으리란 걸 깜빡한 거야."

"음, 선장님 엄마랑 아빠는 지금 어디 있어요?"

"정확히는 몰라. 너무 오래됐어. 내가 쫓겨난 뒤로 연락이 끊겼지. 하지만 어디에 계시든 아직도 세상이 산산조각 나기를 간절히 기다리고 계실 거야. 빌리 밀러가 1844년 10월 22일이 결국 언제인지 말해주면 부모님은 크리스마스를 기다리듯 날짜를 헤아리시겠지."

우리는 같이 서서 철썩, 철썩, 철썩 외륜 소리에 귀를 기울였다.

"선장님, 알고 보니 1844년 10월 22일이 오늘이라면 난 세상이 끝날 때 이 미시시피강을 따라 떠내려가고 있는 게 좋아요. 그 어디에 있는 것보다요."

"나도 그래, 치키. 나도."

끼익! 끼익! 끼이이익!

우린 깜짝 놀라 펄쩍 뛰었다가 금세 웃음을 터뜨렸다. 뒤쪽에서 새끼 돼지들이 목청껏 울고 있었다.

아마 남루한 소년이 나눠줄 순무 잎을 찾아낸 덕일지도 모른다. 아니면, 세상에서 걸리니언호보다 좋은 곳은 없다고 다들 생각했고, 그걸 꼭 말하고 싶었던 걸지도.

행운을 빌어, 안녕

"이제 종착지에 거의 다 왔다, 치키. 아니, 너한테는 출발점이지. 우리는 내일 에드워즈 항구에 들어갈 거고, 너는 이모랑 이모부를 만날 거야." 잠자리에 들 때 선장님이 말했다.

"치키, 전에도 말했지만, 너처럼 용감하고 똑똑한 여자애의 도움을 받다니 그분들은 참 운이 좋으신 거야."

"헤어지다니 너무 슬퍼요, 선장님. 내가 가면 표 파는 건 누가 돕죠? 남자애들이 요금을 속일 텐데, 생각만 해도 짜증 나요."

"자, 치키. 내 걱정은 하지 마. 나는 강에서 오래 살았고, 가끔 니켈 하나 손해 본다고 무너지지 않아. 누가 누구한테 반드시 사기를 쳐야 한다면 나는 사기 치는 사람보다는 당하는 사람이 될래. 난 그런 사람이야. 그런 사람이 되고 싶어."

"친절하게 군다고 돈 드는 거 아니잖아. 예전에 누가 그러더라고요." 나는 선장님을 보며 그렇게 말했다.

"바로 그거야, 치키. 우리는 그 아이가 니켈 하나를 얻으려고 무슨 일을 해야 했는지 모르고, 그걸로 얼마나 오래 버텨야 하는지도 몰라. 이런 아이들은 사는 게 쉽지 않아. 걸리니언호에 타고 있는 동안만큼은, 그 애들 삶이 더 힘들지 않게 만들 거야."

선장님은 착한 영혼을 가지고 있었다. 아마 나보다 착할 것이다. 나는 엄마처럼 모든 걸 흑백으로 따졌지만, 선장님은 모든 걸 과거, 현재, 미래로 보았다. 눈앞에 있는 사람과 그 사람이 어떻게 해서 선장님 앞까지 왔는지, 그다음에는 어디로 갈지 선장님 눈에는 다 보였다.

선장님이 덧붙였다. "난 아무도 떠나지 말라고 붙잡지 않는 곳에서 떠나는 것이 어떤 기분인지도 알아."

난 알 수 있었다. 선장님은 과거에 뭔가 슬픈 일이 있었다. 내가 이해하거나 해결할 수 없을 만큼 커다란 문제 말이다. 그래서 내가 느낀 대로 말했다. 그런 상황에서 할 수 있는 건 그것뿐이니까.

"음, 저는 선장님이 지금 여기 계셔서 기쁘고, 제가 선장님과 함께라서 정말 기뻐요."

"아, 나도 그래, 치키. 나도. 내가 필요하면 언제든지 미시시피강에서 날 찾을 수 있단다. 알지? 정확히 더뷰크와 뉴올리언스 사이 1600킬로미터 중 어딘가에서 말이야!"

선장님이 똑바로 앉아서 천장을 향해 양팔을 뻗더니 몸을 숙였다. "램프 끈다. 준비됐니? 내일이 오기 전에 우리 둘 다 푹 쉬는 게 좋겠어."

나는 어둠 속에 가만히 누워 있었다. 자지 않고 깬 채로 한동안 파도를 느낄 생각이었다. 걸리니언호를 더 잘 기억하려고. 하지만 오래가지 않았다. 나는 꿈도 꾸지 않고 푹 잤다.

다음 날 아침은 내 인생에서 태양이 나보다 먼저 일어난 마지막 아침이었다.

정오를 막 넘긴 무렵, 앞쪽에 작은 끌배 한 척이 보였다. 우리가 에드워즈 요새에 닿을 수 있도록 광석을 넘겨받을 준비를 마친 듯했다. 나는 사다리를 타고 선장님께 달려 올라갔다. "이번엔 제가 거룻배 밧줄을 풀어도 될까요? 한번 해보고 싶어요. 저, 할 수 있을 것 같아요."

"밧줄을 풀고 싶다고? 넌 정말 똑똑하고 의욕이 넘치는 아이구나. 헤엄칠 줄 알지?"

"네, 할 줄 알아요. 저 헤엄 진짜 잘 쳐요, 선장님."

"좋아, 치키. 한번 해보자. 헤엄쳐 가서 거룻배에 뛰어오르면 돼. 내가 하는 거 봤지. 매듭은 금방 알아볼 수 있을 거야. 왜고너 히치에 버터플라이 루프로 묶여 있어. 위쪽 손잡이를 잡아당기기만 하면 돼. 커비 선장이 기다리고 있다가 받아서 제대로 묶어줄 거야."

"알겠습니다!" 내가 선장님에게 말했다.

나는 치마를 걷어서 묶고 미시시피강으로 뛰어들었다. 바싹 말라 있던 온몸이 푹 젖는 그 마법 같은 순간이 느껴졌다. 그런 다음 물속으로 미끄러져 들어간다. 미끄러지듯 움직이면서 숨을 내쉬고, 몸을 물 밖으로 내밀고 공기를 들이마신 다음 다시 들어간다.

물이 따뜻해서 깜짝 놀랐다. 북쪽에서는 호수가 딱 두 가지다. 꽁꽁 언 호수, 아니면 거의 얼어붙은 호수. 호수에 뛰어들면 얼음장같이 차가운 물이 가슴을 강타하고, 그래서 숨을 쉬러 다시 올라간다. 따뜻한 미시시피 강물에 뛰어들었더니 물속에 영원히 머물 수 있을 것만 같았다.

손끝에 거룻배 옆면이 느껴지자 나는 몸을 끌어 올려 매듭을 찾았다. 거룻배 한 척의 밧줄을 풀고 나서 다음 배에 올랐다. 록아일랜드 항구에 들어가기 전에 봤던 것처럼 선장님을 그대로 따라 했다. 부딪치기 직전에 두 번째 거룻배에서 뛰어내려 단숨에 걸리니언호 옆으로 헤엄쳐 돌아갔다.

선장님이 손을 내밀어 갑판으로 끌어 올려주었다. 선장님은 내가 정말 착하고 똑똑하고 강하고 유능한 아이라고 백 번째로 말했고, 이제 나도 거의 그렇게 믿고 있었다.

에드워즈 요새가 모습을 드러내자 군사 기지와 마구간, 가게와 주택으로 둘러싸인 큰길이 보였다. 스넬링 요새만큼 크지는 않았지만 록아일랜드의 천 배는 되었다.

"음, 치키. 도착한 것 같구나!" 선장님이 내 등을 툭 쳤다. "걸리니언호를 강가에 댈 시간이야." 선장님이 이렇게 말한 다음 덧붙였다. "잘 가렴, 꼬맹아!" 선장님이 나를 끌어안아준 다음 키를 향해 달려갔다.

부두에서 사람들이 기다리고 있었다. 배에 타려는 사람들이나 누가 내리기를 기다리는 사람들이었다. 모여든 사람들 뒤쪽에 키가 나랑 비슷하고 곱슬곱슬한 노란 머리에 평범한 파란 원피스를 입은 여자애가 서 있었다. 그 아이는 배를 끝에서 끝까지 살펴보고 있었다.

"메리 제인!" 그 애가 이쪽저쪽 사방을 향해 외쳤다. "메리 제인! 메리 제인!"

내가 양팔을 흔들었지만 그 아이는 나를 보지 못했고, 그러다가 떠밀리는 사람들 사이로 그 아이의 모습을 놓쳤다.

나는 건널판자에서 뛰어내려 사람들 사이로 들어가서 그 아이를 찾아다녔고, 동시에 뒤를 돌아보며 선장님을 찾으려고 애썼다. 마지막으로 손을 흔들어 작별 인사를 하고 싶었다. 내가 포기하려는 순간, 갑자기 바로 앞에 키가 나랑 비슷하고 노란 곱슬머리에 파란 원피스를 입은 소녀가 서 있었다.

"내가 메리 제인이야!" 내가 말했다.

"아, 그래." 소녀가 미소를 짓더니 내 팔에 팔짱을 꼈다. 그리고선 내 팔을 살짝 잡으며 덧붙였다. "그래, 너구나. 잘 왔어."

나는 다음 걸음을 내딛다가 비틀거렸다. 발밑의 땅이 너무 단단하게 느껴졌다. 지나치게 고정되어서 움직이지 않는 것 같았다. 강물에 떠 있지 않은 것에 익숙해질 때까지 시간이 좀 걸릴 것이다.

마지막으로 걸리니언호를 돌아보자 선장님이 외륜 옆에 당당하게 서서 모두를 환영할 준비를 하고 있었다. 환영을 받을 만한 사람이든 그렇지 않은 사람이든 말이다. 내가 허공으로 한 손을 들어서 흔들었다.

선장님이 나를 봤다는 확신이 들었을 때, 나는 외쳤다. 크고 또렷하게. "고마워요, 로버트 풀턴!"

10장

친구와 친척

내 옆의 여자애를 더 자세히 보니 머리카락 색이 처음 봤던 것보다 탁했다. 원피스는 깨끗하지만 얇고 낡았다. 하지만 내 팔짱을 낀 그 애의 팔은 전혀 깡마르지 않았다.

"드디어 왔구나, 반가워." 여자애가 말했다. "널 찾으려고 증기선이 들어올 때마다 마중을 나왔어. 미네소타벨호에 탔다고 들었는데, 그런 배는 에드워즈 요새에 안 들어오더라고."

"음, 기다려줘서 고마워…. 너는 내 사촌 두 명 중 누구야?"

"나는 네 사촌이 아니야." 그 애가 아주 담백하고 간단하게 말했다. "난 네 친구야."

그 애가 나를 데리고 부두에서 멀어지면서 매표소를 지나고, 신병 모집원들을 지나치고, 돈을 받고 짐을 옮겨주겠다는 짐꾼들을 지나쳤다. 어느새 내가 마주 보고 있는 것은… 무릎 한 쌍이었다.

고개를 들자 세상에서 제일 큰 말이 서 있었다! 나는 그 전에도 그 후에도 그렇게 큰 말은 본 적이 없다. 하나님께서 만드신 제일 큰 말이었다. 내기해도 좋다.

내가 손을 뻗어 주둥이를 어루만지자—친절하고 다정한 눈을 하고 있었다—또 다른 주둥이가 나를 밀어냈다. 거기, 첫 번째 말 옆에 하나님이 만드신 두 번째로 큰 말이 서 있었다.

"아, 자, 착하지…." 여자애가 암말의 굴레를 당겼다. "얘는 메리 제인이야. 이제부터 우리 친구야."

암말이 코로 내 가슴을 밀었다. 두 개의 콧구멍이 숨을 깊이 들이마시며 냄새를 맡는 게 느껴졌다. 그러더니 길게 몸서리를 치며 숨을 내쉬고 커다란 머리를 치웠다. 귀를 쫑긋 세우는 모습을 보고 내가 시험에 통과했다는 걸 알았다.

이제 허락을 받은 더 큰 말이 고개를 숙였고, 나는 말의 목을 감싸안고 주둥이를 어루만졌다. 그러면 말들이 좋아한다.

"얘네 이름은 삼손이랑 델릴라야." 여자아이가 말했다. "삼손은 누구든 좋아하지만, 델릴라는 삼손을 좋아하는 사람만 좋아해." 그 애가 웃었고, 나도 따라 웃었다. 말이라는 동물은 하나같이 다 자기 식으로 웃기니까 말이지.

"둘은 내가 태어나기도 전부터 나란히 일했어. 델릴라가 대장이야. 그렇지, 델릴라?"

델릴라가 히힝 하고 대답했다. 사람 말을 알아듣는 게 분명했다.

"클라이즈데일 종이야. 클라이즈데일 본 적 있니, 메리 제인?" 여자애가 나한테 물었다.

나는 고개를 저었다.

"피도 눈물도 없지." 여자애가 설명했다. "클라이즈데일은 나무 그루터기도 뽑을 수 있고 바위도 부술 수 있어. 하지만 얘네 둘은 짐을 끌어. 밧줄만 감을 수 있으면 태양도 끌고 갈 거야."

삼손만 봐도 그 말이 사실이라는 걸 단번에 알 수 있었다. 거기다 델릴라까지 있으니 두말하면 잔소리다. 두 녀석을 합치면 공룡한 마리쯤 되는 셈이었다.

"그리고 델릴라는 삼손을 안정시켜. 정말 똑똑해. 델릴라는 짐이 비뚤게 실렸거나 바퀴에 기름칠이 제대로 안 돼 있으면 고칠 때까지 꿈쩍도 안 해. 그리고 삼손 발에 돌멩이가 끼면 삼손이 아니라 델릴라가 멈춰. 델릴라가 삼손을 얼마나 챙기는지, 너도 보면 깜짝 놀랄 거야!"

나는 삼손이 사람을 기쁘게 해주려고 죽을 때까지 일할 말이라는 걸 알 수 있었는데, 다행히 델릴라가 있으니 그렇게 될 리 없어서 기뻤다.

"그래서, 얘네 둘은 삼손과 델릴라고, 나는 메리 제인이고, 네 이름은…?" 내가 물었다.

"아, 나? 나는 슈미트네 딸이야."

나이가 조금 더 많은 남자애가 델릴라에게 물을 주려고 물통을 들고 우리 옆으로 끼어들었다. 키가 정말 컸다. 어깨도 넓고.

"아, 안녕!" 내가 말했다. "너는 슈미트네 아들이겠구나."

남자애가 '그래'라는 뜻으로 고개를 끄덕였다. 그게 내가 슈미트네 아들과 나눈 대화에 가장 가까운 거였다.

"응, 우리 오빠야." 슈미트네 딸이 말했다. "그리고 저 위에서 마차를 모는 사람이 우리 아빠인 파더 슈미트. 그 옆에 앉아 있는 사람이 우리 엄마인…."

"마더 슈미트?"

"맞아! 우리는 슈미트 가족이야. 다른 슈미트는 없어. 다들 짐을 싣고 서부로 이주했거든."

"타거라, 애들아. 갈 시간이야." 슈미트 아주머니가 말했다.

슈미트 아저씨가 봇줄을 잡고 휘파람을 불었다. 어느새 나는 슈미트네 아들과 딸 사이에 앉아, 삼손만이 끌 수 있을 법한 짐마차에 몸을 싣고 있었다. 마차는 길이가 보통의 두 배에 철제 틀까지 갖추고 있었고, 무게는 거의 걸리니언호만큼 나갈 듯했다. 그런데 삼손은 그걸 마치 깃털 담은 베개라도 되는 양 가볍게 끌고 갔다.

내가 슈미트네 딸을 보며 말했다. "그래도 네 이름을 알고 싶어."

"내 세례명? 마거릿이야."

"마거릿! 아, 정말 멋지다! 마거릿 왕비는 메리 여왕의 할머니였어. 내 이름은 메리 여왕한테서 따온 거야! 음, 아무튼 하나는 거기서 따왔어. 메리 제인은 사실 두 여왕의 이름이거든…."

내가 1554년에 와이엇 반란이 일어났을 때 제인 여왕이 어떤 비난을 받았는지 이야기해준 다음, 스코틀랜드의 메리 여왕이 1567년에 남편 단리 경을 죽였을지도 모른다는 이야기를 시작하려고 할 즈음, 우리는 큰길에서 벗어나 바퀴 자국이 두 줄로 난 흙길로 들어섰고, 집 한 채가 시야에 들어왔다.

통나무 오두막이었는데, 소박하고 멋스러우면서도 한참 동안 사람 손길이 닿지 않은 듯한 모습이었다. 헛간에 소도 없고, 닭장에 닭도 없고, 텃밭에 채소도 없고, 아무것도 없었다. 아무것도 없는 한가운데 외롭게 서 있는 집이었고, 어디에서도 살아 있는 기운이 느껴지지 않았다.

그러니까, 이블린 이모가 두 팔을 활짝 벌리고 달려 나오기 전까지는 말이다.

텅 빈 식료품실, 가득 찬 바구니

내가 이블린 이모를 알아본 건 생김새 때문이 아니었다. 그건 확실하다. 엄마는 작지만 이블린 이모는 컸고, 엄마는 다부졌지만 이모는 말랐으니까. 내가 이모를 알아본 건 이모가 한 말 때문이었다.

"아, 내 마음이! 마음이 정말 벅차! 아, 너구나. 네가 여기 왔구나. 네가 왔어!"

이모가 나를 끌어안고 앞뒤로 흔들며 기쁨의 눈물을 흘렸다. 반가워하는 사람을 보면 나 역시 반갑지 않을 수 없지만, 솔직히 나는 뼈 때문에 이모를 끌어안을 수가 없었다. 헐렁한 원피스 밑으로 갈비뼈가 빨래판처럼 튀어나온 게 분명했다.

"얘들아! 얘들아!" 이모가 집을 돌아보며 소리치더니, 다시 나에게 외쳤다. "가서 사촌들을 데려올게…. 널 만나면 좋아할 거야!"

기다리는 동안 슈미트 아주머니가 나에게 커다란 바구니를 주었다. "이건 너랑 너희 가족을 위한 거야. 이게 너희 모두를 지켜주길." 아주머니가 내게 말했다.

"환영 선물인가요? 정말 너무 친절하세요…." 내가 말했다.

슈미트 아주머니가 나를 보았는데, 걱정 어린 표정이었다. "널 위해 기도하마." 아주머니가 이렇게 덧붙이고 슈미트 아저씨에게 그만 가자며 고개를 끄덕였다.

델릴라가 시키는 대로 삼손이 집을 향해 돌아설 때 마거릿이 내게 말했다.

"메리 제인, 토요일에 또 올게. 그동안 잘 지내야 해. 알았지?"

"당연하지, 마거릿. 새로운 곳에 도착했는데 벌써 친구가 생겨서 참 좋다."

마거릿이 마지막으로 내 팔을 한 번 꽉 잡은 다음 마차에 올랐다. 델릴라가 히힝 울자 삼손이 마차를 끌기 시작했다.

이블린 이모가 두 번째로 달려 나왔다. "고마워요, 슈미트 씨! 고마워요, 슈미트 부인! 정말 고마워요!" 마거릿이 돌아보며 손을 흔들었고, 슈미트 아저씨가 한 손을 들어 인사했다.

수줍음 많은 여자애 두 명이 서로 손을 잡고 집에서 나왔다. 한 명은 키가 크고 금발이었고, 한 명은 키가 작고 갈색 머리였는데, 둘 다 자기 엄마만큼이나 빼빼 말랐다.

"수전, 조애나… 얘가 너희 사촌 메리 제인이야." 이블린 이모가 내내 미소를 지으며 소개시켜주었다.

"안녕, 메리 제인." 수전이 이렇게 말하고 살짝 미소 지었다. 조애나는 아무 말도 하지 않았지만—한 손으로 얼굴을 가리고 있었다—갈색 앞머리 뒤로 희망에 찬 눈이 보였다.

"안녕, 수전. 안녕, 조애나." 나는 두 사람을 만나서 기뻤다. 나는 자매가 없었고, 여자 사촌은 자매 다음으로 좋은 거니까.

내가 바구니를 이블린 이모에게 건넸다. "슈미트 가족은 정말 마음이 넓어…. 난 매일 슈미트 가족을 위해서 하늘에 감사드린단다." 이모기 우리에게 밀했다.

우리는 집을 빙 돌아 식료품실로 가서 물건을 정리했다. 찬장을 열었더니 텅 비어 있었다. 내가 말하는 텅 비어 있다는 건 별로 많지 않다는 뜻이 아니라 진짜로 텅 비었다는 뜻이다. 당밀이 반쯤 남은 병도, 베이킹파우더 한 통도, 로즈메리 한 줄기도 없었다. 아무것도 없었다.

"이블린 이모, 식료품이 너무 없어요!" 내가 이모에게 말했다. "하지만 걱정하지 마세요. 돈을 주시면 내일 제가 마을에 가서 사다가 채울게요."

이블린 이모가 말했다. "음, 넌 정말 착하구나! 그럴 수만 있으면 얼마나 좋겠니." 이모의 목소리는 밝았지만 눈빛은 슬펐다.

슈미트 아주머니가 준 바구니에 온갖 물건이 들어 있었다. 귀리 한 자루와 밀가루 한 자루. 달걀 스물세 개와 껍질콩. 라드 한 덩어리와 소금 한 봉지. 짜집기 바늘과 실.

나라면 환영의 바구니에 이렇게 실용적인 것만 가득 넣지 않았을 것이다. 적어도 레몬 사탕 두어 개는 넣었겠지. 하지만 이블린 이모는 감동의 눈물을 흘렸다.

"슈미트 가족은 정말 마음이 넓다니까. 매번 내 마음을 울려." 이모가 한쪽 눈의 눈물을 닦으며 말했다.

바구니 바닥에 종이가 있었는데 거기 이렇게 적혀 있었다.

> 그리스도의 말씀을 배불리 먹어라. 보라. 그리스도의 말씀은 네가 무엇을 해야 하는지 전부 가르쳐주리니. 니파이후서 32장 3절

"이게 뭐예요?" 내가 이블린 이모에게 물었다.

"아, 그 사람들 성경 말씀이야. 좀 이상하지만, 마음을 울린단다. 슈미트 가족은 모르몬교도거든."

"모르몬교도라고요!" 내가 놀라 소리쳤다. 빈 바구니를 떨어뜨릴 뻔했다.

정말 별일이었다. 마틴 목사님과 헤어진 지 일주일도 안 됐는데 진짜로 실제 모르몬교도와 마주쳤을 뿐만 아니라 그중 한 명과 친구까지 되었다.

이블린 이모가 나를 집 앞쪽으로 데려갔다. "이제 집을 보여줄게." 이모가 이렇게 말하며 조각이 새겨진 참나무 문을 열었다.

통나무 오두막이었는데, 크기도 꽤 크고 잘 지어진 집이었다. 묵직한 현관문은 경첩에 단단하게 달려 있고 벽에는 멋진 히코리 목제 패널이 붙어 있었다. 하지만 식료품실과 마찬가지로 방은 전부 텅 비어 있었다.

버터 교유기도, 물레도, 빨래통도, 내가 모든 집에 있다고 생각했던 그 무엇도 보이지 않았다. 식사하는 식탁이랑 앉을 벤치만 빼면 아무것도 없었다. 이블린 이모가 집을 보여줄수록 없는 게 점점 더 많이 보였다.

뭐가 없는지 다 보고 나서 이모가 나를 데리고 복도를 지나 벽난로가 있는 안방으로 갔다.

"이제 조지 이모부를 만나자, 메리 제인. 그이는 몇 주 동안이나 이 순간을 기다렸어. 매일 얘기했지. 아, 정말이지, 드디어 네가 왔으니 그이 마음에 기쁨이 가득하지 않겠니?"

조지 이모부를 만나다

조지 이모부에게 무슨 일이 있었든, 그런 일을 겪고도 살아 있는 게 이상할 정도였다.

이모부는 찌그러져 보이는 의자에 앉아 있었는데, 머리 오른쪽이 떨어진 달걀처럼 깨져서 움푹 들어가 있었다. 몸 절반은 상태가 좋지 않아서 옷걸이에 걸린 양복처럼 뼈대에 걸쳐져 있었다.

이모부가 나를 보더니 소리치고 엉엉 울고 한쪽 발을 굴렀다. 일어서려는 거였을까?

"조지, 여보, 이 아이가 왔어요!" 이블린 이모가 말했다. 더없이 다정한 목소리였다. "맞아요. 우리 조카 메리 제인이에요. 아이다의 딸이 우릴 도우러 왔어요."

"어…. 안녕하세요, 조지 이모부."

조지 이모부가 큰 소리로 울부짖자, 입에서 거품이 나왔다. 말하려는 거였을까?

"아, 맞아요! 여보, 이 아이는 진짜 보물이죠. 나도 그렇게 생각해요!"

이블린 이모가 몸을 숙여 이모부의 턱에 묻은 침을 닦았고, 이모부는 계속 입을 뻐끔거리며 짖는 소리를 냈다.

"알아요, 여보. 메리 제인은 이제 다 컸어요. 아기가 아니에요. 우리 딸들처럼요. 맞아요. 이렇게 멋지게 키가 큰 메리 제인을 보니 정말 놀라워요."

이블린 이모가 이모부의 뺨을 쓰다듬고 눈앞을 가린 머리카락을 치워주었다. 이모는 이모부가 소리를 지르고 고함을 칠 때마다 이따금 중얼거렸다. 꼭 둘이 대화를 주고받는 것 같았다. 잠시 후, 지친 이모부가 의자에 털썩 기대어 앉았다. 이모가 다시 턱을 닦아주고, 그런 다음 코도 닦아주었다.

나는 이모부가 무섭다고 생각했다. 이모가 미쳤다고 생각했다. 나는 그날 많은 생각을 했지만, 그건 내가 모르는 게 있었기 때문이다. 두 사람 사이의 진정한 사랑이 얼마나 깊고 강렬할 수 있는지 나는 몰랐다.

이블린 이모가 이모부 쪽으로 몸을 숙이고 말했다. "그래요, 여보. 메리 제인한테 애들 방을 보여주고 쉬라고 할게요. 둘 다 푹 쉬고 나서 내일 다시 만나요."

우리는 조지 이모부를 두고 나와서 수전과 조애나가 밤에 잠을 자는 한쪽 구석으로 갔다. 벽에 아늑한 붙박이 목조 침대가 있었다. 이블린 이모가 사다리 같은 것을 꺼내서 펴자 작은 간이침대가 되었다. 이모는 나를 위해서 매트리스를 펴고 퀼트를 깔아주었다. '정말 영리한 발명품이잖아.'

나는 짐을 풀고 약이 들어 있는 주석 주전자를 이모에게 주었다. "엄마가 이걸 보냈어요."

이모는 내가 다이아몬드로 가득한 지갑이라도 건넨 것처럼 눈을 빛냈다. "아, 얼마나 간절히 필요했는지 몰라!" 이모가 주전자를 창문 쪽으로 들고 바라보면서 말했다. "음. 이건 내일, 그리고 매일 쓰자." 이모는 새 인형을 받은 여자애처럼 그걸 꼭 끌어안았다. 낡고 찌그러진 주전자를 보고 그렇게 좋아하는 사람은 처음 보았다.

그런 다음 이모가 뚜껑을 열고 약을 꺼내서 선반에 올려놓았다. "너희 엄마는 사람을 정말 잘 치료해. 늘 그랬지. 온 마음을 쏟거든.

난 알아." 이모가 한숨을 쉬었다. "너희 엄마가 여기 와서 조지 이모부를 봐주면 얼마나 좋을까. 네 엄마라면 조지를 완전히 고쳐서 예전 모습으로 돌려놓을 거야. 분명해."

물론 엄마는 정말 대단한 사람이고 그건 누구보다도 내가 제일 먼저 인정하지만, 엄마가 못 하는 것도 몇 가지 있다. 찌그러진 머리를 원래대로 되돌리는 것도 그중 하나다.

"짐은 침대 밑에 넣어놓고 네 집처럼 편하게 지내렴. 여긴 네 집이나 마찬가지니까." 이모가 이렇게 말하고 돌아섰다. "내 마음이 알려주네. 지금 조지 이모부한테 내가 필요하대."

내 '짐'이라 해봐야 실크 원피스 세 벌, 쓰지도 못할 10달러짜리 지폐 한 장 그리고 《영국사 산책》 한 권이 전부였다. 이블린 이모네 집에서 그 셋 중 뭐가 제일 쓸모없을지 고르라면 솔직히 나도 자신이 없었다. 그러다 문득 새콤한 체리 절임 병이 떠올랐다. 프랜시스 선생님이 내게 쓴 편지가 병을 감싸고 있었지. 그 물건들 중 어느 것도 아직은 꼭 필요한 건 아니었기에, 나는 그것들을 조용히 침대 밑에 밀어 넣고 천천히 마음에서 지우기 시작했다.

나는 이모네 가족에게 돌아갔는데, 가는 길에 슬쩍 들여다본 곳이 알고 보니… 화장실이었다! 말하자면 볼일을 본 다음 씻을 수 있는 작은 방이 집 안에 지어져 있었다. 세면대 위에 거울이 걸려 있었는데, 나무 틀에 하트가 온통 새겨져 있고, 선반에 비누가 하나 있었다. 나는 거울에 비친 내 모습을 보았다.

'그렇게 나빠 보이진 않네. 마지막으로 거울을 봤을 때보다 조금 더 자랐고, 모험을 훨씬 즐기게 됐어.'

가족실에 가니 이블린 이모가 스토브 옆에 웅크리고 앉아서 꺼져가는 불씨를 후후 불고 있었다. 두 사촌은 옆에 서서 보고 있었다.

"메리 제인, 귀리죽을 만들고 있는데 4인분이지만 다섯 그릇으로 나눌 수 있을 것 같아…. 좀 먹을래?" 이모가 불꽃을 후후 불면서 사이사이에 말했다.

"맞다, 이블린 이모! 저는 걸리니언호에서 내리기 전에 선장님이 가지고 있던 음식을 다 먹고 왔어요. 물론 선장님은 에드워즈 요새에서 보급품을 또 받으실 거예요. 아마 소시지 한 줄은 저 혼자 다 먹었을 거예요. 그리고 보자… 둥그런 치즈 반 통이랑 딸기 조림 0.5리터도요…."

나는 사촌들의 눈을 보고 말을 멈추었다. 두 사람은 내가 유니콘을 타고 왔다고 말하기라도 한 것처럼 나를 빤히 봤다. 너무 환상적이라서 사실이라고 믿기 힘든 이야기를 듣는 것처럼. 하지만 무엇보다도, 그게 자기 이야기가 아니라서 슬픈 것처럼.

냄비 안을 들여다보니 귀리가 너무 적어서 저을 것도 없어 보였다. 포크스에서 지낼 때의 나라면 저 정도 귀리는 자루에서 굳이 털어내지도 않았을 것이다.

"음, 정말 괜찮겠니…." 이블린 이모가 다시 나한테 물었다. "오늘 먼 길을 왔잖아, 메리 제인…."

"네, 괜찮아요." 내가 말했다. "배 안 고파요."

내가 이블린 이모에게 이 세 단어를 말한 건 이때가 마지막이 아니었지만, 진심이었던 건 이때가 마지막이었다.

아이다의 딸

"메리 제인, 자기 전에 이리 와서 나랑 잠깐 앉아 있을까?" 이블린 이모가 부탁했고, 그래서 난 그렇게 했다.

"넌 정말 아이다의 딸이구나. 보니까 알겠어." 이모가 손으로 내 턱 밑을 쓸었다. "네가 온다는 편지를 받고 정말 기뻤단다. 난… 처음에는 아이다가 직접 올지도 모른다고 생각했지만, 물론 모파를 돌볼 사람이 필요하겠지."

'모파가 그렇게나 늙었었나?' 나는 이모의 말에 깜짝 놀랐다. 내키지 않았지만 수긍할 수밖에 없었다.

"하지만 이제 네가 왔잖아, 메리 제인. 우린 네가 와서 정말 기뻐. 의지하고 우러러볼 사촌이 있다는 게 아이들한테 정말 좋을 거야. 그리고 아이들도 곧 의지하고 우러러볼 만한 사람이 되겠지. 시간을 조금만 주렴. 지난 몇 달이 아이들한테는 정말 힘들었을 것 같아서 걱정이야. 나랑 조지보다 더 힘들었을 거야…. 그래요. 여보, 당신 말이에요."

조지 이모부는 자기 이름이 들리자 끙끙거렸다. 이모가 말을 멈추고 이모부의 얼굴을 닦아준 다음 말을 이었다.

"아이들한테는 엄마가 필요하지만, 지금은 조지한테 내가 너무 필요해서 애들끼리 놔둘 수밖에 없었어. 너무 오래 내버려뒀지. 이제 둘 다 너무 의기소침해졌지만, 원래 그런 애들은 아니야. 상상도 할 수 없을 만큼 씩씩한 애들이야. 물론 너도 그렇겠지. 사촌이니까.

난 우리 가족을 지탱하려고 계속 애썼지만 내가 감당할 수 있는 수준이 아닌 것 같아. 슈미트 가족이 토요일마다 바구니를 보내줘.

그리고 조지가 오래전에 에드워즈 요새에 복무할 때 알던 하사관이 한 번 왔었고. 그분이 오셨을 때 우리가 얼마나 반가웠는지 기억나죠, 여보?"

조지 이모부가 다시 신음했다.

"물론 난 고맙게 생각해. 하지만 할 일이 너무 많은 데다가, 애들도 있고. 음, 난 애들이 힘들까 봐, 무감각해질까 봐 걱정이야. 그렇게 생각하면 너무 싫어. 그래서 방법을 찾으려고 애썼지만⋯ 난 잠도 제대로 못 자고, 그냥⋯." 이모는 금방이라도 울 것만 같았다. 너무 많은 일들 때문에 초조한 것 같았고, 전반적으로 지쳐 보였다.

"제가 도울 수 있어요, 이블린 이모. 뭐가 필요한지 말씀만 하세요." 이렇게 말하고 나는 이모의 손을 잡았다.

"아, 메리 제인, 넌 언니를 정말 많이 닮았구나." 이모가 다시 나를 오랫동안 끌어안았는데, 어찌나 꽉 안았는지 튀어나온 갈비뼈 안에서 떨리는 이모의 심장이 느껴질 정도였다. 난 이모가 울도록 잠시 내버려두었다.

"네가 가끔 조지 옆에 앉아 있어주면 좋겠어. 조지는 보살핌이 필요하고, 말도 걸어줘야 하고, 같이 있어줘야 하거든⋯. 그렇죠, 여보?" 이모가 남편을 향해 고개를 돌렸다. "그리고 당신도 조카랑 친해지면 즐거울 거예요, 그렇죠?"

이블린 이모가 나를 보았다. "그러면 내가 아이들과 시간을 더 많이 보내고, 집도 정돈하고, 어쩌면 여름이 오기 전에 텃밭을 가꿀 수도 있을 거야⋯. 슈미트 부인이 씨앗을 보내줬는데, 아마 여기 어디 있을 거야.

어떻게 생각하니, 메리 제인? 오래 걸리지는 않을 거야. 조지가 일터로 돌아갈 만큼 다시 건강해질 때까지만, 예전 모습을 되찾을 때까지만 말이야…. 그게 당신 계획이잖아요. 그렇죠, 여보? 당연하죠! 아니, 당신 목수 연장도 아직 가지고 있어요…. 지금은 빌려줬지만, 당신이 다시 쓸 수 있을 때까지 빌려준 것뿐이에요."

나는 조지 이모부를 보았다. 이모부는 말도 못 하고, 걷지도 못 하고, 상대방이 무슨 말을 하고 있는지 아는 것처럼 눈을 바라보지도 못했다. 의자에 앉아서 꾸벅꾸벅 졸았지만 다리가 갑자기 경련을 일으켜 몇 초에 한 번씩 깼다. 이블린 이모가 간이침대에서 베개를 가져와서 이모부 무릎 밑에 놓아주었다. 그러자 진정됐고, 이모부는 곧 평화롭게 잠들었다.

나는 이모가 이모부의 이마에 입을 맞추며 잘 자라고 인사하는 모습을 보았다. "이제 자요, 여보. 내일이면 당신은 더 강해질 거예요. 난 믿어요. 내가 여기, 당신 바로 옆에 있을 거예요. 앞으로도 늘 그럴 거예요."

그럭저럭 해내다

다음 날 아침, 나는 눈을 뜨자마자 진짜 커피를 마시기 시작했다. 내 몫보다 더 많이, 스스로에게 허락한 유일한 사치였다. 이야기를 처음부터 끝까지 듣고 나니 어떤 일이 있어도 헤쳐나가야 한다는 걸 알았다.

조지 이모부가 다치고 6주 뒤에 이모는 결혼식 도자기와 은촛대 두 개 등을 팔았다. 또 6주 뒤에는 말과 마차, 새끼 돼지와 어미

돼지 등을 팔았다. 다시 6주가 지난 다음 이블린 이모가 엄마한테 편지를 쓴 거였다.

이모가 편지를 쓰고 나서 내가 여기 도착하기 전까지 이블린 이모는 정원의 꽃들과 울타리 기둥에 감아둔 철조망을 팔았고, 토요일마다 슈미트 가족이 바구니를 가져다주기 시작했다. 슈미트 가족도 여유가 없었지만 나눠주었다.

나는 레이스 옷깃이나 만년필처럼 필요도 없는 물건을 바라지 않는 것이 어떤 삶인지 알았지만, 이제는 정말 필수적인 것도 없이 사는 법을 배워야 했다. 전혀 다른 생활 방식이었다. 알고 보니 전부 수의 문제였다. 숫자를 알면 무언가를 알게 된다던 모파의 말이 맞았다. 예를 들면 이런 식이다.

바구니 속에 사과가 서른 개 있는데 열두 개는 크고 열여덟 개는 작아. 큰 사과 열두 개는 끓이고 으깨서 조지 이모부한테 주자. 작은 사과 열여덟 개는 사촌들과 이블린 이모한테 하루에 하나씩 주는데, 금요일은 건너뛰고 토요일 밤에 두 개 먹는 거야. 나는 조지 이모부에게 드리고 남은 껍질을 먹으면 돼. 사과 심 서른 개는 발효시켜서 식초를 만들면 되는데, 하나는 남겨놨다가 삼손이 오면 주자. 델릴라는 자기는 왜 안 주는지 이해할 거고, 눈빛으로 "괜찮아, 미안하다고 말할 필요 없어"라고 말할 거야.

그런 다음 달걀도 똑같이 한다. 견과류도. 다른 것도 전부 다. 전부 내가 그럭저럭 해냈다고 말하기 위해서였다. 우리가 가진 게 별로 없었던 건 맞다. 하지만 우리가 가진 것으로 그럭저럭 충분했고, 결국 우리는 가족이었다.

그리고 우리는 운이 좋았다. 비가 내리고 해가 떴다. 콩이 싹을 틔웠고, 치즈는 곰팡이가 피지 않았고, 지붕은 버텨주었고, 내가 놓은 덫에 뭔가가 잔뜩 잡혔고, 매주 새로운 바구니를 받았다.

  우리는 하던 일을 계속했다. 서로를 절대 포기하지 않았고 자신도 포기하지 않았다. 그렇게 하루하루 지날 때마다 그럭저럭 해내는 것이 아주 조금 더 쉬워졌다.

11장

두 여왕과 토끼 한 마리

어느 날 아침, 내가 놓은 덫에 새끼 토끼 한 마리가 걸려 있었다. 아직 살아 있었다. 풀만으로도 견딜 수 있다기에, 데려다가 키워보기로 했다. 양치기 개에게 줄 먹이가 없어서 이모는 개를 보내야 했고 그 일로 조애나 마음은 산산조각이 났다. 그 아이 말로는 그랬다.

오후엔 해가 좋았다. 우리는 바깥에 나가 앉았고, 나는 수전의 머리를 프렌치 브레이드로 땋아주었으며, 조애나는 목탄으로 토끼 '해어링턴 씨'를 스케치했다.

"혹시 너희, 조애나 여왕이 누군지 아니?" 나는 프랜시스 선생님이 스넬링 요새 교실에서 수업할 때 내던 그 목소리로 물었다.

"아니, 누군데?" 수전이 되물었다.

"스페인이 낳은 여왕 중에 제일 똑똑한 여왕이었어."

"그래?" 조애나가 고개를 늘었다.

"그럼, 당연하지." 내가 말했다. "조애나 여왕은 승마도 할 줄 알았고, 프랑스어랑 라틴어 둘 다 했어."

"나도 프랑스어랑 라틴어 배울 수 있어." 조애나가 말했다. "기회만 있으면 말이야." 해어링턴 씨가 빛이 안 드는 곳으로 폴짝 뛰어가버려서 조애나가 조심스레 다시 끌어다 앉혔다.

"아무튼, 조애나 여왕은 1496년에 결혼했는데, 상대는 미남왕 필립이라는 왕이었어…. 그게 진짜 이름이었다니까!"

"윽… 결혼." 조애나가 코웃음을 쳤다. "나는 절대 결혼 안 할래. 남자애들은 서툴고 시끄러워… 난 남자 없이도 살 수 있어."

"음, 조애나 여왕도 그랬어. 미남왕 필립이 1506년에 죽고 나서 조애나는 49년 동안 혼자 나라를 통치했어."

"나쁘지 않은데…." 조애나가 말했다. 그녀는 다시 스케치로 돌아갔고, 그림에 너무 몰입한 나머지 얼굴을 가리고 있던 손이 슬그머니 내려갔다. 그 틈에 나는 조애나의 코에서 입술까지 이어진 분홍빛 흉터를 잠깐 볼 수 있었다.

"수전 여왕도 있었어?" 당연하다는 듯, 수전이 물었다.

"있었을 뻔했지." 내가 대답했다. "수전의 먼 친척이 1498년에 프랑스 왕비가 됐거든…."

"와, 정말 멋지다!" 수전은 세상에서 제일 기쁜 소식이라도 들은 것처럼 말했다.

"왜 멋져?"

"멋진 친척을 두는 게 여왕이 되는 것보다 나으니까." 수전이 고개를 돌려 내 뺨에 입을 맞춘 다음 내가 마저 머리를 땋도록 놔주었다.

두 사촌을 번갈아 바라보며, 나는 왠지 모르게 뿌듯하고 애틋한 마음이 들었다. 서로 너무 다르지만 저마다의 방식으로 참 사랑스러운 아이들이었다.

"자, 이제 너희 아빠한테 가자." 나는 일어나 두 아이의 손을 하나씩 잡았다. "이렇게 착하고, 똑똑하고, 씩씩하고 야무진 두 소녀가 찾아가면 분명 이모부 마음이 한결 놓이실 거야." 우리는 안으로 들어갔다.

나의 가족

우리의 일상에 일과가 생겼다. 내가 아침에 일어나 커피를 마신 다음 돌아다니며 덫을 확인하고 집으로 돌아올 때쯤이면 이블린 이모가 모두의 아침 식사로 귀리죽을 만들어놓고, 우리 다섯 명은 같이 식사를 한다. 그런 다음 이모는 딸들과 함께 오전 시간을 보내고 그동안 내가 조지 이모부를 돌본다.

오후에는 내가 사촌들을 데리고 놀러 나간 사이 이블린 이모가 남편을 돌본다. 나는 사촌들에게 실뜨기 놀이랑 밧줄 두 개로 하는 줄넘기를 가르쳐주었고, 두 사람은 금방 배웠다. 조애나가 아마 수전보다 조금 더 빨랐던 것 같다.

해거름이 다가오면 우리는 텃밭 일을 시작하고, 이블린 이모는 아이들의 저녁을 만든다. 이모가 아이들을 불러서 저녁을 먹이고, 침대로 보내고, 아이들이 잠들 때까지 곁에 있어준 다음 나를 불러서 저녁 시간을 같이 보낸다. 나는 이모와 조지 이모부를 위해 저녁 식사를 준비하고, 이모부의 식사 시중을 들고, 이모와 가끔 꽤 늦게까지 깨어 있는다.

황혼의 빛이 남아 있는 동안 우리는 얼룩을 지우거나 다 쓴 양초 동강을 녹이는 등 자잘한 일을 한다. 어떨 때는 조지 이모부에게 생각할 거리를 주기 위해서 밤에 앤드루 잭슨의 낡은 소책자를 소리 내서 읽어달라고 이모가 나에게 부탁한다. 그렇지 않은 밤이면 우리는 같이 말없이 앉아서 혼자가 아닌 것을 즐긴다.

사촌의 엄마와 늦게까지 깨어 있으니 내가 아이들의 사촌이 아니라 이모가 된 것 같았지만 난 괜찮았다. 결국 나를 키운 사람은 엄마였고, 엄마는 이블린 이모가 사촌들을 대할 때보다 나에게 훨씬 엄격했으니까. 하지만 난 수전과 조애나를 엄격하게 대할 필요성을 느끼지 못했다. 두 사람은 이미 힘든 일을 겪었다.

그 대신 우리는 도보 경주를 하고 나비를 잡고 제비꽃을 꺾었다. 가끔 애들은 아빠가 보고 싶다며 집으로 들어갔고, 이모부는 아이들의 목소리가 들리면 항상 눈을 뜨고 빠르게 깜빡거렸다. 아이들은 아기 때부터 늘 그랬던 것처럼 아빠를 끌어안고 입을 맞추었다. 이블린 이모의 말이 맞았다. 그 광경을 보면 마음이 따뜻해졌다. 나는 점차 이모부의 기분을 알아차릴 수 있게 되었고, 이모부도 마찬가지였다. 우리는 말하자면 친구가 되었다.

나는 처음으로 온전하고 제대로 된 가족에 속하게 되었다. 엄마와 아빠, 자매 그리고 평범한 것들이 다 있었다. 나는 곧 가족의 일원이 된 것을 즐기게 되었다. 이블린 이모는 엄마처럼 나를 돌봐주었고, 수전과 조애나는 나한테 격려받고 싶어 했고, 우리 모두 조지 이모부를 돌보았다.

가족에게 내가 필요했고, 그들을 위해 거기 머무는 동안 나에게도 그들이 얼마나 필요한지 깨달았다. 스넬링 요새로 돌아가고 싶다는 생각은 한 번도 하지 않았다. 거기에 가면 먹을 것도 많고 할 일은 적었겠지만 말이다.

따지고 보면, 어쩌면 사람에게는 음식보다 가족이 더 필요한지도 모른다. 나는 확실히 그렇다고 느꼈다.

믿지 않는 자들

"너희 엄마가 주신 씨앗이 얼마나 잘 자랐는지 보여? 토요일에 심었는데 수요일에 싹이 났어. 생각해봐. 땅속에서 겨우 사흘이 지났는데 싹을 틔우는 껍질콩이라니…." 껍질콩이 타고 오를 줄을 매면서 내가 마거릿에게 말했다.

"사흘이면 보통이야, 메리 제인. 껍질콩 안 키워봤어?"

"당연히 키워봤지!" 내가 마거릿에게 말했다. "하지만 북쪽에서는 적어도 일주일은 기다려야 싹이 난단 말이야."

"그럼, 너 이 얘기 들으면 좋아하겠다. 여기선 옥수수도, 여름호박도, 토마토까지도 독립기념일 전에 다 익어. 6월이면 시금치도 한창이고 말이야…. 참, 루바브는 이미 저렇게 넘쳐나고 있고." 마거릿이 무성하게 자란 밭을 가리키며 말했다.

"다 먹을 수 있어. 걱정 마. 그거 먹고 애들 잇몸에서 피 나던 것도 뚝 멈췄어."

마거릿과 나는 제일 친한 친구가 되었다. 토요일에 슈미트 아저씨가 마거릿을 내려주면 마거릿이 가득 찬 바구니를 가져다주고 빈 바구니를 가져갔다. 슈미트 아저씨가 에드워즈 요새에 가서 삼손이 그 주에 나른 물건을 내려놓고 마거릿을 데리러 올 때까지 우리는 오후 내내 시간이 있었다.

"두고 봐, 마거릿." 내가 말했다. "난 우리 가족을 예전처럼 다시 살찌울 거야."

"그러려면 텃밭 하나로는 부족할 텐데, 메리 제인."

"나한테 어마어마한 계획이 있어." 내가 밭을 가리키면서 말했다. "저 오이로 피클을 담그고 콩을 말리고… 해바라기 씨앗을 구울 거야…. 래디시랑 양파랑 근대가 믿을 수 없을 만큼 많이 날 거고. 남는 건 팔 수 있을 정도로 말이야. 수박도 키울 거야. 그리고 덫으로 잡은 동물 가죽도 전부 간직해뒀어. 북쪽으로 가는 사람들한테 팔려고. 그렇게 번 돈으로 암소를 사서 호박을 먹이면 비싸게 팔리는 황금빛 크림을 얻을 수 있거든…."

마거릿은 전혀 안 믿는 눈치였다.

"마거릿, 우리가 여기 영원히 머물 수 없다는 건 나도 알아. 하지만 이블린 이모는 시간이 더 필요해. 이모는 조지 이모부가 예전 모습으로 돌아갈 수 있다고 믿고 있고, 사랑만으로 가능한 일이라면 이모부는 지금 당장이라도 건강해지실 거야."

"너희 이모는 좋은 여자 같아. 또, 아빠는 너희 이모부가 좋은 남자라고 늘 말씀하셨어."

"두 분을 보살피는 게 내 일이야. 다들 멀리 이동할 수 있을 만큼 건강해지면 이블린 이모를 설득해서 엄마한테 편지를 쓴 다음 다 같이 북쪽으로 갈 거야. 엄마한테 데리고 가기만 하면 나머지는 엄마가 알아서 하실 거야."

"그 말을 들으니 마음이 놓인다, 메리 제인." 마거릿이 말했다.

"내 말 믿어, 전부 다 괜찮아질…."

그 순간, 극심한 현기증을 느꼈다. 그렇지 않아도 열이 난 날이었다. 기절하진 않았지만 힘이 풀려 바닥 쪽으로 주저앉았고, 마거릿이 얼른 달려와 나를 붙잡았다.

"괜찮아. 어지럼증이 가실 때까지 기다리면 돼." 내가 말했다. "걱정할 필요 없어."

"난 네가 걱정돼. 우리 가족 모두 널 걱정해." 마거릿이 얼마나 심란해하는지 느껴졌다. 심지어 눈물까지 글썽거렸다.

"마거릿, 울 일이 아니야. 금방 괜찮아져. 곧 멀쩡해질 거야."

"하지만… 그것만이 아니야, 메리 제인."

"그럼, 뭔데?"

"그러니까 너희 가족은 전부… 믿지 않는 자들이잖아! 세상의 종말이 이렇게 가까워졌는데, 우리는 너희 가족이 너무 위험하다고 생각해. 일곱 번째 날이 지나면 너희 가족은 함께하지 못할 거야…. 얼마나 끔찍한 것이 너희 가족 모두를 기다리고 있는지 몰라."

이제 마거릿은 진짜로 울고 있었다. 모든 게 부당하다는 듯 괴롭고 화가 나서 우는 거였다.

내가 마거릿의 손을 잡았다. "하지만 우리도 믿어. 음, 엄마는 확실히 믿고, 이블린 이모도 믿으셔. 두 사람은 매일 성경을 읽어. 정말이지, 우리 엄마는 성경을 거의 다 외워. 그리고 우리 조애나랑 수전이랑 나두 교회에 자주 나가…. 그리고 생각해봐. 세상은 끝나지 않을 거야. 적어도 조만간은 아니야."

"아, 하지만 종말이 정말 가까워졌어, 메리 제인! 모든 징조가 나타났어. 창조는 이렇게 지속될 수 없어. 악이 너무 많잖아. 게다가 매일 더 많아지고 있어. 아니, 우리가 할 수 있는 일은 최후의 심판에 대비하는 것뿐이야. 넌 구원받은 자들 가운데 없을 거야. 무슨 말인지 알아? 그래서 난 마음이 아파, 메리 제인. 정말로 그래." 마거릿은 정말로 진지했다.

"마거릿, 상황이 그렇게 나쁘진 않아. 자, 세상의 좋은 면을 좀 봐! 나를 여기까지 안전하게 데려다준 선장님부터 조지 이모부 곁을 지키는 이블린 이모, 순전히 선의만으로 우리를 도와주는 너희 가족까지 말이야! 너희 가족 같은 사람들이 있으니까 악은 발붙일 자리도 없을 거야."

"오, 메리 제인." 마거릿이 슬프게 말했다. "넌 우리가 본 걸 못 봤잖아."

우리는 잠시 같이 서 있었고, 나는 기분 좋아질 만한 말을 생각하려 애썼다. 그때 멀리서 코끼리 두 마리처럼 먼지를 일으키며 다가오는 삼손과 델릴라가 보였다.

슈미트 아저씨가 일을 마치고 마거릿을 데리러 왔다. 이제 우리가 같이 보내는 하루가 끝났다. 나는 마거릿과 팔짱을 끼고 마차를 맞이하러 갔다.

나는 마거릿이 마차에 오르기 전에 안아주었고, 슈미트 아저씨에게 마거릿을 데려다줘서 감사하다고 인사했다. 슈미트 아저씨가 나를 향해 고개를 끄덕인 다음 델릴라에게 휘파람을 불자 델릴라는 삼손을 시켜 집을 향해 마차 방향을 돌렸다.

내가 슈미트 가족을 본 것은 그때가 마지막이었다. 물론, 다음 주 토요일에 슈미트 가족이 다시 바구니를 들고 와서 우리 모두를 구해주기 전까지 말이다.

건강이 좋아지다

조지 이모부의 상태가 좋아졌다.

예전만큼은 아니지만 내가 온 이후로 좋아지기는 했다. 정말 보기 좋은 광경이었다. 나는 예전의 이모부를 모르고 지금의 이모부만 알아서 더 뚜렷하게 보였던 것 같다. 그즈음 이모부는 늘 어제보다 오늘 조금 더 건강해졌다.

이블린 이모 눈에 비친 이모부는 항상 처음 만난 순간의 모습이었다. "첫눈에 반한 사랑이었어." 이모가 말했다. "큐피트의 화살이 내 심장을 관통했지." 이모가 이모부의 손을 잡았다. "두 사람의 심장을 꿰뚫은 두 개의 화살이었어요. 그렇죠, 여보?" 그런 다음 눈에 보이지 않는 이모부의 대답에 너무나 행복하게 미소를 지었다.

그 두 사람은 겉으로는 들을 수 없는 비밀 언어를 공유하고 있었다. 나도 처음에는 믿지 않았지만 거기 살면서 매일 보았다.

어느 날 오후, 나는 애들과 함께 가족실에 앉아서 수전의 피아노 연주를 듣고 있었다. 수전이 부엌 식탁을 두드리면서 입으로 소리 내는 걸 우리는 피아노를 친다고 말했다. 수전은 피아노를 일찌감치 팔 수밖에 없었다고 했는데, 나한테 그 말을 할 때 너무 슬퍼 보여서 뭐라도 해줘야겠다는 생각이 들었다.

그래서 집게를 불에 달궈서 나무 식탁에 피아노 건반을 그렸다. 검은 건반 서른여섯 개와 흰 건반 마흔아홉 개를 그리자 수전이 그 정도면 됐다고 말했다. 그날 이후 수전은 하루에도 몇 번씩 연주를 했다. 피아노 건반을 그려주길 잘한 것 같다. 〈꿈길에서〉는 이제 귀에 못이 박힐 지경이지만.

어느 날 오후, 수전이 후렴구를 막 시작하려는데 조지 이모부가 앉아 있는 구석에서 이블린 이모가 외쳤다.

"얘들아! 얘들아! 여기 좀 봐, 얘들아!" 이모가 소리쳤다.

조지 이모부가 일어나서 두 발로 서 있는 게 아닌가. 한쪽 팔은 이블린 이모에게 걸치고 있었지만, 이모에게 체중을 별로 많이 싣지도 않았다. 수전과 조애나가 이모부에게 달려가 허리를 끌어안았고, 우리 모두 행복의 눈물을 조금 흘렸다.

조지 이모부가 두 발로 서다니…. 믿을 수가 없었다. 그건 지금까지 줄곧 이블린 이모의 목표였다. 난 믿지 않았지만, 이모는 이모부가 결국 해내리란 걸 알았다. 이모가 내게 시킨 일을 모두 해내서 정말 다행이었다.

"오늘은 손 운동을 시켜줘." 이모가 말했다. "우선 주먹을 쥐게 한 다음, 이렇게, 다시 펴는 거야. 양손을 각각 열 번씩 해…. 이모부가 계속 움직이게 만들어야 해." 이모의 말에 나는 시키는 대로 했다. 이모부도 애쓰고 있었다. 난 알 수 있었다. 이블린 이모, 조지 이모부, 나, 우리 셋은 한 팀이었고, 셋 다 최선을 다했다.

처음에는 크게 기대하지 않았지만 몇 주가 지나면서 이모부는 천 조각을 잡을 수 있게 되었고… 그다음에는 천을 들어 올렸고… 그다음에는 천을 흔들었다. 얼마 후 이모부가 고개를 돌렸고, 포크를 위아래로 움직이게 되었다. 몸의 절반이 반대쪽 절반보다 더 잘 움직이긴 했지만.

이블린 이모는 오후마다 이모부에게 다리 운동을 시켰지만 나는 이 계획 자체에 회의적이었다. 하지만 그날 두 발로 선 이모부를 봤을 때 이블린 이모를 다시는 의심하지 않겠다고 다짐했다.

그날 저녁 이모와 둘이 램프 불빛 아래에서 바느질을 하는데, 이블린 이모는 이제껏 내가 본 모습 중 제일 기분이 좋아 보였다.

"정말 멋진 날이야, 메리 제인! 더 좋은 날은 바랄 수도 없어. 지금보다 마음이 벅찰 순 없을 거야. 내 말 잘 들으렴. 그이는 겨울이 오기 전에 일어나 앉아서 나무를 깎을 수 있게 될 거야. 그렇죠, 여보?" 이모가 팔꿈치로 조지 이모부를 쿡쿡 찌르고 대답을 찾아 눈을 들여다보았다. "여보, 당신도 그걸 얼마나 고대하는지 알아요!"

좋은 수가 떠올랐다. "공구를 돌려받으면 어떨까요? 그러면 기운이 나서 공구 사이에 앉으실 수 있을지도 몰라요. 안 그래요, 조지 이모부?"

나는 조지 이모부와 같이 있을 때 이블린 이모처럼 말을 거는 습관이 생겼다. 이모부가 대답 비슷한 말을 했는데, 이모부를 잘 아는 사람이라면 뭐라고 하는지 알 수 있었다.

"아, 그래요. 여보, 톱밥 냄새 좋아하잖아요. 그렇죠?" 이블린 이모가 장단을 맞추었다. "아니, 그이가 집에 처음 왔을 때는 눈도 못 떴는데, 내가 코 앞에다가 톱밥 한 줌을 대줬거든. 꽃이랑 식초, 비누, 세상이 아직 여기 있다는 걸 그이에게 알려줄 법한 것들을 전부 다 가져다 댔어…. 하지만 당신을 내게 돌아오게 만든 건 톱밥이었잖아요. 안 그래요, 여보? 아, 이제는 우리 둘 다 톱밥 냄새를 정말 좋아하잖아요!" 이모가 이모부의 턱 밑을 가볍게 치고 추억을 떠올리며 미소를 지었다.

"그래요. 미래는 밝아요." 이블린 이모가 말을 이었다. "여보, 당신이 일어나 앉아서 다시 나무를 깎을 수 있게 되면, 도급 일을 받아서 돈을 조금 벌 수 있어요. 그래, 모든 게 다시 제자리를 찾아가고 있어. 네가 여기 와준 덕분에 모든 게 달라졌어, 메리 제인."

나는 조지 이모부를 보았다. 이모부가 주변에서 무슨 일이 벌어지고 있는지 조금 알게 된 건 맞지만 일어나 앉고, 돈을 받고 일을 한다고? 그건 무리 같았다.

그러다가 이블린 이모를 보았다. 나는 이모의 따뜻한 태도 밑에 강하고 힘센 무언가가 있다는 사실을 깨달았고, 또 이모와 이모부 사이에 대부분의 사람들은 절대 이해할 수 없는 무언가가 있다는 것도 알게 되었다.

그러니 무리일지도 모르지만 불가능한 건 아니었다. 내가 뭐라고 그걸 판단하겠는가?

나의 나

"이거 봐, 메리 제인! 내가 해냈어!"

이블린 이모가 오른손을 들고 왼손으로 오른손을 가리키고 있었다.

"만세! 이블린 이모, 해내셨군요!"

나는 이모에게 묘기를 하나 가르쳐주는 중이었다. 한 손만으로 바늘에 실을 꿰는 방법. 생각보다 쉽지 않다. 기회 되면 한번 해보길 바란다. 실패는 엄지랑 새끼손가락으로, 바늘은 가운데 두 손가락으로 잡아야 한다. 나는 이제는 아무 생각 없이도 할 수 있다. 거의 무의식적인 습관이 되어버렸달까.

우리는 불 꺼진 벽난로 앞에 앉아 있었고, 나는 조지 이모부의 낡은 정치 소책자를 훑어보면서 아침에 이모부에게 얘기할 만한 주제를 찾고 있었다. 그러다 뭔가 찾아냈다.

"아, 이블린 이모. 여기 보세요. 그다음에 뭐라고 했냐면요.

'애국심만이 나를 이끌 것이다. 나는 감히 자기 나라를 사랑하는 그런 구식 남자이기 때문이다….'"

"윽, 앤드루 잭슨은 더 이상 못 들어주겠어. 저리 치우렴." 순간적으로 이블린 이모의 목소리가 엄마 목소리처럼 들렸다. 그 정도로 진저리가 난 것이다.

"그 잭슨이라는 사람에 대해 제일 열성적이었던 사람이 누군지 아니? 네 아버지였어, 메리 제인. '강철 같은 히코리!'라고 입버릇처럼 말했지. '자기 생각을 말하는 데 거리낌이 없는 진짜 남자야!'라면서."

"정말요? 우리 아빠는 또 어떤 사람이었어요?"

그건 내가 아버지에 대해서 들어본 가장 명확한 이야기였다. 딱히 칭찬은 아니었지만, 그래도 아빠가 살아 숨 쉬는 인간이었음이 느껴졌다.

"네 아빠는 앤드루 잭슨이 시키면 나무통에 들어가서 나이아가라 폭포에도 뛰어들었을 거야. 뭐, 모파는 네 아빠가 사라질 때마다 차라리 그랬으면, 그 비슷한 일이라도 했으면 하셨지."

"엄마가 나를 임신한 다음 아빠가 떠났을 때 말이군요…."

"아, 메리 제인. 네 아빠는 사라지는 게 일이었어. 너희 엄마랑 같이 있을 때보다 어딘가로 사라지고 없을 때가 더 많았지. 그래,

네 오빠가 생길 만큼은 아이다랑 같이 시간을 보냈고, 또 돌아와서는 네가 생길 만큼 머물렀지만, 그러고 나서 영영 떠나버렸지."

이모가 남편을 향해 고개를 돌렸다. "여보, 둘이 말다툼했던 거 기억나요?" 그런 다음 다시 나한테 말했다. "정말 끔찍했어. 주먹질이 오간 적도 몇 번 있었어."

"둘이 대놓고 싫어했나 봐요."

"아, 메리 제인. 넌 아직 어려서 이해 못 할 거야. 네 아빠랑 우리 조지는… 음… 아주 다르단다."

'아, 이해해요. 좋은 남자도 있고 우리 아빠 같은 남자도 있죠.'

이블린 이모가 이야기를 계속했다. "네 아빠가 얼마나 별났는지 알겠지? 우리 조지처럼 마음씨 착한 사람이랑 잘 지내지 못하다니 말이야." 이모가 조지 이모부의 이마에 내려온 머리카락을 쓰다듬었다. "여보, 당신은 목수가 되려고 스넬링 요새에 왔었잖아요. 그런 남자랑 싸우기 위해서가 아니라…."

"우리 아빠는 스넬링 요새에 왜 왔어요?"

"당연히 군인이 되려고 왔지! 하지만 탄약을 믿고 맡길 수가 없었어. 말했지만 화를 너무 잘 냈거든. 그래서 텃밭 관리를 맡았어. 음, 네 아빠에게 맡기려던 모든 일이 그랬듯이 곧 아이다의 일이 되었지만 말이야.

우리 조지는 평생 매일 열심히 일했어. 그렇죠, 여보?" 조지 이모부는 이블린 이모가 '여보'라고 말할 때마다 늘 그러듯 몸을 뒤척였다.

"엄마가 아빠랑 결혼하지 말았어야 했네요." 내가 이모에게 말했다. 좋은 생각도 아니고 그런 생각을 하면 기분이 나빠졌지만, 그렇다고 해서 사실이 아닌 건 아니었다.

"아, 하지만 아이다는 네 아빠랑 결혼을 해야만 했어, 메리 제인. 언니도 어쩔 수 없었어. 언니는 마음으로 느꼈지. 아무도, 정말이지 아무도 자기 마음을 통제할 수 없는데, 언니의 마음이 네 아빠에게 가라고 말했거든."

엄마가 어떤 청년 때문에 눈을 반짝인다고 생각하자 웃음만 나왔다. "이블린 이모, 이모도 저만큼 잘 아시잖아요. 엄마는 너무… 음, 그러니까 엄마답죠…. 누구에게 반하기에는 말이에요."

"내 말은 그게 아니야, 메리 제인. 마음으로 느낀다는 건 진짜 그 순간 심장이 확 느껴진다는 뜻이야. 그 커다란 근육 덩어리가 흥분해서 갈비뼈 안에서 미친 듯이 뛰기 시작하지. 그 고동이 목구멍까지 치솟고 발끝까지 울려 퍼져. 네가 느끼는 그 쿵쾅거림, 그건 심장이 너한테 말하는 거야. 그 사람한테 가라고."

"하지만 심장이 틀린 말을 하면요?"

"그럼, 맞는 말을 하면?" 이모는 몸을 숙여 조지 이모부의 이마에 살짝 입을 맞췄다. "네 엄마가 네 아빠를 처음 본 순간엔 내가 없었지만, 내가 우리 조지를 처음 본 순간은, 그건 평생 못 잊을 거야. 우린 소달구지를 타고 막 스넬링 요새에 들어가던 길이었어. 그때였지. 조지가 다른 상인들 사이에 서 있는 게 눈에 들어왔어.

그의 눈, 머리카락, 각진 턱 그리고 그 미소! 내게 미소 짓는 조지를 봤을 때 심장이 갈비뼈를 부러뜨릴 듯이 철렁 내려앉는 것만 같았어! 심장이 어찌나 세게 뛰었는지, 머리가 다 흔들려서 위아래도 구분 못 할 정도였어. 내가 아는 건 그에게 가야 한다는 사실밖에 없었지."

이모는 나에게 말하고 있었지만 눈은 조지 이모부를 향하고 있었다. 이모부도 그때를 떠올리는 것처럼 두 사람의 눈빛이 얽혔다.

"그래서 아직 멈추지도 않은 달구지에서 뛰어내렸지 뭐야? 나는 양손을 내밀고 뛰어내렸어. 그랬더니 조지가 공구를 떨어뜨리고 내 손을 잡지 않았겠니? 그 순간 나는 내가 아니었어. 나 자신이 아니라 그 이상이었어. 내가 되고 싶은 사람으로 조금 더 다가가는 커다란 한 걸음, 아니 도약이었지."

"말도 안 돼요, 이블린 이모! 이모부가 안 잡아주면 어쩌려고 그랬어요?"

"심장의 말을 듣는 일엔 늘 위험이 따르지. 그건 부정하지 못해, 메리 제인. 결과가 완벽하다는 보장은 절대 없고, 설령 잘 되더라도 힘든 시기는 오게 마련이야." 이모는 조지 이모부의 머리를 살며시 들어 베개를 제대로 맞춰주었다. "그래도 내 심장이 그랬던 것처럼 네 심장이 쿵 하고 뛰는 순간이 오면 그 소리에 귀 기울이겠다고 나한테 약속해줘. 정말이지, 내 인생에서 내가 한 일 중에 그게 제일 현명한 선택이었어." 이모는 그렇게 말하고 이번엔 이모부의 뺨에 조심스럽게 입을 맞췄다.

"그럴게요, 이모. 그래도 난 엄마처럼 되고 싶지는 않아요."

"아, 그건 너무 걱정하지 마. 네 엄마는 네 아빠를 만나기 오래 전부터 무정한 사람이었어. 그래야만 했지. 네 엄마가 아주 어렸을 때부터 여러 가지 일이 있었거든."

솔직히 나는 엄마가 왜 지금처럼 됐는지 궁금한 적이 한 번도 없었다. 난 내가 약한 사람으로 자라지 않도록 엄마가 엄하게 군다고 늘 생각했다. 엄마 이야기를 더 듣고 싶다면 지금이 기회였다.

"이블린 이모, 내가 엄마에 대해서 아는 건 예믈랑에서 상황이 별로 좋지 않아서 모두 같이 떠났고 결국 포크스로 오게 됐다는 것밖에 없어요. 아, 그리고 신발을 먹어야 했다는 것도 알아요. 그 이야기는 잊기 힘들죠."

"아, 그땐 신발이 차라리 제일 나은 음식이었지." 이모가 나를 보고 고개를 끄덕였다. "모파한테서, 어릴 때 여동생이 썩은 고래기름을 먹고 죽었다는 얘긴 못 들었니? 아가타 고모 말이야. 겨우 네 살이었다지."

"아뇨. 죽었든 살았든 저한테 아가타라는 대고모가 있다는 것도 몰랐어요."

"음, 메리 제인. 편하게 앉아 봐. 토르발센 가족이 어떻게 미국에 오게 됐는지 얘기해줄게. 안 될 게 뭐니?"

그날은 여치가 나와서 자기 세상인 양 울어대며 이야기 듣기 딱 좋은 분위기를 만들어주는 따뜻한 여름밤이었다. 나는 양쪽 무릎을 가슴에 붙이고 베개에 기대 자리를 잡고서 이블린 이모의 이야기를 들을 준비를 했다.

이모가 이야기를 시작했다. "물론 나는 예믈랑이 기억 안 나지만, 모파 말로는 나폴레옹 편을 들었다가 1812년에 굶주림과 고통에 빠졌대. 모파의 가족은 최대한 버텼지만 결국 네 외삼촌 칼이 아직 아기였을 때 고열로 세상을 떠났지. 그 뒤로 모파의 가족은 정말 절망적이었어. 아이다는 겨우 여덟 살이었고, 엄마는 뱃속에 나를 품고 있었어.

모파는 부두로 가서 캐나다에 가기로 계약했어. 거기서 성공한 다음 우리를 부르려고 말이야. 캐나다에는 땅을 개간하고 감사를 심을 남자들이 필요했는데, 모파는 어차피 고향에서도 그런 일을 했을 거야. 땅만 있었으면 말이야."

이모는 계속 이야기하고 싶어 하고, 나는 계속 듣고 싶었다. 지금껏 누구에게도 듣지 못했던 얘기들. 나는 그 모든 이야기에 깊이 놀라고 있었다.

"첫눈이 내리기 시작할 무렵 프린스오브웨일즈호가 요크 팩토리 항구에 도착했어. 모파는 배에서 내리자마자 사무원한테 가서 자기 앞으로 온 편지가 없는지 물었지. 물론 우리 엄마가 보낸 편지가 와 있었고, 모파는 사흘 뒤에야 그걸 읽어줄 사람을 찾아냈어.

편지에는 딸이, 나 말이야, 그래도 건강하게 태어났다고 적혀 있었어. 그리고 꼬마 아이다가 성냥 공장에서 일해서 몇 페니를 벌어왔다고. 엄마는 아빠가 우리를 데려갈 때까지 어떻게든 버텨보겠다고, 하지만 부디 빨리 데려가라고 했지.

모파는 편지를 접어서 앞주머니에, 심장과 제일 가까운 곳에 넣었어. 3년이 꼬박 지난 다음에야 고향에서 다음 편지가 왔지.

그동안 모파는 일하고 또 일했지. 돈을 모으고 또 모았어. 1820년에 모파는 포크스에서 신참 사무원으로 승진했고, 우리한테 편지를 보내서 여행 경비를 주겠다고 약속했지. 엄마는 편지를 읽어준 사람에게 돈을 낸 다음 곧 가겠다고 답장을 보냈어.

우리가 1년 뒤에 배를 타고 요크 팩토리에 도착했을 때 나는 아버지, 그러니까 네 모파를 처음 만났어. 모파는 아내와 열두 살짜리 딸, 세 살 된 나를 만나려고 헤이스강을 따라 스무 날을 걸어왔어. 모파가 부두에 도착했는데 우리 둘밖에 없었어. 아이다는 너무 마르고 지쳐 있었고, 나는 새끼 원숭이처럼 아이다한테 꼭 달라붙어 있었지."

"이모의 어머니는 어떻게 됐어요? 우리… 모모말이에요." 내가 물었다.

"오는 도중에 돌아가셨어." 이모가 대답했다. "나는 너무 어려 기억이 없어서 어떻게 돌아가셨는지 몰라. 아이다밖에 모르는데, 언니는 그 이야기를 안 하려고 해. 너도 알아차렸을지 모르겠지만, 아이다는 그때 이후 지금까지도 절대 배에 타지 않아."

나는 그 순간까지도 알아차리지 못했다. 엄마가 소달구지를 타고 이동했던 그 머나먼 거리, 그게 전부 강을 피하기 위해서였구나, 하고 그때야 깨달았다. 아, 그렇게 먼 길을 돌아 집으로 가다니.

"그러니까 우린 그 점에서 똑같아. 너랑 나랑. 나는 엄마를 알지 못하고, 너는 아빠를 알지 못하지."

나는 고개를 끄덕였지만, 속으로는 이렇게 생각했다. '똑같지 않아요, 이블린 이모. 이모의 엄마는 이모를 떠나고 싶어 하지 않았잖아요. 우리 아빠는 나를 떠나고 싶어서 안달이었고요.'

"나를 키운 사람은 아이다였어, 메리 제인. 그런 언니를 두다니 난 정말 운이 좋았지. 내가 사랑하는 남편한테는 형제밖에 없어. 좋은 사람들이라더구나. 두 명은 잉글랜드에 살아. 형제가 하나 더 있는데, 같이 미국으로 건너온 형제야. 조지는 절대 그 사람 이야기를 하지 않아. 서로 썩 좋아하지 않는 것 같아.

하지만 아이다는…, 언니가 모파 대신 글을 읽어주려고 혼자서 글을 깨치고 나한테도 가르쳐준 거 아니? 음, 나는 여덟 살이 되어서야 학교에 들어갔어. 그때 모파가 여름 동안 우리를 스넬링 요새로 데려가기로 결심하셨거든.

정말이지, 아이다가 우리 중에서 제일 똑똑했어. 내가 알거나 만나본 그 누구보다 똑똑하지. 하지만 언니는 어린애가 될 기회를 누리지 못했어. 그러니 마음속 깊이 화가 날 수밖에 없지. 평생 다른 사람을 먼저 챙겨야 했으니까. 그게 처음에는 나였고, 그다음에는 너희들 그리고 지금은 모파야."

이블린 이모는 슬프고 진지해졌다. "너희가 어렸을 때 아이다가 너희한테 참 엄했지. 그래서 모파는 무척 가슴 아파했어. 난 알아….

하지만 아이다는 자기 나름의 방식으로 널 사랑해, 메리 제인. 엄마한테 꼭 편지 써야 해. 편지 쓸 때가 이미 지났잖니."

"이블린 이모, 편지를 써야 하는 것도 알고, 쓸 거예요. 내가 뭘 기다리고 있는지 나도 모르겠어요."

사실은 내가 뭘 기다리고 있는지 알았다. 난 엄마한테 내가 전부 해결했다고, 다 괜찮아졌다고 말할 수 있을 때를 기다리고 있었다. 그건 나도 좋은 사람이 됐다는 뜻일지도 모르니까. 그러면 엄마도 내가 엄마 말처럼 나쁜 아이가 아니라고 생각할지도 모른다.

"아, 세상에! 저기 좀 봐, 메리 제인. 지평선에서 해가 고개를 내밀고 있어. 정말 이상한 밤을 보냈구나, 우리…."

"정말요?" 창밖을 보자 정말 동쪽에서 희미한 빛이 떠오르고 있었다. "어머, 그러면 벌써 토요일이네요. 마거릿이 오는 날이에요!"

"오늘은 특별히 재밌게 보내렴. 슈미트 가족이 여기 얼마나 더 머물 수 있을지 모르니까. 이 근방에 남은 몇 안 되는 가족 중 하나인데, 아마 머지않아 다른 이들처럼 떠날 수밖에 없을 거야. 그러면 우리는 아마도… 너무 그리워서 마음이 미어지겠지."

이모가 자기 남편의 어깨에 손을 올렸다. "나부 모르몬교도는 정말 착한 모르몬교도예요. 그럼, 당신은 좋은 모르-우먼도 있지!라고 대답하겠죠. 안 그래요, 여보?" 이블린 이모는 조지 이모부가 직접 그렇게 말한 것처럼 웃음을 터뜨렸다.

나는 자리에서 일어나 동쪽으로 난 창가에 섰다. 해가 뜨는 걸 제대로 보기 위해서였다. 과연 제대로 보였다. 금빛 공이 지평선으로 떠올라 분홍빛으로, 또 노란빛으로 세상을 물들였다. 난 엄마와 모파가 어떤 사람인지 드디어 알게 된 기분이었다. 그뿐만이 아니었다. 아빠에 대해서도 조금 알게 되었다. 그러자 자연스럽게 내가 어떤 사람인지 궁금해졌다.

나는 목록을 만들었다. '나는 엄마의 딸이다. 나는 모파의 손녀다. 나는 이블린 이모의 조카다. 나는 아이들의 사촌이다. 나는 마거릿의 친구다.'

이들리야!

이들리야!

고요를 가르며 지빠귀가 노래하기 시작했다. 특별히 누구에게 들려주려는 건 아니었지만, 새로운 하루가 시작됐다는 걸 알리는 듯했다. 아니, 어쩌면 자기 자신에게 말하고 있었는지도 모른다.

'나는 딸이고, 조카고, 사촌이고… 언젠가는 누군가의 아내가 될 수도 있겠지.'

찌르르 찌르르!

씨브르 찌르르!

찌르레기가 그 소리에 합류했다. 마치 내 생각이 마음에 든다는 듯, 지빠귀와 함께 노래했다.

'나는 많은 것들이야…. 하지만 그런 모든 걸 다 떠나서, 나는 나야.'

이들리… 찌르르!

이들리… 찌르르!

둘의 노랫소리가 점점 커졌다. 정말로 이렇게 말하는 것 같았다. '그래! 맞아! 그거야!'

'나는 나야. 나는 엄마의 딸이기도 하지만, 무엇보다도, 나의 나야.'

짹짹짹짹 뚜와르르르르르르!

그때 굴뚝새가 노래에 합류했다. 그 순간 나는 알았다. 온 세상이 내 마음에 고개를 끄덕이고 있다는걸.

12장

곁을 지키다

"꿀이야, 메리 제인! 꿀을 봤어! 여기서 3킬로미터도 안 되는 곳에 엄청 큰 썩은 나무가 있었는데, 꿀이 잔뜩 있었어!"

마거릿이 마차 위에서 소리쳤다. 나는 괭이를 떨어뜨리고 달려 나갔다.

조애나가 먼저 도착해 있었다. "안녕, 델릴라. 삼손한테 이 사과 줘도 돼?" 델릴라가 앞발을 들었다. 델릴라가 요즘 조애나를 좋아하게 됐으니 '좋아'라는 뜻이겠지.

수전이 늘 그렇듯 다정한 미소로 인사했다. "안녕하세요, 슈미트 아저씨. 안녕, 마거릿."

마거릿은 들떠 있었다. "메리 제인, 어서 집에 들어가서 이모한테 꿀 따는 도구 있는지 여쭤봐. 그리고 무명천도. 아, 병도! 찾을 수 있는 만큼 전부 가져와!"

나는 말이 떨어지기 무섭게 달려갔다. 에드워즈 요새에 도착한 이후로 단 게 먹고 싶어 죽을 지경이었다. '오트밀에 꿀을 뿌리고 우유에 꿀을 타고… 계피를 꿀에 꽂아 놨다가 씹어 먹고….' 생각만 해도 침이 고였다.

집으로 가서 이모한테 말했다. "이블린 이모, 마거릿이 우리 셋을 데리고 꿀을 따러 간대요. 무명천이랑 유리병이 필요하다고 했는데. 음, 그거 말고 또 뭐가 있죠?"

이모가 벌떡 일어섰다. "아, 있고말고! 벌 쫓는 장비가 있어. 낡고 녹슬었지만, 너희가 일주일 내내 꿀을 따도 될 정도야. 네 이모부가 꿀 따는 걸 정말 좋아하거든."

이모가 이모부를 보았다. "우리가 결혼한 날부터 당신이 늘 꿀을 가져다줬잖아요, 여보. 당신이 다시 꿀을 가져올 거예요. 난 알아요." 이모부가 얼굴 한쪽을 움직여 이모부만의 특별한 미소를 지었다.

나는 병, 냄비, 체, 절굿공이를 찾아서 온 집을 뒤졌고, 전부 찾아냈다. 내가 도구를 챙기는 동안 이블린 이모가 양철로 만든… 음, 뭔가를 가지고 왔다.

"그게 도대체 뭐예요?" 내가 물었다.

"이모부의 훈연기야. 여기에 쓸 담배도 세 줌 있어. 우리 남편이… 그때 이후로 담배를 안 피웠거든. 우리끼리 하는 말이지만 영영 끊으면 좋겠구나." 이모가 내 귀에 속삭였다.

"됐어요! 꿀에 푹 절어서 돌아올 일만 남았네요." 나는 웃으며 그 이상한 도구를 바라보았다.

"걱정 마, 메리 제인. 꿀은 물로 다 씻기니까. 다들 신나게 다녀오렴."

나는 커다란 앞치마로 도구를 단단히 싼 다음 현관문으로 달려

나갔다. 아까 수확한 양파 두 자루도 챙겼다. 내가 수확한 농산물을 슈미트 아저씨가 마을에 가서 팔아주신 덕분에 이제 암소 살 돈을 거의 다 모았다. 가능성은 아주 희박하지만 선장님을 다시 만날 때를 대비해 쿼터 하나는 남겨놓았다.

마차에 다다르니 마거릿이 모두에게 자리를 배정하고 있었다. "수전, 조애나. 너희는 뒷자리에 타. 내가 가운데 앉을게." 마거릿이 말했다. "메리 제인, 넌 도구 챙겨서 아빠 옆에 앉아. 그리고 모두 눈 똑바로 뜨고, 벌들이 정신없이 들락날락하는 죽은 미루나무가 보이면 바로 말해!"

1.6킬로미터 정도 갔을 때 슈미트 아저씨가 고개를 돌리고 나에게 물었다. "조지는 어떠니?"

"아, 무척 잘 지내세요." 내가 대답했다. "매일 좋아지고 있어요. 음, 어제는 혼자서 일어섰어요!"

마차가 갑자기 멈췄고, 델릴라가 고개를 홱 돌려 나를 보았다. 정말이지 델릴라는 우리가 하는 말을 하나도 빠짐없이 다 알아듣는다.

"그래? 대단하군. 결국 네 이모 말이 맞을지도 모르겠구나."

"이모는 그렇게 믿고 계시고, 이제는 저도 믿어요. 크리스마스까지는 멀리 이동해도 될 만큼 나아지시기를 바라고 있어요. 그러면 모파에게… 어, 그러니까 스넬링 요새에 있는 우리 할아버지랑 엄마한테 갈 생각이에요."

"좋은 계획이구나. 넌 정말 똑똑해. 내 딸처럼 말이야."

"슈미트 아저씨, 정말 아무리 여러 번 말씀드려도 부족해요. 늘 바구니를 보내주셔서 우리 모두 너무 감사드려요. 말씀드리지 않아도 아시겠지만, 제 텃밭이 자리를 잡기 전까지는 아저씨가 우리에게 주신 것 덕분에 먹고살 수 있었어요."

"자, 자, 감사는 내가 해야지. 내가 제재소에서 남들한테 휩쓸리거나 사기당할 뻔한 걸 조지가 몇 번이나 구해줬단다."

"그랬어요?"

"그럼. 이방인들은 우리를 싫어해. 우리는 참된 하나님의 말씀을 지키는 사람들이거든…. 하지만 나는 네 이모부를 오래전부터 알았어. 네 이모랑 아기 둘을 데리고 여기 왔을 때부터 말이야. 에드워즈 요새의 마구간이 불탄 뒤 재건해달라는 특별 부탁을 받고 왔었지. 조지는… 정말 뛰어난 목수였어…. 아니, 목수야."

"그렇게 알게 되신 거예요? 아저씨가 나무를 나르고, 이모부는 나무가 필요해서요?"

"그렇지. 조지랑 나는, 우리는 제재소에서 알게 됐지. 나랑 삼손이 나무를 가져다가 회사에 팔았는데, 회사는 돈을 거의 안 줬어. 회사가 그걸 목재로 만들어서 네 이모부한테 엄청 비싸게 팔았고!

게다가 회사 사람들이 나를 괴롭히지 않았겠니? 더럽고 쓸모없는 일부다처주의자라고 했지. 삼손을 죽이려고 썩은 음식을 먹이려 했지만, 델릴라가 알아차리고 못 먹게 한 적도 있어."

델릴라가 기억난다는 듯, 아직도 진저리가 난다는 듯 화를 내며 히힝거렸다.

"하지만 네 이모부가 내 편이 돼줬지. 아니, 지금도 그래. 우리 둘이 약속을 했거든. 조지가 제재소에 가기 전에 내게 나무를 정가에 사주기로 하고, 그 나무는 제재소에 맡겨서 톱질만 하게 했지. 딱 그거만. 그렇게 우리 둘 다 돈을 아꼈고, 일하면서 자연스레 좋은 친구가 됐어. 뭐, 그가 이방인이고 하나님의 참된 말씀을 가진 사람은 아니라 해도 말이지.

하지만 네 이모부는 술도 안 마시고 도박도 안 하고 욕도 안 했지. 아니, 안 하지. 여자에 대해서 나쁜 말도 안 하고, 물론 특히 네 이모에 대해서 말이다. 정말이지… 우리 둘이 바로 이 마차를 타고 다닐 때 네 이모가 얼마나 천사 같은지 정말 많이 들었다. 조지가 자기도 모르게 계속 얘기했어. 조지는 항상 사랑하는 아내라고 불렀어.

그때 네 이모는 아주 힘든 시기를 보내고 있었어. 마음고생을 했지…. 물론 예쁜 두 딸이 있었지만, 네 이모는… 바라던 대로 가족을 더 키우지 못했어…. 아들을 한두 명 갖고 싶어 했거든…. 하지만 조지는 당연히, 상관없이 네 이모의 곁을 지켰어. 아니, 지금도 지키고 있지.

그리고 델릴라가 조지를 좋아했어. 아니 좋아해. 조지가 삼손을 몰게 해준 적도 있어. 내 형제한테도 아직 못 몰게 하는데 말이야. 그래, 네 이모부는 정말 착한 사람이야. 이방인이지만 말이다. 너희 모두 그렇지만."

그때 슈미트 아저씨 얼굴에서 미소가 사라지고 슬프게 찌푸려졌다.

"톱이 걸리는 바람에 나무판자가 튕겨 나와서 네 이모부 머리를 강타했던 그날을 난 절대 못 잊을 거다. 끔찍해. 정말 끔찍했어. 조지가 피를 흘리며 땅에 쓰러져 몸부림치는데 회사 사람 누구 하나 꿈쩍도 하지 않았어.

나라도 어떻게든 해야겠다 싶어서 조지를 마차로 데려가서 똑바로 눕히고, 삼손을 마차에 매고, 델릴라한테 최대한 빨리 너희 집으로 가자고 했지. 조지가 네 이모 곁에서 마지막 숨을 쉴 수 있도록 말이야. 조지가 그걸 원한다는 걸 알았으니까.

마차 소리를 듣고 네 이모가 밖으로 나와서 아이들이랑 같이 조지를 안으로 끌고 들어갔어. 내가 조지를 본 건 그때가 마지막이었다. 나는 조지가 집에서 마지막을 맞이하도록 데려왔다고 생각했어.

그런데 조지가 일어나서 자기 발로 섰다는 말을 듣다니! 네 이모가 조지 곁을 지켜준 덕분이지, 암. 좋으신 하나님께서 네 이모에게 기적을 선물하신 거야. 너희 모두 그렇듯이 네 이모도 이방인이지만 말이다."

마차가 덜컹덜컹 달렸고 나는 삼손의 묵직한 발소리를 들으며 모파가, 또는 로비 오빠가 거의 마지막 숨을 쉬면서, 피를 흘리며 집으로 오면 어떨까, 상상하려 애썼다. 달려들어서 죽음으로부터 끌어내려고 애쓸까, 아니면 그냥 쓰러져서 포기할까? 무슨 일이 있어도 곁을 지킬까?

난 이블린 이모가 강한 건 알았지만 얼마나 강한지는 몰랐다. 생각해보면 어쩌면 내가 얼마나 강한지도 몰랐던 것 같다. 아마 누구나 때가 되기 전까지는 자신이 얼마나 강한지 모르나 보다. 어쩌면 그걸 깨달을 때가 오지 않는 것이 이 세상에서 바랄 수 있는 제일 큰 행운일 것이다.

벌집의 여왕

"저기 있다! 저 나무야. 저기 있어!" 마거릿이 가리키는 곳을 보니 거대한 미루나무가 서 있었다. 음, 아무튼 절반은 서 있었다. 수많은 벌이 윙윙거리며 나무의 썩은 옹이를 들락날락했다.

"워이, 델릴라." 슈미트 아저씨가 크고 울리는 목소리로 말했고, 우리는 마차에서 내렸다.

"다녀오세요, 아버지. 돌아오시면 여기 있을게요." 슈미트 아저씨가 딸에게 고개를 끄덕인 다음 델릴라에게 휘파람을 불었다.

"우리는 원래 꿀 채취 도구가 없거든. 너희 이모부가 가지고 계셔서 다행이다." 나무를 향해 걸어갈 때 마거릿이 말했다.

"이블린 이모가 좋은 도구라고 하셨어. 난 쓰는 방법을 전혀 모르겠지만."

우리는 벌 떼가 윙윙거리며 모인 나무둥치에서 3.5미터쯤 떨어진 곳에 짐을 내려놓았다. 나는 그동안 벌에 충분히 쏘여봐서 그보다 가까이 가는 게 썩 내키지 않았다.

"저 나무에 다가가려면 벌을 엄청 많이 죽여야 할 거야, 마거릿."

"아니야, 메리 제인." 마거릿이 말했다. "우리는 벌을 그냥 지나칠 거야. 담배랑 훈연기를 줘. 성냥도 꺼내고."

마거릿이 뚜껑을 열고 바닥에 담배를 가득 채웠다. 내가 불붙인 성냥을 하나, 또 하나 던져 넣자 마거릿이 뚜껑을 닫았다. 우리가 번갈아가며 풀무질을 하자 곧 풍성한 연기가 펌프질할 때마다 풍겨나왔다.

"흠, 아빠 냄새 난다." 수전이 말했다. 수전과 조애나가 와서 쿵

쿵거렸는데, 냄새 때문에 옛 생각이 나는 듯했다.

 마거릿이 훈연기를 들고 있으라며 나한테 주더니 미라처럼 온몸을 무명천으로 감쌌다. 그런 다음 벌집의 현관문으로 곧장 걸어가서 호스 끝을 안에다 넣고 아낌 없이 풀무질을 했다. 그러자 윙윙거리는 소리가 점점 잦아들더니 날아다니는 벌이 한 줌도 남지 않았고, 그나마도 제대로 날지 못했다.

 "이리 와, 메리 제인." 마거릿이 말했다. "큰 칼도 가져오고."

 "괜찮은 거 맞아, 마거릿?"

 "완전히. 안 쏠 거야. 우리를 알아차리지도 못할 거야. 내 말 믿어!" 마거릿이 만일을 위해서 풀무질을 몇 번 더 했다.

 내가 나무둥치 가까이 다가가자 마거릿이 칼을 머리 위로 번쩍 들었다가 내리쳐서 나무둥치를 갈랐고, 우리가 들어갈 수 있을 만큼 커다란 구멍이 생겼다. 술집 두 군데의 연기를 합친 듯한 연기가 흘러나왔는데, 연기가 약간 옅어지자 안에서 기어다니는 벌이 엄청나게 많이 보였다. 하지만 벽에 착 달라붙어 있었고 한 마리도 우리를 쫓아오지 않았다.

 "저쪽 좀 봐. 저기 말이야." 안을 들여다보니 책장처럼 층층이 쌓인 벌집이 줄지어 있었고, 마거릿이 가리키는 커다란 벌집도 보였다. "벌을 긁어내고 벌집을 꺼내서 꿀을 딸 거야."

 우리는 죽은 통나무를 들고 아이들이 있는 곳으로 가서 벌집을 잘라내기 시작했다. 물론 제일 먼저 할 일은 꿀을 먹는 것이었고, 결국 입부터 귓불, 눈썹까지 끈적거렸다. 정말이지, 나는 꿀을 먹는 것보다 아이들이 실컷 먹는 모습을 보는 게 더 즐거웠다.

 그런 다음 마거릿이 우리를 한 줄로 세웠다. 마거릿이 벌집을 자르면 내가 벌을 긁어내고, 조애나가 절굿공이로 벌집을 부수고, 수전이 체에 걸렀다. 밀랍은 따로 두었는데, 집에 가면 녹여서 양초를 만들 생각이었다.

소를 사려면 얼마나 많은 밀랍에 심지를 넣어서 팔아야 하는지 머릿속으로 계산하고 있는데 마거릿이 우리를 불렀다.

"얘들아, 여기 와서 좀 봐!"

다가가서 마거릿이 가리키는 곳을 보니 다른 벌보다 두 배는 큰 벌이 작은 벌들의 등 위를 기고 있었다. 다른 벌들과는 생김새도 달랐다. 복슬복슬한 털이 없이 매끈했고 한쪽 끝이 뾰족했다.

"와, 정말 대단해." 내가 말했다. "저 녀석은 정말 큰 놈이네."

"암컷이야, 메리 제인! 여왕벌이야. 다른 벌들한테 뭘 해야 하는지 말해주지."

"그래?" 나는 깜짝 놀랐다.

"응, 맞아. 여왕벌이 시키는 건 대부분 꿀을 더 만들라는 거지…. 그리고 벌도 더 만들고!" 우리는 다 같이 웃었다.

내가 안을 들여다보았다. "잠깐만, 하나 더 있어." 나는 더 자세히 보다가 내 생각이 틀렸음을 깨달았다. "아, 아니다. 이건 너무 복슬복슬하고 크기도 작아."

"실컷 찾아봐. 이 벌집에 다른 여왕벌은 없을 거야. 하나의 왕국에 여왕이 둘일 수는 없잖아. 다른 사람은 몰라도 너는 알아야지, 메리 제인."

"그럼, 우리가 저 여왕벌의 성을 부순 거야?" 조애나가 걱정했다.

"아니야, 얘들아. 여왕벌을 다른 나무로 옮겨줄 거야. 그러면 나머지 벌들도 따라가. 여왕벌이 대장이니까. 벌통에 왕은 없어."

"조애나 여왕이랑 똑같네!" 수전이 말했다.

조애나가 얼굴을 가렸던 손을 내리고 벌통을 가리켰다. "하지만 저 여왕벌의 자매는 근처 다른 나무의 여왕이고, 둘은 매일 오후를 같이 보내."

이 말에 수전이 조애나를 끌어안고 볼을 비볐다. 두 사람은 손을 잡고 들꽃이 핀 풀밭으로 걸어가서 꽃을 꺾고 비밀 이야기를 나누었다. 여왕이든 아니든, 자매라면 그런 법이다.

운명의 전환

'드디어 운명이 바뀐 것 같아.' 언덕 위에서 마거릿 옆에 앉아 황금빛 꿀이 담긴 병 열세 개를 보면서 혼자 생각했다. 벌들이 다시 깨어나 기분 좋게 윙윙거렸다. 그날 저녁으로는 고기를 먹을 테고, 조지 이모부는 일어서게 됐고, 들꽃이 피었다. 더 이상 뭘 바랄 수 있었을까?

솔직히 말하자면, 햇볕이 조금 덜 강렬하기를 바라긴 했다.

7월의 에드워즈 요새는 내가 평생 느껴본 적 없을 만큼 더웠다. 아, 나는 미네소타에서 따뜻한 여름을 겪어봤지만—심지어 가끔은 일주일 내내 따뜻했다—에드워즈 요새에서는 솔직히 말해서 무언가가 나를 요리하는 듯한 기분이 드는 날도 있었다.

나는 나쁜 말을 안 하려고 애쓰지만, 우리가 꿀을 발견한 날은 정말 지옥보다 더웠다. 아이들은 나만큼 신경 쓰지 않는 것 같았다. 익숙해졌나 보다. 수전과 조애나는 초원에서 술래잡기를 하면서 지칠 때까지 서로 쫓아다니다가 자리에 앉아서 데이지 목걸이를 만들었다.

마거릿과 나는 일어나서 수전과 조애나를 지켜볼 수 있는 그늘로 자리를 옮겼다. "야생 데이지가 피는 계절은 정말 아름답지 않니, 메리 제인?" 마거릿이 물었다. "나는 꽃 중에서 데이지가 제일 좋아."

"네가 데이지를 좋아하는 것도 당연해. 너처럼 강하고 예쁘니까." 내가 마거릿에게 말했다.

"억세고 잡초 같다는 게 더 맞겠지. 하지만 꽃송이가 전부 하늘을 보고 있어서 정말 발랄해 보여. 저기 천국이 있다는 사실을 알지만, 언젠가 들어갈 수 있을지 전혀 걱정하지 않는 것 같아."

"그러면 넌 데이지가 확실해, 마거릿. 너처럼 착한 애는 아무 문제 없이 천국에 갈 테니까. 분명해."

갑자기 마거릿이 무척 진지해졌다.

"난 너야말로 그렇다고 생각해, 메리 제인. 정말이야." 마거릿이 말했다. "아버지도 그러셔. 너희 이모부보다 착한 사람은 알지 못한대. 그리고 우리 아버지 말씀처럼 너희 이모가 착한 여자라면 예언자의 말씀을 듣지 않았다는 이유만으로 두 사람이 헤어져서 저 밑으로 떨어지는 건 옳지 않은 것 같아."

"옳지 않아. 그리고 내 생각에 그건 사실이 아니야, 마거릿. 우리 엄마는 우리가 뭘 믿는지 스스로 결정해야 한다고 말씀하셔. 엄마는 예언자든 전도사든 사제든 교황이든 누구도 인정하지 않아."

"너희 엄마가 그렇게 말씀하셨어?" 마거릿의 눈이 커졌다.

"하루에 딱 한 번 정도. 엄마는 하나님이 우리한테 뇌를 주셨으니까 그걸 쓰면 된대. 다른 사람만 따르지 말고."

"하지만 구원은 어떻게 하고, 메리 제인? 이 세상은 잠깐일 뿐이고 다음 세상은 영원해."

"있잖아, 마거릿. 우리가 죽고 난 다음에 무슨 일이 벌어지는지… 어차피 죽기 전까지는 아무도 모르는 거 아니야?"

마거릿이 고개를 저었다. "네 말을 들으니까, 마음이 불편해. 게다가 이방인의 말인데…. 하지만 넌 우리가 알던 다른 사람들이랑은 달라…. 우리를 시온에서 쫓아내고 우리 예언자를 죽인 사람들 말이야….

하지만 메리 제인, 만약 우리가 유일한 진정한 신앙인이며 우리 외에는 아무도 선하다고 말할 수 없다고 한 예언자 조지프의 말이 틀렸다면 어떻게 될까? 예언자가 그런 것조차 틀릴 수 있다면, 모든 게 다 틀렸을 수도 있잖아. 그렇다면 나는 대체 뭘 믿어야 하지?"

"우리끼리니까 하는 말인데, 난 내가 하나님의 존재를 진짜 믿는지 잘 모르겠어. 엄마는 그걸 알아내려면 평생이 걸릴지도 모른대. 그걸 알아내기 위해서 살아가는 건지도 모른대."

마거릿은 너무 큰 충격을 받아서 입을 떡 벌렸다. 신을 믿지 않을 수도 있다는 사실을 믿을 수 없다는 듯이.

수전이 부르는 소리가 들렸다. "마거릿, 슈미트 아저씨가 오셨어!" 우리가 고개를 돌리자 먼지를 일으키며 우리에게 다가오는 델릴라와 삼손이 보였다. 나와 마거릿은 장비를 정리했고, 마차가 멈추자 아이들이 델릴라와 삼손에게 체를 깨끗하게 핥아먹게 했다. 그동안 우리는 짐을 실었다.

우리는 편안하게 집으로 돌아왔다. 이런저런 생각이 들었지만

들이 잠자리에 들기 전에 삼촌 곁으로 불러 모았다.

화요일에 이블린 이모가 살짝 웃으며 이모부 눈이 예전처럼 반짝이는 것을 봤다고 말했다. 이모가 그런 것들을 보고, 듣고, 알 수 있었던 건 순전한 사랑의 힘 때문이었고, 나는 지켜보는 것만으로도 쓰러질 것 같았다. 나는 이모가 본 게 진짜였기를 바라지만 나도 봤다고 말할 수는 없다.

내 눈에 보이는 것은 바위가 되어가는 남자밖에 없었고, 사랑의 파도가 차례차례 밀려와 울퉁불퉁한 바위를 끊임없이 때렸다.

수요일, 목요일, 금요일

우물에서 물을 긷고, 자루에서 밀가루를 푸고, 치즈를 덩어리째 썰고, 사과를 통에서 꺼내고, 우리는 사람들이 그저 상황이 나아지기를 기다리면서 하는 일들을 계속했다. 이블린 이모는 늘 곧 괜찮아질 거라고 말했고, 나도 점점 그 말을 믿게 되었다. 생각해보면 희망을 붙잡고 있는 쪽이 포기하는 것보다 오히려 쉬울지도 모른다. 우린 많이 지쳐 있었지만 가만히 서 있는 것보다 계속 움직이고 있는 편이 훨씬 덜 힘들게 느껴졌다.

나는 열이 올랐다 내렸다 했지만 이미 집안에 걱정거리가 많았기에 아무에게도 알리지 않았다. 수전과 조애나는 알아서 챙겨 먹고, 자기 일을 알아서 하고, 알아서 노는 법을 익혔다. 이블린 이모는 밤이고 낮이고 조지 이모부 곁을 지켰고, 나는 그런 이모의 곁을 지켰다. 이모한테 가끔 조금이라도 먹이려면 그럴 수밖에 없었다.

수요일쯤엔 조지 이모부가 묽은 죽을 조금이라도 넘기게 하는 방법을 겨우 찾아냈다. 그렇지만 이모부가 스스로 몸을 움직일 수 없는 건 아무리 생각해도 안타까웠다. 한쪽으로 체중이 쏠린 채 오래 앉아 있으면 욕창이 생길지도 몰라서 때때로 이모부의 몸을 돌려 자세를 바꿔주었다.

목요일에 우리가 똑바로 누워 있던 이모부를 옆으로 돌려 눕힐 때 이블린 이모가 기절했다. 나는 찬물을 뿌려서 이모를 깨운 다음 아이들의 침대에 눕혔다. 이모는 벌써 며칠째 잠을 못 잤다.

나는 조지 이모부에게 사과 소스를 조금 먹인 다음 아이들을 불러 아빠에게 안녕히 주무시라고 인사를 시켰다. 그런 다음 이블린 이모를 살펴보러 갔더니 이모가 고열 때문에 흐느끼고 있었다. 나는 천에 차가운 물을 적셔서 이마에 얹어주고 이제부터 도대체 어떻게 해야 할지 생각했다.

금요일 아침이 되자 이모가 감자 신부님이 포크스에 옮겨왔던 병에 걸린 게 확실해졌다. 이모는 계속 기침했고 배가 딱딱하게 부풀어 올랐으며 확실히 고통스러워 보였다.

이상하게 들릴지 모르겠지만, 나는 이모의 병이 뭔지 알자 마음이 놓였다. '이거, 본 적 있어. 고치는 법도 알아.' 나는 혼잣말을 했다. 그리고 그 말을 수전과 조애나에게도 전했다. 그리고 아빠 곁, 거실 바닥에서 자라고 했다. 그런 다음 밤새 이모에게 개정향풀과 쑥과 꿀물을 먹이면서 해가 뜨기만을 기다렸다.

아침이 되자 이모의 병세가 심해졌고, 솔직히 말하자면 뒤로 내장이 다 쏟아져 나오는 것 같았다. 하지만 처음 보는 것은 아니어서 나는 더 열심히 간호했다.

나는 커피를 끓이고, 마시고, 찌꺼기까지 퍼먹었다. 그리고 계속 버텼다. 이블린 이모를 잃을 순 없었으니까.

돌밭

"무슨 일이야, 메리 제인?"

마거릿은 아직 마차에 타고 있었지만, 멈추기도 전에 내가 괜찮지 않은 것을 알아보았다. 수전과 조애나가 나를 지나쳐 달려가서 삼손을 끌어안았다. 델릴라도 둘을 가만히 놔두었다. 슈미트 아저씨는 고삐를 잡고 있었다. 잠시나마 다른 토요일과 똑같아 보였다.

마거릿이 다가와서 내 손을 잡더니 물어뜯긴 손톱을 보았다. 그런 다음 헝클어진 내 머리카락을 쓰다듬더니 다시 물었다. "무슨 일이야? 어떻게 된 거야?"

"이블린 이모가 아프셔. 지금은 쉬고 계셔."

"심해?"

"아니라고는 말 못 하겠지만, 같은 병을 본 적이 있어. 낫는 것도 봤고."

"증상을 말해봐. 전부 다 말해줘."

나는 열이 나고 기침을 한다고 말했고, 마거릿은 "또 뭐?"라고 물었다. 헛소리를 하고, 배가 딱딱하고 가스가 가득하다고 말하자, 마거릿이 "또 뭐?" 하고 물었다. 나는 이모가 뒤로 뭘 쏟아내는지, 피가 섞여 있을 때도 있고 아닐 때도 있다고, 눈이 노래졌다고, 혀가 부어서 삼키지도 못한다고 말했다.

마거릿이 물었다. "애들은 열 안 나?"

"응, 애들을 격리하고 각자 알아서 지내라고 했어."

"음, 정말 다행이다." 마거릿이 잠시 말을 멈추었다가 다시 이었다. "메리 제인, 나 아버지랑 얘기하고 올 테니까, 넌 그동안 여기 앉아서 쉬어."

나는 벽을 따라 미끄러져 땅에 털썩 주저앉았다. '5분만, 딱 5분만 눈을 감고 걱정은 다른 사람에게 맡기자.'

마거릿이 계획을 가지고 돌아왔지만 나는 아직 마음의 준비가 안 됐다.

"애들은 우리 집으로 가야 해, 메리 제인. 우리 집에서 지내면 돼. 그… 이게… 해결될 때까지."

"안 돼, 마거릿. 안 돼. 가까이 가지는 못해도 엄마 아빠랑 같이 있어야지. 아직 어린애들이야."

"메리 제인, 이건 사람을 죽이는 열병이야. 애들까지 걸리면 안 돼, 알겠어? 너는 이미 노출됐지만, 애들은 지금이라도 몸을 피하면 옮지 않을 수 있어."

"아니, 아니야. 네가 틀렸어, 마거릿. 나는 이 병에 걸렸다가 낫는 사람을 봤어. 나도 걸렸던 것 같아. 내 두 눈으로 똑똑히 봤어."

"난 이 병 때문에 죽는 사람들을 내 두 눈으로 봤어. 정말 많이 죽었어, 메리 제인. 온 가족이 말이야. 일단 병이 돌기 시작하면 아무도 열병을 피할 수 없어. 수전과 조애나는 아직 피할 가능성이 있어. 네가 그 가능성을 빼앗으면 안 돼."

나는 마거릿의 말에 깜짝 놀랐다. 그 말이 내 뺨을 세게 때린 것 같았다.

마거릿이 돌아서서 말 쪽으로 걸어가 아이들에게 얼른 들어가서 짐을 챙기라고, 당분간 마거릿의 집에서 지내야 한다고 말했다.

"가기 전에 엄마한테 꼭 작별 인사를 하고 와. 기다릴게." 그런 다음 마거릿이 덧붙였다. "하지만 엄마한테 입을 맞추면 안 돼. 지금은 안 돼."

마거릿이 내가 앉아 있는 곳으로 돌아와서 양손을 내밀며 나에게 손을 달라고 했다. 내가 양손을 내밀자, 마거릿이 나를 일으켜 세웠다.

"우리 집에서 지내면 수전과 조애나는 안전할 거야, 메리 제인. 애들은 걱정하지 마. 넌 여기서 이모가 이겨내도록 곁을 지켜줘."

"노력할게…. 네 생각에 이게 최선이라면…." 나는 살짝 울지 않을 수가 없었다. 그땐 너무 막막하고 외로운 기분이었다. "다 좋아지고 있었는데. 왜 이런 일이 생기는지 모르겠어. 누가 듣는지 아닌지도 모르겠지만, 나는 이모가 낫게 해달라고 기도해…. 마거릿, 너는 하나님이 있다고 믿니?"

"믿어, 메리 제인. 하지만 그걸 느끼기 때문에 믿는 거야. 지금 같은 때에는 아는 것보다 느끼는 게 더 강력해."

나는 내 마음속을 들여다보면서 내가 어떻게 느끼는지 알아내려고 애썼다. 글을 모를 때 엄마가 읽어주었던 이야기와 시를 생각했다. 뿌려진 씨앗과 잃어버린 동전 한 닢과 평화로운 물가와 젖과 꿀과 돌밭과 무서울 것 없는 음산한 죽음의 골짜기에 관한 이야기들. 이제 그 이야기들이 내 삶에서 메아리치자 드디어 말이 되는 것 같았다.

"나도 느껴지는 것 같아, 마거릿." 내가 말했다.

"그 느낌에 매달려, 메리 제인. 다음 토요일에 우리가 올 때까지 그 느낌에 매달리는 거야." 마거릿이 말했다.

수전과 조애나가 짐을 들고나왔다. 마거릿이 수전에게 짐을 마차에 실으라고 한 다음, 조애나에게 다시 들어가서 가위와 리본을 가져오라고 했다.

"수전, 조애나. 둘 다 이리 와. 메리 제인이 너희 머리카락을 조금 잘라서 엄마가 힘드실 때 손에 쥐여드릴 거야."

나는 두 사람의 머리카락을 잘랐고, 둘 다 조금 울었다. 나는 걱정하지 말라고, 무슨 일이 있어도 내가 계속 여기 있겠다고 말했다.

14장

철야 간병

마차가 떠난 뒤에도 나는 한참 동안 그 자리에 서서, 마차가 사라진 방향만 멍하니 바라보았다. 갑자기 집이 그리워졌다. 헨젤과 모파 그리고 무엇보다도 모든 일이 잘 풀리는 방법을 언제나 알고 있던 엄마와 함께 지내던 포크스가 간절히 그리웠다.

여기 있었어야 할 사람은 엄마였다. 조지 이모부를 도와주고, 이블린 이모를 고쳐주고, 이 모든 문제를 바로잡을 수 있는 사람은 엄마뿐이었다. 나는 준비되지 않은 채, 너무 작고, 앞으로 닥쳐올 일들엔 한참 못 미치는 존재처럼 느껴졌다. 겁이 났다. 감정이 한꺼번에 밀려들다가, 엄마가 감자 신부님을 간호하느라 정신없을 때 내게 해줬던 말이 문득 떠올랐다.

'감정은 감정이고, 간병은 간병이야. 이 둘을 구분 못하면 간병을 제대로 못해.'

집으로 들어가서 물을 한 잔 마시고 한 잔 더 마셨다. 빵 끄트머리를 조심스럽게 꼭꼭 씹어 삼켰다. 그런 다음 큰 스푼으로 꿀을 다섯 숟가락 먹고 세수했다. 나는 전투를 준비하고 있었다.

"내가 두 사람을 고칠 거야." 거울 속 얼굴을 보며 소리 내서 말했다. 거울 속 얼굴이 나를 보면서 덧붙였다. "나에겐 선택의 여지가 없어."

다음 며칠은 이모와 이모부를 지켜보고, 닦고, 물을 주고, 음식을 먹이면서 흐릿하게 지나갔다. 약을 먹이고 습포를 만들고 상처에 붕대를 감았다. 약이 빠르게 떨어졌지만 계속했다. "내가 두 사람을 고칠 거야." 거울 속 얼굴을 향해 계속 말했고 그 얼굴은 계속 대답했다. "나에겐 선택의 여지가 없어."

눈앞에서 약이 줄어들었다. 먼저 히드라스티스가 떨어졌다. 그다음에는 서양가세풀 뿌리. 그다음에는 포포나무, 감초, 고추냉이, 등대풀. 전부 떨어졌다. 쑥국화 차를 꺼내서 앞에 놓고 기도했다. 그걸 이모에게 주었지만 아무 효과도 없었다.

그래도 계속 매달렸고 포기하지 않았다. 다행히 나는 열이 나지 않았다. 어쩌면 끔찍한 고열이 났지만 너무 바빠서 못 느꼈을지도 모른다. '감정은 감정이고, 간병은 간병이야.'

이제 두 사람 사이를 오가면서 따로 돌보는 게, 내가 어느 방에 있는지 아는 게 점점 더 힘들어졌다. 이블린 이모가 조지 이모부 가까이에 누울 수 있도록 이모의 침대를 거실로 옮기기로 했다. 그러면 두 사람 사이에 앉아서 둘 다 더 쉽게 보살필 수 있을 테니까. 바닥에 퀼트 이불을 깔고 침대에 누워 있는 이모가 다치지 않도록 조심조심 굴렸다.

이모는 바닥에서 몸부림치며 좀처럼 진정되지 않았다. 그리고 다섯 개의 이름을 신음하듯 되뇌었다. 적어도 내게는 그렇게 들렸다. "수전, 조애나, 아들아, 딸아, 막내야… 수전, 조애나, 아들아…" 처음엔 무슨 말인지 몰랐다. 그런데 어느 순간, 나는 그 이름들이 누구인지 알게 되었다.

그건 이모의 아이들이었다. 이모가 낳았던 아이들 그리고 이 세상에서 먼저 떠나보낸 아이들. 가슴속에 살아 있는 아이들. 그때도, 지금도 그리고 영원히 사랑하는 아이들.

명심해야 할 말

이블린 이모와 조지 이모부가 잠잠해지자 나는 침대로 돌아갔다. 벽에 붙어 있던 침대를 밀어내자 그 아래 먼지 쌓인 내 짐이 보였다. 실크 원피스 세 벌, 쓸모없는 10달러 지폐, 252쪽짜리 《영국사 산책》. 물론 새콤달콤한 체리 절임도 있었다. 그때 프랜시스 선생님한테 받은 봉인된 편지가 기억났다.

잠을 제대로 못 자면 생각이 엉뚱한 데로 흐르기 마련이다. 프랜시스 선생님은 내가 아는 사람 중 유일하게 양쪽 발에 맞게 따로 만든 신발을 신는 분이었다. 오른발용 하나, 왼발용 하나. 같은 신발인데 서로 다른 모양이었다.

'신발.' 내 발끝을 내려다보며, 예전엔 신발에 신경 썼을 때가 어땠는지 떠올려보려 애썼다.

봉투 겉면에는 내 이름이 적혀 있었다. 프랜시스 선생님은 그걸 건네주며 말했다. "네가 슬슬 가정과 가족을 생각하게 될 때 읽으렴." 어쩌면, 이블린 이모와 조지 이모부를 지키려 애썼던 일이 바로 가정과 가족을 만드는 일 아니었을까. 문제는, 내가 그 방법을 전혀 몰랐다는 것이다.

분명 양쪽이 다르지만 결국은 한 켤레인 신발을 신는 사람이라면 뭘 해야 할지 알 것이다. 나는 봉인을 뜯고 편지를 읽었다.

> 사랑하는 메리 제인에게,
>
> 　이별을 앞두고 너에게 줄 수 있는 가장 다정하면서도 절실한 조언 하나를 전하고 싶구나. 가정의 행복을 위해 <u>가장 소중한 덕목</u>은 살림을 맡은 여인의 미소에 비치는 명랑한 기질이라는 사실을 기억하렴. 반대로, 늘 <u>불만이 서린 표정</u>을 짓는 것은 그 어떤 것보다도 가정의 안락함을 무너뜨리게 된단다…

나는 편지를 떨어뜨렸다. '지금 나한테… 웃으라는 거야?'

믿을 수가 없었다. 나는 모두를 딱 하루 더 살아 있게 하려고 애쓰고 있었는데. 나도 모르게 헛웃음이 나왔다. 모든 게 다 너무 우스꽝스러웠다.

나는 조지 이모부의 의자 맞은편에 침대를 놓고 이블린 이모를 침대에 눕혔다. 몇 시간 더 지켜보고, 닦고, 물을 먹이고, 음식을 먹이고, 자세를 바꾸고…. 모르겠다. 몇 시간이 아니었을지도 모른다. 어쩌면 며칠이었을지도. 시간의 흐름을 놓쳤다. 그런 다음 모든 걸 놔버렸다.

이블린 이모의 침대 옆에 무릎을 꿇고 스펀지로 이마를 닦았다. 이모는 눈을 뜨고 있었지만 내가 아니라 저 먼 곳을 보고 있었다. 나에게는 보이지 않는 것을 보는 것 같았다. 그때 이린 밀이 그 이느 말보다 또렷하고 진짜 같고 참되게 떠올랐다.

나는 하나님이 이모를 만드셨다고 믿어.
하나님이 이모를 사랑하신다고 믿어.
하나님이 이모를 다시 데려가길 원하신다고 믿어.
하나님이 이모를 나보다 잘 돌볼 수 있다고 믿어.

이 말을 듣자 평화로워졌다. 내가 그동안 교회에 갔던 모든 시간이 드디어 의미를 찾은 것 같았다. 자리에서 일어나 손을 씻으러 갔다. 고개를 들어 거울을 보니 내 얼굴에 새로운 침착함이 서려 있었다.

눈가를 닦고 입을 헹궜다. 머리카락을 가다듬고 앞치마를 벗었다. 램프에 불을 붙이고 이모 옆에 앉아서 이모를 보내줄 준비를 했다.

지켜보다

나는 자리에 앉아 이모가 죽어가는 모습을 지켜보았다.
그게 힘들었냐고 묻는다면 사실 그렇지는 않았다. 필요한 건 특별한 용기나 자질이 아니었다. 강할 필요도 없었다. 그저 선택의 문제일 뿐이었다. 누군가가 눈앞에서 서서히 죽음에 잠겨갈 때, 선택지는 둘뿐이다. 자리를 박차고 떠나든지, 옆에 앉아 그대로 머물든지. 나도 떠날 수는 있었다. 우물에 가거나, 농장을 한 바퀴 돌거나,

창가에 서서 바깥을 내다보거나, 무엇이든 할 수 있었다. 하지만 나는 그러지 않았다. 결국 남는 쪽을 택한 셈이었다.

이모가 죽어가는 모습을 옆에서 지켜보는 게 끔찍하다고 생각할 수 있지만 그렇지 않았다. 그것이 내게는 하나의 끝이었지만 이모에게는 아니었다. 나는 그저 이모가 떠나는 모습을 바라보고 있었을 뿐이다. 이모는 길을 떠나는 중이었고, 나는 아직 따라나설 때가 아니었다. 그래서 나는 그 자리에 남았다.

그 시간 동안 이모 곁에 함께 있었다는 건 나에겐 하나의 영광처럼 느껴졌다. 마음속 어딘가 비어 있던 자리가 채워지는 것 같았다. 마치 석양을 바라보는 기분이었다. 곧 사라질 걸 알면서도 그 순간만큼은 너무도 아름다운.

내 마음을 이해하지 못할 수도 있지만, 괜찮다. 당신에게 그런 일이 닥친다면, 그땐 이해하게 될 것이다.

이모의 호흡은 편안하고 느린 리듬에서, 언덕을 오르듯 거칠고 끊어지는 헐떡임으로 바뀌었다. 그리고 곧 아기가 딸랑이를 흔드는 듯한 소리가 폐에서 나기 시작했다. 얼마나 시간이 흘렀는지 모르겠다. 낮이었는지 밤이었는지도 잘 기억나지 않는다. 숨이 멎자 이모는 너무나 조용해졌다. 모든 것이 멈춘 듯 고요했다. 이모는 세상을 떠날 때 눈을 감고 있었고, 나는 그 사실이 고마웠다.

나는 한동안 그 자리에 앉아 있었다. 그러고는 일어나 젖은 천을 조지 이모부의 입술에 대어 입안과 이, 혀를 살짝 적셔주었다. 몸은 이미 단단히 굳어 있었지만 내가 자세를 바꿔줄 때면 가끔 미세하게 움직이곤 했다. 이모부가 좋아하는 자세라던 이모 말대로, 등을 대고 반듯이 눕힌 뒤 양가죽 뭉치를 여기저기 받쳐주자 숨소리가 한결 편안해졌다.

그 뒤, 나는 두 사람 사이 바닥에 누워, 깊고 오래도록 잠이 들었다.

눈을 떴을 때는 토요일이었고, 햇살이 창밖으로 흘러들고 있었으며, 조지 이모부는 이미 세상을 떠난 후였다. 이모부의 마지막 몸짓은 기적에 가까웠다. 한 번도 스스로 움직이지 못했던 이모부가 어찌 된 일인지 몸을 옆으로 틀어 이블린 이모를 바라보며 숨을 거둔 것이다.

나는 이블린 이모의 몸을 살며시 돌려 이모부를 마주 보게 했다. 죽음 속에서도 살아 있을 때처럼 서로를 향하도록. 서로를 향해 마음을 뻗던 두 사람. 그 소중한 두 마음을 위해.

15장

귀향

삶은 산 사람의 몫이다. 나는 살아 있었고, 수전과 조애나도 살아 있었다. 그 사실에 대해 나는 끝없이 감사할 것이다.

사랑하는 사람이 세상을 떠나면 세상 전체가 멈춰야 할 것만 같다. 내 세상이 멈췄으니까. 하지만 세상은 계속 흐르고 사실은 나도 그렇다. 커피를 끓이고, 빈 깡통을 선반에 다시 올려두고, 텃밭을 쪼아대는 까마귀를 보고 쫓아낸다. 허리를 굽혀 호박이 얼마나 자랐나 들여다보고, 사고 싶었던 소 한 마리를 떠올리며 잠깐 마음이 설렌다. 그리고 그 순간, 정신이 번쩍 든다. 호박도, 커피도, 소도 다 그리 중요하지 않다는 걸 새삼 깨닫는다. 떠난 이들이 돌아올 수만 있다면, 그 무엇도 대수롭지 않다는걸.

불과 몇 시간 전만 해도 그들은 따뜻했고, 숨 쉬고 있었다. 그런데 왜, 왜 숨을 멈춰야만 했을까? 도무지 이해되지 않는다. 그냥… 숨이 멎었을 뿐이다.

파도가 밀려오듯 안도감이 스며든다. 이제 선택은 단순하다. 움직일 것이다. 아이들을 데리고 북쪽으로 올라갈 것이다. 다 괜찮아질 것이다. 그래, 정말로… 그게 최선일 것이다.

하지만 그건 최선이 아니다. 두 사람이 죽었는데, 어떻게 그게 최선일 수 있단 말인가. 그렇게 생각하는 내가… 끔찍하다. 스스로가 두렵다.

너무나 많은 것이 두렵다. 내 잘못일까 봐 두렵다. 바로 그날 아침, 이모부가 꿀물을 마시다가 기침했던 걸 떠올리면 내가 숟가락을 잘못 쥔 게 아니었을까 두렵다. 숟가락만 제대로 쥐었더라면, 이모부가 아직 숨을 쉬면서, 따뜻하게, 여기 있을지도 모른다.

이제 두 사람이 죽고 나니 그들을 잊을까 봐, 그들이 어땠는지 잊을까 봐 두렵다. 마음이 너무 아파서 영원히 이렇게 아플까 봐 두렵다. 아픔이 멈출까 봐 두렵다. 그건 두 사람이 죽어서 그들을 잊고, 그들이 어땠는지 잊었다는 뜻일 테니까.

조지 이모부와 이블린 이모의 몸이 채 식기도 전에 슈미트 아저씨의 마차 멈추는 소리가 들렸다. 나는 앞마당에 나가서 길 쪽을 바라보며 서 있었다. 생명이 빠져나가서 집이 텅 비었고, 나도 텅 비어 보였나 보다. 조애나가 내 얼굴을 보자마자 마차에서 내려서 세 걸음 다가오더니 땅바닥에 주저앉았다.

나는 커피를 떨어뜨리고 달려갔다. 머리가 생각하기도 전에 발이 움직이기 시작했다. 조애나에게 달려가서 몸을 낮추고 조애나를 끌어안았다. 조애나는 아기처럼, 어린 소녀처럼 울부짖으면서 "엄마… 엄마… 엄마!"라고 말했다. 나는 조애나의 체중을 내 몸에 싣고 왼팔로 조애나를 토닥였다. 오른팔은 마차 쪽으로 뻗고 "수전, 수전, 이리 와…"라고 불렀다. 그런 다음 나는 울부짖는 두 아이를 끌어안고 등을 토닥였다.

두 아이의 정수리에 내 얼굴을 누르며 말했다. 내 목소리가 아이들의 풀어진 머리카락과 눈물과 땀과 콧물을 따라 미끄러져 내렸고, 나는 내 말이 아이들의 귀에 닿기만을 바랐다.

"엄마 아빠는 평화롭게 돌아가셨어, 얘들아. 그때 내가 곁에 있었어." 내가 아이들에게 말했다. "마지막 순간까지… 너희 엄마는…." 이모는 '수전'과 '조애나'라고 말하고 또 말했다…. 그 말이 이 땅에서 이모가 한 마지막 말이었다.

"두 분은 돌아가셨지만 난 여기 있어. 이제 내가 너희를 돌볼 거야. 누군가를 어떻게 보살펴야 하는지 너희 엄마가 다 가르쳐주셨어. 이모가 너희는 이제 나랑 같이 북쪽으로, 우리 가족한테 가야 한다고 말씀하셨어. 그게 이모가 원하는 거라고 말이야."

거짓말이 진실보다 더 진실하게 느껴진다면, 그래도 거짓말일까?

마거릿이 끼어들었다. "얘들아, 마지막으로 엄마 아빠한테 가서 하고 싶은 말 다 하고, 작별 인사를 하렴. 오래 걸려도 괜찮아. 우린 여기서 너희를 기다릴게." 수전과 조애나가 안으로 들어가자, 마거릿이 내게 말했다. "네가 이런 상태일까 봐 걱정했어. 오늘 애들을 데려온 건 혹시라도… 마지막 기회가 있을까 해서였는데, 그래도 데려오길 잘한 것 같아."

"끔찍하지 않았어, 마거릿." 내가 말했다. "하지만 이제 어떻게 해야 할지 모르겠어. 커피를 좀 만들었고, 그게 전부야."

마거릿이 평온하게 말했다. "이제 두 분을 옮겨서 묻어드려야 해, 메리 제인. 오늘 태양이 엄청나게 뜨거울 거야. 이번 주 내내 그럴 것 같아."

내가 고개를 끄덕였다.

"이블린 아주머니가 사랑하는 조지 아저씨의 죽음을 보지 못한 게 다행이라고 할 수도 있어." 마거릿이 조용히 말했다.

나는 그저 멍했다. "이제 두 분이 천국에 계시다고 믿어야 하는 건 알지만… 솔직히 어디 계신지 모르겠어. 그냥, 이제 없다는 것만 알아." 나는 그렇게 마거릿에게 말하고, 잠시 생각에 잠겼다. "어쩌면 그건 내 알 바가 아닐지도 몰라. 두 사람 사이엔… 뭔가 설명할 수 없는 게 있었거든. 정말 그랬어."

마거릿이 숨을 깊이 들이마셨다. "그리고 우리는 남겨진 사람, 산 사람이야. 우리 이제 어떻게 하지, 메리 제인? 대답할 수 있니?"

"살겠지, 아마."

"아니야, 메리 제인. 우리는 사랑할 거야. 사랑을 주고 사랑을 받을 거야. 다른 모든 것보다 우선 사랑을 해. 그게 지금 우리가 할 일이야."

이게 바로 내 친구 마거릿이었다. 마거릿은 현명하고, 사랑이 넘치고, 너무나 똑똑하고, 너무나 심오했다. 우는 나를 마거릿이 안아주었다. 마거릿은 안고 있던 팔을 풀어 내 어깨를 감쌌고 나는 노래하는 마거릿의 어깨에 머리를 기댔다.

그러니 사랑합시다, 우리.

사랑해야 마땅하니 사랑합시다.

사랑은 주님께서 우리에게 주신 가르침이니.

나는 마거릿의 목소리를 절대 잊지 못할 것이다. 종소리처럼 너무나도 맑고 순전했다.

들은 적 없는 찬송가였지만, 모르몬교도는 자기들만의 찬송가가 있겠지. 전혀 놀랍지 않았다.

재는 재로, 먼지는 먼지로

마거릿이 사과 한 알과 물 한 잔을 가져다 준 다음 다시 집으로 들어갔다. 나는 물을 마시고 삼손에게 사과를 먹였지만 그날은 델릴라의 머리를 끌어안았다. 델릴라는 가만히 서서 끌어안는 나를 내버려두고, 내 목깃에 따뜻한 숨을 내쉬고, 내 아픈 마음을 달래주었다.

"어디로 갈 거니?" 슈미트 아저씨가 마차에서 내려왔다.

"엄마랑 모파한테요. 북쪽 스넬링 요새로 갈 거예요." 내가 말했다. "스넬링 요새로 가는 증기선을 찾자마자 가려고요."

"우리가 에드워즈 요새에 데려다줄 테니 거기서 애들이 받을 수 있는 수당을 알아보렴. 군대에 그렇게 오래 복무했으니 적어도 조지의 매장 비용 정도는 주겠지." 슈미트 아저씨가 이렇게 말하고 마거릿을 따라 안으로 들어갔다.

아이들이 무엇을 가져가고 무엇을 놓고 갈지 결정하는 걸 도와주려고 안으로 들어가자 마지막으로 수전이 가짜 피아노를 치는 척하고 조애나가 듣는 척하고 있었다. 수전과 조애나는 자신들이 아는 유일한 집을 떠나려는 참이었는데, 나는 그게 어떤 기분인지 안다. 사람은 장소와도 작별 인사를 해야 한다. 그래서 나는 아이들이 작별할 시간을 주려고 다시 밖으로 나갔다.

나는 울타리 안의 해어링턴 씨를 들어 올려서 채소밭에 내려놓았다. 수전과 조애나는 토끼를 데려갈 수 없음을 이미 알고 있었다. 해어링턴 씨는 내가 키우던 당근으로 곧장 달려가서 행운을 믿을 수 없다는 듯이 신나게 먹기 시작했다. 나는 해어링턴 씨가 힘든 시간을 보내기 전에 약간의 즐거움이라도 누려서 기뻤다.

잠시 후 수전이 악보집을, 조애나가 자기 그림을 가지고 나와서 마차 뒷좌석에 탔다. 그다음으로 슈미트 아저씨가 집에서 나왔다. 아저씨는 이블린 이모를 아기처럼 안아서 들고 있었다. 아저씨 품에 안긴 이모는 너무 작고, 마르고, 또 깃털처럼 가벼워 보였다. 우리에게 너무나도 친절했고 이모가 무척 좋아했던 남자의 강한 품에 안긴 엄마를 보고 아이들도 마음이 편해진 것 같았다. 분명히 그랬다.

그런 다음 슈미트네 아들이 조지 이모부를 똑같은 자세로 안고 나왔다. 나는 그때까지 오빠가 여동생과 아빠를 따라온 것도 몰랐다. 알아차린 다음에도 마거릿의 오빠라는 걸 믿을 수가 없었다. 내가 처음 여기 왔을 때 만났던 그 소년이었지만 키도 더 크고 몸집도 더 컸다. '애는 인간 삼손이 될 거야.' 그가 조지 이모부를 조심스럽고 경건하게 안고 나오는 모습을 보니, 참 좋았다. '저 아이는 훌륭한 남자로 자라고 있어.'

마지막으로 마거릿이 시트란 시트는 모조리 찾아서 들고나왔다. 슈미트 가족이 이방인의 집에 들어간 건 그때가 처음이었다고 마거릿이 나중에 말해주었다.

남자들이 이블린 이모와 조지 이모부를 마차에 내려놓았고, 마거릿이 시트로 두 사람을 감쌌다. 마거릿은 스펀지와 깨끗한 물을 한 대야 가지고 와서 두 사람을 닦아주면서 시트로 감았다. 너무나 조심스럽게 두 사람을 손가락과 발가락 끝까지 깨끗이 닦았다. 마치 두 사람의 몸이 아직 마거릿의 손길을 느낄 수 있다는 듯이.

세 사람이 죽은 우리 가족을 보살피는 모습을 보고 있자니 천사들의 움직임을 보는 듯했다. 주님의 일이라는 게 정말 존재한다면 바로 죽은 사람을 보살피는 게 아닐까. 정말이지, 나와 사촌들은 그럴 상태가 아니었다. 우리는 한구석에 모여서 이따금 눈물을 흘렸다. 하지만 마차에서 내리는 조애나를 봤던 그 끔찍한 순간만큼 나쁘지는 않았다. 이런 말을 하다니 놀랍지만 우리는 그때 이후로 벌써 조금 나아졌다.

델릴라가 히힝 울면서 삼손을 길 쪽으로 이끌었고 우리는 이블린 이모와 조지 이모부의 집으로부터 멀어졌다. 마지막이었다. 델릴라는 고개를 높이 들고 천천히 걸었고, 늘 그렇듯 삼손이 델릴라를 따라갔다. 마치 진짜 장례식인 듯 엄숙하고 의식적이었다. 그 덕분에 우리는 조금 더 나아졌다.

마차에 시체가 실리고 애들이 너무나 슬프게 울면서 마차에 오르는 모습을 보고서 델릴라는 무슨 일인지 다 알았을 것이다. 내기해도 좋다. 델릴라는 분명 내가 아는 가장 똑똑한 말이었다.

전부 정리하다

한 시간 동안 마차를 타고 가자, 우리가 꿀을 채취했던 나무가 있었다. 속이 텅 빈 나무가 거기 서 있었다. 마거릿이 칼로 자른 부분이 아직도 보였다. 나는 나무를 가리키려고 몸을 돌렸다가 예상하지 못한 광경을 보았다.

수전이 미소를 짓고 있었다. 물론 작고 수줍은 미소였고, 금방 사라졌지만. 솜털 구름이 지나가면서 불타오르는 태양을 잠시 가려주듯이 그 미소가 수전의 얼굴을 스쳐 지나갔다.

수전을 미소 짓게 만든 사람은 슈미트 소년이었다. 소년은 수전 옆에 앉아 있었고, 둘의 손등이 닿을 듯 말 듯 했다. 그는 강하고 믿음직해 보였고 기댈 수 있는 사람 같았는데, 확실히 수전이 조금 기댔던 것 같다.

'수전이 그 집에서 지내는 동안 둘이 조금 친해졌나 봐.'

조애나는 맞은편에 앉아서 손을 포갠 채 기도에 깊이 빠져 있었다. 나는 가끔 교회에 가서 흉내만 내는데, 조애나는 그런 사람 몫까지 전부 채울 정도로 진지해 보였다.

'일주일 동안 슈미트 가족이랑 지내면서 조애나도 변했나 봐.'

오후가 끝나기 전에 우리는 슈미트 아저씨의 표현에 따르면 군대가 '버리고' 떠나기 전까지 에드워즈 요새의 본부였던 곳에 도착했다. 낡은 위병소에 '아메리칸 모피 회사 회계과'라고 적힌 간판이 걸려 있었다.

"제가 아이들이랑 같이 들어가서 누군가를… 그러니까 누구든 찾아볼게요." 내가 슈미트 아저씨에게 말했다.

"그래. 우리는 밖에서 기다리마." 아저씨가 대답했다.

임시변통이기는 했지만 교역소에 오니 기분이 좋았다. 나는 그곳의 주인처럼은 아니더라도 적어도 와본 적이 있는 사람처럼 걸어 들어갔다. 들어가자마자 퀴퀴한 장부와 더러운 지폐 냄새가 나를 더 좋았던 시절로 데려갔다.

"안녕하세요. 사무원이신가요?" 내가 책상 뒤에 서 있는 작은 남자에게 말했다.

그가 고개를 끄덕였다. "내 이름은 아치볼드 스왑슨이지만 아치라고 불러도 돼. 무슨 일이지?"

교역소 사무원처럼 생긴 사람이 있다면 바로 그 사람이었다. 그는 당구 채처럼 머리카락이 하나도 없었고 정수리는 오전 내내 문질러 닦은 것처럼 반짝반짝 빛났다. 하지만 그의 눈은 장부를 제대로 기록하는 것만 신경 쓰고 다른 사람을 속이는 데에는 관심 없는 사람이라고 말하고 있었다.

"안녕하세요, 아치 씨. 저희는 조지 윌크스의 집에서 왔어요. 얘들은 조지 윌크스의 딸 수전과 조애나고, 저는 조카예요."

"닮았구나. 만나서 정말 반갑다. 조지는 어떻게 지내지?"

"이런 말을 하게 돼서 마음 아프지만 어젯밤에 돌아가셨어요, 아치 씨."

그가 고개를 저었다. "머리를 세게 맞은 건 알았지만 그래도 그런 소식을 들으니 안타깝구나. 조지는 내가 만나본 사람 중에서 제일 착한 사람이었어. 우리는 정기적으로 물물교환 거래를 했는데, 저 문으로 들어오는 조지를 보면 늘 반가웠지. 이제 과부가 된 이블린 부인이 정말 안타깝구나." 그가 깊은 연민을 담아 말했다.

"이블린 이모도 돌아가셨어요, 아치 씨. 열병에 목숨을 잃었어요."

그가 나와 수전, 조애나를 번갈아 보더니 한 번 더 보았고, 눈이 촉촉해졌다. 그런 다음 목을 가다듬고 우리에게 말했다.

"얘들아, 이블린 윌크스 부인은 정말 특별했다는 걸 꼭 알아두렴. 부인에게는 재능이 있었어. 정말로. 남자든 여자든 내가 지금까지 본 그 어떤 사람도 그런 재능은 없었지. 그분은 기록하고, 가격을 매기고, 합하고, 나누고, 그걸 전부 단번에, 그 자리에서 해냈어. 윌크스 부인은 내 창고에 들어와서 선반을 대충 훑어만 봐도 내 물건이 얼마어치인지 페니 단위까지 바로 말해줬단다.

내가 처음 일을 시작할 때 날 구해줬어. 내가 경험이 전혀 없어서 난처했을 때 말이야. 난 원래 대장간에서 풀무질하다가 교역소 사무원이 되었거든! 이블린 윌크스 부인을 모두가 그리워할 거고, 모두가 기억할 거다. 내 너희에게 장담하마."

나는 깜짝 놀라서 입이 떡 벌어졌다. 하지만 곧장 입을 다물었다. 이모가 수에 밝은 것도 당연했다. 나처럼 포크스에서 자랐으니까!

"친절한 말씀 감사합니다, 아치 씨."

"애들아, 내가 뭐 도울 건 없니?" 아치 씨가 우리에게 물었다.

"음, 손으로 한 땀 한 땀 세심하게 만든 이 실크 원피스 두 벌을 팔고 싶어요. 북부 스넬링 요새로 갈 증기선 요금을 마련하려고요."

나는 아치 씨가 살펴볼 수 있도록 노란 원피스와 초록 원피스를 넘겨주었다. 장밋빛 원피스는 도저히 떠나보낼 수 없었다. 아무한테도 말하지 않았지만 나는 언젠가 그 옷을 웨딩드레스로 입고 싶다는 꿈이 있었다. 그러니까, 이블린 이모랑 조지 이모부와 살면서 나도 많이 변했다. 제대로 된 사람이랑 하면 결혼도 별로 나쁠 것 같지 않았다. 이블린 이모는 영원히, 무슨 일이 닥쳐도, 누군가와 함께하고 사랑하며 살아가는 것이 삶의 가장 중요한 목적이라고 늘 말했다. 그렇게 중요한 일이라면 제일 좋아하는 옷을 입고 시작하는 게 당연한 것 같았다.

"그럼, 이블린 부인의 가족에게 돌아가는 거니? 그래, 두 사람이 처음 왔을 때가 기억난다. 조지 윌크스와 이블린 윌크스 부인, 잉꼬부부였지. 조지는 한 팔에 아직 아기인 딸을 안고 있었고 이블린 부인은 커다란 비버 가죽 꾸러미를 들고 있었어! 말해보렴. 그, 이블린 부인의… 흠, 뭐라더라, 모… 모프… 아무튼 이블린 부인의 아버지가 아직 살아 계시니?"

"우리 모파요? 네, 살아 계세요. 우린 모파랑 우리 엄마랑 같이 살 거예요."

"아, 잘됐구나. 그러면 너희 셋은 괜찮을 거다." 아치 씨가 원피스를 살펴보았다. "돈이 얼마나 필요한지 대충 아니? 그…."

"72달러 93센트요." 내가 대답했다.

아치 씨가 깜짝 놀라서 눈썹을 치켜올렸다가 나를 보고 미소 지으면서 다시 내렸다. "너도 이블린 부인과 같은 재능을 갖고 있구나. 보니까 알겠어. 너희 각자에게 이블린 부인의 일부가 조금씩 살아 있는 거야. 분명히. 그러니 이 세상이 조금 더 좋아지겠구나."

아치 씨는 착한 사람이었지만 내 능력을 약간 과대평가하고 있었다. 내가 한 일이라고는 에드워즈 요새에서 더뷰크까지의 요금에다가 더뷰크에서 프레리 뒤 시엔까지 1마일, 그러니까 약 1.6킬로미터당 5센트를 더하고 프레리 뒤 시엔부터 스넬링 요새까지 1마일당 6센트를 더한 다음 총액에 3을 곱한 것뿐이었다.

"여기 있다." 아치 씨가 금전등록기에서 돈을 꺼내서 신중하게 셌다. "72달러 93센트. 원피스는 그냥 가져가. 이블린 부인이 내 장부 정리를 도와준 대가라고 생각하렴.

살아 있을 때는 5센트도 안 받으려 했지만, 이제 부인이 세상을 떠났으니, 내가 은혜를 갚게 해준다면 정말 큰 영광이겠구나."

"감사합니다, 아치 씨. 저도 두 분에게 빚을 졌어요. 많은 것을 가르쳐주셨거든요."

"그렇다면 저 아이들을 북쪽으로 데리고 가서 다시 행복한 가족을 꾸리는 게 그 빚을 갚는 일 아니겠니?"

아치 씨가 나를 보며 아버지 같은 미소를 지었다. 아이들이 차례로 아치 씨와 악수했고, 우리는 작별 인사를 나누었다.

그렇게 해서 이제 앞으로 어떻게 할지 어느 정도 정리가 되었다. 우리는 강을 거슬러 올라가 스넬링 요새에 닿으면 거기서 모두 내려 새로 시작할 것이다. 이블린 이모와 조지 이모부는 이제 없지만 남은 일들은 내가 할 수 있는 한 바로잡을 생각이었다. 엄마와 모파에게도 이 소식을 전해야 했지만, 그건 직접 만났을 때, 가능한 한 조심스럽게 전할 생각이었다.

결국 나는 엄마의 여동생을 잃었지만 조카들을 되찾았고, 엄마는 그걸로 만족해야 할 것이다. 나 역시… 말로 설명하긴 어렵지만 분명히 만족했다.

16장

쌀쌀맞은 대화

밖으로 나가 보니 보안관이 슈미트 아저씨에게 말을 걸고 있었다. 아저씨는 고개를 숙인 채 발끝만 내려다보며 아무 말도 하지 않았다. 그 옆에는 체구가 작은, 보안관 조수처럼 보이는 사내가 귀를 귀울이며 주위를 서성이고 있었다.

"모르몬교도 일당이 시체 두 구를 마차에 싣고 마을로 들어왔다고? 그런데 마부는 입을 꾹 다물고 있다고? 그래? 좋게 말할 때 입을 여는 게 좋을 거야. 해 지기 전엔 물어볼 게 더 많아질 테니까."

나는 내 귀를 의심했다. 엄마, 아빠, 십 대 둘이 일당이라고?

슈미트네 아들은 말 뒤쪽에 앉아 고삐를 꼭 쥐고 있었다. 내가 서 있는 곳에서도 팔뚝에 솟은 핏줄이 보였다. 무언가 말하고 싶어 하는 눈치였지만 애써 참는 듯했다.

내가 슈미트 아저씨와 보안관 사이에 뛰어들었다. "마차 뒤에 실려 있는 건 우리 조지 이모부랑 이블린 이모예요, 보안관님. 어제 돌아가셨어요. 이모부는 빌직이고 이모는 열병이었어요. 두 분이 돌아가실 때 제가 그 자리에 있었어요."

"조지랑 이블린이라고? 월크스 부부 말이니? 목수? 동쪽에 사는?"

'맞아요'라고 내가 고개를 끄덕였다.

"이런, 모드가 이블린과 같은 교회에 다녔지. 좋은 감리교 신자라고 했는데. 너희 세 명도 감리교 신자겠지." 보안관이 수전과 조애나, 나를 번갈아 보며 말했다. "여자한테는 종교가 꼭 필요하니까."

내가 고개를 끄덕였다. 달리 어떻게 할 수 있었을까.

"그런데 너희가 이 몹쓸 모르몬교도들이랑 뭘 하는 거냐?" 보안관이 슈미트 아저씨를 가리켰다.

보안관 조수가 맞장구를 쳤다. "조심해. 까딱하면 잠깐 정신 팔린 사이에 저놈이 너희 셋 모두를 아내로 삼는다. 히히!"

내가 엄마였다면 그 순간 그 나쁜 놈들한테 뭐라고 했을 것이다. 하지만 그때 난 엄마가 아니었다. 그때 난 메리 제인이었다. 열네 살이었고, 또 다른 열네 살 소녀 두 명을 증기선에 태우려 애쓰고 있었다. 수전은 열다섯 살이었지만.

"보안관님, 우리는 이모랑 이모부를 시내로 옮겨서 매장하려고 해요. 날씨가 너무 더워서요." 그러자 보안관이 흡족해하는 것 같아서 내가 덧붙였다. "부탁드려요. 수전과 조애나가 받을 수당에 대해서 어디 가서 물어보면 되는지 아세요? 조지 이모부는 미군에서 목수로 일하셨거든요."

"허! 히히! 운이 좋을 수도 있고 아닐 수도 있지…." 보안관 조수가 말했다. 그는 두 소녀가 고아가 되었다는 것보다 우스운 얘기는 들어본 적이 없는 것 같았다.

보안관이 말했다. "군대가 변호사들을 남기고 떠났는데, 결정은 전부 변호사 몫이야. 열 건 중 아홉 건은 말도 안 되는 결정을 내리지만, 그게 바로 연방 정부지. 규칙, 규칙. 규칙이 제일 중요해."

보안관은 법을 따르는 것이 인간이 짊어져야 할 가장 큰 짐이라는 듯이 고개를 저었다. 보안관이 그렇게 생각하는 건 이상한 일이었지만, 개척지에서는 다 그렇다.

"가서 변호사 몇 명 데려와, 크럭스턴. 나는 여기 남아서 모르몬교도들을 지켜볼 테니까."

크럭스턴은 자기에게 그렇게 운 좋은 일이 떨어졌다는 게 믿지 않는 눈치였다. 상사가 하기 싫은 일을 대신 맡게 됐다니, 이런 기회가 또 있을까. 그는 펄쩍펄쩍 뛰며 좋아하더니 곧장 골목길로 내달렸다. 꼭 보안관이 온몸에 불이 붙었고, 그 불을 끌 물을 찾는 게 자기 몫인 양 말이다.

재판

오래 지나지 않아 서둘러 다가오는 세 사람이 보였는데, 꼭 까마귀 두 마리가 참새 한 마리를 쫓는 모습이었다. 가까이서 보니 길고 까만 가운을 입은 두 남자가 크럭스턴을 쫓아왔고, 크럭스턴은 펄쩍펄쩍 뛰며 앞장섰다.

더 가까이서 보니 까마귀 둘은 낡고 먼지 쌓인 가발을 쓰고 있었다. 한 사람은 똑바로 썼고, 한 사람은 거꾸로 썼다. 좀 더 가까이서 보니 두 사람은 작은 망치를 들고 있었다. 두 인간 까마귀가 산자와 죽은 자를 심판하러 온 것이다.

"법정에 대고 확실히 진술하시오! 우리 앞에 누워 있는 고인은 누구인가?" 가발을 똑바로 쓴 까만 까마귀가 외쳤다.

"조지 윌크스와 이블린 윌크스입니다." 보안관이 말했다. "목수와 그의 아내입니다. 동쪽에 살죠. 원래 육군 소속이었습니다."

"앞서 말한 사망의 증인이 있는가?"

보안관이 나를 가리켰다. "이 아이가 거기 있었습니다."

"이 아이가 거기 있었다. 뭐라고?"

"판사님." 보안관이 눈을 굴리며 신음하듯 말했다.

가발을 거꾸로 쓴 까만 까마귀가 나를 보았다. "판사석으로 다 가오시오!"

'무슨 판사석?' 어쨌든 앞으로 나섰다.

"어떤 방식으로 사망했는가? 말하시오!"

내가 말했다. "이모부는 발작으로, 이모는 열병으로요. 어젯밤이었어요. 선생님… 음, 그러니까, 판사님."

변호사는 판사가 아니라는 건 나도 안다. 교역소 앞 흙 마당이 법정은 아니듯이 말이다. 하지만 우리 세 사람이 북쪽으로 가는 증기선에 탈 수만 있다면 나는 그 사람들의 판사님 놀이에 기꺼이 장단을 맞춰줄 생각이었다.

똑바로 까마귀가 가운 속에서 두꺼운 책을 꺼냈다. 등록부나 뭐 그런 것 같았다.

"그래, 여기 있군. 으흠…. 들으시오! '미 육군 주조공 조지 에드워드 윌크스, 1825년부터 1838년까지 복무. 1837년에 공로 훈장 수훈. 혼인하여 1831년과 1832년에 출생한 두 딸이 있음."

거꾸로 까마귀가 외쳤다. "여기 적혀 있으니 그렇겠지!"

두 변호사가 고개를 돌리더니 지금이 1565년이고 두 사람이 방금 메리 여왕의 금지령을 읽기라도 한 것처럼 고개 숙여 인사했다.

똑바로 변호사는 말을 이었다. "법정은 군인 조지 에드워드 윌크스가 오클랜드 공동묘지에 정식으로 매장되어 영면할 자격이 있음을 인정한다."

"시내 남쪽에!" 거꾸로 변호사가 덧붙였다.

두 사람이 서로 몸을 숙여 의논하더니 다시 우리에게 까옥거렸다.

"법정은 가능하면 가족이 함께하는 것에 찬성하며, 절약에 항상 찬성한다. 그러므로 고인의 아내도 남편과 같은 무덤에 매장한다." 똑바로 까마귀가 말했다.

"갈비뼈가 아담에게 다시 들어가듯이!" 거꾸로 까마귀가 덧붙였다.

두 사람은 정말 특이했지만 나는 한마디도 토를 달지 않았다. 난 이블린 이모와 조지 이모부를 알았는데, 영원히 함께하는 것이야말로 두 사람이 원하는 것이었으니까.

그 부분만큼은 변호사를 인정해줘야 했다. 가끔 사람들은 엉뚱한 이유로 옳은 일을 하고, 그러면 모든 게 잘 풀린다.

거꾸로 까마귀가 다음으로 곧장 넘어갔다. "이제 재산 분할!"

똑바로 까마귀가 가운 속에서 또 다른 책을 꺼내서 책장을 넘기기 시작했다. "법정은 조용히 하시오. 1846년 개정 법안을 참고하겠소! 보자… 554.4조."

그가 목을 가다듬고 말을 이었다. "상속 부동산, 토지… 주택… 가축… 아이, 여기 있군. '딸은 아버지의 가문에 귀속된다.'" 그가 강조의 뜻으로 허공에 망치를 세 번 내리쳤다.

그때 문득 생각났다. 우리는 자매를 통해 연결된 사촌이니까 나는 조애나와 수전과 '아버지의 가문'이 달랐다. 물론 난 우리 모두 모파가 같으니 전부 토르발센이라고 생각하고 싶었지만, 법은 그렇게 생각하지 않았다. 공식적으로 그리고 서류상으로, 나는 아빠를 따라 길드였고 사촌들은 조지 이모부를 따라 윌크스였다.

똑바로 까마귀가 말을 이었다. "기록상 두 딸이 있소. 첫째 수전 아이다 윌크스, 조지 윌크스의 첫 아내이자 유일한 아내 소생. 둘째 조애나 이블린 윌크스, 조지 윌크스의 첫 아내이자 유일한 아내 소생. 그래, 여기 적혀 있소. 두 딸 모두 살아 있고 신원이 확실함."

'내가 얼른 어떻게든 하지 않으면 두 변호사가 우리를 영원히 갈라놓을 거야.' 나는 깨달았다.

"세 딸이에요. 저도 두 사람의 딸입니다!" 내가 외쳤다. 그런 다음 혹시나 해서 "판사 선생님"이라고 덧붙였다.

거꾸로 까마귀가 미간을 찌푸렸다. "아니. 넌, 아니야. 넌 누락되어 있어. 기록에서."

똑바로 까마귀가 전부 멈추라는 듯이 한 손을 번쩍 들었다. "이의 있습니다!" 그가 외쳤다. "피고 측은 누락이 드물지만 흔한 오류일 가능성이 높다고 주장합니다."

"인정합니다!" 거꾸로 까마귀가 곧바로 외쳤다. "수량은 대략적인 추정일 뿐이라고 간주하는 게 타당하다고 인정합니다."

"판결을 내리겠소!" 똑바로 까마귀가 외쳤다. "기록을 딸 두 명 플러스마이너스 딸 한 명으로 수정하시오."

이제 거꾸로 까마귀가 허공에 망치를 내리칠 차례였고, 그가 망치질한 다음 등록부를 들고 나에게 물었다. "그러면 기록을 위해 묻겠소. 이름이 뭐지?"

"메리 제인입니다, 판사 선생님."

"메리 제인 윌크스, 맞나?"

"네, 선생님, 판사님. 저는 윌크스입니다."

나는 두 보안관에게 이블린 이모와 조지 이모부라고 분명히 말했고 엄마나 아빠라는 말은 한 번도 하지 않았지만, 두 사람은 아무 말도 하지 않았다. 나는 두 사람이 아까 내 말에 주의를 기울이지 않았거나 별로 신경 쓰지 않는다고, 또는 둘 다라고 생각했다.

나는 깜짝 놀란 마거릿의 표정을 알아차렸다. 물론 거짓말은 나쁘고, 그때 나는 너무나 자연스럽게, 재빨리, 거짓말을 하고 있었다. 마거릿이라면 절대 거짓말을 하지 않았을 것이다. 분명하다. 마거릿은 똑바르고 좁은 길을 고수했을 테니까. 하지만 그때 나는 엄마가 아니었듯이 마거릿도 아니었다.

유산

똑바로 까마귀가 등록부를 다시 꺼냈다. "아하! 상속받을 가장 가까운 친족은 윌크스 제혁소*의 경영자이자 미시시피주 그린빌에 거주하는 피터 오스본 윌크스군."

"가장 가까운 친족이라고요?" 내 목소리는 분명 겁에 질리고 혼

---

* 제혁소는 가죽을 만드는 공장이다.

란스럽게 들렸을 것이다. 실제로 그런 기분이었다. "부탁드립니다. 선생님, 판사님, 선생님, 우리는 미시시피주 그린빌에 사는 피터 윌크스 씨라는 사람을 몰라요.

이블린 이모, 그러니까 엄마는 스넬링 요새에서 내려왔고, 우리 모파가 지금도 거기 살고 있어요. 모파가 우리 모두를 기꺼이 받아주실 거고, 우리는 모파에게 가고 싶어요. 선생님, 변호사 선생님, 판사님, 그리고…." 그때 나는 도움만 된다면 주저 없이 두 사람을 전능하신 주 하나님이라고 불렀을 것이다.

"법정은 판결을 내렸소! 너희는 윌크스 제혁소의 경영자이자 미시시피주 그린빌에 거주하는 피터 오스본 윌크스 씨에게 가야 한다!" 거꾸로 까마귀가 큰소리로 선언했다.

똑바로 까마귀가 말을 덧붙였는데, 불친절한 말투는 아니었다. "윌크스 양, 여러분은 18세 이상의 보호자가 없으므로 삼촌인 피터 오스본 윌크스 씨에게 가야 합니다.

자, 여기 있군… 메리 제인 윌크스." 그가 등록부를 따라 손가락을 죽 내리더니 고개를 들고 나에게 물었다. "출생일이 언제지?"

"1827년 2월 23일이요." 내가 어찌나 빨리 말했는지 단어가 줄줄이 이어져 나왔다. 내 머릿속의 무언가가 기회를 포착했고, 나는 그 기회를 잡았다. 그런 다음 이제 혀가 그것을 따라잡아야 했다.

"아아 하… 그러면 당신은… 어디 보자… 흠… 열아홉 살이군요. 그렇소?"

'열아홉 살 5개월하고 3일이지. 1828년, 1832년, 1836년, 1840년은 윤년이니까.'

변호사가 새로 생긴 내 이름 옆에 내가 댄 날짜를 적었다. 펜을 한 번 놀리자, 나는 순식간에 다섯 살을 더 먹었다.

보안관이 걱정스러운 목소리로 끼어들었다. "이 여자가 성인이면 저 아이들의 보호자가 되는 거 아닙니까?"

"그럴지도 모르지! 지금부터 법정이 심의하겠소!" 거꾸로 까마귀가 소리쳤다. 두 사람이 554.4조를 뒤적이다가 자기들끼리 뭔가 합의를 보았다.

똑바로 까마귀가 망치로 나를 가리켰다. "당신은 원하는 곳으로 갈 수 있는 나이지만…"

거꾸로 까마귀가 끼어들었다. "당신보다 어린 두 자매는 아버지의 형제인 피터 오스본 윌크스 씨의 재산에… 어, 부양가족에 속한다."

이 말과 함께 온 세상이 발밑에서 무너졌다. 수전과 조애나를 보니 두 사람도 같은 절벽에서 떨어졌음을 알 수 있었다.

보안관이 나섰다. "들어보십시오, 판사님. 아니, 방금 두 분은 여자애 둘을 자기들끼리 800킬로미터 하류로 보냈습니다…. 적어도 여비로 쓸 수당이든 뭐든 주시면 좋겠네요. 조지 윌크스는 훌륭한 군인이었던 것 같고, 내가 알기로 그의 아내는 착한 감리교 신자였습니다."

까마귀들이 다시 의논한 다음 고지했다. "군인 조지 에드워드 윌크스는 9년 전인 1837년에 공로 훈장을 받았으니 두 딸은 각각 5달러의 일시 연금을 받을 자격이 있다." 어느 까마귀가 이 말을 했는지는 까먹었다.

"한 사람당 5달러요?" 보안관이 소리쳤다. "아니, 그걸로는 세인트피터즈버그까지도 못 갈 텐데요!"

똑바로 까마귀가 설명했다. "공로 훈장을 10년 전인 1836년에 받았다면 각각 매년 20달러를 받을 자격이 있었을 것이오."

"조지 윌크스가 죽을 날짜를 고를 때 그 점을 고려했어야 했나 보군요." 보안관이 으르렁거리며 말하더니 아이들 쪽으로 고개를 돌렸다. "증기선 선장한테 보증금으로 10달러를 내고, 그린빌에 도착하면 그 '피터 오스본 윌크스 씨'가 나머지를 내면 되겠구나."

보안관이 슈미트 아저씨에게 말했다. "애들을 부두까지 태워주시오. 내가 바로 뒤따라 가지." 보안관은 무척 못되게 말했다. "그런 다음 시신을 공시소로 싣고 가시오. 크럭스턴이 기다리고 있을 테니 빨리 움직여요. 아니면 우리가 전부 당신을 찾으러 나설 테니."

그런 다음 수전과 조애나에게는 훨씬 더 친절하게 말했다. "그 '피터 오스본 윌크스 씨'라는 사람한테 너희를 맡기겠다는 연락이 올 때까지 내가 임시 보호자가 되어주마. 오늘이 토요일이고, 월요일이면 화물을 실으려는 배들이 강에 많을 거야. 내가 그중 한 척에 태워줄 테니까, 무사히 도착하자마자 소식을 전해주렴. 아니면 내가 당국의 사람을 보낼 거다." 보안관이 슈미트 가족을 흘끔거렸는데, 그 시선도 그리 친절하지는 않았다.

까마귀들이 미합중국 은행에서 발행한 지폐로 10달러를 부스럭부스럭 꺼내서 5달러는 조애나에게, 5달러는 수전에게 주었다.

"남부행 승객 두 명과 북부행 승객 한 명!" 크럭스턴이 1.6킬로미터 바깥의 매표원한테도 들릴 만큼 크게 소리친 다음 공시소 쪽으로 신나게 뛰어갔다.

두 아이의 얼굴을 보자 내 얼굴이 보였다. 두 사람은 내가 엄마와 모파를 떠나야 한다는 이야기를 들었을 때 지었던 표정보다 스무 배쫌 슬픈 표정을 짓고 있었다. 그때의 내 표정을 내가 어떻게 할 수는 없었지만, 지금 이 아이들의 표정은 어떻게든 해줄 수 있다고 생각했다.

"나도 아이들이랑 같이 남쪽으로 갈게요." 평생 해온 그 어떤 말보다도 더 강하고 또렷하게 내가 말했다.

똑바로 까마귀가 잠시 생각하더니 어깨를 으쓱하고 고개를 끄덕였다. "법정은 앞서 당신이 가고 싶은 곳에 자유롭게 갈 수 있다고 판결을 내렸소, 윌크스 양. 그러므로 당신은 자유입니다. 즉, 어느 집안을 따르든 자유요."

거꾸로 까마귀가 말없이 동의한다는 뜻으로 망치를 두드렸고, 책들이 그의 가운 속으로 다시 사라졌다. "법정은 세상을 떠난 군인 조지 에드워드 윌크스의 전 재산을 미시시피주 그린빌에 거주하는 윌크스 제혁소 소유주 피터 오스본 윌크스 씨에게 상속한다고 판결하노라."

"들으시오! 들으시오! 법정이 판결을 내렸소. 이 판결은 영원히 유효하리라!" 똑바로 까마귀가 부르짖었고, 그것이 우리가 마지막으로 들은 그 사람들의 헛소리였다.

우리는 두 개의 가운이 하나가 되어 어디인지 모르겠지만 왔던 곳을 향해 종종걸음치는 모습을 지켜보았다.

또다시 이별

"자, 얘들아, 선착장으로 가자." 보인관이 말했다. "엄마 아빠 걱정은 하지 마라. 조지를 감리교식으로 제대로 매장하고 육군이 가족에게 제대로 애도의 뜻을 표하도록 내가 확인할 거다. 이블린의 아버지가 스넬링 요새에 사신다고 했나?"

"네, 보안관님. 토르발드 토르발센이에요. 아메리칸 모피 회사 앞으로 보내면 돼요."

"정식으로, 제일 하단에 서명하고 인장을 찍어서 소식을 전할 거다. 그리고 너희가 어디 사는 누구에게 가는지도 알리도록 하마."

나는 생각했다. '애들이랑 같이 남부로 가서 '윌크스 삼촌'이라는 사람한테 도착하면 제일 먼저 엄마한테 편지를 써야겠어. 엄마는 뭘 어떻게 해야 할지 아실 거야, 분명해.'

선착장에서 나는 감사의 인사로 델릴라와 삼손을 평소보다 오래 쓰다듬었다. 삼손이 커다란 머리를 내 가슴에 밀어붙였고, 델릴라는 '낙심하지 말고 힘내렴'이라고 말하는 것처럼 내 목깃을 물고 잡아당겼다.

나는 슈미트 소년이 외투를 벗어서 수전의 어깨에 걸쳐주고 이렇게 말하는 모습을 보았다. "비가 오면 이게 비를 막아줄 거야."

"고마워." 수전이 말했다. 두 사람 사이에 오간 표정은 참 특별했다.

"너랑 동생한테 다 맞을 거야. 메리 제인한테도." 그가 조애나와 나를 잠시 보더니 다시 수전을 보고 말했다. "하지만 너한테 특히 잘 맞을 거야."

보안관이 옆으로 비켜서서 할퀼 준비를 마친 고양이처럼 슈미트 소년을 빤히 보고 있었다.

내가 돌아서서 낮은 목소리로 말했다. "조심하세요, 슈미트 아저씨. 이 사람들은 모르몬교도를 좋아하지 않아요."

"그래, 나도 안단다. 내가 아는 게 딱 하나 있다면 바로 그거야." 아저씨가 이렇게 대답했고, 우리 둘 다 슬퍼졌다.

슈미트 아주머니가 마지막 바구니를 주었고, 나는 고맙다고 인사했다. 그런 다음 이제 마지막 작별 인사를 할 시간이었다.

우리는 한 사람씩 돌아가며 악수했다. "얘들아." 마거릿이 수전과 조애나에게 물었다. "마지막으로 엄마 아빠한테 가서 인사하고 싶니?"

조애나가 수전을 한 번 쳐다본 다음 대답했다. "아니, 마거릿. 저 마차에 있는 건 엄마 아빠가 아니야. 두 사람의 육체일 뿐이고, 엄마 아빠는 이제 육체가 필요 없어."

수전이 덧붙였다. "우리는 해야 할 말을 이미 했어." 그런 다음 셋은 마지막으로 한참을 끌어안았다.

나는 마거릿을 향해 섰다. 마거릿은 정말 좋은 친구가 되어주었고 정말 많은 것을 가르쳐주었다. 마거릿을 두 번 다시 못 본다고 생각하니 견딜 수 없었지만 그래도 견뎌야 했고, 그래서 난 견뎠다.

우리는 한참 동안 끌어안았고, 그런 다음에도 마거릿은 내 손을 잡고 있었다.

"널 위해 기도할게." 마거릿이 내 눈을 보며 말했고 나는 고개를 끄덕였다.

마거릿은 그 말을 할 필요가 없었다. 우리 모두를 위해 항상 기도한다고 수없이 말해주었으니까. 그래도 마거릿은 그날, 그 말을 소리 내서 해주었다.

어쩌면 그긴 할 말이 전부 떨어졌을 때 하는 말인지도 모른다.

안녕이라는 말 외에 다른 것이 필요할 때 붙잡는 말일지도.

마거릿이 슈미트 아저씨 옆자리에 올라가 앉았다. 아저씨가 델릴라에게 휘파람을 불자 델릴라가 주둥이로 삼손을 쿡쿡 찔렀고, 그들은 집을 향해서 출발했다. 나는 혹시 눈물이 나더라도 아무도 보지 못하도록 고개를 돌려 강을 바라보았다.

나는 하류를 바라보았다. 그곳이 우리가 가야 할 곳이었다. 나는 북쪽으로 가고 싶었지만 선택의 여지가 없었다. 보안관과 변호사가 가득한 세상은 여자아이들을 남쪽으로 보냈고, 물결이 아이들을 데리고 갈 때 내가 할 수 있는 것은 붙잡는 것밖에 없었다.

물이 찰박거리는 느낌이 나서 아래를 내려다보니 내 오랜 친구 미시시피강이 선착장에 부딪히며 출렁이고 있었다. 미시시피강도 남쪽을 향하고 있었다. 역시 선택의 여지가 없었다. 나처럼 미시시피강도 북쪽에서 여행을 시작해 여기까지 왔다. 이제 강은 돌아갈 수 없었으므로 더 멀리 내려가야 했다.

'우리는, 이 강과 사촌들과 나는, 같이 갈 거야. 우리는 남쪽으로, 다음 장소로 갈 거고 거기에 도착하면 앞으로 어떻게 될지 지켜볼 거야.'

나는 눈물을 닦은 다음 고개를 들고 뒤로 돌았다. 그러고서 두 팔을 벌려 조애나를 오른쪽에, 수전을 왼쪽에 끌어안았다. 팔을 감아 내 가족을 끌어안았다.

17장

친숙한 얼굴

나는 종종 뜻밖의 행운을 만나고 가끔은 아예 그 속으로 첨벙 뛰어들기도 한다. 그리고 이번엔 무릎까지 푹 빠졌다는 걸 알 수 있었다. 상류 쪽을 올려다보니 걸리니언호가 우리 쪽으로 다가오고 있었다.

나는 벌떡 일어나 양팔을 마구 흔들며 소리쳤다. "선장님! 선장님, 저예요! 치키예요!"

배는 항구 쪽으로 붙어왔고, 선장님이 배 위에서 소리쳤다. "아, 치키! 우리 병아리구나!"

그때 보안관이 어딘가 불안한 기색으로 다가와 물었다. "저… 사람은 누구지? 저 여자는 어떻게… 음… 저 사람들이 널 어떻게 아는 거냐?"

"걸리니언호의 선장님이에요. 저 증기선이… 절 여기까지 데려다줬었어요. 아니, 그게 아니라… 우리가 부두에 놀러 갔었어요. 음… 아빠랑요. 옛날엔 자주요. 그땐 아직… 다 괜찮았거든요."

꽤 재치 있게 둘러댔다고 생각했는데, 보안관은 내 이야기에 허점이 많다는 걸 이미 다 알고 있다는 얼굴로 나를 바라보았다.

선장님이 건널판자 꼭대기에 우뚝 선 채 걸리니언호가 부두에 들어왔다. 내가 달려가서 선장님을 끌어안기도 전에 보안관이 우리 둘 사이에 끼어들었다. "당신이 이 배의 선장 노릇을 한다는 게 사실입니까?" 보안관이 물었다. 역시 썩 친절한 말투는 아니었다.

"백 퍼센트 사실이죠! 내가 바로 여선장이니까. 내 이야기를 못 들어본 척하지 마세요, 보안관!" 선장님은 두 사람이 오랜 친구라도 되는 것처럼 손을 내밀었다. 보안관은 둘이 오랜 친구가 아니라는 듯 주머니에서 손을 빼지 않았다.

내가 수전과 조애나를 한쪽 옆으로 데려갔다. "얘들아, 내가 무슨 말을 하든 맞장구칠 준비를 해…. 거짓말하면 안 된다는 건 우리 모두 알지만… 음, 이제 당분간 너희랑 내가 세상에 맞서야 하는데, 난 주어진 상황에서 최선을 다해야 해."

거짓말은 하지 않겠다. 두 사람은 불편한 표정이었고, 조애나는 특히 더 불편해 보였다. 하지만 둘 다 '싫어'라고 말하지 않아서, 나는 그걸 '알았어'로 받아들였다.

"누구 끈 있니?" 내가 물었다.

"아니, 하지만 내가 털실을 조금 가져왔어." 수전이 말했다.

"더 좋아. 조금만 잘라줄래?"

수전이 털실을 풀어 조금 잘라서 건네주었다. 나는 매듭 일곱 개를 최대한 빨리 만들었다. 처음에는 버터플라이 루프, 아이 스플라이스, 로브스터 부이, 아이시클 히치, 다시 아이 스플라이스, 바인야드 벤드, 마지막으로 또 아이 스플라이스.

나는 매듭을 다 지은 후 한 번 더 확인했다. 내가 원하던 대로 믿-으-세-요가 됐다.

내가 한 발 나섰다. "선장님, 몇 년 전에 저한테 선원 매듭 가르쳐주신 거 기억나세요? 그때부터 계속 연습했어요! 이거 보세요."

선장님이 털실을 받아서 손가락으로 천천히 만져보았다. "매듭을 다 정확히 만들었구나, 치키. 그리고 순서도 아주 훌륭해."

"제 여동생들 기억하시죠? 수전이랑 조애나요…."

"물론이지. 기억하고말고!" 선장님이 곧바로 대답했다. "어머, 정말 착하고 강한 아이들로 자랐구나!"

"다정하고 똑똑하기까지 해요." 내가 덧붙였다. 조애나는 새로운 사람을 만나면 늘 그러듯 한 손으로 입을 가렸다.

"당연히 그렇겠지! 자, 말해보렴. 요즘은 어떻게 지내니?"

"썩 좋진 않아요, 선장님. 우리는 열병과 발작으로 이… 아니 엄마랑 아빠를 잃었어요. 두 분 다요. 지난주에 돌아가셨어요."

나는 어젯밤에라고 머릿속으로 정정했다. 천 년은 지난 일 같았다.

"이블린이랑 조지였지?" 선장님이 물었고, 내가 맞다는 뜻으로 고개를 끄덕였다. "정말 마음이 아프구나! 좋은 사람들이었는데…, 그렇지?"

"네. 맞아요, 선장님. 우리는 두 분 다 무척 사랑했어요."

"너희처럼 착하고 똑똑하고 강하고 유능한 딸을 셋이나 두다니 두 사람은 정말 운이 좋았어. 이 세상에 너희보다 나은 여자애들은 없을 거야."

"하지만 선상님, 서는 이세 여자애가 아니에요." 내가 얼른 말했다. "우리가 마지막으로 만난 뒤에 제가 열아홉 번째 생일을 맞이했거든요."

보안관이 불친절한 눈빛으로 우리 둘을 번갈아 보았다.

"아, 그렇구나! 음, 그럴 만하지…. 네 동생들은?"

"열네 살이랑 열다섯 살이에요." 그건 사실이어서 나는 아무 가책 없이 말했다.

"마음 놓으렴, 애들아. 북쪽이든 남쪽이든 너희가 가야 할 곳 어디라도 데려다줄게…. 걸리니언호는 미시시피강 끝에서 끝까지 운행한단다."

"감사합니다, 선장님." 수전이 미소를 지으며 말했다.

"자, 너희는 어디로 가니?" 선장님이 우리에게 물었다.

보안관이 끼어들었다. "이 애들은 미시시피주 그린빌의 주민이자 윌크스 제혁소 주인인 피터 오스본 윌크스 씨에게 가야 합니다."

"그분은… 그분은 아빠의 동생이에요." 내가 덧붙였다. "아빠가 돌아가셔서 딸들은 그분의 소유예요."

"그분의 보호를 받는 거지." 보안관이 내 말을 정정했다.

"그렇군요." 선장님이 다시 말했다. "다음 주에 그린빌에 도착하면 그분이 어떤 사람인지 알아보고 싶네요."

"저는 아이들이 안전하고 무사하게 도착했는지 그분의 소식을 꼭 듣고 싶군요." 보안관이 대답했다.

내가 화제를 바꾸었다. "선장님, 요금으로 부족한 건 알지만 드릴 돈이 수당으로 받은 10달러밖에 없어요. 하지만… 우리가 그린빌에 도착하면 삼촌이 나머지를 내실 거예요."

"나중에 정산하지꾸나, 치키. 내가 너희를 안전하게, 무사히 데려다줄 테니 걱정하지 마." 선장님이 말했다.

끌배가 새 목재를 실은 거룻배를 끌고 우리를 향해 다가오는 것이 보였다. "안녕하세요, 커비 선장님!" 내가 외쳤다.

"그… 그래, 치키. 지금도 커비 선장이 끌배를 몬단다. 몇 년 전이랑 똑같이 말이야." 선장님이 나를 보고 한쪽 눈썹을 추켜올리며 말했다. 그런 다음 보안관을 보고 말했다. "보안관님, 친절하게도 아이들을 데려다주셔서 감사합니다. 이제 작별 인사를 드려야겠군요. 화물을 연결하자마자 출항해야 하거든요."

선장님이 보안관을 향해 다시 손을 내밀었고, 보안관은 이번에도 악수를 받아주지 않았다. 그 대신 우리를 한쪽 옆으로 데려가서 말했다. "그럼 이제 배에 타라, 얘들아. 가는 동안 정신 바짝 차리고."

솔직히 말하면, 정신 똑바로 차리는 게 훨씬 낫다는 건 나도 이미 알고 있었지만, 그래도 보안관의 충고에 고맙다고 인사했고, 우리는 냉정하면서도 우호적으로 헤어졌다.

진솔한 고백

"아, 선장님." 보안관이 우리 이야기가 안 들릴 정도로 멀리 가자 내가 말했다. "요금을 다 낼 수 있어요." 나는 아치 씨가 준 돈을 꺼내서 내밀었다. "에드워즈 요새에서 그린빌까지 18달러 55센트죠. 그 세 배예요."

"아니! 아니라고 말했다! 난 1센트도 안 받을 거야."

"꼭 받으셔야 해요. 사촌들한테 제가 선장님을 속이는 모습을 보이지는 않을 거예요. 다른 남자애들처럼 말이에요."

선장님은 돈을 받았지만 썩 내키지 않는 것 같았다.

"걱정하지 마세요, 선장님. 그래도 17달러 28센트가 남으니까, 우린 괜찮을 거예요. 게다가 사촌들도 5달러씩 가지고 있어요. 그건 진짜예요."

선장님이 수전과 조애나에게 말했다. "우리 치키처럼 좋은 사람의 보살핌을 받다니 너희는 참 운이 좋구나! 치키는 정말 최고야. 너희 둘도 분명 그렇겠지만 말이다."

수전이 미소를 지었고 조애나는 너무 기뻐서 손을 잠시 내리기까지 했다.

그러고서 주머니에 손을 넣었는데, 선장님을 위해 주머니 안쪽에 따로 챙겨두었던 쿼터가 만져졌다. 나는 그것을 꺼냈다.

"아, 선장님… 그리고 이거요! 처음 표를 샀을 때 못 드렸던 쿼터예요. 에드워즈 요새에서 텃밭 작물을 처음 팔았을 때부터 따로 챙겨뒀어요. 혹시라도… 혹시라도 선장님을 다시 만나길 바라면서요."

선장님 손에 동전을 올려놓으니 정말 기분 좋았다.

"아, 치키. 늘 간직할게. 넌 정말 착하고 친절하고 정직한 아이구나." 선장님은 동전을 '믿으세요'라고 매듭지은 털실과 함께 주머니에 넣었다.

"선장님이 바라시는 만큼 정직하지는 않아요. 그래도 지금만큼은 이 애들이 제 여동생이고 저는 열아홉 살이에요. 그래야 우리가 함께할 수 있으니까, 그럴 수밖에 없어요."

조애나의 땋은 머리가 풀려서 수전이 다시 땋아주려고 데리고 갔다. 선장님과 나는 그 자리에 남아서 이야기를 더 나누었다.

"치키, 네가 옳다고 생각하면 그렇게 하렴." 선장님이 말했다. "사람들이 거짓말이라고 하는 것 중에 어떤 건 진실보다 더 진실하지."

"무슨 말인지 알 것 같아요, 선장님. 에드워즈 요새에 내린 이후로 저는 많은 것들을 이해하게 됐어요."

"겨우 지난 봄이었지, 응? 넌 정말 대단한 여름을 보낸 모양이구나. 이모랑 이모부가 전부 천국에 가시고…, 갑자기 그렇게 된 거지?"

"네, 저는 최선을 다했지만…."

"죽음은 우리 모두에게 찾아온단다, 치키. 그때가 왔을 때 우리가 가장 바라는 건 손을 잡아줄 사람이야. 운이 좋으면 우리가 사랑하는 사람이 손을 잡아주겠지. 조지와 이블린은 그 바람을 이룬 것 같구나."

"그랬으면 좋겠어요."

"사촌들은? 어떠니?"

"점점 기운을 되찾는 것 같아요."

"잘됐구나. 이제 그린빌로 가니?"

"사촌들이 미성년자라서 아빠의 남동생에게 가야 해요. 이모는 우리 엄마의 여동생일 뿐이니까요."

"그러면 아버지 집안을 따라가는구나…. 법이 그렇지."

"그래서 제가 아이들의 언니라고, 또 열아홉 살이라고 했어요. 그러면 제가 보호자가 될 줄 알았는데 그건 아니었어요. 제가 아이들을 북쪽으로 데려가겠다고 했지만 변호사들이 안 된대요. 그래서 우리 셋이 남쪽으로, 강을 거슬러 올라가는 게 아니라 강을 따라 내려가게 됐어요."

"그 상황에서는 잘한 거야, 치키. 말해보렴. 피터 윌크스라는 사람에 대해서 뭘 아니? 그러니까, 미시시피주 그린빌에서 제혁소를 운영한다는 거 빼고 말이야."

"사실은… 그것 말고는 그 사람에 대해서 아무것도 몰라요, 선장님." 내가 고개를 저었다. "정말 아무것도요."

우리의 자리를 찾아서

"배에 타렴, 애들아! 걸리니언호는 승객이 전부 탑승하자마자 떠날 거야."

우리 뒤로 초라한 소년병들이 줄을 서서, 배에 타면 요금을 속일 준비를 하고 있었다.

"선장님, 표 파는 걸 도와드릴게요…."

"고맙지만 이번에는 안 돼, 치키. 넌 애들한테 걸리니언호를 구경시켜주렴! 하지만 우선 갑판으로 가서 자리부터 잡아, 얼른."

나는 가기 싫었지만 선장님 말이 옳았다. 일찍 자리를 잡지 않으면 돼지우리 옆에 앉아야 한다. '다음에 표를 파실 때는 꼭 옆에 붙어 있어야지.' 나는 다짐했다.

우리는 지나가는 강 풍경을 구경하려고 자리를 고심하다가 우현에서 젖지 않은 자리를 찾아냈다. 사람이 있다는 표시로 짐을 내려놓은 다음—승기선에서는 멀리 도망갈 수 없어서 도둑이 별로 없다—걸리니언호 전체를 둘러보았다.

나는 선수재와 칸막이벽, 도삭기, 난간, 지주를 가리켰다. 아이들은 나의 병아리들인 양 뒤를 졸졸 따라다니며 즐겁게 구경했는데, 수전보다 조애나가 더 빨리 이해하는 것 같았다.

우리는 걸으면서 이야기를 나누었다. 내가 말했다. "어떻게 설명해야 할까? 선장님이 썩 여성스럽지는 않아. 전혀 여성스럽지 않다고 말하는 사람도 있겠지. 하지만 하나만 말할게. 이번 생에서, 아니 다음 생에서도 선장님만큼 좋은 여자는 만나기 힘들 거야."

"메리 제인, 설명할 필요 없어. 네가 좋으면 우리도 좋아." 수전이 말했다. 정말이지 수전은 매일 점점 더 다정해졌다.

조애나도 같은 생각이었다. "나는 걸리니언호가 벌써 집처럼 편해. 아직 엄마가 무척 보고 싶지만, 오늘은 그렇게 슬프지 않아. 선장님이 엄마처럼 기분 좋게 해주셔서 그런가 봐."

"조애나, 선장님은 기분 좋게만 해주시는 게 아니라 좋은 사람이 되고 싶게 만들어. 네가 이미 좋은 사람이라고 믿어주시기 때문이야. 정말 대단하지 않니?"

흠뻑 젖은 선장님이 물을 뚝뚝 떨어뜨리며 다가왔다. "거룻배를 단단히 묶었으니 이제 출항이다! 얘들아, 커비 선장님한테 작별 인사로 손을 흔들어주렴. 세인트피터즈버그에 도착하기 전까지는 다시 못 만날 거야."

우리는 방방 뛰면서 손을 흔들었고 커비 선장님도 같이 손을 흔들어주었다.

"귀여운 치키, 아이들을 기관실의 아주 중요한 분에게 소개하자. 갈까?" 나는 선장님이 로버트 풀턴을 말한다는 걸 알고 씩 웃었다.

"물론이죠! 수전, 조애나, 저 안에 정말 대단한 분이 계셔. 너희를 만나면 아주 반가워할 거야…."

다 같이 걸어가는데 기분 좋은 증기 냄새가 나를 일등 기관사 시절로 데려갔고, 나는 그때를 떠올리며 미소를 지었다. 기관실 문 앞에 도착하자 내가 손잡이로 손을 뻗으며 아이들에게 말했다. "이 문 너머에 너희가 평생 만날 사람들 중에서 제일 대단한 분이 계셔."

나는 내 말이 맞다는 걸 알았지만, 정말 얼마나 맞는 말이 될지 그때는 몰랐다.

새로운 친구

나는 기관실에서 로버트 풀턴을 만날 기대를 했고, 로버트 풀턴은 평소와 같은 자리에 있었다. 하지만 정말 놀라운 것은 그 옆에 서 있는 사람이었다. 여덟 살이나 아홉 살 정도밖에 안 돼 보이는 소년이었는데 완전 검댕투성이였다.

검댕투성이라고 했지만, 이건 그냥 하는 말이 아니다. 진짜, 검-댕-투-성-이였다. 앞머리처럼 보이던 건 사실 이마에 눌어붙은 때였고, 신발인 줄 알았던 건 맨발에 달라붙은 타르 자국이었다. 그리고 때를 걷어내고 보더라도 그 애 상태는 딱히 멀쩡하진 않았다. 한쪽 눈은 꿰매어 감겨 있었고, 아직 흉도 제대로 잡히지 않았다. 고비는 넘긴 것 같긴 한데… 그래도. 게다가 말도 못하게 비쩍 말랐다.

하지만 미소만큼은 정말 최고였다. 얼굴이 반으로 쪼개진 것처럼 귀에서 귀까지 커다란 미소가 걸려 있었다. 방금 경마에서 돈을 딴 사람 같은 미소였다. 이제껏 내가 봤던 제일 행복한 아이들보다

행복해 보였다. 그 정도로 기쁨을 뿜어내고 있었다.

그 애를 보자마자 마음에 들었다. 난 건강한 남자애나 여자애가 조금 더러워도 괜찮다고 생각하는 편이다. 제일 단정치 못한 아이들이 제일 명랑한 경우가 가끔 있다. 진정한 행복은 더러워질 자유에서 오는 게 아닐까 하는 생각도 한다.

미소를 짓는 건 그 애만이 아니었다. 선장님 역시 자기가 원하던 모든 크리스마스 선물이 더러운 코듀로이 바지를 입고 나타났다는 듯이 환한 표정으로 그 아이를 바라보았다.

내가 그 애한테 손을 내밀었다. "만나서 반가워! 여기는 내 동생 조애나랑 수전이고 나는 메리 제인이야."

아이가 내 손을 잡더니 친근함을 최대한 보여주려는 듯 온 힘을 다해 흔들었다. "나는 루스터*야!" 그 애가 큰 소리로 자랑스럽게 말했다. "방금 막 로버트 풀턴을 돌봐준 참이야."

"정말 제일 착하고 똑똑하고 강하고 도움이 되는 남자애 아니니? 난 정말 루스터보다 나은 남자애를 본 적이 없어." 선장님이 말했다.

나는 그 아이가 미소를 더 활짝 지을 수 있을 거라고 생각도 못 했는데 선장님이 더 큰 미소를 짓게 만들었다.

"루스터, 여기는 치키야!" 선장님이 나를 가리켰다. "내가 얘기했던 바로 그 병아리란다. 그린빌까지 우리랑 같이 갈 거야. 동생들도 같이. 다 같이 모이다니 정말 행운이지?"

"아!" 루스터가 외쳤다. "그럼, 다시 한번 악수해야겠네! 괜찮다

---

* 영어로 '수탉'이라는 뜻이다.

면 모두랑 한 번씩 다 할게!" 우리는 기꺼이 손을 내밀었다. 루스터는 조금 지칠 때까지 열심히 우리 모두와 악수를 나눴다.

수전이 말했다. "만나서 반가워, 루스터." 그리고 조애나는 얼굴에서 양손을 전부 내렸다. 두 사람도 나만큼이나 루스터를 마음에 들어 했다.

"시작은 좋지 않았어. 루스터 말이야." 선장님이 말했다. "하지만 지금은 걸리니언호에 타고 있지. 열심히 해서 번개처럼 빠르게 일등 항해사가 됐지 뭐니. 우리 루스터보다 쾌활하고 친절하고 도움이 되는 아이는 아무도, 정말 아무도 없을 거야."

"나는 뭐든지 할 수 있어. 석탄을 날라서 쌓고, 물을 가져다가 붓고, 역청을 섞고, 휘파람을 불고, 키를 잡고, 램프 기름을 채우고…." 루스터는 자신이 얼마나 도움이 되는지 자랑스럽게 줄줄 읊었다.

"그리고 로버트 풀턴을 보살피는 것도 치키 너만큼이나 잘한단다. 아니, 내 명예를 걸고 말하는 건데, 너희 둘이 정말 똑같이 잘해."

"너도 목적지가 있니, 루스터?" 내가 물었다.

선장님이 끼어들어 말했다. "루스터의 집은 바로 여기 걸리니언호야. 루스터는 여기에 원하는 만큼 오래 머물러도 되고, 기분에 따라서 무슨 일이든 해도 돼. 안 해도 되고. 걸리니언호는 루스터가 필요하고 루스터의 존재를 고맙게 여기는 곳이야. 물론 강을 따라 오가면서 모험도 하겠지만, 나랑 여기서 지내는 동안에는 이 배를 집이라고 생각하면 돼."

"선장님은 꼭 하루에 한 번씩 이렇게 말해주셔." 루스터가 더없이 자랑스럽고 행복하게 말했다. "내가 부탁하면 그보나 너 사주 말해주셔."

"우리 루스터는 정말 잘 따라오고 있어. 유감스럽게도 시작은 좋지 못했지만, 이제부터 우리가 그걸 보상해줄 거야. 뭐든지 아주 빨리, 기꺼이 배우고, 정말 친절하고 사려 깊고, 그 누구보다도 착하고 똑똑하고 강하고 유능한 아이야!" 선장님이 바로 옆에서 웃고 있는 초라하고 작은 친구를 자랑했다.

착하고 똑똑하고 강하고 유능한 소년

"내가 수심 재는 거 볼래?" 루스터가 우리에게 물었다.

우리는 갑판으로 따라 나갔다. 루스터가 3.5미터짜리 막대를 강바닥에 닿을 때까지, 또는 닿지 않을 때까지 똑바로 넣은 다음 수심이 얼마인지 소리쳤다. 솔직히 나보다 잘했다. 루스터는 막대에 적힌 숫자를 보지 않아도 쿵 닿는 느낌만으로 수심을 알았다.

"위로 올라가서 일등 항해사 방 구경할래?" 루스터가 또 물었다. "수심을 재고 나서 꼭 우유를 한 잔 마셔야 해. 뼈를 튼튼하게 만드는 거야. 선장님이 그러시는데, 나는 시작이 좋지 않아서 뼈가 튼튼하게 자라지 못했대."

루스터가 사다리를 올라 선장님이 주무시는 조타실 옆에 새로 지은 탄탄한 오두막으로 우리를 데려갔다. 문이 따로 달려 있고 진짜 유리로 만든 창이 있었다.

"여기는 내가 우유를 마시고 내 물건을 두는 곳이야. 선장님이 특별히 만들어주셔서 난 갑판에서 안 자도 돼. 오늘 밤에는 저 창문으로 달을 볼 거야. 예전에 자던 곳에는 창문이 없었어." 루스터가 나쁜 기억을 떠올리며 고개를 젓더니 우유를 한 잔 따라서 단숨에 마셨다.

"누나들도 마실래?" 루스터가 우리에게 권했다.

"아니, 우린 괜찮아." 내가 말했다.

"마음대로 해!" 루스터가 이렇게 말하고 한 잔 더 마셨다.

"루스터, 어떻게 걸리니언호에 타게 됐는지 물어봐도 돼?"

"아, 그건 간단해. 라쿤맨이 가르쳐줬어. 라쿤맨 아저씨가 부어오른 눈을 가라앉혀주고 의사한테 돈을 줘서 내 눈을 꿰매줬어."

"라쿤맨 아저씨가?"

"응. 나는 원래 술집 석탄 창고에서 잤거든. 거기가 술집보다 조용해서. 어느 날 아침에 라쿤맨이 창고에 누워 있는 나를 발견했어. 엄마가 그 전날 밤에 나한테 엄청 화를 냈거든. 라쿤맨이 나한테 '꼬마야, 찾아갈 사람이 없니?'라고 물었어.

내가 '감사하지만 그런 사람이 있었으면 벌써 찾아갔을 거예요'라고 했지.

그랬더니 라쿤맨이 '꼬마야, 이런 말은 하고 싶지 않지만 언젠가 저 여자가 너를 정말로 죽일지도 몰라'라고 했어.

그래서 내가 '라쿤맨 아저씨, 제가 찾아갈 만한 사람 모르세요?'라고 물어봤더니 아저씨가 턱을 긁으면서 생각에 잠겼어.

바로 그날 걸리니언호가 부두에 들어와서 라쿤맨 아저씨가 석탄을 배달했는데, 나를 석탄 더미 옆에 세우고서는 선장님한테 멤피스에 데려다주라고, 내가 나팔수로 입대할 수 있을지도 모른다고, 내가 록아일랜드에서는 '시작이 좋지 않았다'고 말했어."

"그렇구나. 걸리니언호에서 지내는 건 어때? 너는 뱃일을 정말 잘 돕는 것 같아."

"나야 정말 마음에 들지 뭐야? 걸리니언호의 모든 게 좋아. 처음 배에 탔을 때는 전쟁에 나가서 싸우려고 엄청 용기를 냈지만, 신병 모집하는 사람을 찾아냈을 때 군인들이 전부 너무 교활하고 못돼 보여서 난… 음, 난 울음을 터뜨렸어. 그랬더니 모집관이 나를 때리면서 '당장 그쳐!'라고 말했어."

"아, 그럴 수가!" 수전이 눈이 번득이며 말했다.

"선장님이 나를 한쪽 옆으로 데리고 가서 말씀하셨어. '루스터, 이 남자는 잊어버려. 차라리 내 일등 항해사로 걸리니언호에 남지 않을래?' 내가 '아, 좋아요. 그렇게 할게요!'라고 얼마나 빨리 대답했을지 알겠지!"

"당연히 그랬겠다." 조애나가 덧붙였다.

"그렇게 해서 걸리니언호의 일등 항해사가 됐어. 선장님이 내가 원하는 만큼 오래 일해도 된댔어. 선장님은 혁대도 없는 거 알아?"

"혁대가 왜 필요한데, 루스터?" 내가 물었다. "선장님처럼 원피스를 입으면 혁대는 필요 없어."

"우리 엄마는 항상 혁대를 맸거든. 거의 매일 혁대를 풀어서 버클이 있는 쪽으로 나를 때렸어. 다들 우리 엄마가 나쁜 엄마래."

"그렇다면 네가 여기 와서 다행이다." 수전이 말했다.

"선장님도 네가 여기서 지내는 걸 좋아하셔. 난 알아." 조애나가 덧붙였다.

"난 여기 오기 전까지는 루스터가 아니었어. 아무것도 아니었지. 하지만 지금 난 루스터고, 다들 루스터가 돼서 정말 다행이래.

내 생각도 그래."

우리가 방을 둘러보는 동안 루스터는 당당하게 서 있었다. 우유 깡통 말고는 거의 아무것도 없었다.

"게임 같은 거 없어, 루스터?" 수전이 물었다. "구슬이 있으면 구슬치기를 할 수 있는데."

"아니, 없어. 하지만 살 수 있어. 선장님이 토요일마다 내 몫으로 니켈을 세 개 주셔. 그게 우리 가족의 재산 중에서 내 몫이래. 멤피스에 들어가면 시내에 나가서 갖고 싶은 걸 살 거야."

조애나가 고개를 돌려 나에게 물었다. "우리, 멤피스에 들르는 거야?"

"응, 아마 이번 주가 끝나기 전에 도착할 거야."

"그러면 내가 시내에 같이 가서 물건 사는 걸 도와줄게." 조애나가 루스터에게 말했다.

"그래 줄래? 그…" 루스터가 눈을 반짝였다.

"조애나야… 당연히 도와줘야지. 나도 5달러 있으니까, 레모네이드도 사줄게. 내가 널 챙겨줄 테니까 너도 날 챙겨줘. 어때?"

루스터가 조애나에게 곧장 달려가 허리를 끌어안더니 한참 그러고 있었다. 조애나는 검댕을 전혀 신경 쓰지 않고 누나처럼 루스터의 머리를 쓰다듬었다.

지금 생각해보니 조애나가 루스터를 보자마자 좋아하게 된 것도 이해가 간다. 조애나는 지금껏 얼굴의 흉터를 십자가처럼 짊어지고 살았고, 꿰맨 상처가 아물면 루스터도 그러리란 사실을 누구보다 잘 알았으니까.

사실 우리 모두 루스터에게 누나 같은 감정을 느끼지 않을 수 없었다. 루스터는 혁대를 매지 않은 사람의 사랑을 무엇보다도 갈구하는 외롭고 진지한 꼬마 아이였다. 나는 선장님의 병아리였고, 그 애는 선장님의 수탉이었다. 우리 둘 다 보호가 제일 필요할 때 선장님의 날개 밑을 찾았다.

루스터의 한쪽 눈이 갑자기 환해졌다. "저 소리 들었어? 로버트 풀턴한테 가봐야겠다. 조애나, 그리고…?"

"수전이야." 수전이 미소를 지으며 말했다.

"그래. 조애나 누나랑 수전 누나. 같이 가서 내가 뭘 할 수 있는지 볼래?"

두 사람은 루스터가 세상에서 가장 놀라운 남자애라고 굳게 믿으며 따라갔다. 나는 자세한 이야기를 듣고 싶어서 선장님을 찾으러 갔다.

"정말, 저 루스터라는 아이는 진짜 착하고 똑똑하고 강하고 유능해요. 걸리니언호에 타게 된 게 얼마나 행운인지 아는 것 같아요." 외륜에서 선장님을 찾아낸 내가 말했다.

"내가 행운이지. 어디에서도 더 좋은 아이는 찾지 못할 테니까. 시작이 좋지 않았고 그건 전부 저 애 엄마 탓이지만, 그 사람을 욕하긴 싫어. 그래 봐야 무슨 소용이겠니? 우리는 그 사람이 어떤 인생을 살았는지 모르잖아. 사람들 말처럼 그 입장이 돼 보지 않았으니까."

"친절하게 군다고 돈 드는 거 아니잖아. 예전에 누가 그러더라고요." 내가 선장님에게 상기시켰다.

"바로 그거야, 치키. 그렇긴 하지만 우리 루스터가 그 닭장에서 나온 건 최선이었어. 무슨 뜻인지 알지?"

"루스터는 군대에 안 가겠다는데, 그러면 뭐가 될까요?"

"치키, 나도 점점 나이를 먹고 있어. 아마 앞으로 5년 정도는 증기선 선장 노릇을 할 수 있겠지만 그다음에는… 음, 걸리니언호를 아무한테나 맡길 순 없잖아. 안 그러니?"

"걸리니언호를 루스터에게 넘기겠다는 말씀이세요?"

선장님은 마음이 넓은 분이었지만, 아무리 선장님이라도 그건 지나친 것 같았다.

"아니면 누구한테 넘기겠니, 치키? 뉴올리언스에서 해체해서 부품으로 팔거나 로버트 풀턴을 하늘로 날려버릴 양심 없는 놈한테 팔지는 않을 거야. 우리는, 걸리니언호랑 나는, 너무나 많은 일을 같이 겪었어."

"루스터가 뱃일을 많이 익힌 것 같아요." 내가 말했다.

"그렇지? 그래. 걸리니언호는 언젠가 루스터가 갖게 될 거야. 루스터가 원한다면. 내가 은퇴하고 나서 누가 걸리니언호의 선장이 되겠니."

"루스터보다 나은 사람은 없죠."

"이 힘겨운 세상에서 아무도 나를 필요로 하지 않는 건 정말 더럽게 힘든 일이야. 어린애한테는 더욱 그렇지. 하지만 세상이 루스터를 원하지 않을수록 나는 루스터를 더 원한단다. 네가 이해하기 쉽게 말해줄게, 치키. 네가 그 아이들의 언니인 것처럼 나는 루스터의 엄마야."

"알 것 같아요. 진실보다 더 진실한 거 말이죠." 내가 말했다.

"우리 루스터가 시작은 좋지 않았을지 모르지만 내가 꼭 중간은 좋게 만들어줄 거야."

참을 수 없었다. 그만큼 마음이 벅찼다. 나는 선장님에게 달려가, 루스터가 조애나에게 그랬던 것처럼 선장님을 꼭 끌어안았다. 뭐, 그거랑 거의 비슷하게. 선장님은 조애나처럼 내 머리를 쓰다듬어주셨다.

뭐, 비슷한 식이었다.

귀 기울이기

걸리니언호에 오르니 모든 게 정말 긍정적으로 보였다. 미래에 대해 생각할수록 더 밝게 느껴졌다.

'그린빌에서 수전과 조애나가 행복하지 않을 이유가 어디 있겠어?' 나는 나 자신에게 물었다. '어쨌든 피터 월크스는 피를 나눈 삼촌이잖아. 형인 조지 이모부가 좋은 사람이었으니까, 두 사람의 시작은 똑같이 좋았을 거야. 게다가 제혁소를 가지고 있잖아. 모파는 제혁소가 좋은 사업이라고 늘 말했어. 피터 월크스는 조지 이모부와 이블린 이모가 마지막으로 가지고 있던 재산보다 돈이 많을 가능성이 커.'

이런 생각이 들었다. '아이들이 삼촌네에 무사히 도착해서 자리를 잡으면 나는 북쪽으로, 스넬링 요새로 돌아가서 예전 삶을 되찾을 수 있어! 포크스에서 모파랑 헨젤이랑 사는 거야. 엄마는 결국 내가 전부 잘 해결했다고 생각하게 될 거야.'

어느 날 밤, 선장님과 두런두런 이야기를 나누다가 내가 말했다. "선장님이 저렇게 착하고 마음씨 고운 고아를 데려와서 같이 지내는 걸 보니까, 두 사람 모두 너무 행복한 모습을 보니까 희망이 생겨요. 피터 윌크스가 자기 형처럼 좋은 사람이라고, 아이들을 잘 보살필 거라고 믿고 싶어요."

"결론은 거기 가서 내리렴, 치키. 우리가 사람들에게 친절을 베풀어도 우리의 신뢰를 얻는 건 그 사람 몫이야." 선장님이 말했다.

"선장님, 제가 집을 떠난 뒤에 배운 게 하나 있다면 어디에나 좋은 사람들이 있다는 거예요. 이블린 이모와 조지 이모부는 더없이 사랑이 넘치는 분들이셨어요. 슈미트 가족은… 이웃을 정말로 사랑하는 사람이 있다면 바로 그 사람들이에요. 선장님은 또 어머니처럼 저를 늘 격려해주시죠. 그리고 라쿤맨 아저씨랑 부두에서 만난 벌목꾼 할아버지, 미네소타벨호 선장님. 전부 다 친절했어요."

"치키, 우리 모두의 내면에 선함이 존재한다는 말은 맞아. 문제는, 그 선함이 늘 발휘된다고 믿으면 안 된다는 거야. 더뷰크항에서 너한테 10달러짜리 뉴올리언스 지폐를 주면서 속인 남자 기억하지?"

"물론이죠! 하지만 그건 제 잘못이었어요. 제가 잘 알았어야 했는데."

"내 말을 들어 봐, 치키. 새겨들으렴. 누가 너를 이용할 때 그건 절대로 네 잘못이 아니야. 그건 그 사람이 선택한 더럽고 비열한 짓이야."

"그럴지도 모르죠. 음, 그 남자랑 거래하면서 속으로 계속 불안하긴 했어요."

선장님이 눈썹을 치켜올렸다. "네가 느끼는 불안을 절대로 무시하지 마. 치키, 겁주려는 건 아니지만 저 멀리서 바다의 천사들이 너희를 기다리고 있는 건 아니야. 정말 그러면 나도 참 좋겠지만 그렇지 않다는 것도 알아. 너를 가장 잘 지켜줄 보호자는 너의 직감이야. 그러니까 네 직감이 하는 말에 항상 귀 기울이겠다고, 다시는 무시하지 않겠다고 약속해주렴."

"약속할게요, 선장님."

아이들이 돌아오자 우리는 바구니에 든 음식을 나눠 먹었고, 제일 맛있는 건 루스터에게 주었다. 우리가 음식을 먹는 동안 수전이 슈미트 가족에 대해서 이야기해주었는데, 슈미트 소년이 정말 착하다고 특히 강조했다. 조애나는 슈미트 가족의 도움을 받아서 종교를 찾았지만 아직 어느 교파에 확실하게 들어가지는 않았다고 말했다. 보안관이 슈미트 아저씨를 어떻게 괴롭혔는지 내가 이야기하자 선장님이 고개를 저으며 요즘 모르몬교도는 어디를 가도 안전하지 않다고 말했다.

수평선을 보니 그날의 마지막 황금빛 햇살이 보였다. 우리는 해가 잠자리에 들면 우리도 그래야겠다고 생각했다.

아이들이 루스터를 따라 사다리를 올라갔고, 수전은 루스터가 우유를 먹는지 확인한 다음 얼굴도 조금 씻겨주었다. 조애나는 루스터가 잠들 때까지 성경 이야기를 해주었다. 이방인을 돕고, 잃어버린 어린 양을 찾고, 뭐 그런 이야기들이었다. 그동안 선장님은 갑판을 돌아다니며 램프에 불을 붙였고, 나는 밑으로 내려가서 우리 세 사람의 침낭을 준비했다.

아이들이 갑판으로 돌아와서 내 양옆에 나란히 누웠다. 우리는 달이 뜨는 걸 보면서 철썩, 철썩, 철썩 강물 소리에 귀를 기울였다. 은하수가 또렷해질 무렵 눈꺼풀이 무거워지기 시작했고 나는 곧 잠에 빠져들었다.

18장

허풍쟁이 이야기꾼

끼이이익-쿵!

다음 날 아침, 뭔가 이상한 느낌에 고개를 들었다. 걸리니언호가 전혀 움직이지 않고 있었다. 흔들리지도, 방향을 틀지도, 물 위를 미끄러지지도 않았다. 그냥 딱 멈춰 있었다. 나는 너무 깊이 잠들었던 나머지 배가 정박할 때 울리는 기적 소리도 듣지 못했다! 눈을 깜빡이며 정신을 가다듬고 나서야 우리가 이미 세인트피터즈버그에 닿았다는 걸 깨달았다.

'참 예쁘고 작은 마을이네.' 주위를 둘러보며 생각했다. 부두 옆 작은 분수가 특별한 이유 없이 물을 뿜었다가 다시 받아내고 있었다. 그 옆으로 시민들이 모여 정치가나 중요한 사람의 연설을 듣는 둥그런 무대가 보였다.

나는 일어서서 원피스를 툭툭 털고 침낭을 돌돌 말았다. 수전과 조애나는 갑판 반대쪽 끝에서 자매답게 서로 머리를 매만지며 깔깔 웃었다. 막 건널판자를 내린 선장님이 일어나서 움직이는 나를 보았다.

"메리 제인, 시내에 가서 새뮤얼 클레먼스 씨한테서 바구니를 좀 받아다줄래? 누군지 알아볼 수 있을 거야. 머리카락은 대걸레 같은 백발이고 덤불처럼 풍성한 콧수염이 셋이야. 입 위에 하나, 눈 위에 둘. 내 오랜 친구인데, 그렇게 마음 넓은 사람도 없단다." 설명을 듣고 나는 바로 출발했다.

부두에서 얼마 가지도 않았는데 내가 이제껏 본 바구니 중에서 제일 큰 바구니를 든 눈썹 짙은 남자가 눈에 들어왔다. 아내가 그 옆에 서 있었다.

"클레먼스 씨인가요?" 내가 남자에게 물었다. "저는 메리 제인이에요."

"아아…, 치키 이병, 임무를 보고하러 왔나?" 그가 필요 이상으로 크게 물었다.

"어, 네… 그런 것 같아요."

"자네 명성이 자네보다 먼저 도착했다네, 치키 하사. 자네의 에드워즈 요새 진군 작전이 대단했다는 이야기를 들었지."

"그러셨어요?"

"그럼. 바로 나의 전우인 여선장이 말해줬어. 우리는 1837년에 A. B. 체임버스호에서 같이 복무했지. 미주리강을 오르내리면서. 우리는 서로 보완하는 임무를 맡았어. 나는 매일 아침 증기 기관을 터트렸고 그는… 아니 그녀는… 매일 저녁 증기 기관을 식혔지. 둘이 증기 기관을 최상의 상태로 유지했다고."

"그 증기 기관은 이름이 뭐였어요?"

"물어뵈줘서 고맙군, 치키 중사! 터질 때는 앤드루 잭슨이었고

식을 때는 존 퀸시 애덤스였어. 좋은 정치가답게 두 얼굴을 가지고 있었지."

그는 스스로 아주 재미있다고 생각하는 허풍을 몇 가지 더 늘어놓았고, 나는 그에 맞춰서 웃었다. 이야기를 즐기는 특정 연령대의 남자를 대할 때는 그래야 한다.

"…좋을 때였지! 치키 소령, 분명히 말하지만, 자네도 그 자리에 있었어야 하는 건데…."

"음, 그게 우리한테 주실 바구니인가요, 클레먼스 씨?" 그는 새로운 이야기를 시작할 때마다 나를 진급시켰는데, 솔직히 장군으로 진급하기 전에 배로 돌아가고 싶었다.

클레먼스 씨가 갑자기 차렷 자세를 취하고 외쳤다. "전함 걸리니언호 보급!"

내가 바구니를 받아 들고 다정하게 감사 인사를 하자 클레먼스 씨가 경례로 대답했다.

"소집 해제 전에 자유 발언을 허락해주겠나?" 클레먼스 씨가 크게 외쳤다. "다른 바구니가 있네! 하나 더! 올리비아 제독, 무기를 받드시오! 부탁해요."

클레먼스 부인이 나에게 두 번째 바구니를 주었는데, 첫 번째보다 훨씬 컸고 갓 구운 맛있는 빵 냄새가 났다.

내가 작별 인사를 하려는데 클레먼스 씨가 다시 치고 들어왔다.

"치키 대령, 내가 웹스터라는 이름을 가진 개구리 이야기를 해순 적 있던가? 나한테 그 이야기를 처음 해준 사람은 바텐더였는데… 아, 그 호텔 이름이 뭐였지, 여보?"

클레먼스 씨가 아내에게 편안하게 팔을 두르자 부인은 애정을 담아 친절하게 대답했지만, 그 전에 한숨을 쉬며 나를 보고 눈을 굴리는 게 먼저였다.

강둑에서의 수업

배로 돌아와 보니 루스터가 강가에 있었다. 물수제비를 뜨면서 잠자리를 쫓고 있었다고 했다.

나는 발가락 사이로 짓이겨지는 젖은 모래를 느끼고 싶어서 바구니를 내려놓고 신발을 벗었다. 아직 이른 시간이었지만 날씨는 무언가에 화가 난 것처럼 더워지고 있었다.

"치키 누나." 루스터가 나에게 막대를 내밀며 말했다. "모래에 내 이름 써줄래?"

"물론이지. 루스터라고 써줄까, 아니면 본명을 써줄까?"

"엄마가 지어준 이름은 대니얼이야. 항상 나쁜 엄마였던 건 아니야. 그러니까 그 이름을 써줘."

나는 1245년에 몽골인들을 쫓아낸 다니엘왕의 이야기를 해주려다가 클레먼스 씨와 보낸 시간을 떠올리고는 참기로 했다.

대-니-얼. 내가 모래에 큼직하고 또렷하게 썼다. "이제 네가 써봐."

그런데 아주 잘 쓰는 게 아닌가? 그래서 내가 물었다.

"루스터, 숫자 셀 줄 알아?"

"스물까지는 알아. 수심 재는 봉에 적힌 것보다 많지." 루스터가 자랑스러운 표정으로 말했다.

"대단해." 내가 말했다. "수가 어떻게 작동하는지 배우고 싶니?" 루스터는 좋은 선장이 될 텐데, 계산할 줄 알면 훨씬 더 좋은 선장이 될 것 같았다.

"아. 응, 치키 누나. 난 전부 다 배우고 싶어."

"우선 깊이 파서 좋은 진흙을 찾자." 우리는 모래를 팠고, 몇 분 뒤에 붉은 갈색 진흙이 잔뜩 쌓였다.

"자, 루스터, 모파가 나한테 처음 가르쳐준 방식으로 가르쳐줄게. 우리는 눈을 이용했지만!" 루스터가 깔깔 웃더니 다시 집중했다.

"자, 진흙을 손가락으로 다섯 번 떼어봐." 좋아. 이제 그걸 한 덩어리로 뭉치자. 됐어. 이제 그걸 그냥 '5'라고 하자. 지금은 하나지만, 원래는 다섯이었으니까."

"넌 5야." 진흙 덩어리가 들을 수 있다는 듯이 루스터가 진흙 덩어리를 보고 말했다.

"바로 그거야. 이제 덩어리 옆에 세 번 더 떼어서 놔. 다 합치면 몇이지?"

루스터가 잠시 궁리하더니 대답했어요. "8?"

"그래! 바로 그거야, 루스터."

"이제 뭐 하면 돼?" 루스터가 열심히 물었다.

나는 루스터가 진흙 조각을 이용해서 10, 50, 100까지 더하면서 세게 했다. 그다음엔 거꾸로 23, 67 같은 수로 갔다가 그다음에는 다시 42, 그리고…. 무슨 말인지 이해할 것이다.

"됐다, 치키 누나! 알 것 같아."

"넌 정말 똑똑하구나, 루스터. 계속 연습하면 곧 마음속에서 진흙을 움직일 수 있게 될 거고, 그러면 손을 안 써도 돼."

"와!"

"넌 해낼 거야, 루스터. 난 알아. 나도 처음엔 눈을 감아야 했지만, 이제 눈 뜨고도 할 수 있어."

"연습할게. 매일 연습할 거야!"

선장님이 휘파람을 불고 이렇게 외쳤다. "표 사세요. 지금 아니면 못 삽니다!"

나는 손을 내밀어 루스터를 일으켰다. "가자, 루스터. 가서 선장님을 도와드리자."

나는 선장님 옆에 서서 미래의 군인들이 푯값을 제대로 내는지 지켜봤지만, 친구가 없어 보이는 한두 명은 자기도 모르는 사이에 대폭 할인을 받았다.

"언젠가는 나도 도울 수 있을까?" 표를 다 팔았을 때 루스터가 내게 물었다.

"물론이지! 수가 어떻게 돈이 되는지만 알면 돼. 여기 봐… 진흙 한 조각이 1센트랑 같고, 한 덩이가 1니컬과 같고, 또…."

나는 쿼터와 달러 등을 설명해주었고, 루스터의 표정을 보니 다 이해한 것이 분명했다. 루스터는 정말 특별했다.

그 뒤로 루스터는 매일 갑판에 앉아서 석탄 조각을 이리저리 옮겼는데, 속도가 점점 더 빨라졌다. 그 모습을 보니 무척 자랑스러웠다. 내가 하는 게 아니라 루스터가 하는 거였는데, 참 이상하다.

어쩌면 누군가에게 무언가를 가르치고 나면 그렇게 되나 보다. 그 사람이 새로운 걸 배우면서 느끼는 기쁨을 조금 나눠 갖는 것이다.

너의 너

세인트루이스에서 내가 표를 팔 때 루스터가 옆에 서서 가끔 숫자를 알려주었다. 케이로에서는 루스터가 아무 도움도 없이 지폐와 동전을 척척 쌓으며 값을 계산했다.

나도 기뻤지만 선장님이 더 기뻐했다. "내가 말했지, 치키? 우리 루스터는 정말 제일 대단하고 똑똑하고 강하고 도움이 되는 아이야!" 나도 그렇다고 말한 다음 루스터의 머리를 헝클어뜨렸다. 수전이 루스터에게 비누로 머리 감는 법을 알려주었는데, 그러자 머리카락이 두껍고 검은 파도처럼 위로 올라가면서 파란 한쪽 눈이 아주 사랑스럽게 드러났다. 우리는 아일랜드 혈통 때문이라고 굳게 믿었다.

멤피스에 들어가기 전날, 루스터가 고물 난간에 기대 물속에 손을 넣고 그 주변의 소용돌이를 보고 있었다.

나도 루스터 옆에 서서 난간에 몸을 기댔다. "무슨 생각을 그렇게 해?"

루스터가 고개를 들었다. "나는 가끔 여기 와서 엄마를 생각해. 라쿤맨 아저씨는 엄마가 나쁜 엄마고 나 같은 아들을 둘 자격이 없으니 엄마를 잊어버려야 한다고 말했지만, 아저씨는 술집에 가기 전의 엄마는 모르잖아."

"그렇구나, 루스터. 그동안 힘들었겠다. 정말 속상하다."

"라쿤맨 아저씨가 선장님한테 말하는 걸 들었어. 엄마는 나쁜 결말을 맞이할 나쁜 사람이래. 난 엄마가 나쁜 결말을 맞는 건 싫어."

"당연히 그렇겠지, 루스터. 하지만 넌 여기 있는 게 나아. 너희 엄마는… 너를 제대로 돌볼 수가 없으니까.”

"난 여기가 정말 좋아. 선장님도 좋고, 치키 누나도, 조애나도, 수전도, 라쿤맨 아저씨도… 다들 나한테 정말 잘해줬어. 그런데 가끔은, 그 착한 마음들이 괜히 낭비되는 건 아닐까 걱정돼. 혹시… 나도 마음속 깊은 곳 어딘가는 우리 엄마처럼 나쁜 사람일지도 몰라.”

나는 뭐라 말해야 할지 몰랐지만, 곧 이렇게 말했다.

"루스터, 하나만 물어볼게. 내가 나쁜 사람이니?”

"아니, 치키 누나. 그럴 리가 없잖아! 누나는 나한테 숫자도 가르쳐주고, 그리고… 치키 누나는 나쁜 사람이 아니야. 아니, 최고로 좋은 사람이야!”

"우리 아빠는 나쁜 사람이었어, 루스터. 정말 나쁜 사람이었지. 다들 그렇게 말해. 엄마, 모파, 이블린 이모 전부 다.”

"하지만 치키 누나는 이렇게 착한데 누나의 아빠가 어떻게 나쁠 수가 있어?”

"우리는 우리를 낳아준 사람이랑 달라, 루스터. 우린 우리야. 우리는 늘 무엇보다도 우리 자신 거야. 내가 나의 나인 것처럼 넌 너의 너야.”

"나는 나의 나….” 루스터가 생각에 잠겨 중얼거렸다.

"우리는 자신을 스스로 원하는 사람으로 만들 수 있어. 너는 증기 기관을 관리하고, 수심을 재고, 표를 팔고, 너라는 존재만으로 친구들을 행복하게 만드는 사람이야. 너는 제일 좋은 사람이야, 루스터. 정말이야. 내가 아는 그 어떤 것만큼이나 진짜야. 내가 그렇게 믿는다는 걸 기억해. 너도 그렇게 믿게 될 거야.”

"잘 시간이야, 루스터. 이야기 들을 준비 됐어?” 뒤에서 조애나의 목소리가 들렸다.

"오늘은 특히 열심히 씻어야 한다. 내일 멤피스에서 멋진 하루를 보낼 거니까." 수전이 덧붙였다.

우리는 루스터를 따라 사다리를 올라갔고, 거기서 루스터는 원래 라쿤맨 아저씨 것이었던 검댕투성이 잠옷을 입었다. 루스터는 수전의 도움을 받아 팔꿈치를 문질러 씻었는데, 비누는 물론이고 시간과 인내심도 필요했다.

조애나가 루스터에게 사자 우리에 들어간 다니엘 이야기를 해주었는데, 나는 무서울 줄 알았다. 야수 앞에 내던져진 외로운 소년 이야기니까. 하지만 조애나의 이야기를 듣다 보니 다니엘이 어떻게 사자 우리로 들어갔는지가 아니라 어떻게 나왔는지가 중요하다는 사실을 되새기게 되었다.

조애나가 루스터의 이마에 손을 얹었다. "루스터, 그러니까 결국 다니엘은 사자를 죽이지 않았고, 사자도 다니엘을 죽이지 않았어. 둘은 어둠 속에서 각자, 또 같이 앉아서 긴 밤을 함께 보냈어. 그리고 아침이 오자 평화를 찾았지."

우리는 루스터가 깊이 잠들 때까지 기다렸다가 램프를 끄고 발끝으로 살금살금 나왔다. 루스터는 꿈을 꾸고 있었다. 멤피스와 구슬과 딸기 사탕에 관한 꿈이었는지, 사자의 강하고 부드러운 앞발이 루스터의 어깨를 감싸고 안전하게 지켜주는 꿈이었는지는 나도 모른다. 그건 중요하지 않았다. 루스터에게는 두 가지 꿈을 다 꿀 시간이 충분했으니까.

멤피스에서 보낸 하루

사람들은 세인트루이스 남쪽으로 내려가면 미시시피강이 게을러진다고 하지만, 나라면 혼란에 빠진다고 하겠다. 내가 보기에 미시시피강은 어디로 흘러야 하는지, 남쪽인지 북쪽인지, 아니면 동쪽인지 서쪽인지 기억이 안 나는 것 같았다. 자기가 강인지 호수인지도 모르는 듯했다. 하지만 왜가리와 해오라기와 갈매기는 그 안에 물고기만 가득하다면 강이든 호수든 신경 쓰지 않는 것 같았다.

멤피스에 도착했을 땐 루스터도 아이들도 주머니에 든 돈을 안 쓰고는 못 배기겠다는 눈치였다. 나는 멤피스 중심가가 내가 본 어디와도 다를 것 같다는 느낌이 들었고, 과연 중심가에 도착했을 때 나는 실망하지 않았다.

루스터가 캘리코 잭의 선박용품점이라는 가게에 들어가서 선원용 물건을 보고 싶다고 해서 우리는 제일 먼저 거기부터 갔다. 루스터를 더 기다리게 만드는 건 너무 잔인했을 테니까. 나는 계산대 앞에 서 있었고, 아이들은 루스터를 데리고 이쪽 통로와 저쪽 통로를 왔다 갔다 했다. 루스터가 물건을 꼼꼼히 살펴본 다음 내 옆으로 와서 점원에게 말했다. "저기 저 지도요. 커다란 미시시피강 지도 말이에요. 저건 얼마죠?"

"1달러 50센트." 남자가 깔보듯 말했다. 그 사람은 어린이 손님에게는 내줄 시간이 없는 건방진 사람이었다. 아이들의 돈도 다른 돈이나 똑같다는 것을, 때로는 더 낫다는 것을—무슨 뜻인지 알 거다—모르는 듯했다.

"너무 비싸. 바가지야." 내가 몸을 숙여 루스터에게 속삭였다.

내가 가격을 정말 잘 아는 물건이 하나 있다면 그건 바로 지도다. 포크스까지 왔지만 돌아가는 길을 아예 모르는 사람이 생각보다 많았기 때문이다.

"하지만 선장님한테 드릴 지도를 사고 싶어! 선장님은 지도를 정말 좋아하시는데 지금 가지고 있는 지도는 전부 낡고 찢어졌거든. 그런데 난 75센트밖에 없어." 루스터는 금방이라도 울 것처럼 슬퍼 보였다.

"루스터, 선장님한테 아무것도 안 사드려도 돼. 네가 곁에 있는 것만 해도 충분한 선물이야. 확실해."

"하지만… 내일이 선장님 생일이란 말이야! 계속 고민하다가 결정했어. 내가 원하는 건 지도야. 바로 저 지도." 루스터가 지도를 가리켰다.

나는 몸을 펴고 턱을 들었다. "얘가 이거 65센트에 사겠대요." 내가 남자에게 말했다.

"하! 저건 1달러 50센트야. 사든지 말든지."

"얘는 저 지도를 가져갈 거고, 그 대가로 65센트를 낼 거예요. 정당하고도 남는 가격이에요. 북서부 준주 전체 측량도를 1달러면 살 수 있다는 거 아시잖아요. 우리 두 사람이 별거 없어 보이겠지만, 사실 우리는 증기선 선장님이랑 아주 끈끈한 사이고, 선장님은 모든 사람과 아주 끈끈하죠. 배가 갑자기 물건을 실어다주지 않으면 아주 곤란해지지 않을까요?"

나는 루스터를 보며 미소를 지었고, 그러자 루스터가 아주 용감하게 말했다. "들으셨죠, 아저씨. 65센트예요. 아저씨나 받든지 말든지 하세요."

"음, 그래…. 가져가. 기분이 좋지는 않지만."

"우리가 아저씨를 기분 좋게 해드리려는 건 아니지만, 아무튼 지도를 팔아주셔서 감사해요. 가져갈 테니 말아주시고…. 지도를 먼저 주시면 65센트 드릴게요."

나는 점원이 백지로 슬쩍 바꿔치기할까 봐 지켜보았고, 그동안 루스터는 니켈 열세 개를 셌다. 루스터가 돈을 내려고 할 때 내가 가로막고 말했다. "있잖아요, 아저씨. 특별한 사람한테 선물할 거니까 리본으로 묶어주시죠?"

"파란색으로요. 아니, 초록색이요!" 루스터가 덧붙였다.

우리는 서두르기로 했다. 루스터가 표 파는 시간에 맞춰서 돌아가고 싶어 했기 때문이다. 수전과 조애나는 루스터를 데리고 마음에 드는 것을 찾아서 움직였고, 나도 같은 이유로 반대 방향으로 걸어갔다.

나는 9미터도 안 가서 프랑스어 이름이 붙은 고급스러운 비누 가게에 이끌렸는데, 이름은 기억이 안 난다. 안으로 들어가서 눈을 감고 향기를 맡았다. 온 세상 모든 정원의 모든 장미를 잘라서 모은 다음 코 밑에 가져다 댄 것 같았다.

"봉주르, 마드무아젤! 비앵브뉘! 장미 향이 가득하지요, 푸테트르?" 검은 머리와 짙은 눈동자를 가진, 나보다 그리 나이 많지 않아 보이는 여자가 장미 꽃잎이 넘칠 듯한 거대한 솥을 휘젓고 있었다.

꽃잎이 수천 개, 어쩌면 수백만 개 있었다. 정말 수도 없이 많았다. 으깨지고 뭉개진 온갖 색조의 분홍색과 빨간색이 부글부글 끓는 몇 센티미터 깊이의 물에 둥둥 뜬 채로 뱅뱅 돌고 있었다. 나는 그녀가 마구잡이로 섞인 꽃잎 위에 얇은 양철판을 놓고 묵직한 뚜껑을 덮는 모습을 지켜보았다.

"이제 기다리는 거예요, 마드무아젤! 욍 프티, 잠깐이면 돼요. 그러면 수증기 속에서 보물이 나온답니다!" 그녀는 나를 향해 미소 지었고 눈빛이 반짝였다.

그녀가 최고의 순간을 준비하며 이것저것 가지러 가는 모습을 보고 있으니 꼭 춤을 추는 것 같았다. 가게 제일 안쪽 구석에 이글거리는 아궁이가 있었고, 그녀가 아궁이의 작은 문을 잠시 열고 주황색으로 번쩍이는 석탄 속에 집게를 넣었다.

"아탕데, 마드무아젤… 세 더 타임 드 라 매직!" 그녀가 속삭이듯 말했다. 마법이 시작되는 순간이었다.

그녀가 뚜껑을 열고 양철판을 꺼내자, 그 위에 맺힌 작은 기름 방울들이 보였다. 뭐가 보일 거라고 기대했는지 모르겠지만, 나는 숨이 멎을 것 같았다. 너무 특별해 보였다. 그런 다음 그녀가 작은 스푼으로 기름을 퍼서 더 작은 유리관에 넣었다. 그런 다음 뜨거운 집게로 유리관 양 끝을 집어서 작은 방울을 중간에 가두었다.

"부왈라!" 그녀가 유리관을 높이 들어 햇빛을 받자, 그 속을 통과한 한 줄기 빛이 수천 갈래 무지개로 흩어져 가게 안을 춤추듯 물들였다. 나는 넋을 잃고 바라봤다. 그 로즈 오일이 갖고 싶은 정도가 아니었다. 반드시 내 손에 넣어야 했다.

이상하게 들릴지도 모르지만 그즈음 나는 필요하지 않은 무언가를 가져야 한다는 생각이 들었다. 유용하지 않은 무언가, 청소나 요리나 치료에 필요하지 않은 무언가. 날 위한 무언가.

"얼마예요? 음, 마담?" 내가 이렇게 물었지만, 사실 신경 쓰진 않았다. 얼마든 달라는 대로 줄 작정이었다.

"5달러예요, 마드무아젤. 르 프리, 가격은 정해져 있답니다." 그녀는 미안한 듯, 그러나 특유의 유쾌한 웃음을 머금고 말했다. "세 에크리, 글씨 보이시죠? 저기… 예, 바로 거기요." "분홍빛 장미 꽃잎이 소복이 담긴 통 위 칠판에, 윌 드 로즈―생크 달러라는 글씨가 또박또박 적혀 있었다.

내 주머니에는 17달러 28센트가 들어 있었다. 5달러를 쓰면 남는 돈이…. 나는 계산을 하다가 그걸 얼마나 갖고 싶은지 다시 깨달았다.

"음… 그거 살게요. 부탁해요. 그거, 괜찮으시면 지금 들고 계신 거요."

"아, 마드무아젤, 레 조트르…, 다른 것도 한번 보시지 않겠어요? 아름다운 플뢰르로 만든 게 더 많답니다. 이시, 여기요…. 같은 오일인데 제비꽃 향이에요. 가격은 3달러. 에… 이시, 이건 제라늄. 단돈 1달러예요. 향은 정말… 트레 졸리하죠. 너무 좋답니다."

그녀는 친절을 베풀고 있었다. 난 알았다. 내 꼴을 봐서는 5달러로 새 앞치마와 신발을 사는 게 나을지도 몰랐다. 계산대 뒤에 선 사람이 나였다면 나라도 그렇게 말했을 것이다.

내가 그녀에게 말했다. "전부 다 너무 좋네요. 하지만 난 장미로 할래요. 감사합니다."

"위, 위, 물론이지요… 하지만… 들어보세요, 마드무아젤." 그녀가 살짝 몸을 숙이며 속삭이듯 말했다. "이 병은 딱 한 번만, 께서 쓰는 거예요. 르 파르팽도 윈느 솔 푸아. 향수도 딱 한 번뿐이에요."

솔직히 말해서 그 말을 들으니 더 갖고 싶었다. 딱 한 번, 특별한 난 하루를 위해서.

'결혼할 일도 없는데 뭐 이런 걸 사지?' 하는 생각에 웃음이 났다. 하지만 '드레스도 이미 있으니, 아무하고도 결혼 안 할 날을 대비해 물건 좀 더 챙긴다고 손해 볼 건 없지' 하는 생각도 들 무렵, 현금출납기가 띵! 소리를 냈다.

온갖 좋은 선물

걸리니언호로 돌아가 보니, 루스터가 갑판에 앉아서 조애나랑 수전과 함께 구슬치기를 하고 있었다.

"아하! 또 뭘 샀는지 맞힐 수 있을 거 같은데." 내가 루스터에게 말했다.

"이거 진짜 세상에서 제일 멋진 구슬이지?" 루스터가 내게 물었다. "조애나 누나랑 수전 누나가 사준 거야! 난 이거 평생 간직할 거야. 하나도 안 바꿀 거야!"

"메리 제인, 내가 뭐 샀는지 봐!" 수전이 반짝거리는 〈꿈길에서〉 새 악보를 꺼냈다. 나는 신음했다. 수전에게 안 들리게 속으로만.

"그리고 난 이거 샀어…." 조애나가 가느다란 체인에 걸린 작은 놋쇠 십자가를 보여주었다. "진짜 금이 분명해…. 적어도 내 생각에는 그래." 조애나가 십자가를 자세히 들여다보며 덧붙였.

다음 날 이른 아침에 나는 외륜 근처에서 눈물을 닦고 있는 선장님을 발견했다. 선장님은 리본을 풀고 루스터가 준 지도를 들고 있었다.

"아, 정말 놀라운 아이 아니니? 남에게 베풀고, 남을 배려하고 생각하는 마음이 제일 큰 아이야. 정말 잊지 못할 거야. 우리 루스터는 정말 이 세상의 선물이야."

"아, 맞다! 지도. 마음에 드신다니 다행이에요. 딱 정당한 가격을 치르고 샀어요. 제가 지켜봤죠."

"마음에 드냐고? 아니, 정말 좋아. 다른 지도보다 백 배는 더 좋아. 아니, 다른 지도는 나한테 아무것도 아니야. 다 태워버릴 거야. 이제 평생 이 지도만 있으면 돼."

"아, 생일 축하드려요, 선장님!" 선장님이 이상하다는 표정으로 날 보더니 고개를 갸웃거렸다. "루스터가 선장님 생일이라던데요. 오늘 생일 아니에요?"

"이제부터 맞아!" 크게 말하면 더 진짜가 된다는 듯이 선장님이 소리쳤다. "이제부터 오늘이 내 생일이야."

"음, 루스터가 날짜를 골랐으니 해는 내가 고를게요. 1814년으로 할래요. 그러면 오늘은 선장님의 서른두 번째 생일이에요. 아주 좋은 나이죠."

선장님이 웃었다. "그럼, 다 됐네. 고마워 우리 치키."

"루스터는 어디 갔어요?" 내가 주변을 둘러보며 말했다.

"아, 로버트 풀턴한테 갔어. 늘 하던 일을 하러. 있잖아, 나는 숙소로 올라가서 잠시 새 지도를 제대로 음미하고 싶은데."

"그렇게 하세요, 선장님. 한두 시간쯤 걸리니언호가 가라앉지 않게 할 만큼은 아직 기억하고 있어요. 가세요. 가서 새 지도를 즐기세요."

"그럼, 아주 잠깐만 올라갔다 올게." 선장님이 말했다. 그런 다음 리본을 다시 묶다가 저 앞쪽의 무언가가 눈에 들어오자 그걸 가리켰다. "봐! 이상한 가지가 달린 저 커다란 버드나무 보이지? 그린 빌이 얼마 남지 않았다는 뜻이야. 거기서 새로운 사람들을 만나게 될 거야. 확실해."

이동

저 멀리 스와니강에,
멀리, 저 멀리,
내 마음이 늘 향하는 곳이 있네,
그리운 가족이 머무는 곳이 있네.

나는 난간에서 가슴이 터질 듯 노래하는 노인을 발견했다. '가서 말동무나 해드려야겠다. 어디에나 좋은 사람이 있으니까, 저 사람도 좋은 사람일지 모르잖아?'
나는 노래가 더 잘 들리도록 노인 옆에 가서 섰다.
"…아! 거기 있는 줄 몰랐구나. 내가 방해하는 건가?"
"아뇨, 전혀 아니에요. 멋진 목소리가 들려서 인사하려고 왔어요."
"넌 노인한테 정말 친절하구나. 그냥 시간이나 빨리 가라고 부르는 거야." 노인이 말했다. "어쨌거나 만나서 반갑다. 자, 후렴구는 같이 부를까?"
"아, 아니에요. 저는 노래를 못해요…. 하지만 흐르는 강물을 보는 건 좋아해요."
"그렇다면, 뭐. 그럼, 같이 강물이나 잠시 볼까?"

미시시피강의 풍경은 평소와 똑같았다. 나무, 더 많은 나무, 그게 대부분이었다. 강을 따라 마찻길이 길게 나 있는데, 말을 타거나 걸어가는 사람이 가끔 보였다. 하지만 그날은 전혀 다른 것이 지나가고 있었다.

맨 앞에 말 탄 남자가 두 명 있었는데, 둘 다 총을 가지고 있었다. 그 뒤에서 걸어가는 세 남자는 각각 허리에 총을 차고 한 손에는 지팡이, 한 손에는 채찍을 들고 있었다. 그들은 피부색이 옅었지만 힘이 들어가서 얼굴이 새빨갰다. 세 남자 뒤에서 따라가는 남자들은 피부가 까맸지만 채찍질에 등이 터져서 새빨갰다. 프랜시스 선생님이나 엄마 그리고 다른 사람들한테 늘 들었던 것처럼 다른 사람을 소유한 사람들은 악독했다. 하지만 이렇게 피투성이라는 이야기는 정확히 듣지 못했다. 내가 직접 본 그 무엇과도 달랐다.

얼굴이 빨간 남자들 뒤로 적어도 백 명은 되는 불쌍한 성인 남자와 소년이 두 줄로 절뚝절뚝 걸었는데, 사슬로 서로 너무 촘촘하게 묶여서 고개도 돌릴 수 없었다. 각각 앞사람 머리카락과 뒷사람 코 사이에 짓눌려 있었고 어깨는 옆 사람과 딱 붙어 있었다.

남자들 뒤에서 더 불쌍한 성인 여자와 소녀 백 명이 터벅터벅 걸어갔는데, 손목과 허리, 발목, 심지어는 목까지 밧줄로 서로 연결되어 있었다. 어떤 이들은 아이를 뱃속에 품은 채 몸이 부어 있었고, 어떤 이들은 젖을 먹이느라 몸이 부어 있었다. 몇몇은 비틀비틀 질질 끌리듯 걷고 있었고, 몇몇은 아예 끌려가고 있었다.

그래도 어떤 사람은 노래했고, 어떤 사람은 울었고, 어떤 사람을 울면서 노래했다.

옥수숫가루와 라드, 밧줄과 사슬, 아기와 시체를 실은 커다란 달구지 여섯 대가 그 뒤를 따라갔다.

내가 지금 꿈을 꾸는 걸까, 악몽인가, 생각했다. 노인을 보니 그는 조금 전과 다름없이 쾌활했다.

"뭘… 왜… 어디로 가는 거죠? 저 사람들은?"

"사람들? 아, 재산 말이구나. 적어도 만 달러어치는 될 거다. 아무 데도 안 가. 그냥 이동시키는 거지."

"하지만 저렇게 사슬을 채워놓으면 거의 움직이지도 못하잖아요."

"재산을 옮기는 거란다, 애야. 사람들이 재산을 한 곳에서 다른 곳으로 어떻게 옮긴다고 생각하는 거니? 장식이 달린 마차에 태워서? 하하!"

"그럼, 어디에서부터 옮기는 건데요?"

"동쪽 어딘가겠지. 중개인이 사서 운송업자들이 남쪽으로 이동시킨단다."

"그럼, 말에 탄 남자들이 운송업자예요?"

"음, 당연하지! 자자, 애야. 그것도 모르다니 어디서 자란 거냐?"

"올봄에 스넬링 요새에서 왔어요."

"아, 그렇군…." 노인이 킥킥 웃었다. "그럼, 북부 중에서도 북쪽이구먼. 거기 스넬링 요새에서는 노예 소유에 대해서 뭘 어떻게 가르치던?"

"끔찍한 죄라고, 도덕적 타락이라고요."

"하하! 그렇게 단호하게?"

"물론이죠! 전 노예제 폐지론자예요. 사실 우리 가족 모두 그래요. 모파, 우리 할아버지요, 모파가 그러는데, 노예로 붙잡힌 사람은, 인디언도 마찬가지고, 우리랑 똑같대요."

"그렇게 말씀하셨어?"

"네. 그리고 우리 엄마는 화요일에 부녀 다과회에 가시는데, 거기서 〈해방자〉를 읽어요."

"아, 그러셔?"

"학교 친구들도 전부 노예제 폐지론자예요. 전부 다요. 프랜시스 선생님이 《톰 아저씨의 오두막》을 읽어주신 다음부터 그렇게 됐어요. 꼬마 에바가 죽을 때 전부 다 울었어요. 그것 때문에 내 친구 애니는 병이 나서 아빠가 새끼 고양이를 집으로 데려왔죠."

"과연 노예제 폐지론자 같구나. 그건 인정하마."

노인이 내 말을 흥미롭다는 듯이 들어서, 나는 계속 말했다. "노예 주인은 마음속에 그리스도인의 사랑이 전혀 없어요. 그게 문제죠. 그리스도인의 사랑을 느끼면 자연스럽게 옳은 일을 할 거예요. 프랜시스 선생님이 그랬어요."

"전부 다 파악한 것 같구나, 애야. 뉴올리언스로 가는 길인가 보지? 거기선 어디로 가니?"

"아뇨. 저는 미시시피주 그린빌로 가요. 거기에 저희… 저희 삼촌이 사시거든요. 제혁소를 가지고 계세요."

"아, 그러냐? 하하! 이제 삼촌 마음에 그리스도인의 사랑을 불어넣는 일을 하면 되겠네."

"감사합니다. 아마도요…. 어디로 가시는지 여쭤봐도 될까요?"

"나체즈까지 간단다. 거기에 내 아내 에시가 자기 집안사람들이랑 가까운 묘지에 영원히 잠들어 있지. 우리 가족은 리버티 출신이야. 거기에 아들 하나랑 딸 둘이 살지. 손자가 몇인지는 하나님만이 아시겠지. 하하!"

"좋은 곳 같네요."

"그렇단다. 나는 하나님이 만드신 가장 아름다운 나라에 땅 2천 에이커를 가지고 있어. 아버지한테 물려받았는데, 우리 아버지는 자기 아버지한테 물려받았지."

"말 키우세요?" 삼손과 델릴라가 보고 싶어서 내가 물었다.

"말이 있냐고? 말도 있고 당나귀도 있고 염소도 있고 개랑 고양이도 있어. 온갖 동물이 있지. 게다가… 재산도 있단다! 4백 두야. 50두 정도는 작년에 사바나에서 왔지. 네 눈앞에 보이는 것처럼 저렇게 운송해서."

나는 너무 놀라서 말이 안 나왔다. 노인은 처음에는 꽤 괜찮아 보였다. 심지어 좋은 사람으로 오해할 뻔했다.

"너에게 생각할 거리를 하나만 말해주고 혼자 고요한 시간을 갖도록 그만 물러가마." 노인이 말했다. "네 원피스를 만드는 면이 어디서 왔다고 생각하니? 아니면, 네 할아버지가 저녁 식사 후에 피우는 담배는? 네 엄마가 부녀 다과회 때 쓰는 설탕은? 너희 북부 사람들이 가만히 앉아서 즐기는 것들 대부분은 남부에서 열심히 일하는 노예 주인들 덕분이니까 고마워해도 된다, 얘야."

노인이 이해를 못해서 나는 슬퍼졌다. 노예제도에 대한 해답은 바로 우리 눈앞에 있다. 그냥 다 그만두고 모두를 자유롭게 풀어주면 된다. 다들 안다. 그렇게 복잡하지 않다.

노인은 멈췄던 노래를 다시 부르며 걸어갔다. 내가 정답이 얼마나 간단한지 설명하기도 전에. 내가 남부에서 그 노인의 위치라면 모든 게 완전히 달라질 거라고 말하기도 전에.

갑판에서 배운 교훈

바로 그때 선장님이 걱정스러운 표정으로 다가왔다. 우리 이야기를 들었는지 나에게 이렇게 말했다.

"치키, 남부 사람들은 나름의 방식이 있고, 네가 태어나기 훨씬 전부터 그래 왔다는 걸 너도 이해해야 해. 나는 오랫동안 걸리니언 호를 타고 남부를 들락날락했고… 음, 이런저런 것들을 봤단다.

그린빌이 얼마 안 남았어. 거기 도착하면 조용히 지내면서 너랑 사촌들만 걱정하렴. 사촌들을 보살피는 것만으로도 일이 많아. 다른 사람을 구할 처지가 아니야."

"하지만 좋은 사람은 어디에나 있다고 했었잖아요, 선장님. 제가 그렇게 말했고 선장님도 그렇다고 했잖아요."

"그래 맞아, 치키. 하지만…."

"좋은 사람들… 저도 좋은 사람이 되고 싶어요."

강가에서 함성과 환호가 들려왔다. 앞을 보니 그린빌이 분명했다. 흰 양복을 입은 남자가 부두에 서서 배를 난생처음 보고 기쁨을 억누를 수 없는 사람처럼 모자를 흔들었다.

얼굴은 알아볼 수 없었지만 어쨌든 처음 보는 얼굴이었을 것이다. 그렇다 해도 누구인지 궁금해할 필요가 없었다. 내 마음속의 무언가는 그 사람이 다름 아닌 피터 윌크스임을 이미 알고 있었다.

19장

이별과 만남

이제 배에서 내릴 시간이었다. 선장님과 루스터가 부두까지 함께 나와 우리를 배웅해주었다.

"선장님한테 작별 인사해봤자 소용없어요." 내가 말했다. "전에 해봤는데 아무 일도 안 생겼거든요. 결국 또 걸리니언호에 올라탔잖아요!"

"그야말로 딱 맞는 말이네, 우리 귀여운 치키! 난 너희를 더 사랑할 수 없을 정도로 사랑한단다. 수전은 너무나 다정하고, 조애나는 너무나 똑똑하고, 우리 루스터는… 이리 봐도 저리 봐도 그저 놀라운 아이지!"

"음… 누군가 빠졌어요." 내가 말했다.

"그랬니? 내가 어떻게… 누굴…."

"선장님이요. 선장님! 선장님이 우리한테 너무 잘해주셔서… 우린 뭐라 해야 할지도 모르겠어요…."

"…우리도 선장님을 사랑한다는 말 말고는요. 우린 늘 선장님을 사랑할 거예요, 선장님." 수전이 덧붙였다. 조애나가 고개를 끄덕였고, 나는 조애나가 양손을 다 얼굴에서 치운 것을 알아차렸다.

내가 피터 윌크스라고 생각했던 남자가 매우 기뻐하며 다가왔다. "아가씨들, 으하하, 우리 세 아가씨! 호호, 커억, 호호!" 그가 말했다.

선장님은 그 남자가 증기선이고 그 증기선을 탈까 말까 고민하는 사람처럼 그를 살피며 한 발 다가섰다.

"부인, 피터 윌크스를 소개합니다!" 그가 자신을 다른 사람처럼 이야기하며 선장님에게 말했다. 그런 다음 한 손을 쑥 내밀고 고개를 숙여 인사했는데, 머리가 발가락에 닿을 정도로, 몸을 거의 반으로 접었다. 선장님은 더없이 친근하게 악수를 나누고 미소까지 지어주었다.

"만나서 반갑습니다." 선장님이 대답했다. "나는 여선장이고, 이건 내가 모는 걸리니언호랍니다. 이 아이들을 여기까지 데려다준 배죠."

"당신 같은 귀부인의 보살핌을 받다니 이 아이들은 정말 운이 좋군요."

"저는 조카 메리 제인이에요." 내가 피터 윌크스에게 말했다. "그리고 여기는 제 동생들이자 역시 조카인 수전과 조애나예요."

"아이고 깜짝이야! 정말 사랑스러운 이름이구나! 수-전! 조-애-나! 이히! 생각만 해도 좋아."

"감사합니다, 윌크스 씨." 수전이 대답했어요.

"으하하, 커억, 호호! 자, 세 아가씨는 이제부터 나를 삼촌이라고 불러야지, 호호!"

선장님은 이 말에 만족한 것 같았다. 선장님이 우리 셋을 차례차례 안아준 다음 앞치마로 눈가를 닦았다. "내가 지난번에 했던 말은 아직 유효해, 메리 제인. 내가 필요하면 미시시피강에서 찾으렴."

"나도!" 루스터가 말했다. "더뷰크랑 뉴올리언스 사이 어딘가 있을 거야." 조애나가 루스터에게 정말 착하고 똑똑하고 유능한 소년이라고 말했고, 수전은 루스터의 얼굴을 가린 머리카락을 치우고 뺨에 입을 맞추었다.

우리는 강가에 서서 떠나는 걸리니언호를 바라보았다. 걸리니언호의 다음 행선지는 아마 270킬로미터 내려간 나체즈일 것이다. 몇 분 만에 선장님과 루스터는 우리 시야에서 사라졌다.

"그래, 아가씨들. 너희는 이제 집에 온 거다. 그렇게 생각하렴. 우리 세 아가씨! 으하하, 커억, 흐흐! 셋이나! 조지는 딸이 둘인 줄 알았는데, 셋이었네!"

윌크스 씨는 말투가 정말 이상했다. 그런 말투는 이제껏 들어본 적도 없었다.

자, 피터 오스본 윌크스 씨가 이상한, 진짜 이상한 사람이었다는 건 처음부터 말해두어야겠다. 내가 이렇게 말할 정도면 정말 엄청난 거다. 나는 포크스에서 자랐는데, 그곳을 거쳐간 사람들 중에 이상해 보이지 않은 사람은 한 손으로 꼽을 정도였으니까. 그런데도 피터 윌크스는 정말 특이했다.

그는 놀랄 만큼 키가 크고—분명 2미터 10센티미터는 넘었을 거나—아주 날씬했지만 커다란 배가 풍선처럼 튀어나와 있었다. 흰머리 몇 가닥만 빼면 대머리였는데, 수가 적은 대신 아주 길었다. 눈이 부실 만큼 하얀 셔츠 앞쪽에는 씹는담배 자국이 갈색으로 줄줄이 배어 있었다. 담배를 씹으면서 말까지 하다 보면 침이나 담뱃물이 흐르지 않는가? 딱 그 자리에 얼룩이 퍼져 있었다. 흰 구두는 악대 지휘자나 신는 구두처럼 반짝반짝 닦여 있었다.

그는 팔짱을 끼고 서서 우리를 보며 아주 자랑스럽게 미소 지었다. "우리 아가씨들이 셋이군! 으하하, 생각해봐! 흐흐, 커억, 흐흐!"

"말투가 아빠랑 똑같아!" 조애나가 수전에게 속삭이는 소리가 들리더니 두 사람이 끌어안고 조금 울었다. 둘 다.

내가 아는 조지 이모부는 끙끙거리거나 꽥꽥거릴 뿐이었다. 그러다가 이모부가 잉글랜드에서 태어났다는 사실이 떠올라서 거기서는 아이들이 이렇게 말하는 법을 배우나 보다 생각했다. 안타깝지만 너무 어려서 그것밖에 모르니 아이들을 탓할 수는 없다.

조애나가 눈을 반짝거렸고 수전은 미소를 지었다. '가족을 찾은 기분인가 봐.' 속으로 생각했다. 그러자 이런 생각이 들었다. '이상하든 이상하지 않든, 피터 월크스는 이 아이들의 삼촌이야.'

나는 수전과 조애나가 행복하기를 바랐다. 너무 행복해서 자기들이 행복한지도 알지 못하기를 바랐다. 이모부가 다치고, 돈이 다 떨어지고, 이모가 병이 나고, 그 모든 일이 생기기 전으로 돌아간 것처럼 말이다. 몇 달 전에 내가 모파와 함께 눈 쌓인 소나무 숲을 산책할 때 그랬던 것처럼.

나는 아이들을 위해서라도 피터 월크스에게 기회를 주고 열린 마음으로 지켜보기로 결심했다. 아이들은 일리노이주 에드워즈 요새에서 산더미 같은 슬픔에 깔린 채 견뎌야 했다. 어쩌면 미시시피주 그린빌은 아이들이 드디어 슬픔을 내려놓을 수 있는 곳일지도 몰랐다.

잠시 우회하다

"자, 가자! 너희를 새집으로 확 데려가 버릴 테다. 으하하, 커억, 흐흐! 아, 너희가 오다니, 얼마나 근사하겠니?"

우리는 피터 윌크스의 마차를 타고 출발했다. 그가 1.6킬로미터도 못 가서 마차를 세운 곳은 근사한 나무 간판 아래였는데, 간판에 '잡화점'이라고 적혀 있었다. 그 밑에는 '식료품, 직물, 바느질 용품' 위에는 '전보, 우편'이라고 작지만 역시나 멋지게 적혀 있었다.

"이봐요, 과부댁. 우리 아가씨들이 왔소! 에드워즈 요새에 애들이 도착했다고 연락해주겠소?"

계산대 뒤에 앉은 여자가 고개를 끄덕였다. 키가 크고 몸집이 넉넉했고, 짧은 곱슬머리에 말대꾸하면 안 될 것 같은 얼굴을 하고 있었다.

"안녕, 아가씨들. 삼촌이랑 같이 살러 온 윌크스 씨 조카들인가 보구나. 맞니?"

"네, 맞아요. 제 이름은 메리 제인이고, 얘들은 제 동생 수전이랑 조애나예요."

부인이 뜨개질감을 내려놓고 일어나서 내 손을 잡고 악수했다. "어서 오렴, 메리 제인. 수전과 조애나도. 나는 바틀리 과부댁이란다. 이 가게 주인이고 운영도 내가 해. 늘 가게에 있어서 절대 문을 잠그지 않지."

"선물 받을 시간이다, 아가씨들! 으하하, 커억, 흐흐!" 피터 윌크스가 손뼉을 쳤다. "가서 원하는 걸 골라라. 흐흐! 그래, 선물을 받다니 얼마나 좋으냐!"

수전과 조애나는 약간 어리둥절해하면서도 시키는 대로 하려고 그를 따라갔다. 나는 계산대에 남아서 바틀리 부인과 계속 이야기를 나눴다.

"선물을 놓치겠구나, 메리 제인." 부인이 경고하듯 말했다.

"괜찮아요, 바틀리 부인. 저 애들은 먹을 게 필요해요. 에드워즈 요새에서는 대체로 거의 아무것도 못 먹었거든요."

아이들이 집을 떠난 지 그리 오래되지 않아서, 나는 물론이고 아이들 역시 건강에 좋지 않을 만큼 여전히 말랐다. "윌크스 씨에게 뭘 사달라고 해야 할까요?"

바틀리 부인이 수전과 조애나를 흘깃 보았다. "달걀." 그녀가 말했다. "한 사람당 달걀을 하루에 세 개씩 먹으렴." 부인이 계산대 뒤에서 나오더니 물건을 찾아 통로를 걸어 다녔다. "생우유랑 검은 호밀빵도, 치즈랑 시금치랑 설탕에 절인 자두랑 당밀, 훈제 돼지 족발을 사서 삶지 말고 라드에 튀겨, 버터면 더 좋고. 그리고 오리, 닭 말고. 오리도 똑같이 튀기렴."

바틀리 부인은 말을 하면서 식재료를 나무 바구니에 잔뜩 넣었다. "일주일 치는 되겠지만 그보다 빨리 떨어지면 바로 오렴." 그녀가 바구니를 건네며 말했다.

"감사합니다. 그렇게 할게요."

부인이 어깨 너머로 피터 윌크스에게 소리쳤다. "식품은 전부 해서 12달러예요!"

괜찮은 가격이었다. 나는 바틀리 부인이 마음에 들었다. 말도 안 되는 바가지를 씌우지 않았으니까.

수전이 오르골을 들고 계산대로 왔고 조애나는 색연필을 가져왔다. 두 사람이 물건을 계산대에 올려놓았다.

"전부 해서 17달러예요." 바틀리 부인이 말했다.

"아니, 아니! 아가씨들! 더 사야지! 으하하!" 피터 윌크스가 나를 보았다. "자, 애야, 너도 선물 사야지."

나는 그다지 관심이 없어서 계산대 뒤쪽 병에 담긴 페퍼민트 스틱을 달라고 했다.

"아니야, 아가씨. 아니지! 그런 거 말고. 좋은 거, 멋진 걸 달라고 해야지! 으하하! 자, 생각해봐. 뭘 갖고 싶은지 생각해봐, 아가씨."

내가 수전을 흘깃 본 다음 용기를 냈다.

"피아노요!" 내가 말했다. "집에 피아노가 있으면 좋겠어요."

"그럼, 사줘야지! 또 뭐?"

이번에는 조애나를 보았다. "토끼요!" 내가 다시 말했다. "온갖 종류로요. 털이 긴 토끼랑 귀가 축 늘어진 토끼랑 얼룩무늬 토끼랑 새끼 토끼도요."

"아, 멋지군! 정말 좋겠네. 토끼랑 피아노. 으하하. 주문해요, 바틀리 과부댁. 당장 주문해요. 으하하, 커억!"

"알았어요." 바틀리 부인이 윌크스 씨에게 영수증을 건넸다. "지금 절반 내고 나머지 절반은 배달된 다음에 내세요."

"우리 장부에 달아놔요, 바틀리 과부댁. 윌크스 장부에!"

윌크스 씨가 우리한테 필요하지도 않은 물건을 몇 개 더 추가한 다음 부인이 장부에 달았다.

"항상 거래해줘서 고마워요, 피터 윌크스."

윌크스 씨가 나를 가리켰다. "이 아가씨가 내일 장을 보러 다시 올 거요. 돈을 믿고 맡길 수 있겠다 싶으면요, 으하하, 커억, 흐흐!"

"가게는 열려 있을 거예요." 부인이 배웅할 준비를 하며 말했다.

가게에서 나오기 직전에 바틀리 부인이 나를 한쪽 옆으로 데려갔다. "메리 제인, 아까 말한 것처럼 나는 항상 여기 있기 때문에 가게 문을 안 잠근단다. 기억하렴."

'윌크스의 부드러운 제혁소'

"너희들의 새집에 거의 다 왔다!" 피터 윌크스가 마차를 몰면서 어깨 너머로 우리한테 소리쳤다. "신나지 않니? 으하하! 멋진 아가씨 세 명이 우리 집에 오다니! 으하하, 커억, 흐흐."

잠시 뒤, 우리는 꼭대기에 라 두스 타너리 딜크스*라는 글자가 적힌 격자 지붕 아래를 지나갔다. 시든 등나무가 구조물 위를 뒤덮고 있었다. 덩굴은 오래전에 씨를 맺고 생기를 잃었고, 제혁소도 마찬가지로 이미 빛을 잃은 모습이었다.

가장 끔찍한 건 냄새였다. 썩은 내장, 생 똥, 쉰 치즈, 찌든 세제 냄새까지, 당신이 평생 맡아본 모든 악취를 한데 섞어서 따끈하게 데운 다음 정통으로 얼굴에 퍼붓는 것 같았다. 마차가 멈추자 나랑 아이들은 저절로 헛구역질이 났다.

"똥에 묻혀 있으면 금덩이도 못 알아보지, 안 그래?" 피터 윌크스가 말고삐를 내려놓으며 킥킥 웃었다. "근데 말이야, 아가씨들 발 좀 봐. 가죽 부츠 곱게도 신었구먼. 가죽이 뭔진 알지? 짐승 껍질이

---

* 프랑스어로 '윌크스의 부드러운 제혁소'라는 뜻이다.

란 거, 모르는 건 아니겠지?"

"가죽이 어떻게 해서 살아 있는 짐승을 덮다가 너희의 조그만 두 발을 덮게 됐을까?" 그가 물었지만 우린 아는 게 없었다.

"아아… 학교에서 그런 건 안 가르쳐주지. 안 그러냐? 으하하! 우리 조지 형이 그렇지 뭐. 학교에다가 돈을 쏟아붓고 말이야. 이! 히! 귀여운 이블린이 우리 조지 형을 망칠 줄 내 알았지. 내가 몇 번이나 말하려 했건만."

아이들을 흘깃 보니 뺨이라도 맞은 듯한 표정이었다.

"가죽을 무두질하는 건 쉽지도 재미있지도 않아. 하지만 꼭 해야 하는 일이고 돈도 되지. 야심과 야망이 있는 남자를 위한 일이지. 피터 윌크스 같은 남자 말이야! 으하하! 사랑하는 여자한테 끌려다니는 남자가 아니라….

가끔 위험을 감수하는 배짱을 가진 남자나 우리같이 성공하는 거야. 으하하! 이익을 보면서 팔고 원가 이하로 사는 거지. 그게 바로 피터 윌크스가 할 줄 아는 일이야. 피터 윌크스는 그걸 빌어먹을 학교에서 배우지 않았다고. 그건 분명해. 이! 히!"

마차가 덜컹 멈췄다. "그래! 저기 무두질 공장이 있지. 우린 이 빌어먹을 카운티에서 가죽을 제일 많이 만들었어. 예전에는…."

우리 앞에 깊은 구덩이가 두 개 있었는데, 하나는 우윳빛 껍질 같은 것으로 덮여 있고 또 하나에는 곰팡이 핀 감, 흑호두, 깎아낸 나무껍질, 오리나무 열매, 도토리 껍질 등 온갖 것들이 썩으면서 흘러나온 갈색 점액물이 반쯤 차 있었다.

구덩이 옆에는 소금처럼 생긴 물질이 있었는데, 거기서 뿜어져 나오는 가스 때문에 머릿속이 얼얼해질 정도였다. 하지만 진짜 최악은 뇌였다. 회색에 쭈글쭈글하고, 마치 상한 치즈 같은 뇌덩어리가 한쪽에 산처럼 쌓여 있었고, 그 위로 파리와 구더기들이 잔치를 벌이고 있었다.

"물론 무두질을 한 지 1년도 넘었지. 이제 할 필요가 없어! 이! 히! 싸게 사서 비싸게 팔아 큰돈을 벌었거든. 으하하! 이제 그냥 실컷 돌아다니면서 하고 싶은 걸 하고 싶을 때 하면서 살지. 지난주 어느 날 세 아가씨가 오고 있다고 정부에서 알려줄 때까지 말이야! 이! 히!"

지평선의 무언가가 피터 윌크스의 눈에 띄었다. "저기 좀 봐라! 뭘 거 같냐? 으하하! 돈이야! 이! 히! 너희가 생각하는 것보다 많을 거다. 그렇지. 바로 저기 진짜 돈이 있다고. 으하하!"

피터 윌크스가 고삐를 잡고 저 멀리 붉은 먼지가 이는 곳을 향해 마차를 몰았다. 그곳이 가까워질수록 나는 그의 말이 무슨 뜻인지, 우리한테 뭘 보여주고 싶은지 깨닫기 시작했다.

피터 윌크스의 재산

붉은 먼지를 일으키는 것은 무언가를 끄는 두 사람이었다.

우리가 집에 도착하자 피터 윌크스가 그 사람들한테 소리쳤다. "여기서 멈춰. 멈추라고! 너희를 좀 봐야겠으니까." 그들이 멍에를 벗고 우리 앞에 와서 섰다.

피터 윌크스가 그들을 가리켰다. "봐라, 아가씨들! 멋진 재산이 둘이지. 선부 내 거야."

엄마와 딸이었다. 둘이 닮아서 알 수 있었다. 두 사람은 눈이 똑같았고 높이 아치를 그리는 눈썹이 똑 닮았다. 제일 다른 건 피부색이었는데, 엄마는 크림을 타지 않은 커피색, 딸은 크림을 탄 커피색이었다. 두 사람은 나이 차이가 얼마 안 나서 자매라고 해도 될 정도였다. 어린 소녀가 엄마를 바라보는 눈빛만 빼면. 두 사람 모두 포플린 작업복 차림에 맨발이었다. 근육질이면서도 말랐다. 일을 너무 많이 하고 너무 적게 쉬어서, 평생 그렇게 살아서 생긴 근육이었다.

"성인은 급매로 내놓으면 3백 달러는 받을 수 있어. 아무것도 묻지 않고 말이야. 덜 자란 애는 더 적지. 한 백 달러 정도." 피터 윌크스가 우리에게 말한 다음 이렇게 덧붙였다. "크게 부려 먹지는 않지만, 데리고 있어도 돈은 별로 안 들어. 요리도 하고 짐도 나르고 이것저것 할 줄 알지. 아마 너희 아가씨들한테는 유용할 거다."

소녀가 입술을 깨물고 엄마에게 손을 뻗자 엄마가 딸의 손을 잡고 더 가까이 끌어당겼다.

나는 깜짝 놀랐다. 피터 윌크스가 딱히 마음에 들지는 않았지만 이렇게까지 나쁜 사람일 줄은 몰랐다. 수전과 조애나는 눈이 접시처럼 휘둥그레졌고, 이 상황을 어떻게 받아들여야 할지 몰랐다.

그때 축축한 무언가가 손에 닿아서 나는 깜짝 놀랐다. 아래를 내려다보니, 커다란 갈색 개 한 마리가 어느새 옆에 와 있었다. 워낙 덩치가 커서 곰으로 착각할 법도 했다. 그렇게 잠깐이라도 정신이 딴 데로 쏠릴 수 있어서 다행이었다.

조애나가 손을 내밀자 개가 그 손도 핥았다. "피터… 씨…, 피터 삼촌." 조애나가 떨리는 목소리로 말했다. "이름이 있나요?"

"둘 다 이름이 있지, 얘야! 이쪽은 슈가." 피터 월크스가 성인 여자의 얼굴을 똑바로 가리켰다. "너무 달콤해서 그렇게 불러. 그렇지, 그렇지?" 그가 슈가를 보며 쪽쪽 소리를 냈다.

"그리고 저쪽은." 그가 엄마 옆에 서 있는 소녀를 가리켰다. "캔디라고 불러. 왠지 알아? 슈가한테서 나왔으니까! 으하하, 커억, 흐흐.

조심해! 가아아악!" 피터 월크스가 동화 속 괴물처럼 캔디를 향해 성큼 달려들며 금방이라도 낚아챌 듯 위협했다. 캔디는 얼른 엄마 뒤로 숨었고, 엄마는 잠시 1초쯤 피터 월크스를 똑바로 응시했다가 이내 시선을 거두었다.

"으하하, 커억, 흐흐! 으하하, 커억, 흐흐!" 피터 월크스가 한참 동안 크게 웃더니 소리를 질렀다. "움직여, 거기 둘! 어서!"

슈가와 캔디가 멍에를 다시 메고 짐을 끌며 농기구 창고로 갔다. 나는 안녕이라는 뜻으로 미소를 지으려고 했지만, 두 사람은 내 쪽을 보지 않았다. 일부러 내 시선을 피해 고개를 숙였다.

급매 이야기

"원래는 재산이 더 많았어. 마구간 가득 있었지. 그런데 우연히 운 좋은 일이 생겼지, 뭐야." 피터 월크스가 이렇게 말하더니 우리한테 전부 이야기해주려고 자세를 잡았다.

"어느 날, 아마 1년 전이었을 거야, 밖으로 나갔더니 재산 하나가 무두질용 통에 둥둥 떠 있더라고. 혀를 빼물고 눈이 툭 튀어나온 채로 말이야. 감독관은 무슨 일이 있었는지 전혀 몰랐어, 히히!

빠져 죽은 게 어른은 아니었지만 그래도 손해는 손해였지.

다행히도 집집이 찾아다니는 노예상이 바로 그때 노예를 팔려고 들렀지, 뭐야. 그래서 내가 말했지. "오늘은 안 돼. 지금 바쁜 거 안 보여요?"

"아, 아닙니다. 오해하지 마세요! 나는 노예상이 아니에요. 투기꾼이에요." 그 사람은 그게 좋은 직업이라도 되는 것처럼 말했지. "좋은 곳이군요, 여기는…. 어떤 재산을 가지고 계십니까?"

"저기 저것들이 내 재산이지. 무두질 통에 빠진 놈 때문에 울고불고하고 있잖소." 내가 말했지.

그 남자가 세더군. "성인 남자 둘, 번식 가능한 여자 하나, 덜 자란 남자 넷, 덜 자란 여자 셋. 덜 자란 녀석들도 크면 체구가 좋은 성인이 되겠군요."

"통에 떠 있는 놈만 빼고. 이제는 못 크니까. 으하하!"

"죽은 놈은 50달러 쳐드리죠!" 죽은 놈들을 사서 얼음으로 싼 다음 달구지에 실어 뉴올리언스로 보낸다더군. 거기서 배에 실어 필라델피아로 보내면 멋진 의대에서 해부해서 안을 들여다본다는 거야! 으하하, 커억, 흐흐!

그래서 내가 말했지. "당신한테는 별로 좋은 거래 같지 않지만 받아들이지!" 그랬더니 그 사람이 금화 다섯 개를 내 손에 쥐어주는 거야. 즉석에서! 자자, 금은 가치가 있어, 아가씨들. 지폐는 순식간에 휴지 쪼가리가 될 수 있지만, 금은 안 그래.

하지만 그 청년은 용건이 아직 남은 듯했어. "제안을 하나 드리죠! 죽은 놈까지 해서 총 열 명에 6천 달러 어때요? 금화로 6천 달러를 즉석에서 드리겠습니다!"

나는 죽은 놈 때문에 난리를 피우는 노예들을 봤지. 의대에 보내지 말고 목사님을 불러서 매장해달라고 애원하더라고. 덜 자란 것들은 소리를 지르면서 제 어미한테 매달렸어. 분명히 말하지만, 그 난장판을 커다란 금화 자루로 바꾸는 게 그때는 썩 나쁘지 않은 것 같았지.

그래서 충동적으로 그러기로 했어. 난 언제나 충동을 따르면서 자수성가했으니까. 난 대답했어. "가져가시오! 하지만 여자는 하나 남기고 싶은데! 으하하, 커억, 흐흐!"

"물론이죠! 당신 같은 남자에겐 저녁 차려줄 사람도 필요하잖아요. 디저트까지 만들어줄 어린애 하나도 따로 빼드릴게요."

그러고는 6천 달러를 주더니 내가 방금 보여준 둘만 빼고 나머지를 데려갔어. 이제 자슬 구녁에 금화가 두둑한 자루가 들어 있다고!"

남부의 태양은 끔찍하다. 그날은 내 평생 제일 더운 날이었지만, 나는 덜덜 떨면서 거기 서 있었다. 입이 얼어붙은 것처럼 꾹 다물렸고, 무슨 말을 해야 할지 떠오르지 않아서 아무 말도 하지 않았다.

피터 윌크스는 말을 멈추지 않았다. "팔아넘긴 건 하나도 아쉽지 않아. 재산이란 게 관리하기가 진짜 쉽지 않거든. 왜냐고? 뭐든 시키기만 하면 죄다 반항을 해대! 별것도 아닌 걸로 버티기도 해. 예를 들면, 더 빠르게 걸을 수 있는 걸 뻔히 아는데도 느릿느릿 걷는다든지. 어쩔 땐 아주 작정하고 일을 망쳐놓기도 하지. 가죽을 너무 오래 담가놔서 전부 상하게 만든다든지 말이지. 하루 종일, 밤새도록 들들 볶아도 별 소용이 없어. 재산이라는 건, 그냥 끝도 없이 말썽만 부리지."

피터 윌크스는 이렇게 말하면서 그보다 더 큰 불운은 없다는 듯이 고개를 절레절레 흔들었다.

차가운 코, 따뜻한 마음

나는 화제를 바꾸려고 시도했다. "조애나가 물은 건 개 이름이었어요, 피터 삼촌. 이름이 뭐예요?"

"아, 개 이름? 개고기겠네. 그게 딱 맞으니까. 떨어져 나가질 않아. 먹이도 안 주는데 말이야. 어디서 얻어먹고 다니는 모양이야.

개를 데려온 노인 말로는 체서피크만에 살던 오리 사냥개였다더군. 날씨가 험해도 오리를 하루에 백 마리는 물어올 수 있다고 자랑했지. 그 노인이 죽고 나서 사흘 동안 아무도 시신 근처에 얼씬도 못 했어. 축 늘어진 개가 접근도 못 하게 해서."

조애나 옆에 머물던 개가 수전 쪽으로 옮겨가더니, 얌전히 코를 들이밀며 인사했다. 수전은 개의 머리를 토닥이며 인사를 받아주었다. 피터 윌크스는 괜히 질투가 난 모양이었다.

"옴 오른 똥개지. 사냥개가 아니야, 아가씨들." 그가 개를 걷어차려고 다가갔다. "뒈져버려, 이 귀찮은 놈아!"

개가 옆으로 피하자 피터 윌크스가 허공에 헛발질했다.

쿵! 피터 윌크스는 욕을 하면서 뒤로 나자빠졌다.

개는 신경 쓰지 않았다. 고개를 높이 들고 걸어가버렸다. 아마 누워 있을 만한 그늘을 찾으러 가는 모양이었다.

피터 윌크스가 일어나 먼지를 털더니 아무 일도 없었어라는 표정을 지었고, 우리는 대충 맞춰주었다.

"이제 안으로 들어가자꾸나." 그가 말했다. 피터 윌크스가 현관 계단을 올라가더니 돌아서서 우리를 향해 손가락을 흔들었다. "너희를 맡아줄 사람이 있어서 얼마나 운이 좋은지 잊지 마라, 아가씨들. 꼭 맡아야 하는 건 아니었지만 내가 자비를 베풀었지, 암. 그래도 너희가 와서, 너희가 내 조카들이라서 기쁘구나. 으하하!"

피터 윌크스가 녹슨 방충문을 밀어서 열었다. "들어와, 아가씨들!" 그런 다음 어깨 너머로 우리에게 말했다. "너희의 새로운 홈 스위트 홈을 보렴. 으하하! 커억, 흐흐!" 그는 우리가 따라 들어가리라고 생각하며 안으로 들어갔다.

수전이 걱정스럽게 나를 올려다보았다. 조애나는 몸을 숙이고 낮은 목소리로 물었다. "그런 거야, 메리 제인? 이제 여기가 우리 집이야?"

나는 무두질용 통부터 무너져가는 집, 엄마와 딸이 서 있던 흙바닥까지 주변을 둘러보았다.

"아니야, 애들아. 여긴 집이 아니야." 내가 말했다. "진짜 집에 가면 너희도 자연스럽게 알 거야."

20장

나만의 방

피터 윌크스의 집은 어딜 가든 여유로운 공간이 가득했다. 근사한 물건들로 채워진 거실을 본 아이들은 마당에서 있었던 일은 금세 잊었다. 아이들은 각자 자기 방을 갖고 싶다고 졸라댔다. 그런 사치는 한 번도 누려본 적 없었다. 그런데 못 할 것도 없었다. 위층은 온통 침실뿐이었으니까. 결국 내 실크 원피스들도 방을 따로 하나 갖게 됐다. 셋이 함께 쓰긴 했지만.

나는 방을 나란히 쓰자고 했다. 복도를 따라 수전, 조애나, 그리고 내가 쓰는 방이었고, 복도 맨 끝에는 피터 윌크스의 방이 있었다. 그는 시키지 않는 한 자기 방에 절대 들어가지 말라고 했다. '도대체 우리가 거길 왜 들어가고 싶겠어?'라고 생각했다.

수전과 조애나는 내가 제일 큰 방을, 레이스 커튼과 도자기 세면대가 있는 방을 써야 한다고 우겼다. 나는 그러겠다고 했다. 그 대신 내 방에 두 사람이 마음대로 드나들겠다는 약속을 받아냈다. 그런 다음 각자 방으로 가서 짐을 풀었다. 나는《영국사 산책》, 로즈 오일, 거의 빈 약통과 체리 절임을 침대 밑에 넣은 다음 침대에 걸터앉아서 사촌들을 데리고 여기서 빠져나갈 방법을 궁리했다. 시도라도 해볼 용기를 어디서 찾을지도 고민했다.

음, 그때쯤 나는 슈가와 캔디를 풀어줘야겠다고 마음먹었다. 진짜 노예제 폐지론자라면 그렇게 할 테니까. 누구나 그렇게 말할 것이다. 그리고 노예제 폐지론자는 좋은 사람들이다. 의심의 여지가 없다.

그러니까, 결국 이런 거였다. 나는 피터 윌크스를 설득해서 내 가족인 수전과 조에나를 데리고 '윌크스의 부드러운 제혁소'를 떠나야 했다. 게다가 그가 깨달음을 얻어 슈가와 캔디를 풀어주게 만들어야 했다. 간단히 말해서, 나는 피터 윌크스가 자기 소유물의 일부와 큰돈을—그는 분명히 이렇게 생각할 거다—포기하도록 설득해야 했다. 하지만 어디서부터 시작해야 할지 몰랐다. 그래도 머리를 굴리면 알아낼 수 있으리라 여겼다.

그래서 두 손으로 머리를 감싸 쥐고 애를 썼다. 하지만 내가 제대로 생각해보기도 전에 아래층에서 피터 윌크스가 저녁 식사를 가지고 오라고 외치는 소리가 들려왔다.

요크셔 방식

"아가씨들, 저녁 시간이다!"

아래층으로 내려갔더니 거실 문이 열려 있어서 주방이 보였다. 슈가가 뭔가 맛있는 음식을 마지막으로 손질하는 중이었고, 캔디는 바로 옆에 있었다. 나는 슈가가 딸에게 구운 오리 한 조각을, 맛있는 목살을, 제일 좋은 부분을 딸에게 슬쩍 주는 장면을 보았다. 그다음 슈가가 노래를 시작했다.

기도를 드리러 골짜기로 내려가서
그리운 옛날 옛적을 생각하네.
언제 반짝이는 왕관을 쓰시나요?
좋으신 주님 길을 알려주소서.

슈가는 낮지만 또렷한 목소리로 노래했고, 딸이 옆에서 몸을 흔들면서 고개를 들어 엄마의 표정을 샅샅이 살폈다. 우리가 세상에서 제일 사랑하는 사람의 표정을 살피듯이 말이다.
그때 슈가가 곁눈으로 나를 보고 깜짝 놀라서 노래를 멈추었다. 나는 슈가의 편이라는 걸 알려주려고 눈을 찡긋했지만 슈가는 윙크로 답하지 않았다.
"저녁 시간이다! 아가씨들, 저녁 시간이야!"
피터 윌크스가 다시 소리치고 있었다. 수전과 조애나가 계단을 내려왔고, 우리는 그와 함께 식탁 앞에 앉았다. "정말 대단한 날이었어!" 피터 윌크스는 기분이 아주 좋았다. "기진맥진 배고파 죽을 지경이야…. 버터만 바르면 오븐 문짝이라도 먹겠어."
그가 식탁을 쾅 내려치고 주방을 향해 소리쳤다. "슈가! 브레드 케이크랑 으깬 감자 가져와. 빨리, 망할 년아!" 그가 너무 험악하게 말해서 나와 사촌들은 자리에 앉은 채 움찔 떨었다.
슈가가 들어와서 구운 오리를 비롯해 자기가 만든 온갖 맛있는 음식을 식탁에 내려놓았다. "먹어라, 아가씨들. 먹어! 다들 살 좀 쪄야겠어." 피터 윌크스가 먹기 시작했고, 배가 고팠던 우리도 따라서 먹었다. 정말 맛있었다. 우리는 접시에 음식을 잔뜩 쌓아 버터와 크림, 그레이비소스에 푹 적셨다.

땡! 땡! 땡!

접시를 반쯤 비운 피터 윌크스가 포크로 유리잔을 쳤다.

"이제 앞으로 어떻게 할 건지 말해주마. 방식이 있으니까. 우리 요크셔 사람들은 요크셔 방식이 있거든. 으하하, 커억, 흐흐!

우선, 나는 늦잠을 좋아하니까 아침에 귀찮게 하지 마라. 다음, 보통 나는 은행 증권 거래를 확인하러 시내에 가지. 은행에 돈을 맡길 만큼 바보는 아니지만 말이야. 그런 다음 뭘 좀 먹고 헛간으로 가. 따라와서 귀찮게 하면 안 된다. 너희 모두. 그건 금지야, 알겠니?"

내가 고개를 끄덕였고, 수전과 조애나도 끄덕였다.

"마지막으로, 나는 자기 전에 우유를 한 잔 마시지. 늘 그랬고 앞으로도 늘 그럴 거야. 건강을 위해서 마셔야 해. 안 그랬으면 이렇게 튼튼해지지 못했을 거야.

그래! 건강을 유지하려면 우유가 필요하지. 크림이 든 우유! 매일 밤 한 잔이야. 침대에 들어간 직후에. 캔디가 늘 우유를 가져오는데 샐쭉한 표정으로 온단 말이야…. 이히! 이제 너희 중 한 명이 가져와라."

"제가 할게요. 제가요." 내가 말했다. 나는 생각했다. '그때 우리를 보내달라고 설득해야겠어.'

"좋아, 좋아. 나 때문에 싸울 필요는 없어. 으하하! 다 같이 돌아가면서 하면 돼. 웃는 얼굴로 들어와서 재밌는 잡담을 나눈 다음에 내가 보내면 가서 자면 되지."

나는 알겠다는 뜻으로 미소를 지으며 고개를 끄덕였다.

"그리고 이제… 모자를 어디에 뒀더라?" 피터 윌크스가 주변을 둘러보았지만 모자를 찾지 못했고, 그래서 밖으로 찾으러 나갔다.

슈가는 무릎을 꿇고 우리가 저녁을 먹으면서 흘린 부스러기를 쓸고 있었다. 나는 우리 관계를 우호적으로 시작하고 싶은 마음이 간절했기에 무릎을 꿇고 그녀의 어깨에 손을 얹었다.

"슈가, 중요한 이야기 좀 해도 될까?"

"네, 아가씨." 대답은 했지만 시선은 내게 머물지 않았다. 마치 내가 거기 없다는 듯이 그 너머를 바라보았다.

"난 너의 친구가 되고 싶어." 내가 최대한 다정하게 말했다.

"네, 아가씨." 슈가가 이렇게 대답했지만 내 기대와 달리 고마워하지는 않았다.

피터 윌크스가 모자를 쓰고 들어왔다가 그 광경을 보고 못마땅해했다.

"아가씨, 아가씨. 안 되지!" 그가 외쳤다. "바닥에서 일어나. 네가 누군지 까먹지 말고!"

내가 벌떡 일어났다. "네… 피터 삼촌."

"네가 여주인 노릇을 해야지. 여주인답게 행동해. 그렇게 하지 않으면 대가를 치르게 할 테니까. 장담하마." 그가 나와 수전, 조애나를 차례로 보았는데, 그렇게 화난 얼굴은 처음이었다. "우리 집에 필요한 건 점잖은 조카 세 명이지 흙투성이 암캐 무리가 아니야."

나는 겁이 났다. "죄송합니다, 피터 삼촌." 내가 말했다.

"이제 가서 우유를 준비해라." 그가 나를 가리켰다. "나는 헛간에 갔다가 위층으로 올라가서 잠옷으로 갈아입을 거다. 그러면 바로 들어와."

피터 윌크스가 나가자, 슈가가 캔디의 팔을 잡았고, 두 사람은 뒤도 돌아보지도 않고 정리를 했다. 내가 수전과 조애나를 보며 말했다. "너희는 그만 가서 자는 게 좋겠어. 긴 하루였고 해가 이미 지고 있으니까."

나는 전혀 무섭지 않은 것처럼, 우리가 이제부터 무엇을 해야 할지 아는 것처럼 차분하고 또렷하게 말했다. 그게 통한 모양이었다. 둘 다 나에게 입맞춤을 하고 시키는 대로 했다.

침대로

부엌에 가보니 창틀에 우유가 담긴 병이 있었다. 나는 피터 윌크스에게 줄 우유를 한 잔 따르고 크림을 넣은 다음 손가락으로 저었다. 맛있어 보였다. 솔직히 말하면 위층으로 가지고 가기 전에 한두 모금 마셨다.

피터 윌크스는 노란 시어서커로 만든 잠옷과 똑같은 재질의 수면 모자를 쓰고 침대에 누워 있었다. 나는 그가 시키는 대로 베개를 두드려 푹신하게 만든 다음 우유를 건넸다.

"이히! 우리 아가씨, 슈가랑 어울리면 안 돼. 알겠어? 캔디의 응석을 받아주다가 나한테 들키지도 말고. 재산한테 무르게 굴어 봐야 문제만 생길 뿐이야. 너힌데 재산을 믿고 맡기지 못하면 장 볼 돈은 어떻게 믿고 맡기겠어?"

내가 보기에 피터 윌크스의 마음에는 그리스도인의 사랑이 없는 정도가 아니었다. 나는 도움이 될지도 모르겠다 싶은 제안을 했다.

"피터 삼촌, 《톰 아저씨의 오두막》 읽어 보셨어요? 좋은 책이에요. 그러니까, 제가 우유를 가져다드릴 때 읽어드릴 수 있는데…"

피터 윌크스가 똑바로 일어나 앉았다. "오두막? 하! 누가 형편없는 오두막 이야기를 듣고 싶겠어? 자수성가해서 당당한 토지를 가진 사람은 아니야! 최소 9천 달러는 되는 토지야. 만 달러라고 하는 사람도 있지! 자본 만 달러야. 순수 자본이 우리 주변에 펼쳐져 있어, 아가씨. 그렇게 큰 금액은 들어본 적도 없겠지, 안 그러냐?"

나는 그렇게 큰 금액을 들어본 적은 있지만 그 정도 돈을 가진 사람을 만난 적은 없었다. 우리가 1년 동안 덫을 놓아서 만든 모피를 전부 스넬링 요새로 가져가 팔아도 그 돈의 절반도 안 됐을 것이다. 걸리니언호가 일정을 꽉 채워서 1600킬로미터 길이의 미시시피강을 두 번 왕복해야 그 돈의 4분의 1을 모을 수 있을 것이다.

"으하하, 커억, 흐흐! 거기다가 금화 6천 달러는 따로 있지. 쟈슬 구녁에." 피터 윌크스가 내 턱을 잡아챘다. "그걸 찾겠다고 여기저기 쑤시고 다니다가 걸리지 마라. 그랬다가는 산 채로 가죽을 벗길 테니까. 가죽을 벗길 도구도 날카롭게 준비돼 있지." 그가 나를 놓아준 다음 웃었다. "으, 흐흐!"

나는 '쟈슬'이나 '구녁'이 도대체 뭔지 전혀 몰랐지만, 그걸 알아야만 정신 나갈 정도로 겁을 먹을 수 있는 건 아니었다.

"그리고 욕심도 부리지 마라. 나는 유언장을 만들지 않았고 앞으로도 안 만들 거니까. 잘 기억해둬." 그가 나를 똑바로 가리켰다.

"언젠가 막냇동생이 다 가져가겠지. 그 시시한 자식이.

이제 우유를 마셔야겠어. 아니면 행복하게 잘 수가 없으니까. 건강을 유지하려면 우유가 필요해. 난 건강하지가 못해. 그게 유일한 흠이지. 뭐든지 아주 쉽게 옮아. 아니면 옮을 뻔하든가. 1년 전에 벤 러커가 발이 부러졌는데, 그 옆을 지나치기만 했는데도 날이 저물 때쯤 발이 시큰거리더라니까? 암!

하지만 오늘 밤, 오늘 밤에는 우리 세 아가씨가 있잖아? 오늘 밤에는 아주 건강하지! 으하하, 커억, 흐흐!"

피터 월크스가 우유를 들고 꿀꺽꿀꺽 소리를 내며 천천히 마셨다. 그는 다섯 번째 모금을 삼킨 다음 아찔한 행복에 겨워 노래를 불렀다.

보름달이 뜰 때 결혼했지,
살림꾼이 될 아내와.
매일 밤 아내를 침대에 재우기가 힘들어.
암퇘지처럼 냄새가 고약해!

그런 다음 나에게 빈 잔을 주고 침대를 툭툭 두드렸다. "여기 앉아, 아가씨. 물진 않을게. 노래가 아직 많이 남았어."

나는 절대 앉고 싶지 않았다. 그래서 크게 하품하고서 말했다. "피터 삼촌… 이제 그만 가서 자야겠어요. 내일은 중요한 날이니까요."

피터 월크스가 나를 보더니 그만 가보라며 한 손을 흔들었다. "좋아, 좋아. 문 닫고 가거라. 그리고 재산에 대해서 내가 한 말 명심해. 까불다가 걸리지 않는 게 좋을 거다. 꿍꿍이를 꾸미게 놔두지 않을 거야. 바로 끝장이지. 장담하마!"

나는 그의 방에서 나와 등 뒤로 문을 닫았다.

고향의 맛

복도를 걸어가다가 수전의 방을 들여다보니 둘이 같이 끌어안고 있었다. 놀라진 않았다. 사실은 다행이라고 생각했다.

방으로 가서 누웠지만 하나도 졸리지 않았다. 나는 엄마와 모파와 헨젤을 생각했다. 스넬링 요새와 애니와 프랜시스 선생님을 생각했다. 그리고 포크스와 거스티와 피터 폰드 아저씨를 떠올렸다. 나는 북쪽의 차가운 호수들과 서늘한 공기를 생각했다. 겨울 눈과 봄비, 여름의 꽃과 가을의 열매… '예를 들면, 체리!' 나는 침대 밑의 설탕 절임을, 엄마가 준 그것을 기억해냈다.

'안 될 게 뭐야? 고향의 맛을 느끼면 고향으로 돌아갈 방법을 생각해내는 데 도움이 될 거야.'

아래층은 조용했다. 나는 현관문을 열고 방충문을 연 다음 계단에 앉았다. 아주 어두운 밤이었고 반딧불이가 어둠 속에서 깜빡이며 춤을 추었다.

어둠 속에서 육중한 짐승이 나왔다. 곰만 한 개였다! 몇 미터 떨어진 흙바닥에 엎드리더니 옆으로 벌렁 누웠다. '혹시 친구가 필요할까 싶어서'라고 말하는 것 같았다. 전혀 귀찮게 굴지도 않았다. 사실은 개가 같이 있으니 아주 친근하게 느껴졌다.

나는 병뚜껑을 비틀어 열고 달을 보려고 고개를 들었다. 달은 없지만 기분 좋은 바람이 불어서 더위를 잠시 잊을 수 있었다. 손을 병에 집어넣고 체리를 꺼내서 먹었다. 이로 으깨고 목구멍으로 즙을 흘려 넘겼다. 아주 먼 곳의 맛, 백만 년 전의 맛 같았다.

확실히 방법을 생각하는 데 도움이 되었다. 피터 월크스는 우리 중 누구도 보내주지 않을 것이다. 슈가와 캔디는 더더욱. 빠져나가려면 도망가는 방법밖에 없었다. 그래서 계획을 세웠다.

'장 볼 돈을 최대한 자주 달라고 하는 거야. 장을 보면 전부 피터 월크스의 외상 장부에 달아놓으라고 하자. 그런 다음 현금을 모아서… 음… 313달러면 될 거야.

그 돈이 모이는 날 짐을 싸서… 도망치자.

강둑에 숨어서 첫 증기선을 기다리는 거야. 행선지가 어디든 표를 다섯 장 살 거야. 수전, 조애나, 슈가, 캔디, 나. 증기선을 바꿔 타면서 강을 지그재그로 올라갔다 내려갔다 하면 아무도 우리 흔적을 찾지 못하겠지. 그러다가 스넬링 요새에 내려서 엄마를 찾는 거야. 그다음에 뭘 해야 할지는 엄마가 알 거야.'

좋은 계획이라고 생각했다. '재산'을 데리고 여행하는 세 명의 아가씨. 절대 의심을 살 만큼 오래 머물지 않는 세 아가씨.

배가 터질 때까지 먹었더니 병 바닥에 들러붙은 체리만 딱 하나 남았다. "이리 와, 애야." 내가 곰만 한 개를 부르자, 개가 휘청거리며 다가왔다. "어서, 나머지는 네가 먹어."

개가 거대한 혀로 딱 한 번 핥자 병이 깨끗해졌다. 개는 고마워라는 듯이 내 손부터 팔꿈치까지 할짝거리더니 내가 앉아 있는 계단 바로 아랫단에 누웠다.

나는 개를 보았다. 내가 본 개 중에서 제일 힘세 보이는 개였다. 흉곽이 널찍하고 몸무게는 확실히 45킬로그램을 넘을 것 같았다. 개가 내 시선을 보고 고개를 들었다. 정말 보기 드문 눈을 가지고 있었다. 메이플 시럽 색이었다. 손을 펴자 개가 고개를 들이밀었다. 어깨까지 커피색의 풍성한 털이 나 있고 등의 털은 양모처럼 곱슬곱슬했다. 꼬리는 버드나무 가지처럼 컸고 큼직한 갈색 발가락 사이에 갈퀴가 있었다.

"이름이 있어야겠다." 내가 말했다. "체리 절임을 아주 좋아했으니까, 이제부터 체리라고 불러야겠어. 여자 이름이지만, 괜찮지?"

개가 커다란 머리를 들고서 눈에 사랑을 어찌나 듬뿍 담아서 나를 바라보는지, 내가 붙여주는 이름이라면 벨제붑*이라도 상관하지 않을 것 같았다.

드디어 졸음이 몰려와서 나는 진짜로 하품을 했다. "난 가서 잘게, 체리. 내일 보자. 내일도 네가 오면 말이야." 나는 개를 몇 번 쓰다듬은 다음 일어나서 안으로 들어갔다.

다음 날 아침에 밖으로 나와 보니 체리가 정확히 똑같은 자리에 누워 있었다.

그 후로 크고 우람한 개는 내 곁을 떠나지 않았다. 물론 수전이나 조애나랑 놀 때만 빼고.

---

* 성경에 나오는 악마 이름(바알세불)이다.

21장

나의 연기

나는 수전과 조애나에게 내 계획을 한 마디도 꺼내지 않았다. 지금은 두 사람이 모르는 게 더 나았다. 313달러를 모으려면 몇 달은 걸릴 테니, 아이들에겐 피터 윌크스의 집에 익숙해지라고, 나는 방법을 찾아볼 테니 믿으라고 말해두었다.

'윌크스의 부드러운 제혁소'에서의 생활은 말 그대로 편안했다. 먹을 건 넉넉했고, 직접 요리할 필요도 없었다. 집도 넓었고, 청소도 우리가 할 일이 아니었다. 그런 생활에 익숙해지는 건 순식간이었다.

우리가 도망칠 수도 있다는 의심을 단번에 없애기 위해 나는 그 야말로 남부 귀부인처럼 굴었다. 현관 앞에 나른히 앉아 부채를 살랑이며 흔들었고, 수전과 조애나는 내 옆에서 함께 게으름을 피웠다. 몇 주가 흐르는 동안 머리가 멍해질 만큼 지루했을 것 같지만, 이블린 이모 밑에서 지내며 나는 '아무것도 하지 않는 기쁨'을 느끼는 법을 이미 배운 뒤였다.

내가 매일 해야 하는 일은 피터 윌크스에게 우유를 가져다주고 그가 중얼거리는 얘기를 듣는 것밖에 없었는데, 딱히 일이랄 수도 없었다. 그것만 빼면 손가락 하나 까딱할 필요가 없었다. 저녁 식탁에 장식할 꽃을 꺾는 것도 그만두었다. 피터 윌크스가 꽃 꺾는 나를 보고 재산이나 하는 일을 한다며 욕을 퍼부었기 때문이다.

다음 날, 피터 윌크스가 장 볼 돈으로 3달러를 준 바로 그날, 나는 슈가에게 목련꽃을 따 오라고 시킨 다음 피터 윌크스의 목소리를 흉내 내서 "빨리!" 하고 다그쳤다. 그는 아주 만족스럽게 나를 향해 고개를 끄덕였고, 1달러를 더 주었다.

그날 오후, 나는 신발을 가져다준 캔디에게 실수로 "고마워"라고 말했다. 그러자 피터 윌크스가 터무니없을 만큼 크게 화를 내며 재산과 친하게 지내는 건 용납하지 않겠다고, 우리가 음모를 꾸미기 전에 전부 산 채로 가죽을 벗기겠다고 말했다. 솔직히 말해서 나는 그 말을 처음 들었을 때와 마찬가지로 간담이 서늘해졌다.

나는 만약을 대비해서 피터 윌크스가 내 말이 들릴 만큼 가까이 있을 때마다 슈가와 캔디가 하는 사소한 일에 늘 트집을 잡았다. 레모네이드를 너무 빨리 저었다고, 가구를 너무 반짝반짝하게 닦았다고, 식탁보를 너무 깨끗하게 빨았다고. 뭐 그런 식이었다. 수전과 조애나도 나랑 똑같이 하기 시작하자 나는 기분이 썩 좋지 않았다. 이곳이 우리 모두에게 무슨 짓을 하고 있는지 진지하게 걱정되기 시작했다.

그러던 어느 날 저녁, 캔디가 피터 윌크스에게 그레이비소스를 죄다 쏟아버리는 일이 벌어졌다. 그래서 나는 캔디를 슬쩍 치는 시늉이라도 해야만 했다. 내가 나서지 않으면 피터 윌크스가 훨씬 더

심하게 굴었을 테니까. 일부러 어긋나게 손을 휘둘렀지만, 캔디의 얼굴을 보니 내가 정말로 때리려 했다고 믿는 눈치였다. 그 일로 마음이 몹시 쓰였다. 뒤늦게 캔디가 찌꺼기 냄비를 들고 고생하는 모습이며, 슈가가 난롯가에서 연기 때문에 기침하는 걸 보고 나니 더욱 그랬다. 우리가 여기 와 있는 바람에 두 사람 일이 더 힘들어진 거고, 그게 몹시 마음에 걸렸다.

하지만 그럴 때마다 '조금만 더 지나면 저들을 자유롭게 해줄 수 있어'라고 스스로를 달랬고 그러면 그런 죄책감도 대부분 가라앉았다.

생각을 바꾸다

일과가 생겼다. 나는 일찍 일어났고 아이들도 하루를 태평하게 보낼 준비를 했다. 점심을 먹고 나면 잡화점으로 가서 3달러어치 물건을 고르고 윌크스의 외상 장부에 달아달라고 했다. 저녁에는 피터 윌크스에게 우유를 가져다주고, 3달러를 달라고 하고, 가서 자고, 일어나서 다음 날도 똑같이 했다.

어느 날 아침, 현관에 앉아서 잡지 〈고디의 레이디스 북〉을 팔락팔락 넘기면서 그날 밤 피터 윌크스에게 10달러를 달라고 할 용기를 그러모으고 있었다. 일을 좀 더 빨리 진행시키기 위해서였다. 수전과 조애나도 쓸모 있는 일은 아무것도 하지 않고 현관에 있었다. 체리는 문턱에서 꾸벅꾸벅 졸면서 드나드는 사람을 전부 지켜보았다. 슈가와 캔디가 집안 곳곳을 다니면서 우리가 시키는 일을 열심히 했다.

배달 짐마차가 와서 섰고, 거기에는 적어도 천 개쯤 되는 밧줄과 도르래로 묶인 수전의 피아노가 실려 있었다. 피터 윌크스가 헛간에서 나와 짐꾼들에게 네 번이나 자리를 옮기게 한 뒤에야 거실에 마음에 드는 자리를 찾았다.

"공주님의 피아노가 왔군." 모두가 점심 식사를 마쳤을 때 그가 흡족해하며 말했다. "자, 아가씨, 악보를 가져와서 한 곡 쳐봐라." 피터 윌크스가 명령하자, 수전이 위층으로 달려갔다. 그가 조애나를 보며 말했다. "시무룩한 표정 지을 거 없어. 토끼도 금방 올 테니까. 으하하!"

조애나가 내 팔꿈치를 잡았다. "메리 제인, 나 이제 토끼 필요 없어." 조애나가 속삭였다. "체리가 잡아먹어버릴 텐데, 그랬다가는 체리도 곤란해질 거야." 조애나는 커다란 개를 무척 좋아하게 되었고, 체리도 조애나를 좋아했다.

내가 목을 가다듬었다. "피터 삼촌, 정말 아름다운 피아노예요. 그러니까 토끼는 없어도 돼요."

"토끼가 없어도 된다고? 하지만 아가씨들 모두에게 선물을 줘야 하는데! 으하하, 커억, 흐흐!"

"체리를 앞마당에서 키우게 해주신 것으로 충분해요, 피터 삼촌." 내가 계단에 누워 있는 우리의 커다란 개를 보며 말했다.

"허허, 개고기한테 이름까지 붙여줬다 이거지? 이젠 고상한 아가씨들 곁에 어울리는 귀한 애완견이라도 된 줄 아나 보지? 그래, 그래. 신경 쓸 일은 아니지. 땅까지 가진 자수성가한 신사가 이런 누더기 늙은 개한테 마음 쏠 틈이 어디 있겠어, 응?

하지만 똥개한테 질리면 말만 해, 아가씨들. 잡종 개를 위해서 특별히 총알을 장전해놨으니까. 안 그러냐, 이 흉측한 놈아?" 그가 체리를 향해 으르렁거렸다.

체리가 한쪽 눈을 뜨고 피터 윌크스를 보더니 관심을 줄 가치도 없다는 듯이 다시 눈을 감았다.

수전이 악보를 한 아름 들고 신이 나서 아래층으로 내려왔다. "조애나, 이리 와서 악보 좀 넘겨줄래?"

음, 나는 아이들을 정말 사랑하지만 〈꿈길에서〉가 시작하기 전에 나가고 싶었다. 돈통에 돈을 더할 기회였으니까.

"피터 삼촌, 가서 토끼 주문 취소할게요. 그리고… 혹시… 음… 장을 보려고 하는데 10달러만 주시겠어요?"

"그래, 그래, 아가씨…. 자, 가자!" 그가 나에게 돈을 주고 그만 나가보라며 손을 흔들었다. "새 피아노가 왔으니 두 아가씨랑 얼마나 재밌겠어? 으하하, 커억, 흐흐!"

시내에서

"진짜 금방 돌아올 거야." 내가 모자 끈을 묶으며 말했다. "체리, 산책하러 가자, 응?" 체리는 나와 아이들 사이를 번갈아 바라보며 망설이는 눈치였다.

"오래 안 걸릴 거야, 체리." 내가 체리를 안심시켰다. "자, 가자!" 체리가 여전히 어깨 너머로 집을 돌아보면서 나에게 총총 걸어왔.

잡화점 바로 옆을 흐르는 미시시피강은 드넓고 탁했다. 강가에 도착하자 체리가 강물로 들어가서 크게 몇 바퀴 돌더니 물이 얕은 곳에 누웠다. 체리는 잠시라도 기회가 있으면 몸을 적시지 않고는 못 배겼다.

잡화점 앞에서 남자들이 둘러앉아 담배를 씹으며 체커 같은 게임을 두거나 이런저런 잡담을 나누고 있었다. 그들이 돌아가며 자신을 소개했다. 섀클포드 씨, 하인스 씨, 로스롭 씨—아니, 앱솝 씨였던가?—그리고 다른 사람들도 있었다. 나는 얼굴을 잘 외우는 편이라, 나중을 대비해 그들의 얼굴을 기억해두었다.

"그래, 피터 윌크스 집에 새로 온 조카라고?"

"네. 저는 장녀인 메리 제인이에요."

"피터는, 오늘은 또 어때? 이번엔 내성 털 때문에 죽게 생겼대? 으하하, 커억, 흐흐, 커억!"

피터 윌크스 흉내에 다들 껄껄 웃었고, 솔직히 꽤 비슷했다.

첨벙! … 첨벙첨벙, 철푸덕 철푸덕!

고개를 돌리니 체리가 물속에 서서 날아가는 오리 떼를 보고 있었다. 그러다가 고개를 돌리더니 '거기 보고만 있지 말고 쏴!'라고 말하듯 나를 보았다.

"개가 널 좋아하나 보구나, 메리 제인. 우리가 그… 이름이 뭐더라, 그 노인을 묻은 들판에서 떠나질 않았었는데…. 그 뒤에 저 개를 시내에서 본 적 있나, 하인스?"

"아니, 하지만 놀랍진 않아. 저 견종에 대해서 들은 적이 있어. 좋아하는 사람한테는 양처럼 순하지만 싫어하는 사람한테는 사자처럼 사납다더군."

"그런 것 같아요." 내가 말했다. "우리 자매를 잘 따르거든요."

바틀리 부인이 밖으로 나왔다. "뭐가 필요하니, 메리 제인?"

"안녕하세요, 부인. 이제 토끼는 필요 없다고 말하러 왔어요. 주문을 취소하려고요."

"그건 쉽지. 어차피 고기를 팔 데는 얼마든지 있으니까."

나는 조애나에게 이 얘기는 하지 말아야겠다고 생각했다. "정말 감사합니다, 바틀리 부인."

"그거 말고 또 필요한 거 있니? 식료품?"

"아, 네. 평소에 사던 거 10달러어치요. 나중에 슈가가 가지러 올 거예요." 돈을 많이 쓸수록 짐이 무거워서, 나는 물건을 가지러 슈가를 보내게 되었다.

"성장기 아가씨 셋을 먹이느라 너희 삼촌 외상이 꽤 쌓였구나. 문제없지. 알아…. 우리 가게쯤이야 열 번이라도 살 수 있는 금화를 가지고 있을 테니까."

"이봐, 메리 제인, 피터 윌크스가 금화 6천 달러에 재산을 둘 빼고 다 팔았다는 게 사실이냐?" 어떤 남자가 물었다.

"저희한테 그렇게 말씀하셨어요." 내가 대답했다.

"하하! 들었어, 다들? 피터 윌크스는 돌멩이만큼도 분별력이 없군."

다른 남자가 끼어들었다. "피터 윌크스는 장기적인 생각을 못 해. 그게 문제야. 재산이 가져올 미래 수익을 생각해야지. 급매 가격만이 아니라. 예를 들어 윌크스가 가지고 있던 서른여섯 살짜리 남자를 생각해봐. 덩치 큰 놈 말이야. 성인 남자를 밭에서 부리면 쓰러지기 전까지 만 달러는 벌어다준다고."

"여자한테서는 돈이 더 많이 나오지. 번식이 가능하니까."

"당연하지. 게다가 덜 자란 재산은 죽기 전까지 6~7천 달러는 벌어줄 수 있다고."

"문제가 생기지만 않으면 말이야. 덜 자란 노예는 손실도 예상해야 해."

"어떻게 먹이느냐에 달렸지."

"걸어 다닐 수 있을 만큼의 옥수숫가루만 주고 뛰어다닐 만큼 기름진 건 안 먹여야지." 그중 한 명이 말했고, 나머지가 전부 그렇다며 고개를 끄덕였다.

"그러니까 보자… 피터 윌크스가 팔아넘긴 성인 남자 둘에 덜 자란 여섯이 앞으로 벌어들일 돈이 적어도…."

"…5만 6천 달러요." 내가 무심코 끼어들었다.

그중 한 명이 신문지에 계산해보고 외쳤다. "하! 맞네! 10년만 지나면 피터 윌킨스는 진짜 부자가 됐을 거야!"

아메리칸 모피 회사 전체가 1년 내내 버는 돈도 5만 6천 달러가 안 된다. 나는 남부의 노예 주인들이 대부호 크로이소스왕보다 돈을 많이 벌고 있음을 깨달았다. 노예제도가 텅 빈 마음과 상관이 있는 건 맞지만 가득한 통장과도 관계가 있는 것 같았다.

바틀리 부인이 끼어들었다. "메리 제인, 동생들한테 돌아가는 게 좋을 것 같은데, 안 그러니?" 바틀리 부인은 '재산 이야기'가 역겨운 것 같았다. 나는 부인에게 고맙다고 다시 인사하고 다른 사람들한테도 인사했다.

그런 다음 휘파람으로 체리를 부르고 침대 밑 돈통에 넣을 10달러짜리 지폐를 주머니에 넣은 채 '윌크스의 부드러운 제혁소'로 돌아갔다.

친절한 제안이 거절당하다

'월크스의 부드러운 제혁소' 간판 밑을 지난 뒤 펌프에서 물을 받는 캔디와 슈가를 발견했다. 캔디는 엄마에게 빈 양동이를 건네고 물이 찬 양동이를 받았다. 두 사람 모두 일에 집중하느라 나를 알아차리지 못했다.

캔디가 물이 너무 가득 찬 양동이를 서툴게 내려놓다가 엄마의 발목에 물을 튀겼다. 우리 엄마라면 화를 냈겠지만 슈가는 화를 내는 대신 반쯤 찬 양동이에 손을 넣더니 딸에게 손가락으로 물을 튀겼고, 캔디는 제일 좋아하는 어른이 놀아줄 때처럼 비명을 지르며 깔깔 웃었다. 슈가는 미소를 지으며 캔디에게 계속 물을 뿌렸고, 캔디는 물을 피해 춤을 추듯 움직이면서 재미있어서 꺄아 소리를 질렀다.

"오늘처럼 더운 날에 직접 비를 뿌리다니, 좋은 생각이네!" 나도 끼고 싶어서 최대한 경쾌하게 말했지만, 이 말에 두 사람이 놀이를 멈췄을 뿐 아니라 놀이를 아예 끝내버렸다. 캔디는 엄마 뒤에 숨었고, 슈가는 나를 보더니 시선을 내리깔았다. 둘 다 이제는 웃지 않았다. 내가 거기 있는 것만으로 그 순간을 망친 것 같았다.

체리의 목줄이 내 손에서 스윽 빠져나가더니 체리가 수돗물에 뛰어들었다. 아까 말했듯이 체리는 물만 있으면 꼭 뛰어든다. 그러자 슈가와 캔디가 얼른 뒤로 물러섰다. 두 사람은 항상 체리와 거리를 두었는데, 생각해보면 모두가 개를 좋아하는 건 아니다. 참 안타깝다. 기회가 있으면 개랑 친구가 되는 건 절대 실수가 아닌데 말이다.

나는 피터 윌크스가 옆에 있을 때의 나는 진짜 내가 아니라는 걸 슈가에게 알리고 싶었지만, 내가 슈가를, 그리고 캔디까지 구해 줄 거라고 직접적으로 말할 수는 없었다. 당분간은 두 사람이 모르는 게 더 좋으니까. 그러자 다른 방법이 떠올랐다.

"슈가, 캔디는 읽는 법을 알아? 모르면 내가 가르쳐줄 수 있어."

"아니에요, 메리 제인 아가씨. 그런 일에 시간 낭비하실 필요 없어요. 우리는 지금 이대로도 좋아요."

"별거 아니야, 슈가. 아니, 내가 숫자도 가르쳐줄 수 있어. 나 그런 거 좋아해. 캔디가 오전에 나랑 있으면서…"

"아니, 아니에요…. 내가 직접 돌봐요." 슈가는 찰나의 순간 나를 똑바로 보더니 다시 시선을 피했다.

솔직히 말해서 슈가가 완강하게 거부하니 마음이 아팠다. "음… 그러든지, 그럼." 내가 말했다. "있잖아, 오늘 밤에 저녁 식사 다 치우고 나서 바틀리 부인 잡화점에 가서 내가 주문한 식료품 좀 가져다줄래?"

"네, 아가씨. 하지만 해가 진 뒤에 돌아다니려면 허가증이 필요해요."

"말도 안 돼, 슈가!" 내가 대답했다. "슈가가 온다는 걸 바틀리 부인이 이미 알고 계시고, 돌을 던지면 닿을 만큼 가깝잖아. 아니, 부인은 널 보면 좋아하실 거야. 왜 아니겠니?"

슈가는 대답하지 않고 늘 그렇듯 허공을 보는 듯한 눈으로 바라보았다.

나는 또다시 다정하게 대하려고 했다. "좋아…. 음, 그럼 둘 다 안녕. 즐거운 하루 보내길 바랄게. 나중에 봐."

"네, 아가씨." 슈가는 양동이를 집어 들며 이렇게만 말하고 딸에게 따라오라고 손짓했고, 두 사람은 가버렸다.

오후의 살육

이야아아아아아악!

집 안에서 비명이 터져 나왔다. 피가 얼어붙을 것 같은 소리였다. 체리는 전속력으로 달려가 방충문을 그대로 뚫고 안으로 들어갔다.

곧 거실 쪽에서 크게 으르렁거리는 소리가 들렸다. 그르르-컹! 컹! 그리고, 정적.

달려 들어가보니 수전이 피아노 의자 위에 올라가 있고 조애나가 거실 구석을 가리켰다. 체리가 한 발로 아주 커다란 쥐를 누르고 있었다. 그런 다음 쥐를 물고 일어나서 한 번 흔들자 목이 뚝! 부러지는 소리가 모두에게 들렸다. 체리가 쥐를 내려놓고 목덜미를 물더니 단번에 가죽을 벗겼다.

그런 다음 체리는 수전과 조애나에게 다가가 위아래로 한참 동안 킁킁거리며 냄새를 맡았다. 위험이 다 사라졌다고 판단한 뒤에는 늘 그랬듯 문지방에 털썩 몸을 눕혔다.

"저런 개를 얻을 수 있다면 팔다리라도 내놓겠다는 덫사냥꾼들을 여럿 알아." 나는 감탄을 감추지 못한 채 말했다.

조애나가 체리 곁으로 달려갔다. "쥐는 더러운 동물인데. 체리가 앓아눕지 않았으면 좋겠어." 조애나는 물리거나 긁힌 자국이 없는지 체리의 잇몸을 샅샅이 살피기 시작했다. 체리는 자신이 다치지 않았다는 걸 알았으므로 가만히 누워서 조애나가 하는 대로 두었다.

"난… 난 쥐가 무섭지 않아, 메리 제인. 정말이야. 안 무서워." 수전이 말했다. "갑자기 튀어나와서 놀랐을 뿐이야. 신발을 던지면 되는데, 체리가 더 빨랐어."

"알아, 수전. 너랑 조애나는 정말 강하고 용감해. 그래도 걱정할 필요가 없으니, 다행이야… 체리가 주변에 있으면 아무것도 걱정할 필요가 없잖아. 진짜 멋진 개라니까."

"세상에서 제일 멋진 개야." 조애나가 체리의 뺨에 살짝 입을 맞추며 말했다.

체리의 표정은 말하고 있었다. '다 내 일이지, 뭐.'

"캔디한테 사체를 치우고 청소하라고 할게." 내가 아이들에게 말했다. "그런데… 피터 윌크스는 어디 있어?"

"헛간에 갔어." 수전이 대답했다.

그때 체리가 벌떡 일어나더니 귀를 쫑긋 세우고 대문을 빤히 바라보았다. 이유는 전혀 알 수 없었다. 몇 분 뒤, 어떤 형체가 보이자 체리가 달려 나가 맞이했다. 체리는 냄새를 킁킁 맡으며 상황을 파악하고 있었다. 나는 커다란 꼬리가 흔들리는 걸 보고서 그 사람이 누군지 몰라도 적이 아니라 친구임을 알았다.

22장

떠돌이 장사꾼

현관에 들어선 사람은 내가 본 사람 중에서 제일 흥미롭게 생겼는데, 사실 그때는 보이는 게 별로 없었다. 태산 같은 짐 밑으로 빼빼 마른 다리 두 개만 보였다.

"안녕하세요! 만나서 정말 반가워요." 태산 너머에서 메아리가 들렸다.

"안녕하세요. 무슨 일이죠?" 내가 물었다.

"나는 이지키얼 애플바움이라고 해요. 하지만 에디라고 부르세요. 다들 그렇게 부르죠." 그가 가방을 하나씩 내려놓자 마침내 태산 아래 묻혀 있던, 조금 있으면 어른이 될 소년이 보였다.

정말 별의별 옷을 다 걸치고 있었다. 두 치수는 작아 보이는 파란 셔츠에다가 세 치수는 커 보이는 까만 양복 그리고 6500킬로미터는 걸은 듯 낡아 보이는 갈색 구두 차림이었다.

에디가 고개 숙여 인사하려고 모자를 벗자 뒤엉킨 까만 곱슬머리가 나타났다. 머리끝부터 발끝까지 그는 내가 만난 그 누구와도 달라 보였지만 딱 그다웠다.

"당신은 뭐라고 부르면 될까요?" 에디가 미소를 지으며 물었다. 보는 사람도 따라서 미소 짓게 만드는 그런 미소였다.

"메리 제인이라고 부르면 돼요. 안녕하세요."

에디는 뭔가 생각났다는 듯 손가락 하나를 들더니 아직 목에 걸려 있던 가방을 뒤졌다. 그가 작은 나무 장치를 꺼내서 몇 번 딱딱 소리를 내고서 나에게 물었다.

"저기, 메리 제인. 틀니 필요해요?"

"아뇨, 필요 없어요, 에디."

"음." 그가 눈을 반짝반짝 빛내며 말했다. "언젠가는 필요할 거예요!"

그때가 그 애가 날 처음 웃게 만든 순간이었는지는 모르지만 분명 마지막은 아니었다.

신기한 발명품

에디 애플바움의 가방에는 구리 냄비, 양철 팬 등 실용적이지만 예쁘지 않은 물건들이 있었다. 다른 가방에는 레이스 옷깃과 오페라글라스 등 예쁘지만 실용적이지 않은 물건들도 있었다. 에디는 전부 파는 물건이지만 거래하는 사람 모두가 만족하는 가격에 도달해야만 판다고 했다.

우리는 에디에게서 아무것도 사지 않았지만 같이 즐거운 오후를 보냈다. 나는 슈가에게 레모네이드를 내오라고 했고, 조애나는 체리가 공과 막대기 그리고 던지는 물건은 무엇이든 얼마나 빨리 물어오는지 자랑했다. 그런 다음 거실로 가서 수전이 피아노를 치는 동안 노래를 불렀다. 무슨 노래였을지 충분히 짐작할 거다. 그러는 내내 에디는 계속 우스갯말을 했고, 우리 모두 배가 아프도록 웃었다.

에디 애플바움은 그날 우리한테 아무것도 팔지 않았다. 하지만 자기가 가지고 다니는 물건을 전부 합친 것보다 더 가치 있는 것을 우리에게 주었다. 실컷 웃으면 문제를 잊을 수 있다. 분명 웃는 게 의사보다 건강에 좋을 것이다. 피터 윌크스가 저녁을 먹으러 돌아오기 전에 우리는 에디를 대문까지 배웅하고 언제든지 또 오라고 말했다.

그다음 주 내내 내가 식료품을 사러 잡화점에 들어갈 때마다 계산대 뒤에 에디가 있어서 기뻤다.

"안녕!" 어느 날 에디가 손을 내밀어 악수를 청하며 말했다. "저기, 좀 도와줄 수 있어 메리 제인? 좋은 바지가 하나 있는데 거기서 구멍을 두 개 발견했어." 그가 선반에 개어져 있는 핀스트라이프 바지를 가리켰다.

"물론이지, 에디." 내가 주머니를 뒤적였다. "자, 여기 바늘이랑 실이 있어."

에디가 나에게 바지를 주었고, 나는 바지를 위아래로, 안팎으로 살펴봤지만 구멍을 찾지 못했다. "내가 보기에는 괜찮은데, 이게 그 바지 맞아?"

"맞아, 그거야. 다시 봐, 메리 제인. 구멍이 진짜 커."

다시 살펴보았다. "에디, 진짜 못 찾겠어."

"못 찾겠어? 큰 구멍이 두 개 있잖아. 내가 다리를 넣는 곳 말이야!"

만나자마자 또 나를 웃게 만들다니, 정말 에디다웠다. 하루를 시작하기 참 좋은 방법 아닌가?

에디가 다시 무릎을 꿇고 두꺼운 구리 선 두 개를 집어서 끝을 맞대고 꼬기 시작했다.

"도대체 뭐 하는 거야?" 내가 에디에게 물었다.

"바틀리 부인의 전신 설비를 설치하고 있어. 운이 좋으면 내일부터 작동할 거야."

"전신? 그게 뭐야?"

"세상에, 메리 제인! 전신은 우리 시대 기적이야! 스무 단어까지 메시지를 보낼 수 있어. 단돈… 얼마 받으실 거예요, 바틀리 부인?"

"5달러." 부인이 나에게 고개를 끄덕여 인사한 다음 에디에게 대답했다.

"5달러요! 음, 충분히 공정한 가격이네요." 에디가 말했다. "멤피스에서는 10달러 받아요."

"한 단어 보내는 데 25센트라고?" 나는 어처구니없다고 생각했다. "아무도 그렇게 큰돈은 안 낼 거예요. 스넬링 요새에서 필라델피아까지 세 장짜리 편지를 보내는 데 10센트밖에 안 해요!"

"물론 그렇겠지, 메리 제인. 10센트짜리 편지가 필라델피아에 도착하기까지 얼마나 걸리지?" 에디가 물었다.

"보통은 3주 걸리는데, 날씨가 좋으면 2주 걸릴 때도 있어." 사무원이라 그런 걸 잘 아는 모파가 나한테 가르쳐준 거였다.

에디가 가슴을 쫙 폈다. "전보로 메시지를 보내자마자 스넬링 요새에서 받을 수 있다면 어쩔래?"

"지금까지 들어본 농담 중에 제일 웃기다고 하겠지, 에디. 엄청난 칭찬이야."

바틀리 부인이 끼어들었다. "에디, 장난은 그만 치고 전선을 연결해주렴."

"네, 물론이죠, 바틀리 부인. 질문 하나만 더 할게요. 메시지를 받을 때는 얼마 받으실 거예요?"

"안 받아, 에디."

"뭐라고요? 정말이에요, 바틀리 부인?"

"당연하지. 생각해봐. 내가 신호를 해독해서 대답을 알게 됐는데, 그걸 전하면서 돈을 받는다고? 그건 옳지 않아. 난 받지 않을 거야."

"정말 드문 분이세요, 바틀리 부인. 시대를 초월하는 영웅이에요!"

"아니, 그렇지 않아, 에디. 난 퀘이커교도일 뿐이야."

"퀘이커가 뭐예요?" 내가 물었다.

"마음을 열기 위해서 입은 닫고 있으려고 노력하는 사람이지." 바틀리 부인이 대답했다.

"아, 좋은 태도 같아요." 내가 말했다. "저는 제가 신을 믿는다는 걸 깨달았지만 특정 교파에 속한다고 말할 수는 없어요. 무엇보다도 저는 제가 노예제 폐지론자라고 생각해요."

"쉿, 애야!" 바틀리 부인이 조용히 시켰다. "하나도 재미없어, 메리 제인."

"나는 정말로 노예제 폐지론자예요. 누가 알아도 상관없어요. 제가 노예제 폐지론자가 된 건 프랜시스 선생님이 《톰 아저씨의 오두막》을…."

"메리 제인, 이리 들어와!" 바틀리 부인이 나를 가게 안쪽 방으로 끌고 가더니 문을 단단히 닫았다.

"넌 여기 출신이 아니라서 몰라. 그런 말은 위험하다는 걸 알아야 해."

"무슨 말이요? 노예제 폐지 말이에요?"

"그 단어 좀 그만 말해, 메리 제인. 진심이야." 나는 바틀리 부인이 꽉 쥐고 있는 내 팔꿈치를 내려다보았다. "조용히 지내면서 너랑 네 동생들이나 걱정하렴. 피터 윌크스랑 사는 것만으로도 신경 쓸 게 많잖니."

걸리니언호에서 내리기 전에 선장님이 했던 말과 똑같았다. 내가 아는 좋은 사람들 모두, 왜 다들 지구상에서 제일 나쁜 범죄에 대해서 아무것도 하지 말라고 단호하게 말할까?

눈이 어둠에 적응하자 주변이 보였는데, 그것 때문에 헷갈렸다. 벽에 커다란 벽장 세 개가 있고 하나는 맹꽁이자물쇠로 잠겨 있었다. 선반에는 약처럼 보이는 꾸러미 몇 개가 전부였다. 벽장 문 하나가 살짝 열려 있고 그 안에 퀼트 더미가 들어 있었다.

"바틀리 부인, 정말 이상한 물건을 가지고 계시네요. 잠도 못 잘 만큼 더운 그린빌에서 왜 퀼트를 파세요?" 바틀리 부인은 내가 찬장을 들여다보는 걸 알고 얼른 닫았다.

"메리 제인, 네 마음속에 그리스도인의 사랑이 있다면 이 방에 들어왔다는 사실을 잊어주렴."

"아무힌데도 말 안 할게요, 바틀리 부인." 부인은 물품 재고가 이렇게 적다는 이야기가 퍼지는 걸 원치 않는 게 분명했다. 무역상이나 가게 주인은 이런 일에 대해서 좀 이상하게 구니까.

"착하지." 바틀리 부인이 나에게 말했다. "이제 다시 나가서 에디가 뭘 하는지 보자."

찌뿌둥한 몸

창고에서 나오니 에디가 장비를 챙기고 있었다. 한쪽 어깨에 가죽 앞치마를 걸쳤고 주머니에 거친 가죽 장갑이 들어 있었다. 앞치마도 장갑도 파란색과 녹색의 무언가에 푹 담갔던 것처럼 얼룩덜룩했다.

"메리 제인! 배터리를 점검하러 갈 건데 너희 집 쪽이야. 집까지 데려다줄까?"

"그래, 에디. 좋아."

둘이 가게를 나설 때 바틀리 부인이 나에게 소리쳤다. "그럼, 슈가가 와서 물건을 가져간다고 생각하면 될까, 메리 제인?"

"네, 평소처럼요." 내가 대답했다.

"그래, 평소처럼." 부인이 대답했다.

그날은 더위를 누그러뜨릴 바람 한 점, 그늘 한 점 없었다. "천천히 가, 에디. 타 죽을 것 같아. 못 따라가겠어!"

"응, 메리 제인! 천천히 걸을수록 같이 있는 시간이 길어지니까."

"난 걸음이 느려지면 말도 느려지는 것 같아. 그런데 여기서는 생각까지 느려져. 빨라지는 건 땀이 흐르는 속도뿐이야."

에디가 손수건을 꺼내 얼굴을 닦았다. "아아아아! 땀이 강물처럼 흐르네. 아니, 강물 세 개는 되겠다! 겨드랑이에서 세인트크로이 강이 흐르고 등에서 미주리강이 흘러서 내 토키스*의 미시시피 계곡에서 만나!"

나는 토키스가 뭔지 몰랐지만 에디의 말투 때문에 웃음을 터뜨렸고, 그러자 에디도 나를 보고 웃었다. 에디와 함께하는 것이 좋은 수많은 이유 중 하나였다.

계속 걷다 보니 커다란 나무통과 옆에 작은 유리병이 있었다.

"배터리가 어떻게 작동하는지 알아, 메리 제인?" 에디가 선생님 같은 말투로 물었다.

"아니, 몰라."

"허! 우리 둘 중 하나는 알았으면 했는데. 그럼, 바로 지금 큰 도움이 됐을 텐데!"

나는 유리병을 아주 조심스럽게 옮기는 에디를 지켜보았다. 병바닥에 파란색 무언가가 있고 그 위에는 파랗지 않은 것이 있었다. 에디가 깔때기를 꺼내더니 나에게 부탁했다. "자, 메리 제인, 그 병으로 몇 방울 부어줘."

시키는 대로 하자 거품이 부글거리기 시작했다.

"봐! 반 암페어가 나타났어!" 그가 외쳤다.

"반 암페어? 그게 뭔데?" 내가 물었다.

"바닥에 구리 조각이 있고 위쪽에 아연 조각이 있잖아. 둘 사이 어딘가에서 반 암페어가 태어나서 전선을 타고 나가."

"이 전선?" 내가 가리키며 말했다.

"조심해, 메리 제인! 반 암페어는 절대 건드리지 마. 감전돼서 죽을 수도 있어. 처음에는 엄청나게 지잉! 하다가 지글지글… 으악!"

---

* 이디시어로 '엉덩이'라는 뜻이다.

"어머, 미안! 그러면 전신 메시지, 그러니까 스무 단어가 반 암페어에서 저 전선을 타고 가는 거야?"

"바로 그거야! 내가 바틀리 부인 책상에 올려둔 거 봤어? 그 버튼을 누르면 바틀리 부인이 반 암페어를 멈추는 거야."

"끊다는 뜻이야?"

"응, 아주 잠깐만. 꺼졌다 켜졌다, 켜졌다 꺼졌다 하면서 메시지를 만드는 거거든."

"무슨 뜻이야?"

"이런 식이야. A라는 문자를 전달하려면 짧게 껐다 켰다 한 다음 길게 껐다 켰다 하는 거야. 띡-띠이이익. B라는 문자를 전달하려면 띠이이익-띡-띡-띡 이렇게 하고…. 알파벳 문자마다 다 달라. 바틀리 부인이 스무 단어를 띡띡 보내고 답장도 띡띡 와."

"저 전선을 통해서?"

"맞아! 배터리랑 배터리를 연결하는 전선을 통해서 전국을 가로질러. 오마하, 멤피스, 세인트루이스, 시카고, 그 너머까지도. 언젠가는 전선이 대서양을 건널 거야."

"그리고 바로 네가 그걸 설치해서 작동시키겠지, 분명해! 넌 아는 게 정말 많구나, 에디. 그런 건 다 어디서 배웠어?"

"아, 돌아다니면서 주워들었어. 원래 신문 쪽 일을 하다가 소책자 쪽 일을 했고, 지금은 전신 기계도 설치하고 돌아다니면서 물건도 팔아. 나도 고향에서 멀리 떠나왔으니까 사람들 사이의 연락을 도울 수 있다면 뭐든 하고 싶어."

나는 지금쯤 이미 썼어야 하는 편지를 생각했다. "이 전선이 스넬링 요새까지도 갈까? 거기에 내… 우리 모파가 살거든."

"물론이지! 그런데… 모파가 뭐야?"

"할아버지. 우리 할아버지."

"아아, 할아버지가 정말 보고 싶겠다."

"이상한 말이지만, 사람들이 보고 싶다기보다는 그곳 자체가 그리워. 우리가 살던 방식이 말이야."

"아, 북부구나. 메리 제인, 북극광이란 거 진짜야? 북쪽 하늘에서 커다란 녹색 리본이 너울거려?"

"진짜야, 에디. 하나님이 하늘에 새로운 물감을 입히는 것 같아."

"아하… 오마하의 밀밭 위로 지는 거대한 분홍색 노을 같은 거구나."

"그럴 거야. 거기가 고향이야, 에디? 오마하?"

"어디나 내 고향이야, 메리 제인."

"에디, 그게 무슨 뜻이야?"

그가 생각에 잠겨 나를 보았다. "아무한테나 얘기하는 건 아닌데… 넌 내 친구니까."

"당연히 네 친구지. 내 동생들도 그렇고. 우린 네가 정말 좋아, 에디. 너라면 언제든지 환영이야. 이제 너도 알겠지."

"좋아 그럼, 친구니까. 고향이 어디냐고 물었지? 메리 제인, 나는 유대인이고, 우리 민족이 내 고향이야. 어떻게 설명할 수 있을까? 우리는 우리만의 방식이 있어…. 기도하고, 옷 입고, 먹고, 말하는 방식. 그래, 전통, 그거다!"

"아! 그런데 왜 지금까지 말 안 했어?"

"유대인이 이방인들 사이에서 살면 위험하거든. 네가 생각하는 것보다 훨씬 더. 그렇지만 나는 최대한 전통을 지켜. 내가 어디를 떠돌아다니든 전통이 우리 민족과 나를 연결해주니까.”
"떠돌아다닌다고? 아, 여행한다는 말이구나.”
"아니, 메리 제인. 여행은 어딘가에 도착하는 거잖아. 떠돌아다니는 건 길 자체를 말하는 거고, 나는… 음, 난 타고난 떠돌이야, 메리 제인. 난 떠도는 게 뭔지 아주 잘 알지.”
"그렇구나….”
"오마하 전에는 내슈빌에 있었고, 그전에는 신시내티, 그전에는….”
"하지만 할아버지랑 다른 가족은? 보고 싶지 않아?”
"아, 맞아. 나한테는 가족이 전부야.”
"그런데 왜 떠났어?”
"어떻게 설명해야 할까? 우리 아버지는 유럽에서 왔는데, 거기에서는 늘 규칙이 있었어. 유대인이 살고, 일하고, 여행할 수 있는 곳에 대해서…. 하지만 여기 미국에서 우리 아버지의 아들은 원하는 대로 자유롭게 떠돌아다닐 수 있지.”
"그래서 떠돌아다니다가 여기 미시시피주 그린빌까지 왔구나!”
"그린빌이 뭐 어때서, 메리 제인? 난 지금은 여기가 좋아. 왜 싫겠어? 여기서 널 만났잖아!”
"음, 나는 그린빌이 싫어. 피터 윌크스랑 사는 것도 싫어. 애들… 우리 삼촌이라고 해도 말이야. 나는 그 사람이… 재산을 다루는 방식이 싫어.”
"그러면 떠나지 그래, 메리 제인? 나는 어떤 곳이 싫으면 떠나. 탁 트인 길로 돌아가지!”
"그렇게 말하니까 정말 멋지게 들린다, 에디. 하지만 말해봐. 그렇게 탁 트인 길을 떠돌아다니면서 여자애가 혼자 마음대로 돌아다니는 걸 본 적 있어?"

"음, 아니. 생각해보니 그러네."

나는 아빠와 로비 오빠를 생각했고, 그런 다음 엄마와 아기 시절의 이블린 이모를 생각했다. "모험을 찾아서 여행하는 건 남자애들이야. 여자애는 안전을 찾아서 떠나지." 내가 말했다.

"에디, 우리… 엄마랑 아빠가… 돌아가시고 나서 우리는 변호사 두 명과 보안관의 명령에 따라 여기 와서 피터 윌크스와 살게 됐어. 여자는 누구든 남자, 그러니까 아버지, 삼촌, 남편한테 속해야만 하고, 법률이 그걸 지켜봐."

"아, 내가 여기서 널 데리고 떠날 수만 있다면 얼마나 좋을까. 우리는 반 암페어처럼 같이 전선을 타고 날아갈 텐데." 나는 에디의 말에 미소를 지었다.

그다음에 에디가 내 손을 잡고 말했다. "메리 제인, 난 너를 위해서 뭐든 할 거야."

에디를 보니 좋은 친구가, 어쩌면 지금껏 최고의 친구가 보였다. 에디의 눈에는 지금까지 돌아다니면서 본 좋은 것들이 전부 담겨 있었고, 그의 마음속에도 분명 좋은 사람들이 무척 많았다. 길을 떠돌아다니는 삶이 에디를 다정하고 배려심 많고 열린 사람으로 만들었다. 에디는 곳곳에서 도망치는 것이 아니라 곳곳을 떠돌아다니고 있었다.

에디가 남은 한 손으로 내 손을 잡았고 나는 엄청난 순간이 다가오는 것을 느꼈다. 온 세상이 뒤집히는 느낌이 들면서 어지러웠다. 너무 어지러워서 쓰러질 뻔했다.

23장

세상이 산산조각 나다

"앗! 메리 제인! 괜찮아?"

내 이마를 만져보니 부지깽이처럼 뜨거웠다. "에디, 몸이 안 좋아…. 가끔 이렇게 열이 나는데… 몇 달째 그래."

"윽! 고열은 진짜 지독하지! 동생들한테 데려다줄게. 내 등에 업혀."

"고마워, 에디. 다행이다." 나는 에디의 부축을 받고 일어나 그의 등에 업혔다. 집으로 가는 길에 정신이 조금 들었고 제혁소에 도착했을 때는 내 발로 걷고 있었다.

"왔구나!" 수전이 소리치며 달려와서 나를 끌어안았다. "아… 안녕, 에디!" 수전이 덧붙였다.

"안녕, 얘들아!"

"안녕, 에디!" 조애나도 말했다. "메리 제인, 재밌는 걸 다 놓쳤네. 의사 놀이를 했거든. 체리가 환자고 내가 의사야. 체리 좀 봐!"

체리가 비틀비틀 다가왔고 그 뒤로 먼지구름이 피어올랐다. 커다란 꼬리에 부목을 대고 낡은 침대보로 칭칭 묶어놓아서 꼬리를 흔들 때마다 바닥이 쓸렸다.

우리 모두 웃음을 터뜨렸다. "아휴… 무슨 일이야, 우리 친구?" 에디가 체리의 북슬북슬한 머리를 쓰다듬으며 말했다.

그때 집 안에서 피터 윌크스가 저녁을 달라며 고래고래 소리쳤다. "아가씨들, 아가씨들! 어서 와서 앉으라고! 기운도 없고, 배도 고프고, 오븐 문짝이라도 씹어 먹겠다니까…!"

"우린 가 봐야겠다, 에디. 괜찮으면 내일 봐."

"메리 제인, 넌 내가 보고 싶으면 언제든 볼 수 있어. 샬롬." 에디가 나에게만 다정한 미소를 지으며 말했다. 그런 다음 수전과 조애나를 보았다. "자, 모세가 차를 어떻게 끓이는지 아는 사람?"

"몰라, 에디. 가르쳐줘!" 아이들이 말했다.

"히브루!* 이해했어?"

우리 모두 웃음을 터뜨렸다. 에디는 걸어가다가 대문 근처에 멈춰 서서 한 번 더 다정하게 손을 흔들었다.

저녁 식사를 마치고 테이블을 치운 후에 피터 윌크스가 헛간으로 갔다. 그가 무슨 일을 하는지 우리는 전혀 몰랐다. 피터 윌크스가 나가자마자 나는 다시 열이 오르더니 펄펄 끓기 시작했다.

"메리 제인, 얼굴이 너무 창백해." 수전이 걱정스러운 듯 말했고 조애나도 걱정하는 표정이었다.

"좀 더 시원한 현관에 앉아서 잠깐만 쉴게. 늘 그렇듯이 열이 잠

---

* 히브리인을 뜻하는 'Hebrew'와 끓인다는 뜻의 'He brews'의 발음이 유사한 것을 이용한 말장난이다.

간 오른 거야. 금방 괜찮아질 거야." 수전이 나를 부축해 의자에 앉힌 다음 머리 뒤에 베개를 받쳐주었다. 조애나는 체리에게 발치에 앉아 나를 지키라고 했다.

잠깐 졸았는지 정신을 차려보니 피터 월크스가 위층에서 크림 넣은 우유를 달라고 외치는 소리가 들렸다. 나는 자리에서 일어나려다가 머리가 핑핑 돌아서 금방 주저앉았다.

옆에 수전이 서 있는 게 느껴졌다. "조금 더 쉬어, 메리 제인. 내가 가져다드릴게. 조애나는 네 방에서 벌써 잠들었어."

나는 괜찮다고 말하려 했지만, 머리가 너무 쿵쿵 울려서 눈을 뜨기만 해도 아팠다.

"메리 제인, 내가 알아서 할게. 이번 한 번만." 수전이 말했다. "넌 좀 쉬어야 해."

"알았어, 수전. 네가 가…. 나도 금방 올라갈게. 약속해."

"어서 눈 감아, 메리 제인. 체리가 바로 옆에 있어."

나는 시키는 대로 눈을 감았고, 다시 꾸벅꾸벅 졸았더니 천국 같았다. 또다시 잠에서 깼을 때는 아직 한밤중이었고, 열이 가라앉은 뒤에 늘 그렇듯이 평화로웠다.

그때 발밑에서 이상한 소리가 들렸다.

크르르… 흠… 크르르르…

나는 체리가 으르렁거리는 소리를 한 번도 들어본 적 없었다. 게다가 정말 이상한 소리였다! 화를 낸다기보다 경고… 아니면 걱정하는 것에 더 가까웠는데… 무엇 때문인지 알 수 없었다.

"왜 그래, 체리? 저 바깥에 뭐가 있어?" 마당을 둘러보았지만 어두워서 잘 보이지 않았다. '늑대일지도 몰라. 늑대는 개를 죽일 수

도 있어.'

"체리, 오늘은 나랑 위층에서 자는 게 좋겠다. 피터 윌크스가 뭐라고 하든 상관없어. 너한테 무슨 일이 생기면 조애나가 나를 가만두지 않을 거야."

살금살금 복도를 지나 내 방을 향해서 가는데 체리가 피터 윌크스의 방 문 앞에 뚝 멈춰서 움직이지 않으려 했다. 따라오라고 목덜미를 잡아당겼지만 꼼짝도 하지 않았다.

오히려 바닥에 코를 대고 문 버팀쇠 냄새를 킁킁 맡았다. 그런 다음 고개를 들고 문손잡이를 똑바로 보면서 또다시, '크르르… 흠… 크르르르' 소리를 냈다.

뱃속이 묵직하게 뒤틀리더니 평생 느껴본 적 없는 불안이 백 배쯤 되는 강도로 몰려왔다. 다신 불안을 무시하지 않겠다고 선장님께 약속했기에 나는 무시하지 않았다.

문손잡이를 잡고 돌린 다음 피터 윌크스의 방으로 들어갔다.

온몸에 전기가 통하는 것 같았다. 반 암페어 백 개를 건드린 것보다 큰 충격이었다. 침대 위에서 피터 윌크스가 두 번 다시 보고 싶지 않은 짓을 하고 있었다.

그는 수전을 무릎에 앉혀 놓았다. 한 손은 수전의 다리 사이에, 또 한 손은 자기 다리 사이에 두고 혼자서 자기 몸을 문지르고 있었다. 눈은 꼭 감고 입을 벌린 채.

수전은 눈을 크게 뜬 채 입을 꾹 다물고 있었다. 몸 옆으로 팔을 뻣뻣이 늘어뜨린 채 주먹을 꽉 쥐고 있었다. 등줄기는 마치 사람들이 예수를 매달았던 십자가처럼 곧게 뻗어 있었다.

수전은 사냥꾼 앞에서 굳어버린 암사슴처럼 얼어붙어 있었다.

움직이지 않으면, 눈을 깜빡이지 않으면, 숨을 쉬지 않으면 사냥꾼이 총을 내려놓고 그냥 갈지도 모른다고 간절히 바라는 사슴처럼.

안전을 구하는 소녀들

내가 수전의 팔꿈치를 잡고 끌어당겼다. 생각할 틈도 없이 팔이 먼저 움직였다. 나는 수전을 잡아당겨 복도를 지나 내 방으로 들어갔다. 질질 끌고 갔는지도 모르겠다. 내가 아는 건 안에서 문을 닫고 빗장을 지를 수 있는 곳으로 들어가야 한다는 것밖에 없었다.

나는 "체리, 이리 와!"라고 말했지만 그 말을 할 필요도 없었다. 체리는 이미 우리를 따라오고 있었다. 나는 방문을 열고 수전을 데리고 들어간 다음 체리도 들어왔는지 확인했다. 문을 닫자 수전이 바닥에 주저앉았다.

어떻게 해냈는지 모르겠지만 나는 벽에 붙어 있던 참나무 서랍장을 끌어다가 문을 막았다. 우리가 이 집에 들어온 날에는 셋이 다 같이 밀어도 겨우 3센티미터도 안 움직였는데, 그날 밤에는 혼자서도 문제없었다.

"체리, 지켜!" 내가 이렇게 말하자 체리가 서랍장 앞에 엎드려서 내 눈을 빤히 바라보았다. "뭐든지, 누구든지, 저 문으로 들어오려고 하면 죽여." 내가 체리에게 말했다. 체리는 나에게서 시선을 떼지 않은 채 눈을 딱 한 번 깜빡였는데, 분명 알겠다는 뜻이었을 것이다.

나는 뻣뻣하고 아무 표정 없는 수전 옆에 앉았다. "이제 안전해,

수전. 그 사람은 여기 못 들어와. 들어오려고 하면 체리가 죽일 거야. 피터 월크스는 두 번 다시 널 다치게 하지 못해. 내가 가만 놔두지 않을 거야. 약속해."

수전은 너무나도 천천히 녹아내리기 시작했다. 처음엔 나에게 기대더니 곧 내 어깨에 머리를 얹었고, 마침내 내 품으로 파고들었다. 나는 수전을 안고 몸을 조용히 흔들며 속삭였다. "이제 괜찮아. 안전해. 수전, 넌 이제 안전해." 그 말을 몇 번이고 되풀이했다. 수전이 내 말을 들었는지, 울었는지는 기억나지 않는다. 내가 확실히 아는 건 그 애가 나를 꼭 안았다는 것뿐이다.

"수전, 내가 널 지켜줄게." 이번엔 목소리를 조금 높였다. "내가 다 알아서 할 거야." 나는 다시 말했다. "어떻게 해야 할지 알고 있어."

물론, 전혀 몰랐다.

나는 수전을 끌어안고 해가 뜨기를 기다렸다. 동틀 무렵, 수전을 침대로 데려가 조애나 옆에 조심조심 눕혔다. 조애나는 내내 자고 있었다.

나는 세면대 앞에 서서 거울에 비친 나를 보았다. 그 얼굴을 금방 잊지는 못할 것이다. 내 눈은 지독한 공포에 질린 나를 보고 있었다. 나는 겁에 질린 아이, 도와달라고 애원하며 뭔가를 찾는 누군가의 딸 같았다.

내가 무엇을 찾고 있는지 알 것 같았다. 나는 엄마를 찾고 있었다.

다급한 전언

해가 훌쩍 떠올라 아침이 제대로 밝았을 무렵, 수전은 깊이 잠들었고 조애나가 잠에서 깼다.

"조애나." 내가 속삭였다. "수전을 지켜봐줘. 다쳤어. 최대한 오래 자게 해줘. 일어나서 이야기하고 싶어 하면 들어주고, 얘기하기 싫어하면 그냥 옆에 앉아 있어줘.

둘 다 방에서 나가지 말고 체리랑 같이 있어. 나는 잡화점에 가야 해. 최대한 빨리 돌아와서 아침 식사를 챙겨줄게. 자, 서랍장 옮기는 거 조금만 도와줘. 난 밖으로 나가야 돼."

우리는 서랍장을 밀고 또 밀어서 내가 빠져나갈 정도의 틈을 겨우 만들었다. "체리, 지켜." 내가 말했다. 사실, 말할 필요도 없었다. 체리는 침대 옆 바닥에 누워서 한 눈으로는 수전을, 한 눈으로는 조애나를 지켜보았다. 그날 밤 한숨도 못 잔 게 나 혼자만은 아니었다.

나는 돈통에서 돈을 꺼내서 복도로 나간 다음 문을 닫았다. 그리고 최대한 소리를 내지 않으려고 신발을 손에 들고 걸었다. 나는 피터 윌크스의 방문 앞에 멈춰서 잠시 생각했다.

아직 이른 시간이니 안에 있었을 것이다. 쳐들어가서 소리를 질러야 했을까? 피터 윌크스는 전부 부인하면서 그냥 장난이었다고, 수전이 먼저 하자 그랬다고 말하겠지…. 나는 속이 뒤집혔다.

'내 눈으로 똑똑히 봤어. 나는 내 눈을 믿어.' 나는 마음을 다잡았다. 피터 윌크스는 이제 돌아올 수 없는 선을 넘어버렸다. 하지만 나는 뭘 어째야 하지?

나는 몰랐지만 엄마라면 분명히 알 것 같았다. '피터 윌크스 같은 자들은 엄마한테 상대도 안 돼. 아니, 엄마가 바로 달려와서 저 인간을 직접 상대할 거야.' 나는 이렇게 결론을 내렸고, 그러자 희망이 생겼다. 지금까지는 나 혼자 힘으로 헤쳐왔지만 이제 엄마가 정말로 필요했다.

정수리에서 머리카락을 한 가닥 뽑아서 피터 윌크스의 방문 손잡이에 감고 한쪽 끝을 열쇠 구멍에 집어넣었다. 손잡이를 돌리면 머리카락이 끊어질 테고, 그러면 그가 방에서 나왔는지 안 나왔는지 알 수 있다.

나는 아래층으로 살금살금 내려가 문을 나가서 신발을 신고 바틀리 부인의 잡화점으로 달려갔다.

가게 문을 벌컥 열고 들어가자 바틀리 부인이 전신을 보내기 위한 알파벳 코드를 연습하다가 독서용 안경 너머로 나를 올려다보았다.

"메리 제인, 안녕! 에디는 배터리를 손보러 갔어. 에디가 아쉬워하겠다. 널 놓쳐…"

"바틀리 부인, 스넬링 요새로 전보를 보내야 해요." 내가 주머니에서 5달러를 꺼내서 계산대에 탁 내려놓았다.

부인이 돈을 내려다보고, 나를 올려다보았다.

"그래, 한번 해볼게. 시험용 신호는 보내봤는데, 실제로 전보를 직접 보내는 건 처음이야."

"스무 단어 맞죠?"

"응. 준비됐니?" 내가 아니라는 뜻으로 고개를 저었다.

"자, 이 종이에 써봐. 또박또박 써. 스무 단어야."

나는 잠시 생각한 다음 이렇게 썼다.

스넬링 요새 길드 부인 우리는 여기 그린빌에
피터 윌크스와 있어요 제가 어떻게 하면 좋을까요
그가 여자애랑 같이 있으면 안전하지 않아요

바틀리 부인이 종이를 반으로 접어서 가져갔다. 그러고는 책상에 앉아서 책을 펼쳤다. 부인이 전신 기계의 단추를 누르기 시작하더니 잠깐 멈추고 손가락을 쫙 폈다. 몇 번 더 누른 다음 기다렸다가, 띡띡 소리를 듣고, 적고, 그런 다음 책에서 고개를 들었다.

마침내 부인이 나를 보며 말했다. "스넬링 요새랑 연결됐어. 이제 네 메시지를 전달할게."

바틀리 부인이 쪽지를 펴고 책을 끌어당겼고, 연필로 각 단어 밑에 점과 선을 긋는 것이 보였다. 부인은 두 번, 세 번 확인한 다음 드디어 전신 기계를 두드렸다. 잠시 기다렸다가 몇 번 더 두드린 다음 귀를 기울였다.

부인이 책을 덮고 계산대로 돌아왔다. "두 번 보냈어, 메리 제인. 그리고 스넬링 요새에 도착했는지 두 번 확인했고."

"이제 어떻게 되는 거예요?" 내가 물었다.

"스넬링 요새의 전신 담당자가 네 엄마를… 아니, 수신자를 찾아서 내용을 직접 전달해야 해. 그런 다음 우리는 네 엄마가… 아니, 대답이 돌아오기를 기다리는 거야." 부인은 내 메시지를 안 읽은 척하려고 무척 애썼지만, 읽었다는 사실을 우리 둘 다 알았다.

"바틀리 부인, 하나만 더요. 이이들과 제가 먹을 음식이 필요해요. 피크닉 음식 종류로, 이틀 치요." 나는 잠시 생각한 다음 덧붙였다. "평소처럼 장부에 달아주세요."

부인이 바구니를 꺼내서 맛있는 것들을 듬뿍듬뿍 담기 시작했다. 치즈 덩어리, 빵 덩어리, 훈제 소시지, 그런 것들이었다.

"여기 있다." 부인이 바구니를 건네며 말했다. "달걀도 넣으면 좋겠지만 가다가 깨질 수도 있으니까."

"그리고 종이랑 연필도 주세요." 내가 불쑥 말했다. 우리의 시선이 마주쳤다. 부인은 무척 걱정스러운 표정을 지었다.

"물론이지." 부인이 종이와 연필을 찾아서 바구니에 넣었다.

"감사합니다, 바틀리 부인. 전부 다 고마워요. 이제 가야 해요. 동생들한테 돌아가야 해요."

"그래, 가보렴…. 답장이 오면 내가 바로 전해줄게."

"고맙습니다. 정말 감사드려요." 나는 양손으로 무거운 바구니를 들고 문을 향해 걸어갔다.

내가 방충문을 닫을 때 바틀리 부인이 뒤에서 불렀다. "메리 제인!" 내가 가게 안으로 고개를 들이밀자, 부인이 다가왔다. "보안관을 피터 윌크스의 집으로 보내줄까?" 부인이 목소리를 낮춰 물었다.

머리가 빠르게 돌아갔다. 보안관에게 뭐라고 말해야 할까? 피터 윌크스는 뭐라고 할까? 보안관이 변호사를 불러서 그가 우리를 갈라놓으면 어떻게 하지? 아니면, 아무것도 해주지 않으면 어떻게 하지? 아니, 보안관은 필요 없었다. 나에게 필요한 건 엄마였다.

"아직은 아니에요." 내가 말했다.

"알았다. 그럼, 지금은 그냥 둘게." 부인이 고개를 끄덕였다. "자, 집으로 돌아가렴. 내가 전신 기계 옆을 지키다가 소식이 오면 에디를 통해서 전해줄게. 아니면, 그게 나을 것 같으면 네가 동생들을 데리고 다시 와도 되고."

"감사합니다, 바틀리 부인. 전부 다 고마워요."

"그런 말 하지 마." 부인이 이렇게 말하고 한숨을 쉬었다. "솔직히 말하면 답장은 내일이나 돼야 올 거야. 오늘 밤에 너희들 괜찮겠니? 묻지 않을 수가 없구나…."

"네." 내가 단호하게 말했다. "제가 시키면 우리 개가 죽일 거예요…."

"좋아, 메리 제인. 잘 됐구나." 부인의 눈이 분노로 번득였다. "자, 메리 제인, 동생들한테 돌아가렴."

나는 적어도 사흘 치는 될 식량 바구니를 들고 최대한 빠르게 집으로 걸어갔다.

가만히 숨어서

집으로 돌아가니 조용했다. 평소처럼 식탁에 아침 식사가 차려져 있었지만 아무도 손을 대지 않았다. 옥수숫가루, 베이컨, 달걀, 토스트, 잼…. 나는 그것들도 바구니에 넣었다.

위층으로 올라가니 피터 월크스의 방문 손잡이에 빨간 머리카락이 그대로 있었다. 아직 안 일어났구나. 마음이 놓였다.

나는 애들이, 특히 수전이 어떤지 봐야 했다. 수전이 마음을 터놓고 전부 말해주기를 바랐지만 강요하지는 않을 생각이었다. 우선 수전이 안전하다고 느끼게 만드는 게 제일 중요했다.

방문을 아주 살짝 열자마자 체리가 얼굴을 내밀었다. 나라는 걸 냄새로 미리 알아서 사납게 굴지는 않았다. 체리는 복도를 이리저리 살피더니 내가 들어갈 수 있도록 물러섰다. 내가 문을 닫자마자 체리가 문 앞에 다시 자리를 잡았다.

"안녕, 얘들아. 다녀왔어." 내가 최대한 밝게 말했다.

"수전은 아직 자고 있어." 조애나가 언니를 가리키며 속삭였다. 수전은 벽 쪽을 향한 채 침대에 누워 있었다. "우리끼리니까 하는 말인데, 자는 척하는 건지도 몰라. 눈 뜬 걸 본 거 같아."

"얘들아, 뭘 좀 먹자." 내가 말했다. "방바닥에서 피크닉을 하는 거야. 바구니에 맛있는 걸 잔뜩 담아 왔어. 수전, 수전! 같이 먹지 않을래?"

수전이 돌아누워 우리를 보았지만, 아무 말도 하지 않았다.

내가 말했다. "일어났네! 안녕, 수전… 널 위해서 특별히 준비한 게 있어."

내가 돌돌 만 종이를 꺼내서 1.8미터 정도 펼친 다음 찢었다. 그리고 연필로 흰 건반과 검은 건반을 그리기 시작했다. "수전, 기억이 잘 안 나서 그러는데, 검은 건반이 세 개, 세 개였나?"

"아니야, 메리 제인. 두 개, 세 개야."

"그리고 검은 건반이랑 흰 건반을 합쳐서 열 개 그린 다음에 다시 처음부터 시작하는 거지?"

"아니, 아니야." 수전이 침대에서 내려와 내 옆에 무릎을 꿇었다. "건반을 총 열두 개 그린 다음에 다시 처음부터 시작하는 거야. 이리 줘봐. 내가 할게."

나는 연필을 넘겨주었고, 우리는 어깨가 닿은 채 나란히 앉았다. 종이에 한 옥타브를 그리고 나서 다음 옥타브를 그리는 수전을 보니 안도감이 몰려왔다. 붕대를 들춰보니 피가 멎었을 때처럼.

조애나는 벌써 먹고 있었다. "바구니에 뭐 맛있는 거 들어 있어?" 내가 물었다. "뭘 먹어볼까."

"난 빵에 치즈를 올리고 잼을 발랐어. 맛있는데 끈적거려." 조애나가 깔깔 웃으며 손가락을 핥았다. "하나 만들어줄까?"

"두 개 만들어줘." 수전에게 먹일 수 있기를 바라며 내가 말했다. "체리한테 소시지 몇 개 줘도 돼? 배고파 보여."

"조애나, 체리가 배고파 보이지 않을 때도 있어?" 내가 조애나의 말에 웃으며 물었다. "그래, 줘도 돼. 소시지를 작게 잘라봐."

"왜?"

"훈련시키려고. 최대한 많이. 수전은 종이 피아노를 칠 거야. 나중에는 그림을 그리거나, 서로 머리를 땋아주거나, 이야기를 만들거나, 카드 게임을 하자. 아니, 전부 다 하자. 오늘은 종일 방에서 캠핑 놀이나 하는 거야. 셋이 따뜻하게, 보송보송하게. 다 같이 안전하게 있자."

"체리까지 넷이!" 조애나가 덧붙였다.

"당연하지." 내가 체리의 크고 네모난 머리를 쓰다듬으며 말했다. "체리까지 넷이."

우리는 그날 내도록 방에서 놀고, 그림을 그리고, 머리를 땋기도 하면서 하루를 보냈다. 눈을 뚫고 올라오는 수선화처럼 수전도 어느새 기운을 차렸다.

잠을 잘 때는 수전과 조애나가 내 침대에 눕고 나는 아이들과 문 사이 바닥에 누웠다. 체리는 나랑 문 사이에 자리를 잡고 누웠다. 체리와 문 사이에는 커다란 참나무 서랍장이 입구를 막고 있었다.

그날 밤 체리는 한숨도 안 잔 것 같았다. 내가 졸면서 눈을 감았다 뜰 때마다 변함없이 깜빡이지도 않고 달빛을 반사하며 반짝이는 두 눈이 보였다.

'이 방에서 영원히 안 나갈 순 없어.' 우리의 문제가 멀리서 울리는 천둥처럼 우르릉거렸다.

'하지만 오늘 밤은 여기 있어도 되잖아.' 나는 잠이 들며 스스로에게 말했고, 그 문제를 밀어냈다.

답장

낑… 낑낑… 끙…

체리가 낑낑대는 소리에 잠에서 깼다. 체리가 불편한 듯 몸을 뒤척이자 나는 그 이유가 문득 떠올랐다. 체리는 밖으로 나가야 했다.

"아, 체리. 정말 미안해." 내가 말했다. 아이들과 나에게는 요강이 있지만 체리는 아무것도 없었으니 그때쯤에는 분명 터질 것만 같았을 거다.

"최대한 빨리 나가. 갔다가 다시 와야 해. 알았지? 착하지!"

서랍장을 몇 센티미터 밀고 문을 살짝 열었다. 체리가 머리를 문 사이로 내밀고 밖으로 빠져나갔다. 창가로 갔더니 체리는 벌써 마당에 나가 있었다.

개가 땅에 볼일을 보면서 동시에 빗물통에서 물 마시는 모습을 본 적이 있는지 모르겠지만, 체리는 1분도 안 돼서 둘 다 끝냈다.

적어도 10리터 넘게 들어가고 10리터 넘게 나왔을 것이다. 체리가 계단을 올라오는 소리가 들려서 고개를 돌리자 커다란 머리가 옷장을 흔들며 문틈으로 비집고 들어왔다.

체리는 제일 먼저 침대에 뛰어올라 조애나와 수전의 냄새를 맡으며 자기가 자리를 비운 90초 사이에 아무 일도 없었는지 확인했다.

"체리!" 체리의 수염 때문에 간지러워서 조애나가 깔깔 웃으며 잠에서 깼다. 체리는 한쪽 뺨에 어마어마한 입맞춤을 하는 것으로 대답했다.

나는 수전이 깨지 않기를 바라며 속삭였다. "조애나, 나는 어제처럼 잡화점에 얼른 갔다 올게. 내가 없는 동안 둘 다 이 방에서 나가면 안 돼. 어제처럼 말이야. 체리가 너희를 지켜줄 거야. 알지."

"당연히 지켜주지! 하지만 메리 제인, 나 지겨워. 오늘도 종일 여기에만 있을 거야?"

"아니… 응… 어쩌면… 아직 모르겠어." 내가 덧붙였다. "걱정하지 마, 조애나. 오전까지만 기다려봐. 점심시간이 되기 전에 계획을 가지고 돌아올게. 약속해."

바틀리 부인의 잡화점에 뛰어 들어가니 부인이 독서용 안경을 쓰고 전신 기계 앞에 앉아 있었다.

부인이 말했다. "아직 아무것도 안 왔어, 메리 제인. 내가 밤새 근처에 있었으니까 뭔가 왔으면 들었을 거야. 여기 앉아서 기다리렴."

나는 감사하다고 말한 다음 구석에 앉았고, 곧 기다림은 바람으로, 바람은 희망으로 바뀌었다.

'엄마가 우리를 구해줄 거야. 틀림없어. 벌써 증기선을 탔을지도 몰라. 아마… 음… 열흘이면 도착하지 않을까? 내가 그렇게 오래 버틸 수 있을까? 잠깐! 어쩌면 더 일찍 출발하셨을지도 몰라. 에드워즈 요새의 변호사들한테 연락을 받고 나서 말이야…. 어쩌면 오늘 오실지도 몰라! 어쩌면 몇 시간 뒤에! 곧 엄마가 저 문으로 들어올 거고, 어떻게 해야 할지 아실 거야. 엄마가 다 책임지고 모든 걸 바로잡을 거야. 나는 그냥… 나로 돌아가면 돼.'

일곱 시가 지나고, 여덟 시가 지나고, 또 아홉 시가…. 나는 계속 바라고 소망하며 기다렸다.

"커피 좀 마실래, 메리 제인? 난 커피가 좀 필요한 것 같아." 열 시 직전에 바틀리 부인이 물었다.

"네, 부탁드려요. 저도 필요한 것 같아요."

"올라가서 커피 좀 만들어 올게. 금방 올 거야."

부인이 큰 잔 두 개를 들고 돌아왔다. 우리가 잠시 같이 서서 커피를 마시는데 그때….

띠이이익-띠이이익-띡, 띡-띠이이익-띡, 띡, 띡, 띠이이익-띡….

바틀리 부인이 연필을 쥐었다. 나는 부인이 점과 선을 줄줄이 적은 다음 책을 꺼내서 신중하게 넘겨 보며 글자를 하나하나 확인하는 모습을 지켜보았다.

나에겐 영겁처럼 느껴졌지만 마침내 부인이 다가와 접힌 종이 한 장을 내밀었다. "여기 답장이야, 메리 제인." 돌처럼 굳은 얼굴로 그녀가 말했다.

"훌륭해요!" 내가 감사의 말을 건넸다. "괜찮다면, 저 밖에 나가서 읽을게요."

"물론이지, 메리 제인. 마음대로 하렴. 하지만 약속해줘. 돌아와

서… 확인하고… 그리고 그게 제일 좋겠다 싶으면 애들을 데려오렴. 문은 안 잠겨 있고 나는 늘 여기….″

"알아요, 알아요. 감사합니다, 바틀리 부인."

나는 얼른 강둑으로 내려가서 반쯤은 물속에서, 반쯤은 물 밖에서 자라는 버드나무 아래 앉았다. 바틀리 부인이 종이를 건네주었을 때 내 어깨의 짐이 상당히 덜어졌고, 난 이제 나머지 짐도 내려놓을 준비가 되었다. 구원받을 준비가 되어 있었다.

종이를 펴자 이렇게 적혀 있었다.

메리 제인 길드 모파와 나는 둘 다 매우 건강해

헨젤은 부활절에 세상을 떠났어 아주 편하게 갔어

너 혼자 최선을 다해보렴

그 충격은, 에디가 절대 만지지 말라고 했던 전선을 내가 만졌더라면 느꼈을 그것보다 결코 덜하지 않았다. 나는 심장이 멎을 만큼 아팠다. 그렇게 만든 건 반 암페어가 아니라, 고작 스무 마디였다. 그 스무 마디는 적어도 내 안의 무언가를 분명히 죽였다.

'너 혼자, 최선을 다해보렴? 최선을? 내가? 혼자서? 이 먼 데까지 와서, 정말 혼자서?'

내 마음이 무언가, 저 멀리 흐릿한 무언가를 느꼈다. 가까이 다가오자 그 정체가 드러났다. 부끄러움이었다. 내가 구원받을 가치가 있다고 생각한 것이 부끄러웠다. 그저 엄마를 원했던 내 안의 어린 소녀가 부끄러웠다.

'너 혼자, 최선을 다해보렴? 내 '최선'이 저 아이들을 고아로 만

들었어. 내 '최선' 때문에 우리는 이 끔찍한 남자가 사는 이 끔찍한 곳까지 왔어.'

나는 눈을 감고 주먹을 꽉 쥐었다. 화가 났다. 구원받을 거라고 믿은 나 자신에게 화가 났다. 그저 엄마를 원했던 내 안의 어린 소녀에게 화가 났다.

그날, 내 안에 있던 작은 소녀는 죽었다. 스무 마디의 말이 그 소녀를 죽였다. 그리고 그 소녀만 죽은 게 아니었다. 그 소녀의 엄마도 함께 죽었다. 어머니는 여전히 살아 있었겠지만 이제 나에겐 '엄마'가 없었다. 나를 돌봐줄 사람도, 돌아갈 집도 없었다.

24장

뜻밖의 청혼

나는 버드나무 아래에 앉아 두 손으로 머리를 감싼 채 그 어느 때보다도 혼자라고 느꼈다. 심지어는 나 자신조차 그리웠다. 나는 그 아이가 그리웠다. '엄마'가 있고 의지할 사람이 있었던 그 작고 순했던 아이가. 세상을 단순하게 바라보고 누구든 믿어버리던 그 아이. 나는 그 애가 다시 돌아오지 않으리란 걸 알았다. 그 애는 작별 인사조차 남기지 않았다.

한 시간이 흘렀는지, 두 시간, 아니 네 시간이 지났는지도 모르겠다. 옆에서 땅이 흔들리는 느낌에 나는 생각에서 빠져나왔다. 고개를 돌리자 내 왼편에 에디가 앉아 있었다.

"여기 있었구나. 온 동네를 찾아다녔어! 안녕, 메리 제인. 아이! 너 슬프구나…. 무슨 일이야?"

"예전엔 달랐어, 에디." 내가 말하면서도 내 목소리에서 전에 없던 어둠이 느껴졌다. "어릴 때는 인생이 훨씬 덜… 복잡했어. 그래서 그때는 더 행복했어."

에디가 한숨을 쉬었다. "메리 제인, 우리 모두 다 그랬지. 모두 다…." 에디가 잠시 말을 멈췄다가 노래를 부르기 시작했다.

킨더요른, 지저 킨더요른
에이빅 블라이트 이어 바흐 인 메인 지코른
벤 이흐 트라흐트 훈 아예르 자이트,
베르트 미어 아조이 방 운 레이드.
오이, 비 슈넬 빈 이흐 쇼인 알트 게보른.*

에디의 목소리가 강 건너로 울려 퍼졌다. 낯설고도 아름다웠다. 당당하면서도 다정했고, 슬펐지만 강했다. 그 소리는 내 영혼을 조용히 가라앉혀주었다.

마지막 음이 잦아들자 내가 감탄하며 말했다. "에디, 너는 말할 땐 늘 웃는데… 노래할 땐, 마음이 금방이라도 부서질 것 같아."

"아, 메리 제인. 나는 유대인이야. 내 마음은 태어나기 훨씬 전에 부서졌어. 우리가 웃는 건 살아 있는 것 자체가 기적이기 때문이야."

"무슨 내용이야?"

"다시 오지 않을 어린 시절을 생각하면서 슬퍼하는 내용이야. 고향을, 어머니를, 샤브루사를 그리워하는 노래지."

"샤브루사? 그게 뭐야?"

---

* 이디시어로 '어린 시절, 달콤한 어린 시절 / 언제나 내 기억 속에 살아 있어 / 그 시절을 생각할 때마다/ 이렇게도 불안하고 슬퍼지네 / 아, 나는 어느새 이렇게 빨리 늙어버렸나'라는 뜻이다.

"'제일 친한 친구' 정도일 거야. 무슨 이야기든 터놓을 수 있는 사람."

"우리 같은 친구?" 나는 이렇게 물었고, 고마운 마음이 들었다. 이해받는 것이 참 좋았다.

"아마 어떤 의미에서는…." 그가 대답했다.

"네가 여기 있어서 정말 다행이야, 에디. 친구가 옆에 있으니 이제 모든 게 조금 더 나아진 느낌이 들어."

"그래, 메리 제인? 정말 그렇게 생각해?" 내가 고개를 들자 그의 시선이 내 눈을 찾고 있었다. "그럼 나랑 같이 길을 떠나자! 제일 친한 친구가 되는 거야. 아니, 친구 이상, 남편과 아내가 되는 거야. 안 될 게 뭐 있어?"

"진심은 아니겠지, 에디."

"당연히 진심이야! 방금 든 생각이지만, 그러면 전부 다 해결돼. 내가 널 이곳에서 멀리 데려갈게. 네가 싫어하고 너를 너무 슬프게 만드는 이 그린빌에서 말이야."

"하지만 우린 아직…"

"내 말 잘 들어, 메리 제인. 일주일, 그러니까 지금으로부터 이레 뒤에 나는 뉴올리언스로 떠날 거야. 거기서 배를 타고 수정처럼 맑고 푸른 바다가 내려다보이는 아름다운 도시로, '브라질'이라는 곳에 있는 '리우데자네이루'라는 도시로 떠날 거야. 거기서 삼촌이 선박 회사를 시작하셨어.

나랑 같이 가자. 모험을 찾는 소녀가 되는 거야. 하지만 혼자는 아니지. 너의… 으음, 샤브루사가 곁에 있어! 우리 미래를 우리 손으로 만드는 거야! 배를 타고 항구에서 항구로 다니면서 숲과 정글을 누비고 투피족이랑 보물을 교환하고….”

"에디, 안 돼. 내가 없으면 수전이랑 조애나는 어떻게 해?"

"두 사람은 서로가 있잖아. 그러니까, 걔들도 남편을 찾을 때까지 말이야. 너희 모두 남편을 찾아야 하잖아. 그게 세상이 돌아가는 방식이야, 메리 제인. 너 몇 살이지? 열여섯 살?" 에디가 물었다.

나는 평소처럼 거짓말을 했다. 달리 무슨 방법이 있었을까? "열아홉 살."

"열아홉 살! 적령기를 넘었네…. 메리 제인, 여기에는 널 위한 것이 하나도 없어. 네 입으로 그렇게 말했잖아. 나랑 이곳을 떠나 멀리 가자. 우린 정말 좋은 친구가 될 거야!"

"넌 지금 나한테 가족을 떠나라고 하는 거야, 에디."

"나도 내 가족을 떠나는 거야! 내가 이방인이랑 결혼했다는 사실을 알면 엄마가 어떻게 나올지 상상도 안 돼. 음, 아마 나랑 두 번 다시 말도 안 할 거고, 난 태어나지도 않은 것처럼 버려질 거야. 하지만 우리에게는 서로가 있잖아, 메리 제인. 우리가 서로의 가족이 되는 거야. 서로의 전부가 되는 거야."

"내가 그럴 준비가 됐는지 모르겠어, 에디."

"물론 너한테는 너무 갑작스럽겠지. 생각할 시간이 필요할 거야." 에디가 자리에서 일어나더니 나도 일으켰다.

"내 청혼 들었지, 메리 제인. 일주일 동안 생각해봐. 나의… 그래, 나의 샤브루사. 일주일이야! 난 날짜를 세다가 7일이 지나면 널 찾아와서 대답을 들을 거야."

에디가 모자를 벗어 가슴에 올리고 깊이 고개 숙여 인사했다. 그런 다음 돌아서서 걸어갔다.

내가 '그래'라고 말하기도 전에 가버렸다.

나의 유일무이한 기회

나는 이상한 상황에 처했다. 좋은 사람이 분명한 젊은 남자와 도망치거나, 범죄자 같은 남자와 그가 만든 어마어마한 상처와 함께 남거나, 둘 중 하나를 선택해야 했다.

지금 당장 에디에게 가서 내일 떠날 수 있냐고 물어볼 수도 있었다. 에디는 나를 샤브루사라고 부르면서 나를 웃게 만들 테고, 우리는 세상을 보러 같이 떠날 것이다. 아니면 내가 어떻게 세상을 볼 수 있을까? 이것이 내가 모험적인 삶을 살 유일무이한 기회라면?

아니면, 나는 그 어느 때보다 내가 필요한 사촌들에게 돌아갈 수도 있었다.

하지만 왜 나여야 했을까? 왜 해결책을 찾는 일은 항상 내 몫이었을까? 나는 최선을 다하고 있었다. 사촌들이 아이로 남을 수 있도록 몇 달째 굶주리고 간호하고 또 걱정하면서 말이다. 나는 열네 살이었다. 조애나와 정확히 같은 나이였고 수전보다는 한 살이 어렸다. 내가 사촌들한테 '난 최선을 다했으니까, 이제 너희가 최선을 다해'라고 말하면 어떻게 될까?

지금까지 모은 52달러 28센트를 삼등분해서 나눠 갖고 여길 떠날 수도 있었다. 둘이서 스넬링 요새까지 가기에는 돈이 한참 모자랐지만 내가 집을 떠날 때 가지고 있던 돈의 두 배가 넘는다. 두 사람은 아주 똑똑하니까 자유로워질 방법을 찾을 것이다…. 나도 자유를 누릴 자격이 있지 않을까?

나는 걷기 시작했다. 앞으로 남은 1.5킬로미터의 흙길이 반가웠다. 아이들에게 이 소식을 어떻게 전할지 생각할 시간이 있으니까.

길에서

그날 나는 꽤 먼 거리를 걸었다. 길이 자욱해질수록 생각은 또렷해졌다. 에디와 달아나고 싶다. 그게 내 생각이었다. 하지만 거기서 한 단어를 빼야 진실이었다. 달아나고 싶다. 끝.

나는 에디가 좋았다. 지금까지 만난 어떤 남자애보다 에디가 좋았고, 에디가 나를 좋아하는 것도 알았다. 에디는 모든 걸 갖췄다. 성격, 머리, 좋은 성품. 우리는 재미와 모험이 가득한 인생을 같이 살 수 있을 것이다. 머리는 나에게 그렇게 말하고 있었다. 문제는 딱 하나였다. 심장이 나에게 아무 말도 하지 않았다.

두근, 두근, 두근….

심장이 평소와 똑같이 뛰고 있었다. 내가 테이블을 차리거나 빨래를 걷거나 체리에게 저녁을 줄 때처럼. 심장이 뛰는 것을 전혀 알아차리지 못할 때처럼. 내가 에디와 함께일 때 늘 그랬던 것처럼.

확실히 내 심장은 이블린 이모가 말한 것처럼, 같이 가야 하는 사람을 찾았을 때처럼 뛰지 않았다. 에디랑 같이 가면 언젠가 내 심장이 정말 중요한 말을 할 때 귀를 기울일 기회를 놓칠 것이다.

나는 아이들과 남기로 했다. 너무 많아서 전부 설명할 수조차 없는 이유들 때문이었다. 내가 확실히 말할 수 있는 이유는 심장이 나에게 아무 말도 하지 않는다는 것뿐이었다. 그것이 전부 바꿔놓았다.

다음 주에도 나는 그린빌에 있을 테고, 뉴올리언스에서 리우데자네이루의 반짝이는 해변으로 가는 배를 타지 않는다고 생각하니 별로 기쁘지 않았다. 나는 한 발 한 발 걸었다. 그러다 보니 결국 출발한 곳, '윌크스의 부드러운 제혁소'에 도착했다.

두려움 없이

집으로 들어가서 계단을 올라 내 방을 향해 걸었다. 중간에 피터 윌크스의 방 앞에 멈추었다가 깜짝 놀랐다. 빨간 머리카락이 문손잡이에 감겨 있고 한쪽 끝이 열쇠 구멍에 들어가 있었다. 꼬박 이틀이 지났는데 피터 윌크스는 방에서 나오지도 않았고 감히 얼굴도 내밀지 않았다.

'자기가 한 짓을 알아. 자기 잘못을 아는 거야.'

내 방에 숨어 있을 때는 피터 윌크스가, 그 사람을 생각하는 것 자체가 너무 무서웠지만 이제는 두렵지 않았다. 분노가 온몸을 휘감아 넘어질 뻔했다. 나는 피터 윌크스에게 '당신이 무슨 짓을 했는지 알아!'라고 소리치고 싶었다. 그런 다음 이렇게 말할 것이다. '우리 개한테 시켜서 가죽을 벗겨버릴 거야. 이 쥐새끼 같은 놈.'

문손잡이를 돌리자 머리카락이 반으로 뚝 끊어졌다. 뒤에서 체리가 내 방에서 뛰쳐나오느라 가구 부딪치는 소리가 들렸다. 나는 어깨로 문을 밀고 들어갔다.

피터 윌크스에게 소리치고 싶었지만, 그러지 않았다. 그 대신 숨을 헉 들이마셨다.

새로운 계획

피터 윌크스는 침대에 누워서 괴로워하고 있었다. 멀리서도 고열이 느껴졌다.

"아아, 아가씨, 왔구나. 물 좀 다오. 제발. 물 좀."

나는 내키지 않다. '고생하라지.' 나는 돌아섰다.

"아… 가지 마라! 며칠째 이렇게 혼자 누워서 고생하고 있어…. 아가씨, 제발 가지 마. 돈 줄게! 금화를 줄게."

내가 걸음을 멈추고 물었다. "얼마나요?"

"백 달러. 아니, 2백 달러! 네가 원하는 만큼. 제발, 아가씨!"

그 말이 모든 걸 바꾸어놓았다. 내가 그를 낫게 하면 증기선 표 다섯 장을 사고도 남을 금화를 받을 수 있다. 더 많은 돈을 가지고 훨씬 빨리 떠날 수 있다는 점만 빼면 내가 처음 세운 계획과 같았다.

나는 그에게 물을 한 잔 주고 나왔다. 그런 다음 아이들에게 가서 피터 윌크스가 열이 나고 아프다고 말했다. 수전이 어떤 반응을 보일지 몰라서 고개를 살짝 돌렸다. 수전의 얼굴에는 안도감뿐이었다.

돌아가 보니 피터 윌크스는 물 두 잔을 앞섶에 죄다 토해놓았다. 그러더니 폐를 떼 버리고 싶은 사람처럼 기침을 해댔다. 아, 이젠 이 명백한 범죄자를 간병하면서 끔찍한 몇 주를 보내게 생겼구나, 싫었다. 그러다가 문득, 적어도 당분간은 이 일을 대신해줄 사람이 떠올랐다.

"얘들아, 바틀리 부인 가게에 가서 그… 아, 이름이 뭐였지? … 로빈슨! 로빈슨 의사 선생님을 보내달라고 해줘…. 체리도 데려가고." 체리보다 더 좋은 보호자는 없었다.

두 사람이 나가자마자 피터 윌크스가 다시 토했는데, 이번에는 물이라기보다 담즙에 가까웠다. 난 뱃속에 음식이 들어갈 때까지 구토가 멈추지 않으리란 걸 알았다. "슈가! 귀리죽이든 굵게 간 옥수수든 아무거나 좀 가져와!" 내가 아래층을 향해 외쳤다.

슈가가 오트밀을 가지고 들어올 때쯤 피터 윌크스는 세 번째로 토했고, 밑으로는 더욱 더러운 것이 나왔다. 나는 그를 세면대로 데려가려 애쓰느라 팔꿈치까지 더러워졌다. 윌크스의 토사물을 뒤집어쓴 채 그린빌에 갇혀 있는 것은 정말 더럽게 기분 나쁜 일이었고, 나도 정말 더럽게 못되게 굴고 싶었다.

두 사촌은 나와 같은 처지였으니 그 애들한테 못되게 굴 수는 없었다. 금화를 받아야 했으니 피터 윌크스에게 못되게 굴 수도 없었다. 하지만 그 집에는 내가 못되게 굴어도 되는 사람이, 반격하고 싶어도 그럴 수 없는 사람이 있었다.

"걸레! 슈가, 걸레 가져와!" 내가 슈가에게 고함쳤다. "윽… 당장!" 부끄럽게도 그러고나서 나는 저주를 퍼부으며 욕을 했고 다른 사람에게는 절대 하지 않을 말을 잔뜩 내뱉었다.

'진심이 아니었어.' 나중에 속으로 말했다. '도저히 참을 수 없어서 그래. 나중에 슈가한테 보상해줄 거야.' 나는 다짐했다. '우리는 곧 여기서 벗어날 거야. 우리 모두 함께.'

왕진

"이런, 이런, 이런. 피터 오스본 윌크스가 드러누웠군! 이번에는 또 무슨 일일까?" 로빈슨 선생님은 아주 명랑해 보였다.

"와주셔서 감사합니다, 선생님." 내가 의사를 맞이했다.

"'윌크스의 부드러운 제혁소'에 오는 건 늘 즐거운 일이지. 건강한 환자를 만날 수 있는 유일한 곳이거든. 이번에는 또 뭣 때문에 불평이지?"

내가 의사를 위층 피터 윌크스의 방으로 안내했다.

"상태가 안 좋을 거예요. 하루, 어쩌면 이틀째 열이 내리질 않아요." 내가 말했다. "물을 조금 마시긴 하는데 토해버려요. 죽이나 옥수수빵도 다 토하고요. 뭐가 들어가도 금방 뒤로 나와요."

의사가 피터 윌크스의 눈꺼풀을 들어보고 헐떡거리는 폐 소리를 들었다. "확실히 평소보다 나빠 보이는군. 그건 인정해." 그런 다음 몸을 숙여 피터 윌크스의 귀 바로 옆에 대고 있는 힘껏 소리쳤다.

"피터, 장난 그만 쳐!" 병자가 움찔했지만 달라지는 건 없었다.

"이번엔 진짜 믿을 뻔했어, 피터 윌크스." 의사가 말했다. "자네가 죽는다 어쩐다 해서 내가 이 제혁소까지 달려온 게 한두 번이 아니지. 한동안은 매주 수요일마다 뛰어왔잖아. 한번은 깎은 발톱에서 이상한 냄새가 난다고 하더니 결국 일주일 내내 이 침대에 누워 있었지. 안 그런가, 피터?"

이번만큼은 진짜로 심각해 보였다. 누가 봐도 알 수 있었다. 로빈슨 선생님만 빼고. 사실 그 사람은 신경도 별로 안 썼다.

"피터는 맨날 무슨 일이 있다니까, 메리 제인. 쇼를 잘 꾸미시잖이 사람이 진짜 원하는 건 약이 아니라 관심이야. 멀리 있든 가까이 있든 사람들 가슴을 철렁하게 만드는 게 이 사람 목적이지."

의사가 피터 윌크스를 향해 고개를 돌렸다. "자네가 바틀리 부인을 못살게 굴면서 잉글랜드까지 긴급 서신을 보내서 동생들한테 와 달라고, 죽기 전에 딱 한 번만 보러 오라고 애원한 지 두 달도 안 됐어. 발톱 때문에 죽기 전에 딱 한 번만 오라고 말이야. 어, 피터?

내 진단은 이거야. 피터 윌크스는 자기가 낫고 싶을 때 나을 것이다. 늘 그랬듯이. 그때까지 쇼하는 내내 간호해줄 만큼 애정을 가진 사람이 있으니 아주 운이 좋구먼."

'틀렸어요, 로빈슨 선생님. 저는 이 사람이 악마보다 싫어요. 하지만 감정은 감정이고 간병은 간병이죠. 두 가지를 구분해야 제대로 할 수 있어요. 제대로 하면 우리가 여기서 빠져나갈 돈을 받을 수 있으니까요.'

우리는 빨리 떠나야 했다. 잉글랜드의 삼촌들이 정말로 올지도 모르고, 그러면 내가 할 일이 그만큼 더 생길 테니까. 나는 피터 윌크스가 나한테 돈을 줄 수 있을 정도로 나을 때까지만 간병하기로 결심했다. 금화가 손에 들어오자마자 나랑 아이들은 짐을 싸서 떠날 것이다.

'아이들'이란 수전과 조애나, 나라는 뜻이었다. 아, 물론 체리도. 체리를 두고는 아무 데도 가지 않을 것이다. 슈가랑 캔디 문제에 관해서는 다른 방법을 생각해냈다. 아이들과 함께 무사히, 안전하게 떠난 다음 동부의 노예제 폐지 운동가들에게 편지를 쓸 생각이었다. 돈도 같이 보내서 슈가와 캔디를 탈출시켜달라고 부탁할 거다. 그건 그 사람들 전문이니까.

이제부터는 쥐 죽은 듯 지내면서 나랑 아이들 걱정만 할 것이다. 선장님과 바틀리 부인이 시킨 대로. 두 사람이 뭔가 알아챘으리라는 생각이 들기 시작했다.

로빈슨 선생님이 가방을 닫았다. 피터 윌크스의 진료가 끝난 것이다. "아주 큰 행운을 빌어주마." 의사가 떠나기 전에 나에게 말했다. "속지 않게 조심해라. 전부 연극이니까. 난 이제 너무 많이 봐서 입장권도 안 살 거다. 무슨 뜻인지 네가 알지 모르겠지만."

이블린 이모가 걸렸던 병과 그전에 내가 앓았던 병, 피터 윌크스가 지금 앓는 병이 아주 똑같다고 말하기도 전에, 의사는 방에서 나가버렸다. 어차피 말해도 소용없었겠지만.

엉망진창

그날 남은 하루는 피터 윌크스에게 행복한 시간이 아니었다. 그는 아주 조금 나아졌다가 크게 나빠졌고, 또 눈곱만큼 나았다가 엄청나게 나빠졌다. 아래층에서 피아노 소리가 들리다 말다 했고 체리가 작고 짧게 짖었는데, 조애나가 체리한테 '말해!'를 가르치고 있다는 뜻이었다. 나에게는 오히려 다행이었다. 아이들이 피터 윌크스 자체와 그의 이상한 행동, 그리고 전염병과 멀리 떨어져 있다는 뜻이었으니까.

해거름에 그를 최대한 편안히 눕히고 나도 좀 자려고 했다. 아침에 보니 호흡이 거칠어서 자연스레 받을 돈이 걱정되었다.

나는 약 꾸러미를 열어 그에게 개정향풀과 쑥을 먹였고, 슈가를 시켜 마당에서 메이애플을 따 왔다. 양파와 감초 씨앗을 끓여서 습포를 만들었지만 그걸 가슴에 바르는 건 캔디한테 시켰다. 간병이든 뭐든 나는 그의 몸을 건드린다는 생각조차 견딜 수가 없었다.

오후가 되자 그가 기운을 조금 되찾았다. 아직 아파 보였지만 일어나 앉아서 꿀차를 마시면서 끝도 없이 말을 쏟아냈다. 어쨌거나 살아날 듯한 모습을 보니 돈을 받을 때가 된 듯했다.

"나아지셨네요, 피터 윌크스 씨. 약속한 돈을 주실 만큼 충분히 나았어요." 내가 허리에 손을 얹고 말했다.

"아니, 아니야, 아가씨. 네가 돈을 받고 싶을 리가 없잖아. 주변을 둘러봐라! 우리 아가씨들은 원하는 걸 이미 다 가지고 있잖아. 여기서 나랑 같이 지내면서 말이야! 우리 세 아가씨는 아주 호강하고 있지. 피아노며 토끼며, 원하는 건 다 있어. 히히!"

"하지만 나을 때까지 옆에 있어주면 금화를 준다고 했고, 제 덕에 이제 정말 나았잖아요."

"왔다 갔다 하지! 왔다 갔다 한다고! 몸이 약한 게 흠이라면 흠이지. 그래도 자수성가한 사내는 금방 털고 일어나는 법! 안 그래? 나는 자수성가한 남자고, 내 땅값이 얼만 줄 알아? 9천 달러, 어떤 사람은 만 달러라 그래! 이 모든 게 우리 아가씨들 즐기라고 있는 거지. 딱 하나만 하면 돼. 매일 밤 내가 잠자리에 들면, 크림 듬뿍 든 우유 한 잔 갖다주는 거. 으하하, 커억, 흐흐, 흐흐!"

나는 방을 나와서 문을 쾅 하고 닫아버렸다.

25장

나의 첫 번째 딜레마

이제 백 번째쯤 새로운 계획이 필요했다. 세 사람이 52달러 28센트로 몇천 킬로미터를 이동할 계획. 나는 수전과 조애나 사이에 누워서 밤새 잠 못 이루며 불가능한 일을 해내려고 애쓰다가 결국 아무 결론도 내리지 못했다.

다음날 이른 아침에 커피를 한 잔 마시면 지친 머리가 맑아지겠거니 하며 아래층으로 내려가려고 방을 나섰다. 피터 윌크스의 방을 지날 때 기침 소리가 들렸다. 그냥 기침 소리가 아니었다. 이블린 이모가 세상을 떠나기 전에 했던 메마르고 그릉거리는 기침이었다. 당신을 뒤흔드는 그릉거리는 기침. 걸어가다가 침실 문 앞에 멈춰 서게 만드는 그런 기침.

'안 들어갈 거야. 난 할 만큼 했어. 비열한 저 인간도 그의 병도 이제 지긋지긋해… 피터 윌크스는 지긋지긋해.' 마음이 말했다.

'감정은 감정이고 간병은 간병이야.' 머리가 말했다.

이유는 정확히 모르지만 결국 내 안의 간병인은 그 기침 소리를 들더니 그의 방에 들어갔고, 내 안의 여자는 복도에 남겨졌다.

치료제

내가 다가가자 피터 윌크스가 겨우 정신을 차리고 내 팔을 붙잡았다. 얼음 속에 빠졌는데 내가 자기를 끄집어내줄 유일한 희망이라도 되는 것처럼 나를 꽉 잡았다.

"아가씨, 나 정말 끔찍하게 아파. 내가 알아…. 내가 죄인이라는 것도, 끔찍한 죄인인 것도 알아…. 신 앞에 죄인이지…. 하지만 제발… 제발 내가 죽게 내버려두지 마!"

'제발 내가 죽게 내버려두지 마.' 누군가에게 그런 말을 들으면 절대 잊지 못한다. 아직도 그 말이 내 머릿속에 울린다.

"죽게 내버려두지 않을게요." 내가 그 사람한테 말했다. 달리 무슨 말을 할 수 있었을까?

나는 침대 발치에 앉았다. 할 수 있는 일이라고는 이마를 닦아주고 가끔 물을 먹이는 것뿐이었지만, 그날 내내 그리고 밤새 곁을 지키며 귀를 기울였다.

그의 말은 대부분 앞뒤가 맞지 않았지만 핵심은 알아들을 수 있었다. 그는 무슨 전도사라는 동생 하비가 보고 싶다고 계속 말했다. 그리고 윌리엄이라는 동생에 대해서도 계속 이야기했는데, 태어날 때부터 남들과 조금 달라서 듣지도 말하지도 못한다고 했다. 아마 그 두 사람이 잉글랜드에 있다는 동생들 같았다. 정말로 지금 여기로 오고 있는 게 아니라면 말이다.

심지어 조지 이모부도 언급했는데, 그 말을 들으니 왠지 상황이 이렇게 된 것을 그 역시 안타까워한다는 생각이 들었다. 솔직히 말하면 그래서 마음이 조금 흔들렸다. 나는 강인하지만 마음속 어딘가는 아직 부드러운가 보다.

한밤중에 아이들을 깨워서 바틀리 부인을 찾아가 쑥국화 차가 있는지 물어보라고 했다. 달리 어떻게 해야 할지 알 수 없었다. "부인을 깨우는 건 걱정하지 마." 내가 말했다. "문은 열려 있고 부인은 늘 거기 계시니까."

한 시간이 채 지나기 전에 문 두드리는 소리가 들렸다. "나야, 바틀리 부인. 도와주러 왔어."

"아, 들어오세요."

부인이 피터 윌크스의 상태를 확인했다. 맥박을 재고 손을 동그랗게 말아서 그의 코에 대고 호흡을 느꼈다. 그가 요란하게 기침하더니 신음하며 옆으로 돌아누웠다. 바틀리 부인이 그가 뱉어낸 것을 봤는데, 대부분 피였다.

"상태가 안 좋구나." 부인이 말했다. "애들이 그러던데 너희 엄마도 비슷한 병을 앓았다고?"

"어… 네, 똑같아요." 내가 말했다. "그리고 우리는 엄마를 잃었어요."

"안타깝구나…. 여기 이 남부에는 치료제가 있거든. 바로 이런 증상의 치료제야."

"그래요? 의사 선생님은 아무 말씀도 안 하셨는데…."

"로빈슨 선생님? 아, 건강한 사람한테는 좋은 의사지."

"치료제가 뭐예요?"

"여기 가져왔어. 이 파란 병에 들어 있어. 딱 한 모금이지만 충분해. 이걸 먹이렴. 안전하게 전부 다 먹여. 분명히 말하는데 이 약이 늘 듣는 건 아니지만, 들을 수도 있어."

"어떻게 먹여요?"

"흰 뚜껑을 돌려 열어서 입속에 부어. 기침하면서 뱉어내도 걱정하지 마. 잇몸을 통해 흡수되는 것만으로도 충분하니까."

"알겠어요."

"그리고 이게 중요해. 이 약을 먹이면 네가 할 수 있는 일은 다 한 거야. 누구라도 이 사람한테 더는 해줄 게 없어. 약이 항상 듣는 건 아니지만 이번에는 들을 거야. 그런 느낌이 와. 하지만 약속하렴, 메리 제인. 이걸 먹이고 나면 할 수 있는 건 다 했다고 생각하고 편히 쉬어."

"그럴게요."

"그럼, 너한테 맡기고 가마." 부인이 이렇게 말하고 나에게 약병을 주었다.

"얼마죠?" 내가 부인에게 물었다.

"공짜야." 부인이 말했다. "무료. 이건 공짜야."

나의 두 번째 딜레마

나는 피터 윌크스 옆에 앉아서 끝까지 지켜보며 기다렸다. 누구나 그 정도는 누릴 자격이 있으니까. 나는 흰 뚜껑이 달린 파란 병을 손에 들고 있었다. 그 안에는 이 남자를 고칠 힘이 들어 있었다. 내가 할 일은 그것을 피터 윌크스의 목구멍에 부어서 그를 되살리는 것뿐이었다.

내 안의 간병인은 좋아했지만 내 안의 여자는 그렇지 않았다.

피터 윌크스가 저 침대에서 일어나 예전 모습을 되찾으면 우리의 삶은 어떻게 될까? 우리는 그의 것이었다. 변호사들도 군대도 그렇게 말했다. 우리는 법적으로 피터 윌크스에게 속했고, 그는 우리를 마음대로 할 수 있었다. 그리고 나는 그의 마음이 뭔지 알았다. 피터 윌크스가 수전에게 접근하지 못하도록 내가 영원히 막을 수 있을까? 조애나는? 나는?

그럴지도 모르고, 아닐지도 모른다.

모파는 사람을 물고 놓지 않는 개는 다시 훈련시킬 수 없다고 했다. 그런 짓을 한번 하고 나면 사람은 그 개가 그런 짓을 할 수 있다는 사실을 뇌리에서 절대 떨칠 수 없다고. 그런 개는 쏴 죽여야 한다고 했다. 쏘고 싶어서 쏘는 것이 아니라 선택의 여지가 없어서 쏘는 거라고.

나는 흰 뚜껑을 돌리지 않았다. 파란 병을 열지 않았다. 나는 선택의 여지가 없다고 스스로에게 말하고 가만히 앉아서 피터 윌크스가 죽도록 내버려두었다.

힘든 일이라고 생각할지도 모른다. 정말 그랬다. 끔찍했다.

몇 시간이 지났다. 아니, 며칠이었을까? 나는 그를 최대한 깨끗하고 편안하게 해주었다. 이마에 시원한 천을 얹어주고, 침대보를 갈아주고, 심지어 쑥국화 달인 물도 먹여주었다. 나는 십 분에 한 번씩 침대 옆 작은 탁자에 놓인 파란 약병을 보았고, 뚜껑을 돌려 열어서 입속에 부어줄까 생각했다. 그리고, 십 분에 한 번씩, 그렇게 하지 않았다. '선택의 여지가 없어.' 나는 그때마다 스스로에게 말했다.

그러고 나서 피터 윌크스가 죽었다.

그는 나에게 '제발 내가 죽게 내버려두지 마'라고 말했다. 그리고 난 그가 죽게 내버려두었다. 어쩌면 내가 그를 죽였을지도 모른다. 보는 관점에 따라서는.

'선택의 여지가 없었어.' 나는 스스로에게 계속 말했다.

하지만 그건 사실이 아니었다. 나는 선택의 여지가 있었고, 그래서 선택했다. 나는 가족을 안전하게 지킬 선택을 했다.

나는 최선을 다했다.

26장

다음 날

살아 있는 사람에게는 늘 다음 날이 있다. 어떻게 채워야 할지 모를 긴 시간으로 가득한 다음 날. 그가 얼마나 많은 물건을 남겼는지 하나둘씩 눈에 들어오기 시작하는 다음 날. 그의 물건은 집 안 곳곳에 흩어져 있었다. 누군가는 그것들을 어떻게든 처리해야 했다.

모든 게 슬펐다. 세면대 옆의 머리빗이 슬펐고, 창틀 위의 발톱깎이도 슬펐다. 저 멀리 땅속 어딘가에 묻힌 그의 어머니 유골까지 슬펐다. 신이 정말 있다면, 그분 역시 슬퍼하고 있을 것이다.

상자를 몇 개 가져다가 방을 돌아다니면서 이런저런 물건들로 상자를 채웠다. 누구를 위해서 보관하는지 모르지만 그가 존재하지도 않았던 것처럼 그냥 버릴 수는 없었다. 아니, 그럴 수 있을까? 상자를 다락에 넣어둔다. 내일 버릴 거다. 오늘은 아니다. 나중에 해도 된다.

나는 아직 열지 않은 흰 뚜껑이 달린 작고 파란 병을 주머니에 넣고 걸어 나가서 문을 닫았다. 이것도 나중에 해도 된다.

아이들에게 피터 윌크스가 죽었다고 말하자 두 사람은 이제 어떻게 해야 하냐고 물었다. 나는 진심으로 '그게 뭐가 중요해?'라고 말하고 싶었다. 아이들, 아니 어쩌면 나까지 아버지 '가문'에서 두 번째 낯선 이에게 넘겨질 테고, 나는 또 최선을 다해야 할 것이다.

나는 다른 말 대신 잡화점에 가서 바틀리 부인과 사람들에게 말하고 올 테니 잠시 둘이 있어도 되겠냐고 물었다. 두 사람은 그러겠다고 했고, 나는 체리가 지키고 있는 현관에 두 사람을 남겨 두었다.

마당으로 나가자 캔디와 슈가가 걸어가는 게 보였다. 피터 윌크스가 죽었다고 말하자 캔디는 손뼉을 치며 웃을 만큼 좋아했지만 나는 캔디를 탓할 수 없었다. 슈가가 딸을 말리며 끌어당겨 조용히 시켰고, 사람이 저렇게까지 걱정할 수 있을까 싶을 정도로 걱정스러운 표정을 지었다.

잡화점까지 걸어간 기억이 나지 않는다. 걸어간 건 분명하다. 피터 윌크스가 죽었다고 말하자 가게 앞에 앉아 있던 모두가 하던 일을 딱 멈췄던 건 기억난다.

나는 애브 터너와 체커를 두던 하인스 씨가 체커판 위로 고개를 숙이는 모습을 보았다. 그들은 고개를 저었다. 둘 다 슬퍼 보였다. 체커판에 떨어지는 눈물 한두 방울도 본 것 같다.

어느새 남자들이 흩어져서 사냥개처럼 청승맞게 울면서 하늘을 향해 "어째서? 어째서?"라고 울부짖었다. 울부짖음이 최고조에 달했을 때 거대하고 무거운 남자가 일어나서 모자를 벗고 주먹으로 나무통을 쾅 쳤다.

"보아하니 여기 목사님이 안 계시고, 내가 침례교 집사니까 몇 마디 하는 게 맞겠군. 으흠. 피터 윌크스는 겸손하고, 배운 것도 많고, 관대하고, 흠 하나 없는 모범적인 사람이었소. 우리 모두 그를 형제처럼 사랑했고, 그를 무척 그리워할 겁니다."

어떤 남자가 손을 쥐어짜며 앞으로 나왔다. "우리가 피터 윌크스 없이 어떻게 살 수 있을지, 아니 살고 싶을지 모르겠어. 윌크스가 떠났다는 소문이 퍼지면 카운티 전체가 침울해질 거야."

"정말 끝내주는 사람이었지!" 뒤에서 누군가 소리쳤다. 내가 처음 왔을 때 피터 윌크스를 놀리던 바로 그 남자들이 "옳소! 옳소!"라고 대답했다.

바틀리 부인이 나와서 말했다. "바로 여기, 메리 제인이 필터 윌크스를 내내 간호했어요. 최선을 다했지만 죽었죠. 가끔은 그럴 수도 있는 거예요. 사람이 할 수 있는 걸 다 해도 세상을 떠나죠."

바틀리 부인은 내 기분이 나아지길 바라서 한 말이었지만 나는 그 말이 사실이 아님을 알았기에 기분이 더 나빠졌다. 다리가 긴 남자가 불쌍하다며 내 머리를 쓰다듬었다.

"걱정하지 마. 내가 피터 윌크스의 시신을 잘 단장할 테니. 그게 내가 해줄 수 있는 최소한이니까."

바틀리 부인이 나를 가게 안으로 데리고 들어갔다. "자, 메리 제인. 들어와서 좀 쉬렴. 새클포드 씨가 매장을 준비하고 장례식을 원활하게 치러줄 거야. 들어와서 레모네이드 좀 마시렴. 혈관에 당이 좀 들어가야 기운을 차리지."

나는 바틀리 부인이 준 레모네이드를 마셨다. 나중에 돈을 내자 부인은 받지 않으려고 했다. "퀘이커교도라면 애도하는 사람에게 이 정도는 해야지." 부인이 말했다.

"자신이 퀘이커교도라는 걸, 아니면 적어도 무언가라는 걸 알면 참 좋을 거 같아요. 전 제가 뭔지 이제 모르겠어요."

"메리 제인, 너 자신이 아닌 무언가가 될 필요는 없어. 네 안에는 이미 선한 마음이 충분하니까." 부인이 내게 말했다.

'한 남자를 죽일 정도로 선하죠.'

방충문이 벌컥 열렸다. "안녕하세요! 이렇게 좋은 날 두 사람을 모두 만나니 반갑네요!"

내가 돌아서자 에디가 양탄자 천으로 만든 커다란 여행 가방을 두 개 들고 안으로 들어왔다.

"메리 제인, 삼촌이 세상을 떠나셨다는 이야기를 방금 들었어. 진심으로 위로를 전해."

"맞아, 에디. 어제 돌아가셨어. 난… 돌아가실 때 내가 옆에 있었어."

"고인의 명복을 빌어. 집까지 데려다줄까?"

"그래, 에디."

현관으로 나가자 어떤 남자가 나에게 달려와 물었다. "저기, 마저리, 아니, 으음… 윌크스 양! 혹시 삼촌이 유언장을 작성했는지 아나? 거기 무슨 내용이 들어 있는지 알아? 지금 같은 때 그게 중요하지는 않지만. 그래도 내가 아주 친한 친구였고 해서…."

"아뇨, 유언장은 남기지 않으셨어요. 아무튼 저한테는 그렇게 말씀하셨어요."

에디와 나는 피터 윌크스의 6천 달러가 사실은 7천 달러에 더 가깝지 않은지, 제혁소가 얼마나 싸게 팔릴지, 그 밖에 죽마고우가 죽으면 자연스럽게 떠오르는 다정한 질문들을 뒤로하고 출발했다.

나의 대답

시야에서 사람들이 사라지자 에디가 내 손을 잡았고, 나는 그대로 놔두었다. 이제 우리가 함께하는 시간이 끝이라는 걸 알았지만 마지막 몇 분이라도 즐기고 싶었다.

머리 위에서 흉내지빠귀 한 마리가 가지에서 가지로 깡충거리며 노래를 들려주었다.

찌릿찌찌차, 찌릿찌찌차, 찌릿, 찌릿, 찌릿!

"저 새는 너만큼이나 노래를 잘한다, 에디…. 재미있는 이야기는 너만큼 모르겠지만."

"아니, 두 배로 많이 알 것 같은데! 저 멋진 회색 양복을 봐…. 저 새의 인생은 분명 파티의 연속일 거야."

"어머, 에디. 오늘은 가방이 두 개뿐이네! 물건은 다 어디 뒀어?"

"나는 새로운 모험이 시작될 것 같으면 늘 짐을 단출하게 줄이거든!"

에디가 잠시 말을 멈추고 내 눈을 들여다보며 말했다. "이번에는 혼자만의 여행이 아니길 바라고 있어."

"에디. 우리가 떨어져 있는 동안 생각을 많이 해봤어."

"나의 일주일은 긴 미츠바였어. 우리 민족이 이집트를 떠나기 전에 그랬던 것처럼 나도 고통과 속박을 견디는 사람들한테 내 물건을 전부 나눠줬지. 니켈 하나 남지 않았지만 나보다 자유를 많이 가진 사람은 별로 없을 거야."

"미츠바가 뭐야, 에디?"

"아, 어떻게 설명하지? 일종의 선행이라고 생각하면 되는데, 사실 자선은 아니야. 유대인에게는 의무야."

지난 일주일을 떠올렸다. 내가 슈가와 캔디에게 어떻게 굴었는지 생각할수록 나 자신이 부끄러웠다. "에디, 넌 정말 좋은 사람이야." 내가 말했다. "나보다 훨씬 더."

"아, 아니야, 메리 제인. 너도 내 입장이면 그렇게 했을 거야."

나는 슈가와 캔디가 아는 내가 아니라 에디가 생각하는 내가 진짜 나이기를 진심으로 바랐다. '바로잡기에는 너무 늦었을까?' 나는 혼자 생각하다가 이렇게 물었다. "에디, 미츠바로 잘못을 만회할 수 있을까?"

"아니." 에디가 고개를 저으며 말했다. "미츠바가 과거를 지울 순 없어. 하지만 무언가가 될 수는 있지. 무언가는 언제나 아무것도 아닌 것보다는 나아."

"그렇구나…."

우리는 '윌크스의 부드러운 제혁소' 간판 아래 멈춰 서서 잡고 있던 손을 놓았다. 에디가 내가 살고 있는 집을 가리켰다. 내가 저기에서 산 지 얼마나 됐지… 2주였나, 10주였나? 이제는 잘 모르겠다. 에드워즈 요새를 떠난 뒤로는, 한평생이 흐른 듯했다.

"메리 제인, 내 샤브루사, 이제 네가 결정할 시간이야. 집에 들어가 짐을 싸서 나랑 떠날래? 아니면 작별 인사를 하고 헤어질까?"

"우린 헤어져야 할 것 같아, 에디. 삼촌이 돌아가셨지만, 동생들이 아직 여기 있고, 동생들한테는 아직 내가 정말 필요해…. 나한테도 걔들이 필요하고." 나는 소리 내서 말하고 나서야 이 말이 얼마나 진실한지 깨달았다.

에디는 잠시 말이 없다가 손수건을 꺼내서 눈가를 닦았다. "메리 제인, 난 실망했지만 이해하려고 노력할 거야. 미안하지만 한 번만 더 물을게. 확실해?"

"응, 에디. 그리고⋯ 그리고 다른 이유도 있지만, 어떻게 설명해야 할지 모르겠어."

"그러면 설명할 필요 없어. 나한테 대답한 것으로 충분해. 네가 없다고 생각하니 슬프지만, 시간이 지나면 나아질 거야."

"보고 싶을 거야, 에디. 그건 알아줘."

"이제 넌 어떻게 될까?" 에디가 물었다. "네가 어딘가에서 행복하게 잘 지낸다고 생각하면 내 마음이 편할 것 같아."

"피터 윌크스의 동생들이 곧 올 거야. 나랑 사촌들은 그 사람들한테 넘어가겠지."

"그렇구나⋯. 행운을 빌어, 메리 제인⋯. 시간이 지난 뒤에 우리가 다시 만날 수도 있겠지. 우리의 운명이 어떻게 정해져 있는지 우린 모르니까⋯."

"다시 만나면 좋겠다, 에디. 그러길 바라자."

에디가 모자를 벗고 마지막 작별 인사를 준비했다. 하지만 내가 에디를 막았다.

"아니, 잠깐, 잠깐 기다려봐. 바로 돌아올게. 진짜로."

안으로 달려 들어가서 계단을 올라 방으로 갔다. 다시 내려온 나는 에디에게 손을 내밀라고 했다.

"네 거야, 에디. 너한테 도움이 되면 좋겠다." 뉴올리언스 은행에서 발행한 10달러짜리 시폐를 그의 손에 쥐어주었다.

"아, 아니야! 너한테 돈을 받을 순 없어, 메리 제인⋯. 우리 우정의 가치는 이보다 더⋯"

"이건 돈이 아니야, 에디. 그러니까 뉴올리언스 바깥에서는 말이야. 어디에 쓸지도 모르면서 그냥 가지고 다녔는데 이제 알겠다. 이건 널 위한 거였어, 에디. 네가 가는 길에 도움이 될 거야. 제발 받아줘. 누가 알아? 이게 너에게 행운을 가져다줄지?"

"우리의 이별을 쉽게 만들어준다면 이미 행운을 가져다준 거지. 메리 제인, 널 기억할게. 그리고 널 기억할 땐 좋은 것들만 떠올릴 거야." 에디가 몇 걸음 물러서더니 가슴에 손을 얹고 말했다. "샬롬."

아이들이 에디에게 인사하려고 내 옆으로 달려왔다. 나는 이제 진짜 이별이라는 말을 아이들에게 차마 할 수 없었다. 에디가 두 사람과 악수하고 머리를 쓰다듬고서 물었다.

"얘들아! 누구 방주 필요한 사람?"

"뭐?"

"방주! 동물이 쌍을 이뤄 타는 거 말이야."

"필요 없는데…."

"방주가 필요하면 너희 친구 에디를 찾아. 내가 노아는 잘 알아!"*

나는 나도 모르게 웃었고, 그러자 기분이 나아졌다. 에디가 마지막으로 손을 흔들고 돌아서서 우리가 왔던 길을 다시 걸어가기 시작했다.

나의 가장 좋은 친구였던 에디 애플바움이 멀어졌다.

---

* 원문은 "I Noah fellow"로, "I know a fellow"(아는 사람이 있어)와 발음이 유사한 점을 이용한 말장난이다.

알아서 하다

나는 에디가 보이지 않을 때까지 지켜보다가 다시 아이들을 보았다. 조애나가 체리 옆에 무릎을 꿇고 앉아서 체리의 허리에 귀를 대고 개의 다리를 빙빙 돌렸다.

"오늘은 환자가 어떤가요, 조애나 의사 선생님?" 내가 물었다.

"당연히 괜찮지." 조애나가 일어섰다. "다리를 돌리면서 소리를 들어보면 관절이 괜찮은지 확인할 수 있을 것 같아서. 아빠는 항상 고관절이 먼저 망가진다고, 참 안타깝다고 했었거든. 일찍 알면 뭔가 할 수 있을 것 같아서 말이야."

"너 같은 의사를 두다니 체리는 정말 운이 좋구나. 체리도 분명히 알고 있을 거야." 체리는 조애나가 자기를 위해서 하늘에 달이라도 걸어준 것처럼 조애나를 올려다보고 있었다.

"메리 제인, 사람을 고치는 의사가 있다는 건 알지만 동물을 고치는 의사도 있어?"

"들어본 적은 없어, 조애나. 내가 아는 사람들은 전부 자기 동물을 집에서 돌보던데."

"하지만 개나 고양이나 토끼가 심하게 아파서 어쩌면 좋을지 모르겠으면 어떻게 해?"

"대도시에는 그런 의사가 있을지도 몰라. 도시에는 온갖 직업이 다 있거든."

집 안에서 피아노 치는 소리가 들렸다. 이제 수전은 피아노를 아주 잘 치게 되었는데, 죽은 사람이 쓴 옛날 노래만 치려고 했다. 그때 수전이 치고 있던 곡은 자신이 젊어서 죽으리란 사실을 아는 사람이 만든 곡처럼 들렸다. 그런 곡은 실제로 그런 사람이 쓴 경우가 많다.

나는 옆자리에 앉아 수전이 내게 기대게 했다. 수전이 연주를 마쳤을 때, 나는 조심스레 물었다. "어때, 수전? 그러니까… 그 일 이후로… 기분은 좀 어때?"

무슨 말을 해야 할지 쉽지 않았다. 캐묻고 싶진 않았지만 내가 그녀를 걱정하고 있고 언제든 들어줄 준비가 돼 있다는 건 알리고 싶었다. 그래서 문을 열어두고 결정은 수전에게 맡기기로 했다.

수전이 내 어깨에 조용히 머리를 기댔다. "잘 모르겠어. 이제는 무섭지 않아. 그 사람이… 사라지고 나니까, 확실히 더 안전하다는 느낌이 들어. 그런데 그냥… 너무… 더러워. 아무리 씻어도, 내 몸이 깨끗해지지 않을 것 같아."

나는 뭘 어떻게 해야 할지 몰랐다. 하지만 어떻게든, 뭔가 할 줄 아는 사람이고 싶었다. 그래서 그런 사람이 되기로 했다.

"수전, 그건 내가 도와줄 수 있어. 하지만 넌 날 믿어야 해. 그래 줄 수 있어?"

"난 언제나 널 믿었어, 메리 제인. 처음 만났을 때부터."

그런 말을 듣는 건, 결코 가벼운 일이 아니다. 하지만 그날 그 말은 짐처럼 느껴지지 않았다. 오히려 선물처럼 다가왔다. 그리고 나는 그 선물을 받을 자격이 있는 사람이 되고 싶었다.

나는 수전의 어깨를 감싼 후 짧게 꼭 끌어안았다. "조애나랑 체리한테 페퍼민트 스틱 좀 사 오라고 할게. 금방 다녀올게."

마녀의 마법

수전의 손을 잡고 위층으로 올라갔다. 실크 원피스 세 벌이 걸려 있는 방에 들러서 제일 좋아하는 금사가 섞인 장밋빛 원피스도 챙겼다. 나는 수전을 내 방으로 데리고 들어가 문을 닫았다.

내가 또렷하고 차분한 목소리로 말했다. "넌 본 적 없지만 우리 할머니는 마녀셨어. 그분의 어머니도, 또 그 어머니도 마찬가지였고. 그렇게 대대로 이어져 세상이 시작된 때까지 거슬러 올라가. 이야기책에 나오는 그런 마녀 말고, 30킬로미터 밖에서 번개 냄새를 맡고, 새싹 하나만 보고도 수확 철을 내다보는 진짜 마녀 말이야. 너희 엄마도, 우리 엄마도 그런 여자들의 핏줄에서 나왔고, 그러니까 너랑 나랑 조애나도 마찬가지야. 그렇기 때문에 난 뭘 해야 할지 알아. 너도 마음 깊은 곳에서는 알고 있을 거야."

나는 숨을 깊이 들이마시고 계속했다. "수전, 제일 마음 편한 곳에 앉아봐."

나는 제일 좋아하는 원피스, 정말 열심히 만든 원피스를 집었다. 원피스를 높이 들고서 오후 햇살을 받아 반짝이는 분홍빛 도는 금색을 감상했다. 그런 다음 치맛단에서 허리까지 주욱 찢었다. 소매도 찢고 몸통도 찢었다. 아름다운 원피스를 끈처럼 길게 쌓자 반짝거리는 금빛 더미가 생겼다.

나는 물통에서 떠온 깨끗한 빗물을 대야에 채웠다. 그런 다음 유리관에 담긴 귀중한 로즈 오일을 찾아서 유리창에 비춰 오일이 만들어내는 무지개를 마지막으로 감상했다. 유리관을 부러뜨린 다음 대야에 오일을 한 방울씩 전부 떨어뜨렸다. 그러고 나서 깨진 유리관을 치웠다.

수전은 충격에 휩싸여 내 행동을 지켜보았다. "메리 제인, 저 원피스! 로즈 오일! 네 결혼식 때 쓰려고 했던 거잖아….."

"아니야, 수전. 지금 이 순간을 위한 거야."

나는 길쭉하게 찢은 천을 하나 집어서 대야에 넣고 장미향이 나는 물에 푹 젖을 때까지 빙빙 돌렸다. 그런 다음 천을 다시 꺼내서 물기를 조금 짜내고 수전에게 주었다.

"이걸로 씻어." 내가 말했다. "더럽다고 느껴지는 곳을 씻으면 돼."

수전이 벽을 향해 돌아서서 닦기 시작했다. 다리, 팔, 허리 그리고…. 나도 모르겠다. 은밀한 일이었기에 나는 보지 않았다. 나는 천 조각을 하나씩 하나씩 적셔서 수전의 어깨 너머로 건네주었다. 우리는 원피스 조각이 다 떨어질 때까지 그 일을 반복했다.

나는 내 방에서 내가 가진 가장 귀중한 것들을 희생시켜 수전을 온전하게, 깨끗하게 만들어주려고 노력했다. 그리고 실제로 수전은 기분이 나아졌지만… 깨끗하게 만들어주지는 못했다.

수전은 이미 깨끗했으니까. 늘 깨끗했고, 항상 깨끗할 거니까. 당신과 나와 세상 모든 여자아이가 어떤 일을 겪든 늘 깨끗한 것처럼.

"강해진 기분이 들어, 메리 제인." 수전이 말했다.

"하나 말해줄까? 나도 그래." 내가 대답했다.

나는 피터 윌크스가 그런 짓을 하지 않았기를 바랐다. 그날 밤, 수전이 아니라 내가 거기 있었기를 바랐다. 나의 최선이 좀 더 나은 결과를 가져왔기를 바랐다. 하지만 그 세 가지 소원은 이루어질 수 없었다. 나는 수전에게 일어난 일을 되돌릴 수 없지만 수선이 그 일을 내려놓고 걸어갈 수 있도록 도와주었다. 그래서 자랑스럽다.

수전은 베개 몇 개를 바닥에 내려놓고 양탄자에 누웠다. 늦은 오후의 따뜻한 한 줄기 햇살에 기대 수전은 평화롭게 잠들었다.

나아지다

살금살금 나가서 복도에 앉아 생각했다. '그린빌을 떠난 적이 없지만 정말 멀리 왔구나.'

수전이 어둠에서 빠져나오도록 곁에서 지켜준 건 자랑스러웠다. 반면, 슈가와 캔디를 대했던 내 태도는 부끄러웠고, 피터 윌크스의 죽음에 대해서는 뭐라 생각해야 할지 아직도 모르겠다. 그 모든 일을 겪으면서 나는 나름대로 최선을 다했다. 그리고 그 최선은… 좋기도 했고, 끔찍하기도 했고… 아니, 사실은… 나도 잘 모르겠다. 무엇보다 나는 좋은 사람이 되고 싶었다. 옳은 일을 하는, 좋은 사람.

'어쨌거나, 어떻게든, 나는 사람이 재산인 이곳에서 사촌들을 데리고 떠날 거야. 이곳이 나를 바꾸어놓았지만 아이들은 바꾸지 못하게 할 거야.' 나는 다짐했다. '아이들이 행복하게 자리 잡는 걸 보고 나서 내가 자유롭고 편안해질 수 있는 어딘가를 찾을 거야.'

나는 생각했다. '어쩌면 서부 준주로 갈지도 몰라.' 덫사냥꾼들이 신나는 곳이라고 말하는 걸 들은 적이 있지만, 어디인지는 잘 몰랐다. 여러 이유로 스넬링 요새로 돌아갈 수는 없었다. 학교로 돌아가서 여선생님을 만나 교양을 쌓는 건 생각도 하기 싫었다. 나는 이미 강인한 여성이니까 숙녀가 될 수 없었다.

그렇게 벗어나고 싶었던 여러 일들을 생각하니 힘이 솟았다. 하지만 인생은 정말 재미있다. 겨우 몇 시간 뒤에 내가 만나야 할 운명의 상대를 만났으니까.

그는 세상에서 가장 아름다운 청년이다. 야성적이고, 무모하고, 솔직하고, 친절하고, 못보다 단단하면서 고무보다 유연한 무언가로 만들어진 사람이다. 처음 본 순간부터 그는 내 마음을 사로잡았다.

정말 다행히도 그는 하나님이 만드신 가장 멍청한 바보 두 명과 함께였다.

27장

인생 최고의 계획

"메리 제인!" 조애나가 체리와 함께 계단을 깡충깡충 올라왔다. "그린빌에 남자 세 명이 도착했어. 방금 증기선에서 내렸대. 한 명은 젊고 두 명은 나이가 많아. 나이 많은 두 명은 자기들 말로는 피터 윌크스가 죽기 전에 만나러 온 우리의… 음, 수전과 나의 삼촌이래."

"아, 세상에." 내가 고개를 저었다. "또 시작이네."

"바로 그거야, 메리 제인. 이상해…. 그 사람들이 진짜 우리 삼촌일 리가 없어. 아빠 같지도 않고 피터 윌크스 같지도 않아."

"이상하네." 나도 그렇다고 말했다.

"하지만 그러고 보면, 우리에 대해서 꽤 많이 아는 것 같았어…."

"그 사람들이 널 알아봤어? 그 사람들이랑 얘기했어, 조애나?"

"아니, 나는 체리랑 강가에 있었어. 가까워서 소리는 들렸는데, 보이지는 않았어."

"다행이다. 그런데 뭔가… 모든 세… 수상했어?"

"응, 하지만 꼭 집어 말하지는 못하겠어."

나는 조애나의 눈을 들여다보며 물었다. "조애나, 네 느낌은 어때? 그 사람들 말이 맞는 것 같아?"

조애나가 잠시 생각한 뒤 대답했다. "아니." 그리고 덧붙였다. "그냥 피터 윌크스의 금화를 노리는 것 같아."

"조애나, 그건 별로 걱정 안 돼. 피터 윌크스한테 금화가 있는 걸 알아도 어디에 숨겨놨는지 모르는 건 우리랑 마찬가지야."

"어디 숨겨놨는지 우리는 당연히 알지, 메리 제인! 지하실에 묻혀 있잖아."

"어디?" 나는 소스라치게 놀랐다. 이것도 완곡하게 말한 거다.

"지하실 구멍, 피터 윌크스가 늘 말했잖아."

"너한테 언제 말했는데?"

"우리 모두한테 말했잖아, 메리 제인. 너도 거기 있었어. '쟈슬 구녁'에 뒀다고. 딱 우리 아빠처럼 말했어."

'그렇지!' 순간 좋은 생각이 떠올랐고, 그건 곧 완전히 새로운 계획이 되었다.

"그렇다면 그 사람들이 누구든 우리가 한발 먼저 움직여야 해. 조애나, 내가 꼭 해야 할 일이 있어. 날 믿어줄 수 있겠니?"

"메리 제인, 난 늘 믿었어."

'조애나와 수전 둘 다 나를 믿어.' 속으로 이렇게 생각하고 심호흡을 했다. "좋아. 들어가서 수전 깨워. 수전한테 너희 삼촌들이 왔다는 것 같다고 알려주고, 의심스럽다는 말은 아직 하지 마. 우리가 연기를 좀 해야 하는데, 지금 수전한테 연기를 시키는 건 무리야."

"그럴게, 메리 제인. 네 말대로 할게."

"고마워. 나는 우선 아래층으로 내려가서 정리 좀 할게. 아, 그래. 체리한테 눈에 띄지 말고 너희한테 딱 붙어 있으라고 해줘. 체리가 우리 비장의 무기야. 우리한테 필요하면 바로 달려올 거고, 그러면 다들 깜짝 놀랄 테니까."

조애나가 방으로 들어갔고 나는 지하실로, 피터 윌크스의 표현으로는 '쟈슬'로 곧장 달려 내려가서 발을 구르며 빈 공간을 찾아 귀를 기울였다. 시간이 조금 걸렸지만 드디어 한쪽 구석에서 구멍을 찾아내서 삽으로 파기 시작했다. 그리 깊지 않은 곳에서 커다란 금화 자루를 발견하고 온 힘을 다해서 끌어올렸다.

나는 오래전에 모파한테 배운 뒤부터 느낌으로 물건의 무게를 쟀다. '5천은 아니고, 7천도 아니고. 그래, 6천 달러에 가까워. 피터 윌크스가 말한 대로야.'

짤랑! 짤그랑 짤랑짤랑!

진짜 금화를 한번 손에 쥐어보면 그 감촉도 소리도 절대 잊을 수 없다. 나는 그 자리에서 자루째 들고 뛸까, 잠깐 유혹을 느꼈다. '아니, 아직은 안 돼… 너무 위험해.'

나는 양손을 자루에 넣고 손에 잡히는 만큼 금화를 꺼내 짤랑거리지 않도록 양쪽 주머니에 넣고 단단히 묶었다. 그러자 원피스가 아주 무거워졌지만 앞치마를 두르자 불룩한 부분이 보이지 않았다.

'며칠 내로 밤을 틈타 넷이서 빠져나가자. 이 정도 돈이면 수전과 조애나를 스넬링 요새에 데려다주고 나도 어디든 원하는 곳으로 가고도 남을 거야!' 나는 새로운 계획을 세워서 기뻤다.

남은 돈이 든 자루는 구멍에 다시 넣었다. 찾기 어렵게 흙으로 덮었다. 그런 다음 피터 윌크스의 방으로 달려 올라갔더니 시신이 사라지고 없었다. 장례식을 위해서 어딘가에서 단장하고 있다는 뜻이었다.

'종이… 종이랑 잉크가 필요해.' 나는 방을 뒤져서 문구 서랍을 찾았다. 그런 다음 왼손으로 어린애처럼 엉망진창 휘갈겨 썼다. 그래야 피터 윌크스가 쓴 쪽지처럼 보일 것 같았다. 이런 내용이었다.

윌크스 제혁소의 소유주이자 미시시피 그린빌의 주민

피터 오스본 윌크스 씨의 새 유언장

나의 윌크스 형제들에게

내가 일찍 세상을 떠나면 할 일

커다란 집과 샤슬에 묻힌 커다란 금화 자루의 절반은 조지의 딸들이자 나의 조카인 메리 제인, 수전, 조애나에게 준다. 동물, 특히 몇 년 전에 나타난 커다란 갈색 개도 이들에게 준다.

제혁소와 땅과 샤슬에 묻힌 커다란 금화 자루의 절반은 세상에 남아 있는 형제들에게 준다.

위 유언을 위해 문서를 작성하며 병 때문에 아파서 서명은 못하지만 다음과 같이 표시한다.

X

나는 종이를 접어서 봉투에 넣고 봉인 부분에 '형제들에게 남기는 마지막 유언'이라고 적은 다음 문구 서랍에 넣었다. 그런 다음 내 방으로 가서 금화—세어 보니 415달러였다—를 베갯잇에 넣어 침대 밑에 쑤셔 넣었다.

내일이면 그린빌 주민 모두가 피터 윌크스의 장례식을 멍하니 바라볼 테고, 나랑 아이들이 맨 앞줄 한가운데 앉을 것이다. 하지만 드디어 모두 집으로 돌아가고 나면 아무도 우리를 찾지 않을 거다. 우리는 그때 가진 돈을 다 챙겨서 해가 뜨기 전에 몰래 빠져나가면 된다.

수전과 조애나를 찾아서 아래층으로 내려간 나는 거실에 놓인 피터 윌크스의 시신을 지나쳤다. 애브너 섀클포드가 나무 숟가락으로 퍼렇게 변한 혀를 입속으로 집어넣으려 애쓰고 있었다. 걸음을 멈추고 잠시 바라보았다. 어떤 감정을 느껴야 했을지도 모르지만 느껴지지 않았다. 아무튼, 그때 바로는 아니었다.

밖에서 환호 소리가 들려서 나갔더니 조애나와 수전이 길 쪽을 보고 있었다. 사람들이 낯선 사람 세 명을 둘러싸고 껑충껑충 뛰고 춤을 추면서, 엄청난 쇼를 기대하면서 다가오고 있었다. 나는 엄청난 쇼를 보여주기로 마음먹었다.

"조애나." 내가 조애나를 한쪽 옆으로 데려가서 말했다. "저 사람들이 누구든 우리는 당분간 진짜 삼촌이라고 믿는 척하자. 그렇게 시간을 벌면서 저 사람들을 어떻게 할지 고민해볼게."

조애나가 나를 보며 고개를 끄덕였다. 이제 조애나도 한편이었다.

두 번째 귀향

사람들이 마당을 채웠고 다들 잘 보이는 곳에 자리를 잡으려고 애썼다. 두 남자가 앞으로 나섰다. 한 사람은 뻣뻣하게 풀 먹인 김징 양복 차림으로 경건한 표정을 지었고, 또 한 사람은 팔을 휘두르며 허공에 주먹질을 했다. 대단한 연기였다. 천재가 아니더라도 누가 전도사인 하비 삼촌이고 누가 말하지도 듣지도 못하는 윌리엄 삼촌인지 알 수 있었다.

내가 조애나를 곁눈질하며 눈을 두 번 깜빡인 다음 모두가 볼 수 있도록 '오랫동안 만나지 못했던 삼촌, 환영해요'라고 말하듯, 전도사 삼촌을 힘껏 끌어안았다. 옆을 슬쩍 보니 조애나도 말 못 하는 삼촌을 똑같이 끌어안았고 온 마을 사람들이 이 광경에 기뻐하며 환호성을 질렀다.

용기를 얻은 나는 기쁨에 겨워 양손을 뻗고 전도사 삼촌의 이마에 입을 맞추었다. 그런 다음 삼촌의 등을 툭 치고 다시 껴안고 또 껴안았고, 결국에는 모든 사람이 서로 끌어안고 입 맞추고 등을 치고 환호했다.

누군가가 하모니카를 불기 시작하자, 어떤 사람은 주전자를 불어 소리를 냈고, 어느새 다들 손에 손을 잡고 고개 숙여 인사하더니 네 명씩 짝을 지어 추는 스퀘어댄스가 즉석에서 시작되었다.

삼촌의 어깨 너머로 마당을 살펴보자, 짐을 잔뜩 진 청년이 눈에 띄었다. 나와 비슷한 키와 몸무게, 뒤로 넘겨 포니테일로 묶은 금발… 커다란 어깨와 파란 눈과 각진 턱….

키가 나랑 비슷한 파란 눈의 포니테일 소년은 춤추는 사람들 속에서 혼자였고, 이 세상에서 유일하게 짝이 없는 사람처럼 보였다. 그의 주변에서 사람들이 빙글빙글 돌면서 발뒤꿈치를 찼고, 하모니카 소리가 울릴 때마다 점점 더 즐거워했다. 소년은 자기 신발을 내려다보고 다시 하늘을 올려다보더니 단추가 하나 떨어진 셔츠

소맷부리를 보았다.

그런 다음 그가 고개를 들어 나를 보았다. 우리의 시선이 얽혔을 때, 그가 미소를 지었다.

쿵쾅, 쿵쾅, 쿵쾅!

가슴이 울렸다. 나는 잡고 있던 삼촌의 손을 놓았다. 그리고 두 손을 내뻗으며 현관에서 뛰어내렸다. 키가 나랑 비슷한 파란 눈의 포니테일 소년은 들고 있던 여행 가방을 떨어뜨리고 두 손으로 내 손을 붙잡았다. 어느 순간, 우리는 서로의 품에 안겨 얼굴을 마주 보고 있었다.

그는 정말 깜짝 놀란 것 같았다. 그건 단번에 알 수 있었다. 그런 다음, 찰나의 순간이 지나고 그가 미소를 지었다. 정말 더없이 행복해 보였다. 그것 역시 알 수 있었다.

우리는 빙빙 돌기 시작했다. 가운데 딱 붙은 두 개의 바람개비 날개처럼 서로를 꽉 붙잡고 계속 돌고 돌았다. 숨이 차오르고 머리가 풀어지고 옷깃이 뜯길 때까지 멈추지 않았다. 나는 이제 내가 아니었다. 그 이상이었다.

나는 그의 이름도 몰랐다. 어디에서 왔는지, 어디로 가는지도 몰랐다. 그리고 그가 좋은 사람인지, 아니면… 그런 건 더더욱 알 수 없었다.

내가 아는 건 단 하나, 심장이 미친 듯이 뛰고 있다는 것뿐이었다. 이블린 이모가 조지를 처음 봤을 때, 그리고 엄마가 아빠를 처음 봤을 때처럼.

쿵쾅, 쿵쾅, 쿵쾅!

키가 나랑 비슷한 파란 눈의 포니테일 소년을 처음 봤던 그 순간처럼 심장은 뛰고 있었고, 우리는 손을 맞잡고 원을 그리며 빙빙 돌다가 웃음이 터져 함께 쓰러졌다.

소개

삼촌들은 음악이 느려지기도 전에 죽은 형을 보러 서둘러 집 안으로 들어갔다. 키가 나랑 비슷한 파란 눈의 포니테일 소년이 나를 보며 한 번 더 미소 짓더니 일어나서 두 사람을 따라갔지만, 썩 내키지 않는 듯했다. 마을 사람 절반이 그를 따라 들어갔는데, 그의 부족한 관심을 채울 만큼 관심이 많아 보였다.

나는 자리에서 일어나 흙을 털었다. 저쪽 헛간 너머 체리를 흘깃 보니 우리 집에 드나드는 사람을 전부 지켜보고 있었다. 나는 수전과 조애나를 찾다가 현관에 굳건하게 서 있는 두 사람을 보았다.

다음 순간, 집 안에서 그린빌 주민 대부분이 울면서 소란을 피우는 소리가 들렸다. 전도사 삼촌의 주재로 다 같이 기도를 드린 모양이었다. 여자들이 아주 엄숙한 표정으로 나와서 우리에게 입을 맞추고, 머리에 한 손을 얹고서 우리를 '귀여운 어린양'이라고 부르고, 뭐 그랬다.

지금까지는 우리에게 전혀 관심을 보이지 않았던 프록터 부인과 앱솝 부인—아니 로스롭 부인이었나?—과 그 밖의 사람들이었다. 한쪽 옆에 서서 이 모든 광경을 보며 고개를 젓는 바틀리 부인이 보였다.

이어서 남자들이 노래하며 나왔다.

만복의 근원 하나님
온 백성 찬송 드리고

대충 이런 노래였다. 대부분은 그저 멜로디에 맞춰 고래고래 소리만 질러댔지만. 상처 입은 짐승의 울음소리 같은 노래에도 여자들은 활기를 되찾고 기운이 넘쳐 보였다. 결국 음악이란 좋은 거다. 대체로 말이다.

전도사 삼촌이 연설을 시작했다.

"형제자매 여러분! 세상에 맙소사! 저와 제 동생은 정말이지 기가 막히고 코가 막히는 고생을 했습니다만, 어쨌거나! 이렇게 무사히 도착했습니다! 그야말로 감개무량, 그렇지 않습니까? 자자, 삐삐! 우리의 사랑스러운 세 조카, 메리 제인, 수전 그리고 조애나 그리고 저 하비와 저기 윌리엄, 우리가 이 자리에 함께한 것도 영광인데, 이 집안의 주요한 친구분들 몇 분과 저녁을 나눌 수 있다면 더할 나위 없는 영예가 되겠습니다요. 불쌍한 피터 형님이 살아 계셨다면 누구를 초대하고 싶어 하셨을지 저희는 잘 알고 있습니다. 그의 편지 속에서 자주, 아주 자주 언급되던 이름들이니까요.

그러니까, 이름을 말씀드리자면 이렇습니다. 홉슨 목사님, 롯 호비 집사님, 벤 러커 씨, 애브너 섀클퍼드 씨, 리바이 벨 씨, 로빈슨 선생님 그리고 각 가정의 부인들 그리고 바틀리 과부댁까지! 우리 모두 차 한 잔 가볍게 나누며 이 저녁을 뜻깊게 만들어보지 않겠습니까? 허튼소리! 다시 한번, 세상에 맙소사!"

그는 이름을 다 알았다. 그 부분은 인정한다. 그리고 물론 모두 그 자리에 있었나. 그린빌의 변호사인 리바이 벨은 오지 않았지만 나는 별로 신경 쓰지 않았다. 그때쯤 나는 변호사가 나타나지 않을 때보다 나타날 때 더 걱정해야 한다는 사실을 알았으니까.

전도사 삼촌의 잉글랜드 억양에 관해서라면, 본인은 통했다고 생각하는 게 분명했다. 다시 그 억양을 쓸 필요성을 느끼지 못했으니까. 말을 하지 못한다는 윌리엄 삼촌은 그저 멍청한 사람처럼 웃으면서 줄곧 구구… 구구구… 아기처럼 이상한 소리를 냈다.

자, 나는 문제가 아주 많지만 멍청하지는 않다. 나는 두 남자가 수전과 조애나의 삼촌이 아니라는 걸 알았다. 체리가 아이들의 오빠가 아닌 것만큼이나 분명했다. 그들이 원하는 것을 짐작하기 어렵진 않았다. 악당이라면 쫓는 게 돈밖에 더 있을까? 내가 알고 싶은 건 그들이 누구인지, 어떻게 해서 우리에 대해서 이렇게 많이 아는지였다.

그리고 키가 나랑 비슷한 파란 눈의 포니테일 소년은 왜 이런 사람들이랑 어울리고 있을까? 그렇다면 그도 악당일까?

나는 답을 알지 못했지만 찾아낼 생각이었다.

자슬 구녁

나는 제발 사람들이 전부 속기만을 바라면서 내가 쓴 지 한 시간도 안 된 가짜 유언장을 가지고 나왔다.

"여기요!" 내가 봉투를 전도사 삼촌의 손에 쥐어줬다. "피터 삼촌이 나머지 삼촌들이 오시면 드리라고 했어요. 삼촌이 바라시던 대로 전해드렸으니 이제 마음 편히 눈감으실 수 있겠네요."

나는 순진하고 굳게 믿는 눈빛으로 그를 올려다봤다. 조애나가 와서 나보다 더 애틋하게 말 못 하는 삼촌을 끌어안았다. 한쪽 옆에 서 있는 수전은 애를 쓰는 우리보다 더 자연스럽게 다정한 표정이었다.

전도사 삼촌이 편지를 꺼내서 읽은 다음 가짜 눈물을 한두 방울 닦았다. "자, 얘들아, 쟈슬이 어디니?" 그가 나에게 물었다. 내가 말해주자마자 그와 말 못 하는 삼촌은 지하실 계단을 걸어가는 것도 아니고 곧장 달려 내려갔다.

키가 나랑 비슷한 파란 눈의 포니테일 소년이 그들을 따라가자 나는 슬펐다. 그는 어쨌든 우리 편이라고 믿고 싶었다. '조애나의 도움을 받아서 그가 뭘 하려는 건지 알아내야겠어.'

조애나를 한쪽 옆으로 데려가서 말했다. "조애나, 저 사람들을 방으로 안내할 때 포니테일 소년을 다락방으로 데리고 올라가서 최대한 알아내줄래? 정직한 얼굴을 하고 있으니까 진짜 사연을 말할지도 몰라."

"그럴게, 메리 제인."

"또 체리가 집 안에 머물되 사람들 눈에 안 띄게 할 수 있어?"

"아, 체리는 내가 시키면 뭐든지 할 거야."

"좋아. 난 저 사람들을 못 믿겠어. 체리가 우리를 제일 잘 지켜줄 거야. 들키지 않고 마음대로 돌아다닐 수만 있으면 말이야."

지하실에서 동전이 짤랑거리는 소리가 들렸다. 내가 파냈다가 다시 묻은 금화 주머니를 삼촌들이 찾아낸 거였다.

이제 그린빌 주민의 나머지 절반이 무슨 일인지 보려고 안으로 들어왔는데, 로빈슨 선생님이 맨 앞에 있었다. 표정을 보니 참견하려는 게 분명했다.

다들 모여들어서 전도사 삼촌이 금화를 헤아리고 두 더미로 나누는 것을 지켜보았는데 영영 끝나지 않을 것만 같았다. 루스터가 계산을 배운 첫날 걸렸던 시간의 두 배는 걸렸을 거다. 1년처럼 느껴지는 시간이 지난 다음 내가 두 더미를 헤아려보니 전부 합쳐서 6천 달러가 아닌가?

'내가 아까 꺼낸 돈은 어떻게 된 거지? 저 사람들, 어떤 멍청한 사람한테 들은 액수에 맞추려고 자기 돈으로 메꿀 만큼 바보인가?' 두 바보를 상대하는 일은 생각보다 훨씬 더 쉬울 것 같았다.

전도사 삼촌이 가슴을 쫙 펴고 다시 연설을 했다.

"친구 여러분, 저기 누워 있는 불쌍한 우리 형은 아버지도 어머니도 없이 슬픔의 골짜기에 남겨진 가여운 이 세 어린 양에게 인정을 베풀었습니다…."

그는 자기들 몫의 돈으로 무엇을 해야 할까 고민이라면서 좋은 생각이 났다고, 말 못 하는 삼촌에게 물어보면 되겠다고 했다. "내가 윌리엄을 안다면, 저는 잘 안다고 생각하는데요, 제 동생은, 아니, 그냥 물어보죠."

그가 말 못 하는 삼촌을 향해 손을 퍼덕거리자 말 못 하는 삼촌이 구구 소리를 내며 대답했다. "이럴 줄 알았습니다." 전도사 삼촌이 선언했다. "이러면 우리가 어떤 기분인지 누구나 다 납득할 겁니다."

전도사 삼촌이 6천 달러를 전부 자루에 다시 쓸어 담았다. "자, 메리 제인, 수전, 조애나, 이 돈을 가져라. 전부 가져! 저기 누워 있는 삼촌의 선물이다. 차갑게 식었지만 기뻐하실 거다."

거짓말은 하지 않겠다. 상황이 이렇게 급변하자 나는 말도 못할 만큼 놀랐다. 달리 어떻게 해야 할지 몰라서 전도사 삼촌의 품에 뛰어들어 꽉 안아주었다. 조애나도 말 못 하는 삼촌을 끌어안았다. 우리는 불쌍한 어린 양이었다.

전도사 삼촌이 감동하여 흐느끼면서 형이 아프다는 소식을 듣고 정말 놀랐다고, 여기 모인 절친한 친구들과 함께 건강하게 살고 있다는 편지를 자주 받았다고 중얼거렸다. 그러자 로빈슨 선생님이 면전에 대고 비웃었다.

전도사 삼촌은 미소만 지으며 손을 내밀어 악수를 청했다. "우리 형의 아주 좋은 친구인 의사 선생님이신가요? 저는…"

"손대지 마시오!" 로빈슨 선생님이 말했다. "당신이 영국인처럼 말한다고? 응? 내가 들어본 흉내 중 최악이군. 당신이 피터 윌크스의 형제라고? 당신은 사기꾼이야. 그게 당신 정체지!"

삼촌들은 어떻게 자신들이 피터 윌크스와 피를 나눈 진짜 가족이 아니라고 생각할 수 있냐며 기절할 듯이 굴었지만, 의사는 전혀 믿지 않았다. 로빈슨 선생님이 나를 보고 직설적으로 말했다.

"난 네 삼촌의 친구였고 네 친구이기도 하다, 메리 제인. 친구로서 경고하는데 이 한심한 악당을 쫓아버려라. 제발 부탁이야. 응?"

'빌어먹을 로빈슨 선생님!' 나는 이렇게 말하고 싶었다. 모든 계획을 중단시킬 엄청난 드라마만큼은 절대 사절이었다. 내게 필요한 건 모든 일이 매끄럽게 굴러가는 거였다. 장례식이 빨리 끝날수록 나와 아이들도 빨리 도망칠 수 있으니까.

바로 그 순간 나는 획기적인 행동을 취해야 한다는 사실을 깨달았다. 삼촌들이 내가 자기들 말에 속았다고 굳게 믿게 할 무언가를 해야 했다.

그래서 허리를 똑바로 펴고 로빈슨 선생님에게 말했다. "이게 제 대답이에요!" 그런 다음 금화 자루를 전도사 삼촌에게 넘겼다. "두 분이 6천 달러를 전부 가지시고 저와 제 동생들을 위해 원하시는 대로 투자해주세요. 영수증도 필요 없어요."

대단한 희생은 아니었다. 나에게는 아직 두 주머니를 채울 정도의 금화가 있었고, 위층 돈통에 52달러 28센트도 있었다.

삼촌들은 진짜 같은 눈물을 흘리며 울었고, 나는 두 사람이 완전히 속아 넘어갔다는 것을 알았다. 하지만 로빈슨 선생님의 설교는 아직 끝나지 않았다.

"좋아. 난 이 일에서 손을 떼겠어. 하지만 너희 모두에게 경고하마. 오늘을 생각할 때마다 속이 울렁거릴 날이 올 거다, 메리 제인."

"좋습니다, 의사 양반." 전도사 삼촌이 말했다. "한번 해보고 진짜 병이 나면 사람을 보내 의사 선생님을 부르도록 하죠." 그러자 나를 포함해서 모두가 웃음을 터뜨렸다.

의사는 투덜거리면서 뛰쳐나갔다. 자존심에 너무나 큰 상처를 입어서 안 됐다는 생각이 들 정도였지만, 그러다가 내가 피터 윌크스를 치료하려 애쓸 때 그가 아무것도 하지 않았음이 기억났다.

친구냐 적이냐

나는 손님들을 위층으로 안내하고 말 못 하는 삼촌에게 수전이 쓰던 방을 내주었다. 그런 다음 내 원피스가 두 벌 걸려 있는 방으로 전도사 삼촌을 안내하다가, 자루에서 꺼낸 금화를 노란 원피스 치맛단에 넣고 꿰매야겠다고 문득 생각했다.

'돈이 사라진 걸 누가 알아차려도 거기까지 찾을 생각은 못 할 거야.'

"옷이랑 물건은 치워드릴게요." 내가 옷걸이를 잡으며 말했다.

"오, 아니야. 괜히 수고할 거 없다. 우린 가족이잖니!" 전도사 삼촌이 말했다. 나는 최대한 다정하게 미소를 지었다. "아니에요. 삼촌에게 방해가 될 텐데, 그러면 안 되죠. 나중에 와서 가져갈게요."

내가 조애나에게 파이처럼 달콤하게 말했다. "동생아. 젊은 손님을 다락방으로 모시고 가서 주무실 방을 보여드릴래?" 조애나는 장난스러운 표정으로 나를 보면서 그 남자와 사라졌다. 조애나가 정보를 캐낼 거다.

얼마 안 지나 조애나가 내려와서 나한테 조용히 말했다. "음, 이름은 조래."

"조라고? 음…. 그거 말고는?"

"별로 없어. 아마… 으음, 같이 온 사람들을 무서워하는 것 같아."

나는 생각했다. '그를 안심시켜야 해, 그러면 전부 말해줄 거야.'

"조애나, 잘 들어. 너랑 나 둘이 친구냐 적이냐 작전을 펼칠 거야. 누가 포크스에 와서 장물을 팔려고 할 때 모파랑 내가 쓰던 방법이야. 적이 할 일은 상대방의 이야기를 캐내면서 땀을 뻘뻘 흘릴 정도로 난처하게 만드는 거야…. 그러면 친구가 등장해서 상대방의 편을 들지. 그러면 무척 마음이 놓여서 친절한 말 한마디만 던져도 조리 털어놔."

"그렇게 되면 우린 소가 저 삼촌들이랑 전혀 다르다는 걸 알게 될 거야." 조애나가 말했다. "왠지 조가 마음 깊은 곳에서는 좋은 사람이라는 느낌이 들어."

"그럴지도 모르지만, 그래도 조는 우리한테 사실을 말해서 그걸 증명해야 해." 내가 말을 이었다. "넌 주방에서 조랑 같이 저녁을 먹으면서 다그치는 적 역할을 해. 그동안 나는 식당에서 손님들 시중을 들게. 네가 조한테 잔뜩 겁을 주고나서 내가 들어가 친구 역할을 하면 조는 내가 구세주라고 생각할 거야. 할 수 있겠니, 조애나?"

"할 수 있어. 난 누구도 본 적 없는 극악무도한 적이 될 거야, 메리 제인. 하지만 누굴 흉내 내면 되는지 알면 좋겠다…. 난 못된 사람을 별로 많이 못 봐서."

"선한 일을 하는 척해." 내가 말했다. "내가 만난 사람들 중에서 그런 사람이 제일 비열하더라." 마틴 목사님과 사모님을 떠올리며 내가 덧붙였다. 조애나는 무슨 말인지 안다는 듯이 고개를 끄덕였지만, 사실은 모르는 것 같아서 다행이었다.

나는 전도사 삼촌 방으로 들어갔지만, 잠시 후 계단을 올라오는 발소리가 들려서 원피스를 챙겨 나올 시간밖에 없었다. 나는 내 방으로 가서 침대 밑에 원피스를 쑤셔 넣고 아래층으로 가서 식당에서 삼촌들을 귀빈처럼 대접하며 저녁 식사를 했다. 두 사람은 역시 실없는 말을 늘어놓았다. 적어도 전도사 삼촌은 그랬다. 말 못 하는 삼촌은 훈련받은 물개처럼 팔을 퍼덕거렸다.

나는 습관대로 비스킷이 엉망이라고, 잼이 형편없다고, 닭튀김이 맛없고 질기다고 불평을 늘어놓았다. 어느새 슈가가 하는 모든 일에 트집을 잡는 데 너무 익숙해졌다. 손님들은 음식이 정말 맛있다며 내가 직접 만들기라도 한 것처럼 나에게 칭찬을 아끼지 않았다.

나는 조애나가 적 역할을 할 시간을 충분히 준 다음, 내 차례다 싶어 당당하게 들어갔다. 조애나는 정말 놀라울 정도로 잘하고 있었다. 타고난 듯했다. 조를 벽 쪽으로 몰아세우고 성경책—사실은 그냥 사전이었지만—에 손을 얹게 하더니, 진실을 털어놓으라고 몰아붙이는 중이었다.

"음, 그렇다면 그중 일부는 믿을게. 하지만 나머지는 도저히 믿을 수가 없네." 내가 주방으로 들어갈 때 조애나의 말이 들렸다.

"뭘 못 믿는다는 거야, 조애나?" 내가 더없이 다정하게 말했다. 조는 우리가 바라던 대로 궁지에 몰린 주머니쥐처럼 어쩔 줄 몰랐다. 마치 가라앉는 배에 탄 사람이 구명보트를 바라보듯이 나를 보았다.

"그렇게 말하는 건 옳지도 않고 친절하지도 않아." 내가 조애나를 꾸짖었다. "게다가 조는 이방인이고 가족과도 멀리 떨어져 있잖아. 어떻게 사람을 그렇게 대할 수 있니?"

"넌 늘 그런 식이지, 메리 제인. 항상 누가 다치기도 전에 도우러 달려와. 난 아무 짓도 안 했어. 거짓말을 늘어놓길래 다 믿지는 않겠다고 말했을 뿐이야. 그 정도로 사소한 일은 견딜 수 있을 것 같은데, 아니야?"

내가 발을 쿵 굴렀다. "크든 작든 중요하지 않아. 조는 우리 집에 온 낯선 손님이고 그런 말을 하는 건 옳지 않아. 네가 조라면 얼마나 부끄럽겠니. 그러니까, 다른 사람을 부끄럽게 만드는 말은 하면 안 되는 거야."

"아니, 메리 제인, 조가…"

"조가 무슨 말을 했든 그건 중요하지 않아. 중요한 건 네가 이 애한데 친절하게 대해주고, 가족도 없이 고향에서 멀리 떨어져 있다는 걸 떠올리게 만드는 말은 안 하는 거야."

"좋아, 그럼." 조애나가 자기 역할을 완벽히 해내며 말했다. "네가 대신 사과해줘."

"미안해, 조. 네가 기대하던 친구가 되어주지 못해서 정말 미안해. 우리를 믿어주면 좋겠어. 마음에 걸리는 게 있다면, 뭐든 말해도 돼…."

조는 당장이라도 무너질 듯 서서 손을 비비며 안절부절못하고 있었다. 나는 가만히 서서 조에게 살짝 미소를 지었다. 어렵지 않았다. 말했듯이, 조는 내가 본 어떤 청년보다 아름다웠으니까. 물론 이건 '친구냐, 적이냐' 작전이기도 했지만 그와 가까워지고 싶은 마음도 분명히 있었다. 그러기 위해서는 진실을 아는 것이 가장 좋은 출발점이라고 믿었다.

조는 입을 열려다 말고는 그대로 멈췄다. 그러다 무언가 떠오른 듯 눈을 번쩍 뜨더니 나중에 보자는 인사조차 없이 위층으로 뛰어 올라갔다.

나는 조애나를 바라보며 물었다. "꽤 몰아세운 모양인데, 뭐라도 알아낸 거 있어?"

"하나도 없어. 오히려 거짓말만 더 늘어놨어. 들을수록 어처구니없더라. 그 사람들 이야기에 최대한 맞추려고 애쓰면서, 허점이 생기면 그걸 또 거짓말로 얼버무리려는 거야."

"말도 안 돼… 난 조가 그럴 줄은…." 나는 실망했고 그게 얼굴에 그대로 드러났을 것이다.

"조는 우리 편이 아니야, 메리 제인. 나도 안타깝지만. 개도 다른 사람들만큼이나 금화 자루에 눈이 먼 것 같아."

아이들은 자러 올라가고, 나는 부엌 한구석에 혼자 앉아 평생 가장 끔찍한 기분을 느꼈다. 조는 분명히 삼촌들 편이었고, 그 사실을 생각하자 마음에 조금씩 금이 갔다. 겉으론 아무리 멋져 보여도, 조는 거짓말쟁이였다. 그 사실이 가슴 아팠다.

물론 내가 이미 그에게 무슨 거짓말을 했는지 그때는 생각하지 않았다.

철야

나는 그날 밤을 침울한 기분으로 시작했고, 더욱 침울해졌다.

장례식 전날 밤에는 가족 중 누군가가 죽은 사람을 지키는 것이 전통이다. 내가 피터 윌크스와 시간을 제일 많이 보냈으니 내가 지키는 게 좋을 것 같았다.

나는 피터 윌크스의 시신이 떠날 준비를 마치고 누워 있는 모습을 보고, 애브너 섀클포드가 왜 마을에서 가장 인기가 많은지 알았다. 피터 윌크스는 살아 있을 때보다 죽은 모습이 훨씬 더 좋아 보였다. 얼굴에 뭔가 칠해 놓아서 내가 아는 것보다 더 마음씨가 좋아 보였다.

그러고 보면, 우리 모두 처음에는 그렇듯이, 피터 윌크스도 처음에는 마음씨가 착했을지도 모른다. 그가 눈을 뜰 수 있다면, 그리고 내가 그 눈을 다시 들여다볼 수 있다면 그의 밑바닥에서 그를 추억할 수 있는 다정함을 발견하게 될지도 몰랐다.

그러자 슬퍼졌다. 정말 슬펐다. 세면대 옆에 놓인 머리빗과 장

틀의 발톱깎이와 저 멀리 어딘가에 묻힌 그의 어머니의 유골을 떠올리자 다시 무척 슬퍼졌다.

흰 뚜껑이 달린 파란 병을 생각했다. 주머니에 든 단단한 약병이 느껴졌다. 어쩌면 이 약이 피터 윌크스를 낫게 했을지도 모른다. 내가 약을 주었다면 내 앞에 누워 있는 죽은 남자가 아직 숨을 쉬고 있을지도 모른다. 아이들과 나는 아직 수많은 문제를—그리고 나쁜 문제도—안고 있겠지만, 내가 다르게 행동했다면 한 남자가 아직 살아 있을지도 모른다. 그건 무거운 짐이었다.

나는 울기 시작했다. 큰 소리로 울지는 않았지만 눈물이 뚝뚝 떨어졌고, 그칠 수가 없었다.

바틀리 부인이 들어와서 옆 의자에 앉았다. 부인이 내 머리를 자기 어깨에 기대게 하고 말했다. "죽음은 정말 슬픈 일이지. 누구든, 그 사람이 무슨 짓을 했든 상관없어. 누군가의 죽음을 보면 자기 죽음을 느끼지 않을 수 없거든. 그냥 슬퍼하렴, 메리 제인. 피터 윌크스를 위해서 네가 할 수 있는 걸 전부 했잖니."

나는 잠시 말을 아꼈다. 속에서 진실이 병에 갇힌 탄산처럼 부글부글 차올랐다. 터뜨리고 싶진 않았지만 참을 수 없었다. 죄책감이 너무 컸다. 그 착한 퀘이커교도 부인이 나를 실제보다 훨씬 괜찮은 사람이라 믿고 있는 걸, 단 1분도 견딜 수 없었다.

"하지만 제가 할 수 있는 걸 전부 하지 않았어요, 바틀리 부인." 내가 주머니에서 파란색 작은 병을 꺼내서 부인에게 건넸다. "이걸 안 줬어요."

병을 받아든 바틀리 부인은 약병 뚜껑이 열리지도 않았고 약이 아직 가득 차 있는 것을 보았다. 부인이 두 팔로 나를 끌어안고 말했다. "아, 넌 정말 순수하구나! 내가 너한테 준 건 그냥 색소를 탄 물이야. 난 병에 담긴 마음의 평화라고 생각했지. 윌크스의 죽음에 대해서 절대로, 절대로 너 자신을 탓하지 마."

부인이 병을 돌려주었고 나는 안도했다. 하지만 그 느낌은 곧 사라졌다.

밤이 깊어지자 바틀리 부인이 자리에서 일어나 촛불을 하나만 남기고 다 껐다. "넌 피터 윌크스의 곁을 지켜주렴, 메리 제인. 하지만 마음을 편하게 가져. 하나님이 집으로 데려가신 거지, 네가 그를 보낸 게 아니야. 난 이제 가게로 돌아가야 해. 장례식에 맞춰서 다시 올게." 부인이 내 이마에 입을 맞추고 떠났다.

나는 자리에 앉아서 새벽을 기다렸다. 뒤에서 누가 부르는 소리가 들렸다고 생각했지만, 돌아보니 아무도 없었다. 귀신을 믿었다면 귀신이라고 생각했겠지만 난 귀신을 믿지 않았다. 그저 아무 데도 가지 못하고 방 안을 뱅뱅 도는 내 슬픈 생각일 뿐이었다.

바틀리 부인의 말이 맞았다. 나는 사람을 죽이지 않았다. 하지만 난 누군가가 살아나도록 돕지 않겠다고 결심했다. 피터 윌크스를 낫게 할 수도 있다고 생각했던 약을 주지 않았다. 앞으로 그 사실을 감당하며 살아가야 할 것이다. 나는 아직도 주머니에 파란 병을 넣고 다니면서 그 병이 만져질 때마다 피터 윌크스의 죄와 그 뒤에 이어진 내 죄를 떠올린다.

하지만 나는 그때로 돌아가도 똑같이 할 것이다. 그건 안다. 그때는 다른 방법이 보이지 않았고, 지금도 다른 방법이 보이지 않는다. 나는 선택을 해야 했고, 그래서 선택했다.

나는 가족을 안전하게 지킬 선택을 했다.

28장

미츠바

 새벽빛이 밝아질수록 촛불은 점점 희미해졌다. 해가 완전히 떠오르자 나는 위층으로 올라가 노란 원피스 밑단에 금화 415달러를 넣고 꿰맸다. 손에 쥔 묵직한 감촉이 이상하게도 든든했다. 우리에게 필요한 돈은 그보다 적었기에 쓰고도 남을 만큼 충분했다. 바느질을 마친 뒤 원피스를 침대 밑에 밀어 넣고 아이들 곁에 누웠다.
 하지만 아무리 애를 써도 잠이 오지 않았다. 그저 벽을 멍하니 바라볼 뿐이었다. 평소처럼 영국 여왕들의 이름을 하나씩 떠올려도 봤지만 이번엔 소용이 없었다. 몸은 잠들 준비가 돼 있었지만 마음이 도무지 가라앉질 않았다.
 그린빌에서 나는 잘못들을 저질렀고, 피터 윌크스에게 저지른 잘못이 전부는 아니었다. 그즈음 나는 나 자신이 노예제 폐지론자가 아니라 '여주인'이라는 사실을 받아들이고 있었고, 슈가와 캔디도 나를 여주인으로 보았다. 결국 중요한 건 그들이 나를 어떻게 보느냐 아니겠는가? 나는 예전의 내가, 그러니까 세상이 단순하다고 철석같이 믿으며 그런 '여주인'을 누구보다 혐오하던 시절의 내가 가장 경멸했던 사람이 되어 있었다. 핑계를 대자면 백 가지도 넘게 댈 수 있었지만, 결국 진실은 하나였다. 나는 그보다 나은 사람이 될 용기가 없었다.

나는 에디가 그린빌에서 마지막 나날을 어떻게 보냈는지 떠올렸다. 에디는 남은 사람들을 위해서 미츠바를 했다. '어쩌면 나도 마지막 날을 그렇게 보내야 할지도 몰라.' 피터 윌크스에게 보상하기에는 너무 늦었지만 어쩌면 슈가와 캔디를 두고 떠나기 전에 뭔가를 돌려줄 수 있을지도 모른다.

잡화점에 가니 평소와 달리 현관이 텅 비어 있었다. 그린빌 주민 전체가 피터 윌크스의 장례식에 가려고 각자 집에서 잔뜩 꾸미고 있었기 때문이다. 내가 문을 열고 얼굴을 들이밀었다. 바틀리 부인이 계산대 뒤에 앉아 모닝커피를 마시고 있었다.

"안녕, 메리 제인. 이제 좀 나아졌니? 애들은 어떻게 견디고 있어?"

"우리는 괜찮아요. 아마도요. 그런데 말씀드릴 것도 있고 드릴 것도 있어서요. 뒷방으로 가서 둘이 이야기 좀 나눌 수 있을까요?"

뒷방으로 들어가자 부인이 문을 단단히 닫고서 잠갔다. 불이 어두워서 잘 보이지 않았지만 잔뜩 쌓여 있던 퀼트는 사라진 것 같았다.

"무슨 일이데 그러니?" 부인이 물었다.

"이제 삼촌들이 오셨으니 아이들이랑 저는 곧 떠날 거예요. 예상하셨겠지만요." 전부 거짓말은 아니었지만 온전한 진실도 아니었다. 나는 거짓과 진실 사이의 틈을 찾는 데 능숙해지고 있었다.

"메리 제인, 나는 그 두 사람이 의심스러운데…."

"괜찮을 거예요. 걱정하지 마세요." 내가 말했지만 부인은 별로 믿지 않는 눈치였다.

내가 둘둘 뭉친 노란 실크 원피스를 내밀었다. "가기 전에 이걸 드리고 싶어요. 피터 윌크스가 죽고 나서 제가 훔친 금화 415달러가 들어 있어요. 토지가 정리된 다음에 슈가와 캔디를 풀어주는 데 쓰고 싶어요. 부인이 해주실 거라고 믿어요. 그렇게 해주시겠어요?"

"메리 제인, 뭐 하는 거니? 누가 이러라고 하든?"

"그런 사람 없어요. 전 그냥…. 바로잡고 싶어서요. 피터 윌크스는 슈가와 캔디를 합치면 4백 달러라고 생각했으니까, 이 돈이면 충분할 거예요."

바틀리 부인이 한숨을 쉬었다. "아, 애야. 네가 모르는 게 많단다. 판사가 안 된다고 할 수도 있어. 그런 경우도 봤거든. 그리고 슈가와 캔디가 자유를 살 수 있다고 해도 어디로 가겠니? 어떻게 살아가겠니? 자유로운 삶이 쉬운 삶이라는 뜻은 아니야. 특히 누군가의 재산이었던 사람은 더욱더."

"북부의 자유주로 가면 안 돼요? 《톰 아저씨의 오두막집》 끝에서 일라이자가 아들 헨리를 안고 자유주로 가는데…"

"메리 제인, 《톰 아저씨의 오두막집》은 상상 속 사람들에 대해서 쓴 이야기야. 슈가랑 캔디는 자신만의 이야기, 진짜 이야기가 있고, 네가 415달러로 그 이야기의 주인공이 될 수는 없어. 그걸 알아야 해."

내가 양심을 달래고 싶었던 건 사실이지만 정말로 그것만은 아니었다. 나는 미츠바를 계획하면서 바람도 갖기 시작했다. 나는 슈가와 캔디가 제혁소에서 필요한 만큼 멀리 떠날 수 있기를 바랐다. 두 사람이 비밀리에 숨어서만이 아니라 공개적인 곳에서도 같이 즐거운 시간을 보낼 수 있기를 바랐다. 가족이 그러듯이 물을 튀기고 노래하고 매일, 아니면 원할 때면 언제든, 구운 고기의 가장 좋은 부분을 먹기를 말이다. 이제 나는 그런 일들이 바랄 가치가 있다는 걸 알 만큼 아는 게 많아졌다.

"바틀리 부인, 전 이야기책의 주인공은 아닐지 몰라도 지금 여기 있어요. 제 말에 대답해주세요. 415달러면 슈가와 캔디 이야기의 줄거리를 충분히 바꿀 수 있을까요?"

"그래, 메리 제인. 그럴 거야."

"그러면 이 돈을 받아주세요. 어차피 슈가와 캔디가 벌어준 피터 윌크스의 돈이에요. 그리고 할 수 있는 일을 해주세요. 그렇게 해주시겠어요?"

"그래, 메리 제인. 약속할게." 내가 원피스를 건네자 부인이 그것을 개서 퀼트가 있던 선반에 넣었다. "이제 장례식에 가렴. 나는 어디서부터 시작할지 생각해봐야겠다."

나는 집으로 걸어가면서 돈이 과연 도움이 될지 생각해보았다.

'자, 나는 내 역할을 다했어.' 그동안 몇 번이나 지나다닌 흙길을 걸어가며 나는 자신에게 말했다. '더 많은 일을 했을 사람도 있겠지만, 난 더 적은 일을 했을 사람도 많이 알아. 그래도 나는 뭔가를 했고, 그게 아무것도 안 하는 것보다는 나아.'

그것이 정말 미츠바였는지는 잘 모르겠다. 언젠가 에디를 다시 만날 수 있다면, 그때 가서 물어보면 되겠지. 그렇게 되면 참 좋을 것 같다.

장례식

잡화점에서 돌아오는 길에 나를 향해 걸어오는 수전과 조애나를 만났다. 물론 체리가 앞장섰다.

"메리 제인, 아래층에 내려갔더니 네가 시신 옆에 없어서…" 수전이 말했다. "네가 어딜 갔는지 몰랐어."

조애나가 덧붙였다. "체리한테 네가 어디 있냐고 물었더니 대문으로 달려가서 따라오라는 것처럼 우리를 돌아보더니 여기로 데리고 왔어." 조애나가 무릎을 꿇고 체리를 쓰다듬었다. "네가 말한 대로 진짜 여기 있네. 정말 대단하구나!"

"장례식이 곧 시작할 거 같아." 수전이 말했다. "사람들이 벌써 와서 샌드위치를 먹고 있어."

이제 아이들에게 말할 때가 되었다. "얘들아, 여기에는 우리를 위한 게 아무것도 없어. 그러니까 도망칠 거야. 지금은 나를 믿고 언제, 어디로, 어떻게 갈 건지 묻지 말아줘."

"우리 다 같이 가는 거지?" 수전은 걱정스러워 보였다.

"당연하지, 얘들아."

"당연히 그럴 거야, 수전." 조애나가 언니의 팔짱을 끼며 말했다. "체리도 같이 가는 거지?"

"응. 늘 그렇듯이 체리가 우릴 제일 잘 지켜줄 거야." 내가 말했다. 이제 내가 체리를 쓰다듬을 차례였다. 체리는 다 알아들은 것처럼 진지한 표정이었다.

집으로 돌아가니 피터 윌크스의 장례식이 시작되려는 참이었다. 그래서 우리는 맨 앞의 우리 자리로 갔다. 체리도 평소처럼 조애나의 다리에 딱 달라붙어서 같이 들어가려고 했다.

내가 조애나에게 그 애도 이미 알고 있는 사실을 말했다. "조애나, 체리는 장례식에 참석 못 해."

"지하실에서 못 나오게 할게." 조애나가 말했다. "지하실은 가까우니까 여기 소리가 다 들릴 거고, 체리도 장례식이 끝날 때까지 안심할 거야."

우리는 앞줄에, 목을 가다듬느라 바쁜 홉슨 목사님 옆에 앉았다. 피아노 연주가 시작되자 수전의 얼굴에 진짜 고통이 떠올랐다. 목사님 부인이 끼익끼익 우르릉쿵쿵 건반을 두드렸지만 어쨌든 우리 모두 일어나서 노래를 불렀다.

영원한 반석이시여 날 위해 품 여사
당신께 나 자신 숨기게 하소서

그런 다음 목사님이 설교를 시작했다.

"죽음. 죽음이란 무엇일까요? 음, 죽음은 끝입니다. 모든 것의 끝. 여러분에게 기쁨을 주는 사소한 것들을 전부 떠올려보세요. 죽는다는 건 그중 무엇도 두 번 다시 할 수 없다는 뜻입니다. 여기 죽어 누워 있는 피터 윌크스를 보세요. 그에게 기쁨을 주던 것이 무엇이었든 피터 윌크스는 이제 그것을 두 번 다시 못 할 겁니다. 그는 완전히 죽었습니다.

저요, 저는 목사입니다. 여러분을 이끄는 목자죠. 여러분은 모두 죽을 것이고, 몇몇은 생각보다 빨리 죽을 겁니다. 여러분의 때가 오면 아마 제가 그 임종의 자리에 앉아서 여러분에게서 생명이 빠져나가는 모습을 지켜보겠지요.

'목사님, 두렵습니다.' 여러분은 저에게 말할 겁니다. '죽고 싶지 않아요!' 저는 '당신은 죽을 겁니다. 아마 이제 오래 걸리지 않을 겁니다'라고 말하겠지요. 여러분은 '제가 천국에 갈까요?'라고 물을 겁니다. 다들 그러니까요. 저는 '말하기 어렵습니다'라고 대답할 겁니다. '하지만 곧 알게 되겠지요.'라고요."

그때 개 짖는 소리가 들렸다. 아니, 개가 미친 듯이 짖는 소리가 들렸다. 모두 하던 일을 멈추고 서로 마주 보았지만 아무 말도 하지 않았다. 짖는 소리는 계속 이어졌다. 결국은 목사님이 5분 동안 아무 말도 못 할 정도였지만 썩 아쉬워하는 사람은 아무도 없었을 것이다. 확실하다.

조애나가 눈이 쟁반만큼 커져서는 나를 보았다. 어깨 너머로 애브너 섀클포드가 슬쩍 나가는 모습이 보였다. 그런 다음 그가 통, 통, 통 지하실 계단을 내려가는 소리가 들렸.

개 짖는 소리가 더 들리다가 조용해지더니, 계단을 올라오는 발소리가 들리고, 애브너 섀클포드가 다시 스윽 들어왔다. "쥐를 잡았어!" 그가 거친 목소리로 속삭였는데, 모두에게 들릴 만큼 큰 소리였다. 나랑 조애나는 다시 자리에 앉아 한숨을 쉬었다. 체리가 그냥 체리답게 군 거였다.

우리는 관을 따라 묘지로 걸어갔다. 나와 아이들은 착한 어린 양답게 검은 베일을 썼다. 무덤에 도착하자 전도사 삼촌이 일어나서 사랑하는 고인에 대해서 쓰레기 같은 말을 늘어놓았고, 말 못하는 삼촌은 팔을 퍼덕거렸다. 이미 익숙한 광경이었다. 그런 다음 운구자들이 밧줄을 놓자 관이 1.8미터 깊이의 구멍으로 미끄러졌고, 피터 윌크스는 드디어 집을 찾은 것처럼 편안하고 반듯하게 자리를 잡았다.

나는 장례식 내내 조를 지켜보았다. 마음 한구석에서는 아직도 그가 계획을 포기하고, 삼촌들의 계략을 털어놓고, 우리의 진정한 친구가 되기를 바랐다. 하지만 조는 그러지 않았다. 그는 세 사람 몫을 합친 것처럼 슬픈 표정으로 내가 본 유족 중에서 제일 즐거워 보이는 두 유족을 따라 터덜터덜 걸어갔다.

그날 밤 아이들은 내 침대에서 잤고 체리는 침대 옆 바닥에서 잤다. 조애나의 손이 체리의 귀까지 내려와 있었다. 나는 눈도 제대로 뜨지 못한 채 문에 귀를 붙이고 있었다. 삼촌들은 금화 6천 달러에 만족하며 어둠을 틈타 빠져나갈 것이 분명했다. 삼촌들이 빠져나가면 우리도 기회를 잡아서 다른 방향으로 몰래 빠져나갈 생각이었다.

내 옆에는 보따리 세 개와 체리의 끈이 손 닿는 위치에 놓여 있었다.

우리는 도망칠 준비가 끝났다.

일찍 일어나는 새

새벽 무렵 계단에서 부스럭거리는 소리가 들리더니 방충문이 쾅 닫혔다. 우리의 손님들이 집에서 나가는 소리였다. 나는 서로 끌어안고 자는 아이들이 너무나 평화로워 보여서 먹을 것을 챙기는 동안 몇 분 더 자게 놔두기로 했다. 아이들이 언제 다시 안전하고 편안하게 잘 수 있을지 누가 알겠는가?

나는 방에서 나가서 식료품실로 가다가 다시 집으로 들어오는 우리의 세 악당과 마주쳤다. 조는 어제만큼이나 미안한 표정이었지만, 두 삼촌은 카나리아를 잡은 고양이처럼 흡족하게 웃고 있었다.

"이런. 아, 이런. 벌써 일어나서 나왔구나?" 전도사 삼촌이 아주 만족스러운 표정으로 말했다. "내일 치를 경매를 예약하고 오는 길이란다."

"경⋯매라고요?"

"그럼, 당연하지! 집이랑 땅, 공구, 전부 팔아치울 거야."

예상했어야 했다. 삼촌들은 피터 윌크스의 땅에서 마지막 한 푼을 짜낼 때까지 떠나지 않을 것이다.

"그으럼, 일찍 일어나면 늘 보상이 따르지! 우리가 잡화점에 있을 때 '전직 투기꾼'이었다는 사람이 들어와서 윌크스 형제를 찾더구나. 악수를 하기도 전에 그 사람이 내 재⋯ 어, 우리 재산을 다 사겠다는 거야."

나는 내 귀를 의심했다. "그러면⋯ 슈가랑 캔디를 팔았어요?"

"아, 이름도 있어? 너희는 마음이 너무 약하구나⋯. 아무튼, 그래, 팔았다! 여기 봐라. 금화 백 달러야. 진짜 금이지. 그 사람이 이걸 그 자리에서 주면서 재산을 가지러 올 때 백 달러 더 준다더라. 물론 그런 사람한테서 지폐를 받을 순 없지. 우리가 아는 한 그놈은 제일 힘든 시기를 보내는 불쌍한 세 아이를 벗겨 먹으려는 거짓말쟁이에다 사기꾼 악당일지도 모르니까!"

조를 흘깃 보니 삼촌이 한마디씩 더할 때마다 괴로움이 커지는 듯했다. 그래서 나는 조가 끼어들어서 다 털어놓을지도 모른다는 희망을 품었다. 지금이 딱 적당한 때였다. 하지만 조는 그러지 않았다.

예상대로 '전직 투기꾼'은 점심을 먹고 나타나 금화 백 달러를 건넸다. 그렇게 캔디는 강을 따라 상류의 멤피스로, 슈가는 하류의 뉴올리언스로 팔려갔다. 나는 그 아이를 엄마에게서 떼어내는 장면을 굳이 묘사하고 싶지 않다. 양쪽에서 남자 두 명이 붙잡아야 할 정도였다는 말만 하겠다. 당신이 상상하는 것보다 훨씬 더 끔찍했다. 그 어떤 노예제 폐지론자가 팸플릿에 썼던 이야기보다, 아니 앞으로 쓰게 될 그 어떤 이야기보다도 더 잔인했다.

슈가와 캔디가 떠난 뒤, 나는 아이들을 끌어안고 숨이 넘어가도록 울었다. 숨이 막힐 지경이었지만 눈물은 멈추지 않았다. 415달러가 너무 늦게 도착해서 울었고, 집을 떠난 이후 마주한 수많은 이별이 생각나 울었고, 모두 실패로 끝난 내 계획들 때문에 울었고, 이번 계획도 또 실패할지 몰라 두려워서 울었다. 그리고 무엇보다, 예전의 내가 그리워서 울었다.

나는 홉슨 목사님이 대문으로 들어올 때까지 눈물을 멈추지 못했다. 목사님은 백 달러를 주면서 아내가 집에서 편안하게 계속 끼익끼익 우르릉쿵쿵 할 수 있도록 수전의 피아노를 사겠다고 했다. 전도사 삼촌이 기뻐서 펄쩍 뛰며 "팔겠소!"라고 소리쳤을 때 나는 수전의 얼굴에 흘러내리는 눈물을 보았다.

내가 수전의 손을 잡고 꼭 쥐고 속삭였다. "다른 곳에 가면 다른 피아노를 구해줄게."

"메리 제인, 우리 언제 떠날 거야? 알아야겠어." 수전이 더는 견딜 수 없다는 듯이 속삭였다.

나는 더 이상 삼촌들의 시중을 들 이유를 찾지 못했다. "오늘 밤에. 얘들아, 우린 오늘 밤에 떠날 거야. 빛이 조금은 있어야 하니까 날이 밝자마자 떠나자. 약속해. 오늘 밤이야. 무슨 일이 있어도."

수전이 고개를 끄덕였다. 조애나가 휘파람으로 체리를 불렀고, 체리도 채비를 시켜 바로 곁에 두겠다고 했다.

29장

떠나기 전의 여러 생각

내가 이 이야기에서 참 많이 운다는 건 나도 잘 안다. 그 시기는, 뭐랄까, 눈물이 많은 시기였달까. 하지만 운 이야기를 한 번만 더 해야 할 것 같다….

그날 밤 나는 너무 지쳐서 아이들과 함께 눕자마자 곯아떨어졌다. 깊은 잠은 오래가지 않았다. 아직 바깥이 캄캄한데 눈이 떠졌고, 한번 떠진 눈은 다시 감기지 않았다.

나는 아이들을 조심스레 흔들어 깨우고는 속삭이듯 말했다. "애들아, 시간 됐어. 보따리 챙기고 살금살금 아래층으로 내려가." 최대한 조용히 말했다. "체리가 대문까지 데려다줄 거야. 덤불 속에서 같이 기다리고 있어. 나도 금방 따라갈게." 나는 먼저 아이들을 집에서 멀리 떼어놓고, 그다음에 부엌으로 내려가 챙길 수 있는 대로 음식을 쓸어 담을 생각이었다.

보따리를 집어 드는 순간, 내가 지금 들고 있는 게 내게 남은 마지막 원피스라는 사실이 문득 떠올랐다. 아주 오래전에 내가 직접 만든 초록색 원피스. 내 머리색과 잘 어울렸고, 내 눈빛도 더 또렷해 보이게 해주는 옷. 다른 옷들처럼 화려하진 않았지만 딱 그런 날에 입기 좋은 옷이었다. 그러니까, 피크닉이라든가⋯ 부두 끝에 앉아 낚시할 때라든가⋯ 아니면, 그냥 누군가 특별한 사람과 기분 좋은 하루를 보내고 싶을 때. 누군가⋯ 그런 사람과 함께.

투두둑.

무릎을 덮은 실크 원피스에 검은 물 자국이 생기고 있었다. 여기에 하나, 저기에 하나. 눈에서 작고 소리 없는 눈물이 자꾸 떨어졌지만, 여느 때처럼 우리 문제 때문은 아니었다. 이제 나는 조 때문에 울고 있었다. 그가 거짓말쟁이라서는 아니었다. 그때는 나도 거짓말쟁이임을 깨달은 다음이었으니까. 나는 이루어질 수 없는 일 때문에, 내가 잡아보기도 전에 놓친 무언가 때문에 슬펐다.

나는 조를 원했다. 프랜시스 선생님의 표현을 빌리자면, 나만의 '청년'을 원했다. 꽃을 사주고 파라솔을 들어주는 교양 있는 청년이 아니라 같이 배를 타고 미시시피강을 오갈 수 있는 사람을. 나와 함께 옷을 더럽히고 내가 마침내 모든 걸 털어놓을 수 있는 청년. 내 마음속 깊은 곳에서 조가 바로 그 청년이라고 말하는 목소리가 멈추지 않았다.

물론 나는 조가 없어도 괜찮을 거다. 그건 분명했다. 나에게는 아직 52달러 28센트가 있었고, 그 돈으로 우리가 가고 싶은 곳으로 갈 수는 없겠지만 어딘가로 갈 수는 있었다. 나는 나 자신을 보살필 수 있고 필요하면 다른 사람까지도 돌볼 수 있다는 걸 이미 증명했다. 앞으로 어떤 일이 생기든 감당할 수 있었다. 하지만 이제부터는 항상 뭔가 빠진 느낌이 들 것 같았다.

조가 나의 주인공이 될 필요는 없었지만, 나는 조가 내 줄거리의 일부이기를 원했다.

깜짝 손님

동이 트기 전까지 나는 양손에 머리를 묻고 앉아서 울었다. 문이 반쯤 열려 있는 건 미처 몰랐는데, 그 문을 활짝 여는 손이 보였다.

삼촌들 중 한 명인 줄 알고 심장이 바닥까지 떨어졌지만 조를 보고 다시 제자리로 튀어 올랐다.

쿵쾅쿵쾅, 쿵쾅쿵쾅, 쿵쾅쿵쾅!

조가 문틀에 서서 나에게 말했다. "메리 제인 누나, 누나는 곤경에 처한 사람을 차마 못 보지? 나도 그래. 대체로는 늘 그래. 정말이야."

"아, 조, 우리가 이제 서로를 못 보다니!" 이 말이 불쑥 튀어나왔다.

그 말에 조는 어리둥절한 표정이었다. 내가 얼른 얼버무렸다.

"캔디랑 슈가 말이야…. 음, 내가 어떻게 다시 행복해질 수 있을지 모르겠어…. 엄마랑 딸이… 두 번 다시 못 만난다는 걸 알면서 말이야."

조가 나에게 손을 내밀었다. "아니 만날 거야. 그것도 2주 안에. 난 알아!"

정말 좋은 소식이었고 조가 말해줘서 더 좋았다. 심장이 터질 듯 부풀어 올랐고 계속 쿵쾅거렸다. 조가 내 앞에 서 있었다. 내가 그토록 원했던 조가. 이제부터 조가 하는 말은 전부 진실일 것 같았다. 뼛속까지 느껴졌다.

나는 조의 목을 끌어안고 다시, 또다시 말해달라고 했다. 참을 수가 없었다. 진실이 드러나면 음악처럼 들리는데, 바로 그때 내가 들어본 가장 사랑스러운 노래가 시작되었다.

그가 얼굴을 붉히더니 나에게 물었다. "누나, 시내에서 조금 떨어진 곳에 누나가 사나흘 정도 머물 곳이 있을까?"

"응." 내가 말했다. 그때 조가 무슨 질문을 했어도 나는 '응'이라고 말했을 거다.

"로스롭 씨네가 있어." 내가 말했다. '아니면, 앱솝이었나?' 나는 속으로 생각했다. "그런데 왜?"

"아직 왜냐고 묻지 마. 내가 어머니와 딸이 2주 안에 다시 만나는 걸 어떻게 아는지 설명하면, 누나는 로스롭 씨네 가서 나흘만 있을래?"

'절대 안 돼! 난 네 곁을 떠나지 않을 거야.' 이렇게 말하고 싶었지만, 그러겠다고 했다.

"나흘? 1년이라도 있을게!"

"좋아." 조가 말했다. "나는 네 말 한마디면 돼. 다른 사람이 성경에 맹세하는 말보다 그게 더 믿음직하니까."

이 말에 나는 웃음을 터뜨렸고, 얼굴이 새빨개진 다음에야 그쳤다.

조가 말했다. "괜찮으면 문 닫을게. 빗장도 잠그고."

쿵쾅, 쿵쾅, 쿵쾅!

그런 다음 조가 내 옆에 앉아 심호흡하고 말했다.

"진실을 말할 테니 마음의 준비를 해줘. 좋지 않은 진실이고 받아들이기 힘들겠지만 어쩔 수 없어."

드디어 나왔다. 진실. 아름다운 입에서 나온 아름다운 말.

"저 사람들은 누나의 삼촌이 절대 아니야. 한 쌍의 사기꾼이야. 진짜 건달이지."

정말이지, 놀란 척하느라 내 육신과 영혼의 모든 힘을 다해야 했다. 조가 말을 이었다. "자, 이제 최악의 부분은 끝났어."

그런 다음 꽃이 피듯이 조가 자기 이야기를 모두 털어놓았다. 세인트피터즈버그라는 마을 출신이고, 아빠는 전혀 좋은 사람이 아니었고, 몇 달 전 세상이 그를 혼자 쫓아냈다고.

'나도 뭔지 알아. 어떤 건지 너무 잘 알아.' 나는 조에게 말하고 싶었다.

조는 미시시피강을 둥둥 떠내려가는 게 정말 좋다고 했다. 교양을 쌓는 걸 견딜 수 없다고, 탁 트인 길에서, 어쩌면 준주로 모험을 떠나고 싶다고도 했다.

'나도! 나도! 나도!' 우리는 프랜시스 선생님이 자주 쓰는 표현처럼 '천생연분'이었다.

그런 다음 조는 내게 거짓말을 하는 게 얼마나 괴로웠는지 털어놓았다. 그리고 지금까지 배운 게 하나라도 있다면, 두 삼촌 같은 나쁜 사람은 되고 싶지 않다는 거라고 했다. 자신도 처음엔 엮이지 않으려 했지만 결국 휘말리고 말았다고, 그 사람들은 미국인도 아니고 영국인도 아닌 데다, 그 '전노사 삼촌'이라는 자는 자기가 프랑스의 왕이라고 하고 다닌다고 했다.

듣자마자 퉤, 침부터 튀어나왔다.

조는 다시 얼굴이 붉어지더니, 쭈뼛쭈뼛 어색한 말투로 덧붙였다. 그들이 처음 나타났을 때, 내가 그 전도사 삼촌을 끌어안고 입맞추는 게 보기 싫었다고.

"그 짐승 같은 자식!" 내가 확 내뱉었다. 나도 그 일이 싫었다는 걸 보여주고 싶었다. "자, 지체하지 말자." 나는 벌떡 일어나 문으로 달려갔다. "단 1초도 아까우니까! 그 둘, 당장 타르를 발라서 깃털을 덮어 씌운 다음 강물에 확 던져버리자!" 사실 나는 그 두 악당에게서 어떻게든 조를 구하고 싶었고 그게 제일 빠른 길이라고 생각했다.

"그래야지." 조도 맞장구쳤다. "그런데… 누나가 로스롭 씨네 가기 전 말이야, 아니면…"

'앗, 계획이 있구나!'

"아, 내가 무슨 말을 한 거지?" 나는 얼른 다시 자리에 앉았다. "아까 한 말은 신경 쓰지 마. 진짜, 신경 안 쓸 거지?" 나는 그 틈을 타 조의 손 위에 살며시 내 손을 얹었다. 조는 별다른 반응은 없었지만 손길을 피하지도 않았다. "내가 좀 흥분했었어. 자, 계속 말해봐. 내가 뭘 하면 돼? 네 말대로 할게. 뭐든지." 나는 조의 계획을 듣고 동참할 준비가 되어 있었다.

"음." 조가 말했다. "나는 좋든 싫든 저 두 사람과 조금 더 같이 다녀야 하는데, 이유는 말 안 하는 게 낫겠어. 누나가 저 사람들을 고발해도 난 괜찮지만, 누나가 모르는 또 다른 사람이 있는데, 그 사람이 큰 곤경에 처할 거야. 그 사람을 구해야 할 거 아냐, 응? 음, 그러니까 고발은 하지 말자."

'그러니까 조한테 친구가, 어쩌면 형제가 있는데 그 사람한테

조가 필요하구나. 이런, 그게 어떤 기분인지 알고말고.'

"메리 제인 누나, 어떻게 할지 말해줄게. 로스롭 씨 집에 오래 머물 필요는 없을 거야. 그 집은 얼마나 멀어?" 조가 나에게 물었다.

나도 몰랐기 때문에 대충 꾸며냈다. "저쪽으로 6킬로미터 정도야." 내가 아무 방향이나 가리키며 말했다.

'사소한 선의의 거짓말은 괜찮아.' 나는 생각했다.

"음, 그러면 괜찮겠네. 이제 혼자 그 집으로 가서 오늘 밤 아홉 시까지 조용히 있다가 집으로 돌아와서 이 창가에다가 촛불을 켜놔. 내가 안 오면 열한 시까지 기다려. 그런 다음에도 내가 안 오면 내가 떠났다는 뜻이야. 안전하게 사라졌다는 뜻이야. 그러면 밖으로 나가서 그 나쁜 놈들을 감옥에 처넣어."

"좋아." 내가 말했다. "그렇게 할게."

'아홉 시. 아홉 시에 조를 만나는 거야.' 어쨌든 내 바람은 그랬다.

"만약 내가 도망치지 못하고 저 사람들이랑 같이 잡히면 누나가 나서서 내가 이미 다 털어놨다고 얘기해줘. 최대한 내 편을 들어줘."

"편을 들어달라고! 꼭 그럴게. 사람들이 네 머리카락 하나도 못 건드리게 할 거야!"

조가 다시 내 손을 잡았다. "내가 도망치면 이 깡패들이 누나의 삼촌이 아니라고 증언할 수 없어. 내가 여기 있으면 놈들이 건달에다가 사기꾼이라고 증언하겠지만, 나보다 증언을 더 잘할 사람들이 있어. 나처럼 금방 의심을 사지도 않을 거야. 어떻게 찾을지 알려줄게. 연필이랑 종이를 줘."

내가 연필과 종이를 찾아서 주자 조가 갈겨 썼다.

"여기, '브릭스빌, 왕실의 걸작.' 잘 챙겨. 절대 잃어버리지 마.

브릭스빌에 사람을 보내서 왕실의 걸작이라는 연극을 한 사기꾼들이 여기 있다고 전해봐. 눈 깜짝할 사이에 온 동네 사람들이 몰려들 거야. 그것도 아주 펄펄 뛰면서 말이야."

내가 고개를 끄덕였고 조가 말을 이었다.

"경매는 예정대로 진행되게 놔두고, 걱정하지 마. 원래 낙찰받은 물품의 대금은 하루가 지난 뒤에 내는데, 우리가 손을 써놨으니 낙찰 자체가 무효가 될 거야. 재산도 집이나 땅이랑 마찬가지야. 매매가 성립되지 않으니까, 어머니와 딸은 곧 돌아올 거야. 저 삼촌이라는 자들은 정말 최악의 궁지에 몰려 있어, 누나."

나는 조의 계획에 동의했다. "난 이제 아래층으로 내려가서 아침을 먹고 곧장 로스롭 씨 집으로 갈게."

"그건 좋은 생각이 아니야. 아침 먹기 전에 가."

"왜?"

"내가 애초에 뭐 때문에 다른 집에 가 있으라고 하는 것 같아, 누나?"

"음, 생각 안 해봤는데…, 생각해보니 모르겠네."

"뭐, 누나 얼굴만큼 읽기 쉬운 책은 없기 때문이야. 활자가 큰 책처럼 누구나 읽을 수 있어. 어떨 것 같아? 누나가 내려가서 삼촌들을 마주하면서 태연하게…."

내가 다시 웃음을 터뜨렸다.

"응, 아침 먹기 전에 갈게." 내가 호흡을 가다듬고 말했다. "그런데 동생들을 저 사람들이랑 같이 여기 두고 가라고?"

"응. 동생들 걱정은 하지 마. 셋이 한꺼번에 사라지면 의심할 수도 있어. 누나는 저놈들도, 동생들도, 마을 사람 누구도 만나지 않는 게 좋겠어. 이웃 사람이 누나한테 오늘 아침에 삼촌들은 어떠시냐고 묻기만 해도 표정에 뭔가 드러날 거야. 그러니까 바로 가, 메리 제인 누나. 내가 수전한테 얘기해서 누나가 삼촌들한테 안부를 전해달랬다고 할게. 몇 시간 정도 친구를 만나러 갔다고, 오늘 밤에 돌아온다고 말이야."

"하지만 난 그 사람들한테 안부를 전하기 싫은데…."

조도 미소를 지으며 그러자고 했다. "하나 더 있는데, 그 돈 자루 말이야."

내가 어깨를 으쓱했다. "음, 저 사람들한테 있잖아. 어쩌다 저 사람들이 다 갖게 되었는지 생각하면 내가 정말 바보 같아."

"아니, 저 사람들한테 없어."

'뭐라고?'

"그럼, 누구한테 있어?"

"나도 알면 좋겠지만, 몰라. 내가 잠시 가지고 있었어. 저 자들한테서 훔쳤거든. 누나한테 돌려주려고 훔친 거야."

조가 이렇게 말했을 때 나는 기절하는 줄 알았다. 조가 다시 말했다.

"내가 어디 숨겼는지는 알지만 이제 거기 없을지도 몰라. 정말 미안해, 누나. 난 최선을 다했어."

'조는 정말 최선을 다했어. 바라는 대로 되지 않았을 뿐이야.'

"붙잡힐 것 같아서 아무 데나 쑤셔 넣어야 했어. 그런데 숨기기에 썩 좋은 장소는 아니었어."

나는 미안해하는 조를 보고 있기가 힘들었다. "아, 네 탓은 그만해. 어쩔 수 없었잖아. 네 잘못이 아니야. 어디에 숨겼는데?"

조가 머뭇거렸다. "말 안 하는 게 좋겠어, 누나. 그 대신 종이에 써줄 테니까 로스롭 씨 집으로 가는 길에 읽든지, 누나 하고 싶은 대로 해. 그러면 될까?"

"아, 응." 내가 조에게 종이를 한 장 더 주었다.

조가 종이에 뭐라고 적은 다음 접어서 돌려주었다. 나를 보는 조의 눈이 촉촉해지는 것을 보고 이제 헤어질 때가 되었음을 깨달았다. 내 눈도 촉촉해지려 했지만 슬퍼서는 아니었다. 행복해서였다, 정말로. 내가 조의 진실을 알아냈는데 온통 좋은 것뿐이었으니까.

조의 괴로움을 덜어주려고 내가 먼저 작별 인사를 하기로 마음먹었다. 난 마거릿을, 마거릿이 가르쳐준 모든 것을 생각했고, 우리의 이별을 떠올렸다.

내가 조의 손을 잡고 말했다. "잘 가. 전부 네가 시킨 대로 할게. 널 두 번 다시 못 본다 해도 널 잊지 않을 거고, 정말 많이 생각할 거고, 또… 널 위해 기도할게!"

'널 위해 기도하겠다는 말은 이별이 감당되지 않을 때 우리가 간신히 꺼내는 말이야.'

조는 곧 떠났다.

나는 족히 10분은 기다린 다음 보따리를 침대 밑에 다시 넣고 접힌 종이 두 장을 주머니에 넣었다.

그리고 달릴 준비를 마쳤다.

계단을 달려 내려가서 현관문을 지나 대문까지 내 다리가 허락하는 한 최대로 빨리 달렸다. 수전과 조애나를 찾아서 전부 다 말해주려고 달려갔다.

강이 부른다

"조가 진실을 전부 이야기해줬어! 결국 조는 정직하고 착한 아이였어…." 수전과 조애나를 만나자마자 내가 불쑥 말했다.

두 사람은 그 사실에 나만큼이나 기뻐했다. 조애나는 조가 속으로는 뼛속까지 착한 사람인 걸 알았기에 조를 대할 때 적 역할을 하는 게 정말 힘들었다고 말했다. 수전은 조가 착한 사람이 아니라고 생각해본 적 없다고, 결국 사람들은 대부분 착하기 때문이라고 했다. 체리 역시 놀란 적 없다는 듯이 꼬리를 흔들었다.

나는 조가 쓴 종이를 펼치고 아이들에게 읽어주었다. 철자를 보니 학교에서 별로 많은 시간을 보내지 않았음을 알 수 있었다. 하지만 학교 밖에서 똑똑한 유형이 있지 않은가. 사기꾼 삼촌 두 명이 나타나서 가진 걸 전부 빼앗아 가려고 할 때 필요한 유형 말이다.

첫 번째 종이에는 이렇게만 적혀 있었다.

브릭스빌. 왕실의 걸작

내가 아이들에게 설명했다. "삼촌들이 여기 오기 전에 있었던 곳이야. 조가 그러는데, 그동안 하류 쪽에서 사기를 치고 다녔대. 우리가 브릭스빌에 소식을 전하면 온 마을이 불같이 화를 내며 몰려올 거래."

"종이는 주머니에 넣어놔." 내가 조애나에게 말했다. "가지고 있다가 나중에 꼭 써야 할 때 써."

내가 두 번째 종이를 펼치자 이렇게 적혀 있었다.

관짝 안에 넣었어.

"관 속에?" 수전의 눈이 휘둥그레졌다. "관 속에 정확히 뭘 넣었는데?"

"6천 달러가 든 피터 윌크스의 금화 자루!" 내가 대답했다.

조애나가 생각에 잠겼다. "사실 아주 똑똑한 방법이야…. 대부분은 뭔가를 찾을 때 시체 주변을 뒤지지는 않잖아."

"모르겠어? 조는 우리한테서 무엇도 훔칠 생각이 아니었고, 다른 사람도 훔치지 못하게 하려 했어." 나는 이렇게 말하며 그 어느 때보다 활짝 미소를 지었다.

쪽지의 나머지 내용은 혼자 읽었다. 보여주고 싶지 않은 부분이 있었기 때문이다.

누나가 삼촌 시신 곁에 앉아 있을 때, 나 문 뒤에 있었어. 누나는 울고 있었고, 나는 누나한테 정말 미안했어.

'그러니까, 내가 믿지 않았던 귀신이 바로 조였어!'

"조의 나머지 계획은 뭐야, 메리 제인? 조가 말했어?" 조애나의 말에 나는 생각에서 빠져나왔다.

"일부는 얘기했지만 다는 아니야…. 하지만 이제 우린 조를 믿으니까 시키는 대로 해보자. 어때?" 둘 다 '좋아'라는 뜻으로 고개를 끄덕였다.

"나더러 어디 다른 데 가서 아홉 시까지 있으래…. 그런 다음 돌아와서 창가에 촛불을 켜래. 조한테는 앱숍 씨 집에 갔다가 돌아와서 촛불을 켜겠다고 했어…. 아니 로스롭 씨였나…. 둘이 늘 헷갈려."

"해나한테 가면 돼. 로스롭 씨네 딸이고 나이도 우리랑 비슷하잖아." 조애나가 제안했다.

"아니, 앱숌 씨네 딸이야." 수전이 끼어들었다. "아무튼 내 생각에는 그래."

"음, 누가 물어보면 난 그 두 집 중 하나에 간 거야. 자, 너희는 집으로 돌아가서 내가 말한 거 하나도 모르는 척해. 삼촌들을 잘 지켜보되 너무 가까이 가지는 마…. 체리랑 떨어지지 말고."

"넌 나중에 돌아온다는 거지…. 하지만 진짜로는 어디 갈 건데, 메리 제인?" 수전이 물었다.

"흠… 하루 동안 흘러가는 강물이나 바라볼까 봐…." 문득 생각나는 대로 말했지만 그럴듯하게 들렸다.

조가 미시시피강을 사랑한다고 말했을 때 나도 미시시피강을 사랑하는 온갖 방식을 떠올리지 않을 수가 없었다. 어쩌면 사랑하는 것에 관해서 이야기하고 나면 자연스럽게 그 곁에 머물고 싶어지나 보다.

"그러면 체리를 데려가, 메리 제인. 체리는 수영을 무엇보다도 좋아하고, 그러면 너도 혼자가 아니잖아." 조애나가 말했다.

내가 수전을 보자 수전도 고개를 끄덕였다. "데려가, 메리 제인. 난 요즘 기분도 좋고 기운도 팔팔해."

조애나가 언니의 팔짱을 끼고 힘을 주었고, 나는 두 사람이 너무 자랑스러워서 가슴이 터질 것만 같았다.

휘파람 소리로 체리를 불러 강에 가자고 했다. "너희는 가. 누가 찾기 전에 집으로 돌아가…. 그리고 조애나! 조한테 너무 잘해주면 안 돼. 잊지 마. 조한테 넌 아직 적이야."

"그럴게. 하지만 결국 조가 착한 사람이라는 걸 알게 됐으니 쉽지 않을 거 같아…." 조애나는 이렇게 대답했고, 수전은 미소를 지었다.

체리와 함께 강둑으로 내려가서 피곤해질 때까지 막대기를 던져주었다. 그런 다음 자리에 앉아서 날아다니는 잠자리와 스케이트를 타는 소금쟁이와 연잎에서 연잎으로 폴짝폴짝 뛰는 개구리를 보았다. 체리는 내 옆에 누워 있었다. 낡고 부서진 판자 더미와 썩은 밧줄이 보이자 뗏목을 만들어야겠다는 생각이 떠올라서 거의 오후 내내 뗏목을 만들었다. 나는 뗏목을 타본 적이 없지만 조는 뗏목을 타고 강을 따라 내려가는 것이 자유와 안락함과 편안함을 느끼는 제일 좋은 방법이라고 했다. 난 조의 말이 맞는지 궁금했다.

뗏목을 다 만들어서 강에 띄운 다음 그 위에 누워서 강이 원하는 곳으로 나를 데려가도록 내버려두었다. 미시시피강은 천천히 움직였고, 그래서 우리도 천천히 흘러갔다. 체리는 가끔 강에 뛰어들어 몇 바퀴 돌면서 몸을 식혔다. 뗏목을 타고 가는 기분은 조가 말한 그대로였다. 나는 조를 다시 만나면 어떻게 말해줄까 생각했다.

해가 질 무렵 나는 강가로 나와서 출발점으로 되돌아가려고 체리와 강을 따라 올라가기 시작했다. 하루 내내 물살이 느리거나 거의 움직임이 없었기 때문에 오래 걸리지는 않았다.

'윌크스의 부드러운 제혁소' 간판 밑을 지날 때 갑자기 폭우가 내리기 시작했다. 현관에 도착하기도 전에 어마어마한 번개가 꽝! 내리치면서 하늘을 반으로 갈랐다. 체리는 미친 듯이 짖으면서 누가 그런 짓을 했는지, 어떻게 잡아야 하는지 알아내려 했다. 반대로 나는 양초를 찾으려는 생각밖에 없었다.

양초를 찾은 다음 내 방 창가에 앉아 초를 하나씩 태웠다. 아홉 시가 지나고 열 시, 열한 시가 지나도록 계속 자리를 지켰다. 밤새 자리에 앉아 자그마한 불꽃에 어마어마한 소망을 태웠고, 사랑하는 사람에게 분명한 신호를 보냈다.

하지만 소용없었다. 여섯 시에 해가 떴지만, 조는 오지 않았다.

30장

빨리 흘러가다

그다음에 무슨 일이 있었는지는 자세히 말할 수 없다. 말하고 싶지 않아서가 아니라 나 자신도 기억이 좀 흐릿하기 때문이다. 당시에는 어떤 소년에 대한 생각에 잠겨 도통 집중이 되지 않았다.

아직도 조를 떠올리면 심장이 미친 듯이 뛰었고, 그 기억이 너무 또렷해서 마음만 먹으면 금방이라도 곁에 불러올 수 있을 것 같았다. 이 말이 얼마나 말이 되는지는 모르겠지만 내게는 충분히 말이 되었다.

요약하자면, 내가 그 뗏목을 타고 미시시피강을 떠내려가는 동안 온 세상이 산산조각 났다가 다시 붙는 것 같은 일이 벌어졌다. 먼저, 새로운 삼촌 두 명이 마을 사람들을 이끌고 '윌크스의 부드러운 제혁소'에 들이닥쳤다. 이윽고 온 마을과 네 명의 삼촌이 모두 묘지로 몰려가 피터 윌크스의 무덤을 파헤쳤다. 진짜 삼촌과 가짜 삼촌을 구별할 수 있는 문신을 찾기 위해 시신을 샅샅이 살폈고, 관을 여는 순간 6천 달러가 든 금화 자루가 발견되었다. 바로 그때 번

개가 내리쳤고 혼란을 틈타 가짜 삼촌 둘은 금화를 두고 도망쳤다.

받아들이기 벅찬 일이었다. '조에게 무슨 일이 생겼을까?'라는 생각밖에 없어서 더욱 그랬다. 아이들도 조가 어떻게 됐는지 몰랐지만 수전은 조가 반대 방향으로 빠져나가는 모습을 본 것 같다고 했고, 조애나는 조가 드디어 악당들에게서 영영 벗어났다는 뜻이기를 바라며 기도했다. 나의 경우에는 조가 무사하고 이제 진짜 가버렸다는 이야기를 듣자 울고 싶었지만 턱을 높이 들고 우리를 생각하며 이제 어떻게 할지 고민해야 했다. 말했던 것처럼 조에 대한 몽상에 빠지는 게 도움이 되었다.

또 뭐가 있었을까? 조의 말대로 경매는 무효로 돌아갔지만 벨 변호사는 모든 걸 정리하고 팔린 물건을 전부 돌려받기까지 최대 6개월이 걸릴 수 있다고 말했다. 당연히 나는 그 물건에 슈가와 캔디도 포함되는지 궁금했다. 벨 씨에게 물어봤지만 더 알아야 할 것은 없다는 대답만 돌아왔다.

선한 두 남자

"됐다." 벨 변호사가 서류를 돌려주며 말했다. "두 사람은 너희들의 진짜 삼촌이 맞구나."

"나도 맞다고 말해줄 수 있었는데." 조애나가 나에게 속삭였. "하비 목사님 삼촌은 아빠랑 말하는 게 똑같아."

"그리고 윌리엄 삼촌의 수화는 진짜야." 수전이 덧붙였다. 수전은 윌리엄 삼촌의 언어를 배웠다. 삼촌이 하는 것처럼 손을 천천히 물 흐르듯 움직이다가 또렷하게 두드렸다. 나는 고개를 저으면서 생각했다. '달이 빛날 때는 그 주변의 별을 제대로 보지 못하는 것처럼 내가 수전의 다정함만 보느라 똑똑한 걸 알아차리지 못했구나.'

"게다가 세상에, 두 사람 너무 젊지 않아?" 내가 수전과 조애나에게 말했다. "하비 삼촌은 서른 정도일 거 같고 윌리엄 삼촌은 많아야 열일곱 살 같아!"

두 사람은 외모가 멋진 한 쌍이었고 행동거지도 훌륭했다. 처음부터 분별 있고 예의도 발랐다. 나랑 아이들은 두 사람을 친절하게 대했지만 우리의 신뢰를 얻는 것은 두 사람 몫으로 남겨두었다. 두 사람도 우리에게 친절했다. 체리한테는 커다란 무릎뼈까지 사주었다. 체리는 두 사람에게 고맙다고 인사한 다음 뼈를 조금 씹더니 방충문을 열고 매일 밤 그러듯 모험을 찾아 나갔다. 하지만 아침이면 어김없이 돌아왔고, 우리는 현관 계단에서 꾸벅꾸벅 조는 체리를 발견했다.

우리는 조금씩 조금씩 하비 삼촌과 윌리엄 삼촌에게 마음을 열었고, 우리가 무슨 일을 겪었는지 전부 이야기했다. 하지만 난 두 사람이 수전과 조애나를 내 자매라고, 내가 훨씬 나이 많은 장녀라고 생각하도록 내버려두었다. 두 삼촌이 혹시 믿지 않는다 해도 말은 된다고 생각할 것이다. 어떤 거짓말은 진실보다 더 진실하니까.

떠나다

"이제 피터 윌크스가 죽었으니 우리는 어디로 가고 싶냐고 물어보서." 윌리엄 삼촌이 손으로 한 말을 수전이 통역했다.

"그건 얘기해봐야 한다고 말씀드려줘." 내가 대답했고, 수전이 그렇게 전했다.

목사인 하비 삼촌에게는 돌봐야 할 신자들이 있었기에 두 삼촌은 잉글랜드로 돌아가야 했다. 하비 삼촌은 무럭무럭 자라지 못하는 아기와 제일 좋아하는 시편을 듣지도 못한 채 돌아가실지도 모르는 나이 많은 부인을 걱정했다.

내가 수전과 조애나를 한쪽 옆으로 데려가서 말했다. "난 스넬링 요새에 돌아가서 지내는 내 모습이 상상이 안 가."

"우리도 마찬가지야." 조애나가 말했다.

"조애나의 말은… 메리 제인, 우리는 편지만 읽어봤지, 우리 모파도 너희 엄마도 몰라." 수전이 말했고, 그러자 내가 이블린 이모에 대해서 똑같은 말을 했던 때가 생각났다. "삼촌들은 우리가 셰필드에 가서 같이 사는 것도 환영이래."

"난 잉글랜드에 가고 싶어!" 조애나가 말했다. "하비 삼촌이 그러는데, 런던에는 진짜 살아 있는 하마를 볼 수 있는 야외 공원도 있고, 탐험가들이 남아메리카에서 발견한 새랑 거북이에 대해서 전부 이야기해주는 강연도 들을 수 있대."

"정말 멋지겠다." 내가 말했다. "그럼, 결정됐네." 나는 두 사람의 어깨에 팔을 올렸다. "우리는 왕과 여왕과 왕비 들의 땅으로 가는 거야!" 준주는 아니었지만 그래도 대단한 모험이었고, 나는 대체로 만족했다.

우리는 더뷰크행 증기선에 좌석 다섯 개와 체리를 위한 좌석 반 개가 있는지 알아보려고 다 같이 잡화점으로 갔다. 하비 삼촌은 우리가 더뷰크에서 마차를 타고 시카고로 갔다가 다시 보스턴으로 가서 배를 타고 리버풀로 갈 거라고 설명했다.

바틀리 부인이 시간표를 확인해주었고, 우리는 걸리니언호가 사흘쯤 뒤에 그린빌에 들어오는 일정을 보고 더없이 기쁘게 기다렸다. 삼촌들에게 우리 셋한테 정말 잘해주었던 선장님에 대해서 이야기하자 두 삼촌도 선장님을 직접 만나서 감사 인사를 하고 싶다고 말했다.

하비 삼촌이 에드워즈 요새로 전보를 보냈다. 그곳에서 일주일 정도 머물면서 조지 이모부와 이블린 이모의 무덤이 어떤지 보면 우리 모두에게 좋을 것 같다면서. 바틀리 부인이 전보를 보낸 다음 나는 부인을 한쪽 옆으로 데리고 가서 슈가와 캔디는 만났는지, 자유의 몸이 되었는지, 아니면 다른 좋은 일이 없는지 물었다. 그동안 꾸준히 물어봤지만 바틀리 부인은 어떤 소식도 전해주지 않았다.

하지만 그날은 바틀리 부인이 나를 빤히 바라보았다. "메리 제인, 그만하렴. 솔직히 네가 두 사람에게 해줄 수 있는 최선은 두 사람을 알았다는 사실조차 잊는 거야."

"하지만 저는 꼭 알아야 해요, 바틀리 부인!"

"아니, 넌 알고 싶은 거야. 분명히 말하지만 두 사람의 미래가 너의 호기심보다 훨씬 더 중요해." 바틀리 부인이 말했고, 난 그 이야기를 더 이상 꺼내지 않았다.

나는 아직도 가끔 슈가와 캔디를 생각하고, 두 사람에게 늘 제일 좋은 일만 생기기를 바라고 있다. 그건 나도 어쩔 수 없다.

평온하게 잠들다

우리가 떠나던 날, 나는 혼자 일찍 나서면서 수전과 조애나에게 배 시간에 맞춰서 부두로 가겠다고 약속했다. 떠나기 전에 피터 윌크스의 무덤에 가고 싶었다. 아직 가보지 못했는데, 그것이 내가 '윌크스의 부드러운 제혁소'를 나가면서 닫아야 하는 마지막 문 같았다. 적어도 나를 위해서.

피터 윌크스의 무덤은 찾기 쉬웠다. 묘비 옆의 흙이 아직 단단히 굳지 않았고 산뜻했다. 피터 윌크스는 죽은 뒤에 한 번 파헤쳐지고 두 번 묻혔다. 누가 와서 다시 파낸다 해도 난 놀라지 않을 거다. 아니, 피터 윌크스는 무덤에서 평온하게 잠들 수 없는 것 같았고, 어쩌면 평온하게 잠들면 안 되는지도 모른다. 그가 살아 있을 때 했던 행동을 생각하면 말이다.

나는 피터 윌크스를 용서하지 않았지만, 그를 더는 싫어하지 않는다고 말할 수 있다. 피터 윌크스는 너무 어린 나이에 고향을 떠나 새로운 나라에서 다시 시작해야 했으니 분명 힘들었을 것이다. 어쩌면 그가 어렸을 때 누가 그에게 끔찍하고 옳지 않은 짓을 했는데, 그를 구해내서 안전하게 지켜줄 사람이 없었을지도 모른다. 그렇다고 그의 행동이 용서받을 수는 없지만 어느 정도 설명은 될 것이다.

어쩌면 내가 너무 안이한 방법을 택해서 빠져나가는 건지도 모른다. 나도 모르겠다. 내가 아는 어른 피터 윌크스보다 소년이었던 피터 윌크스를 동정하는 게 더 쉽다는 건 안다. 하지만 결국 그것도 뭔가 의미가 있다고 생각한다.

31장

순조로운 항해

루스터가 우리의 표를 받을 때 그 옆에 서 있던 사람은 선장님이 아니었다. 그건 알았다. 얼굴이 익숙하면서도 낯설었다. 나는 5분을 꽉 채워서 생각한 뒤에야 알아보았다. 라쿤맨 아저씨였다! 숯처럼 까만 가면이 없으니 평범한 얼굴의 잘생긴 남자가 되어서 다른 사람과 구분되지 않았다.

라쿤맨 아저씨는 내게 지금껏 본 미소 중에서 가장 큰 미소를 지으며 이렇게 외쳤다. "이리 와서 누가 왔는지 봐요, 여보!"

물론 아저씨가 부른 사람은 선장님이었다. 가까이 다가온 선장님이 나를 알아보고 이렇게 말했다. "치키! 우리 귀여운 치키! 수전이랑 조애나도 왔구나! 우리 착하고 똑똑하고 강하고 유능한 아이들!" 다들 서로 돌아가며 끌어안았고, 우리 모두 다시 만나서 너무나 행복했다.

"개가 생겼네? 정말 좋겠다!" 루스터가 체리와 줄다리기를 했다. 체리는 루스디를 만나자마자 어찌나 마음에 들었는지 줄다리기를 져줄 정도였다.

"루스터, 정말 많이 컸다!" 수전이 말했고, 루스터는 우리 모두를 웃게 만드는 미소를 지었다.

"우유를 계속 마셨나 보구나. 잘했어." 조애나가 덧붙였다.

"내가 로버트 풀턴한테 뭘 달았는지 보여줄까?" 루스터가 물었고, 아이들은 기관실로 뛰어가서 무엇인지 모르지만 그걸 보면서 우! 아! 감탄했다.

선장님이 우리 삼촌들에게 다가왔다. "너희를 나에게 데려다준 이 두 분은 누구시니?" 나에게 물었지만, 눈으로는 두 사람을 보고 있었다.

"우리 삼촌들이에요, 선장님." 내가 말했다. "좋은 분들이에요. 수전이랑 조애나도 정말 좋아해요." 이 말은 한쪽 입꼬리로, 너무 크지 않게 말했다.

"음, 그렇다면 다섯 명 모두 걸리니언호에 승선하신 것을 환영합니다. 선장의 특별 보호를 받는다고 생각하시면 돼요. 여러분이… 아, 이번엔 도대체 어디로 가니?"

"더뷰크까지요!" 우리 표를 받은 루스터가 끼어들었다. "걸리니언호가 가는 최북단이죠. 다 같이 걸리니언호를 타고 가면서 즐거운 시간 보낼까요?"

"아, 그래. 그래야지!" 선장님이 우리 대신 대답했다. "특히 우리의 만능 재주꾼 루스터가 이제 최고의 뱃사람이 되어서 걸리니언호를 잘 운항하고 있으니까! 미시시피강에 루스터보다 나은 사람은 없답니다. 아주 확실한 사실이죠!"

루스터는 칭찬을 듣고도 우쭐해하지 않고 선장님에게 미소를 지었다. 칭찬받는 데 익숙해졌음을, 엄마 닭을 지금보다 더 사랑할 수 없을 만큼 사랑하고 있음을 보여주는 미소였다.

삼촌들은 갑판을 이리저리 둘러보면서 정말 멋진 배라고, 잠시 강을 바라보면 정말 즐거울 것 같다고 말했다. 우리끼리 회포를 풀 시간을 주려고 했던 것 같았고, 그래서 고마웠다.

라쿤맨 아저씨가 갑판에서 지나가는 풍경이 가장 잘 보이면서 돼지우리와는 맞바람인 자리로 삼촌들을 안내했다. 아저씨가 돌아오자 선장님이 말했다. "자, 치키. 셋이 그동안 어떻게 지냈는지 얘기 좀 해봐라!"

"우리 모두 할 이야기가 많을 거야. 기쁜 소식도 있고." 아저씨가 덧붙였다.

우리는 맨 위쪽 갑판으로 올라가서 같이 앉았다. 레모네이드를 같이 마시자는 라쿤맨 아저씨의 초대를 선장님이 결국 받아들였고 그것이 또 다른 초대로, 또 다른 초대로 이어지다가 결국 두 사람은 교회 밖에서 교회 안으로 자리를 옮겨 결혼식을 올렸다. 여행 중이던 목사님이 기꺼이 주례를 맡아주었다.

"그렇게 해서 내가 여기 오게 됐지. 믿을 수가 없어!" 아저씨가 선장님에게 팔을 둘렀다. "내 사랑과 결혼했지. 진짜 결혼했어! 감자와 그레이비소스파 치고는 꽤 잘 됐지, 안 그러니?"

"이보다 더 좋은 일은 상상도 할 수 없어요." 내가 두 사람에게 말했다.

"우리는 지금 최고조야. 토머스는 석탄업계에 연줄이 있고 루스터는 표 파는 재능이 있어서 걸리니언호는 상당한 돈을 벌고 있어. 망설임 없이 말할 수 있단다." 선장님이 덧붙였다.

"루스터는 시작이 좋았던 그 어느 곳의 어떤 아이만큼이나 행복하고 건강해 보여요." 내가 끼어들지 않을 수 없었다.

이 말에 라쿤맨 아저씨의 눈이 살짝 촉촉해지는 것 같았다. "우리는 루스터를 세상 그 무엇과도 바꾸지 않을 거야. 안 그래요, 여보?" 아저씨가 선장님에게 물었고, 선장님이 뭐라고 대답했을지는 아마 상상이 갈 것이다.

바로 그때 루스터가 사다리를 타고 올라왔고 수전과 조애나도 뒤따라 올라왔다.

"왔구나!" 선장님이 말했다. "얘들아, 나는 앞으로 한 5년쯤 증기선 선장으로 일한 다음 걸리니언호를 루스터에게 물려줄 거야. 루스터가 운항하는 걸 보면 가슴이 터질 듯 뿌듯하겠지."

"아, 보셔야죠." 루스터가 말했다. "바로 이 갑판에서 보시게 될 거예요. 제가 세상에서 제일 좋은 조타실을 지어드릴 거니까요! 배가 멤피스에 들어갈 때마다 선장님은 연구할 지도가 새로 생길 거고, 뉴올리언스에 정박할 때마다 라쿤맨 아저씨를 위해서 전 플로리다 레몬 한 상자를 가지고 올 거예요!"

루스터는 정말 진지하게 말했지만, 우리는 다 같이 모인 것이 너무 기뻐서 그저 웃었다. 루스터가 자기가 부르는 노래를 들어보겠냐고 물었고, 우리 모두 바로 "좋아"라고 했다. 루스터가 앞에 서서 목을 가다듬고 큰 소리로 당당하게 노래를 불렀고 라쿤맨 아저씨는 발을 구르며 박자를 맞추었다.

엄마를 위해 노래해, 아빠랑 같이 춤을 춰
가족과 함께 배가 들어오기를 기다려

나는 작은 접시 위의 생선을 먹을 거야
배가 들어오면 다 같이 저녁을 먹자!

우리는 손뼉 치고 환호하면서 이렇게 똑똑하고 강하고 유능한 소년과 함께라니 정말 운이 좋다고 생각했다.

정당한 보상

우리는 걸리니언호에서 대체로 즐겁게 지냈다. 조애나는 체리와 함께 아래층 갑판에서 말과 염소와 닭 등과 시간을 보냈다.
 수전과 나는 조애나와 함께 있다가 냄새를 도저히 못 견디겠으면 자리를 옮겨서 한동안 강둑을 바라보거나 루스터가 시키는 일을 했다. 저녁 식사 후에는 수전과 윌리엄 삼촌이 건초더미에 느긋하게 누워서 손으로 대화하는 것을 항상 볼 수 있었다.
 우리가 멤피스에 정박했을 때 하비 삼촌이 가게를 구경하라며 우리를 윌리엄 삼촌과 함께 보냈다. 나중에야 알게 됐는데, 하비 삼촌은 교도소에 가서 도움을 요청한 불쌍한 사람들과 같이 앉아서 기도를 올렸다고 한다. 내가 왜 교도소에 간다고 말하지 않았냐고 묻자 삼촌은 진정으로 선한 일을 하려면 그 일에 관해서 이야기하는 게 아니라 그 일을 하는 데 시간을 써야 한다고 말했다.
 나는 문득문득 조를 생각했지만 못 견디게 그리워하거나 눈물짓지는 않았다. 나의 일부는 조와 함께하기를 여전히 꿈꿨다. 그건 인정한다. 하지만 어느 날 타르와 깃털 처벌 이야기를 들은 후로,

조가 어딘가에 안전하고 온전하게 살아 있다는 사실을 아는 것에 만족하기로 했다.

우리처럼 상류로 향하던 어느 부부와 이야기를 나누던 때였다. 부인은 루이지애나 경계 근처 농장에 왕실 사기꾼들이 나타났다는 소식을 듣고 급히 하류로 내려갔었단다. 그곳에서 다른 사람들과 합류해서 사기당한 5달러에 대한 복수를 했다고 말했다. 나는 두 악당과 같이 다니는 파란 눈에 포니테일 머리를 한 소년도 있었냐고 물었고, 보지 못했다는 대답을 듣자 무척 마음이 놓였다.

그들은 온 가족이 파이크스빌에 다녀온 일로 아직도 들떠서 이야기를 들려주었다. 그들은 마치 새해 첫날이라도 되는 양 횃불을 들고 함성을 질렀으며, 양철 냄비를 두드리고 뿔피리를 불며 두 범죄자에게 달려들었다고 했다. 부인은 다름 아닌 자기가 두 사람 머리에 뜨거운 타르를 부었다고, 나중에 두 사람이 타르를 떼어낼 때 피가 났다고 말했다. 이 말을 듣고 남편은 허벅지를 치면서 크게 웃었고 아이들은 주변에서 춤을 추면서 자기들도 자라서 언젠가 그렇게 할 수 있는 날이 오면 좋겠다고 했다.

두 사람은 기차에 태워져서 교수대로 끌려갔고…. 나는 결말을 듣기 전에 자리를 피했다. 인간은 서로에게 정말 잔인하게 굴 수 있다. 듣기만 해도 끔찍했다. 솔직히 말해서 그 불쌍하고 비참한 두 악당이 안타까웠다. 이제 그들에게 어떤 악감정도 느끼지 못할 것 같았다.

어쩌면 누구나 악행에 대해 조금은 용서받을 자격이 있을지도 모른다. 내가 아는 건 그날 두 삼촌이 나에게는 조금 용서받았다는 것이다.

더 나은 계획

어느 날 우리가 난간에 기대 연잎을 세고 있을 때 수전이 말했다. "메리 제인, 난 에드워즈 요새에서 잠시 지낼 때 나부에 가면 안 되냐고 삼촌들한테 물어보려고 해. 슈미트 가족이 아직 남아 있을 것 같지는 않지만 그래도…."

"슈미트 소년을 찾고 싶어?" 수전이 말을 멈추자, 내가 물었다.

"아돌퍼스 말이지? 응." 수전은 얼굴이 빨개졌지만 눈은 환하게 빛났다. "내 마음속 무언가가 아돌퍼스를 놓아주려 하지 않아…."

조애나가 다가와서 끼어들었다.

"수전이 나부에 가고 싶대, 메리 제인? 나도 가서 마거릿한테 인사하고 싶어…. 그리고 체리는 삼손과 델릴라를 만나고 싶대. 그렇지, 체리?" 물론 체리는 응, 응, 응!하며 꼬리를 흔들고 있었다.

"정말 좋은 생각이야." 내가 말했다. "분명 삼촌들도 좋아하실 거야."

우리 모두 옛 친구를 만난다는 생각에 기뻐하며 각자 하던 일로 돌아갔다.

나는 걸리니언호가 이번 운항에서는 세인트피터즈버그에 들르지 않는 걸 알았지만 그래도 조의 고향을 제대로 보고 싶어서 그곳을 지날 때 난간에 몸을 기댔다. 해가 지고 있었고, 그날의 마지막 빛 때문에 작고 예쁜 마을이 더 예뻐 보였다. 꽃밭도 있고 울타리의 페인트도 새로 칠해져 있었다.

조가 오래 머물고 싶어 할 만한 곳 같지는 않았지만 그가 저기 어딘가 있지 않을까 하는 생각을 떨칠 수 없었다. 그러자 정말 알고 싶으면 지금이라고, 아니면 영영 알 수 없다는 생각을 떨칠 수 없었다.

나는 수전과 조애나를 한쪽 옆으로 데리고 가서 크게 숨을 쉬고 말했다. "수전, 조애나… 나는 가야 해… 찾으러…." 나는 설명하려 애썼다. "세인트피터즈버그에 있을 가능성이 작다는 건 알지만…."

"조를 찾고 싶어?" 수전이 미소를 지으며 물었다.

"우리도 보면 알아, 메리 제인." 조애나가 덧붙였다.

"그래, 얘들아. 내 마음속 무언가가 그를 놓아주지 않으려 해." 내가 말했다.

"그러면 가서 찾아야지. 그 무언가가 뭔지 알아내." 수전이 분명하고 강하게 말했다.

나는 두 사촌을 정말 사랑한다.

"갈 거야. 걸리니언호에서 내려서 어떻게든 세인트피터즈버그로 다시 내려올 거야."

"하지만 삼촌들이 너 어디 갔냐고 물어보면 뭐라고 해야 해?" 조애나가 물었다.

"우리에게 해주신 것 전부 감사하지만 난 독립했다고 말해줘. 내가 열아홉 살이라고 말씀드려. 아직 그렇게 믿으시잖아. 그러니까 두 사람에게는 내가 원하지 않는 곳으로 나를 데려갈 법적 권리가 없다는 뜻이야."

"분명 조는 거기 있을 거야, 메리 제인…. 하지만 없으면 어떻게 할 거야?" 수전이 최대한 다정하게 물었다.

"에드워즈 요새에서 일주일 머무르기로 했으니까, 거기서 기다리다가 내가 돌아오지 않으면 너희끼리 가겠다고 약속해줘. 너희가 가고 싶은 곳으로 가서 하고 싶은 걸 미래를 해. 우리는 힘들게 배웠잖아, 애들아. 세상이 우리에게 다른 미래를 들이밀기 전에 우리가 원하는 미래를 먼저 붙잡아야 해."

우리 넷은 한참 동안 다 같이 끌어안았다. 헤어진다는 생각에 눈물을 몇 방울 흘린 건 부인할 수 없지만 달콤한 슬픔과 행복이 섞인 눈물이었다.

나는 한 번에 두 칸씩 사다리를 성큼성큼 올라갔다. 흘러가는 매 순간이 세인트피터즈버그에서 멀어지고 있었기에 안달이 났다. 선장님은 조타실에 안락하게 앉아서 지도를 보고 있었고, 라쿤맨 아저씨는 근처 바닥에 앉아서 루스터에게서 매듭을 배우고 있었다.

"선장님, 정신 나간 소리처럼 들리겠지만, 저… 배에서 내려야 해요!… 세인트피터즈버그에 친구가 있는데… 어쩌면 그게… 음, 그냥 친구는 아니고, 적어도 아니길 저는 바라고 있지만 전…."

내가 말을 더 더듬기 전에 라쿤맨 아저씨가 외쳤다. "그럼! 레모네이드 한 잔을 같이 나눌 특별한 친구가 있다는 건 세상에서 제일 좋은 일이지." 아저씨가 선장님에게 팔을 둘렀다. "자, 그 사람에 대해서 말해보렴. 우리가 알고 싶은 건…."

선장님이 나를 구하러 왔다. "자, 그럴 시간 없어요, 토머스! 표정을 보니 우리 치키가 사랑에 빠졌잖아요. 난 그걸로 충분해요."

루스터가 벌떡 일어났다. "메리 제인, 5킬로미터 정도 가면 넓은 모래톱이 있어. 거기 도착하면 노를 저어 가서 강가에 내려줄게."

그 말을 듣자 눈가가 촉촉해졌다. 내 심장은 가라고 말했고, 동생들은 기쁘게 나를 보내주었으며, 친구들은 배웅해주려 했다.

갈라지는 길

갑판의 우리 자리로 가서 내 보따리를 꺼냈다. 이제 《영국사 산책》과 끈, 쑥국화 차, 호두 한 줌 같은 잡동사니가 전부였다. 끈과 약과 호두는 아이들 보따리에 넣었다. 때가 되면 쓰는 방법을 알 것이다.

짐들은 녹색 실크 원피스에 싸여 있었다. 내가 몇 년 전에 스넬링 요새에서 만들기 시작한 옷이었다. 나는 돌돌 말린 원피스를 풀어서 탈탈 털었다. 황록색은 내 기억보다 훨씬 멋졌다. 어떤 원피스는 완성했을 때보다 머릿속에 있을 때 훨씬 더 예쁘지만 이 원피스는 목깃의 단추부터 치맛단의 자수까지 딱 원래 계획대로 완성되었다.

강을 따라 걸어갈 때 이 원피스를 입으면 안 된다는 건 알았다. 이제 세인트피터즈버그에서 6.5킬로미터나 올라왔으니까. 실크는 약해서 엉뚱한 방향으로 자꾸 잡아당기면 찢어진다. 녹색 원피스는 여자다운 일을 할 때 입기 위해서, 여자의 옷으로 만들어진 거였다.

'하지만 그러고 보면, 실크는 가볍고 시원하잖아. 내가 움직이면 따라 움직이고 옆으로 착 내려앉지. 한 땀 한 땀 튼튼하고 좋은 실로 꿰맸고 자개단추는 바다의 파도를 이겨낸 거야. 어쩌면 내 원피스는 보기보다 질길지도 몰라.

어쨌든 난 여자야. 그러면 내가 하는 일은 뭐든지 여자다운 일인 거 아닐까? 미시시피강을 따라서 남쪽으로 6.5킬로미터 걸어가는 것까지 포함해서 말이야.'

나는 낡은 캘리코 옷의 단추를 풀고 바닥에 툭 떨어뜨렸다. 그

옷이 바닥에 널브러진 것을 보니 싫지 않았다. 나는 엄마가 무엇보다도 튼튼하게 만든 이 옷을 입고 지난 몇 달 동안 간호하고, 텃밭을 가꾸고, 꿀을 따고, 잠을 자고, 달렸지만 치맛단도 해지지 않았다. 물론 행주처럼 회색이고 어부의 비옷처럼 뻣뻣했지만 결국 살아남았다. 중요한 건 그거였다.

52달러 28센트와 파란색 유리병을 캘리코 원피스 주머니에서 실크 원피스 주머니로 옮겼다. 그런 다음 머리 위로 녹색 원피스를 입자 한때 너무 컸던 옷이 이제 딱 맞았다.

《영국사 산책》을 집어 들고 책등을 손가락으로 쓸어보았다. 그 안에 들어 있는 수많은 여왕과 왕비를 떠올렸고, 그들 역시 대부분 실크 옷을 입고 운명을 찾아 떠났다는 사실을 생각했다. 여왕은 떠날 때 무엇을 가지고 갔을까? 미래에 대한 희망을 안고 세차게 뛰는 용감한 심장이었을 것이다. 과거가 가득 담긴 묵직한 책은 아니었을 것이다.

책장 사이에 조가 써준 쪽지가 끼워져 있었다. 쪽지를 꺼내서 원피스 단추를 풀고 가슴 근처에 넣었다. 달릴 준비가 됐지만 이번에는 달랐다. 평생 처음으로 무언가를 피해서가 아니라 무언가를 향해서 달려가고 있었다.

작별의 시간이 왔다. 우리는 우현에 모였다. 선장님, 루스터, 라쿤맨 아저씨, 수전, 조애나. 그리고 물론 체리도.

"안녕히 가세요, 선장님. 선장님은 언제나 저의 엄마 닭일 거예요. 사랑해요." 내가 선장님에게 말하는 동안 루스터가 작은 보트의 밧줄을 풀었다.

"아, 우리 치키." 선장님이 나를 꼭 끌어안으며 말했다. "엄마 닭도 너를 사랑한단다. 말로 할 수 있는 것보다 훨씬 더…."

"그러면 마지막으로 부탁 하나만 들어주실래요?"

"너희를 위해서라면 뭐든지 들어줘야지!"

"이 보따리를 받아주세요." 질긴 캘리코 원피스로 싼, 내가 제일 좋아하는 책을 선장님에게 드렸다. "이 힘겨운 세상에 홀로 나온 소녀를 또 만나면 이걸 주세요. 쓰고 싶은 대로 쓰라고, 그리고 준비가 되면 떠나보내라고 말해주세요."

"아, 그럴게. 확실하게 약속하마. 하지만 너 같은 소녀는 다시 없을 거야…."

"아뇨. 있을 거예요, 선장님. 세상은 저 같은 소녀로 가득하거든요. 그 애들은 모를 수도 있지만, 전 알아요. 그 아이들에게 메리 제인이 줬다고, 그 아이들이 가져갈 수 있는 모든 행운을 빈다고 말해주세요."

수전과 조애나를 향해서도 말했다. "얘들아, 너희 둘은 앞날이 정말 기대되겠다…. 그리고 너도, 체리! 배를 타고 대양을 건너잖아…." 몸을 굽히자, 체리가 자기만의 방식으로 내게 입을 맞추었다.

수전이 내 손을 잡고 또 한 손으로 조애나의 손을 잡더니 우리에게 말했다.

"우리 셋이 지금까지 같이 왔는데 이제 이렇게 헤어지게 됐네."

조애나와 나도 손을 맞잡았다.

"언젠가 다시 만날 거야. 난 그렇게 믿어." 조애나가 말했다.

"당연하지." 내가 말했다. "내 마음은 다른 생각을 하려고 하지 않는걸."

우리는 세 자매답게 입을 맞추고 끌어안고 서로 사랑한다고 말했다. 그리고 나는 떠났다.

낮의 마지막 빛이 사라지는 가운데 루스터가 노를 저어 나를 강가로 데려갔다.

"걸리니언호로 돌아가면 완전히 어두워지겠다." 내가 루스터에게 말했다. "이렇게 용기를 내줘서 고맙다는 말을 어떻게 해야 할지 모르겠어."

"아, 나한테 빚진 거 하나도 없어. 난 무섭지 않아. 난 이제 야간경비도 하니까, 내 일이랑 다를 것도 없어."

"음, 아무튼 고마워."

"정말 아무것도 아니야. 비밀 하나 말해줄까, 메리 제인?"

"물론이지, 루스터."

"언젠가 멤피스에 들를 때 법원에 갈 거야. 선장님이랑 라쿤맨 아저씨가 나를 입양하겠대. 서류를 만들어서 정식으로. 두 사람은 내가 처음부터 가졌어야 할 그런 엄마 아빠가 되고 싶대. 우리는 변호사 비용을 모아야 해. 그래서 표를 받을 때마다 변호사 비용을 조금씩 따로 모으는 중이야."

"어머, 잘 됐다!"

"그렇지? 우린 진짜 가족이 될 거야!"

생각이, 아주 좋은 생각이 떠올랐다. "루스터, 이 52달러 28센트 너 가져. 어디에 쓸지도 모르면서 가지고 다니던 거야. 제발 받아줘. 세 사람이 하나가 되는 데 내가 한몫할 기회잖아. 나도 끼고 싶어."

"나도 그러고 싶지만, 치키…."

"그럼, 받아!"

"그럴게, 고마워. 우리 모두 고마워."

강가에 도착한 다음, 나는 루스터에게 남은 돈을 전부, 기꺼이 주었다.

루스터가 말했다. "우리가 필요하면, 알지? 미시시피강에서 우릴 찾을 수 있어…."

"정확히는 더뷰크에서 뉴올리언스 사이 1600킬로미터 중 어딘가에서!" 내가 말을 대신 마쳤다.

루스터가 배를 강으로 다시 밀고 걸리니언호를 향해 출발했다. 루스터가 하류로 멀리 떠내려가기 전에 내가 밤하늘을 향해 소리쳤다.

"고마워요, 로버트 풀턴!"

"아니. 내가 고마워, 로버트 풀턴!" 루스터 역시 내 말이 무슨 뜻인지 정확히 알아듣고 이렇게 소리쳤다.

32장

변변찮은 소년

나는 강을 따라 2.3킬로미터 정도 남쪽으로 걸어갔다. 그때 고함소리가 들려서 깜짝 놀랐다.

"허! 거기 누구야?" 여자 목소리였다. 번쩍이는 등불이 보였고 저 앞에 집이 그림자를 드리우고 있었다.

"저기요? 이봐요?" 목소리가 반복해서 들렸다. "누구든 나와서 얼굴을 드러내."

숲속에 숨었던 나는 등불을 밝힌 여자를 볼 수 있었다. 정말 나이가 많았다. 서른 살은 넘어 보였다. 얼굴은 순무 같았고 몸은 더 큰 순무 같았다.

나는 모습을 드러내고 다가가야 한다는 사실을 알았다. 아니면 저 여자가 누군가에게 총을 들려서 나를 찾으러 보낼 테니까. 나는 이 밤중에 왜 여자아이 혼자 돌아다니는지 설명해야 했다. 혼자 돌아다니는 길 잃은 소녀를 보면 누구든 아침까지 붙잡아둘 것이다. 그렇지 않으면 범죄라고 생각하겠시.

'지금 난 여자애가 아니어야 해.' 이렇게 마음먹었다.

그래서 머리를 풀어 포니테일로 묶었다. 치마를 가랑이 사이로 통과시켜 허리에다 묶자 짠! 바지가 되었다. 시험 삼아 조금 걸었더니 그럴듯해 보였다. 아무도 나를 못 알아볼 것이다. 낮이라고 해도.

숲에서 나가 그 여자에게 걸어가서 악수했다.

"들어오렴." 여자가 문을 열어 잡아주면서 말했고, 내가 안으로 들어가자 작은 순무 눈으로 나를 훑어보며 물었다. "이름이 뭐지?"

"사일러스 윌리엄스요."

"어디 살지? 이 동네야?"

"아뇨. 세인트피터즈버그에 살아요. 록아일랜드에서 여기까지 걸어왔더니 너무 피곤하네요."

"배도 고프겠구나. 뭘 좀 찾아줘야겠다."

"아니에요. 배 안 고파요. 아까 배가 너무 고파서 3킬로미터 위에서 어디 잠깐 들렀어요. 그래서 이렇게 늦은 거예요."

"세인트피터즈버그까지는 아직 멀었어. 오늘 밤은 여기서 자는 게 낫겠다."

"아니에요." 내가 말했다. "잠시만 쉬다가 갈게요. 어둠은 안 무서워요."

"말도 안 되는 소리. 너 혼자 보낼 순 없지. 남편이 곧 올 거야. 한 시간 반 정도 있으면. 그때 남편이랑 같이 가렴."

'곤란해졌어.' 하는 수 없이 의자에 앉았다. 여자는 상류에 사는 친척 이야기를 주절주절 늘어놓았다. 당치도 않은 이야기였지만, 서른 살이나 먹으면 그런 데 신경 쓰게 되나 보다. 나는 공손하게 손을 모으고 몸을 앞으로 숙였다. 옆에 실패와 바늘이 있길래 집어

들고 초조하게 만지작거렸다.

그녀는 남편의 동생이 저지른 타락한 행동 때문에 너무 화가 나서 자기 남편과 총에 대해서는 다 잊은 것 같았다. 나는 기회를 틈타 몸을 살짝 움직이며 나갈 준비를 했다.

"호의를 베풀어주셔서 감사합니다, 부인. 그런데 여기에는 손님이 많이 오지 않겠지요…."

"흠… 키가 너랑 비슷한 파란 눈의 포니테일 남자애가 있었는데, 여길 지나간 지 얼마 안 됐어. 그… 걔랑 형제나 뭐 그런 거니?"

쿵쾅, 쿵쾅, 쿵쾅!

'조야! 조가 여기 왔었어!' 기뻐서 펄쩍펄쩍 뛰고 싶은 마음이 표정에 드러났던 모양이다.

"이름이 뭐라고 했지, 애야?"

"조요! … 아니, 그러니까… 사일러스요! … 사일러스 윌리엄스."

'이런!' 너무 불안해서 견딜 수가 없었다. 그래서 왼손만 써서 바늘에 실을 꿰었다. 말했던 것처럼 초조할 때의 버릇이었다. 그러다가 정신을 차리고 여자가 눈치채지 못했기만을 바라며 내려놓았다. 눈치를 챈 것 같았다. 그녀가 갑자기 심술궂은 말투로 아주 날카롭게 말했다.

"남자 흉내가 정말 변변찮구나. 북부에서는 속았을지 몰라도 난 절대 못 속이지."

"으음… 하지만 속이는 게 아니에요!"

"왜 이래. 왼손만으로 바늘에 실을 꿸 줄 아는 남자는 없어…."

"아니라고 맹세해요, 부인…."

"그러면 증명해봐."

그때부터 일이 이상하게 돌아갔다. 그녀는 나에게 납덩이를 잡아보라거나 쥐나 나오면 어떻게 죽일 건지 보여달라면서 시험하려 했다.

'안 할래요. 그런 건 개한테 시키면 돼요.' 이렇게 말하고 싶었다.

그런 다음 그녀가 내가 말한 이름을 두고 '사일러스'인지 '사이베리어스'인지 떠보면서 궁지에 몰아넣으려고 했다.

그래도 소용없었다. 나는 일어나서 그녀에게 말했다.

"있잖아요. 맞아요, 부인. 저는 여자예요." 나는 치마 단추를 풀고 머리도 풀었다. "아직 가야 할 길이 남았어요. 그러니까, 대화 감사했습니다. 저는 그만 갈게요."

"하! 그럴 줄 알았어! 혼자서 뭐 하는 거니? 남자라도 쫓아가는 거겠지." 그녀는 그것이 여자애가 할 수 있는 세상 최악의 일이라는 듯 고개를 저었다.

"부인, 죄송하지만 제가 말씀드려도 이해하기 어려우실 거예요. 그러니 부디 세인트피터즈버그로 가는 길을 알려주세요. 그러면 더 이상 귀찮게 하지 않고 가볼게요."

"저쪽이야." 그녀가 방향을 가리켰지만 친절하지는 않았다. "어서 가. 속이 시원하네. 여자가 남자를 쫓아다니다가는 결국 나쁜 꼴을 당하는 거야. 다들 알지. 하지만 넌 세상을 아직 잘 모를 테고, 힘들게 배우는 수밖에 없겠지…."

아주머니가 무슨 말을 더 했을지도 모르지만 나는 듣지 않았다. 내 갈 길을 가느라 바빴으니까.

안개 속으로

내가 걸어 들어간 곳은 새하얗고 고요했다.

완두콩 수프처럼 짙은 안개가 깔려 있었다. 가끔 길고 더운 낮이 끝나고 서늘한 밤공기가 내려앉으면 안개를 볼 수 있다. 조만간 강이 나올 것을 알았기에 계속 걸었다. 그 축축한 공기가 달리 어디에서 왔겠는가?

눈앞에서 손을 들어도 보이지 않았다. 직접 해봐서 안다. 눈은 별로 소용없었기에 귀를 쫑긋 세웠다. 흐르는 물살처럼 내가 분간할 수 있는 소리는 들리지 않고 낯설고 익숙하지 않은 소리만 사방에서 들려왔다. 안개 속에서는 그 무엇도 자연스러워 보이지 않고, 자연스럽게 들리지 않는다.

드디어 미시시피강을 발견했을 때 그걸 찾아낸 것은 눈도 귀도 아니고 내 발이었다. 그러니까, 양쪽 발 모두 젖었다. 게다가 깊이 들어갔다. 무릎 부근에서 물이 느껴졌지만, 낮 동안 햇볕에 데워졌던 터라 기분이 아주 좋았다.

강둑에 앉아 신발을 벗었다. 신발을 조금 말려야겠다 싶어서 해가 다시 떠오르기를 기다리기로 했다. 순무한테 심문당하느라 밤새 한숨도 못 자서 상당히 피곤했다. '잠깐만 눈을 붙이자.'

잠에서 깨니 안개는 사라지고 새파란 하늘에 새들이 노래하고 있었다. 눈을 찌푸리며 태양을 바라보는데, 커다란 갈색 눈 한 쌍이 태양을 완전히 가려버렸다. 두 눈이 끔뻑거리면서 '이 사람은 누구지?'라는듯이 나를 내려다보았다.

처음 보는 말이 나를 내려다보았는데, 말 등에는 내가 전에 본 적 있지만 최근에는 본 적 없는 남자가 타고 있었다.

두 여행자

"피터 폰드 아저씨?"

믿을 수가 없었지만, 믿지 않을 수도 없었다. 우리는 그가 여름에 무엇을 하는지, 그동안 어디에서 지내는지 전혀 몰랐다.

"그리고… 아저씨가 타고 있는 건 누구예요?" 내가 물었다. "아니, 정말… 멋지고… 튼튼하네요!" 긍정적으로 말하긴 했지만, 사실 피터 폰드 아저씨의 새 말은 건강과 거리가 멀었다.

"이름은 르 르콩트레…. 헐값으로 샀어. 사실상 훔친 거나 다름 없지…. 하지만 내 상황이 안 좋았단다. 인적은 드물고 발은 아프고 말은 없고…."

휘어진 등부터 부러진 편자까지 말을 훑어보았다. 말은 혹독한 겨울을 보낼 터였다. 온혈동물이 얼어붙은 접경지대의 강을 건너야 할 테니 말이다.

나는 피터 폰드 아저씨에게 거스티는 어떻게 되었냐고 묻지 않았다. 아저씨도 나에게 그동안 어디 있었냐고, 또는 어디로 가느냐고 묻지 않았다. 어쩌면 우리 둘 다 대답을 듣고 싶지 않았나 보다.

"아, 마리 잔, 다 컸구나." 아저씨는 슬픈 일이라는 듯이 말했다.

아저씨를 위로하려고 이렇게 대답했다. "아니, 안 컸어요! 마지막으로 봤을 때랑 키가 그대로예요."

"농, 농.* 키 말고, 영혼 말이야. 너는… 어쩐지 나이가 더 많아지구나."

'5개월 만에 다섯 살을 먹었죠.' 이렇게 말하고 싶었지만, 아저씨의 눈을 보니 내 마지막 농담이 먹히지 않았음을 알 수 있었다. 그래서 사실을 말했다.

"위, 피터 폰드 아저씨. 전 어쩐지 나이를 더 먹은 것 같아요. 세상이 그렇게 만들죠."

피터 폰드 아저씨가 새 말의 옆구리를 쓰다듬었다. "쥬 세,** 마리 잔. 알고말고…." 우리는 잠시 말없이 서 있었다.

정적 속에서, 나는 처음으로 피터 폰드 아저씨의 이야기가 궁금해졌다. 그러니까, 아저씨가 살아온 이야기 말이다. 자라고, 몸집이 커지고, 나이가 들고. 그러자 내가 집을 떠난 이후로 만난 모든 사람, 내 삶에 겨우 하루이틀 들어왔던 사람들까지도 전부 자신의 이야기가 있다는 생각이 들었다. 내가 애를 써도 당신에게 말해줄 수 없는 이야기. 책 한 권을 채울 정도의 이야기.

이 깨달음이 오래 남았다. 그 사실을 알고부터 내 삶은 달라졌다.

우리, 그러니까 피터 폰드 아저씨와 나는 서로에게 각자의 이야기를 하지 않았다. 사실 우리는 더 이상 말하지 않았다. 잠시 같이 걷다가 모자를 들어 인사하고 헤어졌다. 두 여행자가 목적지는 다르지만 같은 길을 잠시 걸을 때처럼.

---

*   프랑스어로 '아니'라는 뜻이다.
** 프랑스어로 '나도 알아'라는 뜻이다.

33장

이밴절린

세인트피터즈버그는 무덤처럼 조용하고 텅 비어 있었다. 나는 중심가를 따라 시내처럼 보이는 곳을 향하다가 걸음을 멈추고 주변을 둘러보았다.

"네가 새로 온 여자애니?" 뒤에서 목소리가 들렸다.

나한테 하는 말 같았다. "맞아." 내가 소리쳤다.

"이리 와. 우리 친구 하자!" 그녀가 내게 손짓했다.

'운이 좋네.' 조를 찾도록 도와줄 사람이 있다면 그건 바로 내 또래의 여자아이였다.

내가 가까이 가자 소녀는 미소를 지었고 무릎을 굽히며 인사까지 했다. 그 아이는 정말 이야기책에 나오는 인물 같았다. 온통 파란 꽃이 그려진 하얀 주름 원피스를 입고 있었다.

"만나서 반가워. 내 이름은 이밴절린이야." 그녀는 대문을 열어주었고 내가 들어가자 문을 닫았다. 우리는 친근하게 악수했다.

"흠… 이밴절린…." 기억을 더듬었다.

"응. 이-밴-절-린." 그 애가 이렇게 말하고 책등 아래쪽에 롱펠로라고 적힌 작고 예쁜 책을 펼쳤다. "들어 봐." 그녀가 소리 내서 읽기 시작했다.

… 그리고 이밴절린은 그의 곁에 무릎을 꿇고
죽어가는 그의 입술에 입 맞춘 다음 그의 머리를 자기 가슴에 눕혔네.

"정말 최고로 낭만적이지 않니?"
"아, 그래." 나는 싹싹하게 굴고 싶었다. "그냥… 음, 이밴절린 여왕이나 왕비는 들어본 기억이 없어서."
"그러면 나쁜 거야?" 이밴절린이 물었다. 자기 이름에 대해서 다시 생각해보는 것 같았다.
"아, 아니야." 내가 말했다. "그냥 내가 아는 여자애들은 전부 여왕이나 왕비의 이름을 가지고 있었거든. 어떤 해에는 학교에 메리가 두 명, 캐서린이 두 명이었어. 우리 엄마는 이름이 아이다인데, 모파 말로는 예믈랑의 고대 여왕한테서 따온 이름이래. 나는 모든 여자애가 여왕이나 왕비 이름을 가진 줄 알았어…. 하지만 이밴절린이라… 특이하네…."
"음…." 그 애가 불쑥 말했다. "리베카는 어때? 그게 내 중간 이름이거든."
"아, 리베카. 대단한데! 그래, 리베카는 정말 좋은 이름이야. 이삭의 아내이자 이스라엘의 아버지인 야곱의 어머니였으니까."
이밴절린이 내 팔짱을 꼈고 다시 행복한 표정을 지었다. "너는 뭐라고 부르면 돼, 친구야?"

"나? 나는 메리 제인이야. 두 여왕의 이름을 따왔지…. 그런데 다들 어디 있어? 꽤 큰 마을인데 아무도 없네."

"당연히 다들 교회에 갔지. 일요일이잖아! 오늘은 친목회가 있는데, 나는 일어났더니 머리가 아파서 안 가겠다고 졸랐어. 이제 너에 대해서 전부 이야기해줘, 메리 제인 양. 엄마랑 모르파더인지 뭐 그런 사람이 있다고 했지? 두 사람이랑 여기로 이사 온 거야?"

"응…."

"그럼, 집은 어디야? 시내에 있으면 좋겠다." 그 애가 나에게 물었다.

"… 여기서 진짜 가까울 거야. 아마 모퉁이를 돌자마자 있을지도 몰라."

"아, 정말 잘 됐잖아?" 이밴절린이 손뼉을 치며 폴짝폴짝 뛰었다. "학교에 같이 걸어서 다니면 되겠다! 하지만 잘 들어. 에이미 로런스라는 여자애가 너랑 친구가 되고 싶어 할 거야. 하지만 내가 항상 너의 첫 번째로 제일 친한 친구고 갠 두 번째라고 약속해줘."

그 애가 주먹을 쥐고 새끼손가락을 내밀더니 나도 그렇게 하기를 기다렸다. 나는 처음 본 순간부터 친절하게만 대해준 여자애한테 이미 거짓말을 해서 속이 울렁거렸다.

"왜 그래?" 이밴절린이 내 슬픈 얼굴을 보았다. "약속 안 할 거야?"

내가 고개를 축 늘어뜨렸다. "할 거야, 이밴절린. 하지만…."

"하지만 뭐? 하고 싶지 않아?"

"하고 싶어. 하지만… 정직하지 않아. 그런 척할 수는 없어." 내가 애처롭게 말했다.

이밴절린이 눈물을 터뜨렸다. "아, 너도 눈치챘구나! 당연히 알겠지. 진실한 마음은 늘 알아보니까. 거짓말해서 미안해, 메리 제인. 왜 그랬는지 나도 모르겠어."

나는 다가가 그 아이를 끌어안았다. 이밴절린은 너무 불행해 보였다.

"이-이-이-밴-절-린." 그녀가 딸꾹질을 했다. "그건 내 이름이 아니야! 난 그냥 베키야."

"자, 자…. 베키는 좋은 이름이야. 리베카 여왕 기억하지? 있잖아. 비교하자면 나는 이밴절린보다 베키가 훨씬 좋아."

"아, 메리 제인. 내가 자격이 없을 때도 넌 늘 나랑 첫 번째로 제일 친한 친구일 거야! 이밴절린이라는 이름을 책에서 봤는데 좋아 보였어. 하지만 너한테 거짓말을 한 건 잘못이야. 미안해."

심호흡한 뒤 내가 말했다. "베키, 나도 미안해. 정말 미안해. 어떻게 말해야 할지 모르겠지만, 나도 너한테 거짓말을 했어."

"그럼, 너도 메리 제인이 아니야? 아, 전혀 상관없어. 네 본명을 말해주면 우린 공평해지는 거야." 베키가 말했다.

"아니, 그게…. 음, 나는 네가 기다리던 새로 온 여자애가 아니야. 난 모퉁이에 살지도 않아. 사실 난 어제 가족을 떠나 세인트피터즈버그로 왔어."

"그래?" 베키의 눈이 커졌다. "뭐 때문에?"

다시 숨을 깊게 내쉬고 말했다. "난 남자애를 찾고 있어. 한 번 만났던 남자애. 마음에서 잊히지가 않아."

이 말에 베키는 기절할 뻔했다. "정말 낭만적이다! 난 우리 동네에 사는 가족을 다 알아. 누구인지 말해주면 내가 도와줄게."

"이름은 조라고 하고, 세인트피터즈버그 출신이야. 내가 아는 건 그게 전부야."

"조 하퍼 말이야?" 베키가 흥분했다. "아니, 정말 대단해! 걔 동생 수지는 나랑 세 번째, 아니다, 네 번째로 제일 친한 친구야." 베키가 말했다. 그 사이 나까지 넣은 듯했다. "어디 사는지 정확히 알아…. 게다가 조 하퍼는 우리 톰이랑 절친한 친구야!"

"하나 더, 베키. 조는 내가 세인트피터즈버그에 온 걸 몰라. 사실 내가 여기 온 건 너밖에 모르는 일이야."

"그래야지! 조가 널 찾아야 해. 아니, 널 구해야 해. 그게 제일 좋아." 베키가 머릿속으로 계산하는 듯하더니 벌떡 일어나 말했다. "알았다! 맥두걸 동굴이야!"

맥두걸 동굴

베키는 엄청난 계획을 세웠다. "네가 커다란 동굴에서 완전히 길을 잃는 거야. 그러면 내가 조를 찾아서 예쁜 빨간 머리 숙녀가…."

"고동색. 내 머리는 고동색이야." 나는 끼어들지 않을 수 없었다.

"그래. 음, 어떤 숙녀가 진정한 사랑을 애타게 그리워하다가 맥두걸 동굴에서 길을 잃었다고, 하면… 조가 수색대를 꾸려서 너를 찾아 데려올 거고… 마을 사람들이 전부 모여서 우리 집에서 파티를 하면 돼. 앨리스가 스펀지케이크를 구울 거야."

지나친 야단법석 같았지만 나에게는 더 좋은 방법이 없었다. 조와 내가 흙을 딛고 서서 야외에서 다시 만나는 건 완벽해 보였다.

"빨리. 교회가 끝나서 사람들 눈에 띄기 전에 동굴로 가자." 베키가 집 안으로 들어가며 말했다. 그런 다음 양초와 성냥이 든 바구니를 들고나왔다.

"좋은 신발을 신었구나. 다행이야." 베키가 말했다. "남쪽으로 8킬로미터 걸어가야 하거든." 베키가 자리에 앉아서 주일 신발을 평일 신발로 갈아신고 끈을 이중 매듭으로 묶었다.

우리는 마을 밖으로 걸어가서 베키가 연인의 절벽이라고 말한 곳으로 올라갔다. 가파른 절벽을 상상했지만, 강둑 위로 1.8미터도 안 되게 솟아 있을 뿐이었다. 베키는 거기서 더 가야 한다고 말했고, 덜 지루하게 노래를 부르자고 했다. 노래는 내 스타일이 아니었지만—수전의 스타일에 가까웠다—베키가 노래를 무척 좋아한다는 걸 알 수 있었고, 그래서 대충 파악한 다음 같이 흥얼거렸다.

우리는 곧 다시 만나리
만나서 다신 헤어지지 않으리
그러면 사랑이 자유롭게 흐르고
우리 두 사람을 영원히 감싸리…

꽤 여러 구절을 부른 다음에야 마침내 여우 굴보다 크지 않아 보이는 바위틈 구멍에 도착했다. 베키는 가져온 물건을 내려놓고 손쉽게 미끄러져 들어갔다. 그런 다음 나에게 양초에 불을 붙여서 자기한테 달라고 했고 나는 시키는 대로 했다. 베키가 말했다. "이제 너도 들어와."

내가 머뭇거리자 베키가 말했다. "걱정하지 마, 메리 제인. 난 이 굴 안팎을 속속들이 알아."

나는 최대한 용기를 내 들어갔다. 베키보다 몸집이 훨씬 커서, 고개를 돌리고 한쪽 어깨를 움츠리고 반대쪽 어깨를 아래로 뻗어야 했다. 억지로 비집고 들어간 끝에 바닥에 엉덩방아를 찧으며 떨어졌다.

양초의 어둑한 빛을 빼면 아주 캄캄했지만 얼마 안 되는 빛에 익숙해지자 사방이 상당히 환해졌다.

베키가 내 손을 잡고 길을 따라 동굴 깊숙이 이끌었다. 모퉁이를 여러 번 돌았고, 마침내 그 아이가 온통 유리 같은 결정이 박힌 벽 아래 부글거리는 샘을 가리켰다. 마치 꿈에서나 가볼 법한 요정 나라 같았다. 머리 위 바위에 베키 + 톰이라고 새겨져 있었다. 옆을 흘긋 보니 베키 얼굴이 발그레했고 모든 게 설명되었다.

그곳을 지나자마자 동굴이 점차 넓어지더니 응접실만 해졌고, 누군가 꽤 아늑하게 꾸며놓은 듯했다. 땅에는 밀랍 먹인 리넨이 깔려 있고 한쪽 구석에 양가죽이 쌓여 있었다. 이상하게도 리본으로 묶인 종이 뭉치가 젖지 않도록 치워져 있었다.

베키가 두 번째 양초에 불을 붙여 나에게 건넸다. 그러자 주변이 대낮처럼 환하게 느껴졌다. "베키, 정말 멋지다!" 내가 말했다 "여기는 어떻게 찾았어?"

"음, 늘 여기 있었어. 타마로아 인디언들이 달아나기도 전부터 말이야. 모든 애들이 가끔 놀러 와. 이렇게 깊이 들어오진 않지만."

"누군가는 이렇게 깊이 들어왔나 보네…." 내가 베키를 놀렸다.

"그래. 음, 난 가끔 톰이랑 같이 와." 베키가 인정했다. "한번은 둘이 키스 게임을 하긴 했는데….” 베키가 말하는 투를 보니 왠지 정말 한 번뿐이었을까 싶었지만, 나와 상관없는 일이었으므로 아무 말도 하지 않았다.

"주로 난 여기 와서 책을 읽고 저걸 공부해." 베키가 구석의 종이 뭉치를 가리켰다.

"저게 뭐야?" 내가 물었다.

"내가 첫 번째로 제일 좋아하는 책인데, 헨리 그레이라는 사람이 쓴 《해부학》이야. 보고 싶으면 봐도 돼. 흥미로운 부분이 있으면 내가 가르쳐줄 수 있어. 찢어진 종이는 신경 쓰지 마. 내가 선생님 책에서 몰래 찢은 거야. 아빠가 저 책을 선물로 사주기 전에."

베키가 나에게 책을 주다가 떨어뜨리는 바람에 책갈피가 끼워진 부분이 펼쳐졌는데, '여성의 생식 기관'이라는 장이었다. 거기에는 사진이 있었는데… 역시 동굴처럼 보였다.

"이제 넌 여기서 기다려. 내가 조 하퍼를 찾아서 맥두걸 동굴로 향하는 상심한 여자애를 만났다고 얘기할게. 조가 애타게 그리워하던 메리 제인이라는 걸 알아차리도록 얘기할 거고, 방향도 제대로 알려줄 거야. 네가 할 일은 여기 앉아서 기다리다가 조가 나타나면 감동하는 거야."

베키가 나에게 입을 맞추고 떠났지만, 금방 돌아서서 필요한 건 없냐고 물었다.

"솔직히 말하면 연필이 있으면 좋겠어." 내가 말했다.

"아, 그건 쉽지. 저기 두 개 있어. 내가 책을 두는 곳에." 베키는 이렇게 말하고 가버렸다.

'곧 조를 나시 만나는 거야!' 이렇게 생각하자 행복했지만 떨리기도 했다. 한 손으로 바늘에 실을 꿰며 잊고 싶어도 실과 바늘이 없어서 대신 베키의 책을 훑어보기로 했다. 줄거리가 별로 없어서 흥미가 생기지 않았고, 읽으려고 애쓸수록 점점 더 졸리기만 했다. 양가죽을 깔고 행복한 꿈을 기대하며 꾸벅꾸벅 졸았다.

몇 시간 뒤, 누군가 살짝 흔들어 나를 깨웠다.

"조?" 내가 고개를 들며 말했다. 눈은 흐릿하고 생각은 흐리멍덩했다.

"아니야, 나야." 베키는 세상에서 가장 슬픈 사람보다 더 슬퍼 보였다. "이런 말을 하고 싶진 않지만 메리 제인, 조는 이제 세인트피터즈버그에 없어."

진짜

베키는 정말로 울음을 터뜨릴 것 같았다.

"아까 널 여기 남겨두고, 말했던 것처럼 바로 조의 집으로 갔어. 하퍼 부인 말씀으로는 조가 이틀 전에 친구들이랑 잭슨섬으로 해적 놀이를 하러 갔는데 배를 타고 집으로 돌아오지 않았대. 조 하퍼의 여동생 수지가 나를 밖으로 데리고 나가서 살짝 얘기해줬는데, 조가 수지한테 그랬대. 영영 떠난다고, 돌아오지 않을 거라고. 정말, 정말 미안해, 메리 제인."

베키는 슬펐지만 나는 뭐가 뭔지 헷갈렸다.

"베키, 하퍼 부인이 정확히 누구야?"

"뭐야. 당연히 조의 어머니지."

"하지만 조는 어머니가 없어, 베키."

"음, 조는 어머니가 있어, 메리 제인! 누구나 어머니가 있어!"

"조는 없어. 어머니를 본 적도 없다고 했어. 아빠는 본 적도 없었으면 더 좋았을 사람이었다고 했고."

"하지만 남자애든 여자애든 전부 어머니 아버지랑 살아. 세인트피터즈버그에서는 다 그래."

"조는 사랑해주는 사람들이 있었어. 무슨 과부댁에 대해서 이야기했었는데… 더글러스였나? … 조를 받아주고 읽고 쓰는 법을 가르쳐주셨고…."

베키가 내 말을 잘랐다. "메리 제인, 조가 어떻게 생겼는지 말해 봐."

"키는 나랑 비슷하고, 어깨가 넓고, 파란 눈에, 포니테일 머리에…."

"잠깐! 설마 헉 말하는 거야? 허클베리 핀?"

딱 조 같은 아이에게 붙여줄 법한 천진난만한 이름 같았다. "확실히 그러면 좋겠지만…." 내가 대답했다. "혹시 그가 여기…."

"아, 정말 신난다! 우리 모두 헉을 사랑해. 내가 헉처럼 살고 싶다고 할 순 없지만."

"그는 어디에 있을까?" 내가 애타게 물었다.

"세인트피터즈버그 어딘가에…. 어제도 봤어. 그런데 별로 행복해 보이진 않더라. 아마 셔츠에 칼라까지 단정히 차려입고 있었기 때문이겠지. 너도 알잖아, 헉은 그런 옷을 입으면 숨 막혀 하잖아."

"상상이 가, 베키."

"아아… 널 인도하는 건 신성한 사랑이구나, 메리 제인. 처음부터 알아봤어." 베키는 날 위해 정말 기뻐했다. "헉한테 가서 네가 여기 있다고 말할게. 하지만 똑같은 방법은 안 돼…. 헉은 널 구해주는 유형이 아니라 범죄에 동참하는 유형이니까."

베키의 말이 정확했기에 나는 베키를 끌어안았다. "베키, 나한테 해준 거 전부 다 고마워. 하지만 조에게—으음, 헉인가?—가는 마지막 몇 걸음은 나 혼자 가야 할 것 같아."

"알아. 헉이 지내는 집까지 데려다주고 거기서부터는 네 운명을 너에게 맡길게. 하지만 어떻게 됐는지 다 이야기해준다고 약속해…. 정말 낭만적인 이야기가 될 거라는 느낌이 들거든…."

"나도 그러고 싶어, 베키. 약속할게."

우리는 해가 저물어 밤이 될 무렵 맥두걸 동굴에서 기어 나왔다. 베키가 나를 시내로 데려갔고, 우리는 단정한 흰색 집 뒷마당에서 작별 인사를 했다. 2층 창문 밑에 밧줄이 대롱대롱 매달려 있었다.

쉬운 밧줄 타기

침대보를 꼬아서 만든 밧줄이었는데, 그걸 타고 창문으로 드나들기 쉽도록 몇십 센티미터 간격으로 매듭이 있었다.

저 위에는 반짝이는 별들이 만드는 끝없는 거미줄이 있었지만, 이제껏 내가 본 보름달 중 가장 밝은 보름달 때문에 거의 보이지 않았다.

저런 달이 뜨면 무엇에든 이용해야 한다.

목깃 단추를 풀고 조의 쪽지를, 여기까지 오는 동안 내내 간직한 쪽지를 꺼냈다. 그리고 주머니에서 베키의 연필을 꺼내 쪽지 뒷면에 적었다.

조에게(네가 괜찮으면 난 아마 너를 늘 조라고 부를 거야.)

메리 제인이야. 나는 널 찾아서 강을 따라 여기까지 왔어. 네 생각을 많이, 많이, 백만 번쯤 했어.

네가 진실을 말해줬던 날 기억해? 나도 보답하려고 세인트피터즈버그에 왔어. 사랑하는 사람들에게 거짓말하는 건 질렸거든. 간단히 말할게.

그 애들은 내 여동생이 아니야.

나는 열아홉 살 근처에도 못 가.

나는 피터 윌크스가 죽은 게 아직도 전혀 안타깝지 않아.

나는 준주로 떠날 거야. 안 그러면 사람들이 나를 교양인으로 만들 텐데, 난 그걸 견딜 수가 없거든. 너도 같이 갈래? 원하면 친구를 데려와도 돼. 나는 못 봤지만 숨어 있던 그 친구 말이야.

내 주머니는 빈털터리일지도 모르지만 내 마음은 그렇지 않아. 나는 북부에 사촌이 두 명 있고 걸리니언호에 좋은 친구가 셋이나 있고 쥐를 잡을 줄 아는 개가 있어. 네가 창가에 촛불을 밝힐래? 내가 밖에서 기다릴게. 그린빌에서 그날 밤 네가 내 촛불을 기다렸던 것처럼 내가 밖에서 네 촛불을 기다릴게.

나는 얼음이 녹기 시작하고부터 1600킬로미터 넘게 여행했어. 뭔가를 찾아서 이 먼 길을 왔는데, 내 생각에는 그게 너인 것 같아.

진심을 담아,
메리 제인

쪽지를 접어서 원래 있던 자리에, 심장 가까이에 넣었다. 그런 다음 창문에 매달린 밧줄을 타고 올라갔다. 옭매듭 여러 개를 엉망진창으로 지어놓은 밧줄이었지만—나라면 팀버 히치 매듭을 이용했을 거다—충분했다.

창틀에 닿았을 때, 접은 쪽지를 창문 틈새로 집어넣었다. 내가 땅으로 내려올 때 안에서 부스럭거리는 소리가 들린 것 같았다.

나는 잔디밭에서 포근한 자리를 찾은 다음, 앉아서 기다렸다.

마지막 장

어둠 속에서 가꾼 꿈

크르륵 끅. 크르륵 끅. 크르륵 끅.

자정이 지난 게 뼛속으로 느껴졌다. 어제는 끝났고, 오늘은 이미 가득 찼다. 터질 듯한 희망으로 가득했다. 곧 따뜻한 비가 내릴지도 모른다는 희망, 불이 켜지지 않은 양초 하나에 담긴 희망, 그리고 가슴이 터질 듯 하늘을 향해 울부짖는 황소개구리 떼의 희망. 우리는 모두 어둠 속에 앉아, 누군가의 대답을 기다리고 있었다.

나는 내 삶을 뒤돌아보고 또 앞을 내다보았다. 내가 얼마나 멀리 왔는지, 그리고 앞으로 얼마나 더 가고 싶은지를 생각했다. 나는 내 바깥을 향해 눈을 돌려 모험을 찾았고, 내 안을 들여다보며 용기를 찾아냈다.

간호하고, 밭을 가꾸고, 꿀을 따고, 숫자를 세고, 기도를 올리고, 어쩌면 누군가를 죽이기도 했던 두 손을 내려다보았다. 그리고 고개를 들었을 때, 그의 불빛이 켜졌다.

본문에 관하여

마크 트웨인(본명 새뮤얼 클레먼스, 1835년 출생)은 《허클베리 핀의 모험》을 1885년에 처음 출간했다. 주인공 헉은 1840년대 작가의 어린 시절 친구를 바탕으로 만든 인물이다. 이 책의 주인공 메리 제인 역시 《허클베리 핀의 모험》에 등장하고, 수전과 조애나, 삼촌 두 쌍, 바틀리 과부댁, 의사 로빈슨, (세상을 떠난) 피터 윌크스도 마찬가지다. 이들이 나누는 대화의 일부 또는 전체는 트웨인이 쓴 그대로다. 이 책에 등장하지만 마크 트웨인의 원작에 없는 인물들의 뿌리는 1800년대 초 아메리카에 살았던 실존 인물들이다.

모피는 1814년에 3년짜리 고용 계약을 맺고 위니펙 호수 북쪽 끝을 개간하러 캐나다로 온 노르웨이 노동자 여덟 명 중 한 명이었을지도 모른다. 그런 노동자들은 가족을 데려오려고 몇 년 동안 저축하는 경우가 많았다. 엄마는 아버지를 만나겠다는 희망을 안고 대양을 건너온 딸의 예다.

1846년쯤 미네소타 준주에는 모피 교역소가 백 개 이상 있었는데, 각각의 교역소에 덫사냥꾼과 사무원, 보야저가 소속되어 있었다. 피터 폰드(1740년 출생)는 코네티컷 태생의 덫사냥꾼이자 보야저, 무역상, 탐험가로, 1765년에 북서부 쥬주로 와서 그곳을 떠나지 않았다. 모피 사냥과 모피 무역이 이루어지는 미네소타 지역은 원래 북부는 오지브웨족(별칭 치페와족), 남부는 동부 다코타 수족의 땅이었다. 메리 제인이 레드 호수 근처에서 만나는 오지브웨족 소녀는 1918년에 프랜시스 덴스모어에게 밀 랙스 호수에서 보낸 어린 시절을 구술했던 오지브웨족 여성 노디넨스(1840년경 출생)의 이야기에서 가져왔다. 감자 신부는 당시 오지브웨 문화를 근절하려고 애썼던 수많은 성직자 중 한 명이었던 니콜라 마리 조제프 프레미오(1818년 출생)를 가리킨다. 1849년에 프레미오는 온타리오 윌리엄 요새 근처에 인디언 선교의 일환으로 기숙학교를 설립했고, 이 학교는 1970년까지 운영되었다.

1840년대에 거대한 미시시피강은 증기선 선장 수백 명의 고향이었는데, 약 3200킬로미터에 달하는 미시시피강 중에서 일부 지역에 걸쳐 운항했다. 여선장의 바탕이 되는 인물은 선실 급사로 시작해서 증기선 항해사까지 올랐던 조지 바이런 메릭(1841년 출생)인데, 그녀는 아이오와 벌링턴의 〈새터데이 이브닝 포스트〉에 회고문을 기고했다. 증기선 운송이 늘어나면서 미시시피 강변을 따라 지나가는 배와 승객들에게 상품과 물품을 공급하는 상점이 생겼다. 라쿤맨은 1885년부터 1893년까지 핸슨&링컨 컴퍼니에서 석탄을 공급한 토머스 제임스 멀그루(1867년 출생)에게서 나온 인물이다.

북서부 준주에 살았던 많은 사람은 그곳에 자의로 가지 않았다. 루스터는 뉴욕시에서 아이오와를 비롯한 중서부 지역으로 농장과 사업체에 아동 노동력을 공급하기 위해 이주시킨 15만 명의 고아 중 한 명이었을 가능성이 높다. 아빠는 1846년에 약 5백만 제곱킬로미터의 영토를 보호하기 위해 서부로 파견된 미군 7천 명 중 하나였을지도 모른다. 이들은 대부분 미시시피강을 따라 건설된 군사 요새에 배치되었다.

1800년대 초의 개척지에는 남성이 여성보다 열 배 많았고, 여성은 종종 가혹한 환경에서 살아야 했다. 이블린 이모는 1854년에 남편이 사망한 뒤 온타리오 더럼 카운티에서 두 아이와 함께 힘들게 살았던 농부 세라 웰치 힐(1803년 출생)의 일기에서 탄생한 인물이다. 프랜시스 램지 심슨 선생님(1812년 출생)은 1830년에 런던을 떠나 포크스로 온 영국 여성으로, 그녀의 일기는 힘겨운 신세계에서 여성의 품위를 지키기 위해 애쓴 여정을 보여준다.

남북전쟁 이전의 종교는 광신주의와 편견의 묘한 혼합물이었다. 종말 예언이 흔했고 소수 집단에 대한 폭력도 만연했다. 슈미트 가족의 모델은 남편과 아들이 반(反)모르몬 폭도에게 살해당한 뒤 딸들과 함께 1838년 혼스 밀 학살을 가까스로 피한 모르몬교도 어맨다 반스 스미스(1809년 출생)의 가족이다. 어맨다는 조지프 스미스를 따라 일리노이로 갔고, 1846년 나부 전투에서 생존한 뒤 1850년에 예수그리스도후기성도교회의 지도자 브리검 영을 따라 유타로 이주했다.

마크 트웨인은 원작에서 피터 윌크스가 여러 사람을 노예로 삼아 제혁소에서 일을 시켰다고 분명히 밝혔지만, 노예 중 누구의 이름도 언급하지 않았다. 1800년대 중반 미국에서 노예로 살았던 4백만 명 중 하나였던 줄리아 브라운(1852년 출생)은 1936년에 연방작가 프로젝트에 참가하여 조지아에서 보낸 어린 시절을 이야기했다. 그녀가 이야기했던 떠돌이 투기꾼, 왕진 의사, 통행 허가증 요구 그리고 강제로 헤어진 가족 이야기는 슈가와 캔디 이야기의 바탕이 되었다. 또한 피터 브루너(1845년 출생)의 회고록도 참고했는데, 그는 켄터키의 제혁소에서 어렸을 때 노예가 되었고, 그를 노예로 삼은 남자가 무두질 통에 던져 넣어서 익사할 뻔했다고 설명한다.

남북전쟁 이전의 사회는 떠돌아다니는 사람들이 큰 비중을 차지하는 것이 특징이었다. 덫사냥꾼, 무역상, 선교사, 군인, 뱃사람, 개척자는 한곳에 오래 머무르지 않았다. 아마도 미국인 중 가장 이동이 잦았던 이들은 이 마을 저 마을 돌아다니면서 개척지의 가족들에게 필수품이나 사치품을 공급하며 떠돌이 장사꾼으로 살았을 것이다. 에디 애플바움의 모델은 가족과 함께 1854년에 미국으로 이주한 뒤 금방 독립했던 유대인 소년 에드워드 로즈워터(1841년 출생)다. 그는 전신 기술을 익힌 뒤 북군을 따라다녔고, 1863년에 링컨의 노예 해방 선언문을 전송했다.

이 책에 등장하는 장면 대부분은 실제 19세기의 장소와 사건, 현상에 바탕을 두고 있다. 위니펙시 근처의 포크스(1738년 건설)는 모피 무역에서 중요한 역할을 했으며 지금도 방문할 수 있다. 교역소 생활에 관한 묘사는 근처 브랜든 하우스(1793년 건설)의 기록을 참고했는데, 교역소를 소실시켰던 1815년 화재와 그 이후 재건 과정도 기록되어 있다. 19세기 비버 모피와 기타 모피의 교환 가치는 세인트폴의 미네소타 역사관에서 찾았다.

1823년쯤에는 세인트폴의 아메리칸 모피 회사 본사와 매니토바를 잇는 육로 네 곳을 통해 모피는 남쪽으로, 물자는 북쪽으로 운송되었다. 정점에 이르렀을 때는 연간 6백 톤 넘는 화물이 말, 소, 개가 끄는 이륜마차로 운반되었다. 메리 제인이 오지브웨족 소녀와 만나는 레드 호수는 1600년대부터 아니시나베족의 고향이었으며, 현재는 레드 호수 치페와족이 관리하는 레드 호수 인디언 보호구역이다.

1805년과 1825년 사이에 미 육군은 1803년 루이지애나 매입으로 확보한 영토 점령을 돕기 위해 미시시피 강가를 따라 대규모 요새 다섯 곳을 건설했다. 최북단의 스넬링 요새(1822년 건설)부터 미주리 세인트루이스 근처에 자리한 제퍼슨 막사(1825년 건설)에 이르기까지 이러한 요새들은 미국의 주요 수로 약 1120킬로미터를 관리했다. 일리노이 나부에서 남쪽으로 약 32킬로미터 떨어진 에드워즈 요새(1814년 건설)는 1824년에 군대가 떠난 뒤 아메리칸 모피 회사가 인수했다.

19세기 전반에는 1천 척이 넘는 증기선이 미시시피강에서 운항했다. 기록적인 스멜터호부터 느리기로 악명 높았던 엉클토비호까지 이 책에 언급된 증기선은 모두 1840년대에 실제로 운항했다. 호화로운 외륜선 미네소타벨호는 점심 메뉴까지 정확히 기록되어 있으며, 여선장이 위험하다고 말했던 미주리강의 살루다호는 1852년 4월 9일에 과열된 증기 기관이 폭발하면서 백 명 이상의 사망자가 발생했다.

납 운반선 걸리니언호는 북쪽으로 더뷰크까지 항해했고 겨울에는 오하이오강에서 운항했다. 걸리니언호의 구조는 플로리다 해저 고고학 보존 구역에 보존된 침몰 증기선 시티오브호킨스빌호를 따랐다. 기관실을 비롯한 걸리니언호의 증기 기관에 관한 설명은 로버트 풀턴(1765년 출생)이 1811년에 특허를 내기 위해 썼던 노트를 바탕으로 했다. 미시시피강의 증기선 운행 시간표와 푯값은 미국 육군 공병대가 제공한 마일 표지 지도와 역사적 문서를 이용해서 계산했다.

초기 미국에서 종교의 목적은 영성에만 국한되지 않았고 일상에 기분 전환과 다양성, 드라마를 불어넣는 역할도 했다. 마틴 목사가 언급하는 야외 부흥 집회에 대한 설명은 윌리엄 쿠퍼 하월(1807년 출생)이 열세 살에 오하이오 스프링필드 근처에서 참석했던 첫 집회에 대한 기록을 참고했다. 코치 휩 밴드는 1800년대에 더뷰크 지역에서 열린 여러 부흥 집회에서 연주했고, 연주곡 목록에 춤곡 〈프레리 퀸〉이 실제로 포함되어 있었다.

종말 예측은 1800년대 초 개신교 교리의 거의 보편적인 특징이었고, 그중에서도 밀러파만큼 종말을 진지하게 준비한 교파는 없었다. 1844년에는 윌리엄 밀러(1782년 출생)의 추종자 5만 명 이상이 가진 것을 모두 버리고 10월 22일(밀러가 성경 연대표를 이용해 계산한 날)에 승천할 준비를 했지만, 이후 그날은 '대실망'이라는 이름으로 알려졌다. 충실한 소수파만이 밀러를 계속 따랐고, 1863년에 제칠일안식일예수재림교를 만들어 현재 세계적으로 2천만 명이 넘는 규모로 성장했다.

늙은 벌목꾼이 한탄하는 삼림 벌채는 1840년대에 북부 삼림지대의 거대한 헴록 소나무를 모조리 베었던 사실을 반영하는데, 이 때문에 오늘날 위스콘신주에서는 수령 백 년 넘는 소나무를 찾기가 거의 불가능하다. 당시 미시시피강 주변에서 급성장하던 세인트루이스, 멤피스, 뉴올리언스의 도시 건설에 필요한 목재를 공급하기 위해 새로 발명된 증기 기관을 이용하는 제재소가 밤낮없이 가동되었다. 막힌 톱날 사이로 나무가 강제로 밀려 들어가면 톱밥 때문에 폭발적인 화재가 발생했기에 끔찍한 사고도 잦았다.

1873년에 미국이 금본위제를 채택하기 전까지 개척지의 지폐는 지역마다 달랐다. 즉, 발행 은행이 영향권을 미치는 지역에서만 가치가 있었다. 이는 여행자에게 특히 문제였는데, 이동 중에 유동

자산의 가치를 보호할 확실한 방법이 없었기 때문이다. 따라서 많은 이들이 모피, 무기, 귀금속처럼 어디에서나 탐내는 물건으로 거래하기를 선호했다. 규모가 더 작은 은행은 화폐 가치가 동부 연안의 대형 보증 은행의 화폐 가치에 밀려서 갑작스럽게 도산하기 쉬웠다. 1837년부터 1845년까지 이어진 은행 파산 사태가 수많은 개척지 가정에 위기를 불러왔고, 널리 퍼진 해결책 하나는 남성 자녀가 집을 떠나 미 육군에 입대하는 것이었다. 이러한 신규 입대로 인해 1835년부터 1848년까지 미 육군 병력이 두 배로 증가했다.

감자 신부, 메리 제인, 이블린 이모, 피터 윌크스가 앓았던 질병의 증상은 장티푸스의 증상과 일치하는데, 개척지에서는 흔한 질병이었고 치료하지 않으면 네 명 중 한 명이 사망했다. 주로 음식 조리 과정에서 전염되었고 보균자는 건강에 이상이 없거나 자신이 보균자인지 모르는 경우가 많았다. 오지브웨족은 개정향풀을 달여 만든 진액을 진정제로 사용하고, 양지꽃 뿌리로 지혈하고, 호스민트로 화상을 치료하고, 메이애플로 변비를 치료하고, 쑥으로 설사를 멈추고, 야생 완두로 상처를 소독했다. 쑥국화는 마지막 수단으로 쓰는 약이었고, 계속되는 열을 멈추기 위해서 발작을 유발했다.

소설에 많이 등장하지는 않지만, 사법 체계는 개척지 생활의 몇몇 측면에서 절대적 힘을 행사했다. 18세기와 19세기 초의 법률은 자녀를 가사 노동력을 제공하는 경제적 자산으로 간주했기에 상속법에 따라 판사가 양육권을 결정했다. 1860년대 이전에는 부계 가족을 한 명이라도 찾아내서 궁핍하지 않다는 사실이 증명되면 모계 가족은 아이에 대한 권리를 가질 수 없었다.

주 정부가 공인한 개척지의 민병대는 대부분 모르몬 공동체를 상대로 폭력을 행사했다. 미주리 주지사 릴번 보그스가 1838년에 발표한 행정명령은 4백 명의 군인을 동원하여 다음과 같은 임무를 내렸다. "모르몬교도는 적으로 취급해야 하며, 주에서 몰아내거나 박멸해야 한다." 모르몬교 설립자이자 예언자인 조지프 스미스는 일리노이 나부로 추종자들과 함께 달아난 뒤 1844년에 재판을 기다리던 중 교도소에서 살해당했는데, 지역 법률 집행가들이 공범임이 분명했던 범죄였다.

타르를 바르고 깃털을 붙이는 처벌은 초기 미국에서 인정된 초법적 처벌이었다. 이 관행은 개척지에서 19세기까지 계속되었다. 이 책에 나오는 설명은 1774년에 발행된 〈런던 애드버타이저〉 신문 기사에서 가져왔는데, '보스턴 차 사건' 직전에 영국 세관원 존 맬컴(1723년 출생)이 받았던 타르와 깃털 처벌을 다루고 있다.

노예의 신체와 잠재적 노동력에 부여된 금전적 가치는 1830~1860년 뉴올리언스 공증 기록 자료를 바탕으로 했다. 아동을 포함한 노예의 시신을 의학적 해부를 위해 매매한 것은 사실이다. 족쇄를 찬 노예들이 포획자에게 끌려가는 묘사는 이선 앤드루스(1787년 출생)의 증언을 참고했다. 그는 1834년에 노예 거래 회사 프랭클린&암필드가 남성과 여성, 아동까지 노예 약 3백 명을 불러 모아 버지니아 알렉산드리아에서 미시시피 나체즈까지 강제로 행군시키는 것을 목격했다.

일부 용감한 행동가의 활동을 제외하면 북서부 준주에서의 노예제 폐지 운동은 평등을 위해 힘쓴다기보다 도덕적 타락에 반대하는 것에 가까웠다. 백인이 구원자로 등장하는 통속극 《톰 아저씨의 오두막》은 노예제 폐지론 확산에 도움을 주었다. 1852년에 출간된 이 책은 금세 19세기 최고의 베스트셀러가 되었고, 성경 다음으로 많이 팔렸다.

1861년에 미국 최초의 대륙 횡단 전신을 보내기 전에 약 4800킬로미터의 거리에 도금 전선을 설치해야 했다. 또한 32킬로미터마다 전선에 전원을 공급할 배터리가 필요했다. 두 달에 한 번 아연과 구리 전극이 든 통에서 독성 폐기물 황산아연을 빼내는 등 배터리 정비가 필요했다. 이 위험하고 불쾌한 작업은 전신 기사 조지 A. '번개' 엘스워스(1843년 출생)의 회고록에 상세히 기록되어 있다.

꿀 채취부터 선원용 매듭 만들기와 시신 매장 준비에 이르기까지 이 책에 등장하는 조금 더 쉬운 작업들은 역사적 기록이 허락하는 한 정확하게 설명했다.

대화에 등장하는 일부 익숙하지 않은 말투에 관해 설명하겠다. 슈미트 아저씨의 말에는 메인주 동부 해안 지방 억양이 있고, 피터 윌크스는 북부 요크셔, 정확히는 휘트비 교구의 방언을 사용한다. 메리 제인은 정말 운 좋게도 저자와 같은 중서부 시골 지역의 사투리를 쓴다. 독자가 모든 등장인물이 똑같이 말하려 하지만 실패했다고 생각하지 않도록 이렇게 설명을 덧붙인다.*

마지막으로, 이야기에 등장하는 모든 동물은 내가 키웠거나 알았던 여러 반려동물에게서 가져왔다. 저 고양이의 모델은 우리 할아버지의 소파 안에서 살던 줄무늬 고양이 타이거다. 해어링턴 씨는 내가 딱 한 번 물린 적 있는 토끼 번번 씨를 생각나게 하는데,

---

* 한국어판에는 사투리를 거의 반영하지 않았다.

나는 다른 동물에게는 한 번도 물린 적이 없다. 거스티라는 이름은 내가 처음 승마를 배울 때 탔던 온순한 단거리 경주마에게서 따왔다. 삼손은 내 아들이 처음 승마를 배울 때 탔던 온순한 클라이즈데일 리글리와 비슷하고, 델릴라는 초원에서 늘 리글리를 꼼짝 못 하게 하던 말 페니와 비슷하다. 나는 체리 덕분에, 가족으로부터 가늠할 수 없을 만큼 사랑받았던 그리고 정말로 쥐를 잡을 줄 알았던 최고의 체서피크 베이 리트리버인 벅을 되살릴 수 있었다.

참고문헌

Berry, Daina Ramey. (2017). *The Price for Their Pound of Flesh: The Value of the Enslaved, from Womb to Grave, in the Building of a Nation*. Beacon Press.

Carter, Kathryn, Ed. (2002). *The Small Details of Life: 20 Diaries by Women in Canada, 1830–1996*. University of Toronto Press.

Densmore, Frances (1929). *Chippewa Customs*. Bureau of American Ethnology Bulletin. 86:1–204 (see especially chapter 42).

Diner, Hasia R. (2015). *Roads Taken: The Great Jewish Migrations to the New World and the Peddlers Who Forged the Way*. Yale University Press.

Federal Writers' Project (1936–1938). *Slave Narrative Project* [see especially vol. 4, Georgia, part 1: Brown, Julia, pp. 141–153, and vol. 7, Kentucky, Bogie-Woods (with combined interviews of others): Bruner, Peter, pp. 88–90].

Gates, Charles M., Ed. (1933). *Five fur traders of the Northwest: being the narrative of Peter Pond and the diaries of John Macdonell, Archibald N. McLeod, Hugh Faries, and Thomas Connor*. Minnesota Historical Society Press (as reprinted in 1965 with corrections).

Goodman, Nancy and Goodman, Robert (2003). *Paddlewheels on the Upper Mississippi 1823–1854*. University of Minnesota Press.

Jones, Evan (1966). *Citadel in the Wilderness: The Story of Fort Snelling and the Old Northwest Frontier*. Coward-McCann, Inc.

The Mark Twain Papers (2003). *The Works of Mark Twain, Volume 8: Adventures of Huckleberry Finn, Including Working Notes and Revisions*. University of California Press.

Mason, Mary Ann (1996). *From Father's Property to Children's Rights: The History of Child Custody in the United States*. Columbia University Press.

Merrick, George Byron (1909). *Old Times on the Upper Mississippi: The Recollections of a Steamboat Pilot from 1854 to 1863*. A. H. Clark Company.

Newell, Clayton R. (2014). *The Regular Army Before the Civil War 1845–1860*. United States Army Center of Military History Publication 75-1.

Tullidge, Edward W. (1877). *The Women of Mormondom*. Tullidge & Crandall (see especially chapter XV).

감사의 글

컴퓨터 속 파일이 선반에 놓인 책이 되기 위해서는 저자가 아닌 수많은 사람이 엄청난 양의 일을 해내야 한다. 내가 이 글을 쓰고, 수정하고, 다시 쓰고, 다시 또 수정하는 동안 나를 믿어준 비벌리 호로비츠가 없었다면 《메리 제인의 모험》은 탄생하지 못했을 것이다. 우리가 향하는 곳에 도착할 것이라는 비벌리의 믿음은 흔들리지 않았고, 목적지가 어디인지 내가 말하지 못할 때도 마찬가지였다. 바버라 킹솔버는 내가 이 책을 시작하도록 도와주고, 결승선까지 나를 응원해주었다. 나는 이 책을 쓰는 우여곡절의 과정을 매끄럽게 만들어주고 따라와준 로라 보너, 리베카 구델리스, 에린 말론에게 크나큰 빚을 졌다. 티나 베넷과 에이드리언 르블랑은 무척 관대한 마음으로 이끌어주었고, 스베틀라나 카츠는 내가 하고 싶은 이야기를 찾아가도록 나침반이 되어주었다.

글쓰기의 크나큰 비극 중 하나는 한 사람이 동시에 그 책의 저자이자 독자가 될 수 없다는 점이다. 클린트 콘래드, 앤디 에블리, 코니 루만, 헤더 슈미트는 이 책을 쓰는 내내 끊임없이 나를 지지하고 용기를 주었다. 나는 초기에 이 책 일부를 읽어준 캐럴 랭너, 에리카 모로, 앤디 리브킨, 엘비라 슈미트, 제니퍼 밴뷰런에게 감사한다. 이야기의 속도를 설정할 때 도움을 준 청소년 독자, 즉 찰스 콘래드와 노라 올리에게도 특별히 큰 빚을 졌다. 두 사람의 피드백이 책을 완전히 바꾸어놓았다.

19세기 아메리카에 관해 혼자 공부하면서 무척 의지했던 수많은 학자들에게도 감사하고 싶다. 여기에 주제별로 그들의 이름을 적기로 한다. 혹시 메리 제인의 세상에 대해서 더 많이 알고 싶다면, 이 학자들의 저작은 좋은 출발점이 되어줄 것이다. 초기 아메리카의 정치와 사회: 브래들리 J. 버저, 리처드 J. 엘리스, 대니얼 펠러, 데이비드 S. 하이들러, 크리스틴 오브래실-컬팬, 데이비드 S. 레이놀즈. 오지브웨족 문화와 아메리카 원주민 역사: 존 P. 보즈, 미셸 디포, 바버라 A. 맨, 제프리 오슬러, 돈 피터슨, 메리 레서트 윙어드. 아메리카 노예제도: 리처드 벨, 이본 시로, 에릭 허슈탈, 마사 S. 존스, 스테파니 E. 존스-로저스, 조슈아 A. 린, 필립 D. 모건, 데이나 래미 베리, 캘빈 셔머-혼. 여성의 아메리카 개척지 경험: 멜라니 커크패트릭, 세라 M. S. 피어설. 초기 아메리카의 아동 양육권: 재닛 그레이엄, 에드워드 그레이, 메리 앤 메이슨. 미국 개척지의 유대인 행상: 하샤 R. 다이너, 조너선 D. 사나, 벤저민 샤펠, 댄 쇼어, 샤리 래빈. 모르몬 역사: 리처드 L. 부시맨, 벤저민 E. 파크, 토머스 리처즈 주니어. 초기 아메리카의 종교적 열기: 크리스 배비츠, 크리스토퍼 J. 블라이스, 매슈 W. 도허티, 애덤 모리스, 에밀리 오그던, 잭 N. 래코브, 에릭 C. 스미스. 캐나다와 미네소타의 모피 교역: 해리 W. 더크워스, 스테이시 네이션-내퍼, 로버트 C. 윌러. 1800년대의 은행과 화폐: 스티븐 W. 캠벨, 조슈아 R. 그린버그, 폴 칸, 샤론 A. 머피. 개척지 의학: 데이비드 데리, 프랜시스 덴스모어, 빅토리아 존슨.

연방 작가 프로젝트의 노예 서사를 맥락에 맞춰 이해하는 데 도움을 준 로버트 L. 리스와 그의 〈낫 투데이〉 시리즈와 나에게 위의 학자들 중 많은 이들을 소개해준 대니얼 N. 걸로타의 팟캐스트 〈잭슨 시대》를 특별히 언급하고 싶다.

《아메리칸 리더》(2012) 1권에 실려 있는 버네사 베슬카의 글 "여성 노상路上 서사 부족과 그 중요성"은 이 책의 플롯을 전개하는 데 핵심 역할을 했다. 허클베리 핀의 이야기는 재능이 뛰어난 많은 작가에 의해 현대를 배경으로 다시 쓰였다. 내가 제일 좋아하는 예는 매슈 올샨의 《핀》인데, 그는 내가 이 글을 쓰는 동안 무척 값진 응원을 해주었다. 이 책 마지막 장을 장식하는 소제목은 장 주네의 《장미의 기적》(1946)의 문장에서 따왔다. "[우리는] 고상하게 행동하기 위해서 긴 시간을 꿈꾸어야 하고, 꿈은 어둠 속에서 가꿔진다."

아이오와의 록크릭주립공원, 일리노이의 나부주립공원, 아칸소의 레이크치코주립공원, 미시시피의 나체즈주립공원, 루이지애나의 세인트버나드주립공원 등 메리 제인의 여정을 만들 때 자주 갔던 야영지에서 나를 환대해준 삼림 관리원들에게도 감사를 드린다. 항상 함께해주는 빌 해고피언에게도 감사를 전한다. 벳시노스럽호와 조너선패들포드호의 선장님과 선원들에게도 감사한다. 그들 덕분에 나는 미시시피강으로 나갈 수 있었고 일찍 승선해서 외륜을 살펴보고 증기 기관을 상상할 수 있었으며, 운항 속도를 늦춰준 덕분에 피그스아이섬 사진을 수천 장이나 찍을 수 있었다. 나는 미네소타 센테니얼 쇼보트라고도 불리는 53미터 선미외륜선 제너럴존뉴튼호(1899년 건조)에서 지내면서 2015년과 2016년 이 배의 마지막 시즌을 지켜본 시간에 대해 항상 감사할 것이다. 제너럴존뉴튼호를 되살린 사람에게 축복이 내리길 빈다.

나의 끝없는 질문에 대답해주고 폐관 시간이 지난 후에도 머물게 해준 미네소타역사회와 역사 유적지 스넬링 요새 그리고 오래된 내릴톱을 작동시켜준 아이오와 클린턴의 제재소 박물관, 그토록 달콤한 꿀을 보존해준 겔프대학교 꿀벌연구센터, 19세기 젊은 여성들의 편지와 일기, 연애편지, 수많은 연습장을 소개해준 하버드대학교 슐레진저 도서관의 모든 사람에게 크나큰 감사를 전한다. 구즈베리 폭포, 제이쿡, 프론트낙주립공원, 보야저스국립공원, 바운더리 워터스 카누 야생보호구역, 슈피리어 국유림, 미시시피 리버 트레일 등을 포함하여 우리가 산책하고, 보고, 꿈꿀 수 있는 탁 트인 야외 공간을 보존하고 관리하는 국립공원과 미 산림청, 천연자원부에 우리 모두 감사해야 한다.

마지막으로 가장 다정한 감사 인사는 우리의 주인공 메리 제인 양에게 돌리고 싶다. 메리 제인과 나는 내가 상상했던 것보다 훨씬 더 가까워졌으니까. 우리는 여러 달 동안 늘 함께였고, 메리 제인을 보내주는 것이 늘 목표였지만, 이루 말할 수 없을 만큼 메리 제인이 그리울 것이다.

사랑하는 메리 제인. 넌 내게 비밀을 전부 털어놓았고, 널 알게 된 것은 내 인생에서 제일 큰 기쁨 중 하나였어. 이제 심호흡을 하고 떠나렴. 세상으로 나가서 네 이야기를 살렴. 가능할 때마다 친구를 사귀고, 그래야만 한다면 적도 만들렴. 그리고 내 마지막 충고를 들어줘. 메리 제인, 항상 강을 따라가고, 실과 바늘을 가지고 다니고, 너의 작가가 널 사랑한다는 사실을 기억해줘.

옮긴이의 글

지질학을 전공한 과학자 호프 자런은 2016년에 발표한 독특한 회고록 《랩 걸》에서 어린 시절부터 시작해 여성 과학자로서 살아온 개인 이야기와 자신이 연구하는 숲과 자연의 이야기를 아름답게 엮어냈다. 작가는 이 책으로 "시인의 정확성과 과학자의 상상력"을 가졌다고 호평받으며 전미도서비평가협회상을 비롯해 많은 상을 받았을 뿐 아니라 국내에서도 많은 독자의 사랑을 받았다. 2020년에 발표한 두 번째 책 《나는 풍요로웠고 지구는 달라졌다》에서 호프 자런은 소비와 환경에 대해 이야기하는데, 작가의 전문 분야를 생각하면 충분히 예측 가능한 행보라 할 것이다. 그런 작가의 세 번째 책이자 첫 번째 소설은 뜻밖에도 미국 고전으로 평가받는 마크 트웨인의 《허클베리 핀의 모험》에 등장하는 여성 인물을 주인공 삼아 새롭게 쓴 《메리 제인의 모험》이다. 작가의 전문 분야나 그동안의 행보와는 사뭇 다르지만 곰곰이 생각해보면 '여성' 과학자로서 겪었던 어려움과 고민이 생생히 녹아 있었던 《랩 걸》의 저자인 만큼 이런 선택이 의외라기보다 당연해 보이기도 한다.

   소년 시절을 생생하게 그린 작품으로 평가받는 《허클베리 핀의 모험》은 발표 당시부터 지금까지 꾸준히 사랑받고 있는 작품이다. 호프 자런이 책 서두에서 밝히고 있듯이 어린 시절부터 이 책을 좋아했던 작가는 고전 작품을 읽을 때 으레 그렇듯 여성 등장인물을 보는 시선에 의구심을 품어오다가 작품을 직접 다시 쓰기로 결심한다. "고전이 끝내 들려주지 않은 이야기들을 우리 스스로 찾아낼 수 있다"고 깨달은 작가는 《메리 제인의 모험》에서 헉의 또래 소녀가 그와 마찬가지로 미시시피강을 따라 내려가며 겪는 모험 이야기를 들려준다. 재미있게도 비슷한 시기에 미국 작가 퍼시벌 에버렛은 헉과 모험을 함께한 흑인 노예 짐의 입장에서 《허클베리 핀의 모험》을 재해석한 《제임스》를 발표하여 퓰리처상을 수상했다. 작가의 말처럼 고전에 의구심이 생긴다면 "이제는 세상에 없기에, 더는 스스로 말해줄 수 없는 위대한 작가들을 대신해, 그 곁가지 인물들의 이야기를 우리가 써 내려가면" 되는 것이다.

호프 자런이 그리는 메리 제인은 마크 트웨인의 메리 제인과 사뭇 다르다. 《허클베리 핀의 모험》에 등장하는 메리 제인은 숙부의 보살핌 속에서 안락하게 지내다가 숙부가 세상을 떠나자 새 보호자가 되어줄 숙부들이 영국에서 도착하기를 얌전히 기다린다. 그러나 호프 자런의 메리 제인은 그렇지 않다. 태어나자마자 아버지에게 버림받고 척박한 북부에서 어머니, 외할아버지와 함께 살다가 도움을 청하는 이모의 편지를 받고 열네 살의 나이에 혼자서 길을 떠난다. 메리 제인은 허클베리 핀처럼 미시시피강을 따라 멀리 여행하며 증기선 걸리니언호의 여선장을 만나 도움을 받기도 하고 여러 어른에게 많은 것을 배운다. 그러나 역시 허클베리 핀과 마찬가지로 어른의 보호를 받는 것이 아니라 집을 떠나는 순간부터 스스로의 보호자가 되어 이전에 한 번도 겪어보지 못한 세상을 헤쳐 나간다.

메리 제인은 이모댁에 도착한 뒤에 사고로 다친 이모부와 지친 이모를 돕고 사촌 수전과 조애나를 보살피며, 연이어 일어나는 사건에 임기응변으로 대처한다. 하지만 이곳에는 자신이 아니라 엄마의 도움이 필요하다고 내내 생각하면서 엄마의 도움을 갈구한다. 그러나 사촌들의 숙부인 피터 윌크스의 집에서 엄청난 문제에 맞닥뜨리고 엄마에게 전보를 보냈다가 알아서 하라는 답장이 오자 결국 무슨 일이든 다른 사람의 도움 없이 자기 힘으로 해결해야 한다는 사실을 깨닫는다. 사실 그것은 지금까지 메리 제인이 줄곧 해온 일이었다. 메리 제인의 여정에 수많은 어른이 등장하지만 결국 기지를 발휘하여 문제를 해결하고 상황을 헤쳐나가는 사람은 항상 메리 제인 자신이었던 것이다.

이처럼 독립적이면서도 다른 사람을 잘 보살피는 메리 제인이지만 그 역시 완벽하지는 않다. 북부 출신의 메리 제인은 스스로 노예제 폐지론자라고 생각하지만 남부의 실상에 대해서 잘 알지 못한다. 피터 윌크스의 집에서 만난 노예, 슈가와 캔디를 해방시켜 주고 싶지만 오히려 윌크스에게 밉보이지 않기 위해서 트집을 잡으며 괴롭힐 뿐이다. 윌크스가 죽고 난 뒤에도 남부와 노예제도의 현실을 잘 모른 채 이상적이고 막연한 생각만 가지고 슈가와 캔디를 구해주려다가 바틀리 부인에게 한 소리를 듣는다. 이처럼 세상 물정을 잘 모르는 면모 덕분에 메리 제인은 더욱 현실적이고 인간적인 인물로 완성된다.

《메리 제인의 모험》은 지금으로부터 약 2백 년 전인 19세기 미국을 배경으로 하는 소설인 만큼 작가는 철저한 자료 조사에 공을 들인다. 개척지의 생활과 종교의 의미와 갈등, 노예제도처럼 굵직한 주제에서부터 이민자와 떠돌이, 증기선 운항, 전신 보급처럼 소설 자체에서는 지엽적 배경에 불과한 부분까지 작가는 수많은 자료를 참고하고 미시시피강 유역을 직접 돌아다니며 정보를 모아서 메리 제인의 세계를 그려낸다. 과거를 배경으로 하는 작품을 쓸 때 자료조사는 필수지만 당시의 사회상을 설명하면서 세세한 부분까지 따로 출처를 밝히는 것은 과학자라는 작가의 이력과도 분명 관련이 있을 것이다.

《메리 제인의 모험》은 《허클베리 핀의 모험》을 읽지 않은 독자도 부족함 없이 즐길 수 있는 완결된 세상이다. 그러나 작가도 밝히고 있듯이 이 책의 많은 등장인물과 일부 대화는 《허클베리 핀의 모험》에 그대로 등장한다. 그러므로 〈왕실의 걸작〉이 무엇인지, 두 사기꾼이 윌크스 집안의 일을 어떻게 그렇게 잘 알고 있었는지, 허클베리 핀은 무슨 사연으로 두 사기꾼과 같이 다니게 되었는지 궁금하다면 《허클베리 핀의 모험》을 같이 읽으면서 퍼즐을 맞춰봐도 좋을 것이다. '들어가며'나 메리 제인이 남장을 간파당하는 장면처럼 《허클베리 핀의 모험》에서 따와 변용하는 부분들도 있기 때문에 두 작품을 같이 읽으면 더욱 풍성한 독서를 즐길 수 있다.

추천의 글

책을 읽을 때 작가들은 무심코 '어떻게 썼을까?'를 생각하곤 한다. 일종의 직업병이다.《메리 제인의 모험》에는 두 가지 가설이 있다. 첫째, 작가는 1800년대 생이고 미시시피강 유역에서 메리 제인이라는 소녀를 직접 만나 엄청난 모험담을 들었기에 이 책을 쓰지 않을 수 없었다. 둘째, 다른 책에 잠깐 나온 그 아이 이야기를 오래도록 궁금해하다가, 아무도 그 궁금증을 풀어주지 않길래 하는 수 없이 자기가 직접 나서기로 했다. 책 내용을 토대로 추론하면 사실일 가능성이 좀더 높은 가설은 첫 번째다. 어느 쪽이 진실이든, 호프 자런이 이 책을 꼭 써야만 했다는 사실만은 분명하다.

그건 그렇고 나는 지금 큰일이 났다. 읽은 지 며칠이 지났는데 머리에서 메리 제인이 떠나지 않는다. 이 책 덕분에 친절한 메리 제인의 대담한 모험과 놀라운 분투를 낱낱이 알게 되었지만, 그 때문에 오히려 그 소녀가 더욱더 궁금해져버린 것이다. 하지만 메리 제인도 말했듯, "누군가가 준 책에서 빠진 부분을 발견하면, 자리에 앉아서 직접 고치면 된다". 우리는 호프 자런이 마련해둔 지도를 따라 메리 제인의 모험을 언제까지나 상상할 수 있게 됐다. 우리는 메리 제인의 친구가 될 거고, 친구들이 있는 이상 메리 제인의 모험은 끝나지 않을 것이다.

박서련(소설가,《체공녀 강주룡》 저자)